ज्ञान गरिमा के
70 वर्ष

भारतीय ज्ञानपीठ

णाणं
पयासयं

वीर नि.सं. 2470

ई.सन् 1944

भारतीय ज्ञानपीठ

अरावली

(हिन्दी में अनूदित गुजराती उपन्यास)

अरावली

किशोर सिंह सोलंकी

अनुवाद
योगेन्द्र मिश्र

भारतीय ज्ञानपीठ

राष्ट्रभारती/लोकोदय ग्रन्थमाला : ग्रन्थांक 1079

ISBN 978-81-263-3003-4

अरावली

(उपन्यास)

किशोर सिंह सोलंकी

दूसरा संस्करण : 2016
मूल्य : 300 रुपये

प्रकाशक : **भारतीय ज्ञानपीठ**
18, इन्स्टीट्यूशनल एरिया, लोदी रोड, नयी दिल्ली-110 003

मुद्रक : आर.के. ऑफसेट, दिल्ली

आवरण-चित्र : राधेश्याम अग्रवाल
आवरण-सज्जा : ज्ञानपीठ कला प्रभाग

ARAWALI
(Gujrati Novel)
by Kishor Singh Solanki

Published by
Bharatiya Jnanpith
18, Institutional Area, Lodi Road, New Delhi-110 003
Ph. : 011-24698417, 24626467; 23241619 (Daryaganj)
Mob. : 9350536020; e-mail : bjnanpith@gmail.com
sales@jnanpith.net; website : www.jnanpith.net

Second Edition : 2016
Price : Rs. 300

अरावली के प्रांगण में...

गाँव मेरा अरावली से बीघे भर की दूरी पर है। आवाज देने पर उसकी टेकरियाँ (पहाड़ियाँ) भी सुन लेती हैं। दाँता के आसपास के गाँवों में ही मेरे सगे-सम्बन्धी भी हैं। बचपन मेरा अरावली की गोद में बीता है। उसके एक-एक पत्थर के साथ मैं खेला हूँ। उसके जंगलों में भटका हूँ। इसीलिए तो उसकी नस-नस से परिचित हूँ।

भारत की यह अतिप्राचीन पर्वतमाला 'धारवाट समय' के अन्तिम दौर में अस्तित्व में आयी। उस कालखंड के दौरान वह स्थान दुनिया का सबसे पुराना भूसन्नतिमय समुद्र-स्थल था, जहाँ पर सतत विशाल भूनिक्षेप होता रहा, जिसके परिणामस्वरूप प्रचंड भूसंचलन की घटना घटित हुई। उसके बाद बारम्बार हुई उर्ध्वगमन की क्रिया के द्वारा वह स्थल ऊपर उठ आया। उसके बाद से अर्थात् डेढ़ सौ करोड़ वर्ष से लेकर आज तक अरावली गिरिमाला के पर्वत घर्षण, स्थानान्तर तथा नव-रचना के कार्य करते रहे हैं। इतना ही नहीं, उसके बाद हुए पुष्कल निक्षेपों के लिए अपरिमित शिलाचूर्ण उपलब्ध करानेवाले, भारत के एक महत्त्वपूर्ण भौगोलिक भूमिलक्षण के रूप में यह प्रसिद्ध रहा है।

प्रथम जीवयुग के आरम्भ में भी इस पर्वतमाला के उर्ध्वगमन का क्रम जारी रहा। इसके बारे में प्राप्त प्रमाणों के आधार पर यह कहा जा सकता है कि यह गिरिमाला उस युग में बहुत लम्बे-चौड़े भूभाग में फैली हुई थी। सम्भवत: दक्षिण से लेकर आज के हिमालय की सीमा तक फैली हुई थी (उस युग में हिमालय का अस्तित्व नहीं था)। यही नहीं, इस पर्वतमाला के पर्वतों की ऊँचाई बहुत अधिक थी। उसके शिखर बर्फ से ढँके हुए रहते थे। ऐसे तथ्य जानने के बाद, अरावली को जाँचने-परखने की मेरी दृष्टि बदल गयी—अरावली मेरे मन में एक नये स्वरूप में उपस्थित हुआ। उसी को चित्रित करने का एक विनम्र प्रयास मैंने इस पुस्तक में किया है। इसमें अरावली की सम्पूर्णता को आप प्राप्त कर सकेंगे—मेरा ऐसा दावा कतई नहीं है। जो कुछ मैं प्राप्त कर सका हूँ, उसे ही इस उपन्यास के रूप में प्रस्तुत कर रहा हूँ।

पिछले पाँच-छ: वर्षों में, दिल्ली से लेकर राजस्थान होते हुए बनासकाँठा, साबरकाँठा और मेहसाणा में ठेठ तारंगा की पहाड़ियों से लेकर राजपीपला तक,

अरावली को जानने-समझने के लिए, मैं अनेक बार घूमा हूँ। दूर-दूर तक पहाड़ों और जंगलों में, हरेक ऋतु में, हरेक मास में, कहीं रात्रि-निवास करते हुए, कहीं दोपहर का भोजन करते हुए—मैंने अरावली के हृदय की धड़कन को समझने की कोशिश की है। जहाँ जो कमी पड़ी है, उसके लिए डॉ. भगवानदास पटेल द्वारा 'अरावली तथा वनवासियों' पर किये गये अनुसन्धान-कार्य से तथा 'गुजरात विद्यापीठ' के आदिवासी विभाग का सहयोग प्राप्त किया है। इसके लिए हृदय से उनका आभार मानता हूँ।

अरावली की यात्रा के दौरान श्री मदारसिंह हडियोल, श्री भीखुसिंह परमार, श्री रूपसिंह वाघेला (रेंजर), श्री विजय व्यास, श्री अजितसिंह हडियोल, श्री भगवानदास पटेल और श्री सामन्तसिंह ने मेरा साथ दिया है। उन सबका मैं आभारी हूँ।

जितना लिखता जाता था, उतना मित्रों के बीच बैठकर उन्हें सुनाता जाता था। उस दौरान मेरे साथी डॉ. दीपक पंड्या, प्राध्यापक ऋचाबहन बहमभिट्ट तथा अन्य मित्रों द्वारा अनेक महत्त्वपूर्ण सुझाव मिले। दक्षाबहन पटेल ने तो 'अरावली' को कम्प्यूटराइज़्ड कर दिया है।

भोलाभाई पटेल ने इसे पढ़ा और अपना सन्तोष व्यक्त किया। उनके सुझाव के अनुसार इसके कई प्रकरण 'परब', 'शब्द-सृष्टि' और 'शब्दसर' नामक पत्रिकाओं में प्रकाशित हुए हैं। इसके लिए उन पत्रिकाओं के सम्पादकों (श्री योगेश जोशी तथा श्री हर्षद त्रिवेदी) के प्रति आभारी हूँ। श्री मणिलाल ह. पटेल तो अरावली के सान्निध्य में रहे हैं। इस नाते उन्होंने भी कई महत्त्वपूर्ण सुझाव दिये हैं।

शुरुआत में 'नांदी' के रूप में जो कविता दी गयी है, वह डाकोर के यात्रियों पर लिखी गयी थी। वह मेरे कविता-संग्रह 'मनसाने मेळे' में छपी थी। परन्तु यहाँ पर थोड़े संशोधित रूप में दी गयी है। यात्री चाहे डाकोर के हों, अम्बाजी के हों या अरावली के—उनकी एक ही गति और एक ही दिशा होती है!

गुजराती साहित्य में 'ललित निबन्ध' लिखे गये हैं, लिखे जा रहे हैं। यह एक 'ललित नवल' (उपन्यास) है। इसके प्रकाशक श्री बाबूभाई शाह, उनके पुत्र श्री राग्नेश और विरल तथा जे. पी. ग्राफिक्स के श्री प्रशान्तभाई के प्रति आभार व्यक्त करता हूँ।

अन्त में, भारत सरकार के कपड़ा मन्त्री श्री शंकरसिंह वाघेला को सादर स्मरण करता हूँ, जिन्होंने अपनी तमाम व्यस्तताओं के बावजूद, 'अरावली' को आद्यन्त पढ़ा और सराहा। वे सिर्फ राजनेता ही नहीं हैं, शब्द के मर्मी भी हैं। 'यह शब्द यहाँ नहीं जमता' यह कहकर वे टोकते भी हैं और उचित सलाह भी देते हैं। इसके लिए मैं उन्हें पुनः वन्दन करता हूँ।

—किशोरसिंह सोलंकी

अनुवादक की ओर से

'अरवल्ली' (अरावली) के अनुवाद का कार्य आज पूरा हो गया। इस समय मेरे चित्त में, एक साथ, दो तरह के भाव उभर रहे हैं। जिस काम में लगभग छः महीने से तन-मन से जुटा था, उस काम के पूरा होने पर, एक तरफ तो, मन हल्कापन महसूस कर रहा है; परन्तु दूसरी तरफ, काम पूरा हो जाने के बाद, अन्तर् में कहीं, खालीपन की टीस भी उठ रही है।

वास्तव में अनुवाद मेरे लिए सिर्फ व्यवसाय नहीं है, व्यसन भी (या ही) है। मैं जब किसी रचना का अनुवाद शुरू करता हूँ, तब लेखक के साथ मेरे 'भावक' की यात्रा शुरू हो जाती है; और इस तरह, रचना में वर्णित सब कुछ को मैं जीने लगता हूँ। कार्य की पूर्णता के बाद, मन में जो टीस उठती है, वह शायद इसी कारण!

अरावली (अरवल्ली) के लेखक ने अपने इस उपन्यास को 'ललित उपन्यास' कहा है। इस कारण इसकी भाषा-शैली भी, अनिवार्यतः, ललित ही है। मुझे इस ललित भाषा-शैली से आद्यन्त जूझना पड़ा है। इस आयाम पर अनूदित कृति कैसी बन सकी है, यह तो हिन्दी के सहृदय पाठक तय करेंगे।

यह रचना एक खास भूभाग के यथार्थ जीवन-सन्दर्भों को चित्रित करती है। इसलिए इसमें वर्णित रीति-रिवाजों, खान-पान, त्योहार-उत्सव, पेड़-पौधों, पशु-पक्षियों, घास-पात, फसलों आदि के नाम ज्यादातर स्थानीय बोली में दिये गये हैं। चूँकि मेरा मूल संस्कार भी ग्रामीण ही है, इसलिए काफी नामों को हिन्दी या अपनी बोली में दे सकता हूँ। शेष बहुत सारे नाम मूल रूप में दिये गये हैं।

—योगेन्द्रनाथ मिश्र

नान्दी

हजारों-लाखों नहीं
अनगिनत यात्रियों की
उमड़ती प्रचंड बाढ़
प्रवाह—
बहता जा रहा है—
आगे और आगे...!
कौन कहाँ से आता है
कोई नहीं जानता।

धीरे-धीरे
जल्दी-जल्दी
लँगड़ाते हुए
डंडे के सहारे चलता कोई
तितलियों की तरह फुदकता कोई
एक-दूसरे का पकड़कर हाथ
हाथ में हाथ और पाँवों में पाँव डाले
अपना भार खुद ही उठाये
सभी चले जा रहे हैं
एक ही दिशा में—
आगे और आगे...!

दिशा!
कौन-सी दिशा?
कैसी दिशा?
जानता है कोई जानेवाला?

ध्वजाएँ लहराती हैं नभ में
मीलों तक फैला रास्ता
हँसते-गाते-सोते वृक्षों जैसे
जयनाद से गूँजता
चारों ओर से एक ही लक्ष्यबिन्दु पर
जमा होने के लिए
चलते जाते रास्ते

जगह-जगह प्याऊ
सेवाश्रम और विश्राम-स्थल
सिर्फ दो-तीन दिनों के लिए
कोई आता है
कोई जाता है
खाली नहीं होता
बस, चला ही करता है आना-जाना
ये यात्री—
बैठते हैं
खाते हैं, पीते हैं
और फिर शुरू कर देते हैं
अपनी-अपनी यात्रा
न रात है न दिन
है तो सिर्फ गति...!

गति!
कैसी गति?
राह नहीं देखती बेला-कुबेला
गुजर जाते हैं सभी
एक के बाद एक
कोई खोजता है छाया
किसी को है अँधेरे की माया
मानो काले-काले माथों का
महासमुद्र लहरा रहा हो।
रोम-रोम से रोमांच की भक्ति

उफनती है,
कोई छोटा है
कोई बड़ा है
आबालवृद्ध पानी के रेले की तरह
बहे जा रहे हैं।

उनके चेहरे पर झलकती है
चलने की थकावट
कभी-कभी आनन्द भी।
काल के कदमों से
कटता है रास्ता।
हरेक को जल्दी है
पहुँचना है अगम द्वार...
हरेक का लक्ष्य है
हरेक की दृष्टि है
हरेक की दिशा है
हरेक की गति है
हरेक को चाहिए—सुख और शान्ति।

शान्ति!
कैसी शान्ति?...चिरशान्ति?
तो बन्द क्यों है द्वार?
वह द्वार?
जहाँ से हजारों लाखों नहीं
अनगिनत श्वेत हंस
पाँखें फड़फड़ाएँगे
अपनी-अपनी दिशा के लिए
वे होंगी मात्र हवा की दिशाएँ
सभी उड़ेंगे—ऊँचे
...और ऊँचे
अपनी-अपनी गति लेकर...

ये श्रद्धालु—

जिन्हें मिला है
एक ही रास्ता
जो हरेक को खींच रहा है
युगों से
अरावली की ओर...!

प्रथम चरण

एक

जो यात्रा करता है, उसके सामने अच्छी या बुरी कठिनाइयाँ आया करती हैं।

मुझको तो इन यात्राओं ने खुद को तथा इस जगत को जानने की प्रेरणा दी है। उनमें से अति गहन, सहज तथा आध्यात्मिक अनुभव होता रहा है; क्योंकि इस कार्य (यात्रा) के दौरान सब कुछ हमारी आँखों के सामने बदलता रहता है। कभी तो खुद को लगता है कि यह सब समय की बरबादी के सिवाय और कुछ नहीं है। इसके कारण को यदि देखें, तो जो दूसरों की नजर में होता है, वह अपनी नजर में नहीं होता। दूसरों को इसमें अपना हित दिखता है, जो अपना विषय नहीं होता। इस कारण कभी-कभी ऐसे निर्णय को स्वीकार करके चलना पड़ता है, जो हमें पसन्द नहीं होता।

ऐसे समय में यदि हम भावुकता में बह जाते हैं,तो नुकसान भी सहना पड़ता है। परन्तु इन सब बातों को अगर झटक दिया जाए, तो हमारे समक्ष मुस्कुराता हुआ एक नया संसार उपस्थित हो जाता है। अन्धकार दूर होने लगता है और चारों ओर प्रकाश फैलता जाता है।

इसीलिए कभी-कभी कोई पुरानी तथा बहुत प्रचलित परम्परा पसन्द न भी हो, तो भी अगर उसके बारे में विचार करने बैठें, तो उसमें कितनी ही नवीनताएँ दिखने लगती हैं, जिनकी वजह से हमारे चारों ओर आनन्द का वसन्त लहराने लगता है।

लगता है मुझे अपनी बात आरम्भ से कहनी चाहिए :

मैं 'गुजरात यूनिवर्सिटी' का गोल्ड-मेडलिस्ट विद्यार्थी हूँ। मेरा जन्म सन् 1950 में हुआ था। देश में आजादी का वातावरण चतुर्दिक् फैला हुआ था। सबका ध्यान देश के नवनिर्माण में लगा था।

मैं भी राष्ट्र-निर्माण को अपना लक्ष्य मानता था। यहाँ राष्ट्र से मेरा मतलब टुकड़ों में, तर्कों में, दलीलों या वाद-विवादों में घिरे हुए राष्ट्र से नहीं है; बल्कि समग्र भारत के अभ्युदय की बात मेरे हृदय में दहक रही थी—अर्थात् मानव तथा पशु-पक्षियों के साथ-साथ अरण्यों के प्रति मेरे मन में विशेष आकर्षण था।

इसीलिए पढ़ाई पूरी करने के बाद वन-विभाग में भर्ती होने का मैंने निश्चय किया।

भर्ती होने के बाद मैं कठोर सचाई के सामने आ खड़ा हुआ।

दो

बनासकाँठा जिले के वन-विभाग के कार्यालय में आर.एफ.ओ. के पद का कार्यभार ग्रहण करने की सभी औपचारिकताएँ मैंने पूरी कीं।

अरावली के जासोर इलाके के वन-रक्षक की जिम्मेदारी मुझे सौंपी गयी थी।

सिर चकरा देनेवाली वैशाख की दोपहरी थी। बनास नदी पर बने दाँतीवाड़ा के बाँध पर से होकर मैं जा रहा था। बनास नदी के पाट में पानी की जगह धूल उड़ रही थी। कच्छ के छोटे रेगिस्तान से लगी इस सूखी और वीरान भूमि के लिए बनास नदी वरदान स्वरूप है। इस इलाके के लोगों के लिए, यह नदी, सभी अर्थों में लोकमाता है। यहाँ के लिए यह जीवन का आधार है। जितनी दूर तक वह घने जंगल से होकर गुजरती है, वहाँ तक नदी का पाट पथरीला है; परन्तु वहाँ से जब वह पश्चिम की ओर आगे बढ़ती है, तब उसके दोनों तट और पाट रेतीले हो जाते हैं।

इस नदी का जन्म शिरोही जिला और माउंट आबू के बीच स्थित अरावली पर्वतमाला में से होता है। प्राचीन काल में इसका नाम 'पर्णाशा' था। अपने उद्‍गम से चलकर यह अन्तत: कच्छ के छोटे कण (रेगिस्तान) में समा जाती है। इसीलिए यह 'कुँवारिका' नाम से भी जानी जाती है।

इस नदी को ग्रीष्म की ज्वाला ने वीरान बना दिया था। ताप से दग्ध हवा चमड़ी को झुलसा रही थी; परन्तु रास्ते के दोनों ओर 'गाँड़ा बावल'[1] ठाठ बाँधे खड़ा था। इस बबूल को ग्रीष्म ऋतु अधिक अनुकूल पड़ती है। इसीलिए तो इसमें से होकर पशु-पक्षियों का निकलना तो दूर, सूर्य की तपती हुई किरणें भी जमीन तक नहीं पहुँच पातीं।

हमारी खटारा जीप हिचकोले खाते आगे बढ़ रही थी। कहीं कोई पंछी भी पर नहीं मार रहा था। बीच-बीच में प्यास से तड़फड़ाते वृक्षों के दर्शन हो जाते थे। उनके नीचे सिर छुपाने तक की भी छाया नहीं दिखती थी। जहाँ तक नजर जाती—

---

1. बबूल की एक प्रजाति, जिसमें काँटे कम, हरियाली अधिक होती है। वह कम पानी में भी हरा-भरा रहता है और बेहया की तरह बेहिसाब फैलता है शायद इसीलिए उसे पागल (गाँड़ा) बबूल कहते हैं।

उजाड़-ही-उजाड़।

मेरी आँखें ये दृश्य देखकर मन को विचलित कर रही थीं। मन इस जीप की गति से कई गुना तेजी से उदास होता जा रहा था। मन के साथ-साथ तन भी निढाल होता जा रहा था और शरीर के समक्ष आकर खड़ा था जीने के लिए आनेवाला कल।

आज तक की मेरी ज़िन्दगी शहर में पली-बढ़ी थी। शहर के घनी बस्तीवाले मुहल्ले में मैं जन्मा था, जहाँ की आवाजों की दुनिया सुबह पानी के लिए चिल्ल-पों, छोटे-छोटे बच्चों के खेल, शाम को चबूतरों पर बड़ों की बैठकें, कोलतार की सड़क, बिना मैदान के स्कूल और उनके सुन्दर पुस्तकालय—इनके अलावा भी कोई जीवन होगा, इसकी कल्पना भी मैंने कभी न की थी। परन्तु जब कभी देवी-देवताओं के दर्शन या किसी पिकनिक पर जाने का मौका मिलता, तब पता चलता कि अपने मुहल्ले के अलावा भी जीवन होता है। तो भी हमारे लिए हमारा मुहल्ला ही हमारी दुनिया या जीवन था।

यह मेरे किसी पिकनिक की यात्रा न थी। यह तो मुझे अपने फर्ज (नौकरी) की ओर ले जानेवाली यात्रा थी। गरमी के भयंकर तूफान के बीच मानो मेरी किस्मत ही बदल गयी थी। मैं कहीं फँस गया हूँ—ऐसी पीड़ा भी मन में होने लगी थी। चिलचिलाती धूप में मृगजल कैसा होता है—इसका अनुभव मैं जीवन में पहली बार कर रहा था। प्यास से मेरा गला सूखता जा रहा था।

जिला कार्यालय से जीप लेकर ड्राइवर मुझे मेरे कार्य-स्थल तक पहुँचाने जा रहा था। उसके लिए यह हमेशा का कार्य था। उसके चेहरे पर बहते हुए पानी के सिवाय और कोई भाव न था। उसके चेहरे पर जमी धूल से ऐसा लगता था, जैसे खेत जोतकर आया हो। मैं तो बैठे-बैठे बिना पानी के स्नान कर रहा था।

रास्ते में गाड़ी गरम हो जाए, तो उसमें डालने के लिए एक कारबो में पानी रखा हुआ था। जिन्दगी में पहली बार गरम तथा बिना छाना हुआ पानी पीने का अनुभव आज मुझे हुआ।

शायद यही शुरुआत थी—आनेवाली जिन्दगी की।

पानी के बिना जीना कितना कठिन है—इसकी प्रतीति इस समय हर क्षण मुझे हो रही थी। अथवा पानी की शक्ति या उसकी कीमत आज पहली बार मेरी समझ में आ रही थी।

हाँ, मैंने पढ़ा जरूर था कि पानी ही जीवन है और जीवन ही पानी है। शरीर से पानी निकल जाने के बाद, अगर उसकी पूर्ति न हो, और शरीर उसकी पूर्ति करने में सक्षम न हो, तो अनेक शारीरिक समस्याएँ पैदा होती हैं। शरीर में तरह-तरह के उपद्रव शुरू हो जाते हैं।

मनुष्य के शरीर में बयालीस लीटर पानी होता है। उसे समाप्त होने में बहुत

समय नहीं लगता। इसलिए पानी की पूर्ति करते ही रहना पड़ता है।

साँस छोड़ते समय पानी भाप बनकर निकलता है। ठंडी में वह बच जाता है; पर गरमी में? अधिक गरमी में अधिक पसीना होता है। पसीना चमड़ी को ठंडा रखता है। पेशाब के कारण भी शरीर का पानी कम होता है। शरीर के हर एक कोष में मौजूद पानी शरीर में सन्तुलन बनाए रखता है तथा उसके लिए ऊर्जा पैदा करता है। गरमी में काम करने से हर घंटे एक लीटर तक पानी निकल जाता है। यह सब किताबों में पढ़ा था; परन्तु इसका तीव्रतम एहसास इस समय कर रहा हूँ। मेरी जीभ भी सूख गयी है; और अन्दर बहुत बुरा हाल है पर किया क्या किया जाए?

पानी के बिना कोई यात्रा करना आसान नहीं है।

मैं जानता हूँ कि पानी रक्त का मुख्य भाग माना जाता है। रक्त शरीर के हर एक अंग में ऑक्सीजन तथा पोषक तत्त्वों को पहुँचाने का काम करता है। पर शरीर में पानी की कमी होने पर रक्त भी कम हो जाता है। चमड़ी तक कम रक्त पहुँचने से पसीना कम निकलता है और इस तरह शरीर को ठंडा रखने का तन्त्र लँगड़ा हो जाता है। शरीर का औसत तापमान बढ़ जाता है; और गरमी आवश्यकता से अधिक होने के कारण शरीर की हालत बिगड़ जाती है। इसकी शुरुआत प्यास से होती है। प्यास शरीर में पानी की कमी होने का कुदरती संकेत है। सामान्यत: अधिक प्यास लगने पर ही हम पानी पीते हैं।

परन्तु यहाँ तो मेरे लिए प्रश्न था पानी का!

मैं पहली बार 'थियरी' और 'प्रैक्टिकल' के बीच फर्क समझ रहा था। मेरे मन में ऐसी तीव्र इच्छा जागी कि मैं इस नौकरी से इस्तीफा दे दूँ; और जिस ट्रेन से अहमदाबाद से यहाँ आया था, उसी ट्रेन से शाम को वापस चला जाऊँ।

मुझे तो ऐसी जिन्दगी और जिन्दगी की ऐसी दुश्वारी की कल्पना तक न थी।

''साब!... ओऽसाहऽब!...'' मेरे चेहरे पर पानी का छींटा मारते हुए कोई मुझे बुला रहा था। मुझे वह आवाज बहुत दूर से आती मालूम पड़ रही थी—मानो किसी गहरी गुफा से आती प्रतिध्वनि।

मैं कौन हूँ?...मैं कहाँ हूँ?...मुझे कौन बुला रहा है?

मानो मेरा अस्तित्व ही खो गया हो।

थोड़ी राहत महसूस हुई।

मैं 'जासोर रेस्ट हाउस' के एक कमरे में पलँग पर पड़ा हुआ था।

आँखों के सामने धुँध था। वातावरण एकदम धुँधला बन गया था। कुछ भी दिखता न था। कोई धीरे-धीरे मेरे मुँह में चम्मच से पानी डाल रहा था—मानो किसी छोटे बच्चे को पानी पिला रहा हो।

मैं होश में आया।

मैं किसी अनजान जगह में आ गया था। मुझे ऐसा अनुभव हो रहा, जैसे जन्म लेते ही बालक सर्वप्रथम इस जगत की हवा अपनी साँसों में भरकर रोने लगता है। थोड़ी देर पहले मैं कहाँ था और अभी कहाँ हूँ!

ऐसा लग रहा था मानो मेरा दूसरा जन्म हो रहा हो।

''पानी पी लीजिए साब!...'' मेरे सामने गेहुँए रंग का, मूछोंवाला एक आदमी खड़ा था। उसके खाकी कपड़े से पसीने की बदबू आ रही थी। उसके चेहरे से आनन्द छलक रहा था। उसकी आँखों की चमक से उसके मन की खुशी व्यक्त हो रही थी।

''अब आप कइसे हैं साऽब...?'' बड़े प्रेम से उसने पूछा।

यह हमारी पहली मुलाकात संकट के समय की थी।

नाम जानने की औपचारिकता भर शेष थी।

मैं उसे देखता रहा—वह मुझे। मैं उसे इस तरह देख रहा था जैसे वर्षों की पहचान हो।

वह बोला, ''साब, मेरा नाम हमीर सिंह है। मैं हिआँ बीटगाड हूँ। नीचे हिआँ से थोड़ी दूर पर मेरा गाँव है।...साब, अब कइसे हैं आप?''

उसने मेरी ओर पानी का गिलास बढ़ाया। उसका हाथ भीगा हुआ था। शायद पानी के मटके में पूरा हाथ डालकर गिलास भरा होगा। क्षण भर के लिए मैं हिचकिचाया; फिर भी एक साँस में पूरा पानी पी गया।

पानी ने मुझे एक नयी चेतना, नयी जागृति, नया जीवन दिया।

मैं जब कमरे से बाहर निकला, तब सूरज पहाड़ों के पीछे छिप रहा था। नंगे वृक्षों की छोटी-छोटी डालियाँ हवा में ऐसे हिल रही थीं मानो डाकिनें नृत्य कर रही हों।

मैं यहाँ रह नहीं पाऊँगा। एक नौकरी के लिए इतनी सारी जहमत! कहाँ तो लोगों की भीड़-भाड़ और कहाँ यह अरण्यवास! जो होगा, उसे भोग लूँगा; परन्तु यहाँ तो नहीं रहूँगा। मैंने मन-ही-मन यह निश्चय कर लिया।

पहाड़ियों की शिलाएँ अभी भी गरमी उगल रही थीं।

''साऽब...कुछ चाहिए?''

मैं क्या माँगूँ?...वह क्या देगा?...मैं क्या जवाब दूँ?

हमीर सिंह ने कहा, ''साऽब!...ई गरमी का समय है...मतलब पानी के लिए भारी मुसीबत।...आपको तो साऽब कितनी गरमी लगी।...हमारी तो साऽब, आदत पड़ गयी है। आप तो साऽब, शहर के रहनेवाले हैं...आपको तो गरमी लगेगी ही...पर धीरे-धीरे आदत पड़ जाएगी। शुरू में शायद आपको हिआँ अच्छा न लगे;

पर बाद में आप अइसे हेवाया हो जाएँगे कि अपने घर जाने का भी नाम नहीं लेंगे।''

हमीर सिंह मुझे बातूनी लगा। मैं उसके 'हेवाया' शब्द का मतलब न समझ सका। मैं धीरे-धीरे यहाँ रम जाऊँगा—शायद यही उसका आशय था।

''पर यहाँ मैं कैसे रम जाऊँगा?'' यह पूछने पर उसने कहा, ''साऽब, जब हम इस दुनिया में आते हैं, तो तुरन्त थोड़े ही हमें यहाँ अच्छा लगता है। हम बेटी को विदा करते हैं, और वह ससुराल चली जाती है, तो पहले-पहल उसे ससुराल जाना कहाँ अच्छा लगता है। पर बाद में तो वह मायके आने का नाम भी नहीं लेती। हिआँ भी अईसे ई है। ई जंगल-झाड़, हिआँ के जनावर, ई पहाड़, इसकी बड़ी-बड़ी शिलाएँ—जब आपको पकड़ लेंगी, तब आप देखिएगा—आप इन्हें छोड़ नहीं सकेंगे।...ई गरमी को तो जाने दीजिए। उसके बाद बारिश में ई सब नया जनम लेंगे। तब हिआँ से जाने की आपकी इच्छा ई नहीं होगी।''

अभी भी वातावरण में गरमी थी। पहाड़ों के पसीने की गरम-गरम गन्ध आ रही थी।

यह मेरी कल्पनाओं का जंगल न था। मेरे मन में तो फिल्मों में देखा हुआ जंगल बसा हुआ था जहाँ हरे-भरे वृक्षों की कतारें हों, कलकल बहते झरने हों, हिरन, शेर और अन्य वन्य प्राणी उछल-कूद कर रहे हों—ऐसा जंगल।

यहाँ तो चारों ओर वीरान-ही-वीरान है;...और फिर भी यह आदमी मुझे धीरज बँधाता है कि यह जगह मुझे पसन्द आएगी—आश्चर्य है!

शायद वह अपनी जगह पर सही है—मैं अपनी जगह पर सही हूँ। सत्य तो दोनों पक्षों में रहता ही है। फर्क सिर्फ इतना है कि इसके सत्य में मुझे मिलना है। शायद ऐसा भी हो कि किसी समय उसका सत्य मेरा सत्य बन जाए...और तब मैं इस अरावली की गिरिमालाओं में रस-बस जाऊँ।

मैं उदास हो गया था। कहाँ अहमदाबाद और कहाँ जासोर का यह जंगल। भयानक युद्ध मन में चलने लगा। मैं विचलित हो उठा। तभी डूबते सूरज की निस्तेज किरणों को पार करता पक्षियों का झुंड अपने घरों की ओर जाते दिखाई पड़ा। उन्हें देखकर मन आनन्द से भर उठा।

तीन

जासोर रेस्ट हाउस के सामने ही 'लुक्खा' नाम की एक पहाड़ी है मानो किसी ने पत्थरों पर पत्थर रखकर सजाया हो। उनके जोड़ों में टेढ़ी-मेढ़ी, छोटी-बड़ी झाड़ियाँ

उगी हैं। उनकी डालियाँ पत्र-विहीन हैं तथा उन शिलाओं की भी यही दशा है।

सुबह का सूरज उस पहाड़ी की बगल से निकलता है। वैशाख का सूरज क्रोधी और रुद्र रूप धारण करके सब कुछ जला डालने का इरादा लेकर उगता है। इतनी गरमी तो मैंने कभी अनुभव नहीं की। बचपन में ऋतुओं के बारे में पढ़ा ज़रूर था : वर्षा, गरमी और शीत—तीन ऋतुएँ हैं; इनकी भी दो-दो उपऋतुएँ—कुल छः ऋतुएँ : शरद, हेमन्त, शिशिर, वसन्त, ग्रीष्म और वर्षा।

'ग्रीष्म' एक शब्द न रहकर जलती अग्नि की ज्वाला बन गया है, जिसने नदियों, झरनों, सोतों, बावड़ियों, कुओं और तालाबों को सुखा डाला है। वृक्षों के पत्तों को झुलसाकर गिरा दिया है। निष्ठुर, प्रचंड, झंझावाती हवा चल रही है। चमड़ी चुनचुना रही है; आँखों में जलन हो रही है; साँसों से लू की लपट निकलती है। यह ग्रीष्म ऋतु आदमी, पशु-पक्षियों तथा वृक्षों तक को जला रही है।

ग्रीष्म की यह धूप सुबह में मुझे जगाती है। मैं जाऊँ तो कहां जाऊँ? करूँ तो क्या करूँ? कभी-कभी छिपकली की कटी पूँछ की तरह मेरा मन तड़फड़ाता है। पर क्या करूँ? रेस्ट हाउस के अहाते में खड़े नीम के दो-चार पेड़ मुझे राहत देते हैं; मेरे लिए एयर कंडीशन हैं।

धूप भी अलग-अलग रूप धारण करती है; और उसका अहसास धीरे-धीरे होता है। धूप का भी एक सौन्दर्य है; उसकी भी एक अवस्था है—यह अब मैं जान सका हूँ।

शरीर से पसीना अभी भी बह रहा है। कहते हैं पसीने के साथ शरीर का कचरा बाहर निकलता है। परन्तु यह कचरा निकल रहा है या मेरा जीव निकल रहा है—यह मेरी समझ में नहीं आता। पर गरमी की अब आदत पड़ती जा रही है। पर्वत-शिलाओं से टकराकर जब धूप वापस आती है, तब उसको सहन करना मुश्किल हो जाता है। पहाड़ियों से भाप ऐसे निकलती है मानो धरती हाँफ रही हो। फिर वहाँ वृक्ष-पौधों की क्या बिसात! जिसकी हरियाली बच सकती है, उसके पानी का भाप बन जाने से उसके पत्ते मुरझा जाते हैं। पत्तों के बिना दोपहरी खाने को दौड़ती है। कितने पत्ते तो असमय ही झड़ जाते हैं मानो दुष्ट धूप ने अपने नखयुक्त हाथों से उनकी कान्ति का हरण कर लिया हो। इतना ही नहीं, बवंडर के साथ उड़ते रजकण से दिशाएँ धुँधली बन जाती हैं। इसका अनुभव मैं इस समय लगातार कर रहा हूँ।

अहमदाबाद में तो ग्रीष्म की दोपहरी में घर के खिड़की-दरवाजे बन्द करके पंखा चला लेते हैं। सँकरी गलियों के ऊँचे-ऊँचे मकानों में ठंडक रहा करती है। अरे! गली में नीचे तक तो धूप भी नहीं पहुँच पाती। यहाँ तो मकान है, पर बिजली नहीं। खिड़कियाँ बन्द करूँ तो पूरे शरीर से पसीने के सोते फूट पड़ते हैं। अगर

खिड़कियों को खोलता हूँ तो जासोर की गिरिमालाओं का गरमागरम पसीना उड़कर आता है और शरीर को ज्वाला की तरह जलाता है। क्या करूँ मैं? हाँ, थोड़ी राहत मिली है। हमीर सिंह दो दिन पहले एक नया मटका लाया है। उसके ऊपर भीगा चट लपेटकर उसमें पानी भरकर रख दिया है। पानी ठंडा रहता है। फ्रीज यहाँ कहाँ से मिलेगा? आवाँ में पका हुआ यह मटका ही मेरा फ्रीज है।

आज मौसम में थोड़ा बदलाव आया है। आकाश में बादल दिख रहे हैं। यद्यपि सुबह की हवा में जंगल की ठंडक आती है। एकदम सुबह ठंडी हवा के झोंके आते हैं, तब खर्राटेदार नींद आती है। परन्तु सुबह की धूप में तो नरमी नहीं, गरमी होती है।

मैं सामनेवाली पहाड़ी पर जाता हूँ। पहाड़ी बहुत ऊँची नहीं है। उस पर चढ़ने में बहुत तकलीफ भी नहीं होती। इस पहाड़ी पर से जासोर की एक झलक मिल जाती है। अगल-बगल की तलहटियों में एकदम नीचे तक बेरोक-टोक नजर जा सकती है।

मैं आश्चर्यचकित हूँ कि ग्रीष्म की ऐसी भीषण गरमी में चारों ओर अमलतास दिल खोलकर फूला हुआ है। यद्यपि वह पहले से ही फूला हुआ है। परन्तु मेरी नजर उस पर आज ही पड़ी है। आज ही मैं उसे देख रहा हूँ। मेरी नजर धीरे-धीरे जासोर की पहाड़ियों पर चढ़ रही है। कितने ही अमलतास पंख के आकार के लटकते अपने पत्तों के कारण अत्यन्त नयनाभिराम लग रहे हैं। तराजू की डंडी जैसी उसकी गहरे कत्थई रंग की फलियाँ हवा में झूलती हुई दिख रही हैं। कितनों के पत्ते पतझड़ में पूरी तरह से झड़ गये हैं, इसलिए ऐसा लगता है, वे पीले रंग का कुर्ता पहनकर खड़े हैं। तोरण की तरह लटकीं उनके फूलों की कलगियों को देखने का भी एक अनोखा सुख है। थोड़ी-थोड़ी दूर पर, पूरे जंगल में, पीले रंग से लदे हुए अमलतास के ऐसे आह्लादक दृश्य दिखाई देते हैं मानो पीले वस्त्र पहने छोटी-छोटी परियाँ स्वर्ग से उतर आयी हों। उसके आकर्षण का मुझ पर ऐसा असर हुआ है कि मैं अपनी सुध-बुध खो बैठा हूँ; क्योंकि मुझे आज तक ऐसी प्रतीति नहीं हुई। आज मेरी एक नयी दृष्टि खुल गयी है।

''साऽब!...'' हमीर सिंह जाने कब से मुझे बुला रहा है। पर मैं तो अमलतास के सौन्दर्य का रसनाद सुन रहा हूँ; फिर कैसे मुझे किसी दूसरे की आवाज सुनाई पड़ती!

चौंककर नींद से जगा होऊँ—इस तरह हमीर सिंह की ओर देखता हूँ। वह मुस्कुराते हुए मेरी ओर देख रहा था। मैं भी मुस्कुरा पड़ता हूँ।

''हमीर सिंह!...क्या तुम्हें ऐसा नहीं लगता कि ये पीली-पीली ओढ़नियाँ पूरे जंगल पर उड़ रही हैं?'' मैंने उससे पूछा।

''साऽब!...ई तो गरमी की मेहरबानी है। गरमी जितना जियादे होगी, अमलतास भी उतना ही फूलेगा।'' उसने कहा और वह भी फूले हुए अमलतासों को देखने लगा।

''अमलतास सुन्दर दिखता है इतनी ही उसकी खासियत नहीं है। उसकी फलियों में से गुड़ जैसा मीठा पदार्थ भी निकलता है।''

''इसकी फलियाँ मीठी होती हैं?'' मैंने आश्चर्य से पूछा।

''आप लोगों को तो साब!...शहर में...दवा...डॉक्टर...सब कुछ मिल जाता है। पर हम कहाँ जाएँ? हमारे तो सबसे बड़े डॉक्टर ये झाड़ ही हैं।'' हमीर सिंह ने कहा।

''वह कैसे?'' मैंने पूछा।

''साब!''...जब किसी को कबज हो जाती है, तब अमलतास का बीआ पीसकर पिला देने से उसका पेट साफ हो जाता है।'' हमीर सिंह एक कुशल वैद्य की तरह बोला।

''कैसी बात करते हो?'' मुझे आश्चर्य हुआ।

''अरे साब!...खून की कोई भी बीमारी इससे ठीक हो जाती है। जर-बुखार में भी ई काम आता है।...खाना हजम नहीं होता...या फेफड़ों में कफ भर जाता है, तब इसका ई उपयोग हम करते हैं।'' हमीर सिंह अमलतास के गुण मुझे समझाने लगा।

''तुम्हे कैसे पता कि इन सब तकलीफों में अमलतास काम में आता है?'' मैंने पूछा।

''एक बार मुझे कबज हो गया था। बहुत दवा करने पर भी ठीक नहीं हो रहा था। तब मेरे दादा ने मुझे अमलतास का बीआ खिलाया और मेरा पेट साफ हो गया। उन्होंने मुझे अमलतास के फायदे भी बताये।''

मैं मुग्ध भाव से बैठा रहा। मेरा मन कहीं खो गया था। मेरी पीठ पर धूप स्थिर हो गयी थी इसका भी ध्यान मुझे न रहा। मुझे बड़े-बड़े अस्पताल, नामी डॉक्टर, नर्सें और मारे-मारे फिरते मरीजों के स्वजन दिखाई दे रहे थे। रजिस्ट्रेशन कराओ, नम्बर लो, किस मर्ज़ के लिए किस डॉक्टर से मिलना है, एक्स-रे कहाँ निकलता है, खून-पेशाब की जाँच कहाँ होती है—यह सब पता करो; यानी कि केस निकालने के साथ ही ये सारे धन्धे शुरू हो जाते हैं। 'सेवा' शब्द तो सारे क्षेत्रों से बाहर निकलकर गाँधीजी के साथ गोली खाकर परलोक सिधार गया।

कहाँ ये अबुध ग्रामीण; और कहाँ वो शहर के प्रख्यात डॉक्टर!

''हमीर सिंह, बीमार पड़ने पर तुम किसी अस्पताल में जाते हो या नहीं?''

''साब!...ई जंगल हमारा इस्पिताल है। ई पेड़-रूख हमारे डाक्टर हैं। फिर

अउर कहाँ जाना?" हमीर सिंह ने सहज भाव से कहा।

इस आदमी ने क्या राजा कनिष्क के राजवैद्य या आयुर्वेद के आचार्य चरक का नाम सुना होगा? क्या इसे मालूम होगा कि आ. चरक ने प्राचीन अग्निवेशतन्त्र का नया संस्करण किया, जो 'चरकसंहिता' के नाम से मशहूर है?

'चरकसंहिता' का अनुवाद भारतीय भाषाओं के अलावा अँग्रेजी, फ्रेंच, अरबी, फारसी, रूसी आदि भाषाओं में भी हुआ है। परन्तु उसमें वर्णित प्राचीन संस्कृति, दर्शन और विज्ञान का ज्ञान तो हमीर सिंह की जोभ की नोक पर विराजमान है। इसने आयुर्वेद का अध्ययन तो नहीं किया है; परन्तु वनस्पतियों के बीच रहते हुए उनसे परिचित हो गया है। पारस्परिक साहचर्य ने परिचय का रूप ले लिया है।

यह सब विचार करते हुए मुझे ध्यान ही नहीं रहा कि पसीने से मेरे कपड़े भीग गये हैं। कपाल रूपी आकाश से बारिश के फव्वारे फूट रहे हैं। मैं ताप और अमलतास के बीच बैठा हूँ। अमलतास के पीले फूलों का रंग धूप के रंग के साथ एकाकार हो गया है। जब दोनों रंग एक-दूसरे में मिल गये हों, तब लगता है मानो सूर्य जंगल में लोट-पोट कर रहा है।

मैं धूप को शिरोधार्य करता हूँ और हमीर सिंह के साथ रेस्ट हाउस की ओर चल पड़ता हूँ।

चार

यहाँ मुझे क्या काम करना है, इसका मुझे पता नहीं है। मुझे यहाँ किस काम के लिए रखा गया है, यह मेरे अधिकारी भी नहीं जानते। हाँ, आर.एफ.ओ. के रूप में क्या करना होता है, यह मुझे पता है। जैसे कि मेरे अधिकार-क्षेत्र में आनेवाले वन और वन-सम्पदा की सुरक्षा करना, उसका संवर्धन करना, वार्षिक योजना के मुताबिक पौधे उगाना, उन्हें रोपना, उनकी देखभाल करना, आवश्यक होने पर चेक-डैम, मकान या तालाब का निर्माण करना, वन उत्पाद को नीलामी द्वारा बेचना, वन्य प्राणियों की सुरक्षा आदि।

परन्तु यहाँ की स्थिति भिन्न है। यहाँ के कार्य के विषय में जानकारी रखनेवाला एकमात्र व्यक्ति हमीर सिंह है। पर वह तो चिट्ठी का चाकर है। यहाँ पर आनेवाले अधिकारी, चपरासी, रसोइया, मार्ग-दर्शक अथवा उसकी देखभाल करनेवाला—जो है, वही एक ही है—ऑल इन वन।

मैं आलमारी में रखे कुछ कागजों को देखते हुए खड़ा हूँ। उसी समय हमीर

सिंह आकर दरवाजा खटखटाता है। मैं उसे अन्दर आने के लिए कहता हूँ। वह अन्दर आकर कहता है, ''साब!...झकशी आपसे मिलने के लिए आया है। आप कहें तो उसे बुलाऊँ।''

मैं नहीं जानता यह झकशी कौन है! फिर भी मैंने सिर हिलाकर अनुमति दे दी। कागजों को फिर से आलमारी में रखा और आलमारी बन्द करके बाहर आया। बरामदे में भरवाड़ (एक पशुपालक जाति) जैसा दिखनेवाला एक आदमी दीवार से सटा खड़ा था।

उसके हाथ में एक लम्बी लाठी थी। सिर पर लाल साफा बँधा हुआ था। उस पर काले ऊन से बनी हुई मोटी रस्सी लिपटी हुई थी। दोरी वाला अँगरखा तथा मारवाड़ी ढंग की मोटी धोती पहने हुए था। पाँवों में लम्बी चोंचवाले चमड़े के फटे हुए जूते थे। उसके कपड़ों में, लगता था, पूरे वर्ष का पसीना जमा होकर सूख गया हो और ग्रीष्म में उड़ती धूल उसमें प्लास्टर बनकर जड़ गयी हो।

झकशी की आँखें बड़ी-बड़ी और मूँछें लम्बी थीं। सुनसान जगह में किसी को मिल जाए तो उसे बटमार ही लगेगा। शरीर उसका लम्बा-चौड़ा था। उम्र होगी पचास-पचपन की। फिर भी था मजबूत काठी का। आँखों की लाली बरबस आँखों को खींचती थी।

मैं बाहर आया। मुझे देखते ही वह झटपट हाथ की लाठी दीवार से टिकाकर लगभग दौड़ते हुए मेरे पास आया। सिर पर रखी लाल पगड़ी उतारकर मेरे पैरों पर रखी और हाथ जोड़कर खड़ा हो गया। मैं उसका ऐसा व्यवहार देखकर थोड़ा पीछे हट गया। ''साब!...आप तो हमारे माई-बाप हैं।'' अकारण उसने गिड़गिड़ाना शुरू कर दिया। यह कौन है, क्यों आया है, इसको क्या चाहिए था—इसकी मुझे कोई जानकारी नहीं थी। वह जब नजदीक आया, तो उसके कपड़ों से बदबू आ रही थी। मैंने हमीर सिंह को आवाज दी। वह आया, तो मैंने उससे पूछा, ''झकशी क्यों आया है?''

''साब!...ये लोग जंगल में गाय-बकरी चराते हैं। वइसे तो ये बाड़मेर की तरफ से आते हैं। पर जब भी कोई नये साहब आते हैं, तब ये सलाम करने आ जाते हैं, ताकि कोई इन्हें परेशान न करे।'' हमीर सिंह ने कहा।

''ये लोग कहाँ रहते हैं?'' मैंने पूछा।

''जंगल में जहाँ समतल जमीन होती है, वहीं डेरा-तम्बू तानकर पड़े रहते हैं। जब बरसात का समय आता है, तब ये वापस अपने गाँव चले जाते हैं।'' हमीर सिंह ने समझाते हुए कहा।

''पर...यह मेरे पाँव क्यों पड़ रहा है?'' मुझे उसके व्यवहार से आश्चर्य हुआ था। मैंने उससे बैठने के लिए कहा, तो वह नीम के पेड़ के नीचे रखे पत्थर पर

जाकर बैठ गया। उसकी पगड़ी खुल गयी थी। उसे फिर से बाँधने लगा।

मेरे अन्दर चले जाने के बाद उसने हमीर सिंह से कुछ कहा। हमीर सिंह ने मुझसे कहा, ''साब! झकशी आपको अपने हिआँ बुलाने आया है।''

''टीक है, उससे कहो कि कभी उधर आना हुआ, तो उसके यहाँ जरूर आऊँगा।'' कहकर मैं आलमारी खोलने जा रहा था, तभी हमीर सिंह फिर से आकर बोला, ''साब!...उसकी एक बिनती है कि उसके मवेशियों को पीने के लिए पानी की एक बूँद भी नहीं मिली। आपके हैंडपाइप से थोड़ा पानी मिल जाए, तो बड़ी मेहरबानी होगी।''

एक बात तो सही है कि इतने दिनों से मैं यहाँ हूँ और देखता हूँ कि ग्रीष्म की गरमी सबको व्याकुल किये हुए है। जासोर रेस्ट हाउस के ओसारे में एक हैंडपम्प है। उसके अलावा मैंने और कहीं पानी नहीं देखा। हमीर सिंह कहता है कि बड़ी मुसीबत से पानी का एक सोता मिला था।

इस इलाके की सबसे बड़ी मुश्किल पानी की है। पानी के बिना क्या हो सकता है। पानी तो जीवन है। उसको हाँ कहें कि ना! उसके बेजबान पशुओं का ख्याल आता है। जीवन मात्र के लिए, जीने के लिए पानी तो चाहिए ही। मैं उलझन में पड़ गया। लोग गरमी में पानी का प्याऊ चलाते हैं।

मैंने हमीर सिंह से कहा, ''इस हैंडपम्प का पानी कितने समय तक चलता है।''

उसने कहा, ''साब! अन्दर का सोता तो खुला ही रहता है। इसलिए कोई दिक्कत नहीं होगी।''

''ये लोग हर वर्ष आते हैं?'' मैंने जानने के लिए पूछा।

''हाँ साब!...माघ महीने की अन्हरिया (कृष्णपक्ष) में ये लोग आ जाते हैं; क्योंकि बाड़मेर की तरफ एकाध बारिश हो कि न हो—पर ये लोग अपने माल को बचाने के लिए इस तरफ आ जाते हैं।''

''माल को तो घर में भी बचाया जा सकता है।'' मैंने कहा।

हमीर सिंह थोड़ा मुस्कराकर बोला, ''साब!...उनके माल उनके मवेशी हैं।...मवेशियों तक ही उनका सारा संसार है।''

मुझे अपनी अज्ञानता पर हँसी आ गयी। फिर मैंने पूछा, ''हर साल ये क्या करते हैं?''

''हर साल तो दिवाणी की तरफ वाले जंगल में थोड़ा पानी रहता है। इस साल बारिश नहीं हुई, इसलिए इस साल हुआँ भी पानी नहीं है।''

''ठीऽक है।'' मैंने ज्यादा कुछ सोचे-विचारे बिना कह दिया। हमीर सिंह ने झकशी को बताया—वह तो बेचारा एकदम खुश हो गया : ''भगवान आपका भला

करें। आपने हम जइसों की मदद की है।'' इस तरह अपनी खुशी व्यक्त करता हुआ वह चला गया।

झकशी के पास थोड़ी गायें थीं; और थोड़े बकरी-बकरे थे। मैंने सोचा—वे अन्दर आएँगे, तो पेड़-पौधों और फूल-पत्तियों को नुकसान पहुँचाएँगे। इसलिए हमीर सिंह से कहा, ''कम्पाउंड वॉल के बाहर एक छोटा-सा गड्ढा बना दो; और उसमें पानी भर दो—उसी में से वे पानी पी लेंगे।''

''ठीक है साब!...एक कुंडी बना देता हूँ।'' यह कहकर हमीर सिंह एक कुदाल लेकर काम में लग गया। दोपहर होते-होते तो उसने इस पथरीली जमीन में एक अच्छा-खासा गड्ढा तैयार कर दिया। हैंडपम्प से उस गड्ढे तक पानी ले जाने के लिए एक नाली बना दी।

दूसरे दिन तो, सवेरा होते ही, गायों के रँभाने की आवाजें आने लगीं। उनके मालिकों का टोकारा और पुचकार भी सुनाई पड़नें लगा। बच्चों की चिल्ल-पों तथा बकरी-बकरों की मेंऽ...मेंऽ भी उसमें मिली हुई थी मानो पूरा गाँव उमड़ पड़ा हो।

मैं सोचने लगा—इन ऊँचे-ऊँचे पर्वत शिखरों पर ये गायें किस तरह घूमती होंगी! इस गरमी में क्या खाती होंगी?

तभी सूरज की धुँधली किरणों के साथ धूल के गुबार दिखाई पड़ने लगे। हमीर सिंह तो सुबह से ही उस गड्ढे को पानी से भरने में लग गया था। उसने रात में ही कहा था, ''साब!...गायों की सेवा भगवान की सेवा के बराबर है। गाय तो हमारी माँ है।''

उसे तो काम मिल गया था। उसका उत्साह उसके चेहरे पर झलक रहा था।

कितने ही दिनों के बाद मैं आदमियों और जानवरों की आवाज सुन रहा था।

इन जंगलों का—अरे! इस पूरे इलाके का—सबसे विकट प्रश्न है पानी! क्या किया जाए पानी के लिए? ऐसा एक यक्ष प्रश्न आकर खड़ा हुआ मेरे मन के द्वार पर।

पाँच

यहाँ मेरे पास समय के अलावा कुछ है ही नहीं। अहमदाबाद में तो मैं कहा, 'अभी समय नहीं है।' पर यहाँ कुछ काम नहीं, इसलिए समय-ही-समय है। फिर भी, आदमी समय काटने के लिए कुछ-न-कुछ करता ही रहता है। पर, मैं यहाँ क्या करूँ? कोई काम न होने पर भी मन तो समय की अँगुली पकड़कर चलता ही रहता है।

आदमियों की भीड़—जन-समूह—पीछे रह गया है। माणिक चौक की धक्का-मुक्की और लाल दरवाजा के बस स्टेशन की बस में बैठने के लिए लगी लाइनें यहाँ नहीं हैं। फिर भी, यहाँ जो भीड़ है, उसके साथ दोस्ती बनती जा रही है। मन खाली हो तो बुरे विचार आते हैं। निकम्मापन आदमी को निगल जाता है। इसलिए कुछ तो करते ही रहना चाहिए।

मेरे नये परिवार में बन्दरों का झुंड शामिल हुआ है। हाँ, काँकरिया के चिड़ियाघर में बन्दरों को देखा था अथवा कहीं आते-जाते रास्तों पर इनके झुंड देखे थे, पर यहाँ तो इनके साथ बातें करने का, इनको सुनने का, इनके उत्पात देखने का, इनकी टोली के मुखिया की दादागिरी का आनन्द ले रहा हूँ। बन्दरों का भी एक संसार होता है।

एक बन्दरिया को कल से एक ही जगह पर देख रहा हूँ। उसकी वजह जानने के लिए मैंने हमीर सिंह से पूछा, तो उसने बताया कि उसका बच्चा मर गया है। मैं उसकी ओर जाता हूँ। मेरे पीछे-पीछे हमीर सिंह भी आता है। फिर वह मुझसे कहता है, "साब! आगे मत जाइएगा।" मैं रुक जाता हूँ और वहीं एक पत्थर पर बैठ जाता हूँ और उस बन्दरिया की तरफ देखने लगता हूँ।

मातृत्व का क्या मतलब है? उसकी तीव्र अनुभूति मुझे होती है। बिना खाये-पीये यह माता अपने मृत बच्चे के पास बैठी बिसूर रही है। यह देखकर मुझे आघात लगता है। मैं अन्दर से हिल उठता हूँ। एक दिन मेरी भी माँ मुझे हमेशा के लिए अकेला छोड़कर चली गयी थी। आज उसका चेहरा मेरी आँखों के सामने आकर खड़ा हो जाता है। माँऽऽ!...मैं भाव-विभोर हो उठता हूँ। मेरी आँखों में आँसू आ जाते हैं। मुझसे थोड़ी ही दूर पर हमीर सिंह खड़ा है। मुझे आँसुओं को रोक लेना चाहिए, परन्तु अनजाने में मेरे आँसू बहने लगते हैं। मेरे आँसुओं को देखकर हमीर सिंह आँखें बन्द कर लेता है। मैं हिचकियाँ लेने लगता हूँ।

मेरे अन्दर एक साथ दो भाव तूफान मचाने लगते हैं। एक तो मेरे अन्दर मातृत्व प्रकट हुआ है—एक बेजुबान प्राणी भी आखिर माँ है। मातृत्व का अर्थ मुझमें अनेक सन्दर्भ प्रकट करता है। माता किसे कहा जाएगा? मातृत्व का मतलब क्या है? यह मैं महसूस कर रहा हूँ और दूसरी बात यह कि मुझमें मेरी माँ आकर खड़ी हुई है। मैं एक माता हूँ और मेरे सामने जो आकर खड़ी हुई है, वह भी माता है। कैसा है यह करुण दृश्य! भूखे-प्यासे अपने मृत बच्चे के पास बैठी निःश्वास छोड़ती माँ!

बन्दरिया अपने मृत बच्चे पर हाथ फेर रही है। वह एकटक अपने बच्चे को देख रही है और बार-बार उस पर हाथ फेर रही है मानो उसके शरीर से जूएँ निकाल रही हो। फिर इधर-उधर देखती है। उसकी आँखों से लाचारी टपक रही है। आँखों से आँसू बहकर आँखों के नीचे सूख गये हैं, जिसकी नमी बालों में दिखाई दे रही

है।

दूसरे दिन भी वही दृश्य!

शाम का समय है। बन्दरिया अपने बच्चे को एक हाथ से उठाकर छाती से लगाती है मानो उसे दूध पिला रही हो। बच्चे को उठाये थोड़ा आगे बढ़ती है तभी एक आश्चर्यजनक घटना होती है।

आसपास के पेड़ों से उतरकर एक-एक करके बन्दर धीमी चाल से उसके पास आते हैं। बन्दरिया अपने मृत बच्चे को नीचे रखकर गुमसुम बैठी है। दूसरे सभी बन्दर उसके आगे-पीछे बैठ जाते हैं। कोई हिलडुल नहीं रहा है मानो किसी का मातम मनाया जा रहा हो—ऐसा माहौल बन गया है। परिवार किसे कहा जाता है—संयुक्त परिवार की व्याख्या नजरों के सामने उपस्थित है। बीच-बीच में एक-दो बच्चे उछल-कूद करते हैं, पर उनकी माँएँ उन्हें पकड़कर बैठा लेती हैं मानो उन्हें परिवार की रीति-नीति सिखा रही हों।

मैंने कल जब हमीर सिंह से पूछा था कि रात में कोई हिंसक प्राणी आकर इस बन्दरिया को तथा इसके बच्चे को खा तो नहीं जाएगा; तब उसने बताया था कि रात में वह अपने मृत बच्चे को लेकर पेड़ पर बैठी रही। मैंने खुद देखा था; क्योंकि मुझे भी आपकी ही तरह ऐसी शंका हुई थी।

मैंने सोचा, एक शरीर के साथ इसकी कैसी माया है!

थोड़ी देर बाद टोली का सरदार एक पेड़ से उतरकर, धीमी गति से, बन्दरिया के पास जाता है। दूसरे बन्दर आगे-पीछे होते हैं। सरदार जाकर बन्दरिया के पास बैठता है, थोड़ी देर तक मृत बच्चे को देखता है, फिर अगल-बगल देखता है मानो कोई उपाय खोज रहा हो। वह अपने हाथों से बन्दरिया की पीठ सहलाता है। बन्दरिया नजरें झुकाकर अपने मृत बच्चे के सूखे शरीर को देखने लगती है। फिर सरदार ने धीमे से आवाज की। सभी बन्दर धीमे से उठ खड़े हुए। बन्दरिया भी खड़ी हुई। सभी धीरे-धीरे चलने लगे। उनके पीछे-पीछे वह भी चलने लगी। सरदार सबके पीछे चला। बन्दरिया मुड़-मुड़कर पीछे देखती जाती थी। उसकी नाल का नाता हमेशा के लिए खत्म हो गया था।

सभी चले गये।

मैं बैठा रहा। उस एक प्राणी ने मेरे चेतन-तन्त्र को एक जबरदस्त धक्का दिया था। मनुष्य के उत्पत्ति काल तक मेरी चेतना पहुँच गयी थी। दो दिनों तक अपने मृत बच्चे के पास बैठकर बिसूरती एक माता! आसपास के वृक्षों पर बैठे उसके स्वजन! मृत्यु का कैसा शोक पसर गया था पूरे वातावरण में! बिलखता मातृत्व, कुटुम्ब की उत्तम भावना, एक-दूसरे को सँभालने की रीति; दूसरे के दुख में सभी दुखी! मैं भी उसका एक भाग हूँ। उनके साथ युगों का नाता मैं अनुभव कर रहा हूँ।

अब मैं खड़ा होता हूँ...
धीरे-धीरे अँधेरा छाने लगा है।

छः

"चलिए साब!...चलने की इच्छा हो तो!" कहते हुए हमीर सिंह सामने आकर खड़ा हुआ। मैंने तय किया था कि यहाँ सबका परिचय प्राप्त करूँगा। उनमें से हमीर सिंह 'शिकरा बाज' (बाज से थोड़ा छोटा शिकारी पक्षी) ही था। एक-एक पत्थर से उसकी पहचान। हरेक शिला उसे जानती थी। वृक्षों के पत्ते-पत्ते उसके परिचित थे। रात में कौन पक्षी किस पेड़ पर निवास करता है और सुबह उड़कर कहाँ जाता है—एक-एक बात की खबर उसे रहती। बरसात में कौन झरना कहाँ से निकलता है और किधर-किधर से होते हुए किससे-किससे मिलता है—इस सबकी जानकारी उसे थी।

ये किस प्राणी के पैरों के निशान हैं; वह कब यहाँ पर आया होगा; किस दिशा में गया होगा—इसकी जानकारी उसे तुरन्त हो जाती। कीड़ों-मकोड़ों से लेकर शेर, बाघ, भालू तक के बारे में जानकारी रखने के कारण, जिसके प्रति सहज ही सम्मान का भाव पैदा होता है—ऐसा यह हमीर सिंह, धारिया की धार पर अँगुली फेरते हुए, मेरे सामने खड़ा है।

इन पहाड़ों की गोद में सोया होऊँ—ऐसा मुझे महसूस होता है—जैसे कोई बालक अपनी माँ की गोद में खेलता है। ऐसा मुझे अन्दर से महसूस होता है कि मैं इन पहाड़ों और वनमालाओं के साथ हिलने-मिलने लगा हूँ। बरामदे में कुर्सी डालकर बैठे-बैठे प्रेम से इन पहाड़ों को पीया जा सके—इतने नजदीक ये लगते हैं। दिनों-दिन इन पहाड़ों को मुझे छककर पीना है। इसका आनन्द मेरे रोम-रोम में फूट रहा है।

जब भी मैं इन पहाड़ों की, वनस्पतियों की, जंगल-झाड़ की, पत्थरों की, वृक्षों और पक्षियों की, झरनों की और अघोरी बाबाओं की बातें यहाँ सुनता हूँ, तब मेरे मन में बैठे हुए अनेक अघोरी बाबा सिर झकझोर कर 'अलख' पुकारते हुए उठ खड़े होते हैं।

अब मुझे बार-बार ऐसा लगता है कि हम जिस संसार में रहते हैं, उससे भिन्न अनेक संसार मौजूद हैं, जिनकी हमें जानकारी नहीं है। इसी कारण हमें अपना ही संसार महान दिखाई देता है।

उनको देखकर मैं एकदम से डर गया। मैं पीछे हटने लगा।

यह देखकर हमीर सिंह ने कहा, ''साब!...इसमें घबराने की कोई बात नहीं है। ये भी आदमी हैं हमारे जैसे।''

हम सावधानी से चल रहे थे तभी एक शिला के पीछे से तीन जन अचानक बाहर आये। ये कोई जंगली प्राणी होंगे, यह सोचकर मेरे मन में कँपकँपी-सी दौड़ गयी, पर हमीर सिंह ने हिम्मत बँधाई।

लँगोटी के सिवाय उन तीनों के शरीर पर कुछ भी न था। उनमें जो बड़ा था, उसके पास तीर-कमान थी। उनके दाँतों और आँखों को छोड़कर उनका पूरा शरीर काला था मानो सारा शरीर अलकतरे का बना हो। जब वे शिला के पीछे से झट से निकले, तो मुझे यही लगा कि भालू आ गये। मेरी घबराहट देखकर हमीर सिंह हँस पड़ा और अपने हाथ का धारिया मुझे दिखाया।

हम 'आता' से मिलने जा रहे थे। हमीर सिंह का उसके साथ घरेलू सम्बन्ध था। हम काफी दूर आ गये थे। हम चुपचाप, एक पहाड़ी से दूसरी पहाड़ी को चढ़ते-उतरते चले जा रहे थे। सामनेवाली पहाड़ी पर 'आता' रहता था। उसका घर यानी एक झोंपड़ी। इन वनवासियों का गाँव चार-पाँच किलोमीटर में बसा हुआ था। एक घर यहाँ तो दूसरा दूसरी पहाड़ी पर। इतना फैलाव, पर परेशानी किसी को कोई नहीं। किसी अच्छे-बुरे अवसर पर ही सभी एक-दूसरे से मिलते। उनको एकत्र करने के लिए ढोल बजाना पड़ता। ढोल की आवाज यानी सबको इकट्ठा होना है, यह सभी जानते हैं।

'आता' लँगोटी पहने दूर भैंस को हाँक रहा था। वह हमें देखकर पास आया। उसने हमारा स्वागत किया, पर वह क्या बोला, यह मैं न समझ सका। हमीर सिंह ने उसके स्वागत का जवाब दिया। हम जाकर पास के एक पत्थर पर बैठे। वही उसकी कुर्सी और वही उसका सोफासेट! हमीर सिंह ने उससे कुछ कहा, तब उसने हाथ जोड़ा और हँसा। उसकी हँसी में पत्तों की नमी थी और उसकी आँखों में आकाश का आनन्द!

हमीर सिंह ने मेरी ओर देखकर कहा, ''जिन तीन जनों को हमने देखा था, यह उनका सगा काका है।'' वह भी खुशी से झूम उठा। लगभग पाँच वर्ष का उसका छोकरा सुन्दर लग रहा था। वह झोंपड़ी में बैठे-बैठे टुकुर-टुकुर हम लोगों को देख रहा था।

वे तीनों भाई थे। उनके माँ-बाप बचपन में ही गुजर गये थे। फिर तो काका के आश्रित बनकर तीनों जंगल में घूमा करते। कुछ फल-फूल या कोई शिकार भूनकर अपनी भूख मिटा लेते। यह जंगल, पहाड़, पत्थर ही उनका घर!...यही उनके माल-सामान; और यही उनकी पैतृक सम्पत्ति।

वर्षों पहले की बात है। एक बार जाड़े की कड़कती ठंड में, जंगल से लकड़ियाँ इकट्ठी करके उन्हें जलाकर ये तीनों छोकरे ठंडी भगा रहे थे। पूरे जंगल में हवा पहरा दे रही थी। पेड़-पौधे गहरी नींद में सोये हुए थे। पहाड़, पत्थर, शिलायें अन्धकार की गोद में दुबकी हुई थीं। कभी-कभी किसी जंगली जानवर की आवाज सारे वातावरण को कँपा देती थी।

काली रात को ओढ़कर सारा जंगल सो रहा था। उस समय जंगल के एक कोने में, आग की लपट के उजाले से पेड़ और पत्थर नहाये हुए थे। तीनों भाई आग में जलती लकड़ियों को इधर-उधर करते थे, तो उनमें से चिनगारियाँ उड़ती थीं। यह देखकर छोटा मौज में आ गया। तीनों का अट्टहास रात के अन्धकार को चीरते हुए पहुँच रहा था पहाड़ियों की चोटियों पर।

परन्तु अचानक उनकी हँसी थम गयी, जिज्ञासा से उनके कान खड़े हो गये। घास में दबे पाँवों की आवाज...। कौन होगा...? क्या होगा? तभी एक हल्की गरज सुनाई पड़ी। जंगल में उसकी प्रतिध्वनि हुई। पक्षी पंख फड़फड़ाने लगे। दूसरे प्राणी भाग-दौड़ करने लगे। सोया जंगल अचानक जाग उठा। चिड़ियाँ चहचहाने लगीं। उल्लू घूऽ-घूऽ...की आवाज करने गले।

"कुक्कर होवेगा..." बड़ा बोला। ये वनवासी बाघ को कुत्ता ही समझते हैं। पानी में रहना और मगरमच्छ से डरना कितना उचित है! इन तीनों में से किसी का भी एक रोवाँ नहीं हिला। आग तापते हुए वे बैठे रहे मानो कुत्ते की बाट जोह रहे हों।

धीरे-धीरे बाघ की पदचाप नजदीक आयी। बड़े ने तीर-कमान सँभाली। जलती हुई आग के उजाले में चमकती हुईं दो आँखें दिखाई पड़ीं। बाघ स्थिर गति से आता हुआ दिखाई पड़ा। सामने मौत खड़ी थी फिर भी कोई हिल-डुल नहीं रहा था। इन छोकरों के पेट का पानी भी नहीं हिलता था। कोई चीख नहीं, कोई शोर नहीं, मात्र बाघ पर स्थिर थीं छः आँखें। उसकी गति पर निगाह थी।

बाघ धीमी गति से पूँछ हिलाते हुए पास आया। छोटे लड़के के थोड़ा नजदीक आकर पसरकर बैठ गया मानो कोई आदमी आग तापने आया हो। छोटा तो बिना हिले-डुले शान्ति से बैठा रहा।

सचमुच बाघ भी ठंडी भगा रहा था। थोड़ी देर के बाद उसमें गरमी आयी। फिर उसकी नजर इन लोगों पर पड़ी। अपने पाँवों के सहारे थोड़ा ऊपर उठा। फिर बैठ गया। फिर जम्हाई लेने लगा। मौका देखकर छोटे छोकरे ने जलती लकड़ी की लुकाठी जोर से बाघ के मुँह में डाल दी। बाघ चीखकर ढेर हो गया। उसके बाद तो तीनों ने जलती लकड़ियों से बाघ पर सामूहिक हमला कर दिया और उसे ठंडा कर दिया कड़कती ठंड में।

आज की घड़ी और कल का दिन!

यह बात उसके काका ने हमें बतायी। बाँस-मिट्टी से बने घर में से लाकर जब बाघ का चमड़ा हमें दिखाया—तब मेरी आँखों के सामने वे तीनों छोकरे घूम गये।

जीवन में कभी-कभी देखे गये कुछ दृश्य स्थायी रूप से सुरक्षित हो जाते हैं। आज भी उन तीनों लड़कों का दृश्य मेरी आँखों में—मेरे मन में—सुरक्षित है। काश! मैं चित्रकार होता।

यह वस्त्रहीन बालकों का पराक्रम था। उन्हें किसी ने राष्ट्रपति पुरस्कार या शौर्य पदक नहीं दिया। मुझे जब भी यह बात याद आती है तब पूरे शरीर में एक सिहरन पैदा हो जाती है और बिल्ली को देखकर भागनेवाले, अपनी गली के बच्चे मुझे याद आ जाते हैं।

हम उठे तब सूरज अभी डूबा न था। पर हमारे चारों ओर फैली पर्वतमालाएँ चित्र-विचित्र रूप धारण करके हमारी ओर देख रही थीं। डूबते सूरज की किरणें तो हमारे सामने की ओर थीं। हम तो उनकी शीतल छाया से ढँक गये थे।

ऐसा प्रतीत होता था मानो पहाड़ों की परछाईं में सारा जंगल राहत की साँस ले रहा हो। हमें तेजी से चलना था। पहाड़ी जंगल को पार करके हमें पहुँचना था 'जासोर रेस्ट हाउस'। इधर मेरे मन में घबराहट का बवंडर उठ रहा था, पर साथ ही तीन वनवासी बालकों का पराक्रम याद आ रहा था।

धीरे-धीरे अन्धकार उतर रहा था। वृक्षों की हरियाली कालिमा में बदल रही थी। पहाड़ियों पर पहाड़ियाँ पार होती जा रही थीं सिर्फ मौन में। हमीर सिंह की उँगली पकड़े बहुत कुछ पार करके मैं आ पहुँचा 'जासोर रेस्ट हाउस'। फिर आकाश में उगे चन्द्र की शीतल चाँदनी में पहुँचकर सिर से पाँव तक नहाया और मेरे रोम-रोम से फूट पड़ा...आनन्द!...आनन्द!!

सात

इस समय यहाँ सिर्फ धूप का साम्राज्य है। जलती आग के पास बैठे हों और गरमी अधिक लगे, तो दूर हट जाते हैं; परन्तु यहाँ तो सूर्य की किरणें मूसलाधार आग बरसा रही हैं। धरती की छाती में भरी गरमी उछालें मार रही है। पहाड़ों की शिलाओं से परावर्तित धूप आँखों को झुलसा रही है। यह सब कुछ असह्य है; फिर भी सहन करना ही पड़ेगा।

शरीर की प्रकृति अचानक बदले वातावरण के अनुकूल नहीं हो पाती—धीरे-धीरे अनुकूल बनती है। ये सारी मुसीबतें और तकलीफें धीरे-धीरे सध जाएँगी—ऐसा हमीर सिंह कहता है। पर कब? यहाँ पानी होता, तो उसी में पड़े रहते। बगल के तालाब-जैसे गड्ढे में भी जमीन फट गयी है। हमीर सिंह के शब्दों में कहें, तो 'खोट' (दरार) पड़ गया है। पेट में उठते शूल के कारण जैसे कोई लोट-पोट करता है, वैसे ही धूल के बवंडर जमीन पर लोट-पोट कर रहे हैं। मेरे शरीर से सावन-भादों की बारिश हो रही है। खिड़की-दरवाजे खुले हैं। सामने खड़े नीम के पेड़ों की हरियाली भी मुरझाकर लाचारी से लटक गयी है। हवा दहकते अंगारों का सन्देश लेकर आ रही है। न बैठते बनता है, न सोते बनता है—मात्र उबाल-ही-उबाल—अन्दर भी—बाहर भी।

रूमाल भिंगोकर सिर पर रखा है। जहाँ तक नजर जाती है, वृक्षों की नंगी डालियाँ ही दीख रही हैं। जो हरियाली अभी कल तक इनकी शोभा बढ़ा रही थी, हवा में लहरा रही थी, वही आज सूखकर धरती पर बिखर गयी है। एकाध गरम हवा के झोंके आते हैं, तो सूखे पत्तों के उड़ने से मर्मर की आवाज आती है। पीले होकर झड़े हुए इन वृक्षों के पत्ते लगता है हमारे जीवन को चिढ़ा रहे हैं। इन सूखे पत्तों पर मेरी नजर के नन्हें पैरों के पड़ते ही उनमें से ऐसी ध्वनि निकलती है, जो मैंने पहले कभी नहीं सुनी। दूऽर...दूऽर तक दिखती जासोर की पहाड़ियाँ मानो पागल कुत्तों की तरह जीभ लपलपाते इधर की ओर दौड़ी आ रही हैं। नंगी पहाड़ियाँ किसी के गंजे सिर की तरह चमक रही हैं। बिना पत्तों की डालियों के ऊपर चमकता सूरज—लगता है लुका-छिपी का खेल खेल रहा हो।

सामने के रास्ते पर नजर जाते ही मेरे आश्चर्य की सीमा न रही मानो मृगजल हिलारें ले रहा था। मैंने मृगजल के बारे में पढ़ा था, पर आज उसे देख रहा हूँ। मृगजल के पीछे बेचारे मृग क्यों भटकते होंगे—आज मैं इसका अनुभव कर रहा हूँ—लगता है किसी सरोवर की लहरें उठ रही हों। मैं क्षणभर के लिए गरमी और ग्रीष्म की दोपहरी को भूल जाता हूँ। मेरी आँखें भी डुबकी लगा रही हैं रास्ते पर फैले मृगजल में। प्रचंड गरमी से पीड़ित और गरमी से तपते हुए तलवों वाले प्यासे हिरनों की दौड़ को अब मैं समझ सका हूँ। यह किसे पता कि प्रकृति का प्रकोप इतना क्रूर होता होगा। सूरज मूसलाधार आग बरसा रहा है लगता है सूर्य और पृथ्वी के बीच का परदा फट गया है। पक्षी भी कहीं पंख नहीं फड़फड़ा रहे हैं। मैं सोच में पड़ जाता हूँ—पशु-पक्षियों पर क्या बीत रही होगी! गरमी का पारा 45° के ऊपर तक निकल गया होगा। जीवन कितना दुष्कर होता है—मैं खुद इसका अनुभव आज इस वन्यभूमि पर कर रहा हूँ।

—तभी—यहाँ से चले जाने का विचार फिर से मेरे मन में सुगबुगाता है।

प्रकृति परिवर्तनशील है। हर क्षण इसका रूप-रंग बदलता रहता है। प्रकृति के असंख्य पंख हैं। यह उड़ते हुए आती है और उड़ते हुए चली जाती है। मैं भी इस प्रकृति का एक अंश हूँ, मेरी भी डालियों से हरे-हरे पत्ते झड़ गये हैं। ग्रीष्म का प्रचंड ताप मेरी डालियों पर आकर बैठ गया है। सोचता हूँ यहाँ अगर कोई वाटर रिसोर्ट या स्वीमिंग-पूल होता, तो कितना अच्छा होता!...पर यह तो मेरे मन की उड़ान है। मन की कोई सीमा है क्या? मन की उड़ान को कौन रोक सकता है! मन तो बिना पंख के देश-विदेश पहुँच जाता है—पर उससे क्या?

पर एक बात जरूर है कि कल्पना में खोने से गरमी का एहसास कम होता है।

मैं तो किसी छत के नीचे हूँ, पर ये पर्वत, ये पेड़-पौधे, ये पशु-पक्षी, ये कीड़े-मकोड़े—इनका क्या? जीव-मात्र का विचार मुझे गरमी सहन करने की ताकत दे रहा है। झड़े हुए पत्तों की चादर ओढ़कर सोई धरती से मानो भाप निकल रही हो।

कितनी ताकत है गरमी में!...धरती की उबाल और उसमें से निकलने वाले उसके पसीने की गन्ध लुभावनी है। घ्राणेन्द्रिय को आनन्द मिलता है। क्षण भर के लिए तो मेरी नजरें उलझ गयी हैं मृगजल में। काका कालेलकर को पढ़ा था। सुन्दरम् की कविता 'वैशाखनो धोम धख्यो जतो तो' (वैशाख की दोपहरी गरम होती जा रही थी) ऊँचे स्वर में गायी थी। उस समय यह सब कुछ सिर्फ शब्दों का मायाजाल था। आज जब खुद अनुभव कर रहा हूँ, तो उसका मर्म समझ में आ रहा है। हाँ, अहमदाबाद के आस्फाल्ट (कंकरीट) के जंगल की गरमी का अनुभव जरूर हुआ था। पर वह तो क्षण भर के लिए। दोपहर में तो घर की खिड़कियों पर पानी से भीगी खस की टाटी लटकाकर और पंखा चलाकर सो जाया करते थे अथवा कूलर से ठंडी हवा के झोंके आते रहते थे। किसी-किसी के घर से एयरकंडीशन की आवाज आती रहती थी।

परन्तु इस समय तो यह सब कुछ बहुत दूर चला गया है।

पर इस बात से मुझे एक विचार आता है। मैं खड़ा होता हूँ और बाल्टी के पानी में चादर भिंगोकर खुली खिड़की पर लटकाता हूँ। अब गरम हवा थोड़ा नम होकर आती है। मजा आ गया, पर कितनी देर!

मानव-जाति सुख-सुविधा की खोज में भटकती रही है। मैं ठंडक पाने के उपाय में लगा हूँ। पर जब जो मिले, उसी से सन्तोष करना चाहिए—यह बात मुझे आज समझ में आ रही है। यह गरमी की दोपहरी, मेरे चारों ओर भाँय-भाँय करता अकेलापन मुझे कुतर-कुतरकर खाए जा रहा है। इस समय तो मेरा एकमात्र साथी मेरे शरीर से निकलता पसीना है। पसीने से सराबोर शरीर से गरम हवा का स्पर्श होने से थोड़ी ठंडक का अनुभव होता है। लगता है मैं धरती हूँ और मुझमें से झरना फूट रहा

है। उसका कलकल निनाद मुझे सुनाई पड़ रहा है। उसके दोनों तटों पर वृक्षावलियाँ झूम रही हैं। मेरे रोएँ मानो पृथ्वी के हार हों। प्रचंड बाढ़ में डूबते-उतराते पेड़-पौधे, उनकी डालियाँ—सभी पत्तों की भाँति मेरे रोम-रोम पर तैर रहे हैं। उनमें से अकल्पनीय गन्ध फैल रही है। मैं किसी अलौकिक अनुभव से गुजर रहा हूँ। मेरे अन्तरतम में खलबली मच गयी है। जोरदार भूकम्प के झटके आ रहे हैं। मेरा सारा अस्तित्व हिल उठा है मानो मेरी दीवारों के कंगूरे गिर रहे हों। मेरे मस्तक पर अभिषेक हो रहा है। मेरे सागर में सुनामी का प्रचंड तूफान आया है और सागर में हलचल मची हुई है। तट के कगार, पर्वत-पहाड़ियाँ, टीले, गड्ढे, कंकड़-पत्थर सब हिचकोले खा रहे हैं। सारा आकाश पक्षियों की चीख से फटा जा रहा है। कैसा है यह अनुभव भी!

लगता है मैं चूल्हे पर गरम करने के लिए रखा हुआ पानी हूँ। मेरे भीतर पानी उबल रहा है। 'कळकळतामाँ काचबी कूडी रे, रामैयानी रती छे रूडी रे!' (खौलते पानी में कछुवी कुढ़ती है, रामैया की रीत अनोखी है) पंक्ति याद आ रही है। धरती के गर्भ में भी गरमी ने खलबली मचा दी है। वृक्षों की आधी डालियाँ भी जलन अनुभव कर रही हैं। गरमी इतनी प्रचंड है कि लगता है धरती के पेट से किसी का असमय जन्म हो जाएगा। ग्रीष्म की गरमी की प्रचंडता का एहसास बहुत कठिन लग रहा है। यहाँ से भाग जाने की इच्छा हो रही है। पर इस समय कहाँ जाऊँ? मन होता है कोई कीचड़ वाली जमीन मिले, तो उसे सूअर की तरह थूथन से खोदकर उसके अन्दर अपने आपको गाड़ दूँ। आखिर क्या करूँ इस क्षण?

इसी उधेड़बुन में था कि तभी छत से किसी गौरया की 'चीं-चीं' की आवाज आयी।

कैसा है यह आह्लादक अनुभव भी!

आठ

अरावली की पर्वतमालाओं का अवशेष अब लगभग आठ सौ किलोमीटर लम्बी पहाड़ियों के रूप में दिखाई पड़ता है। उसके हरेक शिलाखंड में कहानियाँ, दन्तकथाएँ और पुरा-प्रकृति की बातें जीवित हैं। इस जंगल में रहनेवाले वनवासियों के दिलों में अनेक कथाएँ दबी पड़ी हैं। उनमें अकल्पनीय बातें भी हैं।

वैसे तो ये जंगल एवं पहाड़ हमारी आध्यात्मिकता के प्रहरी जैसे हैं। इन पहाड़ों की चमत्कारी एवं गहन गुफाओं में रहनेवाले साधुओं के चमत्कार की बातें,

उनके बारे में लोकोक्तियाँ, अफवाहें—इन पहाड़ों की घाटियों में फैलती रहती हैं।

ये पहाड़ अब तो नंगे हो गये हैं। मेरे मन में पर्वतों के बारे में जो चित्र है, वह यह नहीं है। अभी तो मेरी हालत वैसी हो गयी है, जैसे किसी के द्वारा फेंका हुआ पत्थर सिर में लगे और खून निकलने लगे। दिन में इन पहाड़ों की ओर आँखें खोलकर देखते समय ऐसा लगता है, जैसे आग उगलता सूरज आँखों में घुस गया हो। धूप का परावर्तन आँखों को खुलने दे तो न!

प्रकृति बहुरूपी है—यह अनुभव मुझे यहाँ आने के बाद हर क्षण होता रहता है। कल तय हुआ था कि आज हमें एक साधु से मिलने जाना है।

मैंने तय किया है कि अगर यहाँ कोई काम न हो, तो इन पहाड़ों से मिलने जैसा दूसरा काम क्या हो सकता है! नंगे पहाड़ों का मजा लेना भी एक अलग अनुभव है!

किंवदन्तियाँ तो इन पहाड़ों के शिखर से उतरकर मेरे कानों में खलबली मचा रही हैं। अंधारिया पहाड़ पर रहनेवाला वह साधु तो जब चाहे, जिसका चाहे रूप धारण कर सकता है। किसी ने कहा कि मैंने उन्हें घोड़े के रूप में देखा है—ऐसा घोड़ा तो अपने जीवन में कभी देखा ही नहीं। किसी दूसरे ने कहा कि मेरे खेत के पास वाली नदी की रेत में एक बार वे बाघ बनकर आये थे—हमारी गायें चर रही थीं और उनके बीच से होकर वह बाघ चला गया; और किसी गाय की ओर आँख उठाकर भी नहीं देखा। नदी की रेत में वह पसर गया, लोट-पोट किया और नदी की धार को चीरते हुए निकल गया।

अरे साब! वे तो गाय बनकर कभी-कभी पास वाले गाँव में चक्कर लगा आते हैं। किसी ने कहा कि वे तो भालू बनकर भी घूमते हैं। किसी ने उन्हें साँड़ के रूप में देखा है। तरह-तरह की और चित्र-विचित्र बातें लोगों के मुँह से निकलती थीं। मैंने उनसे पूछा कि क्या किसी ने साधु को साधु के रूप में देखा है? कभी उनसे मिले हो? कभी वहाँ गये हो? उनके साथ कभी बातें की हैं? तो सभी ने हाँ में उत्तर दिया। इन लोगों की बातों से मुझे भी आश्चर्य तो हुआ है—आदमी किसी का रूप कैसे धारण कर सकता है? यह प्रश्न आज भी मेरे मन में सिर उठाता रहता है। तभी मुझे पढ़ा हुआ एक प्रसंग याद आया :

हमारे देश में जिस समय विदेशियों का शासन चल रहा था। उस समय ब्रिटेन से 'एल. पी. फेटेल' भारत में एक उच्च अधिकारी की हैसियत से आये थे। उन्हें तन्त्र-मन्त्र और भारतीय योग-विद्या में गहरी रुचि थी। यहाँ से जाने के बाद उन्होंने एक पुस्तक लिखी थी। उसमें उन्होंने सन् 1939 के आसपास घटी एक घटना का उल्लेख किया है। उनके अनुसार, उन्होंने अनेक चमत्कार खुद देखे थे :

'असम-बर्मा की सीमा पर एक सैनिक छावनी में एक योजना के अन्तर्गत मैं

शामिल था। हमारा कैम्प नदी के किनारे था। एक दिन हम नदी के किनारे खड़े होकर बातें कर रहे थे; तभी हमें लगा कि नदी में कुछ बहते हुए आ रहा है। हमने दूरबीन से देखा, तो एक युवक की लाश बहते हुए आ रही थी और एक वृद्ध उसे किनारे लाने का प्रयत्न कर रहा था। वह वृद्ध युवक की लाश को किनारे ले आया और फिर उसे घसीटते हुए एक पेड़ के पीछे ले गया। पेड़ की डालियाँ बहुत झुकी हुई थीं। इस नाते पेड़ के पीछे क्या हो रहा है, वह दिखाई नहीं पड़ता था। परन्तु थोड़ी देर में उस वृक्ष के पीछे से एक नवयुवक सामने आया। हमारे आश्चर्य की कोई सीमा न थी—मरा हुआ युवक उस समय जीवित था और खुद चलकर जा रहा था।

मैंने सैनिकों से उस युवक को पकड़कर लाने को कहा। सैनिक उस युवक को पकड़कर मेरे पास ले आये। मैंने उसके साथ बहुत माथापच्ची की, उससे अनेक प्रश्न पूछे : 'तू कौन है? तुझे तो हमने शव के रूप में देखा था। वह बूढ़ा आदमी कहाँ गया?'

उस युवक ने कहा, 'आप लोगों ने पहले जिस दुबले-पतले दाढ़ीवाले आदमी को देखा था, वह मैं ही हूँ, परन्तु यह शरीर उस युवक का है। मैं योग-साधना और तन्त्रविद्या में निपुण हूँ। मुझे शरीर-परिवर्तन की कला आती है। मेरा शरीर बहुत वृद्ध, अशक्त और रोगी बन गया था; इसलिए मैं मृत युवक के शरीर में प्रविष्ट हो गया हूँ। मेरा पहले का वृद्ध शरीर मृतावस्था में उस पेड़ के पीछे पड़ा है। अपनी आत्मा को मैंने इस जवान शरीर में प्रवेश करा दिया है। अब मेरा वृद्ध शरीर मृत हो गया है।'

मिस्टर फेटेल ने सैनिकों द्वारा इस बात की जाँच करायी, तो वह सच निकली। वे आगे लिखते हैं : 'हमें परकाया-प्रवेश की शक्ति को मानना ही पड़ा। यह सब कुछ हमारी आँखों के सामने हुआ था। इसलिए न मानने का कोई सवाल ही न था। युवक चलने लगा तो हमने उससे रुकने का आग्रह किया; परन्तु वह सिर्फ मुस्कराया और चला गया। फिर कुछ ही क्षणों में, हमारी आँखों के सामने ही वह अदृश्य हो गया। इस घटना ने, भारतीय योगविद्या और तान्त्रिक सिद्धियों पर विश्वास करने के लिए मुझे विवश कर दिया।'

ऐसा फेटेल ने लिखा है।

मैंने यहाँ के लोगों से पूछा, तो उन्होंने बताया : "साब, आप तो शहर में बड़े हुए हैं। इन पहाड़ों की माया आप कहाँ से जानें कि यहाँ कैसे-कैसे साधु होते हैं? ये पहाड़ तो जब से यह जगत पैदा हुआ है, तब से हैं।" मैंने उनके साथ फिर बहसबाजी नहीं की; परन्तु मन-ही-मन यह तय किया कि हमें भी उस साधु से मिलने जाना चाहिए।

मैं हमीर सिंह के साथ उस साधु का दर्शन करने के लिए निकला। इस सबके बारे में मेरी समझ बहुत कम है। नंगे पहाड़ और चुड़ैल की पीठ जैसी झाड़ियों में से आती अपरिचित आवाजों और खड़खड़ का डर मन में था ही। वैसे मैं डरपोक नहीं हूँ, बल्कि यह वातावरण ही अलग किस्म का है। झड़े हुए पत्तों पर से होकर हवा चोर की गति से चल रही थी, तो भी आवाज आती ही थी। वैसे हमीर सिंह के साथ रहने से डरना बेकार ही था। उसके हाथ में चमकता धारिया इस बात का गवाह था कि अच्छे-अच्छे लोग उसे देखकर पीछे हट जाते—तो फिर डर किस बात का! मैंने उससे पूछा, ''तुम उस साधु के पास कभी गये हो?'' उसने कहा, ''कई बार।''

मुझे आश्चर्य हुआ।

जंगल में रास्ता नहीं होता, जंगल-ही-जंगल होता है। उमाशंकर जोशी ने भले ही लिखा हो : 'भोमिया बिना रे मारे भमवा ता डुंगरा। जंगलनी कुंज कुंज जोवी हती' (रहबर के बिना मुझे पहाड़ पर घूमना था। जंगल के हर एक कुंज को देखना था।) पर यहाँ तो आपके साथ कोई रहबर न हो, तो आप कहाँ-से-कहाँ पहुँच जाएँगे, पता ही नहीं चलेगा। हम अंधारिया के पहाड़ की ओर जा रहे थे।

दूर-दूर तक फैले पथरीले खेतों को पार करते ही एक सोता आया। सोते के दोनों ओर हरियाली से लहराते वृक्षों ने और शीतल जल से भरे सोते ने हमारी थकान उतार दी। एक पत्थर पर बैठकर मैं हाथ में जल लेकर क्रीड़ा करने लगा। ऐसे कठिन समय में यहाँ पानी! कैसा सुखद आश्चर्य है! कुदरत भी तो एक आश्चर्य ही है।

हमने अंधारिया पहाड़ की एक पहाड़ी को पार किया, तो सामने एक के बाद एक ऊँची-नीची पहाड़ियों की श्रृंखलाएँ मानो हमारा मजाक उड़ाते हुए मुस्करा रही थीं। हम कागज पर पहाड़ियों का जैसा चित्र बनाते हैं, वैसा ही दृश्य वहाँ पर था। हम ऊबड़-खाबड़ रास्तों और पहाड़ियों के बीच से होते हुए गिरते-पड़ते, चढ़ते-उतरते चले जा रहे हैं। चलते रहना कुदरत का नियम तो है पर यहाँ तो यह काम दम फुलानेवाला है। हम ज्यों-ज्यों आगे बढ़ते जा रहे थे, झाड़ियों की सघनता बढ़ती जा रही थी।

रास्ते में एक वनवासी दिखा, जो लँगोटी पहने हुए था और मारे हुए किसी जानवर को कन्धे पर रखे चला जा रहा था। शायद उसने हमें देख लिया था इसलिए लगभग दौड़ते हुए जा रहा था। उसका शरीर तो मानो कोलतार का बना हो। हमीर सिंह ने उसे आवाज दी, वह पेड़ के टेढ़े तने की तरह झुक गया। उसने लाचार और भयभीत निगाहों से देखकर दाँत निपोर दिया मानो उसके पास उसके सफेद दाँतों के सिवाय दूसरी कोई पूँजी न थी। उसका तन-मन काँप रहा था। वनवासी के अलावा उन्हें दूसरे लोगों का डर लगा रहता है। उन्हें कोई काट डाले तब भी उनके मुँह से एक शब्द भी नहीं निकलेगा। उनको सबसे अधिक डर तो 'राजा के आदमी' का

होता है। हमने पीठ फेरी नहीं कि वह खरगोश की गति से लुप्त हो गया।

हम पहाड़ी की चोटी पर खड़े थे। हमीर सिंह ने उँगली के इशारे से सामने की पहाड़ी को दिखाया। आँखों को सिकोड़कर देखने की सारी शक्ति इकट्ठी करके मैंने देखा—वहाँ एक गुफा है। वहाँ वे साधु रहते हैं। मैं सदा शंकाशील रहनेवाला आदमी हूँ, मन में तर्क-वितर्क होने लगे। ऐसी पहाड़ियों के बीच किसने यह मन्दिर बनवाया होगा? कौन आकर यहाँ पर बसा होगा? कहाँ से माल-सामान लाये होंगे? पर इन सारे प्रश्नों को मन में दबाकर भारत की पौराणिक संस्कृति को मन में बसाकर मुझे हमीर सिंह का अनुसरण करना ही था।

पहाड़ी के किनारे खड़े होते ही लगा मानो आकाश से आग बरस रही हो। सारा जंगल, उसके वनस्पतियों की विशालता और मुरझाई हुई हरियाली को धूप में चमकते देखना भी एक विशेष अनुभव था। ऊँचे-ऊँचे वृक्षों की जड़ों के बीच से होकर बहता हुआ झरना ऐसा लगता था मानो वृक्षों की जड़ों से आँसू बह रहा हो।

बे-रास्ते के रास्ते पर हम चल रहे थे। दूर से सुन्दर और बिल्कुल नजदीक दिखनेवाला यह पहाड़ कितना दूर है, इसकी प्रतीति मेरे पैरों को हो रही थी। दूर से अत्यन्त सुन्दर लगने वाला यह पहाड़ नजदीक से कितना भयानक और दुर्गम है, इसका भी अनुभव हो रहा था। पर मनुष्य जब अपना लक्ष्य तय कर लेता है, तो फिर वह थकता नहीं है। उसका मन, उसकी दृष्टि सदा लक्ष्य पर टिकी रहती है, वह लक्ष्य तक पहुँचने के सिवाय दूसरा कुछ भी विचार नहीं कर सकता, गन्तव्य तक पहुँचने के लिए उसका मन बेचैन रहता है। इसलिए बीच में क्या हो रहा है, इसकी परवाह वह नहीं करता। पाँव थक गये थे; परन्तु लक्ष्य ने यह सब भुला दिया था। बीच-बीच में आते हवा के झोंकों से थकान बहुत कुछ दूर हो जाती थी।

अपने गन्तव्य पहाड़ की तलहटी में हम पहुँच गये। हमीर सिंह ने कहा, "किसी जानवर-वानवर की आवाज सुनाई पड़े या कोई जानवर दिखाई पड़े, तो भी बिल्कुल मत डरिएगा। यह पहाड़ तो महादेव का है। महाराज भी एकाध चक्कर लगाने के लिए निकलते हैं।" मैं समझ गया ऐसा मानकर उसने सिर हिलाया। इसमें क्या समझना था? यही न कि किसी से डरना नहीं है—ऐसा निश्चय करके चलना था। मेरे मन में प्रश्नों के पहाड़ उठ रहे थे और पैर पथरीली पहाड़ियों को नाप रहे थे।

कभी-कभी आस्था एवं विज्ञान के बीच झगड़ा हो जाता है। मन और बुद्धि के बीच विवाद खड़ा हो जाता है। इसमें कोई निर्णय हो नहीं पाता। परन्तु मनुष्य की श्रद्धा की ताकत बहुत प्रबल होती है। उसके सहारे वह जो चाहे करने में समर्थ होता है। मेरे लिए तो इस पहाड़ की प्रतीति करने तथा उसे सम्पूर्णतः अपने अन्दर उतार लेने का यह एक अभियान था। जिन विचारों के बल पर इन पहाड़-पहाड़ियों के

एक-एक कंकड़-पत्थर के प्रति श्रद्धा का दीप जलाना होता है, युगों से जिनकी श्रद्धा की ताकत पर ये टिके हुए हैं, ऐसे विचारों को भंग करते हुए हमीर सिंह बोला, "देखिए साब!...वो सामने जो है न!...वही महाराज का निवास है।"

यह सुनते ही मेरे पैरों से पहले, मेरा मन वहाँ पहुँच गया था।

हम आ पहुँचे अपनी श्रद्धा के स्थान पर। अफवाहों के देश में जीनेवाले महाराज की गुफा में। पहाड़ की एक विशाल शिला झूल रही थी मानो भगवान श्रीकृष्ण की अंगुली पर गोवर्धन टिका हो। वह तीनों ओर से बँधी हुई थी। वहाँ की छोटी-मोटी शिलाएँ, एक-एक पत्थर मानो एक-दूसरे को आलिंगन में बाँधकर खड़ा हो। उसके पूरब का भाग खुला हुआ था। वहाँ एक बड़े चौक-जैसी जगह थी। बगल में तालाब जैसी एक छोटी-सी जगह थी, जिसमें पानी भरा था। शिला के दाहिनी तरफ गूलर का एक विशालकाय वृक्ष अपने पंजे फैलाए खड़ा था। सामने आकाश को छूते वृक्ष हवा में डोल रहे थे।

हम थोड़ा आगे बढ़े। वहाँ खुले चौक में एक धूनी जल रही थी। उसके बीचोबीच एक त्रिशूल खड़ा था। मैंने इधर-उधर नजर घुमाई—कोई दिखा नहीं। थोड़ा अन्दर जाने पर भगवान शिव का एक लिंग था। परन्तु वह मेरी कल्पना का मन्दिर न था। वहाँ के वातावरण में पहुँचने के बाद मेरे सारे प्रश्न लुप्त हो गये। हमने झुककर शिवलिंग के दर्शन किये। हमीर सिंह की भावभक्ति से मुझे ऐसा लगा—जैसे उसने सम्पूर्ण श्रद्धा से अपना सर्वस्व अर्पण कर दिया हो।

मैं कहीं भी दर्शन के लिए जाता हूँ, वहाँ तुरन्त मेरे मन में तर्क पैदा हो जाता है। अन्दर-अन्दर तर्क-वितर्क चलने लगता है, मन में श्रद्धा-अश्रद्धा का द्वन्द्व छिड़ जाता है। जो आँखें बाहर दर्शन करती हैं, वे दूसरी होती हैं और जो अन्दर होती हैं वे उनसे भिन्न होती हैं। ऐसी स्थिति में मैं बहुत विचलित हो जाता हूँ। मेरे विचार में कोई भी मूर्ति पत्थर से अधिक कुछ नहीं होती—जहाँ श्रद्धा है वहाँ तर्क नहीं होता। मैं तर्क-वितर्क से बाहर निकलने के लिए आँखें बन्द करके खड़ा हूँ।

तभी साधु महाराज आये। हमीर सिंह ने दोनों हाथ जोड़कर पाँव पकड़कर उनका वन्दन किया। मैंने भी उसका अनुसरण किया। महाराज की आँखें हँसीं, मुख मंडल पर हास्य उभर आया। उनके हास्य में त्रिभुवन का आनन्द छलक रहा था। दाढ़ी लम्बी, आपस में उलझी हुईं सिर की जटाएँ, ऐसा लगा कि वर्षों से धोई नहीं गयी होंगी। लगता था उनकी जटा में अरावली की पहाड़ियाँ खड़ी हैं। उनका शरीर भी सूखे वृक्ष जैसा था, पर बिल्कुल सीधा। पूरे शरीर पर लम्बे-लम्बे बाल।

आँखें अत्यन्त प्रभावशाली थीं। मुझे तो उनकी आँखों में अरावली की पर्वतमालाएँ दिख रही थीं—उसमें जासोर, किरमोल, सोनगरो, वाघेश्वरी, आरासुर और देवरी की पहाड़ियाँ दिख रही थीं। उनमें से बहते छोटे-छोटे झरनों और एक

महानद का आभास हुआ। मेरी सूखी धरती पर प्रेम के छींटे पड़ रहे हों—ऐसा भाव मेरे अन्दर जागा। उन आँखों में मुझे युगों के संगम का आभास हो रहा था। मेरे मन में धीरे-धीरे कुछ स्थिर होता जा रहा हो—ऐसा मुझे लगने लगा।

कैसी ताकत होती है आँखों में।

'हरिॐ' बोलते हुए हमें बैठने का संकेत किया। हम बैठे। वे अन्दर जाकर फिर बाहर आये। सामने व्याघ्रचर्म बिछा हुआ था। उस पर वे पद्मासन लगाकर बैठते हुए बोले, "डर तो नहीं लगा था?" हमीर सिंह ने इन्कार में सिर हिलाया। बहुत सारे प्रश्न मेरे मन में थे; बहुत कुछ मुझे पूछना था; परन्तु उनकी निर्मल आँखों में सब कुछ समा गया। मैं कुछ पूछ न सका।

महाराज क्या खाते हैं? कहाँ के रहनेवाले हैं? कहाँ से आये हैं? यहाँ कोई हिंसक प्राणी आ जाए तो?—यह सब कुछ मुझे पूछना था। परन्तु उनके हास्य में सब कुछ खो गया। फिर मन में विचार आया—आदमी अन्य प्राणी का शरीर कैसे धारण कर सकता है?

हमीर सिंह भक्तिभावपूर्वक हाथ जोड़े बैठे था। लगता था महाराज की आँखों से मूसलाधार बारिश हो रही हो और मेरे मन में उठते प्रश्न उस पानी में बहते जा रहे थे। न कोई वाद, न विवाद, न चर्चा—बस! अनन्तता का अनुभव हो रहा था। मैं अकल्पनीय अनुभूति से गुजर रहा था।

हम खड़े हुए; दोनों हाथ जोड़कर प्रणाम किया। महाराज की आँखें हँसीं; मुखमंडल पर हास्य उभर आया। वे बोले, "बेटा! तर्क-वितर्क मन-बुद्धि की माया है। अपने सारे प्रश्न अरावली को सौंप दो। अरावली ही शिव है।"

मैं काँप उठा। मेरे मन को उन्होंने पढ़ लिया था। मैं उनके पाँवों में लोट गया। उन्होंने मेरे सिर पर हाथ रखकर आशीर्वाद दिया। साँप की केंचुल की तरह मुझमें से कुछ उतर गया था। कैसी-कैसी क्षुद्र बातों का बोझ लेकर हम जीते हैं! मैं अपने आपको धिक्कारने लगा। पर, अब मैं फूल जैसा हल्का हो गया था।

"बेटा! भगवान शिव तेरी रक्षा करेंगे।" कहते हुए महाराज हँस पड़े, "दुबारा जरूर आना। यह अरावली तो एक माँ है। यह सबको अपनी गोद में जगह देता है।" फिर 'ॐ नमः शिवाय' कहते हुए उन्होंने पीठ फेर ली।

हम वहाँ से रवाना हुए। नीचे उतरते हुए सिंह जैसा कुछ दिखाई पड़ा। मेरा सारा शरीर सिहर उठा। मेरे 'फारेस्ट के मैनुअल' के अनुसार तो इस जंगल में सिंह की कोई बस्ती नहीं है। तो फिर वह सिंह कहाँ से आया? अथवा यह मेरा भ्रम है? मेरी साँसों की गति बढ़ गयी। मैंने पीछे मुड़कर देखा, तो महाराज कहीं दिखाई नहीं पड़े। मैंने हमीर सिंह को आगे बढ़ने से रोका। वास्तव में मैं भीतर से बाहर तक काँप रहा था। मैं पसीने से सराबोर हो गया था। तभी हमीर सिंह ने कहा, "साब! घबराने

की जरूरत नहीं है। चलिए...साथ में मैं हूँ न!''

यहाँ कौन किसके साथ है! हवा में लहराते वृक्ष या आकाश में उड़ते ये पक्षी किसके साथ हैं?

तभी लगा सिंह कहीं अदृश्य हो गया। बाहर जो सिंह अदृश्य हो गया था, वही भीतर गर्जना कर रहा था। मैं अर्ध-विक्षिप्त-सा हो गया। मेरी बुद्धि, मेरी विद्या आज कहाँ चली गयी थी? एक ही बात याद आती है—हमारा देश रहस्यों और चमत्कारों का देश है।

'अरावली एक माँ है।' मैं जोर से हँस पड़ा।

नौ

यहाँ सूरज जल्दी जगाता है और देर से सोता है।

मेरे सामने निरन्तर दो दृश्य एक साथ उभरते हैं। जैसे दो आँखें एक-दूसरे से मिला नहीं करतीं, वैसे ही मेरे दो ध्रुव एक नहीं हो सकते। मेरा एक ध्रुव है अहमदाबाद नगर और दूसरा ध्रुव है यह अरण्य। एक तरफ अहमदाबाद नगर की अशान्ति तथा आदमियों, वाहनों के कोलाहल से भरी जिन्दगी और दूसरी तरफ यहाँ की खुली, शान्त, निर्जन, एकाकी तथा नीरव जिन्दगी। इन दो जिन्दगियों के बीच मैं खड़ा हूँ। नहीं भाती यह साँय-साँय करती निर्जनता, पर मन को मनाता हूँ—कुछ पाने के लिए कुछ खोना तो पड़ता ही है। पर मुझे पेट भरने के सिवाय क्या पाना है? नहीं!...नहीं! मुझे इस तरह से अपने राष्ट्र के लिए, अपनी मातृभूमि के लिए कुछ-न-कुछ करना है। इसका सन्तोष है मुझे। सवाल सिर्फ रोटी का नहीं होता।

वैशाख मतलब गरमी का महीना! इस गरमी में लगता है—हवा खुद ठंडक की खोज में भटक रही हो। हवा वृक्षों के पत्तों की हरियाली को चूसकर उन्हें भूरा-मटमैला बना देती है। कहीं-कहीं पीलापन भी बिखेर देती है। पीले पड़ गये पत्ते मारे शरम के झड़ जाते हैं। पगलाई हुई हवा इन झड़े हुए पत्तों को भी चैन से नहीं रहने देती। हवा बवंडर के साथ धूल उड़ाती है और वातावरण को धुँधला बना देती है। धूप, गरमा-गरम हवा और धूल से बचने के लिए मनुष्य के साथ पशु-पक्षी और कीड़े-मकोड़े तक कहीं-न-कहीं आश्रय की तलाश करके चैन की साँस लेते हैं।

ऐसी भयानक गरमी में भी एक सुखद आश्चर्य मेरे मन में हिलोरें मार रहा है। यह पलाश का वन है। चारों तरफ मदमस्त बना पलाश अपने फूलों और टेसुओं के भार से लगता है टूटकर गिर पड़ेगा। मानो वनश्री यौवन धारण करके, पाटम्बर

पहनकर विहार करने निकली हो। मानो कोई योद्धा केसरिया बाना धारण कर देश के लिए युद्ध पर जाने के पहले नव-परिणीता पत्नी के सामने विदाई के लिए खड़ा हो। आज सुबह 'बरगद वाले पानी' से वापस आते समय पलाश या किंशुक नामधारी इस वृक्ष ने मुझे विचलित कर दिया। आठ से दस फुट ऊँचा टेढ़े-मेढ़े नाजुक अंगों वाला यह वृक्ष!...तीन संयुक्त पत्ते पतझड़ में झड़ जाते हैं। परन्तु उसके बाद पूरा पेड़ केसरी-गुलाबी रंगों के भार से लचक जाता है। इसके फूलों पर नजर दौड़ाने में भी एक अद्‌भुत आनन्द है।

इसके फूलों में कुदरत की अद्‌भुत शक्ति है। प्रकृति की कला तो देखिए! उनमें ठूँस-ठूँसकर भरे रंगों की मस्ती को निहारना भी जीवन का एक सौभाग्य है। मुझे यह सौभाग्य मिला है। उसका रोमांच मेरे रोम-रोम में लहरा रहा है। मुझे याद है—जब मैं छोटा था, तब मुझे गरमी निकली थी। उस समय मेरी माँ पंसारी की दुकान से पलाश का सूखा फूल लाकर उसको पानी में डालकर उस पानी से मुझे नहलाती थी। आज यह सारा वन-प्रदेश उसके फूलों के रंगों से नहा रहा है।

पलाश जंगल का अवधूत माना जाता है—मनुष्य का वर्षों-वर्ष का साथी पलाश! यह महान गुणों की खान है। इसीलिए यह वनस्पतियों का राजा माना जाता है। वेदकाल से उसकी गणना समिध (यज्ञ की लकड़ी) में होती है। यज्ञहुत द्रव्यों में पलाश प्रमुख है। वेदकाल से ही पलाश को अग्नि में जलाकर उसके धुएँ से वायुमंडल को शुद्ध किया जाता है। वायुमंडल में फैले रोगकारक कीटाणुओं का नाश करने की अद्‌भुत शक्ति इसमें है। इसीलिए तत्त्वद्रष्टा ऋषियों ने समिध में पलाश को सर्वोपरि स्थान दिया है।

पं. भावमित्र ने कहा है : 'वीर्यवान् पुत्र प्राप्त करना हो, तो पलाश के एक पत्ते को पीसकर दूध के साथ नियमित गर्भवती स्त्री को पिलाना चाहिए।' इसके मूल का अर्क आँख के लिए उत्तम माना जाता है। वैद्यों का मानना है कि पलाश में जीवशक्ति है। ऐसा पलाश मेरे अन्दर केसरिया लहरा रहा है—ऐसी अनुभूति के साथ इस समय मैं रेस्ट हाउस के अहाते में कुर्सी डालकर बैठा हूँ।

तभी सामने से हेमन्त आता हुआ दिखाई पड़ा। युगों से जलते हुए सहारा के रेगिस्तान को पानी मिलने से जो आनन्द हो सकता है, उससे अनेक गुना आनन्द मुझे हेमन्त से मिलकर हुआ।

मैं और हेमन्त साइन्स कॉलेज के विद्यार्थी थे, एक ही बेंच पर बैठने वाले—सुख-दुख की बातें करनेवाले—प्रयोगों तथा परीक्षाओं की तैयारी साथ-साथ करनेवाले मित्र। वह आकाश का आदमी था। मैंने उसे इस अरण्य रूपी आकाश को देखने के लिए आमन्त्रित किया था। वह आया—उसके आगमन से मेरा हृदय आनन्द से उछलने लगा। मैं उससे लिपट गया। सूरज डूबने ही वाला था। वह पश्चिम के

पहाड़ों के पीछे खड़ा था और पूरब की ओर परछाइयाँ बनी हुई थीं।

हेमन्त भी आनन्द से झूम उठा।

आदमी का अकेलापन कैसा होता है, यह किसी स्वजन के मिलने पर पता चलता है।

दिन असह्य होता है; पर रात खुशनुमा! खाना खाने के बाद हम छत पर गद्दा बिछाकर लेट गये। मुझे आज अकथनीय आनन्द का अनुभव हो रहा था। उधर हेमन्त धीमी गति से इन पहाड़ों पर उतरती रात को देखने में तल्लीन था। खुले आकाश में छत पर गद्दा बिछाकर सोने का आनन्द ही कुछ और है।

कभी-कभी हमीर सिंह कहता, ''साब! तारियुँ सिर पर आ गया...गाल्ली ढल रही है। सप्तर्षि डूबने को है। ध्रुवतारा तो देखिए...।'' मेरे लिए तो 'आकाशगंगा या सप्तर्षि क्या है?' यह सब सिर्फ किताब के पन्नों पर था। यहाँ सब कुछ सामने है। टिमटिमाते तारों के सिवाय क्या होगा आकाश में? पर अंधारिया की पहाड़ियों पर आधी रात के बाद प्रकाश चुपचाप आ जाता है। उस समय अगर नींद खुल गयी हो, तो उसको देखने का आनन्द आता है। हाँफता हुआ सारा जंगल—लगता है किसी खोह में घुसकर सो रहा है—कोई शोर नहीं। झिंगुरों की आवाज से जंगल जागता हुआ लगता है। किसी उल्लू या चीबरी की आवाज जब वातावरण को चीरते हुए निकलती है, तब हृदय काँप उठता है। रात का भी ऐसा सौन्दर्य होता है, इसका अनुभव मुझे आज हो रहा है। रिलीफ रोड या गाँधी ब्रिज पर कभी भी रात होने का अनुभव नहीं होता—तो फिर अन्धकार कैसा होता है, इसका पता कैसे चले! पेट का गड्ढा भरने के लिए बिलबिलाता यह नगर रात भर जागता और भौंकता रहता है, उसे शान्ति का एहसास कहाँ से हो!

यहाँ तो रात ठहरती जाती है—उड़ती धूल के कण—धीरे-धीरे धरती की गोद में समाते जा रहे हैं और हमारी आँखों पर नींद का भार बढ़ता जा रहा है। परन्तु ऐसी उनींदी आँखों से अगर थोड़ा आकाश की ओर देखें, तो हमारे सामने अकल्पनीय ब्रह्मांड उघरता जाता है—ऐसा एहसास हेमन्त ने कराया।

हेमन्त तो गगन का लँगोटिया यार निकला। हमीर सिंह जैसे इस जंगल के एक-एक कंकड़-पत्थर से परिचित है, वैसे ही हेमन्त को आकाश का परिचय है।

उचाट और बवंडर से भरे दिन के बाद आनेवाली मनोहारी रात की अदा से मैं अनजान कैसे रहा! हमीर सिंह जब इस आकाश के टेढ़े-मेढ़े अक्षरों को समझने में लगा होता, उस समय मैं करवटें बदलकर खर्राटे ले रहा होता।

परन्तु आज जब हेमन्त ने आकाश को पढ़ने की शुरुआत की, तब मुझे ऐसा लगने लगा मानो मेरी चमड़ी की एक के बाद एक सात परतें उतर गयी हों।

सामने जो तारा दिखाई पड़ रहा है, उसे वहाण (जहाज) कहते हैं; परन्तु मैं

तुमको वृश्चिक की जानकारी देता हूँ। वृश्चिक यानी बिच्छी का नाम सुनते ही मैं भड़क उठता हूँ। हमीर सिंह सुबह-शाम कहीं जाते-आते मुझे सावधान करता रहता है, "देखते रहिएगा साब! कहीं बिच्छी-विच्छी न आ जाए। पत्थरों में रहनेवाली बिच्छी बहुत खतरनाक होती है। एक डंक मारे तो...।"

दक्षिण का मालिक वृश्चिक माना जाता है, मध्याकाश का मालिक मृगशीर्ष और उत्तर के सप्तर्षि। पर अपने यहाँ वृश्चिक का बैठना अपशकुन माना जाता है।

देखो...सामने ध्यान से देखो—उसके मुख के जो दो चिमटे दिखाई पड़ रहे हैं, वह अनुराधा नक्षत्र उसकी आँख के जैसा जो दिखाई पड़ रहा है, वह लाल पारिजात...फिर नीचे देखते जाओ, तो तीन-चार तारे मिलकर उसकी टेढ़ी पूँछ बनाते हैं—दूर चमकते गोलाकार दो तारों से वृश्चिक की आँड़ बनती है। वे दो तारे वृश्चिक के डंक हैं।

पहले मेरे लिए ये सब तारों से अधिक कुछ न थे, पर अब हेमन्त ने मानो मुझे हिप्नोटाइज कर दिया था। मैं उसकी बातों में आता जा रहा था। एक छोटे बिच्छू से जब इतना डर लगता है, तब इतने बड़े बिच्छा (वृश्चिक) से कितना डर लगेगा!

अपने यहाँ वृश्चिक बड़ा महत्त्वपूर्ण नाल माना जाता है। आज वृश्चिक बैठा...आज वृश्चिक चढ़ा...आज बारह बजे वृश्चिक उतरेगा—ऐसा हम कैलेंडर या पंचांग में पढ़ते हैं। वह यही वृश्चिक है। वृश्चिक जहरीला होता है इसीलिए इस नक्षत्र में जन्मा हुआ बच्चा अशुभ माना जाता है। उस बच्चे के लिए विधि करानी पड़ती है। इतिहास के अनुसार सोलंकी युग में मूलराज का जन्म इसी नक्षत्र में हुआ था। इसी कारण उसके माता-पिता उसके बचपन में ही मर गये थे। वह बड़ा होने पर अपने मामा को मारकर गद्दी पर बैठा था। ऐसा है यह वृश्चिक नक्षत्र!

मैंने बहुत ध्यान से देखा—सचमुच मुझे वृश्चिक का आकार दिखाई पड़ने लगा। हेमन्त ने बताया, आकाश में यही एक ऐसा नक्षत्र है, जिसके आकार से उसका नाम पड़ा है। आकाश गंगा के बिल्कुल नजदीक होने पर भी वृश्चिक की अपनी तेजस्वी पहचान है। लगता है वह आकाश गंगा में तैर रहा हो।

मैं सोचने लगा कि आज तक मैंने क्यों नहीं यह सब देखा! जिसके बारे में जानकारी न हो, उसके बारे में क्या सोचना! आकाश में तारे टिमटिमाते हैं—इससे अधिक कुछ नहीं।

फिर हेमन्त ने मृगशीर्ष और व्याघ्र, अगस्त्य और वाराह, त्रिशंकु, नरतुरंग की पहचान बतायी। मैं इनमें से अधिकांश नामों से अनजान था।

"...चन्द्र सत्ताईस नक्षत्रों का स्वामी माना जाता है।" हेमन्त बोला।

"पर ये नक्षत्र क्या होते हैं?" मैंने पूछा।

उसने कहा, "सूर्य जो रात-दिन का परिभ्रमण करता है, उसको क्रान्तिवृत्त

कहते हैं। क्रान्तिवृत्त के बारह भाग किये जाते हैं, जो राशि कहे जाते हैं। क्रान्तिवृत्त के दूसरे सत्ताइस भाग किये जाते हैं, जो नक्षत्र कहे जाते हैं। प्रत्येक नक्षत्र में सूर्य चौदह दिनों तक रहता है। जैसे अभी सूर्य रोहिणी नक्षत्र में है—अर्थात् इस समय इस नक्षत्र में से सूर्य गुजर रहा है। चन्द्र रोहिणी नक्षत्र में रहता है; इसलिए उसे 'रोहिणीपति' कहा जाता है। तुम जानते हो?...रोहिणी के प्रति चन्द्र के प्रेम के कारण प्रजापति ने उसे शाप दिया था और उसका तेज समाप्त हो गया था। परन्तु चन्द्र के अनुनय-विनय के कारण उसे महीने में पन्द्रह दिन बढ़ने का और पन्द्रह दिन घटने का वरदान मिला।''

मुझे लगा, यह आकाश समझ में न आनेवाला वेदों का भी वेद है। पृथ्वी को तो हमने अपनी सुविधा के लिए विभाजित कर ही लिया है, परन्तु आकाश को भी कहाँ छोड़ा है!

हेमन्त ने आगे कहा, ''दक्षिण दिशा में वासुकि ने अपना निवास बनाया है, आश्लेषा और हस्तक भी हैं। ये तारा-मंडल थोड़ी देर बाद अस्त हो जाएँगे। अगस्त्य तो वादा करके गये, सो गये। व्याघ्र नीचे उतर रहा है; पर उसके निचले भाग में तारों का एक जहाज बहता नजर आ रहा है।''

''देखा जहाज का आकार?'' उसने अँगुली से जहाज का आकार दिखाया।

''जहाज से थोड़ी दूरी पर स्वस्तिक के चार तारे स्थित हैं। दक्षिणी आकाश को स्वस्तिक प्रकाशित करता है।''

हमारे ये तारामंडल तो दिशा और समय जानने के काम आते हैं। जिस जमाने में हमारे पास घड़ी या दिशासूचक यन्त्र नहीं था, तब तारों से मार्ग-दर्शन मिलता था। इसीलिए 'स्वस्तिक' को दक्षिण की 'दैवी घड़ी' माना जाता है। इन चार तारों में जो नीचे लटकता है, उसे 'त्रिशंकु' कहा जाता है। स्वस्तिक के पीछे जो दो तारों की जोड़ी है, उसे नरतुरंग या नराध कहा जाता है। नरतुरंग का तारामंडल विशाल है; परन्तु उनमें से ये दो तारे ही अपने तेज के कारण सबका ध्यान खींचते हैं, उन्हें जय-विजय नाम दिया गया है। वे दोनों दक्षिण दिशा के द्वारपाल कहे जाते हैं। इनमें जो पूरब तरफ का तारा है 'जय' है, वह हमारी पृथ्वी के सबसे नजदीक का तारा माना जाता है। वह पृथ्वी से 4.33 प्रकाश वर्ष दूर है। दूसरा तारा 'विजय' सूर्य से तीन हजार गुना प्रकाशवान है; परन्तु वह पृथ्वी से तीन सौ प्रकाश वर्ष दूर है...

मुझे लगता है मैं भटक गया हूँ। इस अकल्पनीय विशाल ब्रह्मांड में मैं कहाँ हूँ? मैं दक्षिणी आकाश को एकटक देख रहा हूँ। वह वहाण, यह स्वस्तिक, ये जय-विजय, यह यम, चित्रगुप्त, यह वृक् और वृश्चिक कैसे-कैसे दिखते हैं! यह आकाश भी कैसा है!

मुझे अपने अज्ञान पर बहुत पछतावा हो रहा था और इधर हेमन्त सोने की

तैयारी कर रहा था। मैं भी सारा आकाश ओढ़कर...

दस

रात बहुत काली और गहरी हो गयी थी।

अरावली की पर्वत श्रेणियाँ आराम की नींद सो रही थीं। सिर्फ निशाचर प्राणी जाग रहे थे। वातावरण की भयानकता ऐसी थी कि अच्छे-अच्छों को कँपकँपी छूट जाए। कलकल बहती अर्जुन नदी के किनारे के खेतों में खड़े हरे-हरे मक्के के पौधे हवा में झूम रहे थे। फसल को कोई नुकसान न कर सके—इसके लिए खेतों के चारों ओर ऐसी बाड़ बनायी गयी थी, जिसमें चिड़ियाँ भी नहीं घुस सकतीं।

बाड़ का झाँपा बन्द करके, खेत के बीचोबीच बने मचान के पास पड़ी खाट में माधु सिंह करवटें बदल रहा था। खाट के पास मोटी लकड़ी का एक कुन्दा जल रहा था। माधु सिंह वैसे तो चपल और सतर्क कौवे जैसा था। उसकी नौजवानी का जोश तो अच्छे-अच्छों को पानी पिला दे। उसकी टेढ़ी मूँछों को देख अच्छे-अच्छों को पसीना छूट जाए। उसमें हिम्मत भी गजब की, भय का तो नाम नहीं। हाथ में तेलवाली लाठी या असली धारवाला धारिया हो, तो चिन्ता किस बात की!

रात में खेत की रखवाली करते समय एक-दो बार आवाज करता, जिसकी प्रतिध्वनि सोये पत्थरों को थरथराते हुए निकल जाती—दूऽर...बहुत दूऽर... । आग में मोटा तना डालकर, चिलम का दम मारकर, फिर खाट में सो जाता...उसके बाद सुबह ही नींद खुलती।

आज भी वह जग गया। आकाश में सप्तर्षि दूर नजर आया। उसने सोचा, आज इतनी जल्दी नींद कैसे खुल गयी? आज उसे लगा, उसके मन की गहराई में कहीं भय की डुगडुगी बज रही हो। वैसे तो वह हर रोज, अपने खेत की बाड़ से होकर, अर्जुन नदी में पानी पीने जाते बाघ की दहाड़ सुनकर जाग जाता।

कहते हैं कि रात को जंगल से गुजरते हुए बाघ या सिंह की दहाड़ दूर तक सुनाई पड़ती है। जब वह भर पेट शिकार खाकर शान्ति से झूमते निकलता है—उस समय की उसकी निश्चिन्तता की दाद देनी पड़ती है।

बाघ ने आज बाड़ का झाँपा खोला। माधु सिंह के लिए आज यह पहला अनुभव था। उसने सोचा, आज उसका शिकार मैं हूँ। मन-ही-मन उसने भगवान शंकर का स्मरण कर लिया। खाट के नीचे फड़े धारिया को उठाकर बगल में दबा

लिया और ओढ़ने की गुदरी अपने पूरे शरीर पर ठीक से लपेट ली। वह जानता था कि बाघ सोए हुए पर हमला नहीं करता।

बाघ धीरे-से आकर जलती आग के पास बैठ गया। माधु सिंह उसके कदमों की आवाज से उसका अनुमान करता था। एक पल...दो पल...काफी समय बीत गया—कुछ हुआ नहीं। मात्र सामने के इमली के पेड़ पर चीबरी बोल रही थी और उल्लू घुर्र-घुर्र कर रहा था।

बाघ के कदमों की आहट हुई, इधर सारा शरीर काँप उठा। तीव्र प्रतीक्षा...मानो मौत खुद आग के पास बैठे-बैठे अपनी ठंड दूर कर रही थी। माधु सिंह राह देख रहा था कुछ होने की—आखिर हुआ भी।

वह झटके से बिस्तर में उठ बैठा। जलती आग की साक्षी में दो वीरों की आकृतियाँ एक-दूसरे को देख रही थीं। माधु सिंह एकटक बाघ को देख रहा था। बाघ शान्ति से आग के उजाले में पसरकर बैठा हुआ था।

बाघ बेबस निगाहों से माधु सिंह की ओर देखता और अपने दाहिने पैर को ऊपर उठाकर माधु सिंह को दिखाता। माधु सिंह यह तत्काल समझ गया कि बाघ के पैर में कुछ हुआ है। उसमें हिम्मत आ गयी। भगवान शिव का नाम लेकर वह खाट से उतरा और तनिक भी डरे बिना, स्थिर गति से आगे बढ़कर बाघ का दाहिना पैर पकड़ लिया। उसने देखा, बाघ के पैर को फाड़कर कोई चीज अन्दर घुस गयी है। उसने हाथ से पकड़कर उसे बाहर निकालने की कोशिश की, पर व्यर्थ! फिर थोड़ा कुरेदकर उसे दाँत से खींचा, लगभग डेढ़ बित्ते का एक लकड़ी का टुकड़ा पंजे से निकला, साथ ही खून की धार बह निकली।

माधु सिंह ने एक क्षण की भी देर किये बिना गुदड़ी में से थोड़ा कपड़ा नोंचकर उसे जलाया और उसकी राख को घाव पर रखकर दबा दिया, फिर कसकर पट्टी बाँध दी—जैसे किसी सैनिक का साथी उसका इलाज कर रहा हो। दोनों मानो वर्षों के मित्र हों—जलती आग उसकी गवाही दे रही थी।

बाघ फैलकर सो गया। माधु सिंह भी खाट में पड़ गया। उसकी आँख कब लग गयी और बाघ कब चला गया, माधु सिंह कुछ भी जान नहीं पाया।

दूसरे दिन देर रात को चिबरी बोलने लगी। बाड़ का झाँपा खुला। माधु सिंह खाट में उठ बैठा। जलती आग के उजाले में उसने बाघ को खड़ा देखा। उसने अपने मुँह में एक बकरा पकड़ रखा था, उसे नीचे रखा; फिर माधु सिंह की ओर देखा और मुड़कर चला गया।

तीसरी रात एक भेड़ लेकर आया।

माधु सिंह इस हिंसक पशु के बारे में कुछ समझ नहीं पा रहा था। बाघ अपने उपकार का बदला चुका रहा था। वह जंगल का राजा था, पर उसे रोका कैसे जाए?

अनेक सवाल माधु सिंह के मन में उठने लगे।

चौथे दिन फिर बाघ आया।

माधु सिंह ने बाघ के सामने दोनों हाथ जोड़ लिये। बाघ तो अपने उपकार का बदला चुका रहा था। परन्तु उसके बाद वह कभी दिखाई नहीं पड़ा—खेत में भी नहीं।

यह बात माधु सिंह के मुख से सुनने पर भी मन मानने को तैयार न था। बुढ़ापा उस पर सवार हो गया था, परन्तु यह बात करते-करते उसकी आँखों में जवानी तैरने लगी थी।

''जंगली जानवरों में भी कितनी नैतिकता होती है!...और हमारी मनुष्य जाति तो...'' बोलते हुए वह रुक गया।

हमीर सिंह ने एक अद्भुत व्यक्ति से मिलाकर मुझे धन्य कर दिया।

ग्यारह

पूरब में उगनेवाला सूरज यह शुभ समाचार लेकर आता है कि आज एक नये दिन का जन्म हुआ। परन्तु धूल भरे बवंडरों के कारण आज की सुबह केसरिया रंग में रँगी प्रतीत होती है। आज की सुबह ठंडी और धूल भरी है। यह नया दिन किसी के लिए वरदान स्वरूप होगा, तो किसी के लिए मुसीबतों का पहाड़ लेकर आया होगा। कभी ऐसा भी होता है कि तालाब जैसे-जैसे सूखता जाता है और पानी के साथ मछलियाँ मिटती जाती हैं, उस समय बगुलों का भाग्य खुल जाता है। पर मुझे तो उससे कुछ अलग ही लग रहा था।

मैं इस नये दिन का स्वागत करते हुए कमरे में पड़ी एक कुर्सी पर बैठे-बैठे, कल जिले से आया हुआ 'वाइल्ड लाइफ सेंचुरी' का फाइव ईयर प्लान देख रहा था। यह प्लान गुजरात राज्य के फॉरेस्ट डिपार्टमेंट के जागरूक अधिकारियों द्वारा तैयार किया गया था। उसमें सम्पूर्ण सूचनाएँ दी गयी थीं। उन्हीं को मैं क्रमानुसार देख रहा था।

तभी हमीर सिंह ने आकर कहा, ''साब! धोरी से लेंबा आपके दर्शन करने और मिलने के लिए आया है।''

मुझे आश्चर्य हुआ। क्या मैं दर्शन देने के लिए लालायित कोई देवता हूँ जो कोई वनवासी मेरे दर्शन के लिए आये! जिसने मुझे देखा नहीं, जो मुझे जानता नहीं, वह मेरे दर्शन के लिए आया है!

मैंने उसे बाहर बिठाने और पानी पिलाने के लिए कहा; और खुद कपड़े बदलकर बाहर आया। मुझे देखते ही नीम के नीचे बैठा लेंबा एकदम से उठ खड़ा हुआ और मेरे सामने आकर साष्टांग दंडवत् किया और फिर हाथ जोड़कर खड़ा हो गया। शरीर एकदम पतला, परन्तु उसमें उतरती ग्रीष्म का आभास हो रहा था। उसके सिर के बालों में पूरे सीवान की धूल जमा थी। उसकी बड़ी-बड़ी दाढ़ी में... । शरीर तो बबूल के झुके तने की तरह झुका हुआ था। सिर पर एक मैला लाल कपड़ा बँधा हुआ था। शरीर पर मात्र एक कुर्ता और लँगोटी थी। उसकी आँखों में अपार लाचारी और करुणा थी। जुड़े हुए दोनों हाथ काँप रहे थे।

वह मिट्टी की एक छोटी-सी काली मटकी साथ लाया था। उसके मुँह पर पलाश का एक बड़ा पत्ता बँधा था। उसे लाकर उसने मेरे सामने रखा, फिर कुछ बोला, मैं समझ न सका। मैंने हमीर सिंह की ओर देखा। हमीर सिंह ने कहा, ''यह आज पहली बार आपसे मिलने के लिए आया है। किसी से मिलने खाली हाथ तो जाया नहीं जा सकता, इसलिए मटकी में आपके लिए शहद ले आया है और उसे स्वीकार करने के लिए कह रहा है।''

मुझे आश्चर्य हुआ। इस वनवासी की समझ के लिए मन में सम्मान भी पैदा हुआ। देव-दर्शन के लिए हम जाते हैं, तो खाली हाथ नहीं जाते। वाह! कैसी है इसकी संस्कृति और संस्कार! जिन्हें बारिश के सिवाय कभी नहाना नसीब नहीं होता; जो जंगल के फल-फूल से अपना जीवन-निर्वाह करते हैं; कितनी विशाल है इनकी भावना और इनकी समझ! मैं मन-ही-मन लेंबा का अभिनन्दन करता हूँ और हृदय से उसका आभार मानता हूँ।

वह फिर से कुछ बोला। हमीर सिंह ने बताया, ''साब! यह आपका दर्शन करने के लिए जब निकला, तब देवचकली (एक चिड़िया) ने बोलते हुए इसका रास्ता काटा था और दाहिनी ओर से चिबरी (चील) बोली थी। इसलिए इस समय यह बहुत खुश है क्योंकि ये लोग इसको शकुन मानते हैं।''

''ऐसा!'' मुझे आश्चर्य हुआ। यह तो मुझे पता नहीं कि यह आदमी कौन-सा महान काम लेकर मेरे पास आया है, जिसके लिए शकुन देखकर चला है। अपना काम सिद्ध होने वाला होता है, अपनी इच्छित वस्तु मिलनेवाली होती है या हमें कोई लाभ होने वाला होता है, तो उसके शुभ-संकेत पहले से होने लगते हैं—ऐसा ही कुछ इसके मन में होगा।

मुझे शहद की कोई जरूरत न थी और फिर मेरे मन में यह भी विचार आया कि ये मधुमक्खियाँ कितने परिश्रम से अपने लिए मधु इकट्ठा करती हैं!...उनके मधु का छत्ता जब टूटा होगा, तब उन्हें कितनी पीड़ा हुई होगी!

उनकी वेदना का स्मरण होते ही मैंने मधु लेने से इन्कार कर दिया। जवाब में

उसने कहा, ''भगवान कभी भेंट वापस नहीं करते, वे भेंट का अपमान नहीं करते।''

मुझे वह आदमी मेरी समझ से बाहर लगा। किस स्कूल या कॉलेज में यह पढ़ा होगा!...कितनी गहरी समझ है इसमें! मुझे एक पद की पंक्ति याद आयी : 'माखीए तो मध कीधुं, खाधुं न खावा दीधुं, लूटनारे लूई लीधुं, रे पामर जीवडा।' (मधुमक्खी ने मधु बनाया, खाया न खाने दिया, लूटनेवाले ने लूट लिया—अरे! पामर जीव।) तो क्या लेंबो लुटेरा है? मेरे प्रति उसमें कितनी आस्था है! मैंने और कुछ कहा नहीं, मैंने उसकी भेंट सहर्ष स्वीकार कर ली।

लेंबा को चाय-नाश्ता कराने के लिए हमीर सिंह से कहकर मैं अन्दर चला गया। अन्दर जाते-जाते मैंने उसकी ओर देखा, उसके चेहरे पर उगते सूरज की लालिमा तथा खिलते फूल की कोमलता झलक रही थी। वह बहुत खुश नजर आ रहा था।

अन्दर आकर हमीर सिंह ने कहा, ''साब! लेंबो हमारा मुखबिर है। जंगल में लकड़ी कट रही हो, तो उसे कौन काट रहा है, कौन कटवा रहा है—इन सारी बातों की जानकारी वह हमें देता है; और समय-समय पर हम उसे खुश करते रहते हैं।''

मैंने सोचा, लगभग सारे विभाग अपने मुखबिर रखते हैं। वे माल पकड़वाते हैं, जिसमें से उनको कुछ हिस्सा मिलता है। चाहे वह पुलिस विभाग हो, सेलटैक्स हो या सी.बी.आई. हो। फारेस्ट विभाग में भी मुखबिर हैं, यह जानकर मुझे हँसी आयी।

वैसे हमारा भी काम यही है कि हम जंगल की अवैध कटाई को रोकें। यह जानकर मुझे आनन्द हुआ कि यहाँ भी बिना मस्टर के लोग काम करते हैं। एक तो वे वन-सम्पदा को बचाने का काम करते हैं; परन्तु इस काम के बदले में उन्हें कुछ खास मिलता भी नहीं है। मात्र जंगल के अधिकारियों को खुश करके जीने के सिवा इन्हें क्या मिलता है! परन्तु मैंने मन-ही-मन यह तय किया कि यदि यह हमारे काम आता है, तो मैं भी इसको पूरा मेहनताना जरूर दूँगा।

लेंबा हमें धोरी की ओर आने के लिए कहने आया था। अभी से उधर लकड़ी काटने का धन्धा अधिक चल रहा है। यह आदमी पेड़ काटने वालों को खुद रोक नहीं सकता, क्योंकि इसके पास उन्हें रोकने का कोई अधिकार नहीं है। परन्तु उनका नाम-पता बता सकता है।

अम्बाजी की तरफ का कोई ठेकेदार है। उसने हाल ही में बहुत सारी लकड़ियाँ काटी हैं; जिसका विवरण लेंबा ने दिया और पूछा कि आप लोग निरीक्षण के लिए उधर कब आ रहे हैं?

तय यह हुआ कि हम उधर दो दिन के बाद आएँगे। कहाँ और कैसे मिलना

है, हमीर सिंह ने यह बता दिया। कौन लोग लकड़ियाँ काटते हैं? कौन लोग कटवाते हैं? किस समय काटते हैं? वहाँ से कैसे ले जाते हैं? कौन लेने के लिए आता है? लकड़ियाँ किस रास्ते से होकर जाती हैं? आदि सारी बातें लेंबो ने हमीर सिंह को बता दीं।

वे लोग हर एक दिन के अन्तर पर आते हैं—यह पक्की जानकारी ले लेने के बाद ही लेंबा हमें कहने के लिए आया था। वह अपने काम में बहुत जागरुक लगा।

आज पहली बार जिम्मेदारी निभाने का जो मौका आया था, उसकी शुरुआत करनी थी।

वन की रक्षा करना वन-विभाग की जिम्मेदारी है; पर व्यवसायी वर्ग अधिकारियों से मिलकर वन का भक्षण करते हैं।

मैंने हमीर सिंह से लेंबा को भोजन कराने के लिए कहा, तो उसे आश्चर्य हुआ। ''मुखबिर को कहीं खाना खिलाया जाता है?'' ऐसा सवाल हमीर सिंह की आँखों में उभर आया। परन्तु मैंने उससे कहा, ''आज उसको ऐसा कुछ बनाकर खिलाओ, जो उसने जीवन में कभी न खाया हो।''

हमीर सिंह मेरी ओर टुकुर-टुकुर देख रहा था।

जब हमीर सिंह ने लेंबा से खाने की बात कही, तो उसके आनन्द की सीमा न रही। साहब उसे खाना खिलाने की बात कर रहे हैं, यह उसके जीवन की शायद पहली घटना थी। वह सारे आवरणों को हटाकर मेरे पैरों में गिर पड़ा। उसकी आँखों से आँसुओं की धारा बह रही थी। मेरी आँखों के सामने कृष्ण के सामने आँसू बहाती मीरा का दृश्य उपस्थित हो गया। मेरे मन में सवाल उठा—मैंने इसे क्या दिया है! फिर भी कैसा भाव इसके मन में छलक रहा है! आखिर यह भी तो आदमी ही है।

मैं देर तक गुमसुम बैठा रहा। मेरे मन में यह अरण्य नये-नये सन्दर्भों में उभर रहा था। तभी हमीर सिंह आकर बोला, ''साब! लेंबा के लिए यह चमत्कार ही हो गया मानो ईश्वर से भेंट हो गयी। आज तक जो साहब आये, वे सिर्फ हुकुम करते रहे : जा लेंबा, शहद ला!...कोई शिकार हो तो ला!...कहीं से देशी मुर्गा हो तो ला। परन्तु आज उसे बिल्कुल अलग ही अनुभव हुआ। जिसे सिर्फ दुत्कार ही मिली हो, उसे प्रेम के बारे में क्या पता! परन्तु उसे जरा-सा प्रेम मिले तो वह रामबाण की तरह काम करता है।''

मैंने सोचा, खुद भोजन कराकर लेंबा का सत्कार करना चाहिए। मैंने ऐसा ही किया। पहले तो वह अन्दर आकर भोजन करने के लिए तैयार ही नहीं हुआ। परन्तु मेरे बहुत आग्रह करने पर तथा हमीर सिंह के समझाने पर बहुत मुश्किल से अन्दर आया। वह सरकारी आदमी को किसी हिंसक पशु से कम नहीं समझता था। जैसे किसी पशु की बलि देने के पहले उसे नहलाते-धुलाते और खिलाते हैं—ऐसा ही

कुछ लेंबा अपने बारे में अनुभव कर रहा होगा।

मैंने जब लेंबा को, अपने हाथों से, दाल, भात, रोटी, सब्जी परोसा, तब उसकी आँखों से आँसू बहने लगे। मुझे लगा कि उसके मन की गहराई में जरूर कोई भय बैठा है! मैंने हमीर सिंह से अपने मन की बात कही। हमीर सिंह ने उसे सान्त्वना देते हुए कहा, ''ये साहब दूसरे साहबों जैसे नहीं हैं, तुम चिन्ता मत करो।''

वह खाता जा रहा था और उसकी आँखों से आँसू टपकता जा रहा था। उसे असुविधा न हो, इसलिए मैं बाहर चला गया। उसकी जिन्दगी की वह यादगार और धन्य घड़ी थी।

लेंबा तो चला गया, परन्तु अनेक प्रश्न अपने पीछे छोड़ता गया।

गरीब आदमी के कन्धे पर हाथ रखना मेरे जीवन की एक महान घटना बन गयी। उसकी आँखों से बहती आँसुओं की धार अभी भी मेरी आँखों के सामने से हटती न थी। पता नहीं वे दुख के आँसू थे या सुख के!

एक वनवासी ने मेरे जीवन को एक नयी दिशा दी थी। जिसके जीवन में अघाने का कोई मौका नहीं मिला था, उसके लिए दाल-भात पाँच पकवान बन गये थे।

निश्चित कार्यक्रम के अनुसार, हम दो दिनों के बाद धोरी पहुँचे। लेंबा ने जो पहचान और जगह बतायी थी, वैसा ही और उसी जगह पर एक टेम्पो (भार ढोने की ट्रक से छोटी गाड़ी) खड़ा था। उसमें कटे वृक्षों के तने भरे थे। टेम्पो से थोड़ी दूरी पर ड्राइवर खड़ा था। दो-चार वनवासी मजदूर एक कटे हुए पेड़ का तना उठाकर ला रहे थे, तभी हम पहुँच गये। हमीर सिंह अनुभवी था। वह अपने साथ, अपने गाँव के दो-चार नौजवानों को लेते आया था। उन सबके पास हथियार भी थे। हमने टेम्पो को घेर लिया। मजदूर तो उठाये हुए तने को नीचे रखकर भाग खड़े हुए। हमने ड्राइवर को पकड़ लिया। वह घबरा गया।

वन-विभाग के एक अधिकारी द्वारा पकड़ा जाना उसके जीवन की प्रथम घटना थी। हमने उसके पास से टेम्पो की चाभी ले ली और उससे पूछताछ शुरू कर दी; परन्तु वह पेशाब करने का बहाना बनाकर टेम्पो छोड़कर जंगल में कहीं अदृश्य हो गया।

हमीर सिंह जिन युवकों को साथ लाया था, उनमें से एक ड्राइवर था। ड्राइवर और अन्य दो युवकों के साथ टेम्पो फारेस्ट ऑफिस के लिए रवाना कर दिया गया। कहाँ से कितनी लकड़ियाँ गयी हैं—इसका जायजा लेने के लिए हम जंगल में काफी दूर तक अन्दर गये। पसीना पोंछते हुए हम जंगल में घूमते रहे। ऊबड़-

खाबड़ रास्तों पर बहुत सँभलकर चलना होता है।

एक तो सूखा जंगल और उसमें भटकते स्वतन्त्र मिजाज और कठोर स्वभाववाले ये वनवासी कब क्या कर बैठें, कुछ कहा नहीं जा सकता।

वापस आते समय में धोरी का पहाड़ उतरना पड़ा। हमारी ही तरह सूरज भी पहाड़ पर से उतर रहा था। तभी हमें थोड़ी दूर पर ललकार और चीखने-चिल्लाने जैसी आवाज सुनाई पड़ी। लगता था बहुत सारे लोग जमा हुए हों। मैंने हमीर सिंह से पूछा, तो उसने कहा, ''लगता है कोई ओझा खेल रहा है। किसी चुड़इल, चंडाल, देव या जिन्न को भगा रहा होगा।''

बात मेरी समझ में नहीं आयी, मैं उसकी ओर सिर्फ देखता रहा। हमीर सिंह समझ गया; इसलिए कहा, ''साब!...इन लोगों में कितनी ही औरतें डाकिनें होती हैं। जिस घर की औरत को ओझा डाकिन घोषित करता है, उसके घर के ऊपर लाल पताका फहराता रहता है और काला घड़ा उल्टा पड़ा रहता है।''

मेरे लिए यह एक नया विषय था। इसलिए उसमें मेरी रुचि बढ़ी।

हमीर सिंह ने कहा, ''यहाँ के लोगों पर ओझाओं का जबरदस्त प्रभाव होता है। वे जो कहते हैं, उसका उल्लंघन कोई नहीं कर सकता। जो तन्त्र-मन्त्र का माहिर होता है, वह जो चाहता है, करा सकता है, इसलिए उसकी बात का उल्लंघन कोई नहीं कर पाता।''

ये लोग दूर-दूर अपने झोंपड़े बनाकर रहते हैं इसलिए चार-पाँच कोस में एक गाँव बसा होता है। लोगों को जब इकट्ठा करना होता है, तब वारी ढोल बजाता है। ढोल बजाने का भी एक तरीका होता है। अलग-अलग काम के लिए अलग-अलग प्रकार से ढोल बजाया जाता है। छोटे-बड़े किसी भी अवसर पर उनका सबसे बड़ा और सबसे लम्बा टेलीफोन यह ढोल है।

जब कोई ओझा किसी औरत को डाकिन घोषित करता है, तब तुरन्त गाँव के लोग इकट्ठा होकर उसे पकड़ लेते हैं। उनका विश्वास है कि डाकिन को जो पुरुष पसन्द आता है, उसे वह मारकर खा जाती है।

आपको पता है डाकिन किस तरह लोगों को मारती है? जो औरत डाकिन विद्या सीखती है, वह रात में हाँड़ी लेकर विद्या सिखाने वाले के पास जाती है और वहाँ से नंगी होकर अपने घर वापस आती है।

फिर वह जो सीखी होती है, उसका धागा किसी पुरुष के पैर में बाँधकर वहाँ से चली जाती है और जहाँ हाँड़ी चूल्हे पर रखी होती है, वहाँ जाकर मन्त्र बोलती है, जिससे उस आदमी का कलेजा, जिसके पैर में उसने धागा बाँधा है, उस हाँड़ी में आ जाता है। फिर उस कलेजे को वह खा जाती है। वह पुरुष डाकिन द्वारा तय

की गयी अवधि में मर जाता है।

वह डाकिन किसी की पत्नी, पुत्री, माता या बहन होती है इसलिए उसे एकान्त में रहना पड़ता है।

डाकिन घोषित की गयी औरत को सभी मिलकर पकड़ लेते हैं और चणिया (पेटीकोट) को धोती की तरह बाँध देते हैं और मिर्च का पाउडर उसकी आँखों में भरकर उस पर पट्टी बाँध देते हैं। फिर ओझा होकारा करते हुए, उस औरत को, सबको साथ लेकर, सबसे पुराने बरगद के पास ले जाता है और रस्सी के सहारे उसे बरगद से उल्टा लटका देता है।

यह सुनकर मेरा कलेजा फटने को हो गया। आँखों में मिर्च भरना—यह तो बड़ी हैवानियत हुई—क्रिमिनल गुनाह! फिर उल्टा लटकाकर उस पर कोड़े बरसाना—उसकी वेदना का पार नहीं—भयानक जंगलीपन!

...अरे साब! वह औरत पीड़ा से चीखती रहती है;...उसके करुण क्रन्दन को सुनकर अपनी छाती फट जाती है।...कौन सुने! वहाँ तो सभी होकारा भरते हैं और किलकारी मारते हैं। जब वह खुद कहती है कि "हाँ मैं डाकिन हूँ।" तभी उसे छोड़ा जाता है। उसके कपाल पर दाग दिया जाता है और उसे 'डाकणनो वडलो' (डाकिन का सरदार) घोषित किया जाता है। कभी-कभी तो इस प्रक्रिया में उस बेचारी औरत की मौत भी हो जाती है।

डाकिन घोषित की गयी औरत का कोई विश्वास नहीं करता। उसे चारों ओर से दुत्कार और अपमान ही मिलता है। उसका अपना परिवार भी उसका अपना नहीं रहता। इस तरह उस स्त्री की हालत अत्यन्त खराब हो जाती है।

यह सब सुनकर मुझे लगा, मैं मानव के आदिम युग में भटक गया हूँ। तभी हमीर सिंह ने कहा, "सामने देखिए साब! डाकिन वाला ही होकारा है।"

हम उनके पास पहुँचे। पर किसी ने हमारी ओर आँख उठाकर देखा तक नहीं। सूखे हुए काले शरीर...उन पर किलकारियाँ...चीखें...हाथों में मोरपंख के झाड़ू...खून से लाल बने चेहरे, लम्बे बिखरे बाल और रेडी करते-करते 'हो-हो' की आवाजें पूरे वातावरण को भयानक बनाये हुए थीं।

मैं सोच में पड़ गया, क्या है यह भूत और ओझा? कैसी चुड़ैल और कैसी डाकिन?

मैं भीतर तक काँप उठता हूँ, देखता हूँ—मुरझाए हुए काले फूल जैसी एक देह, जिसमें से जगह-जगह से खून बह रहा था, उसकी सिर्फ साँसें चल रही थीं, वह कहने भर के लिए जीवित थी, वास्तव में तो एक स्त्री का अर्धनग्न शव ही पड़ा था।

और अरावली के पहाड़ों में सिर्फ चीखें और कोलाहल गूँज रहा था—

डाकिन!...डाकिन!...डाकिन!

बारह

'जासोर सेंचुरी' के इलाके में बसे हुए छोटे-बड़े गाँवों में, लोगों के सहयोग से, पुनः वन उगाने की योजना को क्रियान्वित करने की सूचना भी ऊपर से आयी थी। मैंने उसका सूक्ष्म अध्ययन कर लिया था। इसी बहाने गाँव के लोगों से सम्पर्क भी होगा और अकेलेपन से छुटकारा भी मिलेगा—इस दुहरे लाभ की आशा में मैंने इसकी जानकारी हमीर सिंह को दी।

हमीर सिंह ने कहा, "साब! किसी गाँववाले को इसमें रुचि नहीं होगी।"

"हमें प्रयत्न तो करना चाहिए कि नहीं?" मैंने कहा।

"देखिए साब!...आज तक किसी ने प्रयत्न किया नहीं है। कागज तैयार कीजिए और जिला ऑफिस में भेज दीजिए।" उसने रास्ता बताया।

"यह पूरी योजना सीधे वन-संरक्षण अधिकारी की अध्यक्षता में चल रही है। वे यहाँ निरीक्षण के लिए आएँगे, तो उन्हें हम क्या दिखाएँ?" मैंने कहा।

"साब!...वन-विभाग में किसी को फुरसत ही नहीं होती कि वे यहाँ आएँ।"

उजाड़ हुए वन प्रदेश को पुनः पल्लवित करने की इस योजना में ग्राम समाज और स्वैच्छिक संगठनों को शामिल करना था। इस योजना के अन्तर्गत वन क्षेत्र की जमीन पर नये वृक्ष लगाने के साथ-साथ घास, चारा, ईंधन तथा वन-उत्पादन की आमदनी से, वन-क्षेत्र के नजदीक रहनेवाले गाँवों के लोगों की जरूरतों को पूरा करने का भी प्रावधान था।

यह योजना भी सामाजिक वनीकरण योजना के अनुसार व्यापक पैमाने पर वृक्षों को रोपने का काम करने वाली थी। परन्तु वावधरा और वाघोडिया गाँवों का दौरा करने के बाद हकीकत सामने आ गयी।

इन गाँवों में, जिन्हें अग्रणी कहा जाए—ऐसे कुछ खास लोग थे ही नहीं। हमीर सिंह वाघोडिया गाँव का एक चक्कर लगा आया। सिर्फ तीन लोग मिल सके—भीखा, आम्बा और जवान। एक नीम के पेड़ के नीचे ही खड़े-खड़े बात हुई। इन लोगों के मन में वन-विभाग वालों के प्रति तनिक भी विश्वास न था—ऐसा उन लोगों ने ईमानदारी से कहा।

लोगों का सहयोग प्राप्त करना सरल न था।

भीखा ने कहा, ''साब!...आप वन-विभाग वाले चोर ही होते हो।''

''चुप रह!...हमें अइसा नहीं बोलना चाहिए।'' आम्बा ने आँखें तरेरते हुए कहा।

''अइसा नहीं है भीखा भाई!...सबको एक ही डंडे से मत हाँको।'' हमीर सिंह ने कहा।

''हमीर भाई, तुम्हारी बात सही है, पर पिछली बार भी गाँव के बीचोबीच इकट्ठा होकर यही बात हुई थी। आप तो थे ही, पर का हुआ?'' जवान ने कहा।

हमीर सिंह के पास इसका कोई जवाब न था।

शाम को लौटते समय मेरे मन में एक प्रश्न उमड़-घुमड़ रहा था—सबसे पहले तो आपस में विश्वास पैदा होना चाहिए। उसके बाद ही कोई बात आगे बढ़ सकती है। जब तक आपस का सम्बन्ध मजबूत नहीं होगा—एक-दूसरे के साथ पूरा परिचय नहीं होगा, तब तक ऐसी योजनाओं को अमल में लाना सम्भव नहीं है।

मैंने रास्ते में ही हमीर सिंह से पूछा, ''इस गाँव से अग्रणियों को 'रेस्ट हाउस' में बुलाया जाए, तो आएँगे कि नहीं?''

''अरे साब! सब काम छोड़कर आएँगे। हम लोगों से ये लोग बहुत डरते हैं।'' हमीर सिंह ने कहा।

मैंने सोचा, आदमी से आदमी को डर लगता है!

''क्यों डरते हैं?'' मैंने पूछा।

''सरकारी आदमी से ये बहुत डरते हैं। सरकारी आदमी कब क्या करेगा, कह नहीं सकते।'' हमीर सिंह ने कहा।

दूसरे दिन हमीर सिंह और रमेश गांगुवारा से कपासिया तक के आठ-दस गाँवों की यात्रा करके शाम को वापस आ गये। उस समय मैं रेस्ट हाउस के पिछवाड़े बाउंडरी वाल के पास खड़े होकर सूखे तालाब को देख रहा था। वातावरण में गरमी के साथ-साथ उदासी भी व्याप्त थी। सारा अरण्य बिसुकी हुई गाय जैसा लग रहा था। पहाड़ और पहाड़ियाँ चुड़ैल की पीठ जैसी लग रही थीं। पर गाँड़ा बावल (बबूल की एक जाति, जिसमें काँटे कम हरियाली अधिक होती है, वह जहाँ होता है बेहया की तरह फैलता है, शायद इसीलिए उसे पागल (गाँड़ा) बबूल कहते हैं) हरियाली से झूम रहा था। वह कुदरत का एक करिश्मा था। सामने की टेकरी पर उगा थोर (कैक्टस) भी हरा-भरा था। गाँड़ा बावल के बीच से होकर जानेवाले सँकरे रास्ते पर नीलगाय का झुंड आपस में धक्का-मुक्की कर रहा था। एक नीलगाय तो बबूल के एक पेड़ के तने से रगड़कर अपनी पीठ खुजला रही थी।

''साब!...सब जगह समाचार दे आया।'' पसीना पोंछते हुए पीछे से हमीर सिंह बोला।

"वे लोग कब तक आएँगे?...और कुल मिलाकर कितने लोग आएँगे?" मैंने हमीर सिंह से पूछा।

"नौ बजे तक आठ-दस जने आएँगे। हमने तो हर एक गाँव से कम-से-कम एक आदमी को आने के लिए कहा। इसलिए हर गाँव से गाँव का मुखिया ही आएगा।" हमीर सिंह ने कहा।

"हम उन लोगों को यहाँ भोजन कराएँ, तो कैसा रहेगा?" मैंने हमीर सिंह से पूछा, तो उसे आश्चर्य हुआ, "साब! आज तक तो उन लोगों को जिस साहब ने बुलाया, सिर्फ उन्हें धमकाने के लिए—जंगल को तुम लोग नुकसान पहुँचाते हो—उसकी सजा तुम सबको भोगनी पड़ेगी।...पर आप तो भोजन कराने की बात कर रहे हैं।"

"क्यों?...कुछ गलत कर रहा हूँ?" मैंने पूछा।

"नहीं, इसमें कुछ गलत तो नहीं है। वे लोग सुबह घर से चलते समय भर पेट छाछ पीकर ही निकलते हैं इसलिए हो सकता है वे खाना न भी खाएँ।" हमीर सिंह ने शंका व्यक्त की।

सुबह दस-बारह लोगों के भोजन की व्यवस्था करने की जिम्मेदारी रमेश को सौंप दी गयी।

मैं रेस्ट हाउस के बाहरी हिस्से में खड़ा था। बाबू के पीछे-पीछे सात-आठ लोग आते दिखाई पड़े। लुक्खा के पिछले भाग वाले रास्ते से वे लोग आ रहे थे। इसलिए पहले उनके सिर दिखाई पड़े, फिर उनका पूरा शरीर। मैं अन्दर गया।

थोड़ी देर में कम्पाउंड का फाटक धीरे-से खोलकर सभी अन्दर आये और नीम के पेड़ के नीचे गोल घेरा बनाकर बैठ गये। हमीर सिंह ने पानी पिलाकर सबका स्वागत किया।

मैं बाहर आया। सभी खड़े हुए और हाथ जोड़कर 'राम!...राम!" कहा। उनके अभिवादन का जवाब देकर मैंने उन्हें बैठने के लिए कहा।

यह मेरी छोटी-सी ग्राम-सभा थी। मैं उनके सामने कुर्सी पर बैठा। थोड़ी देर तक कोई कुछ न बोला। फिर बाबू ने कहा, "साब! हमको हिआँ काहे बुलाया गया है?"

मुक्त भाव से हँसकर मैंने कहा, "आदमी आदमी से क्यों मिलता है? हम यहाँ सिर्फ तीन जन हैं—मैं, हमीर सिंह और रमेश, जो कभी-कभी यहाँ आता रहता है। आप तो हमारे पड़ोसी हैं। पड़ोसियों को एक-दूसरे से मिलना चाहिए इसलिए आप लोगों को बुलाया है।"

सभी ने सिर हिलाया। आज तक का जो उनका अनुभव था, उससे कुछ अलग सुनकर उन्हें आश्चर्य हुआ।

हमीर सिंह ने कहा, ''पहले के जो साहब थे, उनसे ये कुछ अलग किसम के साहब हैं।''

''साब! हमारा तो जीवन ही तकलीफों से भरा हुआ है। आपके सामने अपने दुख का रोना रोने से क्या होगा? हमारे ऊपर दयाभाव रखिएगा—अउर हम का कहें?'' उनमें से एक ने कहा।

''दयाभाव तो भोलेनाथ रखेंगे, एक तुच्छ आदमी क्या कर सकता है?'' मैंने कहा। फिर उठकर अन्दर गया। इधर ये लोग आपस में खुसर-फुसर करने लगे। एक सरकारी अधिकारी का ऐसा अनुभव उन्हें पहली बार हो रहा था। वैसे तो कोई दूसरा रेंजर उन्हें हुकुम करता : 'देशी मुरगी रखते हो?...तो कब ले आओगे?'

ऐसा ही बहुत कुछ!

हमीर सिंह ने जब उनसे कहा, ''आप सबके लिए साहब ने भोजन तैयार कराया है।'' तब तो उनके आश्चर्य की सीमा न रही। वे तो यही सोच रहे थे कि साहब मीठी-मीठी बातें करके हमें भरमा रहे हैं। कुछ लोगों के मन में अभी भी शंका थी ही। उनकी शंकाओं को दूर करने की कोशिश हमीर सिंह ने की, परन्तु दूध का जला छाछ फूँककर पीता है।

मैं फिर आकर उनको समझाने लगा, ''हम आप लोगों को वन्यभूमि के संरक्षण एवं विकास के कार्य में शामिल करना चाहते हैं। मैं सिर्फ बातें नहीं कर रहा हूँ, बल्कि यह कार्य मैं दिल से करना चाहता हूँ। आप बताइए, आप अपने खेतों की देखभाल क्यों करते हैं? इसलिए न कि खेत आपका है! इसी तरह ये जंगल और ये पेड़-पौधे भी तो आप ही के हैं।''

धीरे-धीरे मेरी बात उनके गले उतरी। अपनी-अपनी पंचायतों के माध्यम से, यह कार्य करने के लिए, वे तैयार हुए।

भोजन करने के लिए सभी आनाकानी करने लगे।

मैंने कहा, ''आप ही के लिए बनाया है। आप नहीं खाएँगे, तो नुकसान होगा। यहाँ दूसरा कोई है नहीं, जो खा सके। आप लोगों को कुछ अनुचित लगता हो, तो जब मैं आपके यहाँ आऊँगा, तब मुझे भोजन कराकर इसका बदला चुका दीजिएगा।''

''साब! हमरा अइसा भाग कहाँ कि आप हमारे हिआँ जूठन गिराएँ।'' भीखा ने कहा।

मैंने कहा, ''आप लोग अपने मन में कोई हीन भाव मत रखिए, मैं भी आप लोगों के बीच का ही हूँ, ऐसा आप समझिए।''

यह सुनकर सबको खुशी हुई।

हम सबने एक साथ भोजन किया। उन लोगों के लिए यह अहोभाग्य था। वे

किसी रेंजर की गालियाँ खाने और दुत्कारे जाने के बजाय उसके साथ बैठकर खाना खा रहे थे। उनके मन की सारी गाँठें खुल गयी थीं।

भोजन कर लेने के बाद सभी अपने अँगोछे से या पगड़ी के छोर से हाथ पोंछते हुए आनन्द की डकार ले रहे थे।

नीम के नीचे उन लोगों ने आग जलाई और चिलम भरकर धुआँ उड़ाने लगे।

उनकी धारणा गलत साबित हुई थी। 'राम-राम' कहकर जब वे जाने के लिए तैयार हुए, तब मैंने 'राम-राम' कहकर उन्हें विदा किया।

हमीर सिंह कम्पाउंड के फाटक तक उन्हें पहुँचाने गया। जाते-जाते उन लोगों ने कहा, "हम सोचते थे वइसा नहीं है...साहब तो परमात्मा के मानुस हैं।"

उसके बाद से तो गाँव-गाँव में वृक्षारोपण की योजना उत्साहपूर्वक चलने लगी। 'जासोर सेंचुरी' के अन्तर्गत आनेवाले छोटे-बड़े बीस-इक्कीस गाँवों में मीटिंगे करके हमने इस पूरी योजना के कार्यान्वयन की धुन पैदा कर दी। मुझे तो इस कार्य द्वारा उन लोगों के जीवन में झाँकने का अच्छा मौका मिला था और साथ ही खुद के जीवन को देखने की एक नयी दृष्टि भी।

तेरह

हेमन्त ने मुझे एक नयी दृष्टि ही नहीं दी, मुझे एक नयी दुनिया भी देता गया। सारे दिन की बिलबिलाहट को जब रात अपनी गोद में छिपा लेती, उस समय आकाश में से जो तारों की वर्षा होती, उसका अनुभव पहले मैंने कभी नहीं किया था। अब मुझे ऐसा लगने लगा जैसे रात को अगम्य चेतना की वर्षा हो रही हो। विश्वात्मा मानो सफेद फूलों की थाल सजाकर किसी का अभिनन्दन कर रही हो।

अब तो पर्वत-पहाड़, वृक्ष-लताओं से ऋषि-मुनियों के तेज का स्रोत फूटने लगा है मानो आकाश से जीवन-रस का झरना बहता आ रहा हो। वैसे तो नींद के लिए आँखें बन्द करके अन्धकार को आमन्त्रण दे रहा था। विद्यार्थी जीवन में, पढ़ते-पढ़ते कब नींद आ जाती, इसका पता ही नहीं चलता। वैसे ही अब आकाश रूपी ग्रन्थ के, अन्धकार में लिखे गये तारों रूपी अक्षरों को पढ़ते-पढ़ते कब नींद आ जाती है, इसका पता नहीं चलता।

किसी अज्ञात आवाज से मेरी आँख खुल गयी। कच्ची नींद के कारण मेरा मन बहुत बेचैन हो रहा था। झुंड बनाकर कोई बबूल के मन में दौड़ रहा हो, ऐसा मुझे लगा। आधी रात का समय था। निशाचरों के घूमने-फिरने, शिकार और मौज-मस्ती

करने का यह समय माना जा सकता है। बहुत दूर से सियारों के रोने की आवाज आ रही थी मानो वे अपनी दुख-भरी दास्तान सुनाने के लिए 'हुआँऽऽ...हुआँऽऽऽ' कर रहे हों। ऐसा माना जाता है कि सियार मरे जानवरों की या बचे-खुचे भोजन की तलाश में घूमते रहते हैं। कुत्ते से थोड़ा छोटा कद, लम्बा मुँह, पूँछ झबरीली तथा मटमैले बादामी रंग के सियार दिन में दिखाई पड़ते हैं। बिरल झाड़ियों या घास के मैदानों में ये निवास करते हैं। शाम के समय आते-जाते ये रास्ते में मिल जाते हैं। ये माँस के अलावा फल और कन्दमूल भी खाते हैं। अलग-अलग स्थानों से एक साथ इनकी 'हुआँऽ...हुआँऽऽ' सुनाई पड़ती है, जो आधी रात को डरावना बना देती है। पुराने जमाने में मिस्त्र के लोगों की यह मान्यता थी कि सियार के मुँह वाला परमात्मा मृतात्माओं को उनके कर्म का फैसला करनेवाले के पास ले जाता है।

इस जंगल में घास के विशाल मैदान जैसा कुछ भी नहीं है। कहीं-कहीं ऊँचे वृक्ष हैं; अधिक संख्या में पलाश हैं, पर उसमें सिंह, बाघ या चीता नहीं रह सकते। फिर भी उस दिन लेंबा ने बताया था कि कभी यहाँ ये प्राणी बड़ी संख्या में थे, आज भी कहीं-कहीं दिख जाते हैं और इस पूरबी हिस्से में तो भालुओं का अभयारण्य भी है।

तभी, रात्रि के अन्धकार पर कलई करते तारों के प्रकाश को चीरती हुई, खालु की उत्तर दिशा से, किसी जानवर के मरने की चीख सुनाई पड़ी। उस चीख के साथ कई तरफ से मोरों के बोलने की आवाज आयी। एक तरफ से बन्दरों के 'हूऽ हाऽ' की भी आवाज आयी मानो सारा जंगल जाग उठा हो। मेरे अन्दर भी भय की सुरसुरी फैल गयी। मैं बिस्तर में उठ बैठा। फिर हमीर सिंह को जगाया और उसको सारी बातें बतायीं। उसने कहा, "साब!...सो जाइए; यह तो जंगल है, ऐसा तो होता रहता है।"

यह कहकर वह करवट बदलकर सो गया।

"मुझे तो डर लग रहा है।...पता नहीं क्या हुआ होगा?" मैंने पूछा।

"साब!...शायद घोड़ारोज होगा, कोई चीता-वीता इधर आ गया होगा और उसी ने शिकार किया होगा, आखिर उसे भी खाने को चाहिए न!"

हमीर सिंह के लिए यह सब कुछ बहुत सहज था, पर मेरी नींद उड़ गयी थी। आकाश का सौन्दर्य आँखों में कील की तरह चुभने लगा। इस धरती पर सबसे तेज दौड़ने वाले चीते ने मेरे मन को गले से पकड़ लिया था। मैं जानता हूँ कि चीता तेज गति वाला प्राणी होने के साथ-साथ प्राण-घातक शिकारी भी है। उसकी चमकती आँखें मुझे दिखने लगीं, उसकी आँखें उसके चेहरे पर सामने की ओर होती हैं, जिससे वह बहुत दूर तक देख सकता है। शिकार की गति का अन्दाज कर सकता है। उसके पैर असाधारण रूप से लम्बे होते हैं और पंजे बहुत मजबूत पकड़

वाले होते हैं।

इस समय तो चीते ने मुझे बहुत मजबूती से पकड़कर रखा है। खालु पहाड़ की ओर से आनेवाली चीबरियों की आवाज से मैं थरथरा जाता हूँ। मैंने जानवरों के बारे में पढ़ा है; उसमें चीता विशिष्ट है। उसको तीव्र गति से दौड़ते देखना भी एक अद्‌भुत अनुभव है। ऐसे दौड़ता है मानो उसके चारों पैर हवा में उड़ते हैं। ऐसा इसलिए होता है क्योंकि उसकी हड्डियाँ स्प्रिंग की तरह होती हैं। वह अपने पूरे शरीर को पीछे खींचता है, फिर आगे के दो पैर-फिर उसी लय में पीछे के दो पैर, इसी तरह आगे बढ़ता है। उसकी पूँछ भी उसकी मदद करती है। ऐसा मानते हैं कि चीता सौ कि.मी. प्रति घंटा की रफ्तार से दौड़ता है।

मेरे मन में चीता समा गया है। मुझे उसे बाहर निकालना है, पर वह निकलता ही नहीं। चीता अपना शिकार खोजता ही रहता है। उसकी आँखें चारों तरफ घूमती रहती हैं। पूँछ हिलाकर संकेत करता रहता है। वह घास में अथवा और कहीं छिपकर अपने शिकार की राह देखता है। ऐसा कहा जाता है कि चीता जब दौड़ता है, तब उसकी माँसपेशियाँ ऊर्जा में परिवर्तित होती रहती हैं। जब तक शिकार हाथों में नहीं आता, तब तक उसके शरीर में गरमी बनी रहती है। परन्तु कभी उसे अधिक दौड़ना पड़ जाए, तो खुद उस गरमी का शिकार हो जाता है।

चीता अपना शिकार बड़ी सावधानी से चुनता है। शिकार जब उससे 40-50 मीटर दूर होता है, तभी वह उस पर हमला कर देता है। वह शिकार को पकड़कर उसकी श्वास नली को दाँतों से दबाकर उसे मार डालता है। फिर अगल-बगल देखता है; कहीं कोई आया तो नहीं। उसे यह डर बना रहता है कि उसका शिकार कोई छीन न ले। इसलिए वह शिकार को लेकर पेड़ पर चढ़ जाता है।

चीता अपने से तीन गुने अधिक वजन के शिकार को उठाकर पेड़ पर चढ़ सकता है।

ऐसे चीता की पकड़ में मैं इस समय आ गया हूँ। इसलिए अपने अन्दर के कम्पन को रोक नहीं पा रहा हूँ। घोडारोज के झुंड में से एक कम हो गया होगा। उसके शरीर का आधा हिस्सा तो अब तक चीता के पेट में पहुँच गया होगा और चीता डकार ले रहा होगा। ऐसे में आकाश गंगा के दूसरे किनारे पर जाऊँ कैसे? जहाँ भय है, शंका है, तुमुल युद्ध है, वहाँ सौन्दर्यवाही दृष्टि संकुचित हो जाती है। मैं इस समय अन्धकार, आकाश के तारों, इस धरती, जंगल-झाड़ी और इस अरावली के पहाड़ों की चपेट में आ गया हूँ। इन पर्वतों के शिखरों से गिरते झरनों का जल मानो कल-कल करते बह रहा हो। लगता है, उस जल में मैं जीवन-मरण के विचारों को भिगो रहा हूँ।

मानव का मन भी कैसा विचित्र है!

चौदह

अरावली की पर्वतमालाएँ विश्व की सबसे पुरानी सभ्यता की साक्षी हैं। इसलिए पुरा-पौराणिक तथा ऐतिहासिक काल से इन गिरिमालाओं में हमारी संस्कृति विकसित हुई है। हमारी आध्यात्मिक संस्कृति की जड़ें बहुत गहराई में पहुँच सकी हैं इसलिए ये पर्वत मात्र पर्वत नहीं हैं, बल्कि हमारे संस्कार के शिखर हैं। इन पर्वतों के एक-एक कण में तथा यहाँ की वनस्पति के हर एक पत्ते में हमारी धड़कन सुनाई पड़ती है। इनमें महान सिद्ध योगियों की दन्तकथाएँ सुनाई पड़ती हैं।

आज पावठी की ओर जाना था, कोई खास काम न था, सिर्फ अपनी हाजिरी का एहसास पेड़ काटनेवालों का कराना था। पर मुझे जो खास लोभ था, वह 'बारहमासी धरा' को देखने का था। उसके साथ जो किंवदन्तियाँ जुड़ी हैं, उनको भी सुनने का लालच था।

एक दिन शाम को मैं धोरी के नीचे वाले रास्ते से वापस आ रहा था। रास्ते के किनारे एक खेत में एक वृद्ध आग जलाने की कोशिश कर रहा था। मुझे दूर से देखकर वह खड़ा हुआ और रास्ते के पास आकर "साब, राम-राम" कहते हुए मेरा अभिवादन किया। मैं जल्दी का बहाना करके आगे बढ़ा, तो वह बोला, "गरीब की झोपड़ी को तो धन्य करते जाइए साब।" वास्तव में उसकी झोपड़ी एकदम साधारण, घासफूस की बनी हुई थी, पर उसका मन रखने के लिए मैं गया।

"अरे बबला की माँऽ...कहाँ गयी? देख...साहब आये हैं।"

मानो उसके यहाँ ईश्वर का आगमन हुआ हो, इतना उमंग-आनन्द! मेरे स्वागत में क्या करे, यही वह सोच नहीं पा रहा था। जानवरों के खाने के लिए पुआल पड़ा हुआ था, उसी में से थोड़ा-से पुआल बिछाकर उसके ऊपर एक फटा कपड़ा डाल दिया और उसी पर मुझको बिठाया। मैंने नजर घुमाई तो कूबा जैसी झोपड़ी (गोलाकार गुम्बदनुमा झोंपड़ी) में कुछ नजर नहीं आया और जमीन भी एक-डेढ़ बीघे से अधिक न थी।

ये लोग गरीब जरूर हैं,पर मन के अमीर हैं। इनका जीवन काँच के जैसा पारदर्शक है, कुछ भी गोपनीय नहीं। कबूतर जैसे भोले-भाले ये लोग, जब यह कहते हैं कि 'मैं गरीब हूँ', तो मुझे बहुत दुख होता है। इन्हें क्या पता कि इनसे गरीब मैं हूँ। अरे! मुझसे भी गरीब मेरे नगर के उद्योगपति हैं।

उसका नाम झेमाजी-झेमाजी ठाकोर। बात-बात में बात चली 'बारहमासी धरा' और 'रेवापुरी' की। झेमाजी ने विस्तार से उसके बारे में बताया, उसको देखने की उत्कंठा तो मन में थी ही। बात ऐसी है :

नाम तो रेवापुरी और काम भोलाशंकर की पूजा करना।

वर्षों से अपूज्य खंडहर जैसे शिवालय को रेवापुरी ने नया जीवन दिया था। उसके चारों ओर सघन वृक्षावलियाँ, पर्वतों की श्रेणियाँ, ऊँचे-ऊँचे अर्जुन वृक्ष, गूलर, आकाश को छूते बाँस, बड़े-बड़े शिलाखंड, बहते झरनों की कल-कल कर्णप्रिय ध्वनि। सूखी घासों और झड़े हुए पत्तों का पुंज। इन सबके बीच श्वेत ध्वजा फहराता शिवजी का मन्दिर। इससे काफी हटकर पहाड़ की तलहटी से डेढ़ किमी दूर एक छोटा-सा गाँव पावठी।

पावठी में किसी की मौत होती है, तो जंगल की तरह झाड़ियों को पार करके, लोग उसका शव महादेव मन्दिर तक ले जाते हैं। 'बारहमासी धरा' उनका श्मशान है। किंवदन्ती यह है कि छप्पनिया अकाल के समय भी इस धरा में उँगली भर भी पानी कम नहीं हुआ था। ऐसी उसकी महिमा है। लोगों को ऐसा विश्वास है कि यहाँ पर जिसकी हड्डियाँ जलती हैं, वह सीधे स्वर्ग पहुँचता है।

गाँववाले इस तरह, यहाँ साल में दो-तीन बार आते हैं। चारों तरफ फैले घने जंगल से, शव जलाने के लिए लकड़ियाँ मिल जाती हैं, नहाने के लिए पानी का कुंड और भोलेनाथ के दर्शन, पर उन लोगों ने मन्दिर की कभी चिन्ता नहीं की। किसी के मन में विचार आया भी हो, तो उसे पूरा करने की स्थिति में वह नहीं।

'संसार असार है और जीवन मिथ्या' इसकी रट लगाते हुए रेवापुरी यहाँ आ पहुँचे। यहाँ का रमणीय वातावरण—खंडहर की हालत में भोलेशंकर। इस जगह में उनका मन रम गया। पालथी मारके बैठ गये ध्यान में। फिर धीरे-धीरे गाँववालों के सम्पर्क में आये।

अपने यहाँ भगवा रंग आस्था का प्रतीक है। अपूज्य अवस्था में यहाँ पड़े भोलेशंकर को पूजनेवाला कोई साहसी भक्त मिल गया। मन्दिर का जीर्णोद्धार हुआ; गाँववालों ने श्रमदान करके मन्दिर के साथ एक कोठरी भी बना दी। समय-समय पर लोगों का आना-जाना शुरू हुआ। शिवरात्रि का उत्सव शुरू हुआ। भगवान भोलेनाथ का महत्त्व बढ़ा। सुबह-शाम धूप-दीप की आरती होने लगी। आसपास के लोग यहाँ आकर मन्नतें माँगने लगे।

रेवापुरी सुबह-शाम खुले में चूल्हे पर रोटियाँ सेंक लेते। उनकी कोठरी में बिछाने के लिए एक गुदरी, एक ओढ़ना, जंगल की लकड़ी से बना एक छोटा-सा खाट, पानी की एक मटकी और दो-चार बर्तन—यही उनके घर का सामान! एक साधु को और क्या चाहिए। कोठरी के सामने एक अग्निकुंड, जो चौबीस घंटे जलता रहता। अग्निकुंड के बगल में एक राख का ढेर उसमें धँसा एक त्रिशूल और उसमें बँधा एक डमरू।

रात होने पर रेवापुरी अन्दर से कोठरी की साँकल बन्द कर लेते और दीपक जला लेते, कोठरी की खिड़की के पास खाट पर बैठ जाते। खिड़की से सीधे

'बारहमासी धरा' दिखाई पड़ती। चारों तरफ अन्धकार और सारा जंगल आराम करते हुए भाँय-भाँय कर रहा होता। कोई जंगली पशु पानी पीने के लिए आ जाता—यह सब कुछ रेवापुरी खिड़की से देखा करते।

एक बार पावठी में शाम को ही किसी की मौत हो गयी। शाम को ही शव को यहाँ लाया गया। जंगल से लकड़ियाँ इकट्ठा करते-करते अँधेरा हो गया। फिर अग्निदाह किया गया। शव अभी आधा ही जला था, तभी श्मशान-यात्री अधजले शव पर और लकड़ियाँ रखकर चले गये।

चिता जल रही थी। आसपास के अँधेरे को दूर भगाता अग्नि का प्रकाश चारों तरफ फैल रहा था। रेवापुरी यह दृश्य अपनी खिड़की से देख रहे थे, पर तभी चौंककर सावधान हो गये।

आकाशवाणी की तरह कहीं दूर से आता हुआ 'अलख निरंजन' का स्वर सुनाई पड़ा। उसकी प्रतिध्वनि चारों तरफ फैलकर धीरे-धीरे शान्त हो गयी। थोड़ी देर बाद दूसरी बार वही स्वर और नजदीक से आता हुआ सुनाई पड़ा। रेवापुरी के पूरे शरीर में हल्का-सा कम्पन फैल गया। वे सहज हों, उसके पहले ही तीसरी बार 'अलख निरंजन' की गूँज के साथ ही एक विशालकाय साधु उनकी कोठरी के सामने आकर खड़े हुए—अत्यन्त प्रभावशाली, परन्तु विकराल चेहरे वाले। पेट के नीचे तक दाढ़ी तथा घुटने तक बाल। कोठरी के सामने जलती धूनी के प्रकाश तथा सामने दूर जलती चिता के प्रकाश के बीच खड़े साधु ने हाँक लगायी, ''रेवापुरी ऽऽऽ...'' रेवापुरी के तो मानो प्राण ही सूख गये। वे काफी भटके थे, परन्तु ऐसा साधु उन्होंने कभी नहीं देखा था और फिर उस साधु ने उनके नाम की पुकार लगायी थी।

साधु के साथ एक बड़ा कुत्ता भी था। वह भी साधु के पास खड़ा था। रेवापुरी की जीभ मानो तालु में चिपक गयी। उनका सारा शरीर तेज हवा में फड़फड़ाते पत्ते की तरह काँप रहा था। तभी साधु ने फिर कहा, ''रेवापुरी ऽऽऽ...मुझे बरतन चाहिए।'' रेवापुरी के पास पीतल की दो पतीलियाँ थीं, पर वे दें किस तरह? साधु ने फिर आवाज लगायी। रेवापुरी तब तक पसीने में लथपथ हो गये थे। वे काँपते हुए खड़े हुए और पतीला लेकर कोठरी के दरवाजे तक आये। दरवाजा थोड़ा खोलकर उन्होंने पतीली को बाहर की ओर धकेल दिया।

पतीली लेकर साधु जलती चिता की तरफ गये। हिम्मत बाँधकर रेवापुरी खिड़की से देखने लगे कि साधु क्या कर रहा है?

अपने कुत्ते के साथ साधु चिता के पास गये। चिता अभी धधक रही थी। साधु ने अपने चिमटे से जलती लकड़ियों को हटाया और जलते हुए मुर्दे में से चिमटे से माँस निकालकर पतीली में रखा। यह देखकर रेवापुरी को कँपकँपी छूट गयी।

साधु ने 'बारहमासी धरा' में माँस को धोया। फिर से माँस को पकाने के लिए पतीली को अंगारों पर रखा। उसके बाद पलाश के पेड़ से तीन बड़े पत्ते तोड़े और उन्हें पानी में धोया। फिर से चिमटे से पकड़कर पतीली को हिलाकर देखा। यह सब देखकर रेवापुरी की आँखों के सामने अँधेरा छा गया। पतीली को लेकर साधु कोठरी के सामने जलती धूनी के पास आकर पालथी मारकर बैठ गया। कुत्ता उसकी बगल में बैठा। फिर साधु ने माँस के तीन भाग करके पलाश के पत्तों पर रखा। उसके बाद आवाज लगायी, ''रेवापुरीऽऽ...चलो प्रसाद ले लो।''

रेवापुरी कैसे जाएँ? अपनी आँखों के सामने मुर्दे आदमी का माँस पकते देखा था। उसे प्रसाद कैसे मान सकते थे। परन्तु क्या जवाब दें रेवापुरी।

साधु ने फिर आवाज दी; दो-तीन बार आवाज दी। लड़खड़ाती जीभ से रेवापुरी ने कहा, ''महाराज मैंने तो प्रसाद ले लिया है, आप लीजिए।''

फिर भी साधु का आग्रह बना रहा, परन्तु रेवापुरी टस से मस नहीं हुए।

अन्त में साधु ने तीन भाग को दो भाग किया—एक खुद खाया और एक कुत्ते को खिलाया। प्रसाद पूरा होने के बाद साधु ने गुस्से से पतीली फेंकते हुए कहा, ''ले अपना बरतन।'' पतीली कोठरी के दरवाजे से आकर टकराई।

साधु 'अलख निरंजन' बोलते हुए चला गया। उसकी आवाज बहुत दूर, बहुत दूर होती चली गयी।

रेवापुरी डरते हुए खड़े हुए; कोठरी का दरवाजा खोलकर पतीली अन्दर ले आये। अन्दर आकर दीपक के उजाले में देखा, तो उनके आश्चर्य की सीमा न रही। पतीली में पके हुए चावल के दो दाने रह गये थे। वे चावल के दानों को देखते रहे। यह क्या? मैंने जो देखा था, वह क्या था? डरते-डरते उन्होंने चावल के दानों को मुँह में रखा।

और...उनका सारा अस्तित्व बदल गया। अब वे रेवापुरी नहीं रहे। एक ही क्षण में सदेह भूत, भविष्य और वर्तमान का ज्ञान हो गया। वे साधु कौन थे? इसकी प्रतीति उन्हें हुई और भारी अफसोस भी हुआ। त्रिकालज्ञ साधु...वाह! रेवापुरी अपनी कोठरी मे आनन्द से नाच उठे।

तभी, दूर से, पुनः 'अलख निरंजन' की ध्वनि सुनाई पड़ी—एक, दो और तीसरी बार के 'अलख निरंजन' के साथ साधु आकर सामने खड़े हो गये—'रेवापुरीऽऽऽ...तूने मेरा जूठा बरतन चाटा। मैंने तुझे प्रसाद लेने के लिए बुलाया था, तूने मेरे प्रसाद का अपमान किया था। तूने मेरा जूठा बरतन क्यों चाटा? बताओऽऽऽ...''

रात में मानो जंगल काँप उठा।

रेवापुरी होशो-हवाश गुमा चुके थे। क्या जवाब दें? फिर साधु ने कहा, ''जाओ तुम इस विद्या का उपयोग नहीं कर पाओगे।'' और 'अलख निरंजन' कहते

हुए अदृश्य हो गये। रेवापुरी होश में आ गये, तब तक सुबह हो चुकी थी। अपने बदले हुए अस्तित्व को वे निरख रहे थे। कोठरी के सामने धधकती धूनी के पास बैठकर चिलम पीते रहे। यह स्वप्न था या सत्य—इसकी उधेड़बुन में सदा लगे रहे।

झेमाजी ने अपनी भाषा में यह सारी बात बतायी। तब तक अँधेरा घिर आया था और आकाश में तारे टिमटिमाते रहे। मैं 'राम-राम' कहकर चलने को तैयार हुआ, तो झेमाजी ने कहा, "साब! अँधेरे में कैसे जाएँगे?" मैंने हँसते हुए कहा, "उस साधु की तरह 'अलख निरंजन' बोलता हुआ चला जाऊँगा। आप चिन्ता मत कीजिए।"

पन्द्रह

शाम का समय था। मैं रेस्ट हाउस के पिछवाड़े नीम की छाया में कुर्सी डालकर बैठा था और 'वाइल्ड सेंचुरी' की फाइल का अध्ययन कर रहा था। उसमें 'वाइल्ड सेंचुरी' के विकास हेतु पाँच वर्ष के लिए बारह करोड़ रुपये के बजट का प्रावधान था।

क्षण-भर के लिए मैं स्तब्ध हो गया—बारह करोड़ रुपये।

आज जहाँ पानी की एक-एक बूँद के लिए तरसना पड़ता था—ऐसे इस अरावली की नंगी देह को हरियाली से ढँकने के लिए बारह करोड़ रुपये।

मेरे मन में एक विचार कौंध उठा।

गाजणा और लुक्खा पर्वत आमने-सामने खड़े हैं। इन दोनों पर्वतमालाओं के बीच एक बाँध बनाया जाए तो—एक नया ही विचार, एक नवसर्जन।

इन गिरिमालाओं के कगारों एवं शिखरों पर से आनेवाले बारिश के पानी को यहाँ रोका जाए, तो कितना बड़ा सरोवर बन सकता है।...वाह! इस विशाल सरोवर में नौकाएँ तैरने लगें...सैलानियों के घूमने-फिरने के लिए स्थल बनवा दिए जाएँ, कश्मीर के डल झील और नखी ताल का मजा।

मेरी नजर गाजणा और लुक्खा पर्वतों के बीच बाँध बना रही थी। अगर सरकार बारह करोड़ नहीं, सिर्फ बारह लाख खर्च करे तो भी यह सारा इलाका पानी-पानी हो जाएगा। गरमी की चिन्ता नहीं, पानी की किल्लत नहीं। कितने ही पशुओं को आश्रय मिल जाएगा। निचले हिस्से के गाँवों को भी बहुत फायदा होगा। इनके भी कुओं में बारहों महीने पानी रहेगा, खेती होगी, सारा इलाका हराभरा रहेगा, अरण्य में भी हरियाली रहेगी।

मैंने मन-ही-मन तय कर लिया कि इन दोनों पहाड़ों को जोड़ना ही है। इसी बहाने इनके बीच की जगह में खड़े सघन गाँड़ा बावल (बबूल की एक प्रजाति) को काटा जा सकता है, जिससे सरोवर खूब गहरा हो जाएगा।

विचार-ही-विचार में सूरज गाजणा के पीछे चला गया, पर विचारों का प्रभाव कम नहीं हुआ। अपने अनुभव का नहीं; बल्कि अपनी कल्पना का साक्षी सिर्फ मैं ही था। मेरी दृष्टि तो अरावली की पर्वतमालाओं को माप रही थी।

ऐसा क्यों लग रहा है कि सब कुछ मेरा है, मुझमें सब कुछ है। आज यह सारा इलाका रेगिस्तान-सा बियावान लग रहा है, परन्तु कल वर्षा के बाद इसका दृश्य कैसा होगा। इसका आनन्द मुझमें धीरे-धीरे प्रवेश कर रहा है। मैं अपनी कल्पना, विचार और दृष्टि का मालिक हूँ। कोई इस आकाश, हवा, पानी और धरती का मालिक है। मेरा और उसका सामंजस्य बनता जा रहा है। मेरी एकलता पिघलती जा रही है। मन कल्पनाओं के पंख पर सवार होकर यहाँ सरोवर के किनारे उछल-कूद रहा है।

रात को छत पर गया, तब भी सरोवर मेरे साथ था। यहाँ बैठे-बैठे सरोवर के पानी में झिलमिलाती चाँदनी को देखने का भी अपना एक मजा है। चन्द्रमा मानो पानी के पालने में झूल रहा हो। एक छोटा-सा बाँध कितना परिवर्तन ला सकता है, उसकी कल्पना मात्र से मेरे रोम-रोम से आनन्द के सोते फूट रहे थे।

आदमी को अच्छा विचार कितना रोमांचक लगता है। उसके विचारों के साथ उसकी कल्पनाएँ भी सक्रिय रहती हैं। विचारों की हद जहाँ पूरी होती हैं, वहाँ से कल्पनाओं की शुरुआत होती है। जहाँ कल्पना की सीमा पूरी होती है, वहाँ से फिर विचार शुरू होते हैं। कभी तो विचार और कल्पना एक-दूसरे के पर्याय बन जाते हैं। ऐसे अद्‌भुत, रमणीय और मनोहर कल्पनाओं और विचारों के साथ मैं कब गहरी नींद में उतर गया, इसका पता भी न चला।

सुबह उठते ही हमीर सिंह ने कहा, "साब! गजब हो गया। पहाड़ी पर दव लग गयी है।...हे भगवान्!..."

"क्या हुआ?" मैं उसकी बात समझ न सका।

"साब! पहाड़ी पर दव लगी है।" उसने फिर से कहा।

"दावानल लगी है?" उसने स्वीकार में सिर हिलाया।

"कहाँ?" मैंने पूछा।

"अंधारिया की ओर। गुरु की पहाड़ी रात को सुलग रही थी। मुझे आपको रात को ही जगाना चाहिए था।...पर आपकी नींद कौन बिगाड़े! इसलिए नहीं जगाया। पर रात के अँधियारे में इतनी दूर से भी आग की लपट का उजाला दिखाई दे रहा था।"

''पर हम इसमें क्या कर सकते हैं?'' मैंने पूछा।

''साब! सचमुच हम का कर सकते हैं! सारा जंगल जल रहा हो—उसमें हम का कर पाएँगे! आग बुझाने के लिए तो पानी चाहिए। इतना पानी कहाँ से आएगा!'' हमीर सिंह ने कहा।

मेरे कल के विचार को दो-गुनी गति मिल गयी—गाजणा और लुक्खा को बाँध से जोड़ दें, फिर तो पानी-ही-पानी!

''गयी साल भी दव लगी थी। जंगल में बहुत नुकसान हुआ था, पशुओं-पक्षियों पर तो आफत ही आ गयी थी।'' कहते-कहते हमीर सिंह निःश्वास छोड़ने लगा। इस समय उसके मन में भी दावानल लगी हुई थी।

हमीर सिंह दूसरों के दुख से दुखी होनेवाला आदमी है, बहुत परोपकारी है। भले पढ़ा-लिखा नहीं है, पर समझदार बहुत है। अरावली के ग्रन्थ का अध्ययन इसने किया है, ज्ञान को पचाया है, उसकी गहराई को परखा है।

मेरे अन्दर का विज्ञान का विद्यार्थी जाग उठा—जलने के लिए किन चीजों की जरूरत पड़ती है—ऑक्सीजन, ज्वलनशील पदार्थ और एक छोटी-सी चिनगारी! बस! इतना पर्याप्त है। ये तीनों मिल जाएँ, फिर तो अग्निदेवता को पंख लग जाएँ।

मजबूरी के कारण प्राणी मात्र को दौड़ना पड़ता है। शहर हो तो फायर ब्रिगेड वाले, घंटी बजाते हुए, आग बुझाने के लिए पहुँच जाते हैं। पर यहाँ कौन आएगा! जहाँ पीने के लिए पानी इतना दुर्लभ हो, वहाँ आग बुझाने का तो सवाल ही कहाँ! जहाँ जीवन जीने के लिए जबरदस्त संघर्ष करना पड़ता हो, वहाँ आग से लड़ने की बात ही क्या! जहाँ ट्यूबवेल नहीं, स्वीमिंग पूल नहीं, अग्नि-शामक वाहन नहीं, यहाँ तो धूल, ढेला और पत्थर हैं। यही तो है जिन्दगी का सबसे भीषण संघर्ष!

सारा दिन दावानल के विचार में बीत गया। सूर्य जब लुक्खा पहाड़ के पीछे चला गया, उस समय पूर्वाकाश धुँध से ढँका हुआ दिख रहा था। पूर्वी क्षितिज पर घनघोर बादल घिर आये थे। गुरु पर्वत की ओर भीषण आग लगी थी। लग रहा था—यह आग पूरी अरावली को अपनी लपेट में ले लेगी।

दावानल इतना भीषण क्यों होता है? अरावली तथा उसके आसपास का राजस्थान तथा गुजरात का इलाका भीषण अकाल में जीवन गुजारता है। सब कुछ एकदम सूख गया है। अधिकांश वृक्ष भी सूख गये हैं। ऐसी हालत में आग बड़ी तेजी से पकड़ ही लेगी। आग लगने से पहले आग लगने की पूरी परिस्थिति जंगल में तैयार हो चुकी होती है। जबरदस्त गरमी के कारण तापमान बहुत ऊँचा हो जाता है। वातावरण जितना गरम होगा, आग उतनी आसानी से पकड़ेगी। मौसम का मूड बदल जाता है और तेज गरम हवा चलने से विनाश का तांडव शुरू हो जाता है।

तेजी से हवा चलने के कारण एकाध मिनट में अग्नि की ज्वालाएँ फैल जाती

हैं। परन्तु सबसे खतरनाक यह है कि अगर हवा की गति दुगनी हो जाए, तो आग की ज्वाला चार-गुनी हो जाती है। धधकती ज्वालाओं के कारण पूरा वायुमंडल गरम हो जाता है।

हवा में उड़ती चिनगारियाँ भी तेजी से फैलने लगती हैं। लकड़ी में स्थित तैलीय पदार्थ भी आग को तेजी से भड़काने में मदद करता है। ये चिनगारियाँ तो हवा के प्लेन में बैठकर आठ-दस किमी तक उड़कर चली जाती हैं। वे जहाँ जाती हैं, वहाँ आग ही भड़काती हैं।

हम जानते हैं कि दावानल सूखी वनस्पतियों में लगता है। वह जमीन पर पड़े सूखे पत्तों और लकड़ियों के साथ-साथ धीरे-धीरे प्रज्वलित होता है और इस तरह एक बार लगी आग महीनों तक जलती रहती है।

दूसरे प्रकार का दावानल जंगल की झाड़ियों के साथ-साथ फैलता है। उसकी रफ्तार आदमी की दौड़ जितनी होती है। झाड़ी वाले इलाकों में भी आग बहुत तेजी से पकड़ती है। जहाँ वृक्षों-वनस्पतियों की कमी नहीं होती, वहाँ आग को खुला मैदान मिल जाता है।

मैंने हमीर सिंह से पूछा, ''यह आग लगती कैसे है?''

मैंने इस तरह सवाल किया मानो हमीर सिंह कोई बड़ा वैज्ञानिक हो और मैं विद्यार्थी! परन्तु माने तो वह सच्चे अर्थों में इस जंगल का वैज्ञानिक ही है।

''आग लगने में तो साब!...आदमी ही दोषी है। जंगल में जनावर मारने के लिए या लकड़ी काटने के लिए कोई गया हो, अउर ऊ जो बीड़ी सुलगाए, तो चिनगारी तो उड़ेगी ही—उससे फिर आग लग जाती है।'' उसने समझाते हुए कहा।

अधजली बीड़ी का कोई टुकड़ा या चिलम का जलता हुआ तम्बाकू आग लगाने में मददगार होता है। यह भी कैसा है! मैं सोच ही रहा था कि हमीर सिंह बोला, ''साब!...कभी-कभी अइसा भी होता है कि जंगल में बड़े-बड़े बाँस खड़े हैं, वे हवा के झोंकों से एक-दूसरे से रगड़ खाते हैं। उनमें जो सूखे बाँस होते हैं, उनमें आग पकड़ लेती है और वह आग सारे जंगल को अपनी लपेट में ले लेती है।''

कैसा है कुदरत का यह खेल! जंगल ही जंगल को जलाता है। दावानल के कारण हैं—दृश्य और अदृश्य। वाह!

हमीर सिंह फिर बोला, ''साब!...बहुत-से स्वार्थी और पापी लोग खुद ही आग लगा देते हैं, तो कभी सरकार भी पहाड़ों पर आग लगा देती है।...सरकार यह मानती है कि कुछ भागों में आग लगाने की जरूरत होती है, जइसे खेत में कूड़ा-करकट जलाने के लिए आग लगाते हैं, वइसे ही।''

उसकी बातें मैं ध्यान से सुन रहा था।

जंगल में आग लगी हो और उसे बुझाया जाए, तो उससे भयानक विनाश की स्थिति पैदा हो जाती है। वैसे तो दुनिया भर के बड़े-बड़े जंगलों में दावानल लगता ही रहता है। यह कुदरत की विनाश लीला तो है ही, परन्तु दावानल एक कुदरती प्रक्रिया बन गया है।

नियमित रूप से सब कुछ जलाकर खाक कर देनेवाली यह नव-सर्जन की भूमिका भी तैयार करती है। पशु-पक्षी सभी इस पर निर्भर करते हैं।

अन्धकार की परछाईं उतरी। शुरू में सारा इलाका धुएँ से भरा लगता था, परन्तु दूर से दिखनेवाले पेड़ भी अब लाल रंग के बन गये थे। आग की लपटें अब आकाश की ओर बढ़ती ही जा रही थीं। यद्यपि दावानल तो दूर था, परन्तु अन्धकार उसे नजदीक ले आया था।

आग सूखे पत्तों, घास और वनस्पतियों को जलाते हुए आगे बढ़ती है। उन्हें अगर साफ कर दिया जाए, तो आग पर काबू पाया जा सकता है, परन्तु यह किया कैसे जाए? यह तो पेड़ों को जलाते हुए दूर-दूर तक फैलती जाती है। अगर हवा तेज हो, वनस्पतियाँ नजदीक हों, तो फिर पूछना ही क्या! दूर से ही वृक्षों को लपेट में लेने के लिए दौड़ती जाती हैं। चिनगारियाँ हवा के साथ आकाश में उड़ती जाती हैं। इस कारण वायुमंडल का तापमान बढ़ जाता है, जिससे ठंडी हवा अपने आप खिंची चली आती है और हवा की गति बढ़ जाती है, फिर तो आग का तूफान नजर आने लगता है।

तेज हवा, सघन जंगल, भीषण गरमी का मौसम दावानल के लिए अनुकूल पड़ता है। इसका अनुभव मैं कर रहा हूँ। मैं सोचता रहता हूँ, अगर इस दावानल को बुझाने का प्रयत्न किया जाए, तो भी अरावली की बहुत बड़ी सेवा की जा सकती है।

इस अग्नि-कांड को रोकने में मनुष्य की ही मुख्य भूमिका है। पशु-पक्षी तो खुद को बचाने के सिवाय और कर ही क्या सकते हैं! आग की व्यापकता के कारण सभी चीजों पर दबाव बढ़ जाता है। मेरे ऊपर भी दबाव बढ़ गया है।

अचानक मूसलधार बारिश होने लगे तो? ऐसी सुनहरी कल्पना मेरे मन में उठती है। पर तभी उमाशंकर जोशी की एक कविता याद आ जाती है, 'नदी समुद्र में जाएगी, भाप बनकर आकाश में बादल बनकर दौड़ते हुए आकर यहाँ बरसेगी और दावानल को बुझाएगी, परन्तु तब तक तो सब कुछ जलकर राख हो चुका होगा। मेरी यह कल्पना भी बंजर ही थी। मैं क्या करूँ?

सोलह

हम आँबाघाँटा गये थे। वापस आते समय बाघाजी की बाड़ी में जा पहुँचे। छोटी-छोटी गिरिमालाओं के बगल में स्थित, राजा से बख्शीश में मिली बीस-पचीस बीघे जमीन के चारों ओर कँटीली झाड़ियों की बाड़ थी। खेत में प्रवेश करने के लिए भी कँटीला झाँपा बना था। छप्पर जैसा घर था। घर के बगल में कुआँ था। इस समय तो कुएँ का तल सूखा था। खेत के मेड़ों पर थोड़े पेड़ थे। दो-चार आम के पेड़, नीम के पेड़ तथा कणजी के पेड़ थे। खेत ढालुवाँ थे, पर उनके जीवन का सहारा तो थे ही।

बाघाजी की उम्र अस्सी के ऊपर थी। लम्बा शरीर, घनी सफेद मूँछें, कमर में बँधी धोती, खाकी रंग का फटा अँगरखा, सिर पर राजस्थानी शैली की पगड़ी, जिसका रंग उड़ गया था—वह उनकी पहचान थी। उम्र ने कुछ खास असर किया हो, ऐसा लगता न था।

हमें देखते ही बाघाजी ने आगे बढ़कर हमारा स्वागत किया। मेरा उनसे परिचय न था; परन्तु हमीर सिंह के साथ मुझे देखकर वे समझ गये कि मैं वन-विभाग का अधिकारी हूँ।

दोनों हाथ जोड़कर बाघाजी बोले, ''साब!...मुझ गरीब का धन्न भाग जो आपने हमारे आँगन को पवित्तर किया।''

भाषा और व्यवहार से लगता था कि आदमी समझदार है और जमाने को देखा हुआ है।

''अरे!...खाट बिछाओ!...साब आये हैं।'' बाघाजी ने खाट पर एक गन्दी और फटी हुई गुदड़ी बिछाई और खुद सामने एक पत्थर पर बैठ गये, बगल में हमीर सिंह भी।

''साब!...हम तो ठहरे वनवासी, हम आपकी का सेवा करें?'' बाघाजी के बोलने की शैली और तौर-तरीके का अलग ही प्रभाव था। उनके वाणी-व्यवहार से उनकी संस्कारिता प्रकट हो रही थी।

हमीर सिंह ने कहा, ''साब! बाघाजी नवाब साहब के हिआँ नौकरी करते थे। उनके बहुत खास बिसवा़सी आदमी थे।'' यह सुनकर मुझे तुरन्त बाघाजी के वाणी-व्यवहार का राज समझ में आ गया।

''साब!...आपसे का कहें, समय-समय की बात है। आदमी बेचारा का कर सकता है! कइसे-कइसे राज अउर रजवाड़े!...कइसी-कइसी हुकूमत!...कइसे-कइसे ठाट-बाट! सब कुछ मैंने अपनी आँखों से देखा है। काल पुरुष से बड़ा कोई नहीं है साब!''

मुझे ऐसा लगा जैसे इस आदमी ने गीता, रामायण, महाभारत सब कुछ

पढ़ा है।

''बाघाजी, आपने कितना पढ़ा है?'' मैं सहज ही पूछ बैठा।

''साब! पढ़ने की का बात करते हैं—करिया अच्छर भँइस बराबर!...एक अच्छर भी नहीं पढ़ा साब!...बस! आप जइसे बड़े लोगों के बीच रहा हूँ।...अउर जो कुछ पाया है अनुभव से।''

एक अपढ़ आदमी की सूझ-बूझ देखकर मुझे आनन्द आया।

बाघाजी ने आगे कहा, ''ई पहाड़...ई पेड़-पौधे...ये पंखी—ये ही हमारे सबसे बड़े गुरु हैं साब!। इन पहाड़ों के पीछे दिन निकलता है अउर उस पहाड़ के पीछे दिन छिप जाता है—इतनी ही हमारी जिनगी है। ई खेत अउर ई दू-चार मवेसी—इहै हमारा बैभव है। दो बखत की रोटी मिल जाती है अउर रात को निचिन्त होकर सो जाते हैं...बस! अउर हमें का चाहिए?''

इस आदमी ने सचमुच मेरा मन मोह लिया। इस वीराने में जीने वाले इस आदमी को मन-ही-मन मैंने सलाम किया। तभी उसका छोकरा चाय लेकर आया।

''साब! हम जइसे गरीब के हिआँ ताँबे-पीतल या शीशे की कप-तस्तरी नहीं हैं, दूध भी नहीं, काले गुड़ की चाय है। आपका दूसरा सुआगत मैं का करूँ!'' बोलते-बोलते बाघाजी खड़े हुए और लड़के के हाथ से, माटी के बरतन में रखी चाय लेकर मुझे देते हुए बोले, ''ई रामणिया (कटोरे जैसा माटी का बरतन) है साब!...माटी का बरतन है साब!...हमें तो खाना पकाना भी है माटी में...अउर खाना भी है माटी में!...अपनी देह भी तो माटी की ही है न साब!...मेहरबानी करके बुरा मत मानिएगा। हम तो आपके चाकर हैं। आप हमारी चाय पी रहे हैं...हमारे लिए तो इहै बड़ी बात है। आपके चरन मुझ गरीब के हिआँ पड़े...!''

यह आदमी लगातार बोले जा रहा था, पर दिल की गहराई से!

बाघाजी को बीच में टोकते हुए हमीर सिंह ने कहा, ''बाघा काका!...जाने दो ई सब बात। ऊ गोरी मेम की बात तो साहब को बताओ।''

मैंने चाय पी ली। मेरे हाथ से रामणिया लेकर बाघाजी ने बगल में रख दिया।

अँग्रेजों के जमाने का बहादुर आदमी बाघाजी! नवाब साहब के यहाँ चाकरी करता था। उस जमाने को याद करते ही बाघाजी की आँखों में चमक आ गयी। गहरी साँस लेते हुए बोले, ''साब!...सब कुछ बदल गया है...साँप चला गया...निशानी रह गयी।...चाहे जइसा भी हो,पर ऊ जमाना बहुत अच्छा था।...बस्ती भी इतनी अधिक न थी...आज तो लोग कीड़े-मकोड़ों की तरह रेंग रहे हैं।''

हमीर सिंह अधीर हो गया था। उसने कहा, ''साब!...ई आदमी 'बाघमार' के नाम से जाना जाता है। इसकी हिम्मत अउर ताकत का बखान तो हमारे बुजुरुग किया करते थे।...काका! ऊ मेम वाली बात तो साहब को बताओ, उसी के लिए

हिआँ लाया हूँ।''

बाघाजी थोड़े तन गये। नजर सामने की पर्वतमालाओं की चोटी पर टिक गयी—मानो सुदूर भूतकाल को खींचकर ला रहे हों, ''तब नवाब साहब का राज चलता था, छोटे-छोटे कितने ही रजवाड़ों की रक्षा की जिम्मेदारी अँग्रेजों के माथे थी। बदले में अपनी आमदनी से दो पैसे देने पड़ते थे। अँग्रेज थे हुँशियार, नवाब साहब को बिलाइत घूमने के लिए ले गये, हुआँ एक गोरी मेम से उनकी सादी करा दी, नवाब साहब की खुशी का ठिकाना नहीं।''

वापस अपने देश आकर नवाब साहब तरंग में आ गये। अपनी नयी-नवेली दुल्हन को अपनी शक्ति, अपनी ताकत दिखाने के लिए उनका मन बेचैन हो उठा। हर रोज सन्तरी को बुलाकर पूछते, ''क्या हुआ आज?'' पर उस समय उनकी हुकूमत में आनेवाली गिरिमालाओं में एक भी सिंह या बाघ नहीं आया था शिकार किसका करें! उस जमाने में टेलीफून तो था नहीं कि दूर का समाचार झट से मिल जाए!

इसलिए, अपनी हुकूमत में आनेवाली गिरिमालाओं में, अगर कोई सिंह या बाघ आये, तो उसकी खबर नवाब साहब को तुरन्त मिल जाए, इसके लिए एक तरीका सोचा था। जंगल के चौकीदार को जब यह पता चले कि जंगल में सिंह या बाघ आया है, तो वह पर्वत की सबसे ऊँची चोटी पर जाकर आग जलाएगा, जिसको महल की अटारी पर पहरा देनेवाला सन्तरी देखेगा और सुबह होते ही नवाब साहब को इसकी जानकारी देगा।

आखिर एक दिन समाचार मिला कि बाघ आया है। फिर क्या था, अपने दल-बल के साथ नवाब साहब निकल पड़े शिकार के लिए। साथ में लिया गोरी मेम को—अपनी बहादुरी जो दिखानी थी।

जंगल में मचान बनाया गया। अपनी गोरी मेम साहब और अपने अंगरक्षकों के साथ नवाब साहब मचान पर बैठ गये। हरकारे चारों तरफ हाँका देने लगे। बाघ दिखाई पड़ा। अंगरक्षक ने अंगुली से इशारा किया और नवाब साहब ने बन्दूक से गोली दाग दी। दौड़ते हुए बाघ की जाँघ में गोली लगी और बाघ सीधा गुफा में घुस गया।

नवाब साहब का हुक्म हुआ : बाघ को बाहर निकालो, पर गुफा में से घायल बाघ को काढ़े कौन?...और कैसे काढ़े? आखिर में एक ठाकोर (राजपूत) युवक तैयार हुआ। एक हाथ में एक खुली तलवार ली तथा दूसरी तलवार दाँतों में दबा ली, कमर में एक मोटी डोरी बँधवाई और दूसरे हाथ में जलती मशाल पकड़ी।...इस तरह वह गुफा में घुस गया। वह ज्यों-ज्यों अन्दर जाने की कोशिश करता, त्यों-त्यों, जिसने डोरी पकड़ रखी थी वह, उसे बाहर खींचता। आखिर उसने तलवार से डोरी

काट दी। गुफा में बहुत दूर तक जाकर देखा,तो बाघ चित्त पड़ा हुआ था और बाघिन लाल-लाल आँखें किये उसके पास बैठी थी। मशाल के प्रकाश में उसकी आँखें चमक रही थीं। बाघिन ने एकदम से छलाँग लगायी, ठाकोर झट से बैठ गया, परन्तु बाघिन का एक पंजा उसके सिर में लग गया। उधर बाघिन सीधे बाहर निकल गयी। ठाकोर के दोनों ओर मौत!

मौत को सामने देख बाघ भी उठ खड़ा हुआ और ठाकोर पर टूट पड़ा। ठाकोर के हाथ से तलवार और मशाल दोनों गिर पड़े, पर हिम्मत से काम लेते हुए उसने बाघ के आगे के दोनों पंजों को पकड़ लिया। उसमें जबरदस्त हिम्मत आ गयी थी। बाघ दहाड़ मारकर मुँह फैलाता, तो ठाकोर अपने मुँह में दबी तलवार उसके सामने कर देता। बाघ के शरीर से काफी खून बह गया था। इसलिए वह ढीला पड़ता जा रहा था। ठाकोर गिरते-पड़ते बाघ को बाहर ले आया। दोनों लहूलुहान थे।

उसके पहले, गुस्से से पागल हुई बाघिन, गुफा से बाहर निकलकर, सीधे मचान पर झपट पड़ी थी। एक ही छलाँग में वह मचान पर तो नहीं पहुँच पायी, परन्तु मचान की थूनी उसके पंजे की पकड़ में आ गयी। बाघिन के प्रहार से झटका खाकर गोरी मेम मचान से नीचे गिर पड़ी। आज के दिन वह बीती बात हो गयी है।

नवाब साहब तो सुन्न हो गये—क्या करें? अपना होशो-हवाश खो बैठे। उधर नवाब के अंगरक्षक ने अचूक निशाना लगाकर बाघिन के सिर में गोली दाग दी। बाघिन धड़ाम से नीचे गिर पड़ी—एक साथ दो मैडमें।

तभी मौत के साथ जूझता हुआ ठाकोर दिखाई पड़ा। तभी नवाब का अंगरक्षक चिल्लाया : साब! उस बाघ को गोली मारिये। नवाब ने काँपते हाथों से गोली चलायी, निशाना चूक गया। परन्तु अंगरक्षक ने एक ही धड़ाके में वन के राजा को धराशायी कर दिया।

अरावली पर्वतमाला में यह पहली घटना थी, जिसमें बाघ-बाघिन दोनों का एक साथ शिकार हुआ। वन के राजा ओर रानी एक ही बखत, एक ही साथ, पत्थरों की शैया पर सोये थे। पहली बार उनका रक्त बहा था, झरने के साथ और पहली बार अरावली की पर्वतमालाओं ने आँसू बहाया था उनके लिए।

मचान से उतरकर खोज शुरू हुई थी अंग्रेज मेम की। वह बच गयी थी, पर सारे शरीर की हड्डियाँ टूट गयी थीं। उस तरफ वह लहूलुहान ठाकोर छटपटा रहा था।

आज अरावली का हर एक पत्थर खून से नहा रहा था।

चौकीदार सब मिलकर उठा लाये बाघ-बाघिन को। उधर नवाब साहब मेम साहिबा को लेकर रवाना होने ही वाले थे कि एक आश्चर्यजनक घटना हो गयी। गिरिमालाओं में एक प्रतिध्वनि गूँज उठी : "अलऽऽख निरंजन!" प्रतिध्वनि फैलती

गयी पूरे आकाश में। पक्षियों ने उसका स्वागत किया चहचहाकर।

एक...दो...और तीसरे 'अलख निरंजन' के साथ ही एक विशालकाय साधु आकर खड़ा हुआ नवाब साहब के सामने! लम्बी दाढ़ी...लम्बी जटा...उसकी आँखों से निकलते अंगारे और उसके हाथ के लम्बे चिमटे से निकलती आवाज अच्छे-अच्छों को कँपा देनेवाली थी।

आते ही साधु ने नवाब का हाथ पकड़ लिया। नवाब एकदम से थरथरा उठा। पूरी पर्वतमालाएँ उसे डोलती नजर आयीं। उसे लगा मानो उनमें से किसी एक पर्वत ने उसका हाथ पकड़ लिया हो।

साधु गुस्से में गरजते हुए बोला, "तुम राजा हो या हत्यारे! यह हमारे जंगल का राजा था। तुमने हमारे राजा को क्यों मारा?...जवाब दो!"

यह सुनते ही नवाब साहब की हिम्मत जवाब दे गयी। साथ में आया काफिला भी फटी-फटी आँखों से सब देखता रहा। यह सब क्या हो रहा है, किसी की समझ में नहीं आया।

आखिर में साधु ने कहा, "खैर!...मैं कुछ कहना नहीं चाहता; क्योंकि तुम्हारा राज कुछ ही दिनों में जानेवाला है। तुम भी खतम हो जाओगे, परन्तु आज यह प्रतिज्ञा करो कि तुम दुबारा यहाँ कभी नहीं आओगे।"

बस! नवाब साहब ने प्रतिज्ञा की और छः महीना होते-होते तो हमेशा के लिए उनका राज्य चला गया; और उनका भी देहान्त हो गया।

"इस समय उनके वंशज कहाँ होंगे!" बाघाजी ने आकाश की ओर अँगुली दिखाते हुए कहा।

जिस ठाकोर ने मौत का मुकाबला करके बाघ को गुफा से बाहर निकाला था, नवाब ने उसे कुछ इनाम देने का विचार किया, परन्तु उनके कारिन्दे ने बीच में दखल करते हुए कहा, "यह तो अपना दास है, उसने तो अपना फर्ज निभाया है। इसके लिए उसे इनाम क्या देना!"

परन्तु नवाब ने ठाकोर का अच्छा इलाज करवाया और साथ ही पचीस बीघा जमीन भेंट में दी।

यही वह पचीस बीघा जमीन है और वह ठाकोर यही बाघाजी! यह बात जब हमीर सिंह ने बतायी, तो मुझे एकदम से आश्चर्य हुआ। बाघाजी के मुख से सब सुना और उनके घाव के निशान मैंने देखे, तब अपनी भी उम्र उन्हें भेंट कर देने की इच्छा मुझमें हुई। कैसी बहादुरी!...कैसी हिम्मत! और कैसी वफादारी! आज अगर किसी ने थोड़ा भी किया होता, तो राष्ट्रपति अवार्ड के लिए उसकी फाइल दौड़ रही होती।

मुझे विशेष आश्चर्य तो उस साधु के बारे में हो रहा था। कहते हैं कि दुनिया

की सबसे पुरानी अरावली की इन पर्वतमालाओं में, अमरत्व पाए हुए राजा गोपीचन्द युगों से घूमा करते हैं।

मैं भी मानो उन्हें युगों से खोज रहा हूँ।

युगों का लेखा-जोखा करते हुए वहाँ से जब मैं उठा, तब काफी समय बीत चुका था। पश्चिमी आकाश की ओर से आते पक्षियों के झुंड अपने-अपने घोंसलों की ओर जा रहे थे। उनकी पंक्ति एक सीध में दिखाई दे रही थी। डूबता सूरज अपने पंखों से उड़ रहा हो—ऐसा दृश्य लग रहा था।

बाघाजी अपनी बाड़ी का झाँपा खोलकर हमें बाहर छोड़ने आये। ''फिर आइएगा साब!'' कहते हुए उन्होंने हमें विदा दी।

सत्रह

प्रकृति प्रभु का प्रसाद है। उस प्रसाद को पाना जीवन को सफल बनाने जैसा अनुभव है। पर कौन पा सकता है? जिसके पास निरीक्षण-शक्ति हो; सौन्दर्यानुभूति की दृष्टि हो; हर ऋतु में होनेवाले वृक्षों, लताओं, पशु-पक्षियों के साथ जिसका तादात्म्य हो, वही तृप्ति का अनुभव कर सकता है। हरेक वस्तु की चाह व्यक्ति में एक नयी दृष्टि पैदा करती है।

आकाश से आग बरस रही है। प्रचंड गरमी धूल के बवंडर में लोट-पोट करती दिख रही है। ऐसे समय में 'ऋतुसंहार' की नायिका जैसी अरावली की ये पहाड़ियाँ, उन्नत स्तनोंवाली नवयौवनाओं की तरह खड़ी हैं। अपने अंग-अंग से अतिशय प्रस्वेद निकलने के कारण उन्होंने मोटे वस्त्र उतार दिये हैं, जिससे 'धरे झीणा वस्त्र स्तने समुन्नत' जैसा आह्लादक दृश्य दिख रहा है। अरे, इससे भी आगे बढ़कर कहना हो, तो ऐसा लगता है, ये पर्वतमालाएँ ग्रीष्म के ताप से अपने रम्य बारीक वस्त्रों और कटिमेखला से सुशोभित पुष्ट नितम्बों से, आभूषण और चन्दन-लेप से सुवासित स्तनों और सुगन्धित जल स्नान करने से भीगे केशों को समाविष्ट कर रही हों।

प्रकृति भी इतनी कठोर और निष्ठुर होगी, इसका मेरा अनुभव मुझे विचलित कर रहा है, परन्तु उसमें से कुछ सार तत्त्व खोज निकालने का पक्का इरादा भी मैंने बना लिया।

कालिदास और मेरे समय के बीच युगों का अन्तर है। परन्तु ऋतुओं का प्रभाव तो समय के साथ परिवर्तित होता रहता है। भूखे लोग तथा प्यासी वनस्पतियाँ कैसी

होती हैं? पोषण का अभाव कैसी दारुण स्थिति का निर्माण करता है—उसका साक्षी इस समय यह अरण्य है। पोषण में पानी की कमी होती है। वृक्षों का वैभव जब नष्ट होता है, तब प्रकृति जार-जार रोती है। आँख उठाकर सामने देखने की क्षमता भी खत्म हो गयी है। बिना जल और बिना जन की इस प्रकृति का प्रकोप बहुत पीड़ादायक है, फिर भी इसकी माया है, इसकी मोहिनी है, उसमें लीन हो जाने की अभिलाषा है।

यहाँ तो सुबह होती नहीं है, बल्कि उगते सूरज की दोपहरी होती है। फिर भी रात्रि की शीतलता का अनुभव, थोड़ी देर तक सूर्यताप को झेलने के बाद अदृश्य हो जाता है।

परन्तु हमने 'वडलावाला पानी' जाने का निश्चय किया है। उस जगह के बारे में जानकारी तो ले ली है, पर उसे देखना अभी बाकी है।

यहाँ के ज्यादातर स्थानों के नामों को पानी के साथ जोड़ दिया गया है। जहाँ पर पानी का भयंकर अभाव है, उन स्थानों को पानी का नाम दिया है : गोलियावाला पानी, बहडावाला पानी आदि। मुझे तो यह समझ में नहीं आया, पर हमीर सिंह ने बताया, "साब!...पहले इस जासोर में सब जगहों पर पानी भरा रहता था। यह उस समय की बात है, जब हिआँ अच्छी बारिश होती थी। वह पानी इकट्ठा होता और बारहों महीने झरने बहा करते। इसीलिए उन जगहों के नाम के साथ पानी शब्द जुड़ गया।"

'वडलावाला पानी' जाने के लिए पैदल छोड़कर किसी दूसरे साधन का तो कोई सवाल ही न था। इसलिए सूर्योदय के पहले ही हमने अपनी यात्रा आरम्भ कर दी। सुबह-सुबह की हवा हमें उत्साहित कर रही थी, पर एक पत्थर के बाद दूसरा,...दूसरे के बाद तीसरा...हमारी गरमी को बढ़ा रहा था। बीच-बीच में आनेवाली विशाल शिला पर तो हमीर सिंह बन्दर की तरह छलाँग लगाते हुए चढ़ गया, मेरा तो दम फूल गया। फिसलने के डर से बीच ही में बैठ गया। हमीर सिंह साथ में रस्सी ले आया था। उसने रस्सी मेरी तरफ फेंकी और उसे पकड़कर मैं आगे बढ़ सका। वहाँ से उतरकर हम एक पेड़ के पास खड़े हुए। वहाँ छोटे-छोटे, पर बहुत सुन्दर मिट्टी के गड्ढे दिखाई पड़े—किसने बनाये होंगे इतने सुन्दर गड्ढे!

मैंने हमीर सिंह से पूछा तो उसने कहा, "ई तो भूवा का घर है।" 'भूवा' शब्द का अर्थ मैं तो किसी माता का पुजारी समझता था। इसलिए मैंने फिर पूछा, "किस माता का भुवा?"

"धरती माता का।" हमीर सिंह हँसते हुए बोला। फिर उसने समझाते हुए कहा, "ई एक तरह का जीव होता है। देखिए, ऊपर से चौड़ा और नीचे से सँकरा गोल खोह बनाकर रहता है। धूल को एकदम मुलायम करके रहता है, ताकि कोई

कीड़ा या बहुत छोटा जीव उसमें गिरे, तो सीधे नीचे चला जाए, जिससे उसे आसानी से खुराक मिल जाए।''

मैं सोच में पड़ गया—कैसे-कैसे जन्तु होते हैं! भोजन पाने के लिए कैसी-कैसी तरकीबें करते हैं! सिर्फ आदमी ही ऐसा करता है, ऐसी बात नहीं है, जीव मात्र जीने के लिए रास्ता खोज ही लेता है।

हमीर सिंह ने एक चींटी पकड़ी और उसे एक खोह में डाल दी। अन्दर कुछ हलचल हुई और उसमें से एक छोटा-सा कीड़ा निकला, उसने चींटी को पकड़ा और फिर अन्दर चला गया। हमीर सिंह ने उसे खाना खिलाया, पर वहाँ पर तो और भी कई खोहें थीं।

मैंने दोनों हाथ जोड़कर कुदरत की करामात को सलाम किया।

हमीर सिंह ने सामने की ओर कंठेर की झाड़ियों को दिखाया। कंठेर के काँटे बड़े खतरनाक होते हैं। मधुमक्खियाँ मधु का छत्ता लगाने के लिए कंठेर की झाड़ियों को अधिक पसन्द करती हैं। कंठेर पर लगा शहद अधिक अच्छा होता है। इन झाड़ियों में लगे काँटों के कारण कोई आदमी उन पर हाथ नहीं डाल सकता। दूसरे प्राणी भी दूर रहते हैं।

झाड़ी के पास बँधी हुई मिट्टी का एक टीला जैसा था, पर उस मिट्टी से उसकी ललाई थोड़ी अधिक थी। अगल-बगल की जमीन से उसकी मिट्टी थोड़ी अलग दीख रही थी। मुझे दिखाते हुए हमीर सिंह ने कहा, ''आपको पता है साब!...ई का है?'' मैंने इन्कार में सिर हिलाया, तो उसने कहा, ''ई राफला है।'' मेरे लिए यह नया शब्द था। फिर हमीर सिंह ने ही समझाया : ''राफला मतलब साँप का घर।...चींटियाँ और दीमक इसे बनाते हैं।'' मेरे अन्दर कौंध हुई—लुटेरे वाल्मीकि के शरीर पर इसी राफला की अनेक परतें जम गयी थीं।

ये तुच्छ जीव-जन्तु भी ऐसी मुलायम मिट्टी के ढेर जैसा घर बनाकर रहते हैं—यह भी कैसा अद्‌भुत है!

हम उठ खड़े हुए। हम भूल ही गये कि हमारा पसीना पहने हुए कपड़ों को पी रहा था। यह भी नहीं पता चला था कि सूरज कब उगा था, परन्तु अद्‌भुत है यह कुदरत की करामात! हमारे ऋषि-मुनि वर्षों तक अकेले रहकर अरण्यवासी जीवन जिया करते थे।

क्रूर और घातक लगनेवाली इस धूप ने तथा प्रकृति की रहस्य लीला ने, धीरे-धीरे मेरे मन के अहमदाबादी संस्कार को मिटा दिया है। जो असह्य है, उसमें आनन्द मिलता जा रहा है।

हम धीरे-धीरे चलते हुए राफले के पास गये। उसकी ऊँचाई हमसे अधिक थी। दीमक और चींटियों जैसे नन्हें जीवों ने कितना बड़ा काम किया है। यह उनके

वर्षों की मेहनत का फल है। उसके सामने अमेरिका के 'वर्ल्ड ट्रेड सेंटर' की क्या बिसात! राफला में छोटे-छोटे छेद थे। यह राफला नरम नहीं, पत्थर जैसा कड़ा था।

हमीर सिंह ने कहा, "ये दीमक और चींटियाँ माटी लाती हैं। उसमें अपना लार मिलाकर उसे गीला करती हैं; अउर इस तरह अपना घर बनाती जाती हैं।...साब! ई जानकर आपको अचरज होगा कि इस राफला की माटी बहुत बड़ी दवा भी है। इसका उपयोग करने लायक है—जैसा भी घाव हो, गूमड़ हो गया हो, शरीर में गरमी चढ़ गयी हो, पेट में तकलीफ हो गयी हो, जोड़ों में दर्द होता हो, तो इसका लेप करने से आराम मिल जाता है। मेरे एक भाई को कुल्हाड़ी लगी थी, जिससे घाव हो गया था। बहुत दवा करने पर भी वह ठीक नहीं हुआ था, परन्तु एक आदिवासी ने राफला की माटी लाकर चार दिन तक घाव पर बाँधी, घाव एकदम से सूख गया।

मुझे गाँधीजी का माटी का प्रयोग याद आया। मुझे ऐसा महसूस होने लगा जैसे मेरे सामने, इस जंगल के आश्चर्य की एक-एक परतें खुलती जा रही हैं। आदमी को और क्या चाहिए!

हमीर सिंह ने उल्टी कुल्हाड़ी चलाकर राफला की थोड़ी मिट्टी अपनी जेब में रख ली। आगे चलते-चलते वह रुक गया, अँगुली के इशारे से एक पेड़ दिखाकर उसने कहा, "इसकी जड़ को भूनकर या उबालकर खाने से कई दिनों तक भूख नहीं लगती।" ओह!...कितना अद्भुत! मुझे याद आया कि अरण्य में ऋषि-मुनि कन्द-मूल के सहारे ही जीते थे।

चलते-चलते मैं कुदरत के बारे में ही सोचता रहा—बच्चे के जन्म के पहले ही, उसके लिए दूध की व्यवस्था कर दी जाती है। यह कौन करता है?...हम सब कैसे भ्रम में जीते हैं! नरसी मेहता ने सच ही कहा है : "हुँ करूँ हुँ करूँ ए ज अज्ञानता...शकटनो भार जेम श्वान ताणे।" (मैं करता हूँ मैं करता हूँ—यही अज्ञानता...गाड़ी का भार जैसे श्वान खींचता है।) सब कुछ बन गया है, सब कुछ पूरा हो गया है, सारा निर्माण हो चुका है, तुम्हें तो बस! जो बन गया है, उसकी राह पर चलना है, तो फिर इतना ज्यादा हाय-हाय क्यों? यह मेरा...यह तेरा—यह भेदभाव किस लिए?

मैं क्षण भर के लिए अपने आपको भूल जाता हूँ—'नेति-नेति' का घोष मेरे अन्दर से उठने लगता है! अपनी समझ के अनुसार, मैं अन्दर की गहराई में उतरने लगता हूँ।

अरावली की गिरिमालाओं की प्राचीनता को, अपने अन्दर छटपटाते हुए महसूस करता हूँ। उसके बीते हुए युगों को, अपने अन्दर उगते हुए देखता हूँ और क्षण-भर के लिए तो तिलमिला जाता हूँ—मैं कहाँ हूँ?

"साब!...क्या हुआ?" हमीर सिंह पूछता है। लगता है मैं नींद से जगा होऊँ। मैं क्षण-भर के लिए तो बँट गया था—आज और अति प्राचीनता के बीच!

"कुछ नहीं हुआ, क्यों?" मैं हमीर सिंह से उल्टे सवाल करता हूँ।

थोड़ी देर तक हम मौन चलते रहे।

"सामने देखिए साब!...वो वल्लो है।" हमीर सिंह ने उँगली से इशारा किया। हम काफी ऊँचाई पर पहुँच गये थे। ये छोटी-बड़ी गिरिमालाएँ नंगी हो गयी थीं। वहाँ का वातावरण ऐसा था कि उनकी ओर देखने की भी इच्छा नहीं होती थी। परन्तु बरगद हरा था—विशाल वटवृक्ष! किसने उसे रोपा होगा!...कब रोपा होगा! इतनी गरमी और धूप के बीच अडिग यह बरगद—आँख, मन और हृदय को ठंडक पहुँचा रहा था।

उसकी बरोहें चारों ओर फैली हुई थीं मानो युगों से तप करता कोई ऋषि हो! कुछ बराहें तो पत्थरों से लिपटी हुई थीं। उसमें पक्षियों का कलरव गूँज रहा था। उसके नीचे पक्षियों के विष्ठे की ऐसी परत जमी हुई थी मानो सफेद चादर बिछी हुई हो। यह तो जासोर का आश्रय था। हम इतने दिनों तक यहाँ क्यों नहीं आ सके!

बरगद के बगल में एक गहरी खाई थी। हमीर सिंह ने मुझे दिखाया, तो नीचे पानी झिलमिला रहा था—कैसा सुखद आश्चर्य! यहाँ कैसे पानी इकट्ठा हुआ होगा! ऐसी गरमी में जहाँ पत्थर भी जल जाएँ, वहाँ पानी! मैं मन-ही-मन उस बरगद का वन्दन करता हूँ, "वडलो कहे रे मारी वनरावयुं सळगी / ने छोड़ी दीधो रे जूना माळा/हो...पंखी पाँखो वाळा॥" (बरगद कहता है मेरी वनस्पतियाँ जल गयीं/और छोड़ गये पुराने घोंसले/हो...पंखोंवाले पंखी)।

यहाँ तो पूरा-का-पूरा जंगल सुलग रहा था। देह तो हरी-भरी थी—देहधारी सुलग रहा था।

"हम नीचे पानी तक जाना चाहें तो?" मैंने पूछा तो हमीर सिंह ने कहा, "जा तो सकते हैं; पर काम खतरे का है। एक तो नीचे उतरना कठिन होगा और दूसरे, यह उत्तरी हिस्सा भालुओं का अभयारण्य है। भालू पानी पीने आते हैं और दुपहरी इहैं गुजारते हैं। ई सबसे बड़ा खतरा है। दूसरे भी जंगली जानवरों का डर हो सकता है।"

यह सुनकर मैं चुप हो गया। बगल के ढलुवे पत्थर पर हम बैठे। मैं अपनी अफसरी छोड़कर पत्थर पर लेट गया। आज बहुत दिनों के बाद हरियाली के दर्शन हुए थे। मैं बरगद की हरियाली को छककर पी रहा था, तभी हमीर सिंह बोला, "साब! कोई चिड़िया-विड़िया चिरक जाएगी।" पर मानो मुझे इसकी कोई परवाह नहीं! कोई मोर अपने पंख फैलाकर खड़ा है और उसके नीचे मानो चिलचिलाती धूप से त्रस्त कोई साँप विश्राम कर रहा हो।

जब अन्दर आग लगी होती है, तब आप कुछ भी कर सकने की स्थिति में नहीं होते। प्यास आपके हौसले और हिम्मत को हर लेती है। प्यासे को पानी पिलाने जैसा दूसरा कोई पुण्य नहीं है—इसके लिए प्याऊ बनवाये जाते हैं।

हमीर सिंह ने कहा, ''साब!...शाम के समय तो हिआँ कुछ भी सुनाई नहीं पड़ता। सारे जंगल के सब तरह के पंखियों का जैसे मेला लग जाता है। बरगद के ऊपरी भाग में काँकरेणा, बगुला और गिद्धों की लड़ाई तो देखने लायक होती है। शाम को सामनेवाली शिला पर बैठें, तो सब कुछ दिखाई पड़ता है।'' मुझे लगा, इस अनपढ़ आदमी में कोई कवि या कलाकार बैठा है।

मैंने मन-ही-मन तय किया कि ''एक शाम वडलावाला पानी के नाम!''

मुझे इस जगह के नाम की महिमा का एहसास हो गया है। मैं करवट बदलता हूँ, तो हमीर सिंह कहता है, ''साब!...जाना नहीं है क्या?''

मैं पूछ बैठता हूँ, ''कहाँ?''

अठारह

वैशाख का कृष्णपक्ष आधा बीत चुका था। अब वसन्त का कोई निशान शेष न था, बल्कि जेठ नजदीक होने से एक नया ही अनुभव हुआ।

मैं कोयल के बारे में जानता था। अच्छा गानेवाली किसी स्त्री को 'कोकिलकंठी' कहकर उसकी तारीफ की जाती है। यह उसका गौरव है। कोयल की कूक कर्णप्रिय मानी जाती है। शुरू में यहाँ कोयल की कूक सुनाई नहीं पड़ी थी। पर अभी-अभी यहाँ कोयलों की 'कर्णप्रिय' कूक नहीं, बल्कि 'कर्कश' कूक सुनाई पड़ने लगी है।

होत सुबह मेरी आँख खुल गयी। बहुत दूर से चला आ रहा हारा-थका, खंडित और लँगड़ाता चन्द्रमा अपनी फीकी रोशनी से चमक रहा था। दो मिनट के बाद मुझे ख्याल आया कि यह रात का वातावरण है। उस समय भी चारों तरफ कोयलों की कर्कश कूक सुनाई पड़ रही थी। मुझे अचरज हुआ, रात को भी कोयलें जागती हैं!

मैं देर तक बैठा रहा। दूर-दूर तक फैली पहाड़ियों की चोटियों से भी कोयलों की आवाजें आ रही थीं, मानो यह जंगल कोयलों का ही हो। पर वे अब तक कहाँ थीं? अभी कहाँ से आ गयीं? एक ओर आकाश में तारे झिलमिला रहे थे, तो दूसरी ओर कोयलों की चिल्ल-पों चल रही थी।

जैसे किसी बच्चे का जन्म हो और वह किसी अनजान टापू पर चला जाए;

और वहाँ उसे जैसे आश्चर्य का अनुभव होता है, कुछ वैसा ही अनुभव इस समय मुझे हो रहा है।

सुबह में चाय पीते-पीते मैंने हमीर सिंह से पूछा, "हमीर सिंह, रात को भी कोयलों की बहुत जोर-जोर की आवाज आ रही थीं। ऐसा क्यों?"

अरावली के अरण्य सम्बन्धी मेरे सभी प्रश्नों का जवाब देनेवाला सिर्फ एक व्यक्ति है हमीर सिंह। उसने कहा, "साब!...ई तो हिआँ का रितुकाल चलता है। जब यह समय आता है, तब जिया-जनावर सभी ऐसे ही बोला करते हैं, जीव-जन्तु फुँफकारा करते हैं। यही हाल इन पंखियों का भी होता है।"

इस समय कौवों और कोयलों के संवनन का समय चल रहा है। हमीर सिंह की भाषा में 'नर कोयल' 'मादा कोयल' की खोज में रहता है। उसमें भी 'मादा कोयल' की संख्या कम है; इसलिए उसको आकर्षित करने के लिए, उसे प्राप्त करने के लिए, रात-दिन उनकी कोशिश चलती रहती है, इसका अनुभव मुझे होता रहता है।

मैंने अच्छी तरह से निरीक्षण किया है—कौवे भी झुंड-के-झुंड लड़ते-झगड़ते दिखाई पड़ते हैं। सुबह में तो सूखे पत्तों पर उछल-कूद करते और इधर-उधर भाग-दौड़ करते रहते हैं। सूखे पत्तों के नीचे छिपे कीड़े-मकोड़े मिल जाते हैं, उनसे नाश्ता भी कर लेते हैं।

इसके पहले इतनी संख्या में कौवों को आपस में लड़ते-झगड़ते मैंने नहीं देखा था। वैसे तो मैं यहाँ थोड़े समय से ही हूँ। पर हमीर सिंह ने एक बात की ओर मेरा ध्यान दिलाया, जिससे मेरा आज तक का भ्रम दूर हो गया। कितने ही लोगों को यह कहते हुए सुना है कि कौवे श्वास से सम्भोग करते हैं। किसी ने कभी भी, कौवों को मैथुन की स्थिति में देखा नहीं होगा। परन्तु हमीर सिंह ने कहा, "नहीं साब!...ऐसा नहीं होता। दो के मिले बिना कहीं कुछ होता होगा!"

उसकी बात मुझे माननी पड़ी। बात एकदम सही थी।

कामदेव की कला अकल्पनीय है। जीव मात्र में कोई उससे बच नहीं सका है।

कौवे अधिकतर मानव बस्ती के निकट रहते हैं। दूसरे पक्षियों की तुलना में इनमें एकता अधिक होती है। अगर कोई इन पर हमला करता है, तो अपने साथी को बचाने के लिए ये जान की बाजी लगाकर मुकाबला करते हैं। इनका भी ऋतुकाल कोयल की तरह ही उतरते वैशाख से शुरू होकर पूरा जेठ और आसाढ़ की शुरुआत तक माना जाता है। कौवे सबसे ऊँचे वृक्ष की चोटी पर अपना घोंसला बनाते हैं। इनके घोंसले इतने मजबूत होते हैं कि बारिश या तूफान इनके घोंसले को तोड़ नहीं सकता। यही एक ऐसा पक्षी है, जो दूसरी बार भी उसी घोंसले का उपयोग करता है

जो बचा हो तो। हर एक पक्षी की तरह ये भी घोंसले के बीच में नरम या मुलायम वस्तु रखते हैं, जिससे अंडे को कोई क्षति न पहुँचे। मादा पाँच से दस अंडे देती है और नर तथा मादा मिलकर अंडे की देखरेख करते हैं।

यहाँ चारों ओर जंगली कौओं का साम्राज्य है।

पक्षियों में कौवा चालाकी और होशियारी में बेजोड़ माना जाता है।

जो पंचम स्वरयुक्त सुमधुर कंठ के कारण सभी की प्रिय है, ऐसी कोयल रानी को एक ही साथ सात सलाम किया जाए, तो भी कम है। सारी रात नर कोयल 'कूऽ...कूऽ...' किया करता है। यद्यपि उसकी कूक हमें अच्छी लगती है, परन्तु उसकी कूक में जो बेचैनी और काम-वेदना है, वह कर्कशता का अनुभव कराती है। कुदरत की करामात न्यारी है। कौवे और कोयल का ऋतुकाल मेरे लिए एक नये अध्याय की शुरुआत कराता है। मादा कोयल नर कोयल को दुत्कारती है, तरसाती है। वह नर कोयल से दूर किसी वृक्ष पर बैठकर 'बुड-बुड' की आवाज करती है। एक वृक्ष से दूसरे वृक्ष जाती मादा कोयल मानो नर कोयल को आमन्त्रित करती हो—इस तरह 'डिक्-डिक्' की आवाज करती है।

हमीर सिंह ने मुझे नर कोयल तथा मादा कोयल का भेद समझाया। नर कोयल का रंग एकदम काला होता है और उसकी चोंच हल्के पीले रंग की होती है। मादा कोयल की पीठ, पेट, पंख और पूँछ पर सफेद पट्टी जैसी होती है, सफेद धब्बा जैसा होता है।

कोयल घोंसला बनाती है, परन्तु अधिकतर वह कौवे के घोंसले का उपयोग करती है। उसका कारण यह है कि दोनों का प्रजनन-काल एक ही होता है। अंडे भी लगभग एक जैसे होते हैं। कौवा चतुर होता है; परन्तु कोयल उसे धोखा दे जाती है। कौवा जहाँ घोंसला बनाता है, कोयल उसके पास वाले पेड़ पर शान्ति से बैठी रहती है; नर-मादा कौवे जरा भी इधर-उधर होते हैं कि कोयल अपने अंडे उनके घोंसले में रख आती है। कौवा कोयल के अंडे का सेवन करता है, उसके बच्चे को चारा देता है। पर जब कौवा उसे बोलना सिखाता है, तब सारा भंडा फूट जाता है। नर कोयल और मादा कोयल दोनों कौवे के घोंसले के आसपास पहरा देते रहते हैं। हताश कौवा जब कोयल के बच्चों को मारने के लिए झपटता है, तभी कोयल अपने बच्चों को बचा लेती है और अपने साथ लेकर चली जाती है।

इससे यह साबित होता है कि चतुर कहा जानेवाला कौवा कितना भला और भोला होता है।

दिन में भी कौवों और कोयलों का भयानक युद्ध चला ही करता है। कौवे तो झुंड-के-झुंड देखने को मिलते हैं; परन्तु कोयल रह-रहकर कूका करती है। कौवे रात को चिल्ल-पों नहीं करते; परन्तु कोयलें तो रात को भी एक-दूसरे को आमन्त्रित

करती रहती हैं।

हमीर सिंह ने कहा, "साब!...कौवों का मिलन अगर किसी ने देख लिया, तो वह छः महीने में मर जाता है।" पक्षियों के संयोग को देखने का कुदरती क्रम है अथवा प्रक्रिया है। 'कौवा एक ही आँख से देख सकता है'—यह बात गलत साबित हुई है; फिर इस बात को सच कैसे मान लिया जाए! परन्तु एक बात तो पक्की है कि अब तक किसी ने यह नहीं कहा कि "मैंने कौवे को सम्भोग करते हुए देखा है।" शायद इस मामले में कौवे मर्यादित होंगे, इसलिए मनुष्यों की नजरों से बचते रहते होंगे अथवा उन पर किसी की नजर न पड़ जाए, इसका वे ध्यान रखते होंगे।

हम यह मानते हैं कि पशु-पक्षियों के पास भाषा नहीं होती, परन्तु उनकी भाषा को जानने-समझने की हमारे पास क्षमता नहीं है। एक ही डाल पर बैठकर दो कौवे चोंच से चोंच मिलाकर जो प्रेम-क्रीड़ा करते हैं, वह आपने देखा है? दो कबूतर चोंच में चोंच भिड़ाकर जो नृत्य करते हैं, उसका आनन्द आपने लिया है? दो परेवा अपना गला फुलाकर 'गुटरुंगूऽ' करते हैं, वह आपने सुना है? आमने-सामने की डालियों पर बैठी दो गिलहरियों को एक-दूसरे को आमन्त्रण देते हुए आपने देखा है?

अब भी मुझे रतन फाँगण याद हैं।

मैं एक दिन सूर्यास्त के बाद रेस्ट हाउस की छत पर कुर्सी डालकर बैठा जासोर की छोटी-बड़ी गिरिमालाओं के सौन्दर्य का आनन्द ले रहा था। तभी हमीर सिंह ऊपर आया। मैंने उससे उन पहाड़ियों के नाम पूछे। उनमें से 592 मीटर की ऊँचाईवाली जावर की पहाड़ी सबसे खतरनाक मानी जाती थी।

ऐसा कहा जाता है कि पुराने समय में जावर की पहाड़ी चोर-डाकुओं और बटमारों के घर जैसी मानी जाती थी। आज भी उस पर जाना बहुत जोखिम का काम है। वर्षों पहले तलहटी के एक गाँव में डाका पड़ा और लुटेरे इसी मार्ग से ऊपर चले गये। आज का दिन और कल की रात। वे सामने से जाते दिख रहे थे, पर क्या किया जा सकता है!

अँग्रेजों के जमाने में रतन फाँगण बटमारी किया करता था। हम वावधरा गये हुए थे; और वहाँ से वापस आ रहे थे। जावर की तलहटी से होकर हम आ रहे थे। उस समय हमीर सिंह ने कहा, "साब!...एक मिलने लायक आदमी है, उससे आप मिलेंगे?

हम वहाँ गये। एक बड़ी शिला थी। उसके बगल में लकड़ियाँ बाँधकर घास-फूस से एक झोंपड़ी बनी हुई थी। उस शिला के नीचे एक गुफा जैसा था। उसी के अन्दर बैठकर एक औरत आग जला रही थी। धुआँ ऊपर उठकर छप्पर की

ओर जा रहा था। हमें देखकर वह औरत बाहर आयी।

हमीर सिंह को देखते ही वह समझ गयी कि वह सरकारी कुत्ते को लेकर आया है। उसके शरीर पर जो कपड़ा था, वह फटा हुआ था। कई जगहों पर चकतियाँ लगी थीं और ऐसा भी नहीं लगता था कि इसके सिवाय उसके पास कोई दूसरा कपड़ा होगा। उसने हमारा स्वागत करते हुए पत्थर पर बैठाया। उसकी कलाइयों में हाथी दाँत के कड़े थे। इससे साबित होता था कि वह सधवा थी।

अन्दर से वह भुने हुए दो भुट्टे ले आयी और हमारे सामने रखा। परन्तु हमीर सिंह ने कहा, "हमारी इच्छा नहीं है।" तो उसने आग्रह किया। वे दोनों जिस भाषा में बात कर रहे थे, वह मेरी समझ में नहीं आ रही थी, पर मेरी नजर उसकी झोंपड़ी में घूम रही थी। उसमें पानी पीने के लिए एक काला मटका था, दो-तीन माटी के बरतन दिख रहे थे। इसके सिवाय अन्दर और कुछ न था।

हमीर सिंह ने मुझसे पूछा, "साब!...आप भुट्टे खाएँगे?"

मैंने इन्कार किया, तो उसने कहा, "आज इन लोगों के पास इन दो-चार भुट्टों के सिवाय खाने के लिए और कुछ न होगा, फिर भी इनका आग्रह है कि इनके आँगन से बिना कुछ खाए कैसे जाएँगे?"

फिर भी मैंने इन्कार ही किया।

थोड़ी देर के बाद एक पतला-सा एकदम काले रंग का और नाटे कद का आदमी आया—ऐसा आदमी कि रास्ते में अकेले कहीं मिल जाए तो देखकर डर लगेगा। उसके शरीर की चमड़ी झूल रही थी; उसके शरीर पर एक लँगोटी और कमीज के सिवाय और कुछ न था। आते ही उसने अपनी भाषा में, हमारा अभिवादन किया। फिर हमारे अचानक आ पहुँचने के लिए आश्चर्य व्यक्त किया। पर, उसने यह भी कहा कि हमारे आने से उसे खुशी हुई है। उसने जो कहा था, उसमें से थोड़ा मुझे याद रह गया। 'हाँजिया वखत थावा लागी। दनरा डावा डुंगर गो।' (साँझ का समय होने लगा। दिन काले डुंगर (पहाड़) की ओर गया।)

फिर हमीर सिंह ने कहा कि यह खाने के लिए आग्रह कर रहा है। मैं सोच में पड़ गया कि इस आदमी के पास कुछ खाने को नहीं है, फिर भी खाने के लिए आग्रह कर रहा है! अन्ततः हमने भुट्टे से थोड़े दाने निकालकर खाए। इससे उसे खुशी हुई।

यही आदमी रतन फाँगणा था, जिसने वर्षों तक बटमारी की। बहुत कुछ लूटा, बहुत कमाया, बहुत लुटाया और अब खाने के भी लाले पड़ गये हैं। उसके अनुसार, कई बार तो वह मौत के मुँह में से वापस आया है। वह तो अपनी पोथी ही पढ़ने लगा : धरण नता (धरती नहीं थी), अंगास नता (आकाश न था) सूरज नता (सूरज न था)...।

रतन फाँगणा बहुत मजेदार लगा। उससे जो जानने को मिला, वह यह कि जब वह बटमारी करता था, तब उसके पास दो मजबूत आदमी थे—एक कानवाला तथा दूसरा पगवाला।

कानवाला शकुन-अपशकुन न बताता था, पर सबसे अधिक तो वह पक्षियों की भाषा समझता था। कहीं डाका डालने जाना हो और उसी समय दाहिनी ओर कोई चील बोले, तो कैसी आवाज में बोल रही है और उसका अर्थ क्या है—यह सब वह तुरन्त बता देता था। डाका डालने जाना है या नहीं, यह उसकी मर्जी के बिना सम्भव ही न था। वह आदमी कोयल और कौवों की भाषा तो जानता ही होगा न!

इसी तरह पगवाला—एक बार रेत पर पड़ा हुआ, आपके पैरों का निशान देख ले, तो दस वर्ष के बाद भी, वह बता सकता था कि यह किसके पैरों का निशान है। आदमी के ही नहीं, पशुओं के पैरों के निशान को भी परखने में वह उस्ताद था।

उसकी आँख में, इस समय उसकी जवानी आकर खड़ी थी। इस जावर की पहाड़ी की छाती में इसने बरसों-बरस बिता दिया, फिर भी इसकी भनक तक किसी को नहीं मिली। हमीर सिंह ने कहा, "साब!...उस जमाने में, जावर के बीचों-बीच झरने बहते थे, प्रपात का पानी गिरता था, गरमी में भी यहाँ शिलाएँ ठंडी रहती थीं।"

"इस समय वहाँ कैसा होगा?" मैंने पूछा।

हमीर सिंह ने कहा, "इस समय पानी तो नहीं है, पर ठंडक रहती है।"

एक दिन वहाँ जाने के लिए निश्चय करके हम उठे। तभी अन्दर से बूढ़ी महिला मक्के के दो भुट्टे लेकर आयी और उसे साथ ले जाने का आग्रह करते हुए हमसे बोली, "साब! हमारे पास और कुछ तो है नहीं जो हम आपको दें। पर इसे लेते जाइए। हमारे घर से आप खाली हाथ जाएँगे, तो अच्छा नहीं लगेगा।"

कैसा भाव!...कैसी भावना!...खुद भूखे रहकर भी दूसरों को खाली हाथ न जाने देने की बात कितनी महान थी! हमने एक भुट्टे के दो भाग करके एक-एक ले लिया जिससे उसकी भावना को ठेस न पहुँचे।

वह औरत हमारे मन की बात समझ गयी, वह बोली, "यह पहाड़ किसी को भूखा सोने नहीं देता।"

कैसी अटूट श्रद्धा थी उसमें इस अरावली के प्रति!

उन्नीस

तीसरे दिन जिला ऑफिस से डाक आयी।

बालुन्द्रा में रमेश नामक हमारा एक दिहाड़ी आदमी रहता है। पिछली रात उसे इकबालगढ़ से कोई आकर डाक दे गया था। वही डाक वह दूसरे दिन सुबह लेकर आया था।

बालुन्द्रा यहाँ से लगभग पन्द्रह किमी दूर है। कोई सरकारी कागज इकबालगढ़ तक डाक से आता है और बहुत जरूरी होने पर, वहाँ से कोई आदमी मोटर साइकिल से हमारे ऑफिस तक पहुँचा जाता है।

सुबह मैं तैयार हुआ था, तभी किसी की अपरिचित आवाज आयी, ''साब! आपकी डाक है।'' उसकी लय और बोलने का ढंग अलग ही प्रकार का था। मैंने पीछे मुड़कर देखा, तो मुस्कराते हुए चेहरेवाला कोई नौजवान दरवाजे पर खड़ा था।

उसने बड़ी विनम्रता से कहा, ''रात को इकबालगढ़ से कोई आदमी दे गया था और आपको हाथों-हाथ पहुँचाने के लिए कहा था—वही लेकर आया हूँ।''

वह साइकिल से आया था, इसलिए पसीने से लथपथ था। वह डाक को टेबल पर रखकर बाहर चला गया।

मुझे यह आदमी पसन्द आया।

मैंने डाक हाथ में ली, तभी हमीर सिंह उस युवक को साथ में लेकर अन्दर आकर बोला, ''साब!...दिहाड़ी पर काम करनेवाला ई अपना आदमी रमेश बारोट है। यह बालुन्द्रा में रहता है। यह मूल राजस्थान का है।''

मैंने रमेश की ओर देखा, तो वह शरमा गया। मैंने हमीर सिंह से पूछा, ''वह शरमा क्यों रहा है?'' तो हमीर सिंह ठठाकर हँस पड़ा और बोला, ''साब!...ई तो कमाड़िया है।''

मुझे 'कमाड़िया' शब्द समझ में नहीं आया, इसलिए हमीर सिंह से पूछने ही वाला था कि रमेश बोल पड़ा, ''काऽ हमीर भई!...आप भी न!'' और मटकते हुए वहाँ से चला गया।

''साब!...अपने हिआँ एक कहावत है कि ''फातडा रळे अने कमाडिया खाय' (खोजा कमाये और हिजड़ा खाये यानी कमाये कोई और खाये कोई)। कमाड़िया यहीं की एक जाति होती है। ये साड़ी नहीं पहनते, इतना ही इनमें फर्क होता है।'' हमीर सिंह ने हँसते-हँसते कहा।

मुझे आज यह नयी जानकारी मिली।

जिले से आयी डाक के अनुसार मुझे तुरन्त वहाँ जाकर साहब से मिलना था, हमने लकड़ी के साथ जो टेम्पो पकड़ा था, उसी के बारे में।

इसलिए, दूसरे दिन जब मैंने हमीर सिंह से पूछा कि टेम्पो का मालिक आया नहीं क्या? तो थोड़ी देर तक तो वह चुपचाप खड़ा रहा; फिर मानो गाजणा पर्वत की ऊँचाई माप रहा हो, इस तरह बोला, ''साब!...टेम्पो का मालिक आपसे मिलने काहे को आएगा! ऊ तो सीधे जिला आफिस पहुँच गया होगा।''

''जिला में जाकर क्या करेगा? चोरी करते तो उसे हमने पकड़ा है। तो क्या हमसे मिलने नहीं आएगा? उसे अगर लकड़ी की नहीं, तो क्या टेम्पो की चिन्ता नहीं होगी?'' मैंने कहा।

''साब!...मैं तो छोटा आदमी हूँ, छोटे मुँह बड़ी बात कैसे करूँ?'' हमीर सिंह बोला।

''देखो हमीर सिंह,...अब तुम सिर्फ बीट गॉर्ड ही नहीं हो और न तो मैं सिर्फ तुम्हारा साहब हूँ, हम मित्र हैं। हमारे बीच हमारा पद गौण है, इसलिए जो उचित हो, वह कहने का तुम्हें अधिकार है; और एक दूसरी बात—कहते हैं न कि जहाँ रवि नहीं पहुँच सकता, वहाँ अनुभवी पहुँचता है। तुम मेरी तुलना में बहुत पहले से वन-विभाग में नौकरी करते हो। कितने ही वन अधिकारी यहाँ आये होंगे और गये होंगे—है कि नहीं?'' मैंने उससे कहा।

''साब!...आपकी सब बात सही है; पर हमारे बीच एक मर्यादा तो है ही। मैंने आज तक उस मर्यादा को तोड़ा नहीं है।...आप बुरा मत मानिएगा, पर आप जैसों के लिए ई नोकरी नहीं है।...इस नोकरी में तो साब! जिसे घाल-मेल करना आता हो, वही रह सकता है।'' हमीर सिंह ने तो मन की बात कह दी और लम्बी सांस छोड़ते हुए नीचे देखने लगा।

कभी-कभी छोटे लोग भी कितनी बड़ी बात कह जाते हैं, आज मुझे इसकी प्रतीति हो रही थी। हमीर सिंह भले ही ज्यादा पढ़ा-लिखा न हो, पर इसने जो पढ़ा है, वह तो मैं सात जन्म में भी नहीं पढ़ सकता।

दोपहर को मैं पालमपुर ऑफिस में पहुँच गया।

बालुन्द्रा तक एक बस रविवार को ग्यारह बजे आती है। रेस्ट हाउस से नौ बजे निकलकर, पसीने का पानी पीते-पीते बालुन्द्रा तक आ गया। हमीर सिंह को अपने साथ आने के लिए कहा था, पर वह वहीं रुक गया।

जिले के ऑफिस के किसी भी कर्मचारी से मेरा कोई निकट का सम्बन्ध न था। मैं उन लोगों के लिए बिल्कुल अनजान था।

सबसे पहले साहब ने मुझे बधाई दी। मेरे काम-काज से उन्हें प्रसन्नता हुई है। मेरे जैसे अधिकारी हों, तो जंगल बच सकता है—ऐसी अच्छी-अच्छी बातें उन्होंने कीं। उस समय कोई साधारण लगनेवाला व्यक्ति हमारी बातें बहुत ध्यान से

सुनते हुए कोने में बैठा हुआ था। मेरा उसकी तरफ कोई ध्यान न था। पर ऐसा लगता था कि वह मुझे थाहने की कोशिश कर रहा था।

मैंने साहब का आभार माना, तो उन्होंने कहा, ''नहीं!...नहीं!...आपके जैसे अधिकारी के लिए मेरे मन में बहुत सम्मान है। जैसे मोर अपने पंखों से ही सुन्दर लगता है, वैसे ही आप जैसों के कारण ही हमारा सम्मान बढ़ता है। आप जैसे अधिकारी अगर सौ में एक-दो भी हों, तो हम जो चाहें कर सकते हैं। आप प्रशंसा के पात्र हैं।'' साहब अपनी सुन्दर और मीठी भाषा का लाभ मुझे दे रहे थे तभी मुझे याद आया कि बहुत ज्यादा मिठास जहर का काम करती है। परन्तु साहब के साथ मेरा कोई ज्यादा परिचय न था, इसलिए उन्हें सुनने के सिवाय मेरे पास दूसरा कोई चारा न था और इसमें मेरा जाता भी क्या था!

फिर धीरे-से साहब ने कहा, ''ये मि. अग्रवाल हैं। अम्बाजी और आसपास के इलाके में बहुत प्रतिष्ठा है इनकी। कभी उधर जाना हो, तो इनका मेहमान बना जा सकता है। खूब सेवाभावी व्यक्ति हैं। हाल ही में कतलखाने ले जायी जाती गायों की ट्रक पकड़कर इन्होंने बहुत बड़े पुण्य का काम किया है। अखबार में भी छपा था।'' यह सुनकर मि. अग्रवाल उठ खड़े हुए और चापलूसी की भाषा में बोले, ''साहब! मेरे लिए आपके मन में ऐसी भावना है, यह जानकर मुझे आनन्द हुआ। मैं नाचीज आपके किसी काम आ सकूँ, तो मैं अपने को धन्य समझूँगा।'' जेब से अपना कार्ड निकालकर मेरे सामने रखा। साहब उनको देखते रहे।

मुझे जो शंका थी, वह सच निकली। यह वही आदमी था, जिसका टेम्पो हमने पकड़ा था। मध्यस्थी बनकर फाइल पर यथायोग्य करने के लिए साहब ने मुझे यहाँ बुलाया था। रक्षित जंगल के कानून के अनुसार, पेड़ काटना, कटे हुए पेड़ को ले जाना, उसे आरे से चीरना, वन उत्पाद को एकत्र करना अपराध की धारा-32(क) के अनुसार अपराधी को छः महीने तक की कैद अथवा पाँच सौ रुपये का दंड अथवा धारा-33(1) के अनुसार दोनों की सजा होती है। उसी के अनुसार सारी कार्रवाई करके कागज भेज दिया गया था, उसे फाइल करना था।

मैं जिस उमंग और उत्साह के साथ इस विभाग से जुड़ा था, वह मुझे सूखे बादलवाले वन के समान लगने लगा। एक कटु वास्तविकता मेरे सामने आकर खड़ी थी।

सरकारी विभाग में आप अपने वरिष्ठ अधिकारी के सामने लाचार बन जाते हैं। परन्तु, मैं अपनी आत्मा की आवाज को कैसे रोकूँ? जो गलत है, जो साफ तौर पर अपराध है, उसका पक्ष कैसे लिया जा सकता है! अपराधी को बचाने की कोशिश करने का मतलब हुआ आप उससे बड़ा अपराध कर रहे हैं। मैंने दृढ़तापूर्वक कहा, ''साब!...मुझे जो कार्रवाई करनी थी, मैंने कर दी है। आगे आपको जो करना हो,

आप कर सकते हैं।''

इतना सुनकर उन्होंने मि. अग्रवाल को बाहर जाने का संकेत किया। अग्रवाल बाहर चले गये।

डी.एफ.ओ. मुझे समझाने लगे, ''आप अभी नये-नये हैं। यह जंगल विभाग है। पूरा आकाश फटा हुआ है। इस पर हम चकती कैसे लगा सकते हैं? हम कड़वाहट क्यों पैदा करें? नौकरी के लिए दूसरों से दुश्मनी मोल लेने का कोई अर्थ है?...और दूसरी बात यह कि हमारे वनमन्त्री के साथ इस आदमी के सम्बन्ध बहुत अच्छे हैं।''

''आपकी बात सही है सर! परन्तु हम अपने आपको धोखा कैसे दे सकते हैं! ये लोग अन्धाधुन्ध जंगल काटें और हम मूक दर्शक बनकर देखते रहें?'' मैंने अपने मन की बात कह दी।

''मिस्टर!...आपकी बात से मैं सहमत हूँ। पर जमाने के अनुसार हमें थोड़ा व्यावहारिक बनना पड़ेगा, नहीं तो कितना झेलना पड़ेगा, यह तो भविष्य ही बताएगा।''

''सर, ज्यादा-से-ज्यादा हमारी बदली होगी और क्या?'' मैंने तर्क दिया।

''नहीं!...ऐसा मत मानना, हवा के रुख के अनुसार चलना नहीं सीखोगे, तो घर जाना पड़ेगा। धारा के विपरीत तैरने का प्रयत्न मत करो।'' डी.एफ.ओ. की वाणी में थोड़ी कड़वाहट तथा कर्कशता आ गयी। उनका अधीनस्थ कोई कर्मचारी उनके साथ दलील करे यह उन्हें पसन्द न था।

आदमी अपने फायदे की खातिर सत्य को भी सहन नहीं कर सकता। उसकी तारीफ और चापलूसी करते रहने वाले व्यक्ति से बड़ा कोई दूसरा उसका शत्रु हो ही नहीं सकता। जो हितैषी होते हैं, वे सच्ची बात कहने से कभी भी हिचकिचाते नहीं, सामनेवाले को बात भले ही पसन्द न आये।

''मिस्टर, इस मामले में आप क्या कर सकते हैं, यह बताइए।'' डी.एफ.ओ. उत्तेजित होते जा रहे थे।

''सर, मुझे जो कुछ करना था, वह मैंने कर ही दिया है, अब आगे जो कुछ करना है, आपको करना है।'' मैंने फिर से दृढ़तापूर्वक कह दिया।

''ओ.के. !...आप जा सकते हैं।'' साहब ने तिरस्कारपूर्वक कहा। मैं अभिवादन करके बाहर निकल आया।

मि. अग्रवाल मेरी ही राह देखते हुए बाहर बैठे थे। वे उठे और बड़ी मीठी आवाज में मुझसे बोले, ''साहब, आप अम्बाजी जरूर आइएगा। माताजी का दर्शन भी हो जाएगा और मुझ जैसे सेवक को आपकी सेवा का लाभ भी मिलेगा।''

मैं उनकी ओर देखकर मुस्कराते हुए आगे बढ़ गया।

ऑफिस में सभी मि. अग्रवाल को जानते थे। जंगल की लकड़ियों के वे बड़े ठेकेदार हैं। ऊपर से नीचे तक सबकी उनके साथ साँठ-गाँठ है। वन-विभाग में वे जो चाहें करा सकते हैं; क्योंकि उनका सीधा सम्बन्ध गाँधीनगर से है, इसीलिए सभी उनके साथ सम्बन्ध बनाये रखते हैं। मुझे भी सबके साथ मिल जाना है, नहीं तो किसी भी परिणाम को भोगने के लिए तैयार रहना पड़ेगा।

इस एक ही घटना से मेरे मन में इस विभाग के प्रति नफरत पैदा हो गयी। कैसे-कैसे सपने लेकर मैं इस विभाग में आया था! इस विभाग के द्वारा मुझे अपने राष्ट्र की सेवा करनी थी। मैं अवैध कटते एक वृक्ष को भी बचा लूँ, इससे बड़ी सेवा क्या हो सकती है!

वृक्षों की रक्षा करो...वृक्ष तो हमारे जीवन हैं...उनकी रक्षा करो।

ऐसे न जाने कितने नारे वन-विभाग में हैं! जगह-जगह पर इनके बोर्ड लगे हैं। 'मत्स्यपुराण' में कहा गया है, 'दस कुओं के समान एक बावड़ी होती है, दस बावड़ी के समान एक तालाब होता है, दस तालाब के समान एक पुत्र और दस पुत्रों के समान एक वृक्ष होता है।'

यह आदर्श-वाक्य (मोटो) वन-विभाग का है।

1988 में नये सिरे से तैयार की गयी वन-नीति कहाँ है? जलावन, इमारती लकड़ी, गौण वन उत्पादों के नाम से वनों का नाश होता जा रहा है इसीलिए पर्यावरण का सन्तुलन बनाये रखने के लिए नवीनीकरण की प्रक्रिया को तेज बनाना है। पहाड़ियों की ढलानों पर, नदियों के कटाव वाले क्षेत्रों में, सरोवरों, जलाशयों तथा समुद्र-तटों पर और शुष्क इलाकों में तथा रेगिस्तानों में वन तथा वनस्पति उगाकर उस क्षेत्र का विकास करनेवाले वन-व्यवस्था के आवश्यक तत्त्व कहाँ गये? पर्यावरण की स्थिरता के लिए पथरीले तथा पहाड़ी क्षेत्रों के दो-तिहाई भागों में वनस्पति के आवरण कहाँ गये? जहाँ सामूहिक वनीकरण की योजना के तहत जंगल और वृक्षों के आवरण में वृद्धि करने की योजना है, वहाँ मि. अग्रवाल जैसों को एक कोने में बिठाकर वनों का नाश करानेवालों के लिए क्या करना चाहिए?

वृक्षों के लिए मागणी (माँग) और लागणी (प्रेम) व्यक्त करनेवाले आज कहाँ गये? आज जंगल गंजे सिर जैसे क्यों होते जा रहे हैं?

वृक्ष तो ऋचाएँ हैं, वेद हैं—तो फिर ऐसा क्यों? एक वृक्ष कितनों का आश्रय बनता है? उसकी एक डाली पर कितने घोंसले बनते हैं? कितने पक्षियों का जन्म हुआ होगा इन वृक्षों की डालियों पर? धूप और गरमी से बेचैन न जाने कितने पशु-पक्षियों ने राहत की सांस ली होगी इन वृक्षों की छाया में!

कत्लखाने जानेवाली गायों को बचाने का अभियान चलानेवाले लोग वृक्षों का कत्ल करने में क्यों हिचकते नहीं? ऐसे कसाइयों के भी कसाई वन-विभाग में

बेधड़क और बेरोक-टोक घूमते हैं और विभाग के बड़े अधिकारी उनकी देखभाल करते हैं, इसका दुखड़ा किसके सामने जाकर रोया जाए!

मैं अन्दर से क्षुब्ध हो उठा। अनेक प्रश्न मेरे सामने मगरमच्छ की तरह मुँह फाड़े खड़े हो गये। मुझे चारों ओर प्राणियों की चीखें, पक्षियों की करुण पुकार तथा वृक्षों का आक्रन्द सुनाई पड़ने लगा। अरण्य की वेदना मुझे भीष्म की शैया के शरों जैसे चुभ रही थी। लताओं के आँसू भाप बनकर उड़ने लगे और धूप में तपती गिरिमालाएँ बुक्का फाड़कर रोने लगीं।

अरावली को वन-विभाग के कागजों में से बिखरते हुए, कटते हुए, बँटते हुए, बिकते हुए, खरीदते हुए मैं नि:सहाय भाव से देखता रहा।

बीस

आकाश स्वच्छ है। हवा झपाटा मारते हुए बह रही है। दिन में तो धूल के बवंडर-पर-बवंडर उठते हैं; परन्तु साँझ होते ही, पहाड़ों की लम्बी परछाइयों के कारण गरमी धीरे-धीरे कम हो जाती है। दिन में जहाँ गरमी ज्यादा होती है, वहीं रात में ठंड का असर बढ़ जाता है। परन्तु दिन में जो धूल उड़कर आकाश में पहुँच गयी होती है, उसे वापस जमीन पर आने में समय लगता है। इसलिए कभी-कभी उससे रात में झिलमिलाते तारों का प्रकाश धूमिल लगने लगता है।

आजकल करते-करते आधा वैशाख तो बीत गया। प्रकृति अपना काम करती रहती है। सूर्य उगता है, डूबता है। शुक्लपक्ष का चन्द्रमा एकदम से बढ़ते-बढ़ते पूर्णिमा को अपनी पूर्ण कलाओं के साथ प्रकाशित होता है और दूसरे ही दिन से उसका क्षय होने लगता है।

आसमान से उतरकर मानो कोई विषादमयी छाया पसर गयी हो। चन्द्रमा ऐसा दिखता है मानो कोई टूटे हुए दिलवाला फीकी हँसी हँस रहा हो। गरमी की धूल भरी रातों में मानो उसे हँसने में भी तकलीफ हो रही हो। जान पड़ता है तारों का तेज नष्ट हो गया है; और पूर्णिमा का चन्द्रमा चकित होकर आँखें फाड़े आगे बढ़ता जा रहा है। उसके सामने तिरछी नजरों से देखते हुए व्याध, अगस्त्य और मृगशीर्ष डूबने की तैयारी कर रहे हैं। पुनर्वसु और प्रभास निराश होकर झुक गये हैं। फाल्गुनी और मघा मध्याकाश में खड़े हैं, परन्तु चन्द्रमा का स्वागत करने के लिए चित्रा और स्वाति तत्पर दिख रहे हैं।

मैं छत पर सोये-सोये चन्द्रमा की चाँदनी का मजा ले रहा हूँ। लगता है,

चन्द्रमा के धवल प्रकाश में अरावली की गिरिमालाओं पर बरफ की चादर बिछी हुई है। वहीं चन्द्रमा की दूसरी दिशा में, पहाड़ों की ढलानों की सफेद लकीरें मन को मोह रही हैं। वातावरण एकदम शान्त है, पर निर्जीव नहीं है। चारों ओर से आती झींगुरों की आवाज रात को अधिक रमणीय बना रही है। कंसारी (एक कीड़ा) की आवाज भी उसमें मिल जाती है। झींगुर तथा कंसारी अपने पंखों को घिसकर आवाज उत्पन्न करते हैं। ध्यान से सुनता हूँ, तो उनकी आवाज खनकती हुई लगती है। मेरे चारों ओर झींगुरों का साम्राज्य था और आकाश में चन्द्रमा का।

हेमन्त के आने के बाद मैंने रात-रात भर जागकर आकाश को छककर पिया है। वह अपने साथ हर महीने के आकाश-दर्शन के लिए नक्शे लेकर आया था। जाते समय वे नक्शे मुझे दे गया था। उनके आधार पर अब मैं आकाश को पढ़ने लगा हूँ। कहीं भूल होती है, तो नक्शा देखकर उसे सुधार लेता हूँ। अब मैं आकाश को नये सन्दर्भों में देखने-समझने लगा हूँ।

किसी भी वस्तु में जब आपकी रुचि बढ़ने लगती है, तब उसका आनन्द ही कुछ और होता है। पहले मुझे आकाश में सिर्फ तारे ही दिखाई पड़ते थे, पर अब ऐसा नहीं है। एकदम साँझ का आकाश हो या आधी रात का अथवा एकदम सुबह का, उसे देखने-समझने में अपार आनन्द मिलता है। प्रतिपल के निरीक्षण में आकाश की विशिष्टताओं का रोमांच, यहाँ आने के बाद मैं अनुभव करता हूँ।

इस आकाशी विश्व में अनन्त ब्रह्मांड समाए हुए हैं। इस तरह आकाशगंगा भी ब्रह्मांड का ही एक रूप है। सूर्य और उसके आसपास घूमनेवाली हमारी पृथ्वी उसका एक भाग हैं। उसमें हमारा हिन्दुस्तान, हिन्दुस्तान का एक भाग गुजरात। गुजरात का एक जिला बनासकाँठा और उसके एक भाग अरावली की ये पर्वतमालाएँ। उसका भी एक भाग जासोर की ये पहाड़ियाँ और उसमें हमारा यह निवास-स्थान। कहाँ यह विराट विश्व और कहाँ मेरे जैसा क्षुद्र जीव!

अनन्त विश्व के एक अणु समान भाग पर बसनेवाला आदमी कितना बौना लगता है! पर उसमें जो अगम्य चेतना छिपी है, वह उसकी कल्पना के पंखों पर बैठकर अनन्त विश्व की यात्रा पर निकल पड़ती है और काल को समझने का प्रयत्न करती है।

यह विश्व विराट् होता जाता है, पर मनुष्य भी उसको समझने के लिए और विराट् होता जाता है। अत्यन्त महत्त्वपूर्ण बात तो यह है कि हम खुद उस विराट् स्वरूप का ही एक अंश है। विराट् का एक अंश या अणु विराट् की सम्पूर्ण पहचान करके उसके साथ एकाकार होने की कोशिश में लगा हुआ है। यह तो अणु का विराट-पूजन चलता है।

उसमें उत्तरी आकाश में, सप्तर्षि ऐसे विहार कर रहे हैं, मानो बहते पानी में

कोई तैर रहा हो। उसके नीचे टँगे हुए दो ध्रुव मत्स्य तिमिंगल की तरह दिखाई देते हैं। उसमें भी अगर आप एकदम सुबह से देखें, तो सप्तर्षि का पाँचवाँ-छठा तारा और ध्रुव-मत्स्य के दो तारों के बीच एक तारा है। उसी से कालीय नाग की शुरुआत होती है।

आकाश का निरीक्षण भी आह्लादक अनुभव कराता है। एकदम सुबह के तथा साँझ के आकाश में कितना अन्तर होता है! एकदम शाम को हमारे सिर के ठीक ऊपर झिलमिलाते फाल्गुनी और मघा पश्चिम में लटक गये होते हैं। स्वाति-चित्रा भी इसी अवस्था में होते हैं।

सप्तर्षि भी एकदम सुबह पश्चिम की ओर उतर जाते हैं। उसी समय कालीय नाग उत्तरीय आकाश में अपना फन फैलाए फुँफकारता हुआ जान पड़ता है। कालीय नाग के सिर पर शौरीमंडल (कृष्ण महाराज) विराजमान हैं। कालीय नाग पूँछ की तरफ से उगता है और फन की ओर से अस्त होता है। सप्तर्षि और ध्रुव मत्स्य के बीच के अवकाश को भरा रखनेवाले इस कालीय नाग का महत्त्व यह है कि महाफणिधर मस्तक में मणि रखते हैं,पर यह फणिधर अपनी पूँछ में मणिधर को रखता है। वह भी अब अस्त होने को आया है और उधर पूर्वाकाश में उजाला होनेवाला है।

इक्कीस

एकदम सुबह वह आया था। मैं छत पर सो रहा था, इसलिए वह नीचे ही नीम के तने का टेका देकर बैठा हुआ था। हमीर सिंह जग गया था और दोनों कुछ खुसुर-फुसुर कर रहे थे। वह हरे पत्ते में तम्बाकू भरकर और उसे गोल करके बीड़ी जैसा बनाकर उसमें से धुआँ निकाल रहा था।

मैं उठकर पीछे के जीने से नीचे आया। कमरे में जाकर तैयार होने में आधे घंटे का समय लगा होगा, तभी हमीर सिंह चाय लेकर आया। सामने की मेज पर चाय रखते हुए उसने कहा, "साब!...गजब हो गया है! जाम्बुघाँटा में खून हो गया है और लाश तीन दिन से पड़ी है।"

"क्यों...कोई लावारिश लाश है?" मैंने सहज भाव से पूछा।

"नहीं साब!...मरनेवाले का परिवार है। पूरा गाँव इकट्ठा होकर तीन दिन से वहाँ बैठा है।" उसने कहा।

"तीन दिन में लाश में से दुर्गन्ध नहीं आती होगी? वो आदमी कैसे मरा

है?'' मैं वनवासियों से अनजान हूँ, इसलिए अपनी तरह से, अपनी समझ के अनुसार सवाल ही पूछ सकता हूँ, उसके सिवाय कर क्या सकता हूँ? मैं जानता हूँ कि अहमदाबाद के सिविल में या वी.एस. हॉस्पिटल के शव-रूम में ठंडक में लाशें रखी जाती हैं। कोई गुजर जाए और उसके परिवार के लोग अगर दूर हों, तो उनके आने तक शव को सुरक्षित रखने के लिए, उसे बरफ की सिल्लियों पर लिटाकर रखना पड़ता है, पर यहाँ ऐसी क्या बात हो सकती है?

''साब! जाम्बुघाँटा का मुखी (मुखिया) दितो आया है। इस मामले में आपसे मिलने के लिए आया है। आप कहें, तो उसे अन्दर बुलाऊँ?'' हमीर सिंह ने कहा।

''कहाँ है?'' चाय का कप हाथ में लेते हुए मैंने पूछा।

''बाहर नीम के नीचे बैठा है।'' हमीर सिंह ने कहा।

''मैं ही बाहर चलता हूँ।'' कहकर मैं चाय पीकर खड़ा हुआ। तब तक हमीर सिंह ने बरामदे में एक कुर्सी रख दी। मैंने बाहर आकर देखा—एक बिल्कुल देशी वनवासी नीम के तने का सहारा लिए बैठा था। मुझे देखते ही वह हड़बड़ाकर उठा और लगभग दौड़ते हुए आकर मेरे पैरों में पड़ गया।

''राम!...राम! तुम्हारा नाम का है?'' अब तक मैं उनकी भाषा से थोड़ा परिचित हो चुका था।

इतना सुनते ही वह गद्‌गद् हो गया, ''दितो साब!'' बस इतना ही बोल पाया।

''कउन-सी जात? कउन-से गाँव के हो?'' मैंने पूछा।

उसके बाद तो हमीर सिंह ने बताया कि यह जाम्बुघाँटा का मुखी है और एक खास काम से आया है।

घटना ऐसी है कि जाम्बुघाँटा इलाके में ढोली और भलाला जातियों के बीच लम्बे समय से झगड़ा चल रहा है। हम इतिहास में देखते हैं कि राजा-महाराजाओं का वैर वंश-परम्परा के रूप में चलता था। मरते समय बाप बदला लेने का वचन बेटे से लेता। उससे भी अधिक खतरनाक, बदला लेने की इन लोगों की पद्धति है।

आज से तीन दिन पहले एक ढोली ने भीलाला जाति के एक युवक को तीर से मार डाला। उसकी लाश जाम्बुघाँटा में एक आम के पेड़ के नीचे रखकर पूरा गाँव तीन दिन से बैठा है।

यह सब जानकर मैंने हमीर सिंह से कहा, ''तो फिर दितो को पुलिस को खबर देनी चाहिए न!''

दितो के बताये अनुसार पुलिस तो दो दिन से पहाड़ी की चोटी पर आकर बैठी है, पर वहाँ जा नहीं सकती।

मुझे यह जानकर आश्चर्य हुआ, ''क्या पुलिस भी नहीं जा सकती?''

"हाँ साब!...पुलिस में हिम्मत नहीं कि हुआँ जा सके।" हमीर सिंह ने कहा।

"तो फिर हम कैसे जा सकते हैं?" मैंने पूछा।

हमीर सिंह ने दितो के साथ बात की और मुझे बताया, "साहब भले आदमी हैं—ऐसी बात लेम्बा ने अपने समाज में फैला रखी है। इसलिए पूरे गाँव ने मिलकर, साहब को बुला लाने के लिए, मुखी को हिआँ भेजा है।"

इन लोगों के बीच मेरी 'भलाई' पहुँच गयी!...पर 'कैसी भलाई?' यह मेरी समझ में नहीं आया। पर इतनी दूर तक एक आदमी की सुगन्ध पहुँची है, यह जानकर मुझे सुखद आश्चर्य हुआ।

मुझे लगा, उसमें से मेरे लिए एक नई दिशा खुल गयी है!

हम जाम्बुघाँटा आएँ, तो कुछ 'ऐसा-वैसा' तो नहीं होगा, इसका पूरा भरोसा हमीर सिंह ने दितो से कर लिया।

वनवासी एक बार हामी भर दे, तो फिर उसका सगा भाई भी आ जाए, तो भी वह बात से फिर नहीं सकता, यह ऐसी अडिग जाति है और हुआ भी ऐसा ही।

हम ठीक दोपहर में जाम्बुघाँटा पहुँचे। चारों तरफ ऊँची-नीची गिरिमालाएँ—रास्ते का कोई ठिकाना नहीं। पर हमीर सिंह सब जानता था, इसलिए ले गया।

बगल की पहाड़ी पर पुलिस की टुकड़ी एक पेड़ के नीचे बैठी थी। हमें जाते देख उन्हें आश्चर्य हुआ, पर सबसे अधिक उन्हें इस बात का आश्चर्य था कि हम लोग जाम्बुघाँटा के लोगों से मिलने जा रहे थे। वे लोग दो दिनों से पड़ाव डालकर बैठे हैं, पर वहाँ जा नहीं सकते। पी.एस.आई. ने भी हमें वहाँ न जाने की सलाह दी। पर हम माने नहीं। अन्त में उसने कहा, "मिस्टर!...आपको पता नहीं है। आप इन वनवासियों को जानते नहीं हैं। फिर भी आप हठ करते हैं, तो इसमें हमारी कोई जिम्मेदारी नहीं;...हम मूर्ख हैं, जो दो दिनों से यहाँ झख मार रहे हैं?"

थोड़ी सख्ती से उसने हमें धमकाया भी।

हम अपनी जिम्मेदारी पर वहाँ पहुँचे। उस समय वहाँ आम के पेड़ के नीचे पूरा जाम्बुघाँटा इकट्ठा हुआ था। एक फटा हुआ कपड़ा लाश पर पड़ा था। उसकी एक ओर धूनी जलाई गयी थी। उसका धुआँ चारों तरफ फैल रहा था। जाम्बुघाँटा के पुरुष, स्त्री और बच्चे सभी वहाँ बैठे हुए थे।

मैं जब वहाँ पहुँचा, तब सभी उठ खड़े हुए और इतनी जोर से चिल्लाने लगे कि मानो कान का पर्दा फट जाएगा। इसे सुनकर बड़ा झटका पुलिस को लगा होगा। दिता ने हाथ जोड़कर हमारा अभिवादन किया।

सभी बैठ गये। औरतें एक तरफ बैठी थीं। उनके तन पर कपड़े बहुत कम थे।

बहुत-सी औरतें तो कछनी बाँधे हुए थीं। छोटी उम्र के लड़के-लड़कियों के शरीर तो नंगे थे। पुरुषों की हालत भी लगभग ऐसी ही थी। कुछ ने सिर पर साफा बाँध रखा था। कुछ के साफे पर अँगोछा लिपटा हुआ था, तो कुछ के अँगोछे कमर में बँधे हुए थे। कुछ अपने पैरों के नीचे तीर-कमान रखकर बैठे थे। बगल में गोल-गोल, छोटे-छोटे पत्थरों की ढेरियाँ पड़ी थीं। लाश से गन्ध आ रही थी, पर उन लोगों में से दूसरे प्रकार की गन्ध आ रही थी। मुझे क्या करना है—यह मुझे पता न था। न देखे, न सोचे एक अकल्पनीय जगत में फँस गया था। मेरी समझ में यही नहीं आ रहा था कि मुझे आग्रह करके किसलिए बुलाया गया है?

उस युवक को किस तरह मारा गया था—यह दिता ने हमें बताया : सामने की पहाड़ी की ओर वह जा रहा था—तभी सामनेवाले उसके पीछे पड़े और वह भागा। उन लोगों ने पीछे से उसे तीर मारा। तीर जाँघ की मुख्य नस में लग गया। खून की धार बह चली। फिर भी वह दो कोस तक दौड़ा, पर आखिर में सामनेवाली पहाड़ी पर गिर गया और मर गया।

दिता तथा दूसरे दो-तीन जन साथ में आये। जिस जगह पर उसे तीर मारा गया था, वहाँ से मुझे खून के किनारे-किनारे ले गये। खून तो सूख गया था, पर उसका निशान दिख रहा था।

मैंने हमीर सिंह से अकेले में पूछा, "हमें यहाँ क्या करना है?"

हमीर सिंह ने कहा, "आप इनसे विनती कीजिए कि अभी तो ये लाश को दफन कर दें। फिर इनको जो करना हो करें। इसमें हम तो कुछ कर नहीं सकते। ये लोग जब तक अपने मरे हुए स्वजन की मौत का बदला नहीं ले लेंगे, तब तक इन्हें शान्ति नहीं मिलेगी। यह तो इनके गोत्र-गोत्र के बीच का वैर है। विरोधी गोत्र के किसी भी एक व्यक्ति को जब तक ये मारेंगे नहीं, तब तक इनका वैर खत्म नहीं होगा।"

हम उनके पास गये। मैंने हाथ जोड़कर सबसे विनती की कि "ई लास अइसे पड़ी रहेगी, तो खराब हो जाएगी। अपने बैर के चलते मरनेवाले की लास को हम क्यों सजा दें! इसलिए इसकी जो विधि जरूरी हो, वह तो अभी आप लोग कर दीजिए। फिर आप लोग आजाद हैं, जो करना चाहें करने के लिए।"

मेरी बात सबकी समझ में आयी या नहीं; पर दिता मुखी खड़े होकर बोला, "ई साहब भगवान के मानुस हैं, हमारे भोपा जइसे हैं। हम इनकी अवग्याँ नहीं कर सकते। बाद में जो होगा, ऊ हम देख लेंगे। ये बखत इनका कहना हमको मानना ही पड़ेगा।" ऐसी बात दिता मुखी ने कही थी, वापस आते समय हमीर सिंह ने मुझे बताया।

बदला लेने की ललकार युक्त ढोल बज उठा। चीखने-चिल्लाने की आवाजें

आने लगीं। जो आने से रह गये थे, वे आसपास की पहाड़ियों से होकारा करते हुए दौड़ पड़े।

वह युवक जहाँ मारा गया था, वहाँ सभी इकट्ठे हुए और सभी ने मिलकर पत्थर की एक ढेर लगायी। उसके चारों ओर चक्कर लगाया; उसके बाद दूसरे पक्ष को मारने की प्रतिज्ञा की; फिर वापस आम के पेड़ के नीचे आ गये।

हमीर सिंह अनुभवी था। वह छः फुट जितनी लम्बी एक चादर साथ लाया था। उसने चादर शव को ओढ़ा दी। अन्तिम क्रिया की बात की। दिता ने हमारा आभार माना और हमें जाने की अनुमति दी। एक दिशा में वे लोग शव को लेकर गये और दूसरी दिशा में हम रवाना हुए।

कई दिनों के बाद खबर मिली कि जाम्बुघाँटा में बदला ले लिया गया। ढोलियों ने भीलाला के एक मुखिया को मारकर अपना बदला ले लिया। यह सुनकर मुझे रात भर नींद नहीं आयी। अगर यही परम्परा चालू रहनी है, तो हमारे जाने का फायदा क्या हुआ! मैं तुम्हें मारूँ, तुम मुझे मारो—यह परम्परा तो पीढ़ी-दर-पीढ़ी चलती रहेगी! प्रकृति की मुक्त लीला के बीच जीनेवाले, वृक्षों, फलों, पशु-पक्षियों की रक्षा करनेवाले, हमारी संस्कृति के इन सच्चे वाहकों का क्या होगा? वास्तव में तो इन वनवासियों के साथ मिलकर, इनकी संस्कृति को आत्मसात् करके, इनके साथ एकरूप होकर, इनको बदले बिना—इनको इस दलदल से बाहर निकाला ही नहीं जा सकता। ऐसा बेधक प्रश्न मेरे अन्दर तीर की तरह घुस गया और रात भर मैं करवटें बदलता रहा।

जहाँ कोई मानवीय कायदा नहीं, व्यवस्था नहीं—कायदा और व्यवस्था कुदरती है। जहाँ पक्षियों जैसी मुक्ति है, बन्धन नाम की कोई चीज नहीं। जहाँ अपने उत्सव हैं, त्योहार हैं, मेले-ठेले हैं और जीवन की विशालता है। उल्लास और आनन्द है—उसमें यह खून का बदला खून से लेने की बात मेरे गले नहीं उतरती।

उसका कोई उपाय?—मन में फिर से प्रश्न उठा।

पत्थरो की ढेर के समक्ष, शत्रु को मारने की ली हुई प्रतिज्ञा पूरी की। इस प्रक्रिया की बात सुनकर मुझे दो दिनों तक खाना अच्छा न लगा। मारनेवाले परिवार के व्यक्ति की खोज की, पर कोई न मिला, तो उसी गोत्र के किसी दूसरे व्यक्ति को मारकर प्रतिज्ञा पूरी कर ली।

कैसे मारा?

वह ढोरों को चरा रहा था। ठीक से निशाना साधकर एक आदमी ने जोर से पत्थर मारा। पत्थर ढोर चरानेवाले के सिर में लगा और वह बेहोश होकर गिर पड़ा। तीन जन दौड़कर गये और उसे उठा लाये। फिर 'खिलरिया रखीवाला पीपल' के नीचे उसका सिर काट लिया गया। सिर काटने पर जो खून निकला, उसे एक माटी

के बरतन में भर लिया गया।

यह कैसी अमानवीय प्रक्रिया है!

ये लोग किसी बकरे या मुर्गे-मुर्गी को जितनी सहजता से रेतते हैं, उतनी ही सहजता से एक आदमी के गले को काट डाला।

हमीर सिंह ने किसी आदमी से यह बात सुनी थी और मुझे बताया था। मेरे लिए तो यह घटना जुगुप्सा तथा करुणा पैदा करनेवाली थी। मरणासन्न आदमी थोड़ा होश में आया, तो वह चीखने-चिल्लाने लगा। पहले हँसिये से उसका गला काटने की कोशिश की गयी, परन्तु जल्दी सफलता न मिलने पर दो आदमियों ने उसकी गरदन पास पड़ी एक सूखी लकड़ी पर रखी और तीसरे ने कुल्हाड़ी से उसके सिर को धड़ से अलग किया।

इस प्रक्रिया और घटना का वर्णन किस रूप में किया जाए!

खून को तगाड़े में भरा गया और फिर विजय का नगाड़ा बजाया गया। ढोल सुनते ही, जिसके हाथ में जो आया—तीर-कमान, कुल्हाड़ी, हँसिया, कुदाली या लाठी-डंडा लेकर आबाल-वृद्ध, स्त्री-पुरुष, चारों तरफ से दौड़ पड़े। चीखते-चिल्लाते, सभी 'खिलरिया रखीवाला पीपल' के नीचे इकट्ठे हुए। आनन्द की किलकारियों से सारा वातावरण भर गया।

'विजय के ढोल' के धमाके के साथ सभी किलकारियाँ मारते रहे मानो बहुत बड़ा जश्न मना रहे हों, कोई बहुत बड़ी सफलता प्राप्त की हो!

अपने गोत्र का जो मरा था, जहाँ पत्थरों का ढेर किया गया था, उस जगह पर सभी इकट्ठे हुए। जिस बरतन में खून लाये थे, उस खून से पत्थर के ढेर को रँगा गया। सभी आनन्द से झूम उठे। पत्थर के ढेर के चारों ओर सभी नाचे-कूदे-गाये और आनन्द मनाया।

इसको क्या कहा जाए! कबूतर जैसे भोले-भाले इन वनवासियों की क्रूरता का इससे बड़ा कोई प्रमाण हो सकता है!

इतना पर्याप्त नहीं था, तो जिसने बदला लिया था, उसकी तरफ से एक बकरे की बलि दी गयी; और इस तरह से महाविजय का आनन्द मनाया गया।

कैसा है यह आनन्द!

यह सब सुनकर मेरा सिर चकरा गया—ऐसी हैवानियत! ऐसी क्रूरता! ऐसी नृशंसता! ऐसा बदला! इसको बदले का आनन्द कहा जाए! वैर से वैर खत्म नहीं होता—'अवेरे शमे वेर' (अवैर से वैर खत्म होता है) यह सिर्फ लिखने के लिए है और कुछ नहीं! यहाँ तो बदला लेने का आनन्द मनाया जा रहा है, उसको गौरव माना जा रहा है।

यह कैसा बदला है!

अब दूसरा पक्ष बदले का बदला लेगा कि नहीं!

क्या बदले की परम्परा ऐसे ही चालू रहेगी?

मैं बहुत विचलित हो गया हूँ, व्यथित हो गया हूँ।

क्या मानव जाति की क्रूरता का कोई अन्त नहीं है?

इसके लिए क्या किया जा सकता है? यह जानने के बाद भी क्या मैं हाथ-पैर मोड़कर बैठा रहूँ? ऐसे तो मैं भी, परोक्ष रूप से, इस कार्य का हिस्सेदार माना जाऊँगा कि नहीं!

यह घटना जानने के बाद मैं दो दिनों तक सो नहीं सका। हमीर सिंह ने कहा, ''साब!...इन आदिवासियों में तो यह चलता रहता है। इस मामले में हम कर ही का सकते हैं!''

पर ऐसा नहीं, हम आदमी हैं, आदमी होने के नाते हमें कुछ तो करना ही चाहिए।

मैंने हमीर सिंह से कहा, ''जाम्बुघाँटा के दिता को बुलवाओ।''

चौथे दिन दिता आया। देर से आने के लिए उसने माफी माँगी। वह कहीं बाहर गया था। इन वनवासियों की एक अच्छी बात यह है कि ये झूठ नहीं बोलते। उनका जीवन एक खुली किताब जैसा है—आपको पढ़ना आता हो, तो पढ़ लीजिए। अगर पढ़ना सीख जाइए, तो आपका पूरा जीवन कम पड़ेगा, इतना कुछ दबा पड़ा है इनके पास! खुला जीवन, खुली बात, सब कुछ खुल्लमखुला! सभी पक्षी स्वभाव के!

मैंने दिता से पूछा, ''तुम्हारी जाति में अन्दर का झगड़ा कौन सुलझाता है?''

उसने कहा, ''हमारी जाति का झगड़ा हमारा पंच सुलझाता है।''

मैंने उसके साथ बहुत लम्बी चर्चा की। हमारी चर्चा में मुख्य भूमिका हमीर सिंह की थी—कारण कि मुझे अभी भी उनकी भाषा पूरी तरह से समझ में नहीं आती थी।

उस दिन दोपहर को मैंने दिता को अपने साथ भोजन कराया। उसके लिए हलवा तो आठवाँ अचरज था। उसे खूब मजा आया था।

दिता मुखी तो था; पर अकेले कुछ नहीं कर सकता था। मैंने ढोलियों और भलालाओं के अन्य नेताओं से मिलने की इच्छा जाहिर की। उसने कहा कि मैं लोगों से पूछकर बताऊँगा; क्योंकि इस समय वह हाँ करके जाए, और उधर जातिवाले न मानें तो! और फिर विरोधी पक्ष को कैसे समझाया जाए, उन्हें सन्देशा कैसे भेजा जाए? ये सारे प्रश्न तो थे ही।

हमीर सिंह ने दिता से कहा, ''तू अपनी वो कहावत तो साहब को सुनाओ।''

दिता ने कहावत सुनाई, ''भीलों का वैर तो दीमक भी नहीं खा सकते।'' यह

बात सच्ची है। उनके वैर का समाधान देश की कोई अदालत भी नहीं कर सकती। मैं उसका रास्ता खोज रहा हूँ। प्रयत्न करते हैं, परिणाम जो आना होगा आएगा।

हफ्ते बाद यह खबर मिली कि दोनों पक्ष मान गये हैं। यह जानकर मुझे बहुत खुशी हुई। एक अच्छे काम की शुरुआत हो रही थी।

तय किये गये दिन को मैं जाम्बुघाँटा पहुँचा। जिस आम के पेड़ के नीचे, लाश के पास सभी इकट्ठा हुए थे, वहीं आज दोनों पक्षों के मुखिया इकट्ठा हुए थे। दोनों पक्षों के दो-दो भोपा भी उपस्थित थे।

भोपा (ओझा) इस समाज के अभिन्न अंग माने जाते हैं, इसलिए उनकी हाजिरी आवश्यक थी।

उन लोगों ने आपस में बहुत चर्चाएँ कीं। उनमें से कुछ मेरी समझ में आया कुछ नहीं आया, पर मेरी उपस्थिति का कुछ लोगों को विरोध भी था और कुछ लोगों ने स्वागत भी किया। कुछ ने कहा कि मुझे भी एक भोपा मान लेना चाहिए।

अन्ततः समझौता हुआ। दोनों पक्ष मान गये। आम के पेड़ के नीचे से उठकर सभी 'खिलरीया रखीवाल पीपल' के पास गये। पीपल की जड़ में भोपाओं ने कुछ जन्तर-मन्तर किया, झाड़-फूँक किया। अलग-अलग देवी-देवताओं का स्मरण करके कलजुग के वैर को पेड़ की जड़ में गाड़ दिया, एक-दूसरे को गुड़ खिलाया और गले मिले।

कितने ही सिर कटने से बच गये।

उस समय मेरे रोम-रोम में आनन्द का अरावली लहरा रहा था।

बाईस

प्रकृति अनन्तरूपा है। मनुष्य के मन की तरह प्रकृति भी हर क्षण बदलती रहती है। यह जेठ मास भी अपने हाथ-पाँव फैलाकर, अड़ंगा लगाकर बैठा है। दूसरे महीनों की तुलना में इस महीने के दिन अधिक लम्बे होते हैं, कठोर भी; कारण कि जेठ के आकाश में कहीं-कहीं बादल दिखाई देने लगते हैं। हवा के पंख पर सवार होकर, कभी-कभी ये दौड़ लगाते हैं, उस समय पृथ्वी की सारी प्रकृति फटी-फटी आँखों से उन्हें देखती रहती है। कभी-कभी ऐसा लगता है कि आषाढ़ के देव मेघराजा कब पधारेंगे? उनके आगमन की यह सूचना तो नहीं है!

लम्बा दिन, लम्बा रास्ता—थकावट नहीं लगेगी तो और क्या होगा! पसीना पोंछते-पोंछते सूर्यदेव मानो थक गये हों, इस तरह से दक्षिण की तरफ कदम बढ़ा रहे

थे। उस समय ऐसा भी लगता है जैसे रजकणों से उनके बाल धूसरित हो गये हों। कभी-कभी शाम का आकाश ऐसा भी लगता है जैसे पान की दुकान पर खड़े होकर पान चबाते हुए किसी ने पिचकारी मारी हो और उसके एकाध छींटे दीवाल पर पड़ गये हों, पर एक बात तो स्पष्ट है कि शाम का आकाश हर-क्षण बदलता रहता है। उसमें दौड़ लगाते बादल, कभी-कभी आपस में टकराकर—'सॉरी' बोलकर फिर दौड़ रहे हों। उनको भी डूबते सूरज की किरणें प्यार से सहलाते हुए अनेक रंगों से रँगती दिखाई पड़ती हैं।

मैं रेस्ट हाउस के पीछे नीम के नीचे कुर्सी डालकर बैठा हूँ; और इस आकाश, सूरज और बादलों की क्रीड़ा का आनन्द ले रहा हूँ। डूबते सूरज की पीली किरणें अरावली की पर्वतमालाओं को रँगती हुई मालूम पड़ती हैं, पर मेरा तो सबसे अधिक ध्यान उधर जाता है, जिधर मेरे नजदीक में स्थित, एक पर्ण-विहीन पेड़ की डाली पर बैठे-बैठे एक पक्षी कर्कश आवाज में न जाने क्या बोल रहा है! उसके चटकदार रंग को देखकर मेरी आँखें उसी पर टिक गयी हैं। सिर बड़ा, भरा हुआ शरीर, पर शान्ति से बैठा हुआ, मैं उसे देख रहा हूँ। सिर का रंग थोड़ा हरा, लाल पूँछें, पीठ और चोंच से ऊपर का भाग हरा, कमर का रंग गहरा आसमानी, पूँछें कम और गहरा रंग, आखिर की पट्टी लाल और छाती में हल्की सफेद रेखाएँ, अन्दर के भाग का रंग हल्का आसमानी और हल्के काले रंग की चोंच को देखकर मैं कुदरत की करामात के बारे में सोचने लग गया। कद ज्यादा बड़ा नहीं, कबूतर जैसा ही था, पर कितने रंगों से वह शोभित हो रहा था! उस पर डूबते सूरज की किरणों का प्रकाश पड़ने से उसका आकर्षण और बढ़ गया था। मुझे बाद में पता चला कि चाष पक्षी था। मैं खो-सा गया था, उस चाष पक्षी में। इसके पहले भी मैंने देखा होगा, पर इतनी बारीकी से नहीं देखा होगा। सूरज और चाष मेरे अन्दर एकाकार हो गये थे।

मेरी आँखें बन्द हो गयी थीं। आँखें खुलीं, तो अँधेरा छा गया था। कहीं-कहीं से कोयलों की कूक सुनाई पड़ रही थी। शायद नर कोयल मादा कोयल को आमन्त्रित कर रहा हो अथवा अकेली पड़ी मादा कोयल नर कोयल को बुला रही होगी।

आज दोपहर में, जेठ के आकाश का नक्शा सिर के ऊपर उलटकर, ध्रुव तारा को उत्तर की ओर करके—रात के आठ से दस के बीच—तारों को किस तरह पहचाना जाए, यह जानने की मैंने तैयारी की थी और इस तरह रात को सोये-सोये आकाश का आनन्द लेना था। परन्तु आनन्दोन्मत्त बदलियाँ ऐसा करने नहीं दे रही थीं। थोड़े समय के बाद जब ये बदलियाँ किसी का गुप्त सन्देश लेकर कहीं दूर निकल गयीं, तब तक तो मघा नक्षत्र की दाँतें गिरने की तैयारी में थीं; और वासुकि तो अपनी बिल में घुस गया था। बस, उसकी पूँछ बाहर थी। पूर्वा और उत्तरा

फाल्गुनी तो तितर-बितर हो गयी थीं। परन्तु उत्तर में सप्तर्षि आधे आकाश तक पहुँच गया है। कोई हाथी अपना सूँड़ ऊपर उठाकर खड़ा हो, ऐसा वह दिख रहा है। पूरे आकाश में झिलमिलाते तारे दिख रहे हैं, सभी को मैं पहचान नहीं सकता। परन्तु ये सभी तारों के गुच्छ हैं, जो सूर्य से कई गुना बड़े हैं। ये तो गलियों-सड़कों के लाइट जैसे हैं, हम चलते हुए एक खम्भे से दूसरे खम्भे के पास पहुँचते हैं,तो पहले खम्भे की लाइट धुँधली दिखाई पड़ती है।

एक बात, अब मुझे समझ में आ रही है कि कुछ भी स्थिर नहीं है। हम अपने आपसे पूछें कि क्या हम स्थिर हैं?...ये सूर्य-तारे स्थिर हैं?...अरे! सारा-का-सारा अस्थिर प्रतीत होता है। सब कुछ बदलता रहता है, कुछ नया-नया आता रहता है, तो फिर एक प्रश्न यह होता है कि हम क्यों स्थिर होने के लिए बिलबिलाते रहते हैं? मैं अभी भी यहाँ क्यों दुखी हो रहा हूँ? मुझे यहाँ क्यों अच्छा नहीं लगता?...इन बादलों की तरह बहते रहना चाहिए, फिर पसन्द-नापसन्द कैसा! उगना और डूबना, आना और जाना—यह तो कुदरत का क्रम है। एक सौ साठ करोड़ वर्ष से भी अधिक पुराना यह अरावली, इसी नियम के अनुसार, आज बदल गया है, तो फिर एक तिनके के नोंक जैसी हैसियत वाले हम मनुष्य स्थिरता की बात को पकड़कर दुखी क्यों हो रहे हैं?

अस्थिरता ही इस ब्रह्मांड का नियम है—इसे स्वीकार करके जीवन को धन्य बनाना और उसका आनन्द लेना ही प्रकृति का नियम है, तो फिर बदलती परिस्थितियों या घटनाओं से दुखी होने का कोई कारण है?

आज एक पक्षी ने कुदरत की रंग-बिरंगी कला का परिचय कराया।

और आकाश ने जीवन को नयी दिशा दी।

तेईस

जेठ की ढलती दोपहरी में, एक अनजान लड़का, रेस्ट हाउस के अहाते की नीम के नीचे गहरी नींद में सो रहा था। मुझे आश्चर्य हुआ। इधर-उधर देखा, मगर दूसरा कोई नजर नहीं आया। यह लड़का कौन था और कहाँ से आया था?

उस लड़के का शरीर पसीने से तरबतर था। उसके नीचे की धूल भी भीग गयी थी। शरीर पर फटी और मैली कमीज और खाकी रंग की चड्ढी थी, जिसके पिछले भाग में काले कपड़े की चकती लगी थी। उसकी कमीज इतनी मैली थी कि उसका असली रंग क्या था, यह कहना मुश्किल था।

उसके सिर पर बाल नहीं झेंथरा था। उसके बाल का रंग भी धूल के रंग जैसा बन गया था। शरीर एकदम सूखा हुआ था। उसके सिर की तरफ एक फटी थैली तथा बगल में वाद्ययन्त्र जैसा कुछ पड़ा था।

उस लड़के के नींद में डूबे चेहरे पर सन्तोष का भाव था। थोड़ी-थोड़ी देर के बाद, बच्चे जैसी हँसी, उसके होठों पर आ जाती थी, नींद में भी तो हमारी क्रिया-प्रक्रिया चालू ही रहती है! ऐसी गरमी में भी उसके पाँव नंगे ही दिखाई पड़ रहे थे। उसके पाँव के तलवे मानो लकड़ी की पट्टी जैसे हों। उसके पैर पर चींटियाँ रेंग रही थीं और उसके मुँह पर मक्खियाँ भिनभिना रही थीं और वह नींद में ही उन्हें हाथों से मार रहा था।

इतनी गरमी में भी वह लड़का शान्ति से सो रहा था, इस पर मुझे आश्चर्य था।

फिर मेरे मन में सवाल उठा कि यह लड़का कहाँ से आया होगा, किसी के साथ आया होगा या अकेला होगा?

उसे जगाने की इच्छा हुई, परन्तु नहीं जगाया, उसकी नींद खराब करने का मुझे क्या हक था! मेरी माँ कहा करती कि किसी को कच्ची नींद से जगाने पर पाप लगता है। मुझे पाप-पुण्य का पता नहीं, परन्तु कोई खास काम न हो, तो किसी की नींद क्यों खराब की जाए! सोने दें इसे, यह सोचते हुए मैं अन्दर चला गया।

थोड़ी देर के बाद हमीर सिंह आया। पूछने पर उसने कहा, ''ई तो किसी भरथरी का छोकरा है। वेरा में गया होगा, तो बाबू ने आपसे मिलने के लिए भेज दिया होगा।''

''इससे हमारा क्या काम?'' मैंने पूछा।

''साब!...ई रावणहत्था (एक तन्तुवाद्य) बहुत बढ़िया बजाता है, इसलिए आपको सुनाने के लिए बाबू ने आपके पास भेजा होगा।''

थोड़ी देर के बाद वह लड़का जगा। हैंडपाइप पर जाकर हाथ-मुँह धोया और पानी पिया। उसके बाद अपने सामान को सँभाल रहा था कि तभी मैं बाहर आया। मुझे देखते ही वह उठ खड़ा हुआ और मेरा अभिवादन करते हुए बोला, ''राम-राम साहेब!...''

उसकी ओर देखकर मैं हँसा और बोला, ''राम-राम!''

फिर उससे पूछा, ''तुम्हारा नाम क्या है?''

''भोला'' कहते हुए वह अपने झोले में कुछ ढूँढ़ने लगा।

''यहाँ क्यों आये हो?''

''साहेब! कल मैं वेरा आया था। उहाँ बाबू काका ने आपकी बात की थी, इसलिए आपको एक-दो भजन या गीत सुनाने चला आया—दूसरा क्या?'' इतना

छोटा लड़का बातचीत में किसी बड़े आदमी से कम नहीं लगा।

मैं रेस्ट हाउस में जीने के पास पड़ी कुर्सी पर बैठा। वह नीम के पेड़ के नीचे बैठा था। मैंने उससे पूछा, "तू कहाँ का रहनेवाला है?"

थोड़ी देर तक तो वह मौन रहा। सिर नीचे किये मिट्टी में कुछ कुरेदते हुए बैठा रहा। फिर बोला, "साहेब!...मेरा तो कोई ठाँव-ठिकाना नहीं है।" उसने लम्बी साँस ली।

मैंने सोचा, गरीबी आदमी को समझदार,परिपक्व और प्रगल्भ बना देती है। इस छोकरे के खेलने-खाने और पढ़ने के दिन हैं, पर इसके बदले यह आज गाँव-गाँव भटक रहा है।

हमीर सिंह आया और ऊपरवाले जीने पर बैठा, फिर बोला, "अरे भोलुआ! साहब को कोई भजन सुनाया कि नहीं?"

उसने इन्कार में सिर हिलाया।

"तो सुनाओ न कबूतर-कबूतरी वाला भजन!"

"यह छोकरा है कहाँ का?...इसके मां-बाप कहाँ रहते हैं?...क्या करते हैं?" एक ही साथ मैंने कई प्रश्न कर दिये।

हमीर सिंह बोला, "साब!...गाँव-ठाँव का पता नहीं, पर बड़गाँव तालुका (तहसील) की तरफ का है। भरथरी का छोकरा है। इसका बाप खूब अच्छा गाता था। गाँव-गाँव में उसके गाने की धूम थी। लोगों को मजा आता था। वह जहाँ जाता, अपने रावणहत्थे को बजाते हुए, रात-भर भजन गाता और पूरा गाँव उसे सुनता।"

पर, इन घुमन्तू लोगों के साथ जैसा होता रहता है, वैसे ही इसका पिता एक औरत के चक्कर में आ गया। उस समय छोकरा एक-डेढ़ बरस का रहा होगा। इसके माँ-बाप के बीच झगड़ा हुआ और इस छोकरे की माँ आधीरता के कुएँ में कूद गयी। वो तो बेचारी गयी—पर ई छोकरा अनाथ हो गया।

साब!...हमारे गाँउ में अब भी धरम है—दया है—भलमनसाई है। गाँउ के लोगों ने इस छोकरे को बड़ा किया।"

"इसका बाप तो था न!" मैंने कहा।

"ना साब!...छोकरे की माँ मर गयी—उसके बाद तो उस औरत को लेकर वो कहीं भाग गया।...आज तक उसका कोई पता-ठिकाना नहीं।...कोई कहता है कि मेमाई भाग गया; कोई कहता है साधू हो गया...जो भी हो, वो तो गया सो गया।

छोकरा बड़ा हुआ—फिर घूमने लगा। इसने भी बाप का धन्धा पकड़ लिया। इस गाँव से उस गाँव घूमने लगा—दिन उगने के साथ ही चल पड़ता है, और जहाँ दिन डूबता है, उहैं आराम करता है। धरती माता किसी को भूखे पेट सोने देती नहीं।"

मैंने हमीर सिंह को चाय बनाने के लिए कहा। वह चाय बनाने के लिए अन्दर गया। इधर भोला ने रावणहत्था हाथ में पकड़ा, रावणहत्था बजाने की उसकी अद्‌भुत रीत थी। थोड़ी देर तक तो बजाता रहा, उसके बाद उसने गाना आरम्भ किया।

पे' ला पे' ला जुगमाँ राणी...

तमे हता पोपटी ने...

अमे रे पोपट राजा रामना...होऽऽ जीऽऽऽ...

(पूर्वजन्म में हे रानी! तुम मैना थी और मैं राजा राम का तोता था।)

उसकी आवाज एकदम महीन, किन्तु खनकदार थी, बहुत सुन्दर स्वर में गाता था। रावणहत्थे पर उसकी उँगलियाँ बहुत सुन्दर ढंग से चलती थीं। घड़ी भर के लिए मैं उसमें रम-सा गया। वह इतनी मस्ती में गाता था कि गाते समय उसके गले की नसें फूल जाती थीं, वह हरेक शब्द में तथा रावणहत्थे के लय में एकाकार हो गया था।

गाना पूरा हुआ, दोनों हाथ जोड़कर भोला मेरी ओर देखकर मुस्कुराया।

''बहुत अच्छा!...तुम बहुत अच्छा गाते हो!'' यह सुनकर वह खुश हो गया।

हमीर सिंह चाय ले आया। उसके लिए भी लाया। उसने अपने थैले में से एक कटोरा निकाला। मैंने कहा, ''कप में ही पियो न!'' उसने कहा, ''साब! इसमें पीना नहीं बनेगा।''

रात में मैंने उसे टिकाया, साथ में भोजन कराया। उसके जीवन का वह यादगार क्षण था। मैंने उसे बहुत प्रेम से रखा, जब तक इच्छा हो, तब तक यहाँ रहने के लिए उससे कहा। वह तो बहुत खुश हो गया।

रात को छत पर खुले आकाश में, तारों के उजाले में उसने अपना राग छेड़ा : ''दोतेड़ुं ने बेडीयुं लैने होलो टोवा गैती...हुं तो।'' (हँसिया और लग्गी लेकर मैं पंडुक उड़ाने गयी थी।)

बहुत मजा आया।

मैंने उससे पूछा, ''तुम्हें शहर में जाना है?'' उसने इन्कार करते हुए कहा, ''पालमपुर गया था, हुआँ तो भूखों मरने की नउबत आ गयी थी।''

किसी समय वह इकबालगढ़ से पालमपुर और सिद्धपुर तक लोकल ट्रेन में गाने के लिए जाया करता था, परन्तु एक बार बिना टिकट पकड़ लिया गया और मार पड़ी, तब से कहीं नहीं जाता।

''तू गाँवों में गाने के लिए जाता है,तो वहाँ तुम्हें क्या मिलता है?'' मैंने पूछा, तो उसने कहा, ''खाना मिलता है। कोई भगवान का भगत होता है, ऊ खिलाता भी

है; कोई दो-चार आना पइसा भी देता है, तो कोई अनाज भी देता है।''

''फिर अनाज का तुम क्या करते हो?''

''अनाज तो कहीं दुकान में दे देता हूँ। एक गाँव में दो-तीन दिन तक रहता हूँ, फिर दूसरे गाँव...''

''तुम्हारा घर कहाँ है?'' मैंने पूछा, तो वह हँस पड़ा।

''जहाँ नींद आवे, ऊधर, जिस पर चलता हूँ, वो रस्ता।...अउर फिर घर का, का करना है? सबके घर अपने ही घर हैं न!''

इतना छोटा लड़का और ऐसी समझ, मुझे आश्चर्य हुआ।

दूसरे दिन खाना खाने के बाद उसने कहा, ''साब!...अब मैं चलता हूँ।''

मैंने पूछा, ''कहाँ जाओगे?''

''जहाँ रस्ता ले जाए!'' वह फिर हँस पड़ा।

भोला ने मुझे गद्‌गद् कर दिया था। ऊपर आकाश और नीचे धरती! साँस लेने के लिए हवा और पीने के लिए पानी, खाने के लिए रोटी का टुकड़ा!...और क्या चाहिए आदमी को जीने के लिए! उस बच्चे की खिलती जिन्दगी और विकसित होती उसकी समझ के प्रति मेरे मन में सम्मान का भाव पैदा हुआ।

जीवन तो वह जीता है, जिसे सुबह या शाम का कुछ पता नहीं, पर जीता है, आनन्द से जीता है—आकाश में उड़ते पक्षियों की तरह।

भोला ने मेरे लिए जीवन की एक खिड़की खोल दी।

कन्धे पर थैला लटकाकर, रावणहत्था बजाते हुए वह बालुन्द्रा के रास्ते पर चला जा रहा था।

मैं रेस्ट हाउस के जीने पर खड़े-खड़े उसे जाते हुए देखता रहा।

चौबीस

दक्षिण भारत के पठारी प्रदेश से लेकर राजस्थान और गुजरात की सीमा तक यह अरावली पर्वत फैला हुआ है। राजस्थान से शुरू होकर दक्षिण में ईडर तक तथा उससे आगे एकदम उदयपुर तक इसकी अवशिष्ट गिरिमालाएँ फैली हुई हैं। बारह सौ से पन्द्रह सौ मीटर तक की ऊँचाई वाले इसके शिखरों में माउंट आबू का गुरुशिखर सबसे ऊँचा शिखर है।

गुजरात में आरासुर से लेकर अरावली पर्वतमालाओं का एक हिस्सा, जासोर से होते हुए बनासकाँठा, साबरकाँठा और मेहसाणा की तरंगा की पहाड़ियों तक

फैला हुआ है। यह अरावली पर्वत राजस्थान में देवरी की पहाड़ी, बनासकाँठा में जासोर, माणेकनाथ, किरमोल, गतारिया और आरासुर तथा साबर काँठा में सोनगर और वाघेश्वरी की पहाड़ियों के रूप में जाना जाता है। इसमें साबरमती, बनास, मही, रूपेण और सरस्वती नदियों का उद्‌भव-स्थान है। इस पूरे इलाके में खनिज का भरपूर भंडार है। पूरे देश में अम्बाजी के संगमरमर पत्थरों की काफी प्रसिद्धि है। ऐसे अरावली की पर्वतमालाएँ आज करुण-क्रन्दन कर रही हैं। युगों से अत्यन्त खूबसूरत, मनोहर और अनेक विशिष्टताओं से युक्त ये गिरिमालाएँ और यह अरण्य आज आँसू बहा रहा है। इसकी वेदना के साथ आज मैं सरकारी कागजों में उलझ गया हूँ।

मैंने एक प्लान तैयार किया है : गाजणा और लुक्खा को जोड़ने का प्लान। अगर गाजणा और लुक्खा के बीच की जगह में आठ-दस फुट ऊँचा बाँध अथवा दीवाल तैयार कर दी जाए, तो इस जंगल को बारहों महीने हरा-भरा रखा जा सकता है। पाँच वर्ष के लिए बारह करोड़ रुपये के सेंचुरी प्लान की जगह मात्र बारह लाख का यह प्लान ही मंजूर कर लिया जाए, तो इस इलाके का अकल्पनीय विकास हो सकता है। यही सोचकर मैंने कुल खर्च के साथ यह प्लान तैयार करके जिला ऑफिस में भेज दिया। मुझे आशा थी कि वह प्लान देखकर, शायद साहब खुश होकर, उसकी सिफारिश गाँधीनगर तक करें।

परन्तु हुआ मेरी अपेक्षा से कुछ भिन्न!

मेरे कार्यक्रम के अन्तर्गत वन की रक्षा करना, नये वृक्ष रोपना, जमीन धोवाण का कार्य करना, वन-सरोवर बनाना, पानी से होनेवाले कटाव को रोकने के लिए मेंड़ या बाँध बनाना, चेकडैम आदि बनाना, अच्छी जाति के बीज इकट्ठ करके प्लांटेशन करना आदि-आदि...आता है।

योजनाएँ तो सचमुच अच्छी हैं, परन्तु सवाल था उनको कार्यान्वित करने का। मई-जून में, जिस इलाके का प्लान दिया था और जहाँ वृक्षों की संख्या नहीं के बराबर थी, वहाँ व्यापक पैमाने पर गड्ढे बनवाना था। जंगल में व्यर्थ बह जानेवाले पानी को कहाँ-कहाँ रोका जा सकता है, वन-सरोवर कहाँ-कहाँ बनाने हैं, यह सब तैयार होकर आया था और उसी के अनुसार कार्य करना था।

आसपास के वनवासियों को एकत्र करके, उनको आवश्यक जानकारी देकर, मजूर के रूप में उनसे काम लेना था।

हमीर सिंह बेरा से एक आदमी को बुला लाया था—ठिगना कद, रंग थोड़ा काला, लँगोट की तरह धोती का कछोटा बाँधे हुए, सिर पर मैली-सी रूमाल लपेटे हुए, गले में चिथड़े-जैसा लाल कपड़ा लपेटे हुए और कन्धे पर भी एक गन्दा अँगोछा रखे हुए एक नौजवान आदमी मेरे सामने आकर खड़ा हुआ।

"तुम्हारा नाम क्या है?" मैंने पूछा।

"बाबू..." उसने छोटा-सा जवाब दिया।

"तुम्हारी जाति क्या है?"

"भील गरासिया।"

मैं उसे सारी बातें समझाने लगा, तभी बीच में हमीर सिंह बोल पड़ा, "साब!...ई सब कुछ जानता है। ई वेरा और उसके आसपास के इलाके का मुखिया है। आप इसे जैसा कहेंगे, वैसा ही यह काम करेगा।"

हर वर्ष गरमी में नियमानुसार वृक्षों को रोपने के लिए गड्ढे बनाना, बारिश के बाद उनमें वृक्ष रोपना—ये काम सतत चलते रहनेवाले हैं।

दूसरे दिन मेरे तैयार होने के पहले ही अनेक लोगों की आवाजें सुनाई पड़ने लगीं। गैंती, कुदाली, तगाड़ा जैसे साधन लेकर आठ-दस आदमी और उतनी ही औरतें तथा बच्चे भी आ गये थे। कोई हैंडपम्प पर पानी पीने लगा, तो बच्चे आपस में पत्थर मारने का खेल खेलने लगे।

मैं आया उसके पहले ही हमीर सिंह तथा बाबू ने काम का बँटवारा कर दिया था। इस साल राणीटूक के उत्तरी भाग का काम करना तय हुआ था, इसलिए वेरा के मजदूरों के साथ-साथ कुल चालीस आदमियों का झुंड इकट्ठा हुआ था।

एक तो सख्त गरमी, ऊपर से आग उगलता सूरज और दूसरी तरफ छायाविहीन जंगल। पहाड़ियों के नीचे ढलान के पत्थर तो इतने गरम कि पाँव रखते ही जल जाएँ और उनमें फफोले पड़ जाएँ। ऐसी जगह पर काम करना था, परन्तु ये सभी लोग बहुत सहज होकर अपना काम कर रहे थे—यह देखकर मुझे अपार आश्चर्य हुआ, पर सभी अपने वातावरण के अनुकूल बनकर जीते हैं—यह इसका प्रमाण था।

वनीकरण की यह योजना सचमुच सफल हो जाए, तो उसका लाभ इन वनवासियों को तथा तलहटी में बसने वाले गाँवों को भी होगा ही।

एक बार मैं किसी काम से जिला ऑफिस गया था। मेरे मन में यह जानने की इच्छा हुई कि इससे पहले वनीकरण के लिए क्या-क्या काम हुआ है? इसके लिए मैं विजयभाई से मिला, जो यह काम सँभालते थे। उन्होंने मुझे इसवाणी, चोटीला की पहाड़ियों में पिछले साल जो काम हुआ था, उसकी जानकारी दी। यह देखकर मैं बहुत प्रसन्न हुआ। एक ही वर्ष में इतना सारा काम हुआ था! नये वनीकरण और वन-सरोवर तथा छोटे-बड़े डैम का काम कागज पर देखकर सचमुच मुझे प्रसन्नता हुई।

दूसरे दिन मैंने हमीर सिंह से बात की। इसवाणी की ओर जाने की मेरी इच्छा थी। परन्तु हमीर सिंह आनाकानी करने लगा, वह जाना नहीं चाहता था। मैं भी उसका कारण जानना नहीं चाहता था।

हम सुबह इसवाणी के लिए रवाना हुए। बालुन्द्रा से अवारा और खारा से होते हुए ग्यारह बजे तक हम इसवाणी की तलहटी में पहुँचे। उस समय, आकाश में हमारे सिर के ऊपर, सूर्यदेव आँखें फाड़कर हमें डरा रहे थे। अब तक मुझे भी इसकी आदत पड़ चुकी थी।

हम इसवाणी की पहाड़ियों में खूब घूमे, परन्तु मुझे जो काम बताया गया था, वह कहीं दिखाई नहीं पड़ा। मैंने हमीर सिंह से पूछा, ''पिछले साल, जब यहाँ काम हो रहा था, उस समय तुम यहाँ पर हाजिर थे?''

उसने स्वीकार में सिर हिलाया।

''वे सब काम कहाँ-कहाँ किये गये थे?'' मैं साथ लाया हुआ कागज देख रहा था, जिसमें वन-सरोवर जहाँ बनाया गया था, उस जगह का उल्लेख था। कितने नये वृक्ष रोपे गये थे, उसकी सूची भी थी।

मैंने हमीर सिंह से दो-तीन बार पूछा, तब उसने एक सूखी टहनी हाथ में लिए हुए कहा, ''साब!...हमें तो अपने ओठ सिलकर रखने पड़ते हैं। गलत सहन नहीं होता, पर सच कह नहीं सकते, पेट का सवाल है न!''

''मुझे कुछ करना नहीं है; किसी से कहना नहीं है। मुझे तो सिर्फ समझना है।'' मैंने शान्ति से कहा, तब वह हँसकर बोला, ''साब!...कोठी धोने से कीचड़ ही निकलेगा।'' उसकी बात मेरी समझ में नहीं आयी। उसने आगे कहा, ''कबर खोदने से हड्डियों के सिवा और क्या मिलेगा!''

मैं बात समझ गया। फिर भी कुछ ज्यादा जानने का प्रयत्न किया; क्योंकि उसके लिए पाँच-छः लाख का खर्च दिखाया गया था। उसमें गड्ढे, वन-सरोवर, दीवालें आदि कागज में दिखाये गये थे, पर वह सब गया कहाँ? तो वह सब बारिश के पानी में बह गया, कागज पर होते हुए भी उनका अस्तित्व खत्म हो गया। उसका निशान भी बिना बारिश के पानी में बह गया। यद्यपि थोड़ा और आगे जाने पर थोड़ा काम दिखाई पड़ा, पर वह तो हाथ की अंगुली के नख जितना!

मुझे बहुत जोर का झटका लगा। पिछले वर्ष तो इस इलाके में भारी अकाल की स्थिति थी, जिसका अनुभव आज भी होता है।

वर्षों से ये योजनाएँ चल रही हैं। आज जंगल सुरक्षित कैसे रहें? पर्यावरण असन्तुलित बन गया है, उसको सन्तुलित बनाने के लिए राष्ट्रीय वन-नीति की घोषणा की गयी है और बजट में भारी ग्रांट मंजूर की जाती है। इस सृष्टि के सभी जीवों-मनुष्यों, पशु-पक्षियों, वनस्पतियों के अस्तित्व के लिए पर्यावरण का सन्तुलन जरूरी है, परन्तु इसका दुरुपयोग कौन करता है?

जो भी हो, मैंने निष्ठापूर्वक अपना काम करने का निश्चय किया था। जो भी बजट मिले, उसका पूरा-पूरा उपयोग हो, यह जरूरी है। उसमें से एक नये पैसे का

भी दुरुपयोग न होने देना मेरी नैतिक जिम्मेदारी है, यही मेरी सच्ची राष्ट्र-सेवा है। इसी सिद्धान्त के मुताबिक मैंने मजदूरों से काम लेना शुरू कर दिया था।

पच्चीस

केदारनाथ महादेव अर्थात् इस इलाके के तथा और भी दूर-दूर के लोगों की आस्था का प्रतीक धर्म-स्थान! नीचे यानी तलहटी से ऊपर आने के लिए एक किमी जितना अन्तर होगा। ठीक-ठाक कोई रास्ता नहीं, मात्र पगडंडी, वह भी सीधी नहीं, घुमावदार, असावधानी होने पर सीधे नीचे। बगल से झरना बहता है, वह भी सिर्फ बारिश के समय में। गरमी में तो ये शिलाएँ मगर के दाँत जैसी लगती हैं। यद्यपि चारों ओर पलाश, गूलर, सालर, धव, मढेड़, खैर और बिल्व के वृक्ष हैं जरूर! पर इस समय तो इन सारे वृक्षों को सूखा रोग लगा है। फिर भी उनकी संकल्प-शक्ति में कोई कमी नहीं आयी है, धरती की बहुत गहराई से भी नमी चूमकर वे भयानक गरमी को ललकार रहे हैं। चाहे जैसे भी हों, ये वृक्ष तो अरावली के हाथ-पाँव हैं, ये वनदेवता हैं।

वैसे भी प्रकृति का धर्म सिर्फ देना है, न कि लेना। प्रकृति हमसे कुछ माँगती ही नहीं है। वह तो देने के लिए ही बनी है। प्रेम का स्रोत उसमें से सतत प्रवाहित होता रहता है। आपने कभी सुना है कि वृक्ष कभी किसी से ईर्ष्या करते हैं। वे किसी को धिक्कारते नहीं, वे बदले की भावना नहीं रखते। वृक्ष तो सच्चे सन्त हैं। हमें तो यह भी पता नहीं कि हमारे ऊपर उनका कितना ऋण है! इसे शब्दों में कैसे व्यक्त किया जा सकता है : 'तरुनो बहुत आभार, जगत पर तरुनो बहुत आभार!'

इन वृक्षों जैसे ही ये वनवासी भी हैं। आनन्द ही उनका जीवन है, आनन्द ही उनकी खुराक भी! भूखे रहकर भी पूरी रात नाचते-गाते बिता देंगे।

केदारनाथ महादेव का मेला अक्षय तृतीया को लगता है। उस समय दूर-दूर से ये लोग ढोल बजाते हुए मेले में आते हैं, मानो इस सूखे भाठ अरावली को किसी ने उत्साह से भर दिया हो। उनके ढोल भी कैसे! तरह-तरह के रंगों से रँगे हुए...कलगियों से सुशोभित, रंगीन रस्सियों से तानकर बाँधे गये।

महादेव का मेला, वैसे तो सिर्फ एक दिन और एक रात का होता है, परन्तु तीन-चार दिन पहले से ही वनवासियों का आना-जाना शुरू हो जाता है। मध्यम कद के, गठीले, एकदम काले, लम्बे-लम्बे दाढ़ी-बाल वाले, सिर पर लाल या सफेद साफा बाँधे, घुटने तक धोती, कुछ छोटी बाँह की कमीज पहने...! जो थोड़े

सुखी-समृद्ध होते हैं, अथवा थोड़ा कर सकने में समर्थ होते हैं, वे स्त्रियों के लिए सारण (पेटीकोट) सिलवा देते हैं। वे स्त्रियाँ गले से कमर तक की आसमानी, पीला, काला या लाल जम्पर पहने होती हैं। सिर के बाल में कोई चिकना पदार्थ लगाकर कुछ अलग ही तरह से बाल सँवारे होती हैं, बालों में पिन लगाये होती हैं। कान के ऊपरी भाग में केसू, गेंदा या ऐसे ही रंग-बिरंगे जंगली फूल खोंसे होती हैं। पाँवों में कसकुट के कड़े या छड़े होते हैं, ऐसे ही हाथ की अंगुलियों में अँगूठी तथा बाँहों में चूड़ियाँ होती हैं। गले में एल्युमीनियम की हँसुली पहने होती हैं, जो चाँदी जैसी दिखाई पड़ती हैं। कानों में लकड़ी या लाख का गोल ईयरिंग-जैसा गहना होता है। ललाट पर बिन्दी-जैसा एक गहना होता है। आँखों में गहरा काजल भी लगाती हैं।

केदारनाथ महादेव का मन्दिर बहुत पुराना है। ऐसी मान्यता है कि उत्तराभिमुख मन्दिर के सामने स्वयं गंगाजी प्रकट हुई थीं। मन्दिर के चारों ओर अर्जुन तथा इमली के ऊँचे-ऊँचे वृक्ष खड़े हैं। मन्दिर के सामने ऊँची पहाड़ी है, जिसकी बड़ी-बड़ी शिलाएँ झूल रही हैं। उसी के पास गुफा है, जिसमें अनेक साधुओं ने तपस्याएँ की हैं। आज भी धूनी रमाए एक साधु को चिलम का दम मारते देखा जा सकता है।

हिमालय में केदारेश्वर जाते हुए जो तकलीफ उठानी पड़ती है, जो रास्ते बनाये गये हैं, उनकी प्रतीति यहाँ आते समय अवश्य होती है। केदार की गिरिमाला रमणीय है। उठने-बैठने के लिए ढलुआ जगहें भी मिल जाती हैं। पीने के लिए पानी की कमी नहीं है। दिन को छाये में तथा रात को वनवासियों के आनन्द-उल्लास से भरपूर गीत-नृत्य को देखने का अपना ही एक मजा है।

जीवन के कैसे-कैसे संघर्षों में ये लोग जीते हैं! मैंने एक वृद्ध औरत को देखा, ऐसा लगा मैंने उसे कहीं देखा हो। स्मृति पर थोड़ा जोर दिया, तो तुरन्त याद आ गया।

चोटीला की गिरिमालाओं की तरफ से जब यह शिकायत आयी थी कि वनवासी मनमाने ढंग से लकड़ी काटकर बेच रहे हैं, तब मैं और हमीर सिंह सुबह ही वहाँ पहुँच गये। वहाँ हमने देखा कि सूखी लकड़ियों का बोझ बाँधकर एक लाइन से वनवासी स्त्रियाँ जा रही थीं। बोझ बाँधने की भी उनकी एक पद्धति थी। एक मजबूत लम्बी लकड़ी लेकर उसके एक सिरे पर लकड़ियाँ रखकर उन्हें बाँध दिया जाता है, जो आगे से चोंच जैसा लगता है। थक जाने पर उसे खड़ा कर देते हैं और बोझ को पकड़कर खड़े-खड़े दम ले लेते हैं। उसी समय उस बूढ़ी औरत को मैंने देखा था।

बेर के पेड़ों का एक बड़ा झुंड था। एक तरफ के वृक्ष कुछ टेढ़े थे। बेर के पेड़ों के झुंड के बीच कोई प्राणी छिपकर बैठा हो, इस तरह अर्धनग्न अवस्था में वह बूढ़ी औरत (माँजी) बैठी थी। वहाँ वह क्या कर रही होगी? कहाँ रहती होगी? क्या

खाती होगी? ऐसे कई प्रश्न मेरे मन में उठे थे।

हमीर सिंह ने भीली भाषा में उससे कुछ पूछा, तो वह काँटों को एक ओर खिसकाकर घिसटते हुए अन्दर से बाहर आयी और हमें देखने लगी। उसके पास एक नोंकदार पत्थर था। किसी चीज की थोड़ी-सी जड़ें थीं और करौंदा था। माँजी इस दुनिया से अनजान थी। अपनी धँसी हुई आँखों से हमें देखने का प्रयत्न करते हुए हँस रही थी। बूढ़े और झुर्रियों वाले चेहरे की स्मित के सिवाय उन्होंने हमें और कुछ नहीं दिया था।

वही माँजी आज ढोल की धमक के साथ नवयुवतियों के साथ नाच रही थीं। मेरे लिए तो यह दुनिया का सबसे बड़ा आश्चर्य था।

दौलतराम पुजारी ने हमारी व्यवस्था की थी। वे बालुन्द्रा में रहते हैं; पर पीढ़ियों से ये लोग महादेव की पूजा करते आ रहे हैं। पूरे दिन मैंने इस मेले तथा मेले में आये लोगों का आनन्द लिया। पेड़ों पर लहराते पत्तों जैसे ये लोग थे। उन्हीं के साथ उनके बीच बन्दरों का झुंड भी आनन्द से घूम रहा था मानो युगों के बाद अपने पूर्वजों से मुलाकात हुई हो।

शाम को हमीर सिंह ने चलने के लिए कहा, तब मैंने कहा, ''आज यहीं रुक जाएँ, तो कैसा रहेगा?'' उसने कहा, ''हम साथ में कुछ लाये भी नहीं हैं!'' मैंने कहा, ''क्या लाना था?...ये लोग क्या लेकर आये हैं?'

''इनके पास तो हाथ-पैर और हृदय ही है।'' हमीर सिंह ने हँसते हुए कहा।

''तो फिर हमें चिन्ता करने की जरूरत है क्या?'' मैंने कहा।

महाराज ने रात को रोटी और दाल की व्यवस्था करायी। धीरे-धीरे सूरज ढलता गया। अँधेरा धीमी गति से घिरने लगा, तभी केदारनाथ के मन्दिर में आरती का घंटारव हुआ : जय शिवशंकर...वनवासियों में भी एकदम से शान्ति छा गयी। जो जहाँ थे, वहाँ स्थिर हो गये।

अरावली का हर एक कंकड़ शंकर लग रहा था। सन्ध्या की आरती का घंटारव इन गिरिमालाओं की परतों को उखाड़ते हुए युगों से सुनाई पड़ रहा था।

अक्षय तृतीया का केदारनाथ का मेला मेरे जीवन का एक अविस्मरणीय दिन था।

छब्बीस

हम खारा से देर से चले। इसवाणी की खड़ी पहाड़ियों के बीच से होकर हमें जाना

था। मैंने देखा है कि रात और दिन प्रकृति पर असर डालते हैं। उसका रूप बदलता है और उसके साथ हमारे भाव भी बदलते हैं। डूबते सूरज की पीली किरणें, ऐसे दिख रही थीं मानो पहाड़ी के शिखर पर थककर बैठी हों, पर उसी शिखर की तलहटी में धुन्ध की गरमाहट हल्की मालूम पड़ती है।

प्रकृति हर-एक स्थिति में आनन्द से जीती हुई दिखाई पड़ती है। वृक्ष नंगे लगते हैं, परन्तु उनकी लम्बी होती डालियाँ हमारे मन को हिला देती हैं। आकाश में चहचहाते, परिचित-अपरिचित पक्षियों की पंक्तियाँ पूर्व की ओर दौड़ती दिखाई पड़ती हैं।

हम जैसे हैं वैसी ही घोंसलों में चहचहाट सुनाई पड़ती है और धीरे-धीरे सूरज के जाने के साथ सब कुछ शान्त पड़ता जा रहा है। अन्धकार घिरता जा रहा है। वृक्षों का रंग काला पड़ता जा रहा है। पत्थर की शिलाएँ और पहाड़ियाँ अपना वेश बदलती जा रही हैं। यह सब कुछ हम अपनी आँखों के सामने होते हुए देख रहे हैं।

निशाचर प्राणियों की गतिविधि कहीं-कहीं महसूस हो रही है। आकाश में चन्द्रमा दिखाई पड़ रहा है, परन्तु उसकी किरणें अभी फीकी हैं। पश्चिमी आकाश की आभा का असर अभी चन्द्रमा की आँखों में दिखाई पड़ रहा है।

अन्धकार ने डर हमें उत्तराधिकार में दिया है। वह उत्तराधिकार अब इन पर्वतमालाओं के ऊपर सवार हो रहा था। जो पक्षी निशिचर होते हैं, वे तो अन्धकार की राह देखते रहते हैं। उनके लिए अन्धकार का ही दिन होता है। हम लोगों को रेस्टहाउस तक पहुँचने में दो-ढाई घंटे तो लग ही जाएँगे, परन्तु खौलता पानी धीमे-धीमे शान्त होता है और उसमें से भाप निकलता रहता है, वैसे ही वातावरण में बेचैनी का अनुभव हो रहा था। दिन में सुनाई पड़ने वाले पक्षियों या प्राणियों की आवाज अब सुनाई नहीं पड़ रही थी, सिर्फ झींगुरों की आवाजें शुरू हो गयी थीं।

रात दबे कदम उतर रही थी, नीरवता के सिवाय कहीं कुछ न था। बेतरतीब खड़े बड़े वृक्ष तथा एक-दूसरे से उलझे हुए छोटे-छोटे वृक्ष हमारे साथ आँख-मिचौली खेल रहे थे। हमीर सिंह आगे-आगे चल रहा था, उसके हाथ में धारिया था। सँभल-सँभलकर चलने का निर्देश मुझे दिया करता था।

अन्धकार की ऐसी भयंकरता का यह मेरा प्रथम अनुभव था। ऐसे समय में मन में कोई विचार भी नहीं उठ रहा था। ऐसे समय में अन्धकार की काली छाया और गम्भीर वातावरण के बीच 'चिकु...चिकु...टिरीऽ रीरीऽऽ...' जैसी लगातार आ रही आवाज मानो मेरे अन्दर खंजर की तरह चुभ रही थी। हमीर सिंह मेरी हालत को समझ गया, बोला, ''साब!...ई तो चिबरी बोल रही है।...उसके लिए तो दिन निकला हुआ है।'' उसकी आवाज में इतनी कठोरता, कर्कशता तथा भयंकरता थी कि मेरे हृदय की धड़कन बढ़ गयी।

"साब!...इस चिबरी ने हमारे लिए अच्छा शकुन किया है, इसलिए चिन्ता की कोई बात नहीं है। ई हमारी दाहिनी तरफ बोली है, इसलिए अच्छा शकुन कहा जाएगा। ऊ मीठी अवाज में बोली है। ऊ हमारे सामने छाती करके नहीं बोली है।"

हमीर सिंह बात को मोड़ने की कोशिश कर रहा था, ऐसा मुझे लगा। पर मेरा हृदय किसी अज्ञात भय से थरथरा रहा था। न जाने यहाँ मैं कैसे आ गया! मेरा मन ऐसे विचारों में उलझा हुआ था, उस समय चन्द्रमा का प्रकाश इन गिरिमालाओं के शिखरों पर, वृक्षों की डालियों पर तथा हमारे अनजान रास्ते पर लोट-पोट कर रहा था।

हमीर सिंह अपनी धुन में बोले जा रहा था, "चीबरी की भाषा को चोर-डाकुओं ने समझा है। उनके धन्धे के लिए चीबरी की बोली ही सबसे बड़ा सास्तर (शास्त्र) है। वो तो चिबरी की बोली पर ही बाहर निकलते हैं। वे तो अपने साथ शाकुनिक (शकुन करनेवाला) रखते हैं। वह चिबरी की बोली सुनकर जो कहता है, ई लोग वैसा ही करते हैं। अरे साब!...पुराने जमाने में तो बड़े-बड़े राजा लड़ाई करने जा रहे होते और चिबरी का शकुन नहीं मिलता, तो वे वापस लौट जाते थे।"

मैं सोच में पड़ गया कि विशाल सेना के बहादुर योद्धा एक सामान्य पक्षी के अपशकुन बोल से पीछे हट जाते, यह भी कैसी विचित्र बात है!

"साब!...हमारे पुरखे तो कहा करते थे कि राजा वीर विक्रम शकुन का अद्‌भुत जानकार था। वह तो चिबरी की भाषा सुनकर भूत-भविष्य का भेद जान जाता था।"

यह सुनकर मैंने सोचा कि आदमी के मन में चिबरी के बारे में कैसी भयंकर कल्पना बैठ गयी है। क्या है इस चिबरी की बोली में? क्या है इसकी भयंकरता का रहस्य?

अँधेरे में उड़ते हुए वह हमारे आगे से निकल गयी। चन्द्र की रोशनी में वह सफेद दिखी, पर एक दिन दोपहर में जब मैंने उसे बड़े गौर से देखा था, तो वह हल्के धूसर रंग की थी। उसके ऊपर धब्बे जैसे थे। गरदन के पीछे सफेद पट्‌टे थे, सिर सफेद और आँखों पर सफेद लकीरें जैसी थी। वह ऐसी है कि जंगल के पेड़ के तने में या जमीन में मिल जाए। अपने आपको छिपाने के लिए प्रकृति ने उसे कैसी सुविधा दी है! गरदन को नीचे-ऊपर कर सकती है, अगल-बगल फिर सकती है। विचित्रता तो उसकी आँख की ही है।

चन्द्रमा के हल्के प्रकाश में, अन्धकार की छाया में उसकी आँखें ऐसे चमकती हैं मानो सुनहरी हों। उसकी आँखें आदमी की आँखों जैसी बड़ी-बड़ी लगती थीं। वे भयंकर और डरावनी भी लगती हैं। वह हमारी ओर देखती हो, तो भी लगता है कि तिरछा देख रही है। गरदन ऊपर-नीचे करती रहती है। उसके स्वभाव से लगता

है जैसे वह हमें डराने का प्रयत्न कर रही हो।

थोड़ी ढलान आते ही हमीर सिंह ने इशारा किया ताकि मैं गिर न जाऊँ। मैं धीरे-धीरे नीचे उतरा। तभी हमारी दाहिनी तरफ से एक ऊँचे पेड़ के शिखर से 'हूऊऊऽऽ... हूऽऽ...'' जैसी आवाज आयी। उस आवाज में भी डर था। फिर से मेरा हृदय 'धक्-धक्' करने लगा। कैसा विचित्र है यह रात का रूप! रात मानो भयानक रूप धारण करके डरा रही हो।...कितने-कितने रूप हैं इसके, इसका अनुभव मैं इस समय कर रहा हूँ।

''यह कौन पक्षी बोल रहा है?'' अपने भय को छिपाते हुए मैंने हमीर सिंह से पूछा। मेरी आवाज काँप रही थी।

''साब!...ई तो घुवड़ (उल्लू) है। ई रात को शिकार करने के लिए निकलता है। कुदरत ने इसे पंख अइसा दिया कि उड़ता है, तो भी किसी को पता नहीं चलता। इसके गोलाकार पंखों और तेज नखों के कारण शिकार इससे बचकर निकल नहीं सकता। अरे!...ई तो शुरू में बहुत बोलता है, फिर शिकार के लिए निकलता है।''

''दिन में ये सब कहाँ रहते होंगे?'' मैंने पूछा।

''पहाड़ों में या पत्थरों में और पेड़ों के धोधड़ में। चिबरी रात की रानी मानी जाती है, तो उल्लू रात का राजा।'' हमीर सिंह ने कहा।

हम चिबरी को भले ही अपशकुनवाली मानें; परन्तु ग्रीस ने इसे विद्या तथा संस्कार के प्रतीक के रूप में स्वीकार किया है। वहाँ सरस्वती के पक्षी के रूप में इसकी पूजा होती थी। वहाँ के सिक्कों और स्थापत्य में इसको स्थान दिया गया है। इसे तो 'द वर्ल्ड ऑफ मिनर्वा आर विज़डम' कहा गया है। मैंने ऐसा कहीं पढ़ा है।

अँधेरी रात में पसीना बहाते-बहाते हम आ पहुँचे अपने विराम स्थान पर! उस समय चन्द्रमा भी चलते-चलते आ गया था हमारे सिर के ऊपर!

थोड़ा आराम करके जब मैं छत पर पहुँचा, तो अरावली की गिरिमालाएँ चाँदनी में चमक रही थीं।

सत्ताईस

अरावली धीरे-धीरे मुझमें घुलता जा रहा है; अथवा यह भी कह सकते हैं कि मैं अरावली में धीरे-धीरे पसरता जा रहा हूँ। मेरे लिए ये गिरिमालाएँ इत्र के फाहे जैसी हैं। इनकी सुगन्ध चारों ओर फैल रही है। मेरे श्वासोच्छ्वास में ये समा गयी हैं। मैं जो हवा श्वास के रूप में लेता हूँ, वह मेरा जीवन है तथा जो हवा उच्छ्वास के रूप

में छोड़ता हूँ, वह मेरा मरण है। मैं जीवन और मृत्यु के दो छोरों पर बैठा हूँ। इसीलिए तो मेरा समय स्वर्णिम बनता जा रहा है, मुझे ऐसा लगता, मानो आनन्द की मूसलधार बारिश हो रही है।

सफेद भस्म के रंग वाले बालों से युक्त शरीर, मुँह, हाथ-पैर काले रंग का तथा लम्बी पूँछवाले हनुमान को लंगूर कहा जाता है। हल्के सुनहरे रंग के शरीर पर भूरे बालोंवाली लाल बिल्ली होती है अथवा पीले भूरे शरीरवाला बाघ बिल्ला होता है। इन सबको सूखी झाड़ियों वाले इस जंगल में सबसे पहले देखकर मुझे बहुत आनन्द हुआ। दिन हो या रात, अपना-अपना भोजन जुटाने के लिए, ये साधारण-से लगनेवाले वन्य प्राणी जो संघर्ष करते हैं, उसे देखने में भी अनोखा आनन्द है। एक पेड़ से दूसरे पेड़ पर 'हूऽप...हूऽप...' करते कूदते हुए और चिचियाते हुए बन्दरों को देखने का भी अपना मजा है। रात के अँधेरे में या कभी-कभी दिन में भी छोटे जीव-जन्तुओं, छोटे पक्षियों या चूहों की खोज में भटकते बिल्लों को देखकर रोमांच होता है।

जिनके बारे में मैं जानता तक न था, जिन्हें कभी देखा न था, ऐसे पक्षियों ने तो मेरे हृदय का कपाट ही खोल दिया है। छोटा था, तब एक कविता पढ़ी थी :

चकी राणी चकी राणी धरमाँ नयी पाणी।
चकचक करती चकी राणी, तळाब लावे ताणी॥

(चिड़िया रानी, चिड़िया रानी, घर में नहीं पानी। चकचक करती चिड़िया रानी तलाब लावे तानी (खींचकर)।)

गली के मोड़ पर खड़े पीपल के पेड़ पर 'चहचहातीं' चिड़ियों को तो देखा था, पर यहाँ तो चिड़ियों का मेला ही लगता है, जिनमें मटमैले, बिना चमक के रंग वाली 'चकोचकी' तो सरलता से पहचान में आ जाती हैं, पर स्वभाव से धुनी!...हमेशा फुदकती ही रहती हैं। चीं...चीं...चीं...तो इनका लगातार चालू ही रहता है। शान्ति से बैठे तो फिर चिड़िया किस बात की!...बस! फुदकती ही रहती हैं, हमेशा खाऊँ.... खाऊँ...कीट-पतंग, दाना कुछ भी खाते ही रहना है। झुंड-के-झुंड उड़ती रहती हैं। किसानों के खेतों का तो सर्वनाश ही कर देती हैं। बालियों के अन्दर से दाने बीनकर खा जाती हैं। इनको उड़ाने के लिए बच्चे डब्बा बजाते हैं, गुलेल से गोटियाँ चलाते हैं, ऐसी हैं ये चिड़ियाँ! लगता है तोतों, शुकों, बयाओं, लैलाओं, काबरों के इस देश में मैं भटक गया हूँ। इस तरह मेरा नया समाज तैयार हो रहा है। ये शिलाएँ, ये वृक्ष, ये कँटीले झाड़-झंखाड़, ये पशु-पक्षी, ये प्राणी, ऊपर आकाश और नीचे धरती के बीच में फैल रहा हूँ।

युगों से अडिग खड़े इस अरावली को मुझे समझना है। राजस्थान के अर्बुदाचल से शुरू होनेवाले अरावली को मुझे देखना है, इसका आनन्द लेना है! कई

बार आबू गया हूँ, एक सामान्य यात्री की तरह ही घूमा हूँ। परन्तु इस समय तो अरावली अनेक कोणों से अनेक सन्दर्भों के साथ मेरे अन्दर उग आया है, इसलिए मैंने तय किया है कि आबू को फिर से देखूँ, समझूँ और महसूस करूँ!

अरावली का एक भाग अर्बुदाचल है। अरावली को फ्रांसीसी पुरातत्त्वविद् दितेरा ने तथा भारतीय पुरातत्त्वविद् एस. एल. होरा ने हिमालय से भी अधिक प्राचीन माना है। हिमालय की उत्पत्ति के बाद, अर्बुदाचल को, पुराणों में हिमालय का पुत्र माना गया है।

'महाभारत' के वनपर्व में देवर्षि नारद धर्मराज युधिष्ठिर से कहते हैं :

ततो गच्छेत् धर्मज्ञ हिमवत्सुतमर्बुदम्।
पृथिव्यां यत्र वै छिद्रं पूर्वमासीद् युधिष्ठिर॥
तत्राश्रमो वशिष्ठस्य त्रिषु लोकेषु विश्रुतम्।
तत्र वसेत् रजनीमेकां गो सहस्रफलं लभेत्॥

(हे धर्म के ज्ञाता महाराज युधिष्ठिर! आगे हिमालय के पुत्र अर्बुदाचल की यात्रा करना, जहाँ पूर्वकाल में पृथ्वी में बड़ा छेद था; जहाँ तीनों लोकों में विख्यात वशिष्ठ ऋषि का आश्रम है। वहाँ एक रात निवास करने से सहस्र गायों के दान का पुण्य प्राप्त होता है।)

जहाँ सूर्यवंश के कुलगुरु महर्षि वशिष्ठ ने 'योगवशिष्ठ' जैसे दार्शनिक ग्रन्थ की रचना की, यह अरावली उस युगद्रष्टा की भूमि है। इस पृथ्वी पर बढ़ती अराजकता को रोकने के लिए जिन्होंने अग्निकुंड में से सोलंकी, परमार, परिहार और चौहान राजपुत्रों को उत्पन्न किया था, ऐसे ब्रह्मा के मानस-पुत्र वशिष्ठ की यह तपोभूमि है। ब्रह्मा की आज्ञा से जहाँ अट्ठासी हजार ऋषि-महर्षि स्वयं प्रकट होकर निवास करते हों, जहाँ इक्ष्वाकुवंश (सूर्यवंश) के राजा ने अयोध्या से यहाँ आकर सेवा की हो, राजदंड के अभिमानी राजाओं ने जहाँ आकर अपने अभिमान को छोड़कर ब्रह्मदंड को स्वीकार किया हो, जहाँ महर्षि वेदव्यास ने आश्रम की स्थापना करके तपस्या की हो, जहाँ गौतम ऋषि ने तपस्या की हो, जहाँ परशुराम के पिता जमदग्नि ऋषि ने तप किया हो, जहाँ कपिल मुनि ने तपस्या की हो, ऐसे इस अरावली के एक भाग अर्बुदाचल को मैं कोटि-कोटि प्रणाम करता हूँ।

जहाँ तैंतीस करोड़ देवताओं का वास है, जहाँ साढ़े तीन करोड़ तीर्थों की प्रतिष्ठा और अठारह भार (202174000 की संख्या) वनस्पतियों की स्थापना हुई है। यह अरावली, यह अर्बुदारण्य मुक्तिदारण्य है। ऋषियों में श्रेष्ठ वशिष्ठ, गायों में नन्दिनी श्रेष्ठ, नदियों में गोमती श्रेष्ठ, पुण्य क्षेत्रों में वशिष्ठाश्रम श्रेष्ठ, देवों में ऋषिकेश श्रेष्ट तथा पर्वतों में अर्बुदाचल श्रेष्ठ है।

मेरा सौभाग्य है कि जगत में सबसे श्रेष्ठ, अत्यन्त पवित्र इस तपोभूमि के एक भाग की रक्षा और संवर्द्धन की जिम्मेदारी मेरे सिर पर आयी है। मैं एक फारेस्ट ऑफिसर के रूप में अपने आपको धन्य समझता हूँ और प्राचीन काल से चली आ रही श्रेष्ठ परम्पराओं को बनाये रखने के लिए मुझसे जितना हो सकेगा, उतना प्रयत्न करता रहूँगा।

मेरे लिए यह अरावली मात्र पर्वतमालाओं का झुंड नहीं है, बल्कि मेरी संस्कृति और संस्कारों का ज्वलन्त कीर्ति-स्तम्भ है। यह युगों-युगों तक भारतीय संस्कृति का प्रेरणा-स्रोत बना रहे, इस नैतिक भावना से मुझे अपना योगदान देते रहना चाहिए।

मैं ऐसे दृढ़ निश्चय के साथ अरावली के शक्तिपीठ अम्बाजी का वन्दन करके इस अर्बुदाचल के सबसे ऊँचे शिखर पर खड़ा हूँ।

अट्ठाईस

आज हम रानीटूक गये थे। कभी-कभी कोई ट्रैकिंग के लिए आता है, तो उसे रानीटूक (टूक=शिखर) तक जाना ही पड़ता है। रानीटूक पर रानी सरोवर भी है। जब आबू का समावेश राजस्थान में हुआ, तब से जासोर को भी पर्यटन स्थल के रूप में विकसित करने का प्रयत्न गुजरात सरकार ने आरम्भ किया। इसीलिए इधर के जंगलों की सघनता और हरियाली को ध्यान में लिया जाने लगा। हमारे अधिकतर पर्यटन स्थल धार्मिकता के साथ जुड़े हुए हैं। इसलिए अरावली की उस पट्टी की ओर शक्तिपीठ अम्बाजी और गब्बर हैं, परन्तु वहाँ ग्रीष्म ऋतु में गरमी अधिक पड़ती है। अर्बुदाचल के निकटवर्ती जासोर और रानीटूक पर कुदरती रूप से ठंडक का अनुभव होता है। इसीलिए केदारनाथ, मुनि की कुटिया और रानी सरोवर पर्यटकों के लिए विशेष आकर्षण का केन्द्र हैं।

दूसरी बात यह है कि प्रकृति को जानना हो, उसका अध्ययन करना हो, तो उसके लिए यह अरण्य ठीक है। यहाँ के प्राणी, पशु-पक्षी, वृक्ष-वनस्पति का अपना एक अलग माहौल है। इस जंगल में कितने ही ऐसे अलभ्य वृक्ष हैं, जिन्हें अब तक देखा न था। धव, मेधव, गूलर, हरड़े, अरेठी, पलाश, बहेड़ा, खैर, सीसम—कितने ही वृक्ष यहाँ हैं। पक्षियों की तो कोई सीमा ही नहीं—खरखट्टा, पीलक, राखोड़ी, चिलोत्रा, कलकलिया, कंसारा, चकवा, दूधराज, गयणा, बुलबुल, चाष और भी अनेक पक्षी, जो मेरे लिए अपरिचित हैं। यहाँ पानी के अलावा दूसरा

सब कुछ है।

तालाब का नाम सुनकर वहाँ जाने की इच्छा थी, परन्तु हमीर सिंह ने कहा, ''साब!...हुआँ पहुँचना बहुत कठिन है।''

परन्तु हमने जिस काम की जिम्मेदारी स्वीकार की है, उसके बारे में पूरी जानकारी तो होनी चाहिए कि नहीं! वैसे भी इस अरावली की पहाड़ियों में रुचि बढ़ने लगी थी।

हमने वहाँ जाना तय कर लिया, तब हमीर सिंह ने कहा, ''मुझे हुआँ का रास्ता ठीक से नहीं मालूम, इसलिए हम बाबू को साथ ले चलें।''

हम बाबू को साथ लेकर चल पड़े।

कभी-कभी शरीर की दुर्बलता को मन की दृढ़ता से मदद मिलती है। हम बिना किसी तैयारी के खूब सबेरे ही निकल पड़े थे। हम एकाध किमी चले होंगे कि केदारनाथ की पहाड़ी की तलहटी आयी। उस केदारनाथ की पहाड़ी पर चढ़ते-चढ़ते तो लगा जैसे सौ वर्ष का समय लगा हो। अब आगे नहीं जा सकते, ऐसी थोड़ी दुर्बलता मन में आयी। थोड़ा आराम करने के बाद मनोबल बढ़ा कि अब जाना ही है।

एक नयी शक्ति का संचार हुआ। हम चल पड़े। 'मुनि बावजी के तालाब' से 'कुआँवाले पानी' तक हम गये, वहाँ से 'खालू' खड़ा पहाड़ था। खालू को पार करके आगे जाना था। विशाल शिलाएँ, रास्ते का कोई अता-पता नहीं, पर बाबू यहाँ का 'शकरा बाज' निकला। हम बहुत मुश्किल से खालू पहाड़ की चोटी पर पहुँचकर थकान मिटाने के लिए बैठे। यहाँ तक पहुँचते-पहुँचते पानी खत्म हो गया था। ऊपर से गरमी की बारिश! शरीर से पसीने का सोता फूट रहा था। पैर थकान से चूर थे, प्यास से गला सूख रहा था—क्या किया जाए? हमीर सिंह ने कहा, ''मैं कहता था न कि हिआँ आना बहुत मुश्किल है।'' परन्तु पानी के लिए क्या किया जाए! बाबू ने कहा, ''आप लोग बैठिए, मैं पानी लाता हूँ।''

मेरे आश्चर्य के साथ ही बाबू अदृश्य हो गया था।

''देखिए साब!...इस खालू को उतरने के बाद दो पहाड़ अउर हैं, जिनको चढ़ने-उतरने के बाद हम रानीटूक पहुँचेंगे।'' हमीर सिंह ने कहा। मैंने सोचा कि हमीर सिंह की बात मानी होती, तो ठीक होता, पर अब क्या हो सकता था।

तभी बाबू पानी लेकर आया।

''कहाँ से लाया?'' पूछने पर उसने कहा, ''इस पहाड़ी की तलहटी में सोते बहते हैं।''

मैंने पानी पिया—जान में जान आयी। ऐसा पानी मैंने पहले नहीं पिया था, नारियल के पानी जैसा ही मीठा था।

ऐसी जानलेवा गरमी और चिलचिलाती धूप में इस खालू की गोद में पानी! कुदरत भी कैसी है! मैंने मन-ही-मन बाबू को बधाई दी। यही लोग जंगल, झाड़ी और पर्वतों के चूहे हैं—जैसे शिवाजी थे।

तीन बजे हम रानीटूक पहुँचे। वहाँ पुराने खंडहर देखने को मिले। एकाध तो किले के अवशेष जैसे लगे। परन्तु विचित्र बात तो यह थी कि रानी तालाब का आधा भाग गुजरात में तथा आधा राजस्थान में है—कौन किसका मालिक? ऊपर का भाग सपाट था—तालाब जैसा; परन्तु पश्चिम तरफ से टूटा हुआ था। इसलिए पानी वहाँ रुकता न था। फिर भी, इतनी गरमी में भी, वहाँ हरी घास दिखाई पड़ी। चारों ओर बड़े-बड़े पलाश के पेड़ खड़े थे; बेल के बड़े-बड़े वृक्ष थे, सामने एक विशालकाय गूलर का पेड़ था। एक बरगद का पेड़ अपनी दाढ़ी फैलाए इस ओर देख रहा था। ग्रीष्म की इतनी गरमी में भी इस वृक्ष की छाया आनन्द दे रही थी। मैं तो थककर लथपथ हो गया था, इसलिए तुरन्त लेट गया।

इस समय तो यहाँ कोई विकास सम्भव नहीं था। एक तो वहाँ पहुँचने के लिए राजस्थान से होकर जाना पड़ेगा, दूसरे यह तालाब जहाँ से टूटा हुआ था, उसकी मरम्मत करानी पड़ेगी। हाँ, अगर इसको बाँधा जाए, तो पानी भरेगा। आसपास के पहाड़ों का पानी यहाँ आएगा, परन्तु काम बहुत कठिन था। फिर भी सरकार चाहे, तो यह सम्भव हो सकता है।

बाबू ने कहा, "साब!...इस ओर का भाग टूटा न था, तब ई तो बहुत बड़ा सरोवर था। गरमी तक इसमें पानी भरा रहता और ठेठ रेस्ट हाउस तक पानी का झरना बहा करता।"

मैं उसकी बातें सुनता रहा।

हम जहाँ बैठे थे, वहाँ सामने की ओर कँटीली झाड़ियों के पास काबरों (मैना) का जबरदस्त कोलाहल जमा हुआ थ। उस समय हमीर सिंह को लेकर बाबू पानी की खोज में गया हुआ था। मैं थका हुआ तो था ही, छाया भी थी, गरमी का असर कम था—मैं एक पत्थर का सहारा लेकर लेटा हुआ था। आँखें झपक रही थों तभी इस शोर ने मुझे सजग कर दिया।

इन काबरों का परिवार मुझे बहुत पसन्द है। उनके सिर और गरदन का रंग काला, पीठ का रंग कत्थई, चोंच का रंग थोड़ा पीलापन लिए, पैर का रंग भी पीलापन लिए और आँखें लाल तथा कत्थई रंग की। छाती ईंट के रंग जैसी, पेट और पूँछ के नीचे का भाग सफेद। ऐसे रंगों का समूह हमें बहुत पसन्द है। जहाँ पशु चर रहे होते हैं, वहाँ ये झुंड-के-झुंड, उनके साथ-साथ घूमते रहते हैं, कीड़े-मकोड़ों को बीनते रहते हैं। आदमियों के साथ रहना इन्हें बहुत अच्छा लगता है। गाँव में, बाड़ी में, खेत में और यहाँ जंगल में भी ये काबर (मैना)! इनकी 'टीईंक...टीईंक'

की आवाज मनमोहक होती है, पर इस समय तो इनकी आवाज अलग ही प्रकार की थी—'क्रिक्...क्रिक्' की आवाज से सारे वातावरण को भर दिया है।

जो देखने में अच्छे नहीं लगते ऐसे पक्षियों का झुंड भी 'टें-टें' करते हुए इनके साथ मिला हुआ था—एकदम धूसर रंग का! ऐसे धूसरित रंग में सफेद कुंडलवाली पीली आँखें, पीली चोंच और पीले पैर, पीछे लटकती पूँछ! उनका भी झुंड उसमें शामिल हो गया था। बाद में पता चला कि ये तो लैला (सतभैया) हैं।

कई बार इन्हें पेड़ों के नीचे पड़े पत्तों को उलट-पुलट करते देखा है। 'टें-टें' की आवाज ये करती ही रहती हैं। कितनी ही बार तो निर्जन बगड़ा (सुनसान जगह) में थोर (सेहुँड़), बबूल, बेर या करील की बाड़ के बीच भटकती हुईं और 'टें-टें' करती हुईं लैला बगड़ा के एकान्त को भंग करती जान पड़ती हैं।

ये सभी खड़ी दुपहरी को भी जीवन्त बनाए रखती हैं।

ये काबर तो पक्षियों की चौकीदार हैं। उनका शोरगुल अभी चल ही रहा था कि हमीर सिंह और बाबू पानी लेकर आ गये। मैंने उन्हें काबरों के शोरगुल के बारे में बताया, तब तक उनका ध्यान उधर नहीं गया था। वह शायद इसलिए कि उनके लिए तो यह हमेशा की बात थी। बाबू ने कहा, "कहीं साँप-वाँप होगा अथवा किसी गोहटी या नेवले को देखा होगा।"

क्या ये सब उनके दुश्मन होंगे। कितनी ही तो उड़-उड़कर तथा बोलते हुए झपट्टा मार रही थीं। लैला तो उछल-उछलकर कूद रही थीं। बाबू उधर जाकर देख आया और बताया कि वो एक गोहटी है। उसने आवाज दी, तो वह दौड़कर एक पत्थर के नीचे घुस गयी।

फिर काबर और लैलाओं का झुंड भी बिखर गया।

कई बार तो रेस्ट हाउस के सामने के भाग में काबर, चकली या लटकुटा एक-दूसरे को चिढ़ातीं, झगड़तीं, उड़तीं, मारामारी करतीं दिखाई पड़ती हैं। उनकी बोली प्राय: आरोह-अवरोह में होती है। उनके स्वर में लय भी होती है। किसी कोने में छिपकर बैठे-बैठे लयबद्ध रूप से तरह-तरह के स्वर निकालती रहती हैं। उनकी ओर हमारा ध्यान जाता ही नहीं।

किसान तो काबर को अपनी फसल का सबसे बड़ा शत्रु मानते हैं। ज्वार की फसल के समय वे खेत के बीच में मचान बनाकर उस पर बैठते हैं और गोफण (गुलेल) द्वारा उन्हें भगाते हैं। काबर तो हमेशा बोलती ही रहती हैं, गाती ही रहती हैं। शायद इसीलिए मैसूर राज्य में उन्हें 'गायक पक्षी' के रूप में सुरक्षा मिली हुई है।

काबरों को मैंने बहुत ध्यान से देखा है। यहाँ आने के बाद मैं नये-नये परिवारों से जुड़ता गया हूँ। उनमें से एक काबर है। सुबह में, जब मैं नीम के पेड़ के नीचे

कुर्सी डालकर बैठा होता हूँ, उस समय पानी पीने के लिए आये कौवों के झुंड के साथ ये झगड़ती हैं। शाम को भी अपने झुंड के साथ वापस आतीं। काबरों को देखने का भी अपना एक आनन्द होता है। किसी पेड़ पर बैठकर शोर करते-करते ये वहीं सो भी जाती हैं।

कैसे हैं ये मेरे परिजन! अहमदाबाद की गलियों में उमड़ते बच्चों, कुत्तों, गायों और आदमियों...साइकिलों, स्कूटरों, गाड़ियों, वाहनों की भागदौड़, हुंकार, तुंकार, गाली-गलौज, पानी के लिए आना-जाना, परन्तु यहाँ तो वह सब कुछ बहुत पीछे छूट गया है। सबकी खूब याद आती है, मित्रों के साथ घूमना-फिरना, बाग-बगीचों के चक्कर लगाना, फिल्म देखना या मन्दिर-दर्शन के बहाने इधर-उधर...।

यहाँ तो सब कुछ खाली है, तो भी भरपूर है। कौवे, काबर, लैला, सूडा तोते, चाष, बन्दर, ऊदबिलाव, घोड़ारोज, सूअर, हिरन, गोहटी, साँप, अजगर...वृक्ष, वनस्पतियाँ, वनवासी—कितना कुछ हैं यहाँ, तो भी खालीपन!

मेरी आँखें कब झपकने लगीं, पता ही न चला। थकान आदमी को आराम दिलाती है।

मैं आराम करते-करते सो गया।

मेरे सामने एक विशालकाय पर्वत खड़ा था—बरफ से ढँका हुआ पर्वत!

उनतीस

गाजणा और लुक्खा को जोड़नेवाले बाँध के प्लान को लेकर साहब ने मुझे सबके बीच फटकार लगाई, ''आपका काम प्लान तैयार करके देना नहीं है। आपको तो यहाँ से जो सूचना मिले, उसके अनुसार काम पूरा करना है। जंगल के लिए क्या करना है, यह वन-विभाग तय करेगा; इतनी क्षमता उसमें है। इसलिए आप बहुत होशियारी मत दिखाइए।''

ऐसी टीका सुनकर मीटिंग में सभी मेरी तरफ देखने लगे मानो मैंने बहुत बड़ा गुनाह किया हो।

इस बार मैंने रानीटूक के पूरब तरफ के काम के बारे में रिपोर्ट तैयार करके भेजा था। जिले से आयी सूचना के मुताबिक, रिपोर्ट में एक-एक बात का ध्यान रखा गया था—कितने गड्ढे बनाये गये, कितने बाँध बनाये गये, तालाब के लिए जो योजना थी, उसे भी अच्छी तरह से पूरा किया गया था, साथ ही कितने मजदूर काम पर लगाये गये थे—इसकी भी पूरी जानकारी भेजी थी। यह सब देखकर साहब ने

पूछा, "क्यों चालीस ही मजदूर हैं?

"सर, आसपास के गाँवों से जितने मिले, उतने ले आये।" मैंने स्पष्ट किया।

"इतने कम मजदूरों से आपने इतने सारे काम करवाये, यह कैसे हुआ?" जब यह सवाल किया गया, तब मैंने कहा, "आपकी योजना के हिसाब से कुछ भी काम बाकी नहीं रखा। आप चाहें, तो मुआइना कर सकते हैं।"

"मुआइना तो कराऊँगा, पर..." इतना बोलकर साहब रुक गये। इसका कारण यह था कि विजयभाई ने आते समय मुझसे कहा था कि "दूसरी सभी जगहों से तो सवा सौ मजदूरों की सूची आयी है और वहाँ से एडवांस भी चुकता हो गया है। आपने तो एडवांस भी नहीं लिया है, साथ ही कम-से-कम मजदूरों की सूची भेजी है।"

"हमें सिर्फ मजदूरों की सूची ही भेजनी है या काम भी करवाना है? पिछले साल जो काम हुआ था, आपने मुझे उसकी सूची भेजी थी। उसके आधार पर मैं इसवाणी और दूसरी सभी जगहों पर हो आया था। पर वहाँ मुझे काम का कोई नाम-निशान भी मिला नहीं।" मैंने जब विजय से कहा, तो वे सिर्फ हँसकर रह गये थे।

जिला ऑफिस से हर महीने, माँग के अनुसार, चेक भेज दिया जाता है और आर.एफ.ओ. को महीने के अन्त में उसका हिसाब प्रस्तुत करना होता है। मैंने देखा, तो कितने ही 'रेंजों' में दो से पाँच तक के चेक मुँह चिढ़ा रहे थे। उन सबमें, शायद मेरा क्रम आखिरी था।

"आपके 'रेंज' का कामकाज बहुत कमजोर है।" जब साहब ने मुझे स्पष्ट रूप से कहा, तो मैं सोच में पड़ गया कि हकीकत में कमजोरी कहाँ है? हरेक 'रेंज' में से होनेवाली आय का लेखा-जोखा ही नींद हराम कर देनेवाला था। बदनसीबी मेरी, इस जासोर की और अरावली की है।

साहब का परोक्ष इशारा क्या था, यह मेरी समझ में आ गया था; पर मेरा स्वभाव ऐसा न था। इसी कारण वे मुझसे नाराज थे। मुझे शंका तो थी ही कि अब मेरे बारे में कुछ चलेगा, पर एक बात तय थी कि इस जगह पर आने के लिए कोई तैयार न था। मुझसे पहले दो-तीन जनों की बदली यहाँ हुई थी, परन्तु कोई-न-कोई राजनीतिक दबाव लगाकर सबने अपना तबादला रुकवा दिया था।

आदर्श, उत्साह और यथार्थ के बीच बहुत अन्तर है, मुझे इसका अनुभव हो रहा था। मैं स्वतन्त्र होते हुए भी स्वतन्त्र न था, ऐसा मुझे लगता था। परन्तु अरावली का खुला वातावरण मुझे बुला रहा था, फिर मुझे चिन्ता किस बात की? खुद को ऐसी सांत्वना देते हुए मैं सहज होने की कोशिश कर रहा था, पर कभी-कभी अज्ञात भय मेरी नींद हराम कर देता था। उस पर मैं काफी विचार करता था, पर वह पकड़ में नहीं आता था।

मैं जब-जब जिला ऑफिस की मीटिंग में जाता, वहाँ से वापस आने पर दो दिनों के लिए गुमसुम हो जाता। हमीर सिंह सब कुछ समझ जाता और कभी-कभी कहता भी कि "साब!...ई नोकरी आप जइसों के लिए नहीं है।"

"कौवे सब जगह काले ही होते हैं। यहाँ नहीं, तो जहाँ दूसरी जगह रहेंगे, वहाँ भी ऐसा ही होना है। ये सारी बातें मानव सहज हैं। हम भी आदमी ही हैं, इसलिए कुछ अच्छा-बुरा हो, तो उसका असर तो होगा ही। इसलिए यह सब भूल जाना है और हमें अपना काम करना है।"

मैंने हमीर सिंह से कहा तो सही, परन्तु मेरा मन भी अन्दर से डगमगा गया था। इस क्रूर प्रकृति के साथ मेरा सम्बन्ध एक ही झटके में टूट गया था। आकाश को आनन्दित करनेवाली चाँदनी चकनाचूर हो गयी थी। ये गिरिमालाएँ मानो आँसू बहा रही थीं और पक्षियों ने कोलाहल में सब कुछ डुबा दिया था।

रात भर नींद नहीं आयी। एकदम सुबह मैंने तय किया कि इन वनवासियों और आसपास के ग्रामवासियों के सहयोग से मैं गाजणा और लुक्खा को जोड़कर ही चैन लूँगा। इन दोनों की एकता इस पूरे इलाके का नक्शा कैसे बदल देगी, यह मैं सभी को दिखा दूँगा। भले सरकार कुछ भी न करे, यहाँ के लोग करेंगे।

उसके बाद मैं शान्ति की गहरी नींद में डूब गया।

तीस

दाँता जाते समय रास्ते में 'गुरु का भोंखर' नाम से प्रसिद्ध एक गिरिमाला आती है। यद्यपि उसके शिखर तक पहुँचने में बहुत कठिनाई होती है, परन्तु वहाँ 'धूधलीमल' नाम का एक धार्मिक स्थान है, जहाँ उस इलाके के आदिवासियों के अलावा आसपास के गाँव के लोग भी त्योहारों के मौकों पर दर्शन के लिए आया करते हैं और तरह-तरह की मन्नतें मानकर वापस जाते हैं।

इस 'गुरु के भोंखरे' के चारों ओर घना जंगल है। इसमें बड़े-बड़े वृक्ष हैं, परन्तु खास तो यह बाँसवन कहा जाता है। फिर भी, पलाश भी उतनी ही मात्रा में हैं। जासोर की तुलना में यहाँ का जंगल अधिक घना और हराभरा है। लोग इसे गुरु का प्रताप मानते हैं।

वहाँ जाने के लिए दो रास्ते हैं। एक तो जलोतरा से दो-तीन किमी चलने के बाद वहाँ से भी ऊपर चढ़ना होता है। बीच में एक दूसरा पहाड़ भी आता है। वह थोड़ा नीचा इलाका है, इसलिए बारिश में इस पहाड़ के पश्चिम तरफ का सारा पानी

यहीं जमा होता है। एक बहुत बड़ा तालाब पानी से छलक उठता है और उसका पानी कभी-कभी तो गरमी भर चलता है।

पूरब दिशा से 'गुरु के भोंखरे' तक जाने के लिए मुमनवास से एक रास्ता है। वहाँ आगे जाने पर एक बाँध बना हुआ है। वहाँ तक तो आप किसी वाहन में जा सकते हैं, उसके बाद आपको पैदल चलना ही पड़ेगा।

ऐसी हरियाली देखकर अन्दर से आनन्द छलक रहा था; क्योंकि यही एक ऐसी पर्वतमाला है, जहाँ हरियाली देखने को मिलती है। इस समय गरमी है। इसलिए उत्साहवर्धक हरियाली बरबस मन को खींचती है। तालाब के पास अगर आप बैठे हों, तो पानी पर सवारी करते हुए आती गरम हवा ठंडी होकर आप तक पहुँचती है। पूर्व दिशा की ओर खड़े पहाड़ की परछाईं सुबह में आह्लादक वातावरण का सृजन करती है। यहाँ बादल तो नहीं हैं, परन्तु सुबह का वातावरण थोड़ा धुन्ध भरा लगता है। पूर्व दिशा में बने बाँध के कारण तो बहुत बड़े क्षेत्र में पानी भरा रहता है। बारिश के मौसम में तो यहाँ के रास्तों पर भी पानी भर जाता है।

सुबह में अगर आप आडबाँध की पाल पर बैठे हों, तो पानी के ऊपर क्रीड़ा करती धूप आपको शान्ति से बैठने नहीं देगी। उसकी परावर्तित चकाचौंध आपकी आँखों को ढँक देगी।

पाँच पट्टियोंवाली और तीन पट्टियोंवाली गिलहरियों की चंचलता आपको आश्चर्य में डाल देगी। चारे की खोज में इधर-उधर दौड़ती, पीछे के पाँवों पर बैठकर अगले पाँवों से कुछ खाती या 'टक्-टक्' की आवाज से वातावरण को संगीत से भरतीं इन गिलहरियों को देखने का आनन्द ही अनोखा है।

हवा के जोर से एक-दूसरे से टकराते और रगड़ खाते बाँसों की आवाज कभी-कभी तो भय पैदा करनेवाली लगती है, परन्तु पक्षियों की आवाज कर्णप्रिय लगती है। निरभ्र आकाश की अटारी से ऊपर की ओर बढ़ता सूरज धीरे-धीरे गरम होता जाता है; इसलिए आपको किसी वृक्ष की छाया का आश्रय लेना ही पड़ेगा। परन्तु मुझे इस पर्वत की सम्पूर्ण शृंखला हृदय-स्पर्शी लगी। गुरु पर्वत पर जानेवाली पगडंडी ऊँची-नीची और ऊबड़-खाबड़ थी। कभी-कभी तो आपको छोटे-छोटे पेड़ों की डालियों को, रास्ता बनाने के लिए, एक तरफ करना पड़ेगा। चलते समय ध्यान न रखने पर छोटे कंकड़ों पर आप फिसल जाएँगे, परन्तु बड़ी शिलाएँ आपको रोक लेंगी। थोड़ी चोट भी आएगी, असावधान होने पर ज्यादा चोट भी आ सकती है। रास्ता तो वहाँ है नहीं, सिर्फ कहने भर के लिए रास्ता है; लोग उसी से होकर आते-जाते हैं, इसलिए पगडंडी जैसा दिखता है। आने-जानेवाले लोगों के पैरों से कुचली हुई घास चपटी होकर पड़ी रहती है। अगल-बगल की ओस की बूँदें झड़

गयी होती हैं। अरावली के इस इलाके में यही पर्वतमाला ऐसी है, जो आँख और मन दोनों को शीतल करती है, नहीं तो दूसरे सभी पहाड़ नंगे हो गये हैं। सारे जंगल सूख गये हैं। वन के पशुओं ने वन को त्याग दिया है। हरियाली ने भगवा धारण कर लिया है। आश्चर्य कि मैं इतने समय तक यहाँ आया क्यों नहीं! यह वही जंगल है, जहाँ किसी जमाने में, राजा-महाराजा, नवाब और शिकारी शिकार करने के लिए आया करते थे। बाघ का शिकार करके, उसके मृत शरीर के पास बैठकर भाला, तलवार या बन्दूक हाथ में लेकर अपनी बहादुरी का फोटो खिंचवाते थे, जो आज भी खंडहर बने किसी राजमहल की दीवाल पर टँगे हुए मिल जाते हैं।

किसी समय इस जंगल में बाघ, चिता, तेंदुवा, हेणापरा, जंगली बिल्लियाँ, नार, झरख, वणियर, हिरन, शिंकारा, चित्तल, साबर तथा भालू जैसे वन्य प्राणी थे, जिनमें से आज भी कहीं-कहीं, तेंदुवे, भालू या झरख जैसे माँसाहारी तथा हिरण, घोड़ारोज जैसे शाकाहारी प्राणी दिखाई पड़ जाते हैं। मुझे हमीर सिंह ने सावधान किया था कि ''साब!... एकदम से अकेले आगे मत निकल जाइएगा।...भगवान न करें कि कहीं झरख-वरख का सामना हो जाए!'' परन्तु इस जंगल में वन्यप्राणी मनुष्यों की अधिक आवाजाही से डरकर कहीं छिप गये हैं अथवा समाप्त हो गये हैं।

गुरु पर्वत का रास्ता सीधा था, लगभग तीन किमी जितना अन्तर रहा होगा। इसलिए सुबह होने के बावजूद हम पसीने से तर-बतर हो गये थे। अगल-बगल के घने वृक्षों की छाया बहुत मदद करती थी, फिर भी थोड़ी-थोड़ी दूर पर किसी पत्थर पर बैठना पड़ता था। काफी ऊपर पहुँचने के बाद नीचे का दृश्य बहुत रमणीय लग रहा था मानो किसी के सिर पर हरियाली का लेप कर दिया गया हो? उस हरियाली के ऊपर नर्तन करती धूप को देखने का मजा भी निराला था। परन्तु मेरी सारी चेतना हाँफने में ही लगी हुई थी, लम्बी-लम्बी साँस लेने में राहत महसूस होती थी। इन देवी-देवताओं का स्थान पर्वतों की पहाड़ियों और शिखरों पर क्यों रखा गया होगा, इसका गणित धीरे-धीरे मेरी समझ में आने लगा था। मनुष्य वहाँ तक पहुँचते-पहुँचते तन, मन और कर्म से निर्लेप हो जाता है। उसके मन और तन का कचरा साफ हो गया होता है। प्रकृति का सौन्दर्य उसे बाँध लेता होगा, इसलिए आदमी आस्था के स्थान (देव-स्थान) पर आकर झरने जैसा निर्मल बनकर खड़ा होता है।

मैं एक विशाल गूलर के वृक्ष के नीचे पड़े एक पत्थर पर बैठे-बैठे हाँफ रहा था। उसकी हर एक डाल से कलरव टपकता था। सामने खड़ी पर्वतमालाएँ सीढ़ियों-जैसी लग रही थीं। हवा की शीतलता मन को हर लेती थी। एक खास प्रकार की सुगन्ध फैल रही थी। ''ये गूलर के पेड़ यहाँ कैसे?'' मैंने हमीर सिंह से पूछा, तो उसने बताया कि ''गुरु महाराज की कृपा से।'' यहाँ इस प्राकृतिक सौन्दर्य

के मूल में निश्चय ही कोई तपोबल कार्य कर रहा था, नहीं तो छप्पनिया अकाल के समय गुरु के पहाड़ों पर स्थित कुंड का पानी सूखा नहीं था—ऐसा आज भी लोगों का मानना है।

यहाँ का जंगल जादू जैसा लग रहा था। थकान थी, दम फूल रहा था, पसीना भी था, परन्तु फिर भी शीतलता का अनुभव हो रहा था। यहाँ आज भी बरगद की बरोहों जैसी दाढ़ीवाले किसी साधु को घूमते हुए देखा है—ऐसी बात वातावरण में घुली हुई है।

असली परीक्षा तो अब थी। ऊपर चढ़ने के लिए कोई बना-बनाया रास्ता था ही नहीं, परन्तु किसी श्रद्धालु ने एक जंजीर की व्यवस्था कर रखी थी। खड़ी विशाल चट्टान के ऊपर वह जंजीर लटक रही थी, जिसे पकड़कर सँभाल-सँभालकर पाँव रगड़ते हुए ऊपर चढ़ना था। जोखिम की तो बात ही न पूछिए—हाथ से अगर जंजीर छूटी, बगल की तलहटी में हाड़-पिंजर खोजने से भी नहीं मिलेगा। कमजोर दिलवाले को यहाँ से लौट ही जाना पड़ता है, परन्तु अपने तो 'जब कदम उठ गये, तो पीछे मुड़कर क्या देखना' जैसे संकल्प वाले थे। ऊपर पहुँचते-पहुँचते आँखों में अँधेरा छा गया, पर पहुँच तो गये। थोड़ी देर तक एक पत्थर पर बैठकर दम लिया और फिर जब नीचे देखा, तो कलेजा काँप उठा...जरा भी चूक होती तो...! 'हे गुरु महाराज! हमारी लाज आपके ही हाथ है—आप ही सँभालना।' मुँह से अनायास निकल पड़ा।

सूरज का साथ लेकर और धूप की अँगुली पकड़कर जब गुरु पर्वत के शिखर पर पहुँचा, तब तो मेरे आनन्द की कोई सीमा न रही। सामने एक विशाल गुफा थी, झुककर हाथ और पैरों के बल जब उसमें प्रवेश किया, तो सामने थी गुरुजी की भव्य मूर्ति! बायीं ओर एक बड़ा कमरा, उसके पास भी अखंड दीप जल रहा था। अगरबत्ती और लोहबान-गुग्गल की सुगन्ध!...थकावट के कारण या श्रद्धा के कारण हाथ अपने आप जुड़ जाते हैं और सिर झुक जाता है। वहाँ से बाहर निकलने पर ठीक सामने पानी का एक छोटा कुंड!...मैंने देखा, तो पानी एकदम स्वच्छ था।

वहाँ कई लोग चूरमा लेकर आये थे। सामने धधकती धूनी में से आग का अंगारा लेकर उस पर चूरमा की आहुति दी, तो घी के धुएँ की सुगन्ध बहुत अच्छी लगी। वहाँ किसी ने नारियल फोड़ा, किसी ने मुट्ठी भर अगरबत्ती जलाई और दीप जलाया, कुमकुम का टीका किया, फिर प्रसाद लेकर यहाँ पर आने का अहोभाग्य अनुभव किया।

इतनी ऊँचाई पर, सिर के ऊपर सूरज के चमकते हुए भी, शीतल-मधुर हवा लहरा रही थी। यहाँ पर वृक्ष बहुत कम थे। बेल के वृक्ष थे। दूसरे वृक्ष भी थे। फिर भी ऐसा लगता था—जैसे ये शिलाएँ व्यवस्थित रूप से रखी गयी हों। मुझे आश्चर्य

इस बात का था कि पत्थरों को तोड़कर उनके बीच एक वृक्ष खड़ा था। आप शान्ति से, उसकी छाया में विशाल शिला पर बैठकर या उस पर लेटकर आराम कर सकते हैं। वहाँ से थोड़ा और ऊपर एक दूसरी विशाल शिला है, जो गुरु पर्वत की सबसे ऊँची शिला मानी जाती है, वहाँ भी काफी जगह थी.

मैंने शिलाओं के बीच की जगह को कूदकर पार किया, तो मुझे यह देखकर आश्चर्य हुआ कि बीच में काफी मात्रा में राख पड़ी थी। बाद में पता चला कि सबसे पहले होली यहीं जलायी जाती है। होली के दिन पास के गाँव के दो-चार युवक यहाँ आते हैं। होली माता की विधि पूरी करते हैं; फिर होली जलाते हैं। गुरु पर्वत के आसपास दूर-दूर तक स्थित बीच-पच्चीस गाँवों तक वह होली दिखाई देती है। उसके बाद ही उन गाँवों में होली जलाई जाती है, ऐसा बरसों से चलता आ रहा है।

हम इस समय, इस इलाके के अरावली के सबसे ऊँचे शिखर पर खड़े थे। इस पहाड़ की पश्चिम दिशा में झाँईं पड़ती हो और धुन्ध छाया हो—ऐसा लगता था। इसी तरह सामने की तरफ दूर-दूर तक फैले हुए पर्वतों की रमणीयता मन को मोह रही थी। जो-जो पहाड़ियाँ दूर होती जाती थीं, वे अच्छी लगती थीं। दूर से आते समय यह गुरु पर्वत भी रमणीय लगता था, पर यहाँ आते-आते तो इसकी रमणीयता रग-रग से टपककर निकल गयी थी। फिर भी यहाँ आने पर खूब आनन्द आया था।

मैं कुंड के पास गया, उस समय एक आदमी ने पानी हाथ में लेकर सिर पर चढ़ाया और थोड़ा-सा पानी दाहिनी हथेली पर लेकर आचमन किया। मैंने उसकी श्रद्धा को नमन किया। मेरे मन में भी प्रश्न उठा कि पानी का गुणधर्म है कि वह कहीं बँधकर नहीं रहता, परन्तु इतनी ऊँचाई पर, सीमेंट-कंकरीट के तल के बिना यह पानी किस तरह से सुरक्षित रहा होगा? सबका एक ही जवाब था : 'गुरु महराज का परताप!'

मुझे भी गुरु महाराज का अशरीरी और शब्दातीत आशीर्वाद मिला था—नहीं तो मैं यहाँ तक कैसे आया होता!

द्वितीय चरण

एक

आषाढ़ आधा पूरा होने को आया।

निस्तेज आँखों से आकाश को देख-देखकर सभी थक गये थे। आँखों पर हथेली की छाया करके निरभ्र आकाश की ओर देखना और कोई आशा न दिखने पर अपने कर्मों को दोष देना यहाँ के लोगों की प्रकृति है। नसीब के भरोसे जीनेवाली ये वनस्पतियाँ, यहाँ के लोग, यह इलाका और कर भी क्या सकता था! यहाँ जीवन में बेबसी के सिवाय और कुछ नहीं है। ऐसा विचार करते हुए, अपने मन की मुराद अर्थात् इस इलाके को हरा-भरा करने के मनोरथ के साथ मैंने, आसपास के गाँववालों के साथ सम्पर्क करने का निश्चय किया। एक तरह से तो फुरसत ही फुरसत है। बेकार समय बिगाड़ने के बजाय सबसे मिलने का निश्चय किया। यह बात मैंने हमीर सिंह से कही, ''मुझे आसपास के गाँवों के मुखिया लोगों से मिलना है।'' वह थोड़ी देर तक प्रश्न भरी नजरों से मेरी ओर देखता रहा, तब मैंने उससे कहा, ''मेरा विचार इस गाजणा और लुक्खा के बीच एक बाँध बनाने का है।''

मैं उसे लेकर रेस्ट हाउस के पीछे के भाग में आया। पीछे एक बहुत बड़ा गड्ढा था। बहुत पहले वहाँ एक तालाब था। इस समय जासोर की पर्वतमालाओं से जो पानी आता है, वह वहाँ से होते हुए सीधा निकल जाता है। केदारनाथ के रास्ते में जो सोता आता है, वह पानी यहीं से होकर जाता है। यहां अगर बाँध बनाया जाए, तो पानी यहाँ रुक सकता है, जिससे जंगल के साथ-साथ नीचे के गाँवों को भी फायदा होगा। अन्दर से गाँड़ा बावल (बबूल) निकाल दिया जाए, तो निचाई वाले गाँवों के कुओं में भी पानी मिलेगा। इस समय तो बारिश के सिवाय दूसरे मौसम में कोई फसल होती नहीं। शीत और ग्रीष्म दोनों सूखे जाते हैं। लोग बेचारे करें भी तो क्या!

तयशुदा कार्यक्रम के अनुसार हम बालुन्द्रा, वेरा, घाँटा, सोनवाड़ी, अरणीवाड़ा, अवाल, वावधरा आदि गाँवों में घूम आये। ये सभी छोटे-छोटे गाँव हैं। इनमें अधिकतर राजस्थान के रबारी ही रहते हैं। गाँव के पास अहीरटोली!...वह भी कैसी? घर के चारों ओर बेर आदि कँटीली झाड़ियों की बाड़ बनी होती है। बाड़

इतनी घनी और मजबूत बनी होती है कि उसमें चिड़िया भी नहीं घुस सकती; कारण कि रात को तेंदुवा, भालू या अन्य कोई वन्य-प्राणी बाड़ में घुसकर उपद्रव न कर जाए। एक ही दरवाजा और उसमें भी मजबूत फाटक बनाया गया होता है। रात को भेड़-बकरियों या गायों को बाड़ के अन्दर बन्द करके रखते हैं। शीत और ग्रीष्म में तो घर का मालिक भी उस बाड़ में खाट डालकर उन्हीं के बीच सो जाता है।

उनका घर क्या होता है—गोबर-मिट्टी से लिपी हुई दीवारें, उन पर लकड़ी के छोटे-बड़े पटरे और उनके ऊपर घास। खास करके मूँज या पतहर से घास ढँकी हुई होती है, ताकि बारिश का पानी सीधे अन्दर न आये। किसी-किसी के घर खपरैल के भी होते हैं।

एक बार शाम को मैं चोटीला की ओर से आ रहा था। सूरज पश्चिम तरफ पर्वत के पीछे ढँक गया था और पूरब तरफ पर्वत की परछाईं धुन्ध जैसी लग रही थी। पीछे की तरफ तो ऐसा दृश्य बना था मानो सिन्दूर का छिड़काव हुआ हो। मैं थोड़ा ऊपर आया, तो घाँटा का दृश्य देखकर रुक गया। छोटे-छोटे झोंपड़ों का मुट्ठी भर का गाँव; और सन्ध्या के समय भेड़, बकरी और गायों को लेकर वापस आते रबारी। लम्बा अँगरखा, धोती और सिर पर लाल पगड़ी; हाथ में लम्बी लाठी और कन्धे पर लटकता घूँचे जैसा कोई बरतन! भेड़ों की 'बेंऽ...बेंऽ...' और मालिकों का टोकरा—उड़ती धूल के साथ माटी का रंग मिलकर एक अनोखी आभा प्रकट हो रही थी। छोटे-छोटे डंडे लेकर दौड़ते एकाध बच्चों को देखने का भी अपना एक आनन्द था। उससे भी आगे नजर गयी, तो हर-एक घर घास के बने हुए थे। उन्हें घर कहने के बजाय गोल गुम्बदाकार 'कुटीर' कहना ही ज्यादा ठीक रहेगा; क्योंकि नीचे से उनका आकार गोल तथा ऊपर से शंकु-जैसा था।

सन्ध्या के समय उस झोंपड़े जैसे घर या 'कुटीर' तथा बाड़ के पास से जो धुआँ उठ रहा था, वह दृश्य दूर से बहुत सुन्दर लग रहा था। यह उनके खाना बनाने और खाने का समय था। ज्वार-बाजरे या मक्के की रोटी, मट्ठा या भेड़-बकरियों का दूध उनका नियमित भोजन। कभी-कभी ही वे गेहूँ की रोटी खाते होंगे।

उनकी औरतें भी लाल कपड़ा पहनती हैं। दूर से वे चलते-फिरते लाल-लाल धब्बों-जैसी दिखाई देतीं। कलाई से लेकर कन्धे तक सफेद चूड़ियाँ; पाँवों में कसकुट के कड़े, घुटने से थोड़ा नीचे तक का घाघरा और मोटे कपड़े की लाल ओढ़नी।

हम रानीटूक गये थे, तब हमें प्रभु मिला था। अभी रानीटूक तक पहुँचने के लिए दो पर्वतों को लाँघना था। थककर हम बैठे थे, उसी समय एक दुबला-पतला युवक कन्धे पर लाठी रखकर उसे दोनों हाथों से पकड़े बेफिक्री से झूमते हुए आता दिखाई पड़ा। हमीर सिंह और बाबू ने उसे पहचान लिया। वह प्रभु था, बुलाने पर

वह पास नहीं आया। कहाँ जा रहे हो? कहाँ से आये हो? यहाँ कैसे आये? इन सारे प्रश्नों का उसका एक ही उत्तर था—मौन! वह समझ गया कि मैं वन-विभाग का 'साहब' हूँ। मैंने उसे विश्वास में लेने का प्रयत्न किया, फिर भी वह दूर ही बैठा रहा। तब हमीर सिंह ने कहा, "साब!...ये लोग भैंसें-गायें रखते हैं और जब वह बिसुक जाती हैं, तब उसे इस पहाड़ के ऊपर चढ़ा देते हैं। हफ्ते में एकाध बार आकर उसकी देखभाल कर लेते हैं।"

"यहाँ उन्हें कोई जंगली जानवर मार डाले तो?" मैंने पूछा, तो बाबू ने कहा, "साब!...अब तो कुछ खास जनावर रहे नहीं। पर कभी कोई दीपड़ा-वीपड़ा आ जाए, तो अइसा होता भी है। पिछले साल ही इस परभू के एक पाड़ा को मार डाला था, पर बाद में ई लोग होकारा करके (हाँका देकर) उसे भगा भी देते हैं।"

हम खड़े हुए और चलने लगे। प्रभु जहाँ का तहाँ बैठा रहा। उसे कहा, तो भी वह साथ नहीं आया। हम रानीटूक पहुँचे, तब उसका भेद खुला। वहाँ ऊपरी भाग में अलग-अलग जगहों पर छाया में बैठीं कुछ भैंसें पगुरी (जुगाली) कर रही थीं। उन्हें देखने के लिए प्रभु आया था। मैं थका-माँदा सोया हुआ था, बाबू और हमीर सिंह पानी लेने गये हुए थे। जब वे आये तो उनके साथ प्रभु भी था। वहाँ भी वह दूर ही बैठा। हम खाने के लिए कुछ साथ नहीं लाये थे। इतना चढ़ना-उतरना, फिर थकावट और प्यास से गला सूख गया था। यह तो अच्छा हुआ कि पानी मिल गया। रानीटूक की शिलाएँ तप रही थीं, परन्तु वातावरण में ठंडक थी। तभी हमीर सिंह बोला, "परभू, रोटला-वोटला है?"

प्रभु झट से बोला, "होवे (हाँ है)।"

प्रभु ने अपने अँगरखे की ऊपरी जेब से खींचकर एक थैली निकाली, फिर उसमें से तवा जितना बड़ा गेहूँ का रोटला निकाला। गेहूँ के फूले हुए रोटले की ऊपरी परत को हटाकर उसमें घी और लाल मिर्च की चटनी भरकर फिर उसको मोड़ दिया था, ताकि गरम रोटला घी को अच्छी तरह से सोख ले। उसने रोटले के चार भाग किये और प्रेम से हमारे सामने रखा। मुझे भूख तो लगी थी, परन्तु उसका रोटला लेने में मुझे हिचकिचाहट हुई। बाबू और हमीर सिंह ने कहा, "साब!...ले लीजिए अउर जरा टेस (टेस्ट) करके तो देखिए।"

मैंने एक शर्त रखी कि शाम को प्रभु को हमारे साथ खाना खाना होगा। वह मान गया। मैंने उससे रोटला ले लिया। मैं आज तक उस घटना को भूल नहीं सका हूँ। उस रोटले की जिस मिठास का अनुभव उस दिन मुझे हुआ था, वह अभी भी मेरी जीभ पर है। ढलती दुपहरी में लगी कड़कती भूख के कारण, कहीं से आती हुई पक्षियों की आवाज के बीच, आग बरसाती गरमी में 'परभू...तू...परभू...तू' बोलते कबूतर की साक्षी में और इस इलाके के अरावली के सबसे ऊँचे शिखर पर

खाए हुए परभू के रोटले का आनन्द मेरे जीवन में हमेशा के लिए यादगार बन गया।

हम लोगों के बीच रोटला बाँटने के बाद उसके चेहरे पर जो आनन्द छलक रहा था, वह भी मेरे जीवन की एक धन्य घड़ी थी। इन वृक्षों, इन पक्षियों और इन प्राणियों की निर्दोषता उसके चेहरे पर चमक रही थी। उसके लिए मैं एक बहुत बड़ा आदमी था और मैंने उसका रोटला खाया था। उसके अन्तर का जो आनन्द था, जो अहोभाव था, उसका वर्णन करना सम्भव नहीं! उस पशु-प्रकृति के आदमी की यह कैसी महानता! मेरे लिए तो यह मेरे जीवन की एक अमूल्य निधि है। वह भी इस अरावली के जंगलों में उड़नेवाला एक पक्षी है। उसका भोलापन ही मेरे जीवन का एक बहुत बड़ा वैभव बन चुका है, जिसे मैं कभी भी भुला नहीं पाऊँगा। सुदामा के तंदुल में श्रीकृष्ण ने जिस मिठास का अनुभव किया था, वह इस प्रभु के रोटले के सामने, मेरे लिए गौण बन गया था—एक सुदामा मानो कृष्ण को भोजन करा रहा हो। तब से प्रभु मेरे लिए प्रभु बन गया।

उसकी कुलीनता का एक दूसरा उदाहरण देता हूँ—उस दिन शाम को हमारे साथ उसने खाना नहीं खाया। रानीटूक से थोड़ी दूर तक तो वह हमारे साथ चला। चलने के लिए मुझे एक डंडे की जरूरत पड़ी, नीचे उतरने के लिए टेका की जरूरत थी। प्रभु फटाफट गया और फटाफट वापस आया। एक बाँस का डंडा मुझे पकड़ा दिया।

नीचे उतरते हुए थोड़ी देर के बाद मैंने जब पीछे मुड़कर देखा, तो प्रभु नदारद! मैंने पूछा, तो बाबू ने कहा, "ऊ तो इधर-उधर निकल गया होगा।" बीस-पच्चीस मिनट के बाद बाबू ने मुझे दिखाया, तो प्रभु सामने की पहाड़ी की ऊँचाई पर खड़ा था। हमें उतरने में तो दम फूल रहा था और इतनी ही देर में प्रभु वहाँ पहुँच गया! कैसे हैं ये लोग भी! बाबू ने उसे आवाज दी, पहाड़ों के बीच प्रतिध्वनि गूँज उठी। उधर प्रभु ने भी आवाज दी, उसकी भी प्रतिध्वनि गूँजी, फिर शान्त हो गयी। आवाज लगाने की मेरी भी इच्छा हुई, पर मेरी 'अफसरी' ने मुझे रोक दिया। मैं खुल न सका। मैं मन मसोसकर रह गया।

उस शाम प्रभु से मैंने बहुत आग्रह किया, हमीर सिंह तथा बाबू ने भी कहा; परन्तु उसने बहाना बनाया कि उसे दूध दुहना है, इसलिए जल्दी जाना पड़ेगा। वह भोजन के लिए रुका नहीं, चला गया। ये लोग भी कैसे हैं!

दो

गाँव-गाँव से अच्छी प्रतिक्रिया मिली। अरे आनन्द का कोई पार न रहा। मैंने एक दिन आसपास के गाँवों के प्रतिष्ठित लोगों को दोपहर के भोजन के लिए निमन्त्रित किया। उनके आश्चर्य का ठिकाना न था। बालुन्द्रा तथा इकबालगढ़ से रसोइया तथा सीधा-सामग्री मँगवाया। दाल-भात, सब्जी के साथ लड्डू भी था। आसपास के इलाके से लेंबा जैसे कुछ वनवासियों को भी बुलवाया था।

आज जासोर के रेस्ट हाउस में एक उत्सव का माहौल था। सभी लोग इस बात से चकित थे कि किसी वन अधिकारी ने आज तक ऐसा किया न था। आज यह पहला मौका था। सुबह से ही सबका आना शुरू हो गया। रेस्ट हाउस के प्रांगण में नीम के पेड़ों की छाया में मानो अरावली के लिए न्याय करने के लिए किसी जाति के पंच इकट्ठे हुए हों। अलग-अलग जातियों के लोग तरह-तरह की वेशभूषा में आये थे। न जाने कब उन्होंने स्नान किया होगा, उनके कपड़ों से दुर्गन्ध आती थी। परन्तु उनके दिलों से पर्वतीय सुगन्ध फैल रही थी। किसी एक जाति के लोग किसी अच्छे-बुरे अवसर पर भले ही इकट्ठे हुए होंगे, परन्तु यहाँ तो सभी तरह के लोग एकत्र हुए थे।

भोजन आरम्भ करने के पहले मैंने एक छोटा-सा भाषण दिया। सरकार द्वारा चलाये जा रहे वनीकरण योजना के बारे में बताया। उसके बाद जो कुछ कहा उसका सार यह था कि अब समय कठिन आता जा रहा है। पानी की एक-एक बूँद के लिए आज हमें तरसना पड़ रहा है। बारिश का सारा पानी बह जाता है। अगर आपका सहयोग मिले, तो गाजणा और लुक्खा के बीच एक बाँध बनाकर यह सारा पानी रोका जा सकता है, जिसका लाभ हम सबको मिलेगा। मेरे लिए यह आश्चर्य और आनन्द की बात थी कि सभी ने मेरे प्रस्ताव को सहर्ष स्वीकार किया। एक तो ये लोग मेहनतकश और शरीर से मजबूत हैं; दूसरे वर्षा और शीत ऋतु के बाद खेतों में कोई काम नहीं होता। इसलिए यह काम करने में उनको कोई दिक्कत न थी। साथ ही मैंने यह बात भी भी स्पष्ट कर दी कि जो कुछ करना है, वह अपने घर का रोटला खाकर ही करना है। सब सहमत हुए।

तयशुदा कार्यक्रम के अनुसार, तीसरे दिन औरत, मर्द, बच्चे तक तगाड़ा, कुदाली, त्रिकम (गैंती) आदि साधन लेकर तथा दोपहर के लिए रोटला लेकर रेस्ट हाउस पर हाजिर हो गये मानो उन्हें कोई सही दिशा मिल गयी हो। चिलचिलाती धूप, पसीना और मेहनत मानो वे इस सबका आनन्द ले रहे थे। कितनी कर्मठ यह जाति है! अपने लिए ही ये सब कुछ करते हों ऐसा नहीं; बल्कि दूसरों के लिए कुछ करने में भी उनको उतना ही आनन्द मिलता है। न किसी की शिकायत, न कोई

असन्तोष! 'साहब ने कहा है' बस! मैं इस दृश्य को कभी भूल नहीं पाऊँगा। मेघाणी (सबसे बड़े गुजराती लोक साहित्यकार) ने साँथाल की स्त्रियों के लिए गाया है : 'कडियानी हाक पड़े, हडीओ त्याँ काढ़ती/दीठी साँतालनी नारी रे/आज में दीठी साँतालनी नारी।' (कडिया (राजमिस्त्री) की आवाज सुनते ही दौड़ते हुए जाती सन्ताल की नारी को मैंने देखा।)

यहाँ तो न 'हाक' (जोर-जबरदस्ती) थी और न 'टकोर' (डाँट-फटकार)। यह तो अरावली का परिवार था मानो आषाढ़ का आनन्द बरस रहा था। एक तरफ काले-कलूटे जिन्हें देखने का भी मन न हो, जिनके पास पहनने के लिए कपड़े न थे, ऐसे वनवासी और दूसरी तरफ आसपास के गाँवों से आये गाँववासी! उनमें इतना उत्साह कि मानो केदारनाथ का मेला करने आये हों। धूप और गरमी तो इन्हें सध गयी थी, इन सबको अपनी अभावग्रस्त जिन्दगी की आदत पड़ गयी थी।

आधे आषाढ़ तक तो आसमान साफ था। गाजणा और लुक्खा के बीच पाँच फुट ऊँचा बाँध तैयार हो गया था। इन लोगों का उत्साह देखकर मुझे जो आनन्द हुआ है, ऐसे आनन्द की अनुभूति मुझे पहले कभी नहीं हुई। मैं उस आनन्द को समझने की कोशिश करता हूँ, पर वह समझ में नहीं आता। इस जगत में कुछ बातें ऐसी होती हैं, जिनको समझे बिना भी उनका आनन्द लिया जा सकता है।

पश्चिमाकाश में बादल दिखाई पड़े।

सन्ध्या के समय सूरज जब गाजणा के पीछे चला गया, तब सभी एक साथ बैठकर तैयार बाँध के बारे में बातें कर रहे थे, तभी पश्चिम दिशा में तेजी से आते बादल दिखाई पड़े। सभी खुशी से झूम उठे, आकाश में बादल का दिखना भी इनके लिए आशा की किरण है। इन बादलों का किनारा सुनहरा लग रहा था। उनमें कुछ काले थे, तो कुछ सफेद! 'चडीयो चडीयो रे काली कोठीनो मेघ' का आनन्द लेने के लिए ये लोग बेचैन हो उठे थे। चारों ओर से रह-रहकर 'मे...आय रे...मे...आय...' की आवाजें आ रही थीं। मोरों के केकारव से उनके दिल आनन्द से छलक रहे थे।

सभी का चहेता, सभी के लिए मनमोहक, सभी का प्रिय सौन्दर्यमणि की रचना करके मानो विधाता ने इस धरती पर स्वर्ग उतार दिया हो। इस धरती पर यह एक ऐसा पक्षी है, जिसके रूप की बराबरी कोई नहीं कर सकता। गौतम ऋषि ने इन्द्र को शाप दिया : 'जा तेरी अनेक पत्नियाँ होंगी, पर तू एक का भी भोग नहीं कर सकेगा। तू भी तड़पेगा और तेरी पत्नियाँ भी तड़पती रहेंगी।' इन्द्र ने गौतम ऋषि की पत्नी के साथ व्यभिचार किया था। इन्द्र ने चन्द्रमा से अपना प्रकाश कम करने को कहकर खुद मुर्गे का रूप धारण करके 'कुकड़ूँ...कूँऽऽ' बोला था। मुनि गंगाजी में

स्नान करने के लिए चले गये और इन्द्र उनके घर में घुस गये। उधर गंगाजी ने गौतम को सावधान किया और उन्होंने वापस आकर अहल्या को शाप देकर शिला बना दिया; चन्द्र के पूर्ण तेज का हरण कर लिया और घटते-बढ़ते रहने का शाप दिया और इन्द्र को पृथ्वी पर मोर के रूप में अवतरित होने का शाप दिया।

'टेंहुक...टें...हुऽऽ...क' की गगन-भेदी नाद से पहाड़ों को भेदते मोर अपनी वाणी से मेघराजा का स्वागत कर रहे हैं। आधा आषाढ़ बीत गया था। बादल दिखने लगे, कहीं दूर से आती गड़गड़ाहट हो रही हो—इस तरह मेघराजा के चोबदार ये मोर अपने अन्तर को निचोड़कर अपने 'केकारव' से वातावरण को भरने लगे। वैसे तो मोर के 'केका' के बिना अगर मेघ आये भी तो कैसा लगेगा! मोर का केकारव, उसकी करुण ध्वनि, अरण्य का सौन्दर्य और अरावली की गिरिमालाओं के पहरेदार मेघ के आगमन की सूचना दे रहे हों। मैं सोच में पड़ गया—मेघ और मोर का क्या सम्बन्ध हो सकता है? बादलों को देखकर मोर क्यों नाचता होगा? मेघ को देखकर किस कारण से बोलता होगा? क्या प्रकृति के लिए कोई उन्माद होगा या कि मेघ के आगमन से उसके हृदय में हलचल पैदा होती होगी? हम भी छोटे थे, तब पहली बारिश के समय गलियों में निकल पड़ते और वहाँ से सड़क तक दौड़ते हुए भीगने का मजा लेते। ऐसा ही कुछ होगा इस मोर में भी!

बारिश के लिए मोर का टहूका (केकारव) तो अच्छे-अच्छे प्रियजनों के हृदय में स्मरणों की झड़ी लगा देता है। पश्चिम दिशा से आकाश में दौड़े आ रहे बादलों को देखकर मेरा हृदय भी विचलित हो उठा, तो फिर इन पक्षियों की क्या बिसात! वर्षाऋतु आये रिमझिम-रिमझिम या झपाटे के साथ अथवा मूसलधार मेघ बरस रहे हों, तो ऐसे समय में वियोगी हृदय किस तरह बिसूरते होंगे, यह तो वही समझ सकता है, जिसने इस स्थिति को भोगा होगा। जिसके हृदय में प्रेम की हिलोरें उठी हों, उससे जाकर पूछो कि तुम्हें इन मोरों का टहूका (केकारव) कैसा लग रहा है?

कहीं आते-जाते जंगल में मोर दिखाई पड़ जाते। कभी-कभी तो देर रात को भी ऊँचे वृक्षों के शिखर से एकाध टहूका सुनाई पड़ता, तो उस समय ऐसा लगता जैसे दस-पन्द्रह मिनट के अन्तर पर अलग-अलग जगहों से टहूके आया करते मानो एक-दूसरे से कह रहे हों सावधान रहना, जागते रहना! इस तरह रात के अँधेरे में या चमकती चाँदनी में एक-दूसरे का कुशल-क्षेम पूछते रहते। परन्तु आज तो उनकी आवाज, उनका टहूका, उनका ठुमकना कुछ अद्‌भुत था। रेस्ट हाउस के सामने की छोटी पहाड़ी पर दो मोरनियाँ और तीन मोर नाच रहे हों—ऐसा दृश्य लग रहा था। 'मे...आय...मे...आय' की गगन-भेदी आवाज पूरे वातावरण को चीरते हुए पहाड़ियों में टकरा रही थी और दूसरी तरफ इन लोगों के हृदय में भी आनन्द की लहरियाँ पैदा कर रही थी। प्रकृति ने इन्हें कैसा सौन्दर्य से भरपूर पक्षी बनाया है! मोर सौन्दर्य में

शिरोमणि है, इसीलिए तो यह हमारा राष्ट्रीय पक्षी है। अरे! कृष्ण ने तो इनके पंखों से अपने मुकुट की शोभा बढ़ायी है। हमारे मन्दिरों में भी मोरपंख के पंखे और पीरो की दरगाहों में उसका झाड़ू होता है। बर्मा के सौन्दर्य-प्रिय लोग अपने सभी शृंगारों में, धार्मिक अनुष्ठानों में मोर को स्थान देते हैं। महान योद्धा सिकन्दर, हिन्दुस्तान से इस सौन्दर्य के देवता मोर को यूरोप ले गया था। इसी तरह बादशाह शाहजहाँ ने सौन्दर्य के प्रतीक इस मोर से प्रेरणा लेकर अपने लिए स्वर्ण का मयूरासन (तख़्त-ए-ताऊस) बनवाया था। नृत्य करते मोर को देखने का भी अपना एक आनन्द है। यह मैंने यहाँ आकर देखा है, परखा है और उसका आनन्द लिया है।

शाम को या सुबह के समय भी यह उन्माद में आकर जब किसी कँटीली झाड़ी या बाड़ी की आड़ में पंख का चन्दोवा बनाकर, पंखों को हिलाते हुए, गोल-गोल घूमते हुए, पीछे के भाग से 'सूँऽ...सूँऽ...' की आवाज निकालते हुए अपनी कला दिखाता है, तो उसे देखकर हैरत होती है। उसका संवनन, कामक्रीड़ा का नृत्य हमें किसी दूसरे ही जगत में पहुँचा देता है। इसका अनुभव मैंने अपनी जिन्दगी में पहले कभी किया न था। हाँ, काँकरिया के चिड़ियाघर में नृत्य करते मोर को देखा जरूर था, परन्तु इस प्रकार से नहीं। यहाँ तो ये वीरान और वियोग का जीवन बिताते जंगल, नग्नदेहधारी पर्वत और स्वत: मिला हुआ खुलापन, दौड़-धूप के बाद बचा समय—इन सबमें रुचि पैदा करता है और गहराई तक ले जाता है। उस गहराई से कभी-कभी तो अशरीरी साधुओं की आवाजें भी सुनाई पड़ती हैं। कभी-कभी 'अलख निरंजन' की ध्वनि कानों से टकराती है। ये मोर कोई पक्षी नहीं हैं, बल्कि इस धरती के सिर पर फड़फड़ाती कलगी हैं। इनका सौन्दर्य, इस जगत को देखने की एक नवीन दृष्टि मुझे दे रहा है।

आज से काम बन्द करना था। फिर तो आकाश में दौड़ते बादलों को देखकर सभी का हृदय हर्ष से फूला न समाता था।

चार दिन पहले मैं सोनवाड़ी की ओर से आ रहा था। अलग-अलग जगहों पर दस-बारह घर रहे होंगे। यहाँ ईंटों का अभाव, परन्तु पत्थर की छूट; पत्थर की दीवार पर लीपकर बनाये गये कुटीर जैसे घर!

सोनवाड़ी की उत्तर दिशा से होकर मैं जा रहा था कि तभी मुझे किसी के गाने की आवाज सुनाई पड़ी। दो मिनट वहाँ खड़ा रहा। कुछ औरतें गाना गा रही थीं, यह बात स्पष्ट हुई। मैंने मन-ही-मन सोचा कि जहाँ प्यास से मरने की नौबत हो, वहाँ गीत कैसे निकल रहे होंगे! मुझे आश्चर्य हुआ, इसलिए मैं उस तरफ गया।

कँटीले झाड़-झंखाड़ से बनी बाड़ के बीच का रास्ता ही सोनवाड़ी की गलियाँ। चार-पाँच युवतियाँ गीत गाते हुए गाँव की उन्हीं गलियों में घूम रही थीं।

उनके सिर पर सूडली जैसा कुछ था, उसमें चिकनी मिट्टी से बने चार-पाँच खिलौने रखे हुए थे और सूडली को उन्होंने हरे पत्तों से सजा रखा था।

मैंने उधर से गुजरते हुए एक नौजवान को बुलाया। उसने मुझे पहचान लिया, "आइए साब!...आइए!...।" उसके स्वागत का जवाब देते हुए मैंने उन लड़कियों के बारे में पूछा कि वे गाते हुए घर-घर क्यों जा रही हैं? उसने बताया कि "वे तो ढुँढिया बाबाजी को लेकर घर-घर मेघ माँग रही हैं।" अपने वर्षा के देवता की आकृति बनाकर वे घर-घर मेघ की याचना कर रही थीं। प्रत्येक घर में उनका स्वागत हो रहा था और हर घर से उनके ऊपर एकाध लोटा पानी डाल दिया जाता। हम तुमको भिगा रहे हैं, तुम बारिश लाओ और हमको भिगाओ। ऐसी प्रार्थना का यह एक प्रकार था। 'ढुँढिया बाबाजी मे बरहाडो.... (ढुँढिया बाबाजी मुझे बरसात दो) की यह याचना थी।

मुझे लगा कि भगवान रुष्ट हैं, रूठे हुए हैं, उनको मनाना है। उनके भगवान भी मानव रूप ही हैं। उनको खुश कीजिए, इसलिए सब कुछ शुभ होगा। कैसी उत्तम आस्था है! कैसी महान भावना है!

इस आस्था के साथ बाँधने का काम बन्द करके एकत्र हुए लोगों ने आकाश में बादलों को देखा मानो भगवान ने इनकी प्रार्थना सुन ली हो। उनकी प्रसन्नता उनके चेहरे पर झलक रही थी।

तभी बाबू जोर से बोल पड़ा, "साहब तो हमारे तारणहार हैं।" मुझे ऐसा लगा जैसे किसी वनवासी ने गुलेल से गोटी फेंकी हों, और वह मेरे सिर में आकर लगी हो।

तीन

महाकवि कालिदास का 'ऋतुसंहार' मेरे सामने आकर खड़ा हो गया : 'हे प्रिये! कामिनियों को प्रिय राजा जैसी वर्षाऋतु आयी है, जिसमें जल बरसाते बादल मत्त हाथियों के समान हैं। बिजली की चमक, फहराते ध्वज के समान है, बादलों की गड़गड़ाहट नगाड़े जैसी है और जो सर्वत्र जगमगाहट फैलाते हैं...आकाश बादलों से पूरी तरह से घिरा है। किसी जगह पर बादल ऐसे लगते हैं मानो कमल-पत्रों की आभा फैली हो; किसी जगह पर काजल के पुंज जैसे लगते हैं। कहीं-कहीं सगर्भा स्त्री के उन्नत स्तनों की तरह सुन्दर दिखते हैं।' मन में ऐसा हुआ करता है कि वर्षा के सभी श्लोकों को यहीं छोड़कर नाचने लगूँ, परन्तु इस आकाश के बादल तो रुई

की पूनी जैसे एकदम सफेद हैं। धीरे-धीरे दौड़ती बदलियाँ ऐसी लग रही हैं मानो घुँघराली लटें फहरा रही हों। यह भी कह सकते हैं कि फटे कपड़ों की तरह बादल के टुकड़े आकाश में बिखरे पड़े हैं। मुझे नहीं लगता कि इनमें से मेघराजा का अवतरण इस धरती पर होगा।

आभ (बादल) और गाभ (गर्भ) का जल्दी पता नहीं चलता। सूर्य डूब चुका था; परन्तु बादलों के टुकड़ों के बीच दूर-दूर तक उसकी मौजूदगी दिखाई दे रही थी। धीरे-धीरे वह लुप्त होती गयी, परन्तु कैसे लुप्त हुई—यह समझ में नहीं आ रहा था। मैं रेस्ट हाउस की छत पर कुर्सी पर बैठे-बैठे पश्चिम दिशा की ओर देख रहा था मानो बादलों के आगमन और उनमें से होनेवाली बारिश की राह देख रहा था। मुझे ऐसा लग रहा था मानो आकाश में कोई आयोजन हो और सभी अलग-अलग कामों में लगे हुए हों। पहाड़ों में मद्धिम, किन्तु पूरे वेग के साथ अँधेरा उतर चुका था और आकाश के बादलों के साथ अन्धकार एकाकार हो चुका था। परन्तु आज आकाश की नखरेबाजी अच्छी लग रही थी—'पुत्तरनां पारणामां अने वहुनां बारणामां' (सपूत के लक्षण पारणा (पालना) में और बहू के लक्षण बारणा (दरवाजे) में—यह कहावत आज के बादलों पर लागू हो रही थी।

नीचे हमीर सिंह, बाबू, प्रभु और लेंबा रुके हुए थे, जिनके हँसी-मजाक के स्वर ऊपर तक सुनाई पड़ रहे थे। आज तो आकाश, धरती, जंगल के सूखे हुए पेड़-पौधों, पर्वतों, पत्थरों, पशु-पक्षियों और मनुष्यों की आँखों में चमक आ गयी थी। सभी में नयी चेतना का संचार होता हुआ दिख रहा था। 'बहारों फूल बरसाओ' की धुन पर 'अरण्यो आनन्द बरसाओ, कि मेघराजा आता है' की लहर अन्दर से उठ रही थी। इतने में तो बिजली चमकी और नीचे से हर्ष का कल्लोल सुनाई पड़ा मानो वनवासी कोई रसोत्सव मनाते हुए नाच-कूद रहे हों। इसी के साथ बादलों का ढोल-नगाड़ा बज उठा और हृदय आनन्द से भर उठा।

हम अभी खाना खा ही रहे थे कि बरसाती हवा का झपाटा आया और हम लोग खाना-पीना छोड़कर, अँधेरे में भी छत पर पहुँच गये। नैऋत्य दिशा में बिजली ऐसे चमक रही है जैसे हम मटकी मारते हैं। बिजली क्षितिज पर इधर से उधर अपनी तेज पलकों को झपकाती ही जा रही है। धीरे-धीरे वह हमारे नजदीक आती जा रही है और दूर से दिखती उसकी मृदुता कम होती जा रही है। उसके साथ ही बादलों की गड़गड़ाहट गहरी होती जा रही थी। वह भी नजदीक आती जा रही है। थोड़ी देर में तो बिजली ऐसे चमकी जैसे आँखों में गरम सलाखें घुस गयी हों। इसके साथ ही अरावली की गिरिमालाओं की गड़गड़ाहट ने पूरे वातावरण को झकझोर कर रख दिया। चारों ओर से अँधेरे में भी मोरों की ध्वनि सुनाई पड़ी, उनमें भय का भी आभास हो रहा था। दूसरे पक्षियों की भी आवाजें आयीं। जंगली जानवर झुंड-के-

झुंड भाग रहे हों—ऐसी प्रतीति होने लगी। ऐसा लगता था जैसे बिजली पश्चिमी आकाश से नाचते-कूदते ऊँचे आकाश में चढ़ रही हो। ऐसा लग रहा था मानो प्रकाश के फव्वारे फूट रहे हों। जोरों से चमकती बिजली को देखकर ऐसा लगता था जैसे उसने अपने प्रकाश को पूरी छूट दे दी हो। बादलों में सर्पाकार फैलती बिजली को देखकर ऐसा लगता था मानो वह प्रकाश रूपी अपनी लटों को हवा में उड़ा रही हो। उस समय काले घने बादल प्रकाशित हो उठते हैं। बिजली की कौंध में गिरिमालाओं को सिर्फ देखा जा सकता है, उनका वर्णन नहीं हो सकता। बिजली की चमक के साथ उठनेवाली बादलों की गड़गड़ाहट कानों के परदों को फाड़ देनेवाली होती है। उसकी गूँज गिरिमालाओं में होती है।

यह कुदरत भी कैसी है! सन्ध्या के समय जो थके-माँदे थे, माटी डालते-डालते जिनका दम फूल रहा था, जिनके धूल-धूसरित शरीर से पसीने की धार बह रही थी, बारिश कब होगी—जो इसके लिए दुआ माँग रहे थे, मन्नतें मान रहे थे, मेघ को मनाने के लिए तरह-तरह के नुस्खे आजमा रहे थे, ऐसे भोले लोगों के मन पर इस बारिश का कैसा-कैसा असर पड़ा होगा! काम से छूटने के बाद अभी वे अपनी जगह भी नहीं पहुँच पाये थे कि आकाश के बदले हुए रूप ने उन्हें दूसरे ही काम में लगा दिया। बारिश होने के पहले वे अपनी वस्तुओं को, जो कुछ माल-सामान उनके पास था, उनको भीगने से बचाने की चिन्ता में लग गये। फिर भी वे अपना सारा दुख बारिश के स्वागत में भूल जाएँगे।

मेघराजा की सवारी आने वाली है; उसका संकेत (डंका) सुनाई दे रहा था। बिजली की चमक चारों ओर फैल रही थी। अग्नि और वायव्य दिशाओं में चमक बढ़ गयी थी। बिजली के प्रकाश में यह साफ दिखाई पड़ रहा था कि जलभरे बादल धीरे-धीरे आकाश में फैल रहे थे मानो मेघराजा ने सारे आकाश को अपने कब्जे में कर लिया हो।

हमारे हर्षोल्लास के बीच जलदेवता के छींटे शुरू हुए। सारा आकाश मानो तेज और जल का रूप धारण करके खड़ा हो। इतनी गरमी और उमस के बाद शरीर पर पड़े बारिश के छींटों ने मुझमें एक नयी चेतना पैदा कर दी। ''साब!...कपड़े भीग जाएँगे' नीचे उतरते हुए हमीर सिंह ने मुझसे कहा, तो मैंने कहा, ''भीगने दो!...ये बारिश कहाँ मिलने वाली है!'' मैंने सोचा, हमारे घर मेहमान आये और उसका स्वागत करने की बजाय हम दरवाजा बन्द कर लें, तो कैसा लगेगा! बारिश तो हमारा अतिप्रिय मेहमान है—आओ, हमारी चेतना के स्फुलिंग!...हम तुम्हारा अतिशय स्वागत करते हैं। पेड़-पौधे, झाड़-झंखाड़, डालियाँ-पत्ते, पहाड़ियाँ-घाटियाँ, वन-उपवन, खेत-खलिहान, बाग-बगीचे, नदी-नाले, तालाब,सरोवर तुम्हारे आगमन के लिए लालायित हैं—हे मेरे प्राण! यह धरती, इसके कण-कण, चातक की तरह

तुम्हारी प्रतीक्षा कर रहे हैं। अपने जल-स्वरूप का सच्चा परिचय उन्हें दे दो।

हवा के पंख पर बैठकर आती बारिश की बूँदों का रोमांच कुछ अलग ही था, इसमें भी बड़ी बात मेरे लिए यह थी कि भीगी मिट्टी की महक मेरे रग-रग में, रोम-रोम में भर गयी थी। मेरे जीवन का यह प्रथम अवसर था, जब मैं धरती की सुगन्ध का अनुभव कर रहा था। मुझे इत्र-फुलेल का बहुत शौक है, उनकी परख भी अच्छी है, पर ऐसी सुगन्ध का आनन्द मैंने कभी नहीं लिया था। जो जमीन कल धधक रही थी, जिसमें से भाप निकल रही थी, जो मृगजल का आभास दे रही थी, आज उसकी ऐसी सुगन्ध मेरे लिए जीवन का सर्वोत्तम आनन्द था, इस जगत की सर्वश्रेष्ट सुगन्ध थी। ऐसा इत्र या परफ्यूम या फ्लेवर बनाने की ताकत किसी में नहीं है। यह तो ईश्वर का इत्र है। उसके जैसा कारीगर या कलाकार दूसरा कोई कैसे हो सकता है!

मैंने जी भरकर उस सुगन्ध का आनन्द लिया। मुझे याद है कि अहमदाबाद के कंकरीट के जंगल में पहली बारिश की सुगन्ध नहीं, दुर्गन्ध आती थी। हे मेरे तारकोली देश में बसनेवाले देशबन्धुओं! तुमको कहाँ से मिलेगी यह माटी की महक! अपनी आज तक की जिन्दगी में मैं ऐसा कुछ भी प्राप्त न कर सका था, इसकी प्रतीति मुझे इस समय हो रही है। पिछली रात का रूप—आकाश में जगमगाता चन्द्र! धरती पर बिखरी हुई चाँदनी! अरावली की पर्वतमालाओं के आकार!...पर आज सब कुछ एकाकार! अन्धकारमय, जलमय लग रहा है!

आकाश, पवन, जल, पृथ्वी और प्रकाश—इस जगत के इन पाँच मूल घटकों का समन्वय आज मैं अपनी आँखों के सामने देख रहा हूँ। पंचमहाभूतों का एक नया रूप मैं महसूस कर रहा हूँ। आज एक ही क्षण में एक नयी चेतना जाग उठी है। एक नयी दृष्टि, एक नया जगत् अनावृत होने लगा है और मैं एक बालक की तरह बारिश का आनन्द लूट रहा हूँ।

"साहब तो जैसे दीवाने हो गये हैं...।" यह टिप्पणी मुझे सुनाई पड़ी। यह दीवानापन मुझे मंजूर है, लाखों बार मंजूर है। आज मैं कैसी एकता का अनुभव कर रहा हूँ! हर एक महाभूत का कैसा अलग-अलग अनुभव हो रहा है! मैं इनमें, ये मुझमें एकाकार हो गये हैं। कौंधती बिजली के प्रकाश की रेखा आकाश को एक नया ही रूप और आकार दे रही है। हवा के जोर से बारिश का पानी तिरछा गिर रहा है, उसकी बूंदें सीधी नहीं गिर रही हैं। धरती माता खूब आराम से इसका आनन्द ले रही है मानो वह धीरे-धीरे प्यास बुझा रही हो। काले घने अन्धकार ने सब कुछ ढँक दिया है। मेरी स्थिति तो 'बिजली की कौंध में सूई में धागा डालती पानबाई' जैसी हो गयी है। तो दूसरी तरफ बादल, बिजली और जलधाराओं ने आकाश रूपी महल

में विराजमान 'आषाढ़ देव' को ऐसे घेर लिया है मानो वे उनकी सुरक्षा में तैनात हों।

कितनी प्रतीक्षा करवाई थी इन्होंने (आषाढ़देव ने)!...अब तक क्यों रूठे हुए थे? किस जन्म का वैर ये चुका रहे थे? अरे! इस धरती ने आपका क्या बिगाड़ा था?

मैं भीगकर सराबोर हो गया। बहुत समय के बाद पहली बारिश का आनन्द मैंने लिया था। भीगे कपड़ों में नीचे आया। हमीर सिंह ने लालटेन जला रखी थी। उसी के प्रकाश में मैंने स्नानघर में जाकर कपड़े बदले। बाहर आकर थोड़ी देर खड़ा रहा। फिर बारिश के बहते पानी की आवाज सुनकर टॉर्च लेकर पिछवाड़े की ओर गया और पीछे की खिड़की खोलकर पहाड़ पर से आते पानी की आहट लेने लगा। खास तो कुछ दिख नहीं रहा था; परन्तु ऊपर से आते पानी का अनुमान हो रहा था। मैं मन-ही-मन जलदेव से यह प्रार्थना करता रहा कि हमने गाजणा और लुक्खा को जोड़ते हुए जितना ऊँचा बाँध बनाया है, उसको तो आप सुबह तक में भर ही दें।

आज इतना अधिक आनन्द था कि नींद नहीं आयी। उतना ही आनन्द बिजली को भी था। उसने तो अपने सारे बन्धनों को तोड़ दिया था। जैसे कोई रूपवती नवयौवना नख-शिख स्नान के बाद अपने खुले केशों को फैलाकर अलग-अलग करती है, वैसे ही बिजली की भी लटें प्रकाश-रेखाओं के रूप में बिखरी हुई थीं। उसके पीछे-पीछे आनेवाला सेनापति रूपी घन-गर्जन भी उसके आगे नहीं जा पा रहा था। उसके कौंधते प्रकाश में काले घने बादल और आकाश से पड़ती फुहारें चमक रही थीं। फुहारें भी उसके प्रकाश का प्रतिबिम्ब बनी हुई हैं। बाहर खड़ी नीम के पत्ते और कलकल बहते झरने भी बिजली के प्रकाश से चमक उठते हैं। ऐसा भी कह सकते हैं कि बिजली और जलदेवता दोनों सहस्र रूपों में धरती माता के हृदय पर किल्लोल कर रहे हैं। इसका अनुभव मैं खिड़की खोलकर कमरे में बैठे-बैठे कर रहा हूँ।

दूर-दूर तक फैले पर्वत-पहाड़, गिरिमालाएँ श्याम रूप धारण करके चेतना के इस स्वरूप को धारण कर रहे हैं मानो जलदेवता ने उन्हें कोई नवीन स्वरूप प्रदान किया हो। घनघोर अन्धकार में बिजली के प्रकाश में आकाश की ओर नजर उठते-उठते तो सब कुछ लुप्त हो जाता है। पानी टपकते पेड़ों की डालियों पर दुबककर बैठे पक्षियों या अपनी-अपनी गुफाओं में से बाहर निकलकर किसी ऊँची जगह पर पैर मोड़कर बैठे वन्य प्राणियों के लिए मन में चिन्ता उठती है, परन्तु कुदरत ने तो सभी की सुविधा के लिए पहले से ही सारी तैयारी कर दी है। एक तुच्छ मनुष्य ही ऐसा है, जो विचार करने के सिवाय और कुछ नहीं कर सकता।

बहुत जोर से हवा चलने लगती है। हवा के झोंके के साथ बारिश का पानी खिड़की के अन्दर आने लगता है और मैं देर रात को बारिश को बाहर ठेलकर खिड़की बन्द कर लेता हूँ...सुबह में फिर...

चार

मेरी जिन्दगी की यह पहली सुबह है जब मैं इतने आह्लाद का अनुभव कर रहा हूँ, इसके पहले इतनी आह्लादक सुबह मैंने कभी नहीं देखी।

सुबह उठा, यद्यपि रात-भर चारों ओर से अकल्पनीय सुगन्ध वाली हवा आती रही। रात को देर तक नींद आयी न थी, इसलिए सुबह थोड़ी देर से उठा था। परन्तु कल और आज के बीच, मुझे आश्चर्य में डाल देनेवाला अन्तर आ गया था। आज की सुबह का सूरज, ऐसा लगता था, शरम के मारे बादलों के पीछे छिप गया था। पूर्वाकाश में उसकी आभा की प्रतीति मात्र हो रही थी—'आयो रे धरतीनो धणी मेहुलिया!' (आया रे धरती का धणी (मालिक) मेघ!) पर्वत-पहाड़, खेत-खलिहान, नदी-नालों, तालाब-सरोवर—सभी को उसने भर दिया था। वृक्षों-लताओं के पत्तों ने नहा-धोकर नयी तैयारी के साथ नये गीत आरम्भ किये थे। पर्वत-पहाड़ तथा गिरिमालाओं ने 'श्यामरंग समीपे' (के पास) जाकर अपना नया रूप धारण किया था। पक्षी उड़ते हुए अनोखे आनन्द का अनुभव कर रहे थे। तपती धरती की प्यास बुझाकर सूखे हुए पत्तों, जंगल के घास-फूस और गिरिमालाओं की मैल को लेकर मटमैला पानी कलकल करते हुए बह रहा था।

पीछे जाकर मैंने देखा, मेरे आनन्द की कोई सीमा न रही। कल जिधर देखने की भी इच्छा नहीं हो रही थी, वहाँ आज पानी हिलोरें ले रहा था। लगभग तीन फुट तक तो पानी भर ही गया था। अभी ऊपर के पानी का आना तो चालू ही था। मैं बहुत देर तक इस दृश्य को अपनी आँखों में सँजोता रहा, अपने स्वप्न के साकार होने का आनन्द लेता रहा।

इस समय बारिश तो नहीं हो रही थी; परन्तु आकाश बादलों से भरा हुआ था। मैं बाहर निकला। केदारनाथ के रास्ते में आनेवाले सोते की तरफ गया, वहाँ तो छलछलाता हुआ, छींटें मारता हुआ, सर्पाकार बहता हुआ और किनारों के पत्थरों से टकराता हुआ उसका पानी मानो संगीत सुना रहा था। यहाँ पर बँधे हुए बाँध पर मैंने पानी की क्रीड़ा देखी। प्रकृति को सर्वांग समझना आसान नहीं है। केदारनाथ की ओर से पानी कलकल ध्वनि करते हुए कितनी मस्ती से चला आ रहा है! मानो पाँवों में घुँघरू बाँधकर कोई नृत्य कर रहा हो। छोटे-छोटे घुँघरुओं की आवाज कर्णपट को प्रिय लगती है। बहाव में छोटे-छोटे कंकड़ थोड़ी दूर तक पानी का साथ देकर रुक जाते हैं। बड़े पत्थर तो अडिग रहकर पानी को अपनी दिशा बदलने के लिए मजबूर करते हैं। आकाश में दौड़ते काले घने बादलों की शोभा और नया परिधान धारण किए हुए इन वृक्षों को देखकर अनोखा आनन्द प्राप्त होता है। वृक्षों की डालियों पर दुबककर बैठे मोरों का केकारव पूरे जंगल को भर देता है मानो बादलों से कह रहे हों

कि 'बरस जा मूसलाधार!' थोड़ी देर के बाद रिमझिम-रिमझिम बादल बरसने लगे मानो मेघराजा ने मोरों के निमन्त्रण को स्वीकार कर लिया हो। इस अरावली के पर्वत-पहाड़, गिरिमालाएँ, वृक्ष, पशु-पक्षी न जाने कितने समय से प्यासे होंगे! पानी के अभाव में चिड़ियों को धूल में नहाते देखकर, वेरा से वापस आते समय, लोगों ने कहा था कि "साब!...थोड़े दिनों में अब बारिश होगी।" धरती माता छककर नहाई, अभी भी नहा रही है, नहाने में कोई थकान नहीं है, बल्कि आनन्द है, भार नहीं, बल्कि आभार (कृतज्ञता) है।

आकाश से हो रही अनोखी चेतना की इस बारिश में नहाना किसे अच्छा नहीं लगेगा! जल तो चेतना का पूर्ण स्वरूप है। इस धरती और धूल के कण-कण तरस रहे थे इस जल के लिए। इसीलिए तो छोटे-छोटे गड्ढे तक पानी से छलक उठे हैं। यह सब देखकर मन को राहत मिलती है, परन्तु धरती माता अभी उतनी परितृप्त नहीं हुई हैं। हों भी कैसे! एक लम्बे समय तक उसने चिलचिलाती धूप को सहा है, गरमी ने उसे बहुत पीड़ा दी है। कितनी प्यासी है यह!

रात को बादलों में आग लगाने वाली बिजली इस समय कहाँ गयी!

मैं खड़ा हुआ। पीछे मुड़ा। आज यह रास्ता अपरिचित लग रहा था। रास्ता भी इस समय उमंग में था; इसलिए उसने मुझे एक-दो बार फिसला दिया। मैंने मन-ही-मन सावधानी से चलने का इरादा किया कि तभी सामने से हमीर सिंह आता हुआ दिखाई पड़ा। उसने कहा, "मैं सोच में पड़ गया कि सुबह-सुबह साहब कहाँ चले गये? पर आपके पैरों के निशान देखते हुए हिआँ तक आया। मैंने सोचा कि आप कहीं केदारनाथ तो नहीं गये! माटी गीली होने के कारण अभी चल पाना मुश्किल है। कहाँ फिसल जाएँगे, कहा नहीं जा सकता। वइसे भी रस्ता ऊबड़-खाबड़ है अउर गीली धरती चिकनी भी बन गयी है।"

इस आदमी को मैं समझ नहीं पाता! मेरी माँ से भी ज्यादा यह मेरा खयाल रखता है। आदमी का जीवन भी कैसा है!...कहाँ से छूटे और कहाँ आकर बँध गये! कैसा यह ऋणानुबंध है!

प्यासी यह प्रकृति आज तृप्त हो गयी। मुझे याद आया मेरी माँ गली के चबूतरे पर बैठकर मेरी चिन्ता किया करती थी! एक माँ ने मुझे जन्म दिया और प्रकृति माता ने यहाँ मुझे दूसरा जन्म दिया। मैं द्विज बन गया हूँ। अभी कल तक, हर क्षण यहाँ से भाग जाने की इच्छा हो रही थी। अब तो भूल से भी जिला ऑफिस पालनपुर गया होता हूँ, तो पेट्रोल के धुओं से, भीड़ और लोगों की लोलुपता से तंग आकर, जल्दी से जल्दी, वहाँ से भाग आने की इच्छा होती है। कैसी है आदमी की विडम्बना!

इस बीच एक बार अहमदाबाद गया था, ऐसा लगा मानो फ्लैटों के जंगल में

भटक गया होऊँ और प्रदूषण की नदी में नहा रहा होऊँ। फिर तो जितनी जल्दी हो सका वापस आ गया था। कितने-कितने परिवर्तन होते रहते हैं हमारे जीवन में और हमारे मन में भी!

आज मेरे सामने देखता यह लुक्खा पहाड़ अब लुक्खा (एकदम रूखा-सूखा) नहीं रहा, आज वह गीला है। उसके एक-एक पत्थर और हर-एक शिला में नमी प्रवेश कर गयी है। रिमझिम बारिश में ऊपर से उन शिलाओं पर टपकता पानी एक नया सन्देश लेकर टपक रहा है। कल तक जिन शिलाओं की तरफ देखने की या जिन्हें छूने की हिम्मत नहीं होती थी, आज उन शिलाओं पर से पानी टपक रहा है। बायीं ओर दो-चार मोर अपनी-अपनी गरदन ऐसे ऊपर-नीचे कर रहे थे और गोल-गोल घूम रहे थे मानो आनन्द में नाच रहे हों। उनके लिए भी आज उत्सव का दिन था, इस तरह वे गरदन ऊँची करके सबका स्वागत कर रहे थे। 'मे...आऽय...मे...आऽय...' करके पिच्छकलाप करते और अपने पंखों से पानी झाड़ते मोरों को देखना भी एक अद्‌भुत आनन्द है। कभी कंसारा की 'टाँक-टाँक' की आवाज ऐसी लग रही थी जैसे कोई बरतन पर चोट कर रहा हो। यह पकड़ में नहीं आ रहा था कि उसकी आवाज किधर से आ रही है, परन्तु तभी 'चररर-चररर' की कर्कश आवाज करते हुए 'पचनक लटोरा' मेरे सिर के ऊपर से उड़ते हुए अदृश्य हो गया।

जंगल में जैसे मोरों की केका ध्वनि गूँज रही थी, वैसे ही तालाबों में रातों-रात, जाने कहाँ से आये हुए मेढकों की 'टर्र-टर्र' और 'मेंक-माँक' की आवाजें आ रही थीं।

शाम को अँधेरा होते ही सारा वातावरण जीवन्त हो उठा। तालाबों से आती मेढकों की आवाजों से अँधेरी शान्ति में हलचल-सी पैदा हो गयी। बारिश तो किसी बड़े आदमी की तरह एक चक्कर लगाकर चली गयी; परन्तु अपने पीछे कितना कुछ छोड़ती गयी!

पाँच

वृक्ष तो ऋषियों के अवतार माने जाते हैं। संसार की सबसे प्राचीन यह पर्वतमाला तो संजीवनी जैसी औषधियाँ पैदा करती है। एक बार मैं 'मुनिजी की कुटिया' की ओर से आ रहा था। एक साधु, जिसके शरीर पर कुछ भी न था, वह मात्र एक लँगोटी पहने हुए था, सिर पर जटा बँधी हुई थी। वह एक वृक्ष को बाँहों में भरकर उसका

चुम्बन कर रहा था। मैं यह देखकर, उससे थोड़ी दूर पर एक वृक्ष की आड़ में खड़ा हो गया। उसने उस वृक्ष को साष्टांग दंडवत् (प्रणाम) किया, फिर उस वृक्ष का आलिंगन किया और लगातार उसका चुम्बन करता रहा। उसकी झुकी हुई एक डाली से अपनी आँखों को सटाकर उसके पीले पत्तों को चूमने लगा।

तभी मुझे याद आया कि वृक्षों में भी सुख-दुख का भाव उत्पन्न होता है; इसीलिए ऋषि ने उनको 'अन्तश्चेता' कहा है। वृक्ष ही हमारे श्रेष्ठत्व हैं, हमारे सर्वस्व हैं; वृक्ष हमारे जीवन हैं, हमारे स्वास्थ्य हैं, हमारे आहार हैं, हमारे दीर्घायु हैं। हमारी शान्ति और हमारी समृद्धि हैं। हमारे आनन्द और हमारी प्रसन्नता हैं। हमारे सौभाग्य और हमारे देव-देवी हैं। ईश्वर ने हम पर कृपा की, प्रकृति तो ईश्वर की तरफ से हमें मिला हुआ सर्वोत्तम आशीर्वाद है। क्या-क्या नहीं मिलता हमें वृक्षों से, प्रकृति से!

जगदीशचन्द्र बोस ने तो बहुत बड़ा अनुसन्धान किया कि वृक्षों में जीव है। हमारे वेदों में तो कहा गया है कि वृक्ष सुन सकते हैं, देख सकते हैं, बातचीत कर सकते हैं, रो सकते हैं, सुख-दुख का अनुभव कर सकते हैं। इस सृष्टि में प्राणियों की उत्पत्ति से पूर्व वृक्षों की उत्पत्ति हुई है। मनुष्य पशुओं की तरह बहुत भटकने के बाद बुद्धिपूर्वक कार्य करने के लायक बना। उसके बाद उसने वृक्षों और प्राणियों का अध्ययन किया। ये वनस्पतियाँ सर्वोत्तम औषधि हैं, इसका ज्ञान उसे हुआ। इसलिए इन्हें माता के रूप में मानने लगा। साथ ही अपने जीवन के लिए, स्वास्थ्य के लिए और जीवन की तमाम आवश्यकताओं के लिए वृक्षों को महत्त्वपूर्ण मानने लगा—'वृक्षदेवो भव!' का घोष किया।

तीसरे दिन की सुबह तो एक अकथ्य आश्चर्य लेकर मेरे आँगन में झूमते हुए उपस्थित हुई। सब कुछ बदल चुका था—जंगल-झाड़ी, पर्वत-पहाड़—सब कुछ! धरती माता तो ऐसी सजी थी मानो वृद्धावस्था को त्यागकर नवयौवना का रूप धारण किया है।

मैं बने हुए बाँध पर चलते हुए गाजणा की ओर गया। गीली मिट्‌टी में पैर धँस जाते थे। हवा के झोंकों से लहराते जल में सूर्य ऐसे हिल रहा था मानो पालने में झूल रहा हो। बारिश तो हुई, परन्तु प्यास अधूरी रह गयी। पूरा वातावरण उमस से भर उठा।

मोर का केकारव वर्षा ऋतु का अभिनन्दन है, आनन्द की तरंग है। इसकी प्रतीति मुझे पहली बार यहाँ हुई, जबकि अहमदाबाद में तो जिस दिन मौसम विभाग यह भविष्यवाणी करता है कि 'आज गरज के साथ हल्की बारिश होगी।', तो उस दिन पानी की एक बूँद भी नहीं गिरती। परन्तु यहाँ तो बारिश की भविष्यवाणी करने वालों में—मोर, चिड़ियाँ, वनस्पतियाँ—न जाने कितने विभाग

हैं। अरे!...दो दिन पहले ही हमीर सिंह ने कहा था कि "चन्द्रमा में जल का जमाव हुआ है, बारिश होने की तैयारी है।" और उसकी बात सच साबित हुई।

आखिर बारिश हुई ही। एक दिन तो वातावरण में नमी छाई रही और आज वृक्षों की डालियों पर और धरती पर हरियाली का शुभागमन हुआ था। कल तक जिधर आँखें उठाकर देखना कठिन था, आज वहाँ से आँखें हटने का नाम नहीं ले रही थीं, चारों ओर हरियाली-ही-हरियाली! ऊँची-नीची सारी धरती पानी से भर गयी थी। असह्य दुख झेलने के बाद लोगों ने बारिश का स्वागत किया था। वर्षा ऋतु सभी के लिए खुशी का पैगाम लेकर आती है। अच्छी बारिश हो, तो फसल अच्छी होती है और फसल अच्छी हो, तो जीवन महोत्सव बन जाता है—आनन्द-ही-आनन्द छलक उठता है।

अरावली के सान्निध्य में आने के बाद तो मैंने आश्चर्य के सिवाय कुछ देखा ही नहीं है। मैं बाँध पर चलते हुए गाजणा के पास पहुँचने ही वाला था कि मुझे लाल मिट्टी का एक छोटा ढेर दिखाई पड़ा—एक तरफ ऊँचाई और दूसरी तरफ ढाल। नजदीक से देखा, तो यह पुरुषार्थ चींटियों ने किया था।

चींटियाँ बहुत तुच्छ जीव हैं; परन्तु उनके डंक में बहुत जहर होता है। देखने में ये भले ही नगण्य हों, परन्तु उनका एक आदर्श राज्य होता है। वे अत्यन्त उद्यमी क्रियाशील और संग्रहशील होती हैं। वह तो उनके बिल के आसपास बिखरे छोटे-छोटे दानों को देखकर ही पता चल जाता है। ऐसा कहा जाता है कि चींटियाँ इस धरती पर दस करोड़ से भी अधिक वर्षों से मौजूद हैं। उनका समूह छोटा नहीं होता। उनके राज्य में पन्द्रह करोड़ से अधिक चींटियाँ होती हैं। आपने कोई ऐसी जगह नहीं देखी होगी, जहाँ चींटियाँ न हों। उनमें लाखों की संख्या रानी चींटी की होती है। चींटियाँ स्वभाव से मिलनसार होती हैं; समूह में रहती हैं; ज्यादातर जमीन में या लकड़ी में बिल बनाती हैं और उनमें अपना भोजन संगृहीत करती हैं तथा अपने बच्चों का पालन-पोषण करती हैं।

मजे की बात तो यह है कि चींटियों के समाज में भी नर, नारी और नपुंसक चींटियाँ होती हैं। मैंने देखा, तो बहुत चींटियाँ पंखवाली थीं। वे नर चींटियाँ थीं। मादा चींटी को पंख आते हैं—परन्तु बाद में झड़ जाते हैं।

चींटियों का समाज बड़ा अद्‌भुत है। वह मशीन की तरह सुनियन्त्रित होता है। वे रास्तों पर आते-जाते खेत-खलिहान, जंगल—कहीं भी मिल जाती हैं। वीरान जगह में भी आपने, पंक्ति बनाकर आते-जाते, चींटियों को देखा ही होगा। उस दिन मैंने 'बडबाला पानी' में इनकी एक पंक्ति देखी थी—इतनी लम्बी कि पूछिए मत! वे कहाँ से आ रही थीं और कहाँ जा रही थीं, कुछ भी समझ में नहीं आ रहा था। पर सूखे हुए पत्तों के बीच, एक अच्छा-खासा रास्ता बन गया था। एक-

दूसरे के मुँह से मुँह सटाकर, एक-दूसरे की गन्ध को पहचानकर कि कहीं कोई अपरिचित तो नहीं घुस गया है, वे आगे बढ़ती जाती हैं।

जो नपुंसक चींटियाँ होती हैं, वे सेवक-सेविकाओं का काम करती हैं। उन्हें कोई काम करने के लिए कहना नहीं पड़ता। इस संयुक्त समाज में हर एक को काम तो करना ही पड़ता है। एक साथ आठ से दस हजार चींटियों का पेट भरना क्या कोई सरल काम है! परन्तु चींटियाँ समान रूप से हर एक काम के लिए अनुकूल बन जाती हैं। कोई शिकार करना हो, खाना हो या कोई निर्माण कार्य हो—'साथी हाथ बढ़ाना' की तर्ज पर वे हर एक काम में लग जाती हैं। खाली वे बैठ ही नहीं सकतीं। 'आलस' शब्द तो मानो उनके शब्दकोश में है ही नहीं। उनमें से बहुत सारी श्रमिक चींटियों की मौत भी हो जाती है, फिर भी उनका काम रुकता नहीं है, दूसरी श्रमिक चींटियाँ उनका स्थान ले लेती हैं।

अपनी तरह से अगर हम देखें, तो उनमें एक 'सुपर कॉलोनी' होती है। वह एक राज्य-व्यवस्था है, जो वर्तमान तथा भविष्य का ध्यान रखती है। अगर एक जगह श्रमिकों की कमी पड़ जाए, तो तुरन्त दूसरी जगहों से श्रमिकों को लाने की व्यवस्था की जाती है।

संख्या में कमी का अन्देशा पैदा हो, तो रानी चींटी अंडे देना शुरू कर देती है और श्रमिक चींटियाँ उन अंडों का सेवन करने में लग जाती हैं।

चींटियाँ मीठा भोजन ज्यादा पसन्द करती हैं। उनके शरीर में डंक होता है, जिसमें से वे जहर निकालती हैं। यह तो उसको पता चलेगा, जिसको कभी चींटी ने काटा हो। स्पर्श, रस और घ्राण—ये तीन इन्द्रियाँ चींटियों में बहुत तीव्र होती हैं। चींटियाँ अपना बिल सीधा नहीं बनातीं। कभी-कभी तो उनका बिल पाँच से दस फुट तक जमीन में फैला होता है। बीच-बीच में ये अपने बिल को टेढ़ा भी बनाती हैं, ताकि समूह की अलग व्यवस्था बनी रहे। ऐसी राजनीतिक यात्रा अन्ततः एक आदर्श समाज-व्यवस्था तक पहुँचती है। उसका अध्ययन होना चाहिए। मानव-जाति उसमें से बहुत कुछ लेकर अपना सुधार कर सकती है। चींटियों से बहुत कुछ सीखने को मिल सकता है, परन्तु क्या मानव-जाति इस पर कभी विचार करेगी? आलसी लोग चींटियों से क्या कभी कुछ सीखते हैं?

'क्राउँ...क्राउँ...' करते हुए काकणसार का झुंड मेरे सिर के ऊपर से उड़ता हुआ न निकला होता, तो मैं इन चींटियों के छिद्र में स्थायी हो गया होता! एक छोटा-सा जीव हमें कितना दे सकता है! अहमदाबाद की सड़कों पर मैंने इस तरह काम करती हुई चींटियों को कभी नहीं देखा। मेरा यह सौभाग्य है, जो मैं इन चींटियों के पास बैठा हूँ।

मैं खड़ा हुआ, देखा तो रेस्ट हाउस के अहाते में एक टेम्पो खड़ा था। हमीर

सिंह छत पर चढ़कर मुझे खोजने के लिए इधर-उधर देख रहा था। उसे देखकर मैंने हाथ हिलाया। मुझे देखकर वह हाथ के इशारे से मुझे बुला रहा था।

छः

वर्षाऋतु का आगमन हो गया है। यह समाचार जिला ऑफिस तक पहुँच गया था। इसलिए बालाराम की नर्सरी से लगभग ग्यारह सौ तरह-तरह के पौधे टेम्पो में भरकर यहाँ भेजा गया था, जिनमें बेल, खैर, धव, गोंद, गूलर, देशी बबूल, शीशम, सेवन, कणजी, महुआ, रायण, जंगली सहिजन, खीजड़, टीमरू, सन्देशर, पीपल, नीम आदि के पौधे थे। हमने पाँच हजार पौधों के लिए गड्ढे बनवाये थे। रानी शिखर के पूरब की ओर कोई वाहन नहीं जा सकता था, इसलिए हमीर सिंह और बाबू, गड्ढा खोदने के लिए, जिन मजदूरों को ले आये थे, उन्हीं मजदूरों को लेकर वहाँ पहुँच गये।

रानी शिखर पर ऊपर तक जाने का तो कोई प्रश्न ही न था। एक बार वहाँ जाने के बाद दुबारा वहाँ जाने की हिम्मत ही नहीं होगी; परन्तु बारिश के बाद वहाँ की स्थिति की जानकारी लेने की उत्सुकता जरूर थी। परन्तु अभी तो इन पौधों के बारे में विचार करना जरूरी था। इसलिए मैं वहाँ पहुँचा, परन्तु थोड़ी देर हो गयी थी। बाबू और हमीर सिंह ने काम शुरू करा दिया था। सभी पूरी निष्ठा से काम में लग गये थे।

''आप नहीं आते साब...तो भी कोई हर्ज न था।'' हमीर सिंह ने कहा।

परन्तु सबसे अधिक प्रसन्नता तो इस बात की थी कि जहाँ-जहाँ वन सरोवर बनाये गये थे, वे सभी पानी से भर गये थे। उनमें से दो सरोवर टूट गये थे, जिनमें से पानी बह गया था। बाकी के तीन सरोवरों में पानी छलक रहा था।

पौधों को, पहले से बनाये गये गड्ढों में रोपकर उनमें बाल्टी से पानी भर दिया जाता था। सभी के चेहरों पर कुछ करने का आनन्द छलक रहा था। सभी इतनी सावधानी और लगन से काम कर रहे थे जैसे वे अपने खेत में काम कर रहे हों।

उसी समय लम्बी चोंचवाला जूता पहने कोई नौजवान आता हुआ दिखाई पड़ा। मैंने उसकी ओर कुछ विशेष ध्यान नहीं दिया। वह जब बहुत पास आ गया, तब सामने की ओर खड़ा हमीर सिंह बोला, ''साब!...ई आपका परभू है।''

रानी शिखर के सूखे तालाब की साक्षी में बरगद की घनी छाया में रोटले का एक टुकड़ा खिलाकर जाने के बाद प्रभु ने आज दर्शन दिया था।

"कहाँ गया था इतने दिनों तक?" मैंने पूछा। मेरी ओर देखकर वह हँसने लगा। हास्य ही उसका जवाब था।

बायीं ओर तीन-चार भैंसें बड़ी सावधानीपूर्वक अपने खुरों को जमीन से अड़ाते हुए, धीरे-धीरे उतर रही थीं। दो-तीन महीनों के बाद प्रभु की भैंसें घर वापस जा रही थीं।

"अरे!...सभी भैंसों को वापस ले आया?" मैंने उससे पूछा।

"साब!...इस बार एक पाड़ा कम हो गया है। कोई लकड़बग्घा, तेंदुवा या भालू उसे मारकर खा गया होगा।" वह निःश्वास छोड़ते हुए बोला।

ये मवेशी ही उनके धन-दौलत हैं। परन्तु उन्हें भगवान भरोसे इस तरह छुट्टा छोड़ देने का परिणाम भी और क्या होगा! यह मैं कहना चाहता था कि सामने खड़ा बाबू बीच में बोल पड़ा, "साब!...इस बखत तो जंगली जनावरों को भी भूखे मरने की नउबत आ गयी है। एक दिन रात को हमारे टोले में एक तेंदुवे ने हमला किया अउर एक कुत्ते को उठा ले गया। दूसरी बार में एक रबारी के बाड़े से एक बकरा उठा ले गया और तीसरी बार मेरे रबारी के घर में घुस गया। उस दिन तो उसके छोकरे को ही उठा ले जाता, पर तभी लोग जग गये अउर सोर मचा दिया, जिससे वह भाग गया। उसके बाद तो हम रात को पहरा देने लगे। उसी बीच घाँटा से यह खबर आयी कि लाला गरासिया के तीन साल के छोकरे को रात में कोई उठा ले गया।

हम दूसरे दिन वहाँ गये। पहाड़ी की ढलान पर उसका खोलरूं (झोंपड़ी) था। चारों ओर से टाटी पर माटी का लेप करके दीवार बनायी गयी थी। ऊपर बाँस का बना हुआ खोंप था और उसके ऊपर घास-फूस था। दो-चार मुर्गे-मुर्गियाँ इधर-उधर घूम रहे थे। सामने की ओर दो नंग-धड़ंग छोकरे बकरियों के पास खड़े-खड़े नाक से पोंटा पोंछ रहे थे। घर के आगे के हिस्से में एक टोकरी लटक रही थी, जिसमें रात में ये लोग मुर्गे-मुर्गियों को रखते होंगे। दूसरी ओर हाड़-पिंजर जैसी दो भैंसें बँधी थीं। बाँस को चीरकर उनके दो भाग करके उन्हें आड़े-तिरछे बाँधकर घर का फाटक बनाया गया था। मैंने घर के अन्दर नजर घुमायी, तो सामान के रूप के दो-चार बरतन ही दिखाई पड़े।

हमें आया हुआ देखकर आँगन के सामने उँकड़ू बैठा हुआ लाला हिचक-हिचककर रोने लगा। मैं उलझन में पड़ गया—मैं किस तरह इसे सान्त्वना दूँ! परन्तु मेरे और हमीर सिंह के आने की खबर पाकर आये हुए लेम्बा ने उसे सान्त्वना दी। वह जंगली प्राणी क्या था—जब उसके बारे में बात चली, तब पास में खड़े एकदम काले रंग के नवयुवक ने कहा, "पैरों के निशान से तेंदुवा लगता था।"

वे लोग उसके पैरों के निशान को देखते हुए बहुत दूर तक गये थे; परन्तु खून

का एक छींटा भी कहीं दिखाई नहीं पड़ा। छोकरे को वह किस तरह से ले गया होगा, इसकी चर्चा पूरे इलाके में जोरों पर थी। कुछ लोग तो यह मानने को तैयार न थे कि छोकरे को कोई जंगली जानवर ले गया होगा। वे तो मसान देव या बाबरा भूत के ही वहम में थे। मेरी समझ में ही नहीं आ रहा था कि छोकरे को भूत कैसे गुम कर सकता है?

आसपास के घरों से भी दो-चार लोग आ गये। मैंने पूछा कि लाला के कितने छोकरे हैं? तो पता चला कि 'अभी चार छोकरे हैं।' उसे सान्त्वना देकर हम वापस चले आये।

उस दिन से मैंने समझ लिया कि जंगल में जंगली पशु हैं, पर उन्हें देखा कभी न था। जेठ महीने की एकादशी को हम कपासिया गये हुए थे। कपासिया जाने के लिए घाँटा से होकर सोनवाड़ी का रास्ता है, परन्तु उस रास्ते में घना जंगल है, खासकर उसे खाखरा (पलाम) का वन कहा जाता है। रास्ता भी भयानक है। दिन में तो निकला जा सकता है; क्योंकि रास्ता पथरीला है, झाड़ियाँ अधिक हैं। वह इलाका घाटी जैसा है, दोनों तरफ पहाड़ हैं और उनके बीच से रास्ता है। यह सारा इलाका 'रीछ अभयारण्य' है। यहाँ पानी की सुविधा है, इसलिए यहाँ रीछों से सावधान रहना जरूरी है। ऐसा अनेक लोगों ने कहा था।

मैं और हमीर सिंह मोटरसाइकिल लेकर गये थे। कपासिया में महाराज के आग्रह के कारण आरती के बाद प्रसाद लेने के लिए रुकना पड़ा, इसलिए देर हो गयी। हम पालड़ी-खेड़ा के सामने तथा कपासिया और घाँटा के बीच आये, तभी मोटरसाइकिल पंचर हो गयी। मैं तो इस रास्ते पर पहली बार आया था।

एकादशी का चन्द्र आकाश को सुशोभित कर रहा था। अँधेरा होने के बाद इस रास्ते पर आवागमन बन्द हो जाता है। किसी को आवाज दी जाय, तो पत्थरों से टकराकर अपनी ही आवाज वापस आ जाती है। हमीर सिंह मेहनती और मजबूत है; जंगली प्राणियों जैसा है, कुशल और समझदार है। उसके लिए जो भी कहना हो, कहा जा सकता है, क्योंकि जब भी वह बाहर निकलता है, धारिया अपने पास ही रखता है। आज भी धारिया उसके साथ था। वह मानता है कि धारिया तो अपनी हिम्मत है : 'नथी कदी हुँ एकलो, साथी मारे बार' (नहीं कभी मैं अकेला, साथी मेरे बारह)।

उसने कहा, ''साब!...जरा भी घबराने की जरूरत नहीं है।...बस! चलना पड़ेगा, यही एक तकलीफ है।''

पर मेरी तो चिन्ता मोटरसाइकिल की थी। यह अहमदाबाद थोड़े ही था कि मोटरसाइकिल को घसीटते हुए चल पड़ें। यहाँ हमें खुद के चलने की समस्या थी,

मोटरसाइकिल की तो बात दूर रही। परन्तु हमीर सिंह ने तुरन्त कहा, ''अरे! इसकी चिन्ता आप काहे को करते हैं? सामने उस पत्थर के नीचे रखकर ताला लगा देते हैं।'' मुझे चिन्ता हुई कि कोई इसे उठा ले जाय तो! परन्तु यहाँ पर ऐसी कोई चिन्ता न थी। कल आकर हमीर सिंह इसकी व्यवस्था कर लेगा। यह तय करके उसने मोटरसाइकिल को खींचकर रास्ते से थोड़ा अन्दर ले जाकर एक बड़ी शिला की आड़ में रख दिया।

शाम के तीन बजे तक तो नर्सरी से आये सभी ग्यारह सौ पौधों को रोप दिया गया। परन्तु यहाँ तो पाँच हजार गड्ढे खोदे गये थे, बाकी का क्या होगा?

सात

आपने कभी किसी अनजान रास्ते पर रात में चलने का अनुभव किया है, जहाँ चारों ओर नंगे पहाड़ हों; पूरब तरफ के पहाड़ की चोटी के पीछे छिपा हुआ चन्द्रमा हो, सीधे रास्ते पर चलने के बजाय, पैरों को पत्थरों से बचाने की चिन्ता हो; रात्रि का अन्धकार ऊबड़-खाबड़ पहाड़ों की गुफाओं में छिपा हो; ग्रीष्म के ताप से पेड़ों के पत्ते सूखकर गिर गये हों; पेड़ों की नंगी डालियाँ हिलती हों; बहुत गहरी नहीं, परन्तु थोड़ी कम गहरी घाटियों के पास से तथा भालुओं के अभयारण्य के बीच से होकर चलने का अनुभव आपने किया है? मैं तो कहूँगा—हाँ, मैंने इसका आनन्द लिया है।

जेठ सुदी एकादशी के दिन कपासिया से आते समय रास्ते में मोटरसाइकिल पंचर हो जाने के कारण हम धीमी गति से सावधानीपूर्वक आगे बढ़ रहे हैं। हमारी ही तरह चन्द्रमा भी ऊपर चढ़ता जा रहा है। अब वह हमारे मार्ग का प्रहरी बन गया है। उसके प्रकाश से हमारा पथ प्रकाशित हो रहा है। पूरे दिन की उमस धीरे-धीरे शान्त होती प्रतीत हो रही है। हवा भी मानो गरमी से होड़ कर रही हो, इस तरह जैसे इस छोर से उस छोर तक चक्कर लगाते हुए माथा पटक रही है। हवा के झोंकों से जमीन पर पड़े पीले पत्तों से खरखराहट की आवाज लगातार आ रही है मानो पीले पत्तों और हवा के बीच युद्ध छिड़ा हो। ठंडे होते पत्थरों से अपरिचित सुगन्ध आ रही है मानो आकाश से चन्द्रमा सुधा के साथ-साथ इत्र का छिड़काव कर रहा हो। पानी के लिए बिलखते इन गहरे सोतों में मानो सन्नाटा रुदन कर रहा हो।

हमारी ही तरह रात भी आगे बढ़ती जा रही है। हवा में ठंडक बढ़ती जा रही

है। ठंडी हवा के पीछे भयानक रात पर्वतों के हर एक पत्थर पर खड़ी है और आकाश से चन्द्रमा हमें ऐसे देख रहा है मानो हमें चिढ़ा रहा हो। उसके साथ-साथ आकाश के तारामंडल भी हमें एकटक देख रहे हैं। यद्यपि चन्द्रमा के प्रकाश के सामने वे फीके पड़ गये हैं : 'शरद पूनमनी रातड़ी ने कईं चन्द्र पड्यो आकाश रे...' गरबा गीत की पंक्ति मैं गुनगुनाना चाहता हूँ। परन्तु गीत गले में रुक जाता है क्योंकि यह जेठ की रात थी...।

वैसे तो यह समय छत पर बिस्तर लगाकर आकाश को ओढ़कर सोने का समय है, परन्तु आज पैर चल रहे हैं, अरण्य रुदन कर रहा है, रास्ता कटता जा रहा है और मन समड़ी (चील) की तरह चक्कर काट रहा है। हम दोनों निःशब्द रात्रि में, निर्जन पथ पर वाणी-विहीन कदम बढ़ाते चले जा रहे हैं।

मैं थककर खड़ा हो गया और बगल के एक पत्थर पर बैठ गया। शरीर से पसीने की बारिश हो रही थी, परन्तु, रात्रि के अरण्य का यह रूप मैंने आज तक न तो देखा था और न अनुभव किया था। वन के बारे में पढ़ा तो था, परन्तु वन के वास्तविक स्वरूप को नहीं देखा था। आज नींद का तो नामो-निशान न था, परन्तु आकाश में तारे ऐसे बिखरे थे जैसे मक्का भुनने की कढ़ाही में से छिटके हुए मक्के के लावा बिखरे हों—गिनें, तो गिनाय नहीं, बीनें तो बिनाय नहीं, फिर भी वे आकाश में समा जाते हैं। ऐसे तारे मानो सौन्दर्य की थाली सजाकर खड़े हों। उनकी थाल में पर्वतों की पूजा की सामग्री होती है।

आकाश की तरफ देखता हूँ, तो दिशाओं का ज्ञान भूल जाता हूँ। क्षण भर के लिए तो ऐसा लगता है मानो मेरे मन में सारी दिशाएँ मिट गयी हैं। इन तारों की झिलमिलाती रोशनी में मैं अरुंधती, धर्मिष्ठा, सप्तर्षि या बिच्छू को खोजता हूँ, जिनके आधार पर मैं दिशाओं का निश्चय कर सकूँ।

आदमी को किसका डर होता है—ऐसा प्रश्न किसी से पूछा जाय तो उसका सीधा जवाब होगा—जानकारी का डर! 'धूम्...धूम्...धूऽऽऽ...' की आवाज सुनकर मैं रुक जाता हूँ। फिर थोड़ी देर में 'हाँऽ...हूऽऽऽऽ...' की आवाज आती है, परन्तु थोड़ा और समय बीतने पर 'टक्...टक्...' की आवाज सुनकर मैं हमीर सिंह से पूछता हूँ, "यह आवाज किसकी है?...यह किसी एक ही प्राणी की आवाज है या अलग-अलग?"

हमीर सिंह ने कहा, "ई घुवड़ (उल्लू) की आवाज है। वो अलग-अलग आवाज निकाल सकता है।" मैंने चित्र में घुवड़ देखा था। फिर हमीर सिंह ने कहा, "ऊ पूरे दिन किसी धोधड़ में या पत्थर पर बैठा रहता है। लोग उसे असगुनिया मानते हैं। अइसा लोग मानते हैं कि किसी के घर के बँड़ेर पर ई बैठकर बोले तो किसी की मौत हो जाती है।"

घुवड़ आदमी जैसी आवाज निकाल सकता है, यह जानकर मुझे आश्चर्य हुआ। पर तभी दूर से किसी अनजान पक्षी की आवाज आयी। हमीर सिंह एकदम से रुक गया, ''साब!...थोड़ी देर रुकिए।''

हम दोनों एक पत्थर पर बैठ गये। उस पक्षी की चहचहाट मैंने सुनी, पर उसकी आवाज से मैं अपरिचित था। वह रह-रहकर बोल रहा था। वह बोलते हुए धीरे-धीरे पूरब दिशा की पहाड़ी की बगल से आगे निकल गया। हम खड़े हुए। हमीर सिंह कुछ बोला नहीं, इसलिए मैंने पूछा, उसने कहा, ''रीछ-वीछ कोई जंगली पशु अगर रास्ते में आकर बैठ जाए, तो दूसरों के लिए मुसीबत खड़ी हो जाती है। यह पक्षी उस पशु की आवाज की नकल करके हम सबको सचेत करते हुए उसके साथ-साथ ही घूमता है।''

मुझे चाँदनी के उजाले में खड़े पर्वतों के पत्थरों की कालिमा में रीछ की छाया दिखाई पड़ी। मैंने सोचा, हम बच गये।

घाँटा से होते हुए हम सोनवाड़ी आये, उस समय 'तारियुँ' सिर के ऊपर आ गया था और चन्द्रमा पश्चिम दिशा की तरफ झुक रहा था। तारों की अमृत वर्षा हो रही थी। हवा अधिक ठंडक से भर गयी थी। पर्वतों से कभी-कभी अपरिचित पक्षियों की आवाज आ रही थी। इस जगत का महान सर्जक मानो मोतियों का थाल सजाकर खड़ा हो मानो किसी अज्ञात चेतना की रिमझिम बारिश हो रही थी। आज मानो मैं कोई अद्भुत जीवन रस घूँट-घूँट करके पी रहा हूँ।

एक तरफ चन्द्रमा की चाँदनी, दूध में स्नान करते हुए भगवान शंकर की प्रतिछवि जैसे पर्वत, निरभ्र श्यामल तेज भरी रात्रि, आकाशी अन्धकार के बीच कोटि-कोटि तारों की विविध आकृतियाँ—मेरे लिए आज तक का अजीब आकर्षण था। रात्रि का ऐसा सौन्दर्य होगा, यह मुझे कहाँ पता था! आज ही विश्वास पड़ा।

रात्रि के शान्त वातावरण के आवरण को भेदकर चीबरी (चील) की चहचहाट दूर-दूर तक सुनाई दे रही थी। ऊँचे वृक्षों के शिखर पर बैठे हुए गिद्धों के पंखों की फड़फड़ाहट की आवाज कहीं-कहीं से आ रही थी। चाँदनी रात में 'क्राऊँ-क्राऊँ' करते काकणसार उड़ते हुए कहीं जा रहे थे। हमारे जैसे भूले-भटके लोग इनकी शान्ति को भंग करते रहते हैं। निशिचर प्राणी अपना पेट भरने के लिए रात को ही निकलते हैं। चोर या लुटेरे भी रात्रि का आशीर्वाद लेकर अपने काम पर जाते हैं, परन्तु प्रणयानुरागी चन्द्रमा और चाँदनी को गालियाँ भी देते हैं।

आज इस रात रानी ने मेरे अंग-अंग में, रोम-रोम में चेतना का सिंचन किया है। चाँद और चाँदनी के धवल प्रकाश ने एक अनोखे मार्ग का द्वार खोल दिया है। अन्धकार की चादर ओढ़कर गहरी नींद में सोने वाले को इस सौन्दर्य का ख्याल कहाँ से होगा! मैं भी कहाँ जान पाया हूँ इस आकाश गंगा को!

इतना लम्बा रास्ता कट गया। ऊबड़-खाबड़ रास्तों पर गिरते-पड़ते, सुबह होते-होते हम कपासिया से चलकर आ पहुँचे रेस्ट हाउस के दरवाजे पर, परन्तु तन और मन में थकावट का नामो-निशान तक न था।

चन्द्रमा पश्चिम दिशा में गाजणा के पीछे पहुँच गया था और मैं रात्रि के सौन्दर्य को घूँट भर-भरकर पीते हुए बिस्तर पर पड़ गया।

आठ

बालाराम नर्सरी से आये हुए पौधे पर्याप्त नहीं थे। बरसात होने के पहले हम बालाराम गये थे। बालाराम जाने का यह मेरा दूसरा अवसर था।

हम प्राथमिक पाठशाला में पढ़ते थे, तब अहमदाबाद से 'छुक्-छुक् गाड़ी' में बैठकर चित्रासणा स्टेशन पर उतरे थे और वहाँ से पैदल चलते हुए 3 किमी. पूरब दिशा में गये थे। नदी के किनारे खड़े ऊँचे-ऊँचे वृक्षों को देखकर हम आश्चर्य में पड़ गये थे। इतने ऊँचे-ऊँचे वृक्ष हमने इसके पहले देखे न थे। उस समय हमारे अध्यापक ने बताया था कि 'बालाराम तो गुजरात का कश्मीर है।' हमें सचमुच लगा था कि यह कश्मीर ही है।

यह एक निरुद्‌देश्य यात्रा थी, परन्तु दूसरी यात्रा सोद्‌देश्य थी। इस बार अरावली के एक भाग के वन संरक्षक या संवर्धक के रूप में मेरी यह यात्रा थी। बचपन में जो जंगल मैंने देखा था, आज वह न था, परन्तु 'मरा हाथी भी सवा लाख का'। यहाँ भगवान शंकर का पौराणिक मन्दिर है। ऐसा कहा जाता है कि वर्षों पहले अकाल के समय सिन्ध की तरफ से विस्थापित होकर कुछ लोग यहाँ आये थे। भगवान शंकर ने साधु का वेश धारण करके उन अकालग्रस्त बालकों की देखभाल की थी और वे अच्छी तरह से रह सकें, इसका पूरा ध्यान रखा था। उस समय वे बालकों के दादा अर्थात् 'बाल-आराम-दादा' के नाम से जाने जाते थे, वही बालाराम शंकर भगवान!

अरावली की गिरिमालाओं से घिरा हुआ यह पहाड़ी इलाका है। यहाँ बालाराम नदी बहती है। वह आगे जाकर बनास में मिल जाती है। उसी नदी के तट पर बालाराम महादेव का सुन्दर मन्दिर है। नयनाभिराम वनश्री और वृक्षों से आच्छादित इस मन्दिर में, पहाड़ों में बहते मीठे पानी के झरने में से फूटकर एक सोता आता है, जो संगमरमर से बने गोमुख के माध्यम से, शिवलिंग पर निरन्तर जलाभिषेक करता है। ऐसा कहा जाता है कि छप्पनिया अकाल (संवत् 1056 में पड़ा भीषण अकाल)

के समय में भी उस सोते का प्रवाह सूखा न था। ऐसा यह पवित्र और रमणीय स्थल है।

ढाल से उतरकर महादेव के मन्दिर की ओर जाते समय रास्ते के दोनों ओर खड़े 15 से 20 मीटर ऊँचे अर्जुन के पंक्तिबद्ध वृक्षों को देखकर लगता है मानो भभूत रमाये साधु भगवान शंकर की आराधना कर रहे हों। उनकी डालियाँ लम्बी, छाल सफेद और पत्ते अमरूद के पत्तां जैसे। डालियों में लगे पत्ते हवा में लहरा रहे थे, तो जमीन पर पड़े पत्ते पैरों से कुचले जा रहे थे।

वैशाख का महीना चल रहा था। अर्जुन वृक्ष में सफेद फूल लगे हुए थे। जमीन पर पड़े एक फूल को देखा, तो उसमें से मनमोहक सुगन्ध आ रही थी। उस पर एक झीनी परत भी थी। मैंने एक आदमी से पूछा, "वह कौन-सा वृक्ष है?" तो उसने उसका नाम 'सादड़' बताया। यह सादड़ ही इन्द्र और पांडुपुत्र अर्जुन का नामधारी अर्जुन वृक्ष है। हमारे ऋषि-मुनियों ने वनस्पतियों के गुणों को जान-पहचानकर और अनुभव करके उनका नामकरण देव-देवियों के नाम पर किया।

हृदय रोग के लिए दिव्य माने जानेवाले इस वृक्ष को देखकर मुझे चक्कर आ गया। उसका तना 10 फुट चौड़ा था। अन्दर की छाल नीली, टेढ़े-मेढ़े, आमने-सामने या एकान्तरित, आरम्भ में लाल और उसक बाद गहरा हरा, सदा हरा रहनेवाले लम्बगोल पत्ते, सफेद अथवा हल्के हरे रंग से युक्त गठीले गुच्छों वाले पुष्प, चौड़े, खड़े, पाँच भागों में बँटे हुए हल्के नीले, पीले या कत्थई रंग के पंखोंवाले फलों को देखकर हमें आनन्द का अनुभव होता है। ऐसा कहा जाता है कि भालू उल्टा होकर इस पर सरलता से चढ़ सकता है।

अर्जुन वृक्षों की घनी छाया से होकर आगे बढ़ते हुए लीली, शीमल, गरमाला, धामण आदि के वृक्ष दिखाई पड़ते हैं। मन्दिर के बगल में विशाल वटवृक्ष खड़ा है।

मन्दिर के पिछवाड़े, मन्दिर से एकदम सटी हुई बालाराम की पहाड़ी खड़ी है, जो हरियाली से लदी हुई है। पहाड़ी पर उगे वृक्ष हवा के झोंकों से ऐसे झूमते हैं मानो अपने पत्ते से भगवान शंकर को पंखे झल रहे हों। ऐसे मनोरम दृश्य को देखकर हमारी आँखें शीतलता का अनुभव करती हैं। कुछ वृक्षों की जड़ें तो मानो अपनी देह को टेका देने के लिए जमीन के बहुत अन्दर तक चली गयी हैं। यही समझ में नहीं आता था कि कौन किसको टिकाए हुए है?

मन्दिर के गर्भगृह में से भगवान शंकर के लिंग के प्रक्षालन के लिए आनेवाले अज्ञात जल यात्रियों के सिर पर छिड़काव होते देखना मनुष्य की श्रद्धा का सबसे बड़ा विषय है।

मेरा मन यहाँ एक साथ तीन आस्थाओं की वन्दना करता है : गर्भगृह के शिवलिंग को, मन्दिर के पीछे लहराती हरी-भरी प्रकृति को और बहते झरने से

जिसका अप्रकट हाथ जलाभिषेक करा रहा है, ऐसे अरावली को।

मुझे यहाँ परम शान्ति का अनुभव हुआ।

परन्तु सामने ही सूखी धाकोर नदी में, मन्दिर से बहते झरने के सिवाय दूसरी कोई नमी न थी; इसलिए उसकी रेत आँखों में चुभती थी। यहाँ पर एक सन्तोष की बात थी कि यह भटकता हुआ छोटा-सा झरना शिवलिंग पर जलाभिषेक तो करता था। जहाँ लोगों को वैधव्य ओढ़ करके खड़ा रहना पड़ता है, वहाँ भगवान जाने यह झरना कहाँ से आता होगा! ऐसा अगम्य प्रश्न ही आस्था का रूप ले लेता है। यही हाल कुदरत का है।

बगल में गूलर का एक विशाल वृक्ष लहरा रहा था। उसके थाले में पानी था। इसलिए उसकी जड़ों को कोई चिन्ता न थी। आसपास हरी-भरी घासें फरफरा रही थीं। इस ऊँचे वृक्ष की डालियों और पत्तों पर लम्बी गरदन और बड़ी चोंचवाला चिलोड़ा होता है, हरे और आसमानी रंग की आभावाला, भारी और कर्कश आवाज करनेवाले पंडुब्बियों, काबरों, कौओं, सुग्गों, तोतों, काले काकणसारों और थोड़े सफेद बगुलों की आवाजाही यहाँ सतत देखने को मिलती है। थोड़ी चोंच डूबने भर का पानी यहाँ पर था। इसलिए पुजारी ने बताया कि देर रात को सियार, लकड़बग्घे, भालू और कभी-कभी तो तेंदुवे भी पानी पीने के लिए यहाँ आया करते थे।

नौ

जब-जब मुझे वावधारा जाने का मौका मिलता है, तब-तब खेंगार से मिलने की मेरी इच्छा होती ही है। खेंगार तो मूलत: बाड़मेर की तरफ का रहनेवाला रबारी (पशुपालक जाति) था, पर यहाँ आकर स्थाई हो गया था। अरावली के इस तरफ की मुख्य चार गिरिमालाओं को देखें, तो जासोर, चोटीला, जयराज और सेवानिया हैं। चोटील के बगल में ही खेंगार रहता था।

थोड़ी ढलान के पास एक विशालकाय इमली का पेड़ है। उसके पास ही खेंगार का खोरडुँ (मिट्टी और घास-फूस का घर) के चारों ओर पेड़ की हरी डालियों को लकड़ी की दो पट्टियों के बीच कसकर बाँधकर दीवार बनायी गयी थी। ऊपर भी इसी तरह से ठाठ बनाया गया था और उसे ऊपर से मूँज से ढँक दिया गया था, ताकि बारिश का पानी सीधे अन्दर न जाय।

खेंगार की उमर पचास से कम थी—पतला, किन्तु मजबूत काठी का, बहुत लम्बा भी नहीं, बहुत छोटा भी नहीं। सिर पर लाल या सफेद मारवाड़ी साफा,

दोरीवाला अँगरखा, घुटने तक कसकर बँधी हुई धोती—यही उसका रहन-सहन और पहनावा था।

मैं जब भी इस ओर आता हूँ, खेंगार से जरूर मिलता हूँ। मिलने लायक आदमी है वह। उसके साथ मेरी पहली मुलाकात 'मुनि की कुटिया' से आते समय रास्ते में हुई थी। मैं और हमीर सिंह नीचे उतर रहे थे, शरीर से पसीना टपक रहा था और बात करने की हिम्मत न थी, परन्तु ठीक तरह से हम नीचे उतर रहे थे। उसी समय दायीं ओर से आते इस आदमी से हमारी मुलाकात हुई। हमीर सिंह ने कहा, ''साब!...ई खेंगार है। वावधारा की ओर रहता है। अकेला है और औलिया किस्म (सरल स्वभाव) का आदमी है।''

हमीर सिंह से 'औलिया' शब्द सुनकर मैं चौंका। मिल गया कोई खुदा का बन्दा!...और वह भी इस वेश में! उसके पैरों में कुछ न था।

मेरा यह पहला परिचय था; फिर भी आगे-आगे चलते हुए कहने लगा, ''सम्हलकर साब!...इस तरफ गड्ढा है, उस तरफ बड़ा पत्थर है;...देखिएगा साब! आगे छर्रियाँ हैं, उन पर से फिसलने का डर है।''

मेरा पूरा ध्यान रखने लगा। एक ही मिनट में मेरी सेवा में लग गया।

मैंने उससे पूछा, ''क्यूँ, पैरों में कुछ पहने नहीं हो?''

वह रुककर खिलखिलाकर हँस पड़ा; फिर बोला, ''साब!...इसकी तो लम्बी कहानी है।''

''तुम्हें कोई परेशानी न हो, तो सुनाओ न वह कहानी!'' इतना बोलते ही मेरा पाँव थोड़ा फिसल गया। उसने झट मुझे पकड़ लिया। फिर बोला, ''साब!...ढलान और टेढ़े-मेढ़े रास्ते पर सम्हलकर न चलने से अइसा ही होता है।''

''तुम्हारा घर-परिवार है या नहीं?'' मैंने पूछा।

''साब!...सभी हैं। मेरे दो बड़े भाई हैं, भाभियाँ हैं, भतीजे-भतीजियाँ हैं। भगवान की मेहरबानी से सब भरा-पूरा है।'' उसने कहा।

''वे सब कहाँ हैं?'' मैंने पूछा।

''अभी तो वे धानेरा की तरफ एक गाँव में रहते हैं। वइसे तो हम बरसों पहिले भुखमरी के मारे बाड़मेर से इधर की ओर आ गये थे। मजूरी करके पेट भरते, पर पाई-पाई इकट्ठा करके थोड़ी जमीन ले ली। ई तो बात मैं अपने बाप-दादा के जमाने की कर रहा हूँ। अभी तो भगवान की मेहरबानी है। पचास-साठ बिगहा जमीन है, पानी का बोर है।''

''तो तुम वहीं क्यों नहीं रहते?'' मैंने पूछा।

''बस!...इस दुनिया का मोह खतम हो गया है।'' मैंने पूछा।

''इतनी उमर में मोह खतम हो गया?'' उसने कहा।

"शादी की थी, पर नसीब में सुख न था। आपसे सच कहूँ, तो मुझे एक लड़की से प्रेम हो गया था। हमने साथ ही जीने-मरने की कसमें खाई थीं। पर साब!...आप तो जानते ही हैं कि अउरत जात का भरोसा क्या?" वह थोड़ी देर चुप रहा, फिर एक लम्बी साँस ली। उसकी नजर इस जासोर के सूखे जंगल पर तितली की तरह फुदकती रही।

आदमी दुखी था। उसके दुख ने उसे अकेलेपन की ओर धकेल दिया था और धीरे-धीरे उसका मन दुनियादारी से उचट गया था।

"अब तो अकेले ही रहते हो, अकेले क्या करते रहते हो?" मैंने पूछा।

उसने कहा, "अकेला कहाँ हूँ! ई छोटे-बड़े पेड़-पौधे, ये आसमान में उड़ते पंछी, जिया-जनावर और ई पहाड़! इन सबके साथ जीने में मुझे आनन्द आता है।"

"खेंगार, तुम तो बहुत ऊँची बातें करते हो! कहाँ से यह सब सीखा है?" मेरे पूछने पर उसने तुरन्त कहा, "मुनि महाराज से! वो अकेले-अकेले जंगल में घूमते रहते हैं। पेड़-पौधों के साथ, पत्थरों और पंखियों के साथ बातें करते रहते हैं। उन्होंने ही मुझे सब कुछ सिखाया है।"

मैं आश्चर्य से खेंगार को देखता रहा। शेणी-विजानन्द और लैला-मजनूँ का यह वंशज सचमुच औलिया ही है। हमीर सिंह की बात मेरी समझ मे आ गयी।

खेंगार की प्रेमिका ने उसे दगा दिया था, परन्तु वह ऐसा मानता न था। उसने कहा, "साब!...अउरत जात है, उसकी भी कोई मजबूरी रही होगी कि नहीं!"

उसकी मजबूरी ने ही इस आदमी को औलिया बना दिया था।

एक अपढ़-गँवार आदमी की प्रेम की बातों ने मुझे ऐसा धक्का मारा कि मैं जा पहुँचा अहमदबाद के साइंस कॉलेज के सामने स्थित नीम के पेड़ की छाया में, यूनिवर्सिटी की कैंटीन में और लाइब्रेरी की सीढ़ियों के सामने, नवरंगपुरा के इलाके की हर-एक सड़क के किनारे खड़े वृक्षों के नीचे, आज भी आसपास पड़े हमारे पैरों के निशान सुरक्षित होंगे।...यह लाल दरवाजा का बस स्टैंड, यह अटीरा (एक सरकारी संस्था का संक्षिप्त नाम), ये सिनेमाघर, बाग-बगीचे, नवरात्रि का गरबा, होली के रंग—ये सभी इस समय मेरे सामने आकर खड़े हुए। खेंगार की तरह मेरे भी अन्दर से नि:श्वास निकल गया और मैं सर्रर्रर्रर्र...करते हुए नीचे पहुँच गया।

"साब!...चोट तो नहीं न आयी?" मैंने इनकार में सिर हिलाया। परन्तु दाहिना पैर छिल गया था। उसमें से खून बहने लगा था। यह देखकर खेंगार तुरन्त इधर-उधर देखने लगा। बायीं ओर थोड़ी दूर जाकर वापस आया। वह दोनों हाथों से हरे पते मसल रहा था। उसका रस छिले हुए भाग पर चुपड़ दिया। मुझे ऐसा लगा जैसे गरम तवा पर किसी ने पानी का छींटा मारा हो और पानी छनछना रहा हो।

खेंगार वावधरा से थोड़ी दूरी पर अकेले रहता था। बरसात में तो उसके

आसपास का वातावरण सचमुच बहुत सुन्दर होगा। मुझे ऐसा लगता था।

महीने में सात-आठ दिन के लिए यहाँ मुनिजी की सेवा के लिए आता है। कभी-कभी अपने परिवार जनों से मिलने के लिए धानेरा भी जाता था।

अपने नंगे पैरों के बारे में उसने कुछ कहा नहीं; परन्तु जब से उसके दिल को चोट पहुँची, तभी से पाँवों में कुछ न पहनने का संकल्प उसने कर लिया होगा, ऐसा उसकी सूनी आँखें बता रही थीं।

वावधरा मुट्ठी भर लोगों का गाँव है। उसमें थोड़े घर रबारियों के हैं और बाकी के घर गरासिया भीलों के। उनके खेतों में बरसात में जो कुछ हो जाता है वही उनकी खेती! ठंडी और गरमी में मजूरी पर ही निभाते हैं।...और नहीं तो चोटीला तो है ही। उसके जंगलों से लकड़ियाँ काटकर लाना और बेचना।...अगर मधु मिले तो उसे उतारकर बेचना। जंगली फल मिल जाएँ तो उन्हें बेचना।...खैर आदि का गोंद बीनकर बेचना।

शाम को सभी झुंड बनाकर बैठते हैं...गप्पें लगाते हैं, चिलम से धुआँ उड़ाते हैं और रात को देर से सोते हैं। यही उनका जीवन-क्रम!

मैं अपने मन में सोचता हूँ कि ये लोग बेकार और निकम्मे हैं, खाने को तो मिलता नहीं, पानी की भी भारी समस्या है। परन्तु इनके मन में किसी प्रकार का तनाव नहीं, बल्कि ये आनन्द में जीते हैं।...संघर्ष में भी ये आनन्द लेते हैं। पशु-पक्षियों की तरह इन्हें भी कल की फिकर नहीं। खेंगार कहता भी था : ''भगवान ने पेट दिया है, तो उसको भरने की बेवस्था करेंगे ही।...भगवान ने कभी किसी को खाली पेट नहीं सुलाया है, फिर चिन्ता किस बात की!...चिन्ता करने के लिए ऊ हजार हाथोंवाला तो बैठा ही है!''

खेंगार का हमेशा का साथी इमली का यह पेड़ अनेक जीवों का आश्रय-स्थल है। उसके झीने-झीने पत्ते भी उनके विष्ठों से बचे नहीं हैं। उसने कहा, ''साब!...आप शाम को आइए, तो ई इमली का पेड़ जीता-जागता और पंख फड़फड़ाता हुआ दिखाई पड़ेगा। एकदम सुबह में भी अइसा ही। फिर सभी अपनी-अपनी टोलियों के साथ उड़ जाते हैं।''

''रात को अकेले डर नहीं लगता?'' मैंने खेंगार से पूछा, तो वह हँस पड़ा, फिर बोला, ''साब!...ये पहाड़ हमारे माँ-बाप हैं। फिर चिन्ता किस बात की! मैंने तो सौंप दिया है ऊपर वाले के हाथ में!...अपने तो बस शान्ति से सोना है!...आज जो बीत गया, ऊ कल आनेवाला नहीं!...भगवान!...भगवान!...''

एक मैले-कुचैले अनपढ़-गँवार ने आज मुझे बहुत-कुछ दे दिया। मेरा भटकता मन कहीं स्थिर हो गया। उसमें तो बारिश के पानी जैसी शुद्ध और पारदर्शक शान्ति थी। पक्षियों जैसी निर्दोषता और इन पर्वतों जैसी अडिगता थी उसमें!

अपेक्षारहित और निर्विकार इस आदमी ने तो मेरी आँखें ही खोल दीं। मेरे विचारों में भी बदलाव आ गया, मैं किसलिए ईर्ष्या और अहंकार का बोझ लेकर फिरता हूँ!

ये सूखे हुए जंगल, साधुओं की तरह धूनी रमाये ये खेत, कँटीले झाड़-झंखाड़, धूल से भरे बवंडर, भूखों रहकर भी जीते ये ग्रामवासी और कलरव करते ये पक्षी—इन सभी ने मिलकर मुझे पकड़ लिया है। अब यहाँ से वापस जाने का मन ही नहीं होता। मेरे मन में से 'नकार' नाम का दूषित पानी सूख गया है और 'सकार' के सोते फूट निकले हैं। मेरे अन्दर और बाहर सब कुछ बदल रहा है, छलकते हुए आनन्द का अनुभव हो रहा है।

दिन की चिलचिलाती धूप और रात्रि का डरावना अन्धकार मेरे अन्दर कहीं विलीन हो गया है। धरती की सीमितता और आकाश की विशालता ने मुझे लबालब भर दिया है। मैं मानो मुक्ति का अनुभव कर रहा हूँ। इस अरावली के चरणों में बैठकर मैं स्तुति करता हूँ : आ नो भद्रा क्रतवो यन्तु विश्वत:...।

दस

आषाढ़ समाप्त हो रहा था। हाथियों जैसे काले और रुई की पूनी जैसे सफेद बादलों का आना-जाना अभी चालू था, परन्तु बारिश नहीं हो रही थी। जिन लोगों के पास जमीन थी, वे उनकी जुताई करके मक्का, ज्वार-बाजरा, मूँग, मोथी और गवार की बुवाई करने में लग गये थे।

मेरी आँखों के सामने प्रकृति ने अपना वेश-परिवर्तन शुरू कर दिया था। मैं सुबह से उठकर देखता, तो जो कल था, वह आज न था। आज एक नयी ताजगी, नयी कोंपल या नये घास के नये अंकुर दिखाई पड़ रहे थे। देखते-ही-देखते एक ही हफ्ते में सारा-का-सारा जंगल हरियाली से ढँक गया था। मुझे जो काम करना था, वह तो पूरा हो गया था। अब ग्यारह सौ पौधों से अधिक पौधे नहीं मिल सकते थे, उनका खर्च अतिरिक्त माना जाएगा। परन्तु मैंने निश्चय किया कि बारिश के बाद जंगल में जो पौधे उगते हैं, उन पौधों को बाकी बचे गड्ढों में बोया जाए। इसलिए नीम के पेड़ों के नीचे जाँच करवायी, तो पता चला कि नीम के पौधे वहाँ उगने लगे हैं।

ऐसे जंगल में पुंवाड़, झिंझवा, सिलारूँ, सामा, भंगोरूँ, कास, दर्भ जैसी घासें उग आयी थीं। उनके सुगन्ध का भी अपना एक आनन्द है। आवसी-बावसी, गाडेर, अंगाड़ी, जंगली तिल, पानीवेल और सफेद फूलोंवाली आज तक कहां दबी पड़ी

थीं। उनके बीज अब तक कहाँ थे? गरमी की चिलचिलाती धूप में वे कहाँ गये थे?

मेरे मन में प्रश्न उठता है कि जो ये घासें उग आयी हैं, उनके बीज जमीन में पड़े होंगे या उनके मूल? बारिश हुई और वे निकल आये।

हमीर सिंह ने कहा, ''इनके तो बीज ही होते हैं। वे धूल के कण जैसे होते हैं।...आप देखिएगा न! जब ये बड़े होंगे, तब मैं आपको दिखाऊँगा।''

कुदरत का भंडार कितना विशाल है? आदमी महामुसीबत सहन करके बीजों का संग्रह करता है, उसका परिशोधन करके, खेत को पानी से भरकर थक जाता है, तो भी बीज ठीक से उगता नहीं है, जितना उगता है, उसकी फसल अच्छी नहीं होती, परन्तु यहाँ तो कौन बोने के लिए आता है!

इस विश्व का सबसे बड़ा किसान तो ईश्वर है। यह पूरी पृथ्वी उसके लिए दो बीघे से भी कम खेत है। सूरज और चाँद काले-सफेद दो उसके बैल हैं। ऋतुएँ उसके हल हैं। धूल, ढेले और माटी अनाज के भंडार हैं। समुद्र उसके कुएँ हैं और नदी-नाले उसकी नालियाँ हैं। सरोवर-तालाब उसकी क्यारियाँ हैं। हवाएँ उसके पंखे हैं और वृक्ष उसके प्रहरी हैं।

वह खेतों को कब जोतता, कब उनमें बीज बोता है, कब उनमें पानी देता है, खेतों का पानी कब सूखता है, कब फसल की कटाई होती है, फसल कब खलिहान में लायी जाती है और कब भंडार में भर दी जाती है, किसी को इसका पता नहीं चलता। अगर आपको उस किसान का पता चल जाए, तो उसकी मुसीबत बढ़ जाएगी। इसकी चिन्ता उसे सदा बनी रहती है। वह ऐसा किसान है, जो कभी किसी को मिलता नहीं; परन्तु निरन्तर अपने खेत की रखवाली करता रहता है।

उस किसान ने कुएँ से पानी निकाला, खेतों में पानी चलाया, हल चलाकर बीजों की बुवाई कर दी और इस समय धरती की छाती फोड़कर, कोई नुकसान किए बिना, सब कुछ अंकुरित हो चुका है। चारों तरफ हरियाली-ही-हरियाली...।

उसकी खेती को देखते हुए मैं लुक्खा पर्वत की ओर जा रहा हूँ। रास्ते के बीच मखमली लाल चादर ओढ़े बहुत सारे जीवों को देखकर मैं आश्चर्य में पड़ जाता हूँ।...कितने सुन्दर!...और उनकी संख्या भी कितनी अधिक!

मैने हमीर सिंह को आवाज दी। वह रेस्ट हाउस के पिछले भाग में बरतन धो रहा था। काम छोड़कर वह मेरे पास आया। मैंने अपना आश्चर्य व्यक्त किया, तो उसने कहा, ''ई तो वीरबहूटियाँ!...इन्हें तो इन्द्र का गोपाल कहा जाता है।'' मैं देर तक उन्हें देखता रहा, तभी मुझे अचानक याद आ गया कि 'ये तो इन्द्रगोप' हैं यानी इन्द्र के गोपाल। सिर्फ कृष्ण के ही गोपाल हों, ऐसा नहीं है। कुदरत की करामात देखकर मुझे अतिशय आनन्द हुआ।

रास्ते भर इन्द्रगोप, बड़ी-बड़ी गेंडुवारें, कहीं-कहीं केंचुए...और छोटे-छोटे

जीव। कीड़े-मकोड़े तो अकाल में काम करनेवाले मजदूरों की तरह अपने-अपने कामों में लग गये थे। अब तक ये सभी कहाँ थे? क्यों कोई दिखता न था? तीन ही चार दिन में ये कहाँ से आ गये?

लुक्खा के उत्तर तरफ से होकर मैं पूरब दिशा में गया। मेरी बायीं ओर से होकर, एक सीधा रास्ता आगे की ओर जाता है। आधा किमी. जाने के बाद, 'मुनिजी की कुटिया' की ओर जाया जा सकता है।

आज सुबह की धूप बहुत तेज थी। वह वृक्षों के हरे-हरे पत्तों पर और हरी-हरी घासों पर दबे पाँव चल रही थी। बारिश के बाद जो उमस होती है, उसका अनुभव हो रहा था।

मैं थोड़ा और आगे गया। इस वनीकरण के पहले जो वनीकरण हुआ था, उसमें रोपे गये नीम, आँवला और बेर के पौधों की हरियाली मेरे मन को हर रही थी, पर वहाँ उड़नेवाली तितलियों को देखकर मुझे घोर आश्चर्य हुआ। वह मेरे जीवन की अविस्मरणीय घड़ी थी। कितनी रंगीन थीं वे तितलियाँ!

आज तक तो मैंने मोर, कोयल, कलकलिया, बुलबुल, पीलक, तोता, कंसार, गमण या घंटी घाँटणा के रंगों को ही देखा था; परन्तु इस समय तो काली, पीली, सफेद, लाल, गुलाबी—न जाने कितने रंगों की तितलियाँ दिख रही थीं! कहाँ थीं ये सब आज तक? एकाएक कहाँ से आ गयीं? सारे जंगल में मानो रंग के फव्वारे छूट रहे हों। मैं उन्हें देर तक देखता रहा, कितनी सुन्दर!...पाँखें हिलाते हुए उड़ रही हैं।

मैं मन-ही-मन विश्व-नियन्ता की वन्दना कर रहा हूँ—तुम्हारी कला अपरम्पार है, हर क्षण मैं उसका अनुभव कर रहा हूँ। उसकी दिव्यता का पाश मुझे बाँधता जा रहा है। मैं उन सबमें एकाकार होता जा रहा हूँ। इस क्षण मैं अपने आपको धन्य मान रहा हूँ।

तू कहीं दिख नहीं रहा है!...जो दिख रहा है, वह तू नहीं है।...तो फिर तू कहाँ है? ये सभी जो लीलाएँ हैं, क्या वही तू है?

चार ही दिन में यह सारा परिवर्तन किसने कर दिया है? यह सब देखकर हृदय क्यों राहत महसूस कर रहा है? वृक्षों के शिखरों पर बैठकर कौन निहार रहा है?

मेरे लिए तो अब ये पत्ते परमात्मा हैं और डालियाँ देव!

मुझे ऐसा लग रहा है जैसे इन वृक्षों और वनस्पतियों की अँगुली पकड़कर मैं तुम्हारे निवास-स्थान की ओर बढ़ रहा हूँ! इस अरावली पर, युगों-युगों से न जाने कितने ही पैरों के निशान बने होंगे!...और उनकी गति भी तुम्हारी ही ओर होगी।

मुझे लगता है, मेरे पैरों की दिशा भी तुम्हारी ही तरफ न हो!

ग्यारह

लेम्बा के कहने से रूपा अपनी बेटी नाजुरी के विवाह का निमन्त्रण देने ठीक वशी रेंज के हरिवाव गाँव से आया था। उसका शरीर इतना काला था मानो किसी वृक्ष के तने को तारकोल से तीन–चार हाथ मारकर रँग दिया गया हो। सिर पर बँधी पगड़ी भी काली, अँगरखा भी काला, उसमें शीशे के छोटे–छोटे टुकड़े जड़े हुए थे। कमर से नीचे के वस्त्र को धोती भी नहीं कह सकते और लँगोटी भी नहीं कह सकते। बोलते समय दाँत दिखते थे, बस वे ही सफेद थे।

आषाढ़ अब समाप्त हो रहा था। एक बार जोरदार बरसकर बरसात चली गयी थी। नयी दिशा और नया इलाका था; क्योंकि उस ओर कभी जाने का मौका नहीं मिला था। मन में एक और भी लालच था, इन वनवासियों का विवाह कैसे होता है, यह देखने की इच्छा थी। इसलिए मैंने हमीर सिंह की ओर देखा, तो उससे भी सहमति मिल गयी और इस तरह रूपा की बेटी के विवाह में हमारा जाना तय हो गया।

दीवडी तक तो हम मोटरसाइकिल से गये। परन्तु वहाँ से आगे पैदल ही जाना था। बरसात का मौसम होने के कारण आसपास की छोटी–बड़ी पहाड़ियाँ खूबसूरत लग रही थीं। बना–बनाया कोई रास्ता न था, परन्तु दिशा थी। हालाँकि हमीर सिंह ने बताया कि वह एकाध बार इधर आ चुका है, इसलिए उसे रास्ते का अन्दाजा था। वातावरण में गरमाहट थी।

दूर से ढोल की आवाज सुनकर हमीर सिंह ने कहा, ''बरात आ गयी है।''

''तुम्हें कैसे पता चला?'' मैंने पूछा।

''यह जो ढोल की आवाज आ रही है, यह दूल्हे का स्वागत करने के लिए 'जानैयो ढोल' (ढोल की धुन) है।'' हमीर सिंह ने कहा।

ढोल की आवाज से प्रसंग का पता चलता है।

हमीर सिंह ने आगे कहा, ''साब!...ये लोग ढोल की थाप और डाँड़ी के आधार पर यह पता कर लेते हैं कि ढोल किस प्रसंग के लिए बज रहा है। जाँनवियो, झारी, ढुहलो, मादली, डेडियावाला, ढमसली और वारी आदि ढोल बजाने के प्रकार हैं।''

यह जानकर मुझे लगा कि लोग चाहे जहाँ भी हों, अपने रहन–सहन और रीति–रिवाज की व्यवस्था कर लेते हैं। वनवासी दूर–दूर की पहाड़ियों पर तितर–बितर होकर अपने खोलरे (कच्चे घर) बनाते हैं।

हमीर सिंह ने कहा, ''रूपा का गाँव तो आठ–दस कोस में फैला है।''

एक-दूसरे को बुलाने के लिए उनके पास एक मात्र उपलब्ध साधन ढोल ही है। इस आधार पर हम यह कह सकते हैं वनवासियों की 'ढोल संस्कृति' है।

हम एक पहाड़ी पर चढ़े, तब चारों ओर फैली हरियाली उत्साहवर्धक लग रही थी। बरसात भी वरराजा की तरह गरज-तरज के साथ आकर वापस चली गयी थी। परन्तु पीछे भारी वैभव छोड़ती गयी थी।

ग्रीष्म की गरमी की तुलना में बरसात की ठंडक अच्छी है। हरी घास मुरझाई हुई लग रही थी। फिर पानी की जरूरत लग रही थी।

हमीर सिंह ने सामने की पहाड़ी की ओर अँगुली से इशारा करते हुए कहा, "वोऽऽ...रूपा का खोलरा (घर) है।"

दूर से भी खोलरा पर शादी की सजावट दिखाई दे रही थी। हरा मंडप बनाया गया था। कुछ लोग आते-जाते दिख रहे थे। दूर से देखने से किसी शुभ प्रसंग की चहल-पहल लग रही थी।

हम नजदीक पहुँचे, तब तक धूप बहुत तीखी हो चुकी थी। सामने बहते झरने के पानी से मैंने मुँह धोया, तभी हमीर सिंह ने मुझे जनवासा दिखाया। थोड़ा और आगे जाने पर झरने के किनारे एक बरगद का पेड़ था। बरगद के शिखर पर एक सफेद ध्वजा फहरा रही थी। बरगद की छाया में दो-चार खाट बिछे थे और उनमें बैठे अधेड़ वय के लोग चिलम पी रहे थे। दूल्हा नीचे बिछी गुदरियों पर विराजमान था। बरगद की जड़ के पास पानी से भरे दो-तीन मटके रखे हुए थे। रावलिया (मिट्टी के प्याले) से उनके मुँह ढँके हुए थे।

बरात में आयी स्त्रियाँ गाना गा रही थीं। दूल्हा नयी कमीज और धोती पहने हुए था तथा सिर पर लाल साफा बाँधे हुए था। आँखों में अंजन किए हुए था। बायें गाल के नीचे काला टीका किया गया था और पूरे चेहरे पर घी पुता हुआ था। दूल्हा ऐसे चुपचाप बैठा था मानो मौन-व्रत धारण किए हुए हो। उसकी गोद में तलवार पड़ी थी। दूल्हा सीसम के पाँच फुट के कटे हुए तने जैसा था। उसके शरीर की तैलीय चिकनाहट चमक रही थी।

हमें देखकर खुशी से पागल बना रूपा दौड़ते हुए हमारे पास आया और उसी तेजी से उसने हमारा स्वागत किया। नजदीक आकर उसने अपने माथे की पगड़ी अपने हाथों में ले ली, फिर झुककर हमारा स्वागत किया। हम उसके घर पर पहुँचे, तो आनन्द की लहर दौड़ने लगी। रूपा की पत्नी हमारे पास आयी और हमारे सामने अपना आँचल फैलाकर हमारा नमन किया। स्वागत की उसकी रीति से मुझे बहुत प्रसन्नता हुई।

बारात हमसे पहले आ गयी थी और रूपा के घर से बारात को 'हार खिसरिया' (एक रस्म) का निमन्त्रण भी जा चुका था। दूल्हा पक्ष से पाँच समधी

गाते-बजाते रूपा के दरवाजे तक आये। दोनों पक्षों की औरतें आमने-सामने गाने के साथ गालियों की बौछार कर रही थीं।

यह पूरी विधि काकी के द्वारा सम्पन्न की जाती है। वह एक हाथ में सोटी और एक हाथ में सूप लेकर आयी और समधियों को कुमकुम का टीका किया; फिर नाचने लगी। सोटी का एक सटाका सूप को तथा एक समधी को मारने लगी। सोटी की मार का मजा चखकर समधी काकी को पाँच रुपया और नारियल देकर भाग गये। यह देखकर मुझे आश्चर्य हुआ। हर किसी के कैसे-कैसे रीति-रिवाज होते हैं!

खोलरा के बगल में छाये में खाट बिछाकर हमें बिठाया गया था, परन्तु उन लोगों की चहल-पहल जोरों पर थी। खोलरा के पिछले भाग से दो-तीन विचित्र आदमी बाहर आये। उन्हें देखकर मैं तो धक् से रह गया। दो आदमियों ने अपने पूरे शरीर पर कालिख और चूने से तरह-तरह की चित्रकारी कर रखी थी। हाथ-पैर और चेहरे पर खूब कालिख पोत रखी थी। कमर के नीचे फटी गुदड़ी लपेट रखी थी। उनके मुँह के आसपास बालवाली बकरी के छाल की पट्टी बँधी हुई थी। इन दोनों ने साधु-साधुनी का वेश बना रखा था। साधु-साधुनी के इस वेश को देखकर मुझे लगा मैं अफ्रीका के जंगल के वनवासियों के बीच बैठा होऊँ। दोनों के हाथों में एक-एक मूसल था।

मैंने एक से पूछा तो उसने बताया, ''हमारे हिआँ दूल्हाराजा हँस नहीं सकता। उसको हँसाने के लिए तथा उससे नेग लेने के लिए यह नाटक किया जाता है।'' मुझे तो सचमुच मजा आने लगा। एक आदमी के हाथ में तबला था और दो आदमियों के हाथों में करतालों की जोड़ी। वे भजन गा रहे हों, ऐसा मुझे लगा। परन्तु हमीर सिंह ने कहा, ''नहीं साब!...ई तो भजन के लय में गन्दे गीत गा रहे हैं।''

यह पूरी भीड़ नाचते-गाते बरगद के नीचे जहाँ वर और बाराती टिके थे, वहाँ पहुँची। उनके पीछे-पीछे युवतियाँ भी वीभत्स गीत गा रही थीं।

आगे-आगे संगीत मंडली और उनके पीछे कन्धे पर मूसल रखे साधु-साधुनी। उनके पीछे युवतियों की टोली गाते-नाचते, हँसी-मजाक, ठिठोली करते दूल्हे के पास गयी। उस तरफ की युवतियाँ भी मानो उन्मत्त हो गयीं, इस तरह गाली का जवाब गाली से देने लगीं।

यद्यपि उनके गालियों वाले गाने मेरी समझ में नहीं आ रहे थे, फिर भी उनके गाने और बजाने से जो आनन्द छलक रहा था, उससे मैं सराबोर होता जा रहा था।

एक-दूसरे के जवाब में उन दोनों पक्षों की युवतियों द्वारा की जा रहीं काम-चेष्टाओं ने तो मुझे विचलित कर दिया। उनकी आँखों के इशारे, उनकी अकल्पनीय काम-चेष्टाएँ और उनके अश्लील गीत तो रुकने का नाम ही नहीं ले रहे थे। फिर मैं सोच में पड़ गया, ये लोग कैसी मुक्ति का अनुभव कर रहे हैं! ये लोग कितना

आनन्द ले सकते हैं! ये किस हद तक जा सकते हैं, यह देखकर मेरी आँखें छलछला उठीं। कहाँ 'फाइव स्टार कल्चर' और कहाँ यह 'वनवासी संस्कृति'!

उस कार्यक्रम की पराकाष्ठा तो तब आयी, जब साधु-साधुनी का खेल शुरू हुआ। उन्हें तो अजीबो-गरीब नखरे करके दूल्हे को हँसाना था। वे जो चेष्टाएँ कर रहे थे, उन्हें देखकर सभी हँसते-हँसते दुहरे होते जा रहे थे। उन्होंने अपनी दोनों जंघाओं के बीच मूसल डालकर जो वीभत्स चेष्टाएँ कीं, उन्हें देखकर तो असम के जंगलों में कामुक बने हाथियों की याद आ गयी। उनकी इन चेष्टाओं को देखकर मैं तो शरम से पानी-पानी हो गया।

रूपा के खोलरा की भीतों पर जो चित्र लगाये गये थे, उनमें स्त्री-पुरुष के मैथुन के भी चित्र थे। यह सब कुछ कितना सहज है इन लोगों के लिए! यहाँ कहीं भी 'सेक्स एजुकेशन' के विज्ञापन देखने को नहीं मिलते। प्रकृति का कैसा मुक्त आनन्द लूट रहे हैं ये लोग! कहाँ हमारा तथाकथित दम्भी सभ्य समाज और कहाँ ये वन-वगड़ा के वनेचर! न कोई छोछ (छिछोरापन) है न कोई अफसोस—मात्र आनन्द! और आनन्द! वरपक्ष और कन्यापक्ष दोनों तरफ यह सब कुछ देखकर मानो हर्ष का फुवार उड़ रहा था।

साधु-साध्वी ने, अपने पास जितनी अभिनय क्षमता थी और 'कोकशास्त्र' का जितना ज्ञान था, उस सबको आजमाकर देख लिया, परन्तु दूल्हा टस से मस नहीं हुआ। तनिक भी हँसा नहीं। अन्दर-ही-अन्दर भले वो खिलखिला रहा था; परन्तु उसको बाहर नहीं आने दिया, तो नहीं आने दिया। साधु-साध्वी को पाँच रुपये का इनाम जरूर दिया।

यह दृश्य देखकर ऐसा लगा जैसे मुझे आदिम संस्कृति के समुद्र में फेंक दिया गया हो। पूरी दुनिया में जिसे अद्वितीय कहा जा सकता है, ऐसी एक विशिष्ट और विचित्र अंडमानी जाति को मैंने देखा है। मध्य अफ्रीका के ठिगने नीग्रो और मुक्त रूप से विचरते उनके जीवन को भी देखा है। अंडमान-निकोबार में रहने वाली जारवा, सेंटीनिलीज और शोम्पेन जातियों को भी मैंने आदिम स्थिति में जीते और पशुओं की भाँति मुक्त आनन्द लेते देखा है। उसी तरह, यहाँ थोड़ी सुधरी, फिर भी आदिम जाति के आनन्द में आज मैं सहभागी हो रहा हूँ, इससे मुझे रोमांच हो रहा है।

दूल्हेराजा को मड़वे में लाया गया। उस समय तो और भी रंग जम गया। उनके विवाह गीत, अश्लील गीत और उनके युवाओं ने तो सारी सीमाएँ पार कर दी थीं। जिनके लिए शाम को भोजन मिले, तो सुबह का ठिकाना नहीं, ऐसे लोगों का आनन्द मुझे जीवन को देखने की एक नयी दृष्टि दे रहा था। उनके रंग-बिरंगे वस्त्र, चित्र-विचित्र आभूषण, उनकी आरण्यक सजावट, उनकी आँखों से झरती मादकता

और उनकी कामुक चेष्टाओं ने तो पूरे वातावरण को अनोखे रंग में रँग दिया था। उनका गाना और नाचना एक अद्भुत दृश्य का सर्जन कर रहा था।

दूल्हा जब द्वार पर आया, तब नारियल फोड़कर उसका स्वागत किया गया। विवाह के मंडप में जाने से पूर्व फोड़े हुए नारियल के टुकड़ों को जब कन्यापक्ष की ओर फेंका गया, तब युवक-युवतियाँ उन्हें लेने के लिए टूट पड़े। नारियल लेने के बजाय वे लोग जिस तरह से परस्पर धक्का-मुक्की तथा छेड़छाड़ कर रहे थे, उसमें कामुकता का भाव स्पष्ट लक्षित हो रहा था। उसी समय मैंने पीछे मुड़कर देखा, तो वर-पक्ष की एक कन्या और कन्यापक्ष का एक युवक झरने की ओर तेजी से चले जा रहे थे।

दूल्हेराजा विवाह-मंडप में बाजे-गाजे के साथ पधारे। मंडप मक्के के आटे से बनाया गया था। थोड़ी देर के बाद कन्या का काका अपनी भतीजी को लेकर मंडप में आया। कन्या को पीली साड़ी, पीला घाघरा, पीली ओढ़नी, पीली चोली पहनाई गयी थी। उसके भी चेहरे पर घी का लेप किया गया था।

हिन्दू विधि जैसा ही यह विवाह था। वैसे भी इस अरावली में प्रागैतिहासिक काल से बसने वाले वनवासी दुनिया के किसी भी देश के आदिवासियों की तुलना में अधिक सभ्य थे। आज भी उनकी जीवन-पद्धति, वेशभूषा और सामाजिक तथा आर्थिक ढाँचा दूसरे वनवासियों की तुलना में अधिक प्रगतिशील है। यहाँ बसनेवालों को वन के महत्त्व की जानकारी हजारों वर्ष पहले भी थी। वे जंगल के वृक्षों का उपयोग आर्थिक-विनिमय के लिए करते थे। वे संकट के समय में आम, महुआ, टीक, सीसम, नीम, आँवला, बबूल आदि को समृद्ध लोगों के यहाँ गिरवी रखकर अपनी जरूरत की वस्तु प्राप्त करते थे।

बेटी के विवाह के समय दहेज में भी वृक्ष दिये जाते थे। यह परम्परा तो अपना देश आजाद हुआ तब तक चलती थी। बीस हजार वर्ष पहले से चली आ रही यह प्रथा सूचित करती है कि अरावली के वनवासियों के लिए पर्यावरण का महत्त्व कितना है!

विश्व की सबसे प्राचीन सभ्यता की भूमि पर ढलते सूर्य की साक्षी में मैं यहाँ रूपा की बेटी नाजुरी के विवाह-विधि का आनन्द ले रहा हूँ।

विवाह की विधि पूरी होने के बाद सभी आनन्द एवं उल्लास से नाच उठे। दोनों पक्ष के लोग, जो कुछ हाथ में आया, उसे लेकर शहनाई, बाजा, ढोल के ताल पर किलकारी मारते हुए नाचने लगे। ढोलकिया जैसा ढोल बजाता था और उसकी प्रतिध्वनि पूरे जंगल में जैसे-जैसे पड़ती थी, वैसे-वैसे उन लोगों का आनन्द दो-गुना, तिगुना होता जाता था। रूपा बार-बार दौड़ते हुए हमारे पास आकर कहता, ''साब!...कुछ तकलीफ पड़ी हो, तो माफ कीजिएगा।''

उसे क्या पता कि हम यहाँ कितनी बड़ी सुविधा (आनन्द) भोग रहे हैं। मस्ती में झूमते हुए, उल्लास से चीखते-चिल्लाते हुए, किलकारी मारते हुए, शोर मचाते हुए आनन्द में डूबे इन लोगों को देखते हुए मैं अपने आपको धन्य महसूस कर रहा था।

जंगल की गोद में, भरपूर हरियाली, मन्द-मन्द बहते पवन और उड़ते पक्षियों की साक्षी में, खुले में घास पर बैठकर सबने मुक्त भाव से भोजन किया।

कन्या की विदाई किसी भी जाति-बिरादरी में अत्यन्त मार्मिक प्रसंग है। जिनके चेहरों पर आनन्द-उल्लास और उत्तेजना थी, उसमें अब अवसाद शामिल होने लगा। सभी का आनन्द आँसुओं में बहने लगा। कन्या अपने बीते हुए समय को याद करके हिचकियाँ लेते हुए चौधार आँसू बहा रही थी। वातावरण अवसादपूर्ण बन गया था।

वृक्ष भी ऐसे शान्ति से खड़े थे मानो वे भी अपना मस्तक झुकाकर विदाई दे रहे हों। सूरज भी मानो दुखी होकर ढल गया था। पक्षियों की चहचहाट भी शान्त हो गयी थी। समग्र गिरिमालाएँ धीर-गम्भीर बनकर देख रही थीं—बेटी तो पराये घर की अमानत होती है।

एक तरफ नाजुरी भींगी आँखों से विदा हुई और दूसरी तरफ हम भी इस विवाह-विधि में शामिल होने का आनन्द लेते हुए चलने को तैयार हुए। रूपा ने दोनों हाथ जोड़कर हमें विदा किया। मैंने उसके हाथ में पचास रुपया रखा, तो उसकी आँखें आँसुओं से भर गयीं।

बारह

मैं एकदम सुबह इस अरावली के अरण्य को देख रहा हूँ।

इस समय तो वह जाने कितने अनजान प्राणियों और जीव-जन्तुओं का घर बन गया था। मेरी नजर इस समय हरियाली ओढ़े खड़े पहाड़ों के शिखर से नीचे उतर रही है। आँखों में गहरी हरियाली छलक रही है। ये गिरिमालाएँ, अपना सारा वैभव अर्पण करके, मेरा स्वागत करती हुई मुझे प्रतीत हो रही हैं। इस अरण्य के खूबसूरत स्थलों के साथ-साथ मेरी आँखों के सामने उड़ते इन पक्षियों को देखना, चटकदार रंग के कारण किसी की भी नजर में जल्दी न आने वाले, 'पिक्-पिक्' आवाज से अन्धकार को चीरते चकवा को सुनना या छोटी कलगीयुक्त सिर को हिलाती, ''वीट्...वीट्...वीट्'' की ध्वनि निकालती और कीड़ों को पकड़ती बुलबुल को देखने का आनन्द ही कुछ

और है।

बरसात नजदीक आया है, इसकी प्रतीति कराने वाला दर्भ, बरसात बीत जाने के बाद अंकुरित हो रहा है; जबकि बबूल, शमी तथा खजूर जैसे ऊँचे वृक्ष पानी में डूबे हुए हैं। सिर्फ उनके ऊपरी भाग दिखाई पड़ रहे हैं, जिन पर बया पक्षियों ने अपने घोंसले बना रखे हैं। बया दुनिया की सबसे बड़ी आर्किटेक्ट होती है। उसकी कारीगरी को देखने का आनन्द तो यहीं मिलता है। कितने ही लोग ऐसे पक्षियों को देखने के लिए भटकते रहते हैं, परन्तु मुझे तो बादलों और इन पक्षियों को एक साथ देखने का मौका मिला है। अब मुझे लगता है कि मेरे रहने के लिए यह एक आदर्श जगह है।

सुबह के सूरज की किरणों में नहाते इस जंगल और पहाड़ों के ऊपर से होकर जाते बादलों के लोक का मैं निवासी बन गया हूँ।

मुझे यहाँ अकल्पनीय खजाना मिल गया है। ऐसा ही कुदरत और संस्कृति के बारे में भी है। जीवन में बहुत कम लोगों को देखने और भोगने को मिलता है, ऐसा इस कुदरती माहौल का आनन्द लेने में मैं अपने जीवन को धन्य समझ रहा हूँ। इस जंगल में मैं इसलिए भटकता हूँ कि मेरे नसीब से, मुझे कोई सुन्दर दृश्य देखने को मिल जाए, तो उस क्षण जिस परम शान्ति का अनुभव होगा, उसका वर्णन नहीं किया जा सकता। यह तो विरल जंगल है, तो घना जंगल कैसा होगा, इस विचार के साथ ही मैं रोमांचित हो उठता हूँ। परन्तु इस समय तो जो मिला है, मैं उसका आनन्द लूट रहा हूँ।

तभी हमीर सिंह ने आकर कहा, ''बाबू के साथ घाँटा, सोनवाड़ी, अरणीवाड़ा, अवाला, खारा आदि गाँवों के सरपंच लोग मिलने के लिए आये हैं।''

यह सुनकर मेरे एकान्त और आनन्द में थोड़ी बाधा तो पड़ी; परन्तु उन्हें बिठाने के लिए कहा और खुद तैयार होकर बाहर निकला। सभी सरपंच उठ खड़े हुए और हाथ जोड़कर 'राम-राम' कहा।

वे सभी रेस्ट हाउस की सीढ़ियों पर बैठे और मैं उनके सामने कुर्सी पर बैठा। बाबू ने कहा, ''साब!...ये सभी गाँवों के सरपंच लोग हैं। सभी गाँव वाले बहुत खुश हैं। हमारे तालाब में पानी भर गया है। अगर आप इजाजत दें, तो ये लोग उसकी खुशी मनाना चाहते हैं।''

यह सुनकर मैं थोड़ी देर तक चुप रहा। उत्सव मनाने का कोई कारण मेरी समझ में नहीं आ रहा था। मैंने उनसे पूछा, तो वे बोले, ''बरसात एक बार आती है और चली जाती है। अगर यह बाँध नहीं बाँधा गया होता, तो मवेशी कहाँ जाते!''

मैंने स्वीकृति दे दी; उत्सव का दिन तय करके वे चले गये।

मैंने हमीर सिंह से पूछा, ''सभी गाँवों के लोग अगर इकट्ठा हों, तो कुल

कितनी संख्या होगी?''

उसने गिनती करके कहा, ''अधिक-से-अधिक दो सौ।''

मैंने सभी लोगों को भोजन कराने की सोची और हमीर सिंह को बताया, तो वह खुश हो गया। शाम को वह रमेश को बुला लाया। भोजन का आयोजन करना है, यह जानकर रमेश तो खुशी से झूम उठा।

दूसरे दिन सभी गाँवों में बे-तार के तार से यह खबर पहुँच गयी : ''पानी के उत्सव के दिन साहब खाना खिलाने वाले हैं।''

बात हवा में फैल गयी; इसलिए गाँव-गाँव के आबाल-वृद्ध अपनी-अपनी तैयारी करने लगे।

बरसात एक बार झमाझम बरस गयी, उसके बाद पन्द्रह दिनों तक बारिश नहीं हुई। हालाँकि आकाश में बादलों का आना-जाना जारी था; परन्तु वे ठहरते न थे। बरसात अपने आने का दिखावा तो करती, संकेत देती; परन्तु अँगूठा दिखाकर आगे निकल जाती।

लोगों ने मन्नतें मानीं। उन्हीं में से किसी को सूझा कि हम सबकी मेहनत से जो पानी भरा है, उसी की पूजा की जाए, जिससे आकाश को, बादलों को ईर्ष्या हो और वे बरस पड़ें। तरह-तरह की चर्चाएँ, बातें, अफवाहें फैलने लगीं : जलदेवता रूठे हैं—उन्हें तो मनाना ही पड़ेगा।

श्रावण मास के पहले दिन जासोर का रेस्ट हाउस लोगों से भर गया। हर एक गाँव के नवयुवक भोजन बनाने के काम में जुट गये। इस लुक्खा के पास सभी का आनन्द छलक रहा था। ताजा देह को निचोड़कर गये मेघराजा को मनाने के लिए ढोल घमक उठे। रंग-बिरंगे कपड़ों में सजी औरतें गाना गाने लगीं। गुलाल भी उड़ा—वाह! भै वाह!

एक कन्या के सिर पर गेंडुली रखी गयी और उसके ऊपर एक कलश रखा गया। उस पर एक नारियल तथा आम के पत्ते रखकर उसे रक्षा-सूत्र में बाँधा गया। दो-चार बालिकाएँ नीम के पेड़ के नीचे गीत गाते हुए नाचने लगीं—''ढोलिड़ा ढोल धीमे-धीमे बगाड़ ना...बगाड़ ना...'' (ढोल वाले ढोल धीरे-धीरे बजाना)—ऐसी उमंग में लोग आने लगे। मेघराजा को मनाने के लिए सभी नये-नये कपड़ों में सज-धजकर आये थे।

मैं सोचने लगता हूँ, गुलाब के फूल जैसे, भोले-भाले, दुख को सुख और आनन्द में बदल डालने वाले कैसे हैं ये लोग! इन्हें न तो कोई जल्दी है, न हाय-हाय! न भाग-दौड़, न किसी प्रकार का टेंशन! वृक्षों की भाँति अपनी मस्ती में ये कैसे जी लेते हैं!...हे वनदेवता...!

इन लोगों के ऐसे उत्साह और आनन्द को देखकर मुझे लगा कि बँधे हुए पानी की गाँठ को खोलने के सिवाय मेघराजा के पास दूसरा कोई चारा नहीं है! उत्सव पूरा होने तक में घनघोर घटा घिरे बिना रह ही नहीं सकती। इस समय ये बादल भी सूरज के साथ लुका-छिपी का खेल खेल रहे हैं।

लाल-पीली तितली जैसी एक कन्या दूर से मुझे एकदम निहार रही थी, षोडशी थी। परन्तु उसकी ओढ़नी और हाथ की चूड़ियों का रंग एक जैसा था। सुन्दर आँखें और हँसमुख चेहरा। उसकी आँखों में शरम का भाव तो तब दिखा, जब मेरी नजर उसकी ओर गयी। उसकी पलकें झुक गयीं। मैं सोचने लगा कि गोलगप्पा खाकर चुस्त कपड़े पहनकर घूमनेवाली नगर की कन्याओं की तुलना में ईश्वर ने इसे कई गुना रूप दिया है मानो कोई वनदेवी साक्षात् आकर खड़ी हो गयी हो।

सभी सरपंचों ने खड़े होकर जोर की आवाज लगायी। सबसे आगे मुझे किया। इस शोभायात्रा (या वरयात्रा) में मानो मैं वर का पिता था। सभी पुरुष मेरे पीछे-पीछे चले। बच्चे तो सभी उछल-कूद और भाग-दौड़ करने में लगे थे। जिस युवती के सिर पर कलश था, उसके पीछे-पीछे गीत गाते हुए स्त्रियाँ चलने लगीं। सबसे आगे ढोल वाला नाचते-कूदते और 'ढम ढमाढम ढम' ढोल बजाते आनन्द में उछलता चल रहा था।

हम सभी पानी के पास गये। लुक्खा और गाजणा के ठीक बीच की जगह तय करके हम वहीं खड़े हुए और पानी का अभिनन्दन किया, उसका पूजन किया। वह तो अरावली का प्रसाद था, सबने उसका आचमन किया और सिर पर चढ़ाया। फिर नारियल को जल में प्रवाहित करके सबने अपने-अपने इष्टदेव की जय-जयकार की। जयकार की आवाज पानी पर तैरते हुए हवा के पंख पर बैठकर गिरिमालाओं के शिखर पर से होते हुए सीधे बादलों के लोक में प्रवेश कर गयी।

इसी बीच सूरज के सामने थोड़े बादल आ गये थे और लगता था आकाश में परछाईं का लेप किया गया हो।

गाते-बजाते सभी वापस आये। उस समय साढ़े दस बज रहे थे। भोजन में बेसन का लड्डू तथा दाल-भात था। इधर लोगों ने जी भरकर भोजन किया और उधर जलदेवता की जठराग्नि को शान्ति मिली।

मेरे आनन्द की सीमा न थी।

शाम को छः बजे से आकाश धीरे-धीरे काला वस्त्र धारण करने लगा। श्रावण का पहला दिन बादलों से आच्छादित हो गया और आठ बजते-बजते मेघराजा ने अपना सुर छेड़ा। शुरुआत में तो रुक-रुककर फुहारें पड़ीं; परन्तु उसके बाद तो मेघराजा की मेहरबानी गिरिमालाओं के शिखरों से धीरे-धीरे सरकते हुए नीचे आने लगी।

फिर मेघराजा के स्वागत में मयूरों का केकारव सुनाई पड़ा। पक्षियों ने पत्तों के नीचे अपना आश्रय तलाश किया।

जीवन में कुछ ऐसी भी बातें होती हैं, जो हमें आकर्षित करती हैं। बिजली की ऐसी ताकत और उसका ऐसा नजारा, मैंने इस तरह से कभी देखा ही न था। खिड़की से मैं देख रहा हूँ, तो बिजली की लकीरों पर लकीरें खिंचती चली जा रही हैं और क्षण भर के लिए ही इस पूरे अरण्य में सौन्दर्य की धारा बहती जा रही है। जिसे शब्दों में कैद नहीं किया जा सकता, ऐसे अप्रतिम सौन्दर्य को मैं घूँट भर-भरकर पी रहा हूँ। हालाँकि इस प्रकार का तूफान कभी-कभी बहुत हानिकारक हो सकता है। ऐसा मैंने कितनी ही बार अखबारों में पढ़ा है। बिजली की कड़क और उसका गर्जन-तर्जन इन गिरिमालाओं को हिला देता है। हवा में तेजी आ गयी है। उत्तर-पश्चिमी इलाका बरस रहा है। बिजली का प्रकाश बारिश की नग्नता को प्रकाशित कर देता है। मुझे ऐसा लग रहा है जैसे कोई विनाशकारी तूफान धीरे-धीरे आगे बढ़ा आ रहा है।

आज शाम तक तो निश्चित न था कि बरसात कब होगी! यहाँ आने वाले सभी अपनी-अपनी किस्मत को कोस रहे थे। फिर भी उनके आनन्द का भंडार कम नहीं हुआ था। ऐसा कहते हैं कि भारी बारिश और ऊँचे पहाड़ मुसीबत के सिवाय और कुछ नहीं देते। इस समय ऐसा भय मुझे होने लगा है। कारण कि इस सावन के महीने में फुहारें नहीं पड़ रही थीं, बल्कि मूसलाधार बारिश हो रही थी।

लगता है जैसे एकदम नीचे से जाकर इन गिरिमालाओं के शिखरों पर बैठी किसी बदली ने पानी से भरे मसक का मुँह खोलकर सारा पानी एकदम से छोड़ दिया हो। अथवा उसने खुद को पूरी तरह से उलीच दिया हो। ऐसे इलाके में अचानक इतनी बारिश कितना खतरनाक है, यह तो मैंने दूसरे दिन देखा। भयानक गति से बहते पानी की धार के टक्कर को बेचारे वृक्ष, पत्थर, लताएँ, अभी हाल ही में उगी हुई घासे कैसे झेल सकती हैं! सब कुछ तितर-बितर, ऊँचा-नीचा, उल्टा-पुल्टा, ऊबड़-खाबड़ हो चुका था; कहाँ से कहाँ चला गया था। छोटे-छोटे प्राणियों, जीव-जन्तुओं, पक्षियों को कौन बचाए! कौन किसको बचाए! कैसे बचाए!

मैंने सोचा बहू और बरसात को गाली के सिवाय कुछ भी नहीं मिलता। यह सही है कि यह बरसात नहीं, तूफान था। टेढ़े-मेढ़े सोते अपना किनारा खोजने में व्यस्त थे। पेड़ अपने को टिकाए रखने के लिए अपने पाँव स्थिर करने में लगे थे। मात्र पहाड़ अपनी जगह पर अडिग खड़े थे। बरसात की भी ताकत कितनी होती है! बिजली की क्षमता कैसी होती है, इसका अनुभव मुझे दो-तीन घंटे में हो गया।

बारिश जितनी तेजी से आयी थी, उसके दो-गुने तेजी से बन्द हो गयी। मानो किसी ने स्विच बन्द कर दिया हो। मुझे चिन्ता थी बनाये गये बाँध की। अगर ज्यादा

पानी आएगा तो?...पर जाने दो जो होना होगा सो होगा!...बारिश तो हुई; परन्तु यह तो बारिश नहीं, मूसलधार बारिश हुई थी।

आज इस अरावली के गाँवों के लोगों की आस्था फलीभूत हुई थी।

तेरह

श्रावण मास की सुबह में मैं हिमालय की गोद में स्थित केदारनाथ के अनुगामी अरावली के इस भगवान केदारनाथ को बिल्वपत्र चढ़ाने जा रहा हूँ।

मोरों का केकारव दूर-दूर तक सुनाई पड़ रहा है, कभी एक साथ तो कभी अलग-अलग! आकाश में सुग्गों की टोली चहचहाते हुए ऊँचे-से-ऊँचे उड़ते पूर्व दिशा की ओर जा रही है! काकडिया कुंभार (कलबी वाला पक्षी) अलग-अलग राग में गा रहा है। पेड़ की डाल पर बैठा पंडुक "प्रभु तू...प्रभु तू..." की रट लगाये हुए है। कौवों की कर्कश आवाज चारों दिशाओं में फैल रही है। लैलाएँ समूहबद्ध होकर 'काउँ-काउँ' रट रही हैं। चिड़ियों की महीन तीखी आवाज कानों को भर रही है, तो काला काकणसार कराह रहा है। मुझे तो मजा आता है फूलसूँघनी का। एक दूसरा बहुत छोटा-सा और मुलायम गौरैया जैसा, परन्तु काले रंग का पक्षी है। वह ऐसे गाता है कि उसका गाना तो खड़े-खड़े सुनते ही रहिए।

दूसरी तरफ बन्दरों की हू-हा चारों ओर गूँज रही है। थोड़ी दूरी पर नीलगायें शान्ति से घास चर रही हैं। आकाश में बदलियाँ उदास चेहरा लिये धीमी चाल से चल रही हैं। वृक्षों के पत्तों की हरीतिमा और नयी कोंपलों की लालिमा पर पड़ने वाली सूरज की किरणों का प्रतिबिम्ब एक अनोखी आभा प्रकट कर रहा है। झुककर प्रणाम करते हुए-से दिखने वाले वृक्षों के नये हाथ-पैर की तरह लगने वाली नयी फूटी हुई डालियाँ टुकुर-टुकुर देख रही हैं।

सुबह का बरसाती सूरज बेचैन होकर मानो किसी की प्रतीक्षा कर रहा हो, इस तरह गम्भीर भाव से नभ रूपी पगडंडी पर चल रहा है। उसका स्वागत करती हुई बदलियाँ आँख-मिचौली करते हुए आगे निकल जा रही हैं। हरी-हरी घासों और छायादार वृक्षों की सुगन्ध सुबह को खुशनुमा बना रही है। मैंने ऐसी सुगन्ध कभी महसूस नहीं की है। नीम के पेड़ों के बीच से होकर जब चलते हैं,तो कड़वी सुगन्ध और बबूल के झुंड में से होकर गुजरते समय अपरिचित सुगन्ध आती है। वातावरण को तो सुगन्ध से भर रही है बावची (वन तुलसी)! उसकी सुगन्ध तो मन को तृप्त कर जाती है। उसके साथ दूसरी घासों की सुगन्ध भी मिली होती है। लगता है ये गिरिमालाएँ सुगन्ध में डूब गयी हैं।

कीड़े-मकोड़े अपने-अपने काम में लग गये हैं। धरती की छाती चीरते ये कीड़े-मकोड़े जमीन की गहराई में उतरे जा रहे हैं; अन्दर से मिट्टी खोद-खोदकर तेजी से बाहर फेंक रहे हैं। अन्दर से फेंकी गयी गीली मिट्टी के छोटे-छोटे ढेर चारों तरफ दिखाई दे रहे हैं। क्षण भर के लिए अगर आप वहाँ रुक जाएँ, तो उनके काम की गति और उनकी लगन देखकर आप लज्जित हो जाएँगे।

छोटी-छोटी गेंडुआर इतनी संख्या में होती हैं कि पैर कहाँ रखें, आपके सामने यही प्रश्न खड़ा होगा! कहीं-कहीं केंचुए अपने शरीर को खींचकर चलते हुए दिखाई देते हैं। गीली जमीन पर वे रास्ता बनाते चलते हैं। आप देखें, तो दंग रह जाएँ।

तो दूसरी ओर अगर आप भूल से भी इन वृक्षों के बीच से होकर जाएँगे, तो अदृश्य ताँते आपके ऊपर लिपट जाएँगी। वह होता है मकड़ी का जाला। आप जहाँ भी जाएँगे, मकड़ियों का जाला आपको मिलेगा ही। अपने गोल-गोल जाले में किसी को फँसाने के लिए वे घात लगाकर बैठी रहती हैं। कोई कीड़ा-मकोड़ा उड़ता हुआ आये, तो उसके जाल में फँस जाता है और मकड़ी तपाक से उसके पास पहुँच जाती है और धीरे-धीरे उसे खाने लगती है। किसने उसे ऐसी करामात सिखाई होगी!

कौवों और कोयलों का झगड़ा एकदम सुबह से शुरू हो जाता है। कौवे का बच्चा अपनी तुतली जबान से 'काऽ...काऽ...' बोलना सीखता होता है, तभी कोयल कौवे के बच्चे को लेकर भाग जाती है और कौवा उसके पीछे पड़ जाता है। यह अकल्पनीय युद्ध है—'युद्धस्य कथा रम्यम्।' उसका प्रत्यक्ष अनुभव हो रहा है। उस दौरान अगर कोई आदमी उधर से होकर गुजरता है, तो कौवा, एक की रीस दूसरे पर उतारने के लिए, उसको मारने के लिए झपटता है, मानो वह उसके बच्चे को लेकर भागने के लिए आया हो।

सुबह में ये सभी अपनी-अपनी मौज-मस्ती के साथ-साथ अपना पेट भरने की भी कोशिश में होते हैं। हर रोज की सुबह उनकी भूख को झकझोरती है; इसीलिए, अभी सुबह का उजाला हुआ नहीं कि पक्षियों का झुंड निकल पड़ता है अपने भोजन की खोज में। वर्षा ऋतु उनके लिए भरपूर और विविध प्रकार की बानगियाँ परोसने वाली ऋतु है। बड़ा जीव छोटे जीव को अपना भोजन बनाता है। कभी-कभी वे इसके लिए एक-दूसरे के साथ भिड़ भी जाते हैं—'बेऊ बळिया बाथे वळिया' (दोनों बलवान एक-दूसरे से गुँथ गये) के न्याय से जो हारा वह गया। पक्षी बीन-बीनकर कीड़ों को खाते हैं; पेट भर जाने पर तृप्ति का आनन्द लेते हैं, तब तक कहीं से किसी बाज का एक झपट्टा लगता है और उस झुंड में से एकाध संख्या कम हो जाती है। सभी 'चीं-चीं' करते डर के मारे बिखर जाते हैं।

इस तरह एक जीव दूसरे जीव को खाता है।

इस जंगल को होत सुबह जीवन्त कर देती है इस जंगल की तीतर! तीतर ऐसी आवाज निकालती है जैसे सितार बज रहा हो! सुबह का आनन्द लेने के लिए अपने परिवार के साथ नेवले निकल पड़ते हैं; अपनी बिल में से निकलकर खरगोश उछल-कूद करने लगते हैं या अपनी आँखों का सम्मोहन फेंकता अजगर भी कहीं दिखाई पड़ जाता है। रास्ते पर घूमता कोई दो-मुँहा साँप या धामिन अथवा पाटला घो (गोहटी) या कालोतरा या खडचीतरा इस वर्षाॠतु का मजा लेते हुए दिखाई पड़ जाता है।

कितना कुछ देती है यह वर्षाॠतु! परन्तु किसी-किसी के पास से बहुत कुछ ले भी लेती है। सुबह-सुबह झुंड में निकलते सुन्दर पंखों से सुशोभित मयूरों को देखना भी कितना आनन्ददायक होता है! उनके झड़े हुए पंख जंगल में कहीं-न-कहीं देखने को मिल जाते हैं। इस समय ऐसा लगता है मोरों के लिए पतझड़ का मौसम है। बेचारे शोभाहीन बन गये हैं। फिर भी, मोरनियों को मनाने के लिए, अपने पीछे के पंखों से सररररर...सररररर...की आवाज करते हुए नृत्य करते दिख जाते हैं। परन्तु उनका यह नृत्य मोहक नहीं लगता। मधुमक्खियों को झुंड में जाते हुए देखना और उनके पंखों की भिनभिनाहट को सुनना भी बहुत मजेदार होता है। वृक्षों के लाल, पीले, आसमानी रंग के फूलों की छोटी-छोटी कलियों पर भौंरे जो गुंजार करते हैं, वह अनहद आनन्द देता है। वर्षाॠतु ने कितना सारा वैभव जमा कर दिया है इन गिरिमालाओं पर!

इस प्रकृति के आनन्द को आँखों-साँसों में भरते हुए मैं केदारनाथ का दर्शन करने के लिए बिल्व के वृक्षों के बीच से होकर जा रहा हूँ।

श्रावण तो भगवान शंकर का महीना है। भगवान शंकर बेल (बिल्व) के भूखे हैं। जो पर्ण, जो पूजा त्रिदेवों के लिए है, उस बिल्व का पवित्र वृक्ष हमारी आस्था का प्रतीक है और वह शिवजी को प्रिय है। तीन गुच्छों वाले पत्तों, काँटों और भूरे रंग की छाल वाला यह वृक्ष सुख-शान्ति और स्वास्थ्य प्रदान करनेवाला है। सावन भर शिवजी की पूजा-अर्चना बिल्वपत्र द्वारा ही होती है। प्रकृति के आनन्द को आँखों में, श्वासों में भरते हुए सुबह की सुषमा को घूँट भर-भरकर पीते हुए शिवजी की पूजा करने के लिए इन गिरिमालाओं के ऊबड़-खाबड़ रास्तों पर हाँफते हुए 'ॐ नमः शिवाय' रटते हुए केदारनाथ की तरफ श्रावण की एकदम सुबह मैं चला जा रहा हूँ।

चौदह

आधे आषाढ़ में बरसात आयी थी और इसी के साथ लोगों की प्रतीक्षा का अन्त भी आया था।

बनास नदी में पानी बहने लगा, दाँतीवाड़ा बाँध के आगे विशाल सरोवर बन गया, सीपू का बाँध छलक उठा।

हमारे यहाँ की अपेक्षा ऊपरवास (ऊपरी या ऊँचाई वाला भाग) में बारिश अधिक हुई है, यह बात चारों ओर हवा की गति से फैल गयी। जीव मात्र को आनन्द का अनुभव हुआ था।

जासोर, गुरु की पहाड़ी, चोटीला हरिवाट या गब्बर पर खड़े होकर नजर दौड़ाएँ, तो झींझव, धमण, बावची, सामा, लापडुँ, दर्भ जैसी घुटने तक की हरी-हरी घासें हवा के साथ लहर रही थीं।

एक बार दितो, जानो तथा अलख को साथ लेकर लेम्बा खास मुझसे मिलने के लिए आया था। उसके यहाँ आषाढ़ की अमावस्या को 'दिवासा' (अमावस्या) की 'लीलवण पूजा' थी। उसमें मैं शामिल होऊँ—ऐसा उसका आग्रह था। हमीर सिंह ने भी वहाँ जाने और देखने के लिए विशेष आग्रह किया। हमीर सिंह ऐसा मानता था कि इन सबमें मेरी विशेष रुचि है।

मैंने हमीर सिंह तथा बाबू को साथ लिया।

हम बहुत सुबह निकल पड़े, इसीलिए जाम्बुघाँटा को पार करके साढ़े नौ बजे तक लेम्बा के यहाँ पहुँच गये। लेम्बा ने अपने खोलरे के बगल में एक बिल्कुल नया खोलरा बनाया था। उसके पुराने खोलरे के चारों ओर बेर के काँटों की बाड़ बनी हुई थी। उसका झाँपा भी काँटों का ही बना था। पीछे के भाग में बाड़ पर तुरई, नेनुवा, वालोल आदि की बेलें बहुत ऊपर तक चढ़ी हुई थीं।

नये खोलरे में दो कमरे बने थे। इसकी आधी दीवार चिकनी मिट्टी के गारे से पत्थर को चुनकर बनायी गयी थी। उसके ऊपर माटी के लोंदे रखकर दीवार बनायी गयी थी। ऊपर से दो ओर ढलान बनाया गया था। उसके ऊपर हरे बाँस को बीच से फाड़कर बनाये गये फट्ठों के साथ छोटी सीधी लकड़ियों को कसकर बाँधा गया था। फिर ऊपर से अर्जुन, शिरीष और खजूर के पत्तों और घास से ढँका गया था।

अन्दर के भाग में, बैठने के लिए, दीवार से सटाकर सुन्दर ढंग से पत्थरों का चबूतरा बनाया गया था। चबूतरे पर चटाई बिछी थी। खोलरे के आगे का भाग गोबर और मिट्टी से लीपा गया था और उस पर बहुत सुन्दर लहरदार उभार दिया गया था। ऊपर से चूने का लेप किया गया था। उसके बाद दीवार पर आदमियों की पंक्ति, घोड़ा, घुड़सवार, लड़ाई करते योद्धा, बाघ, चीता, मोर, मुर्गे-मुर्गियों आदि के चित्र

गेरू से बनाये गये थे। परन्तु एक चित्र के पास आकर मेरी नजर टिक गयी। उस चित्र को देखकर मुझे बहुत आघात लगा या मैं आनन्दित हुआ, यह मैं कह नहीं सकता। परन्तु ये लोग कितने मुक्त भाव से जीते हैं, इसका एहसास जरूर हुआ। उनके मन की विशालता ने मेरे मन को क्षण भर के लिए स्तब्ध बना दिया। एक चित्र था : स्त्री-पुरुष के मैथुन का। दूसरा चित्र था : पशु के साथ आदमी के मैथुन का। इन चित्रों को देखकर, जेजाकभुक्ति वंशीय चन्द्रवंश के राजपूत चन्देलों द्वारा, मध्य प्रदेश में केन नदी के किनारे खजुराहो सागर नामक सरोवर पर, सन् 950 से 1050 के दौरान बनाये गये, दाम्पत्य जीवन की झाँकी प्रस्तुत करने वाले, विश्व-प्रसिद्ध मन्दिरों की याद आ गयी—जहाँ संगीतकारों, उनके वाद्यों, मघरी, णयोत्सुक तरुण-तरुणियों, किन्नर, गन्धर्व आदि की मूर्तियाँ विलक्षण एवं प्रभावक ढंग से उत्कीर्ण की गयी हैं। स्त्रियों की आकृतियां सानुपात, मोहक तथा मुख पर उत्कृष्ट भावों को प्रकट करने वाली हैं। यहाँ विविध वय के प्रेमातुर तथा मैथुनासक्त युगल, व्याल आदि की असंख्य शिल्प-कलाएँ देखने को मिलती हैं।

मुझे लगता है कि इन दीवारों पर बने चित्र खजुराहो से तनिक भी कम नहीं हैं। मैं युगों पूर्व की अपनी संस्कृति को यहाँ के इन लोगों के साथ जुड़ते हुए देख रहा हूँ।

यह खोलरा सिर्फ और सिर्फ मेरे लिए बनाया गया है, ऐसा लेम्बा के छोकरे ने हम लोगों को बताया। उसने 'माता' के नाम से नारियल फोड़कर, वहाँ उपस्थित लोगों को गुड़ का प्रसाद दिया और गाँव के बड़े-बुजुर्गों के साथ उसमें मेरा प्रवेश कराकर अनहद आनन्द का अनुभव किया।

मुझे लगा कि मैं धीरे-धीरे मनुष्य से देवता बनता जा रहा हूँ।

आधे आषाढ़ के बाद बरसात हुई। अतिथि के समान एक बार आने के बाद फिर दुबारा नहीं आयी, मानो आतिथ्य स्वीकार करने दूसरे-तीसरे...गाँव निकल गयी हो। परन्तु चार दिन पहले ही रिमझिम के साथ उसका आगमन हुआ। इसीलिए थोड़ी ठंडक थी। लगातार पानी में रहने वाला आदमी काला पड़ जाता है। यही हाल वृक्षों का भी है। बारिश के कारण वृक्षों, पर्वतों, पत्थरों की कालिमा साफ-साफ दिखाई पड़ती है। वह भी ठंडक देती है।

वातावरण वैशाख की तरह आँखों में चुभता नहीं। रास्ते के दोनों तरफ हरियाली लहरा रही है। छुट्टे पशु घास चर रहे हैं। बकरी-बकरे कँटीली झाड़ियों पर आगे के दोनों पैर रखकर पत्ते खा रहे हैं। कुत्ते और मुर्गी-मुर्गे खोलरे के आगे-पीछे घूम रहे हैं। पक्षियों की चहचहाट सुनाई पड़ रही है। नीचे उत्तर दिशा की ओर बहते झरने में बच्चे डुबकियाँ लगा रहे हैं और एक-दूसरे पर पानी के छींटे मारने का खेल खेलते हुए किलकारियां मार रहे हैं। परन्तु हल्की बदलियों के बीच लुका-

छिपी करता सूरज थोड़ा कठोर लग रहा है मानो किसी तगादे पर निकला हो।

मुझे धूप से बचाने के लिए वे खोलरा में ले गये। अन्दर की दीवार भी लाल मिट्टी से रँगी हुई थी। एक तरफ तरबूजे के तने (बेल) के रेशों से बनी रस्सी से बुनी चारपाई बिछी हुई थी। उस पर बैठने का मुझसे खूब आग्रह किया गया, परन्तु मैं बैठा नहीं। इससे लेम्बा थोड़ा दुखी हुआ। मैं पत्थर से बने आसन पर बैठा।

नरम घास को सुखाकर, फिर उसे पानी में भिगोकर ये लोग उससे खूँपची, चटाई, मोटी रस्सी आदि बनाते हैं। ऐसी ही एक बड़ी चटाई खोलरा में बिछाई गयी थी। उस पर हमीर सिंह और बाबू बैठे।

तभी माटी की थाली जैसे एक बरतन में चूरमा आया और दूसरे बरतन में मुलायम काकड़ी थी और थोड़े करौंदे थे। एक और बरतन में वही वस्तुएँ हमीर सिंह और बाबू के बीच रखी गयीं। इन वस्तुओं को कैसे खाया जाए, यह मुझे पता न था; क्योंकि चूरमा तेल से सराबोर था। उस तेल से अजीब-सी गन्ध आ रही थी। मैंने धीरे-से पूछा, तो बाबू ने कहा, ''डोरमुँ है।'' मैं समझ नहीं पाया। इसलिए हमीर सिंह ने कहा, ''साब! महुवे के बीज से निकाला गया तेल है। ई चूरमा उसी में बना है।''

वैसे तो इन लोगों में मेहमानों का स्वागत करने का सबसे अच्छा तरीका शराब पिलाना और मुर्गा तथा बकरे का मांस खिलाना माना जाता है, परन्तु लेम्बा मुझे जानता था। नहीं तो मुझसे पहले के फॉरेस्टर इसका मजा लेने के लिए ही यहाँ आया करते। खुद लेम्बा ने मुझे यह बात बतायी।

तभी बाहर एक तेरह-चौदह वर्ष की लड़की दिखाई पड़ी। बालों में बहुत सारा तेल चुपड़कर बालों को सुन्दर तरीके से सँवारे हुए थी। तेल की चिकनाई उसके चेहरे पर चमक रही थी। बाल कुछ अलग तरीके से सँवारे गये थे और उनमें पिन खुँसे हुए थे। उसकी चोटी में घुँघरू लटक रहे थे और लाल रीबन भी। गले से कमर तक काले रंग का अँगरखा तथा घुटने से थोड़ा नीचे तक चणिया (घाघरा या पेटीकोट जैसा वस्त्र) पहने हुए थी। बाँहों में बहुत सारी काँच की चूड़ियाँ थीं, जिनकी खनक अन्दर तक सुनाई दे रही थी। कानों में झुमके लटक रहे थे। नाक में पीले रंग की फूलरी थी। पाँवों में छड़े थे। उसकी काया कमनीय थी तथा वह यौवन के आँगन में प्रवेश करने की तैयारी में थी। उसकी आँखों में काजल के साथ-साथ आकाश में उड़ते पक्षियों की स्वतन्त्रता और तितलियों की चंचलता थी।

उसको अन्दर बुलाकर मैंने पूछा, ''तुम्हारा नाम क्या है?''

उसने शरमाते हुए कहा,''मीनारी।''

वह थोड़ी देर तक चुपचाप खड़ी रही। फिर हमीर सिंह ने कहा, ''साब! ई लेम्बा की छोटी छोकरी है।''

यह बात पूरी होने के साथ वह बोली, ''आप काहे कुछ खाते नहीं? ई चूरमा तो बहुत फायदा करता है। आप जरूर खाइए।''

यह कहकर वह तुरन्त बाहर चली गयी। फिर नारियल और गुड़ का प्रसाद लेकर वापस आयी। मैंने प्रसाद लिया। वह खुश होकर हँसते हुए बाहर चली गयी। उसमें कोई संकोच न था, सहज भाव था। मुझे लगा, मीनारी के साथ मैंने इस तरह से बातें कीं, इससे दूसरे क्या सोचेंगे? परन्तु मुझे पता न था कि इन लोगों में अरण्य जितनी विशालता और आकाश जैसा खुलापन है। आप किसी कुँवारी कन्या के साथ खुले मन से बात करें, इसमें इनको कोई आपत्ति नहीं। इनकी उदार दृष्टि और स्वाभाविक व्यवहार से मुझे इनका अच्छा परिचय मिला। इन गिरिमालाओं, वृक्षों और वनस्पतियों ने इनको संस्कार दिया है। इनका अत्यन्त उदार मन और इन हरे पत्तों जैसा इनका प्रेम हमें रसमग्न कर देता है। यही लोग तो सच्चे प्रकृति-पूजक हैं; यही सब हमारी सांस्कृतिक परम्परा के प्रतीक हैं। इन्होंने ही निगूढ़ शक्तियों का मानवीकरण किया है और ये ही इनकी पूजा करते हैं।

ऐसे उदार दिल वाले लोगों की उदार बातें सुनकर मुझे ऐसा लगा जैसे मैं किसी अनजान भूमि में आ गया हूँ। मीनारी ने मुझे ऐसा धक्का मारा और उस धक्के से मैं कहाँ पहुँच गया हूँ, उसकी कल्पना भी नहीं कर सकता। वर्षाऋतु में बरसात होने पर चार ही दिन में सारा-का-सारा अरण्य बदल गया। वैसे हरियाली एकदम से फूट पड़ती है, वैसे ही प्रकृति की गोद में खेलते-कूदते इन वनवासी युवक-युवतियों के हृदय में प्रेम का उदय होता है। ये प्रकृति के जैसे मुक्त होते हैं। इनके लिए तो पुरुष-स्त्री की मित्रता सहज है। यह समाज-स्वीकृत है। यहाँ प्रेमी-प्रेमिका मुक्तभाव से मिल सकते हैं। वे परस्पर यौन-सम्बन्ध भी कर सकते हैं।

कहीं नदी, नाला, कोतर (खोह), झरना, खादर,पलाश की भरी-भरी छाया बरगद की घनी बरोहें, गुलर की आड़, धड़, मधेड़ बहेड़ा या करमाला की छाया आदि एकान्त स्थल में उनकी यौन-भावना पूर्ण रूप से प्रकट हुई हो और ऐसे में कोई बुजुर्ग उन्हें देख ले, तो वह सहज भाव से मन-ही-मन बड़बड़ाता है : ''नादान हैं; खोखरियुँ करते हैं।''

इस समाज की ऐसी भव्य उदारता के समकक्ष कोई आ ही नहीं सकता।

विवाह के बाद अगर कहीं यौन-सम्बन्ध बन गया, तो वह कोई सहन नहीं करता। इन लोगों के लिए कुत्ता मारना या आदमी मारना दोनों बराबर होता है। यहाँ प्रेमी की ही हत्या की जाती है। यह सब देखकर मुझे हजारों किमी. दूर स्थित सौन्दर्य का स्वर्ग सेशल्स टापू की याद आ गयी, जहाँ गरमी में लाखों स्त्री-पुरुष उसके तट पर मजा लेते हैं; आनन्दमग्न खुले तन-मन से घूमते हुए उन्हें देखकर ईर्ष्या होती है। उनसे भी कई गुना विकसित और आगे बढ़े हुई इस वनवासी

संस्कृति ने तो मुझे एक नये मोड़ पर लाकर खड़ा कर दिया है।

इस समय, अत्यन्त मोहक एवं मनोहर लगते इस पहाड़ी प्रदेश के मुक्त अरण्य का आनन्द लेने वाले इन वनवासियों का वन्दन करने का मन होता है। प्रकृति की गोद में जीते ये वनवासी सच्चे अर्थों में प्राकृतिक हैं। उनकी मुक्ति की मादकता को पीते हुए मैं बैठा हूँ इस खोलरे में।

'सौ पर्व' का वास कहकर जिसकी भूरि-भूरि प्रशंसा की गयी है, उन 'दिनों' को तो मैं भूल ही गया हूँ। दो दिन पहले ही इस गाँव के मुखी ने 'लीलवण पूजा' का आदेश दिया था, इसलिए आषाढ़ की अमावस्या के दिन सभी के घरों में दूध में चावल पकाया गया था।

ये वनवासी 'पानवाडी' बनाते हैं। गोबर और मिट्टी से गुड्डी-गुड्डे बनाकर कन्याएँ सिर पर लेकर चलती हैं। सभी गाते-बजाते उनके पीछे चलते हैं। कभी-कभी गुड्डी-गुड्डे मोटे भी बनाये जाते हैं। गुड्डी को लाल कपड़ा पहनाते हैं और बीरबहूटी की आँख बनाते हैं। उसे लेकर नाचते-गाते, उछलते-कूदते, ढोल और कुंडी बजाते 'खेरादेव' (खैर के पेड़ पर रहनेवाले देव) के स्थान पर सभी इकट्ठा होते हैं। वहां दूध में पके चावल का नैवेद्य चढ़ाया जाता है। अगल-बगल की वनस्पतियों पर भी दूध के छींटे मारकर उनकी पूजा की जाती है। उनकी आरती भी उतारी जाती है। उसके बाद दूध में पके चावल को सभी खाते हैं।

'लीलवण पूजा' के बाद ही वन में पैदा होने वाली फाँग, सटोडी, सहिजन जैसी सब्जियों और फलों को खाया जा सकता है, उसके पहले नहीं। कन्याएँ गुड्डी-गुड्डे को लाकर घर के छप्पर पर सँभालकर रख देती हैं और होली पर इनकी पूजा करती हैं। पूजा के बाद उनकी शादी कराकर उन्हें होली में जला देती हैं। उनका विश्वास है कि ऐसा करने से बारिश अच्छी होती है; खेती अच्छी होती है और परिवार को सुख-समृद्धि प्राप्त होती है। लोक-श्रद्धा की ऐसी भावना के बारे में क्या कहा जा सकता है!

इन सब विधानों में काफी समय निकल गया। हमने भी दूध में पकाये हुए चावल का प्रसाद ग्रहण किया। फिर लेम्बा से जाने की बात कही। उसने कहा, "आज की रात आप रुक जाइए, तो अच्छा रहेगा; क्योंकि आज ही हमने नये खोलरे की विधि की है।"

उसकी विधि का मतलब था घर में रहने के पहले सभी को बुलाकर माता को बकरा चढ़ाना और उसका प्रसाद बनाकर सभी को खिलाना। उसके बाद ही नये घर में रहा जा सकता है, परन्तु यह सब कुछ मेरी समझ के बाहर था। इसीलिए उस विधि में शामिल होने के लिए मुझसे आग्रह करने में उसे संकोच हो रहा था। उसने

मुझसे हठाग्रह नहीं किया।

शाम हो गयी थी। उस दिन अमावस्या थी; चन्द्रमा के उदय का कोई प्रश्न ही न था। इसलिए अँधेरा होने के पहले ही उन लोगों ने अपनी 'लीलवण पूजा' भव्यता के साथ पूरी कर ली। हम तीन जन इस अरावली की गिरिमालाओं में बसते युवक-युवतियों के प्रेम में से फूटती मादकता और सुगन्ध को साँसों में भरकर प्रहर रात गये वापस आ गये।

पन्द्रह

मुझे चिन्ता थी रानी शिखर के पूरब तरफ के भाग में वनीकरण की। जो गड्ढे बाकी रह गये थे, उनमें क्या लगाया जाए और कैसे लगाया जाए? इसके लिए मैंने हमीर सिंह से पूछा, तो उसने सरल रास्ता बताया, ''वहाँ के जंगल में जो वृक्ष हैं, उनके नीचे और अगल-बगल बहुत-से पौधे उग आते हैं। उनको ही बोया जा सकता है।''

दूसरा प्रश्न उसके खर्च का था! सरकार से तो वह मिलनेवाला न था। उसका उपाय भी हमीर सिंह ने ही बताया, ''हम गाँव के बड़े लोगों से मिलें। वे लोग तैयार हो जाएँगे। जो लोग गड्ढा खोदने के लिए आये थे, उन लोगों से आप कहेंगे, तो वे इनकार नहीं करेंगे। आपके प्रति उन लोगों के मन में बहुत सम्मान है।''

यही एक नयी दिशा मिल रही थी।

हम दोनों उन्हीं गाँवों में घूम आये। सब जगह से सहयोग का आश्वासन मिला। दूसरे दिन हम दोनों बाबू को साथ में लेकर रानी शिखर की ओर रवाना हुए।

पहली बार जिस रास्ते से गये थे, इस बार वह रास्ता न था। इस समय तो चारों ओर हरी-हरी घास तथा हरे पत्तों से लदे वृक्षों ने रास्तों को ढँक दिया था। बारिश का पानी भी कितने ही रास्तों को बहा ले गया था, परन्तु साथ में बाबू था; इसलिए हमें चिन्ता न थी।

दोपहर की प्रखर धूप के पहले ही हम रानी शिखर पहुँच गये।

ग्रीष्म ऋतु और वर्षा ऋतु के रानी शिखर में फर्क था। हरियाली आँखो ंको ठंडक पहुँचा रही थी, तो ठंडी हवा मन को मोह रही थी। सिर पर धूप थी।

हमने घूम-घामकर देखा। खेर, अणियार, बिल्व, धावड़ा, नीम, पलाश, अमलतास, सीसम, टिमरू, पीपल, सेवन, कणजी, महुवा, गूलर, शमी, साग, जामुन, अर्जुन, सांडेसरा, धव आदि के अनगिनत वृक्ष हरियाली से लहरा रहे थे।

हमने यह भी देखा कि पेड़ों के नीचे तथा अगल-बगल ऐसे पौधे थे, जिन्हें खोदकर फिर से रोपा जा सकता था। हमने तय किया था कि हर एक गाँव से एक-दो आदमियों को ही लाएँगे। उनमें से कुछ पौधों को खादेंगे, कुछ उन्हें रोपेंगे और कुछ बाल्टी से पानी लेकर पौधों में पानी डालेंगे।

ऊपर के तालाब में काफी पानी भरा था। अगर वह टूटा न होता, तो यहाँ एक बड़ा सरोवर बन गया होता।

दो-चार दिन के बाद आठ-दस आदमियों को लेकर हमीर सिंह और बाबू पहुँच गये रानी शिखर पर। तय किये गये कार्यक्रम के अनुसार दो ही दिन में बाकी के गड्ढों में भी वृक्षारोपण हो गया।

इस कार्य का सारा विवरण तैयार करके एक पत्र जिला ऑफिस में भेज दिया। परन्तु उसके पहले एक दूसरा पत्र वहाँ पहुँच गया था : आपके इस क्षेत्र का फॉरेस्ट ऑफिसर आपका कर्मचारी नहीं, बल्कि नेता बन गया है। किसकी इजाजत से गाजणा और लुक्खा के बीच बाँध बनाया गया है? किसके खर्च से भोजन समारोह हुआ? इसकी शीघ्र जाँच होनी चाहिए।

बनासकाँठा जिले के वन-विभाग के कार्यालय में डी.एफ.ओ. नाम के कौओं ने काँव-काँव शुरू कर दिया था, परन्तु मुझे इसकी कोई परवाह न थी। इसका कारण सिर्फ इतना था कि मैंने कुछ गलत या अनुचित किया न था, जिससे मैं डरूँ।...और यह सब कुछ तो मानव-सहज है। ऐसा न करे, तो मनुष्य कैसा! कभी-कभी तो कोई अपनी कमजोरियों को छिपाने के लिए ऐसी उठा-पटक करता है। खुद से अच्छा दूसरा नहीं दिखना चाहिए, इसके लिए क्या-क्या किया जा सकता है? तो वह ईर्ष्या से इस प्रकार की उठा-पटक शुरू करता है। मनुष्य भी कैसा प्राणी है!

ऐसा विचार करते हुए मैं दूर आसमानी रंग के फलक पर दृश्यमान जयराज के शिखर को देख रहा था। इस समय की इन गिरिमालाओं की सुन्दरता इस वर्षा ऋतु की बहुमूल्य भेंट है। उसका हर क्षण आनन्द लेने की मैं कोशिश कर रहा था। उसी समय प्रभु आया। उसने "साब...!" कहकर आवाज दी, तो मैंने पीछे मुड़कर देखा और उससे पूछा, "अरे! इतने दिनों तक कहाँ थे?" वह हँसते हुए मेरे सामने खड़ा रहा। उसके कपड़ों और शरीर से बरसात की गन्ध आ रही थी। उसके साथ एक अनजान आदमी भी था। मैंने उसके बारे में पूछा नहीं, परन्तु वह कोई समाचार देने के लिए आया था।

प्रभु ने कहा, "साब!...ई रता आपसे मिलना चाहता था, इसलिए इसे लेकर आया हूँ।"

मैंने उन दोनों को बैठने के लिए कहा। दोनों नीम के नीचे पत्थर पर बैठ गये।

रता कपासिया की तरफ रहता है। पहाड़ की बगल में ही उसका खेत है।

कल ही वहाँ रीछ दिखाई पड़ है। रता ने उसके बारे में बात की।

मैंने उससे पूछा, "तुम्हारे यहाँ उसने कोई नुकसान तो नहीं किया?"

उसने कहा, "नहीं; पर छोकरे घूमते रहते हैं, इसलिए भय लगता है।"

मुझे रीछ के बारे में कोई जानकारी नहीं। वह हमला करता है या नहीं; वह आदमी को मारता है या नहीं? हाँ, किसी कारण से गुस्से में आकर फाड़ डालता है, ऐसा मैंने सुना था। मुझे यह भी पता है कि वह निशाचर है; सारी रात भोजन के लिए भटकता रहता है। वह फल, कन्दमूल, शहद तथा तरह-तरह के जीवों को खाता है। उसकी सबसे प्रिय खुराक तो दीमक हैं।

"तुमने कहाँ देखा?" मैंने उससे पूछा।

उसने कहा, "साब!...परसूँ साँज के टेम में!...वह सोनवाड़ी के पूरब की ओर से निकलकर नाले में पानी पीने जा रहा था।"

"उसके पहले क्या कभी देखा था?"

"जब बेर फलती है, तब ऊ देखाई देता है।" उसने कहा।

रीछ को बेर बहुत पसन्द हैं। महुवा, जामुन और आम जहाँ होते हैं, वहाँ भी ऋतु के अनुसार वह जाता है।

जासोर के पूरब में 180 वर्ग किमी. में रीछ का अभयारण्य है। बरसात में जब बदली छाई रहती है, तब भी रीछ घूमते रहते हैं। रात में जब खुराक की खोज में ये घूमते हैं, तब बूऽऽ...बूऽऽऽ...की आवाज निकालते हैं।

ऐसा प्राणी इस इलाके में है, परन्तु मैंने अभी तक देखा नहीं। यहाँ मैंने खरगोश, छछूँदर, चींटियों को खानेवाला शेला, नेवला, और नीलगाय देखी है। जब मैंने किसी के सामने नुकीले सफेद काँटे खड़े करके जूझते हुए साही को देखा, तो मैं आश्चर्य में पड़ गया। यहाँ आने के बाद मैंने कितने ही पशु-पक्षियों को जीवन में पहली बार देखा।

यहाँ मैंने उल्टा लटकते चमगादड़ और बादुर को देखा है। 'वडलावाला पानी' नामक जगह में बरगद पर जब मैंने भारी संख्या में इन पक्षियों को लटकते हुए देखा, तो अचरज में पड़ गया। अपनी सूँघने की शक्ति के सहारे, भोजन की तलाश में, यह प्राणी सारी रात घूमता रहता है। दूर से चाँदनी रात में इसका अनुभव तो मैंने किया है, परन्तु इतने समय में रीछ को अभी तक देखा न था।

रता के कहे अनुसार दूसरे दिन शाम को लगभग पाँच बजे मैं उसके खेत पर पहुँच गया। उसके पास दो भैंसें थीं, एक छप्पर था, तीन छोकरे और उसकी पत्नी—यही उसका परिवार था। जो जमीन थी, वह उसके आलस का उत्तम नमूना थी। मैंने सोचा, ये लोग किस आधार पर जीते होंगे! मेरे प्रश्न के जवाब में रता ने कहा, "बरसात में जो कुछ होता—बाजरी, मक्का, मूठ—वह जाड़े तक चलता है। थोड़ी

अच्छी बारिश हुई, तो गोहूँ भी होता है। बाकी तो यह जंगल जिलाता है।''

फिर मेरे मन में विचार आया कि ऐसी दारुण स्थिति में भी ये लोग आनन्द से जीते हैं।

सूरज धीरे-से पर्वत के पीछे गया और रता के कहे अनुसार रीछ ही निकला। लम्बे काले बाल देखकर हम एक पेड़ की आड़ में छिप गये। वह धीरे-धीरे स्थिर गति से पानी के सोते की ओर जा रहा था। हमीर सिंह, रता और उसके छोकरे के साथ हम उसके पीछे-पीछे गये। रीछ ने पानी पिया, पानी के अन्दर जाकर नहाया, फिर बाहर निकलकर पानी को झाड़कर शरीर को सुखाया, तभी हम सबने होकारा करते हुए धावा बोल दिया। वह कपासिया की तरफ भागा, आगे दौड़ता जाए और पीछे मुड़कर देखता जाए। हमीर सिंह फटे कपड़े के दो-चार टुकड़े साथ लाया था। उसको जलाकर उसकी ओर फेंका। वह उसके पास जाकर गिरा। वह भड़क उठा। रीछ आग से बहुत डरते हैं।

वह घने जंगल में चला गया। अँधेरा घिर आया था; इसलिए हम भी वापस आ गये।

सोलह

किसी भी कार्य की शुरुआत तो बड़े जोश के साथ होती है, परन्तु जैसे-जैसे समय बीतता जाता है, जोश ठंडा पड़ता जाता है। बरसात के साथ भी ऐसा ही है। आषाढ़ बेरोक-टोक बरसा। वैसे तो श्रावण शान्ति से रिमझिम बरसता है; परन्तु इस बार वह भी दिल खोलकर बरसा। अब उसके स्वभाव में शान्ति दिखाई दे रही है। कभी बारिश आती भी है, तो हल्के से, सिर्फ फुहारे आते हैं मानो आकाश हमें चिढ़ा रहा हो। रास्ते में पड़े गड्ढों को भरने के लिए डाली गयी मिट्टी कपड़े में लगी चकती की तरह दिखाई देती है, वैसे ही निरभ्र आकाश में बादलों के काले-काले धब्बे ही दिखाई पड़ते हैं मानो बादल सूरज के साथ लुका-छिपी खेल रहे हों। जैसे लड़के नदी के पानी में डुबकियाँ मारते हैं, वैसे ही सूरज भी कभी दिखता है, कभी छिप जाता है, कभी प्रकाश हल्का हो जाता है, कभी अँधेरा गहरा हो जाता है।

मैं चाहता हूँ कि मेघराजा धीमे-धीमे आयें; और फुहारें झरमर-झरमर करके पड़ती ही रहें और उसका पानी टुकुर-टुकुर ताक रहे इन पहाड़ों, गिरिमालाओं, इन वृक्षों, लताओं, झरनों, तालाबों और छोटी-छोटी नदियों से होकर बह निकले। उनके पैरों की छाप इस अरण्य की छाती पर पड़ती जाए और उसमें से धरती माता नवीन

रूप में हमारे समक्ष प्रकट होती रहें, उनकी मैं राह देखता हूँ—आज भी!

आधे आषाढ़ में जिस समय मूसलधार पानी बरसा मानो आकाश ही टूट पड़ा हो, उस समय वृक्षों के पत्तों तक में खलबली मच गयी थी। परन्तु जब बारिश का जोर कम हुआ, तब नहा-धोकर तैयार हुए पत्तों पर से पानी की बूँदें ऐसे टपकती थीं, जैसे भीगे शरीर से पानी की बूँदें टपकती हैं। वे पत्ते भी धरती माता की गोद में टपक-टपककर समाती बूँदों को देखकर आनन्द-विभोर हो रहे थे।

कल तक जो जंगल वनवासियों को तीर की तरह चुभ रहा था, आज वही हरियाली का शृंगार करके खड़ा है। कल के काले-कलूटे ये पहाड़ आज हरे वस्त्रों से सुशोभित हैं। कल तक नग्नावस्था को झेलती यह धरती आज मानो मखमली हरी साड़ी पहनकर सजी है। जंगल, खेत, मैदान, रास्तों, गड्ढों, पहाड़ियों के कगारों पर हरी-हरी घासें आनन्द में विभोर होकर हवा के साथ लहरा रही हैं। मेरे रोम-रोम में लहरा रहा है हरा-भरा आनन्द! कहाँ नगर के काले तारकोल वाले खेत (सड़कें) और कहाँ हरियाली एकान्त वाला यह प्रदेश! यहाँ तो मेरी श्वासों में भी हरा-हरा रक्त दौड़ता है और नगर में धुएँ के सिवाय क्या है! फिर भी मन नगर की हलचलों को जानने के लिए तरसता जरूर है। उसका कारण सिर्फ इतना है कि मेरा शैशव दबा हुआ है नगर की गलियों में।

श्रावण में मूसलाधार बारिश के बाद एक दिन एक छोटा-सा तूफान भी आया। पानी से धरती तृप्त हो गयी। रात को जोरदार आँधी आयी, एक तरह से तूफान ही आया। उसका जोर भयभीत कर देनेवाला था। बहुत सारे वृक्ष समूल धरती पर गिर पड़े। पशु-पक्षियों में हाहाकार मच गया, परन्तु थोड़े ही समय में सब कुछ शान्त भी हो गया, तूफान जैसे आया वैसे ही चला भी गया।

मैं और हमीर सिंह तूफान शान्त होने के बाद शाम को चोटीला की ओर घूमते-घामते गये। नये रूप में खड़े ये वृक्ष मन को मोहने वाले थे। परन्तु जो गिर पड़े थे, उनके लिए मन पीड़ा से भर रहा था, पर हम क्या कर सकते थे! कुदरत की ताकत के सामने आदमी लाचार है।

उस तूफान के कारण मानो सारा जंगल भयभीत हो गया था। नील गायों का एक झुंड कान हिलाते हुए तथा पूँछ पटपटाते हुए चकपकाई आँखों से चारों ओर देख रहा था मानो यह तय करने की कोशिश कर रहा हो कि किस तरफ जाएँ, जहाँ खतरा न हो।

वृक्षों की डालियाँ-टहनियाँ टूट गयी थीं। काफी पत्ते भी झड़ गये थे। मोरनियों के सामने नृत्य करते मोर न जाने कहाँ छिप गये थे। भौंरे भी लुप्त हो गये थे। पक्षियों ने कहाँ-कहाँ आश्रय लिया था कि कहीं दिख नहीं रहे थे। चिड़ियों की चीं-चीं और परेवों का 'प्रभु तू...प्रभु तू...' का रटन, लैलाओं की कचकच या काबरों

के झगड़े कहीं सुनाई नहीं दे रहे थे। जो था, वह चारों ओर फैला भय था।

वातावरण में धीरे-धीरे बदलाव आता जा रहा था। बीच-बीच मे बादलों के साथ खेलता सूरज चोटीला के पीछे चला गया, तब हम वापस लौटे। परन्तु वातावरण में भी भय होता है, मुझे इसकी सबसे पहले प्रतीति हुई। मेरे लिए यह एक रोमांच था; आनन्द था; साथ-ही-साथ दुख इतना था कि मुझे लगता था कितने ही वृक्षों के मानो हाथ ही कट गये थे, कितने जड़ से ही उखड़ गये थे। कितने ही शिखर से टूट गये थे। न तो कहीं तितलियाँ दिखाई पड़ रही थीं, न कीड़े-मकोड़े! ये सब न जाने कहाँ चले गये थे? ऐसे न जाने कितने ही प्रश्न थे मेरे मन में, परन्तु मैं नि:सहाय था कुदरत के सामने।

चोटीला से वापस आते समय घाँटा के सीवान से हम गुजरे। यहाँ खेत ढालुवे हैं, इसलिए उनमें पानी टिकता नहीं। परन्तु आषाढ़ की प्रथम बरसात के बाद वहाँ के किसानों ने खेत जोतकर जो कुछ बोया था, खेतों में उनकी मेहनत उगी हुई दिखाई दे रही थी। बाजरी की फसल झुक गयी थीं; मक्के की फसल ने जमीन पकड़ लिया था। छप्पर उड़ गये थे। बैल, जिनके हाड़-पंजर ही बचे थे, या तो घुटने मोड़कर बैठे थे या इधर-उधर खड़े थे। कितने ही लोगों ने अपने-अपने खेतों में झोंपड़ी बना रखी थी, जो अब गिर गयी थी। इस समय वे लोग अपनी-अपनी झोपड़ियों को फिर से बनाते दिखाई पड़ रहे थे। सारा वातावरण तितर-बितर हो गया था।

हम, कहीं भी रुके बिना, अँधेरा होने के पहले ही वापस आ गये।

सत्रह

जासोर रेस्ट हाउस के पिछवाड़े, शाम को नीम के पेड़ के सहारे मैं खड़ा था। तभी गाजणा और लुक्खा के बीच के बाँध पर नजर गयी, तो मन को लगा कि मेरा सपना साकार तो हुआ है; परन्तु पूर्ण साकार नहीं। बाँध पर पानी छलक रहा था। बीच-बीच में, दोपहर में आराम करते मेढकों की 'मेंक-माँक' की आवाज आ रही थी। एक पक्षी बड़ी देर से पानी के ऊपर पंख फड़फड़ाते हुए चक्कर लगाते-लगाते कुछ खोज रहा था, तभी उसने 'छपाक्' की आवाज के साथ डुबकी लगायी। अद्‌भुत था वह पक्षी! परन्तु यह जानकर मेरी खुशी का ठिकाना न रहा कि वह वही 'करझेड' पक्षी था, जिसके बारे में कल हमीर सिंह ने मुझे बताया था। सारस का यह जोड़ा मेरी मेहनत का फल था। यहाँ पानी नहीं होता, तो यह जोड़ा कहाँ से आता! दोनों गरदन को ऊपर-नीचे करते हुए नृत्य कर रहे थे। पाँखें फड़फड़ाकर, कूद-कूदकर,

उड़-उड़कर, एक-दूसरे की गरदन में गरदन मिलाकर खेलते इस युगल को देखना मेरे जीवन की एक धन्य घड़ी थी। तभी कहीं से 'टी-टी-टी...हुट्' करते हुए टिटहरी आयी, जिसे लोग यहाँ 'वकतीती' के नाम से जानते हैं।

बरसात के पहले बाबू आया था और मुझसे कहा था कि ''साब!...एऽ साल तो भरपूर बारिश होगी।'' मैंने सोचा था कि यह आदमी ज्योतिषी है।

मैंने पूछा था, ''तुम्हें कैसे पता?''

उसने कहा था, ''वकतीती (टिटिहरी) ने एक सोते के एकदम कगार पर अंडा दिया है।''

यह क्या? परन्तु बाद में मुझे पता चला कि टिटहरी पानी से भरे किसी गड्ढे, नदी, तालाब, झरने के किनारे सबसे ऊँचे स्थान पर अगर अंडा दे, तो बारिश अधिक होने की सम्भावना ये लोग करते हैं।

यह सच था। ये टिटहरियाँ बड़ी तेजी से दौड़-धूप कर रही थीं। दूसरी तरफ वनमुर्गियाँ कुछ बीन रही थीं। मेरा सबसे अधिक ध्यान आकृष्ट किया पानी में तैरते तीन-चार पक्षियों ने। गहरे कत्थई रंग की ये जलमुर्गियाँ थीं। पानी में वे जिस तेजी से तैर रही थीं और उनकी तेजी के कारण पानी में जो हलचल पैदा हो रही थी, उसमें डूबते सूरज की किरणें जैसे किल्लोल कर रही थीं, मेरे लिए यह एक अद्‌भुत दृश्य था।

उत्तर की गिरिमालाओं से जो झरने आ रहे थे, उन्हें देखकर ऐसा लग रहा था मानो ये पहाड़ दूध दे रहे हों। नीचे के भाग में, जहाँ गाँड़ा बावल (बबूल) का वन पूरा होता था, उसके बाद जहाँ गाय-भैंसें चर रही थीं, उनके चारों ओर, शादी का जोड़ा उतारकर एकदम सफेद बगुलों का एक बड़ा झुंड घूम रहा था। वैसे तो बगुले गाय-भैंसों के साथी तथा किसानों के मित्र माने जाते हैं। जहाँ ढोर खड़े होते हैं, वहाँ उनकी एक टुकड़ी अडिग खड़ी रहती है। ये कीड़ों-मकोड़ों को बीनकर खाते रहते हैं। उन्हीं के आसपास किलहटियाँ क्राऊँ-क्राऊँ बोलते हुए कीड़ों को बीनते दिखाई देती हैं। उनके शरीर के अनुपात में उनके पैर भी लम्बे होते हैं, जिससे वे अच्छी तरह से चल लेती हैं। शाम को उन्हें एक ही कतार में उड़ते हुए देखने में आनन्द आता है। ऐसा कल्पनातीत और अद्‌भुत वातावरण कैसे छोड़ा जा सकता है! मुझे कहाँ मिलनेवाला था यह सब कुछ!

अहमदाबाद की वषाॠतु देखी है। बरसते पानी और उफनती गटरों की दुर्गन्ध को भी झेला है। काँकरिया के अत्यधिक गन्दे पानी को देखा है और चारों ओर फैलते धुएँ के बीच रहा हूँ, परन्तु ऐसा परिवेश कहीं देखा न था। इस अरावली की पर्वतमालाओं के शिखरों की ओर जब दृष्टि करता हूँ, तो मुझे ऐसा अनुभव होता है जैसे किसी दिव्यता का प्रवाह चला आ रहा हो। प्रकाश का फुहारा उड़ता है, जिसमें

मैं अपने आपको सराबोर कर देता हूँ। कई किमी. में फैली इन पहाड़ियों में से आती कोई रहस्यमयी आवाज मुझे बुला रही है। अचानक मेरे अन्दर से किसी अनजान प्रार्थना की ध्वनि सुनाई पड़ती है : ''गिरयस्ते पर्वता हिमवन्तोऽरण्यं ते पृथिवि स्योनमस्तु।'' (हे धरती माता! तुम्हारे हिमाच्छादित पर्वत और वन हमारे लिए सुखदायी बनें!)

जासोर, किरमोल, माणेकनाथ, अर्बुदाचल, सोनगरा, आासुर, वाघेश्वरी, देवरी और तारंगा की पहाड़ियों में, इस समय मानो हरियाली का सागर लहरा रहा था। सागर की प्रचंड लहरों में तांडव नृत्य हो रहा हो—ऐसा आभास होता था। मैंने दूर-दूर तक नजर दौड़ाई, तो गाजणा के पीछे चले गये सूरज की किरणें ऐसी लग रही थीं जैसे वे कृष्ण के मुकुट में से प्रवेश कर रही हों। जहाँ कल क्षण भर खड़े होकर देखना मुश्किल था, वहाँ का अरण्य आज यूरोप के ब्लैक फॉरेस्ट की याद दिला रहा है। दुनिया की दस प्रतिशत हरियाली जहाँ देखने को मिलती है, उस दक्षिण अफ्रीका और वहाँ के लगभग छः सौ अभयारण्यों में सबसे प्रसिद्ध 'क्रुगल नेशनल पार्क' जैसे स्वर्गीय सुख का मैं यहाँ अनुभव कर रहा हूँ।

इसके पहले ऊपर से आनेवाला सारा पानी गाजणा के पूरब तरफ से होते हुए सीधे बह जाता था। वह आगे जाकर बनासकाँठा नदी में मिलता था। मैंने ध्यान से देखा, तो उस तरफ कोई आदमी कुछ खोदते हुए मालूम पड़ा। मैंने सोचा, यहाँ पानी भरा है और छलक रहा है; इसलिए कोई बाँध तोड़ रहा है। जल्दी से तैयार होकर मैंने हमीर सिंह को आवाज लगायी। वह केदारनाथ की ओर गया हुआ था। आवाज सुनकर दौड़ते हुए आया। अभी सूर्यास्त नहीं हुआ था; परन्तु गाजणा की पीठ पीछे थी; इसलिए इस तरफ छाया फैली हुई थी। हम दोनों जल्दी से बाँध की ओर चल पड़े।

हमने पास जाकर देखा, तो वह प्रभु था। पूछने पर उसने बताया कि ''हिआँ बाँध फट गया है। अगर दरार को अभी नहीं बन्द किया गया, तो सारा बाँध तोड़कर पानी बह जाएगा।''

वह बाँध के दरार को बन्द करने की कोशिश कर रहा था। किन्तु पूरी तरह भरे हुए पानी की मस्ती ही कुछ और थी। एक-दो आदमी से कुछ होने वाला न था। तभी हमीर सिंह दौड़ते हुए सीधे वेरा पहुँचा और गाँव में सभी को बताया। गाँव में ढोल बज गया। गाँव में सात-आठ नवयुवक और अधेड़ वय के लोग टोकरी-कुदाली लेकर दौड़ पड़े मानो वे मेरे तप को व्यर्थ नहीं जाने देना चाहते थे। ढोल की आवाज सुनकर अरणीवाड़ा, बालुन्द्रा, सलाला, खारा और ठेठ घाँटा तक से लोग दौड़ पड़े।

साथी हाथ बँटाना—हाथों-हाथ काम शुरू हुआ। काम थोड़ा हाथ ज्यादे!

पत्थर-माटी, कुदाली और सबसे ऊपर उत्साह की हुंकार! थोड़े ही समय में बाँध की दरार भर गयी। लोगों में कैसी एकता है! कैसा उत्साह है! दूसरों के लिए कुछ कर गुजरने की कैसी तैयारी है! यह सबका है, किसी एक का नहीं! जो सबका है, वह मेरा ही है—ऐसी भव्य भावना इन लोगों के हृदयों में छिपी है। इसका विश्वास मुझे आज हुआ।

अब सूरज अस्ताचल पर था। बादल दौड़ लगा रहे थे। सरोवर के उस तरफ देर से ही सही नीलगायें पानी पी रही थीं। गायें और भैंसें अपने-अपने नाद-खूँटे की ओर प्रयाण कर रही थीं। बगुले और काली काकणसार किसी ऊँचे वृक्ष के शिखर पर जाकर पंख फड़फड़ाते हुए बैठ गये थे। तभी दूर से किसी सियार की हुआँ-हुआँ की आवाज सुनाई पड़ी। इसके सिवाय चारों तरफ रिमझिम-रिमझिम शान्ति बरस रही थी। पानी में कालिमा उतर रही थी। उसके ऊपर से होकर जाती हवा का पगरव सुनाई पड़ रहा था।

मुझे किसी अलौकिकता का आभास हो रहा था। सभी बाँध पर कतारबद्ध होकर धीरे-धीरे चलते हुए मेरे पीछे-पीछे आ रहे थे। कोई धीरे से बोल रहा था, "आज अगर बाँध फट गया होता, तो कल तालाब में एक बूँद भी पानी नहीं बचता।"

परन्तु पानी बच गया था, सिर्फ यही नहीं था; बल्कि मेरी आशा, मेरी आस्था, मेरा स्वप्न बच गया था, इसका मुझे अनहद आनन्द था।

दूसरे दिन सभी गाँवों के सरपंच एकत्र हुए। बाँध फिर से न टूटे, इसकी देखरेख करने के लिए हर एक गाँव को एक-एक दिन की जिम्मेदारी सौंपी गयी। जिस गाँव की जिम्मेदारी होगी, उस गाँव का पहरा रहेगा। कहीं कुछ गड़बड़ लगे, तो उसको रोकने की व्यवस्था करनी होगी। इसका कारण यह बताया गया कि 'बेचारे साहब ने हमारे लिए इतना किया है, तो इसकी हिफाजत की जिम्मेदारी हमें लेनी पड़ेगी कि नहीं?'

मैंने क्या किया था? यह सवाल मैं अपने आपसे पूछता हूँ। जो कुछ किया है इस अरावली ने किया है, परन्तु एक बात स्पष्ट है कि जो लोग एक-एक बूँद पानी के लिए तरस रहे थे, उनके लिए सबसे बड़ी राहत यह तालाब था।

एक दिन दोपहर में, पागल जैसा दिखने वाला, अनजान आदमी रेस्ट हाउस का दरवाजा खोलकर अन्दर आया, सिर और दाढ़ी के बाल बढ़े हुए, शरीर पर एक भगवा अँगरखा और मैली-कुचैली लँगोटी के सिवाय और कुछ न था। मैंने ऐसा विचित्र आदमी कभी देखा न था। आते ही उसने कहा, "बच्चा!...मैं तेरे सरोवर का नाम रखना चाहता हूँ।" मैं उसकी ओर आँखें फाड़े देखता रहा।

बस! इतना कहकर वह पीछे मुड़ा और फाटक के बाहर निकलकर केदारनाथ

के रास्ते पर चल पड़ा। मेरे कुछ जवाब देने के पहले ही वह क्यों चला गया? मैं तेजी से बाहर निकला। वह जिधर गया था, उधर देखने लगा। शायद वह ढाल उतरकर नीचे की तरफ गया हो, इसलिए मैं और आगे बढ़ा। परन्तु मेरी नजरों के सामने का रास्ता एकदम सूना था।

तो कौन आकर मुझे कह गया! मैं गहरे विचारों में खो गया। उसके बाद क्या हुआ, यह बाद में!

अठारह

प्रकृति ने अपना हाथ फेरकर श्रावणमास को आनन्दस्वरूप बनाया है, इसीलिए कृष्ण ने इसी मास में इस धरती पर जन्म लेकर आनन्द बरसाया है। (गुजरात में प्रचलित मास-गणना के अनुसार 'कृष्ण जन्माष्टमी' श्रावण मास के कृष्णपक्ष में पड़ती है।) तुच्छ मानव-जाति भी श्रावण मास का जी भर के आनन्द लेती है। नागपंचमी के दिन नागपूजा की जाती है। व्रत रखा जाता है। नागदेवता के मन्दिर में लोग दर्शन के लिए जाते हैं। बहुत से स्त्री-पुरुष अपने-अपने घरों की दीवारों पर नाग-नागिन का चित्र बनाकर पूजा करते हैं। कुलेर (घी-गुड़ मिला आटा) और दूध रखते हैं। अक्षत (चावल) पुष्प, कुमकुम और नागला (एक अनाज) चढ़ाते हैं। शीतला सप्तमी को स्त्रियाँ माताजी की मूर्ति बनाकर उनकी पूजा करती हैं। शीतला लोकमाता हैं। पुराणों में ज्येष्ठादेवी हैं। उन्हें 'अलक्ष्मी' भी कहा जाता है। उस दिन घर में कुछ पकता नहीं है। ठंडा खाना खाया जाता है। स्त्री-पुरुष, बालक-वृद्ध सभी माताजी के मन्दिर में दर्शन करने के लिए जाते हैं। वहाँ प्रसाद चढ़ाते हैं और जो मन्नत मानी होती है, उसको पूरा करते हैं।

इस तरह यह पूरा मास मेला-त्योहार और उत्सवों से भरपूर रहता है।

श्रावण तो शिवजी का महीना है। अंगों में भभूति रमानेवाले और अकिंचन स्वभाववाले भगवान शंकर को बिल्व-पत्र अतिप्रिय है। बिल्व-पत्र शिवजी को तो बिल्वफल (बेल) लक्ष्मीजी को प्रिय है—'महानवे भद्रो बिल्वो' (मांगलिक फलों में प्रथम स्थान बिल्वफल का है)। ऐसे बिल्वपत्रों द्वारा केदारनाथ की आराधना करने के बाद ठंडी दोपहरी में 'मुनि की कुटिया' जाने के लिए निकला। केदारनाथ के पूर्व में पगडंडी है। वहाँ से ऊपर तक एक-डेढ़ किमी. का अन्तर होगा। यहाँ आने के बाद शुरुआत में एक बार वहाँ गया था, परन्तु उस समय महाराजजी मिले न थे, इसलिए सिर्फ धूनी के दर्शन करके वापस आना पड़ा था।

धड़, मेधड़, गूलर, पुवाड़, आवसी-बावसी, गाडेर, अंगाड़ी, करु और काँग आदिवृक्षों के साथ-साथ भारी मात्रा में घासें भी उग आयी थीं, इसलिए रास्ता कहाँ से कहाँ जा रहा है, यह पता नहीं चल पाता था। साथ में हमीर सिंह था, इसलिए चिन्ता न थी। वृक्ष भी फल-फूलकर अपना विस्तार करके मानो रास्ता रोककर खड़े थे। पाणीवेल और सफेद फूलों ने तो इन गिरिमालाओं की शक्ल ही बदल दी थी। तल पापड़ी, घूघर और गुलाबी फूल ने तो इस जंगल को एक नयी ही शोभा प्रदान की थी। रास्ते में तनमनिया, केतकी और परोपजीवी अमरबेल को देखकर आनन्द हो रहा था। मैं सोचने लगा कि ये सब आज तक कहाँ थे? कौन-सा माली आकर इन सबको रोप गया?

रास्ते में काला कोशी दिखाई पड़ा। उसने हमारा रास्ता काटा, तो हमीर सिंह खुश हो गया। काकड़िया कुम्भार रास्ता काटता है, तो उसे शुभ माना जाता है। इसी तरह एक चिड़िया फूलसूँघनी होती है, एकदम छोटी और लम्बी चोंच। उसकी मधुर आवाज सुनकर तो सारी थकावट उतर गयी; पसीना सूख गया, परन्तु जब मैंने पलाश की डाल पर उसके एक पत्ते का घोंसले जैसा आकार देखा, तो हमीर सिंह से पूछा। हमीर सिंह ने कहा, "ई तो माटा (लाल चींटा) का झोंझ है।"

मैंने पहली बार सुना कि चींटे भी घोंसला बनाते हैं।

हम हरडे, टिम्बर, खेर, सीसम, करमाला और इन्द्रोक के वृक्षों को सूँघते हुए 'वड़वाला पानी' के ऊपरी छोर पर पहुँचे, हवा का ठंडा झोंका आया और वहीं हमने एक पत्थर पर आसन जमाया। इस बार भी महाराज के दर्शन होंगे या नहीं, मैं इस उधेड़-बुन में था। परन्तु हमीर सिंह ने कहा, "सावन महीने में महाराज कहीं जाते नहीं।"

ठीक बारह बजे जब हम वहाँ पहुँचे, तब दो-चार भगवाधारी बैठे-बैठे चिलम का दम मार रहे थे। एक साधु हमको सीधे अन्दर की धूनी की ओर ले गया। बकरी बनकर अन्दर जाना पड़ा। हमने धूनी का दर्शन किया; फिर साधु ने कहा, "आपको जो भी रखना हो, वह सामने रख दीजिए।"

मैंने कहा, "मैंने तो अपनी श्रद्धा यहाँ रख दी है।"

साधु मेरी ओर झेंपते हुए देखता रहा, फिर बाहर आकर दूसरे साधुओं से खुसर-फुसर करने लगा।

मेरे बाद हमीर सिंह दर्शन करने अन्दर गया।

महाराज तो हमेशा ऊपर की कुटिया में दोपहर में मौन ही रहते हैं, इसलिए तीन बजे के पहले दर्शन नहीं हो सकता। ऐसा एक आदमी ने हमें बताया। तभी साधारण-सा दिखने वाला एक आदमी आया और उसने हमसे पूछा, "आप लोगों को प्रसाद लेना है?"

हमने खाना तो खाया न था। वह आदमी हमें पिछले भाग में ले गया। खाने में दाल और भात था। वह थाली लेने गया, तो उस साधु ने विरोध किया, परन्तु उस आदमी ने उस साधु को डाँट दिया। हमने दाल-भात खाया, फिर उस आदमी ने कहा, ''ये सब तो पेट भरने के लिए यहाँ आते हैं। आपको जो कुछ देना हो, वह महाराज के पास पड़े दानपात्र में डाल दीजिएगा।''

हम भोजन करके हाथ साफ करते हुए आगे की ओर आये, तो उस समय महाराज सीढ़ियाँ उतर रहे थे : भव्य भाल, सुव्यवस्थित काले लम्बे बाल, भगवा वस्त्र—एक प्रतिभावान व्यक्तित्व नीचे उतर रहा था। सभी को आश्चर्य हुआ कि महाराज आज अचानक क्यों...?

''तुम आ गये!'' हम झुककर उन्हें प्रणाम कर रहे थे, तभी वे बोले, ''मुझे मालूम था कि तुम एक दिन जरूर आओगे।''

मानो वर्षों से मुझे जानते हों, इस तरह से बड़े प्रेमभाव से, आसन पर बैठकर मुझसे बातें करने लगे।

''बहुत दिनों से तुम्हारी प्रतीक्षा कर रहा था। तुमको तो आना ही था। तुम आ गये। बहुत अच्छा किया, जो आ गये।'' मैं मन-ही-मन उनकी वन्दना करता रहा।

जिसको देखा नहीं, जिससे मिला नहीं, दूसरों की बातों से जानता था, वे किस तरह से मेरे परिचित निकले!

''महाराज!...आपका आशीर्वाद लेने शुरू में आया था, लेकिन...'' लेकिन हाथ के इशारे से मुझे बीच में ही रोककर बोले, ''हर काम का सही समय होता है। आज वह समय आ गया, इसलिए हम मिले।''

महाराज ने जो कुछ मुझसे कहा, उसका सार इस प्रकार है :

''हम सभी धरती माता की सन्तानें हैं। सन्तान के रूप में हमारी बहुत-सी जिम्मेदारियाँ भी हैं। हमारे कर्तव्य-पालन के क्या गुण हो सकते हैं, क्या कार्य हो सकते हैं, 'वसुधैव कुटुम्बकम्' की भावना कैसे विकसित करनी चाहिए?''

जब उन्होंने यह कहा कि ''यह अरावली तुम्हारी राह देख रही है'', तब तो मैं चौंक ही उठा।

''बेटा! तुम्हें पता है, 'अथर्ववेद' के 12वें कांड के पृथ्वीसूक्त में कहा गया है : सत्यं बृहद ऋतुमुग्रं दीक्षा तपो ब्रह्मं पृथिवी धारयन्ति।'' (सत्यनिष्ठा, विशाल यथार्थबोध, दक्षता, क्षात्रधर्म, तपश्चर्या, ब्रह्मज्ञान और त्याग-बलिदान के ये भाव मातृभूमि का पालन-पोषण और रक्षा करते हैं।)

यह भूमि हमारी माता है। वह वनस्पति, धर्मधारिणी और सबका पालन करने वाली है। वह पुष्टिदात्री है तथा अन्नरस और बल को धारण करनेवाली है। हमारे लिए सभी ऋतुओं को, सभी रात-दिन को सुखदायी बनाने वली इस धरित्री को

अहर्निश वन्दन करते रहना चाहिए। आगे उन्होंने कहा : भूमे मातर्निधेहि मा भद्रया सुप्रतिष्ठितम्। (हे मातृभूमि! तुम हमें कल्याणकारी प्रतिष्ठा से युक्त करो। अथर्ववेद : 12:1:63)

हमारी संस्कृति अरण्य संस्कृति है। हमारे देश की एक विशेषता यह है कि हम किसी देवता को मानें या न मानें; किन्तु पशु-पक्षियों, वनस्पतियों को सभी पवित्र मानते हैं। विरल या घने जंगलों में, घास और फसल से छलकते खेतों में, मैदानों में मेड़ या रास्तों के किनारे-किनारे सब जगह वर्षाऋतु अगम्य पवित्रता छलकाती रहती है। इस देश का निवासी चाहे किसी भी स्थिति में हो, वह अपने लिए आनन्द खोज ही लेता है। क्या यह उसकी सर्वोत्तम उपलब्धि नहीं है!

अनादिकाल से हम वृक्षों की पूजा करते आ रहे हैं। जब इस धरती पर मनुष्य नहीं थे, अरे! देवाधिदेव हिमालय भी न था, तब से यह अरावली है। इसके वृक्षों की देखभाल ही इसकी सेवा है। यह तुम्हारे सिर पर है। तुम्हें पता है :

मूलं ब्रह्मा त्वचा विष्णुः शाखे रुद्र महेश्वरः।
पत्रे पत्रे तु देवः स्यात् वृक्षराज नमोऽस्तु ते॥

(जिसके मूल में जगतपिता ब्रह्मा का वास है, शरीर में विष्णु भगवान, डालियों में शंकर भगवान का वास है और जिसके हर एक पत्ते पर देवता विराजमान हैं, ऐसे वृक्ष मैं तुम्हें नमस्कार करता हूँ।)

इस जगत के दूसरे धर्मों में भी वृक्ष का माहात्म्य बहुत है। भगवान बुद्ध ने बोधिवृक्ष के नीचे ज्ञान प्राप्त किया था। जैनों के चौबीस तीर्थंकरों ने वृक्षों के नीचे ही साधना की है। बाइबिल में तीना (अर्थात् अंजीर) वृक्ष का उल्लेख है। सिखधर्म में गुरुग्रन्थसाहब के साथ वृक्ष जुड़े हुए हैं। उसमें 'नानकमता का पीपल वृक्ष' आदि नाम मिलते हैं। इसी तरह इस्लाम में 'कुरानी वृक्ष-वाटिका' के रूप में खजूर, अंगूर, दाड़िम, मेंहदी, दवना को स्थान मिला है। हमारी तो वृक्ष संस्कृति युगों से चली आ रही है। हमें उसकी रक्षा करनी है, उसकी देखभाल करनी है। वृक्ष हमारे लिए उपकारी हैं। देव, दानव, यक्ष, गन्धर्व, किन्नर, नाग तथा मनुष्य के अलावा पशु-पक्षी भी हमेशा वृक्षों आ आश्रय लेते रहते हैं। गीता में कहा है :

अन्नाद् भवति भूतानि पर्जन्यादन्नसम्भवः।
यज्ञाद् भवति पर्जन्यः यज्ञः कर्मसमुद्भवः॥

(अन्न से प्राणी उत्पन्न होते हैं; पर्जन्य (बादल) से अन्न उत्पन्न होता है; यज्ञ से पर्जन्य उत्पन्न होते हैं और यज्ञ कर्म से उत्पन्न होता है। इसलिए बादलों को लाने वाले वनों की देखभाल करना भी यज्ञ ही है।)

हमें अपनी संस्कृति, अपनी धरती माता, अपने अरण्यों और अपने अन्दर जो सर्वश्रेष्ठ पड़ा हुआ है, उस सबको बचाना है। यह कार्य तुम कर रहे हो; इसीलिए

मैं तुम्हारी प्रतीक्षा कर रहा था।''

मैं कहाँ था? मुझे कुछ पता नहीं। सूरज ढल गया था। बगल के गूलर के पेड़ पर पक्षी चहचहा रहे थे। इसके अलावा सर्वत्र शान्ति थी, अन्दर भी, बाहर भी!

यह अरावली, इसकी पर्वतमालाएँ, इसकी वृक्ष-लताएँ, पशु-पक्षी, प्राणी, इसकी शिलाएँ, एक-एक पत्थर, कण-कण, चारों तरफ फैली हरियाली का सागर मेरे अन्दर ज्वार की तरह उछल रहा है।

मैंने महाराज को प्रणाम करके चलने की अनुमति ली।

महाराज मेरे साथ ही खड़े हुए और मेरे साथ थोड़ी दूर तक चले भी।

''बेटा, यह मौन कुटिया है, यह पहाड़ों का मौन है, यह प्रकृति का मौन है, तुम कभी-कभी आया करो। मैं पुनः तुम्हारी प्रतीक्षा करूँगा।'' कहकर मुझे आशीर्वाद देते हुए अपना हाथ ऊपर उठाया। उस समय मुझे ऐसा लगा मानो शिवजी को चढ़ाया हुआ बिल्वपत्र मेरे सिर पर गिरा हो।

हम जिस रास्ते से गये थे, उसी रास्ते से वापस आये।

उन्नीस

कैसी रहस्मयी गति है हमारी!

मुनिजी की बात सुनकर हमीर सिंह ने क्या सोचा होगा, यह मुझे पता नहीं। परन्तु तेजी से नीचे उतरते हुए, बीच में आने वाले केदारनाथ की आरती का दर्शन करके हम वापस आ गये।

मैं हाथ-पैर धोकर कमरे में कुर्सी पर बैठा था। हमीर सिंह लालटेन जलाकर अन्दर ले आया और उसे खूँटी पर टाँग दिया। फिर मेरे सामने जमीन पर पालथी लगाकर बैठ गया और दोनों हाथ जोड़कर बोला, ''साब!...मुझे आपसे एक बिन्ती करनी है।''

मुझे आश्चर्य हुआ। इस प्रकार उसका व्यवहार मैं पहली बार देख रहा था। मैंने कहा, ''बोलो क्या है?''

''आज मुझे आप एक वचन दीजिए कि आप मुझे हमेशा साथ रखेंगे।'' उसने कहा।

''हम साथ ही तो हैं न!'' मैंने कहा।

''नहीं, अइसे नहीं!...साथ यानी साथ ही!''

मुझे उसकी बात विचित्र लगी।

मैं यहाँ से जाऊँगा, तब तक तो हम साथ ही हैं न!'' मैंने स्पष्ट किया।

''साब!...आपको हमेशा के लिए इहैं रहना है।'' और उसने उठकर मेरे पैरों को पकड़ लिया।

''अरे!...यह तुम क्या कर रहे हो हमीर सिंह!'' मैं कुर्सी पर से उठ खड़ा हुआ। उस समय उसकी आँखों में आँसू झिलमिला रहे थे।

मैं बाहर निकल आया। अन्धकार घिरा हुआ था। वातावरण में भीनी-भीनी शान्ति फैली हुई थी। मेरे सामने अनगिनत जुगनू कौंध रहे थे मानो आकाश से धरती पर उतरकर तारे नृत्य कर रहे हों। मैंने मौनी बाबा की पहाड़ी की तरफ दृष्टि की। वहाँ प्रभातकालीन प्रकाश फैला हुआ मुझे प्रतीत हुआ। मानो आकाश से सोने की वर्षा हो रही हो और सारा जंगल सोने की तरह झिलमिला रहा हो, ऐसा दृश्य मेरी आँखों के सामने उपस्थित था।

कालविज्ञान में कहा गया है कि जिसकी आयु पूरी हो गयी हो, उसे वृक्ष सुनहले दिखाई पड़ते हैं, फिर अन्त कहाँ से आ जाएगा! परन्तु ऐसा थोड़े ही है कि मृत्यु ही आयु का अन्त हो। सम्भव है, वह आने वाले किसी काल का संकेत हो।

मुझे स्मरण हुआ। उस दिन पागल जैसा दिखने वाला कोई साधु सरोवर का नामकरण करने के लिए आया था। कौन था वह? कहाँ से आया था वह? फिर अदृश्य कैसे हो गया? वह भ्रम था या वास्तविकता?

बीस

प्रेमियों और विरहियों को प्रिय वर्षाऋतु का यह प्रसवकाल चल रहा है। अभी-अभी आकाश से प्रसूति होने से नौ महीने का जल-गर्भ 'केहाँ-केहाँ' करते हुए इस धरती पर अवतरित हुआ है। किसी बाँझिन के घर में मानो बहुत देर से बच्चा पैदा हुआ हो, ऐसा अनहद आनन्द चारों ओर फैल गया है! एक-दूसरे की चोंच में चोंच मिलाकर, गरदन के ऊपर गरदन रखकर नि:श्वास छोड़ते हुए मयूर युगल मानो कामातुर बनकर स्नान कर रहे हैं। मोरों की 'के आऊँ के आऊँ' की आवाज के रूप में मानो पानी के लिए तरसती धरती के हृदय से गरम-गरम उच्छ्वास निकल रहा हो। यह उसी की महक है, जिससे हमारे रोम-रोम सुगन्धित हो उठे हैं। वर्षा और धरा का संगम तो पूर्णता का द्योतक बन रहा है। वर्षा की धारा तो पवन की पालकी में बैठकर सर-सर करते आ रही है। जिनके पसीने भी सूख गये हैं, ऐसी पर्वतमालाएँ

बिल्कुल शान्त हो गयी हैं और उनमें से निकलने वाली पथरीली सुगन्ध मन को हर रही है।

हमारे पेट में जब कुछ गड़बड़ होता है, तब अन्दर-ही-अन्दर गुड़गुड़ाहट होती है। यही स्थिति आकाश की भी है। पूरे आकाश में होने वाली गड़गड़ाहट और बिजली की चमक आँखों में अँधेरा ला देती है। बादलों ने आकाश को पूरी तरह से अपने कब्जे में ले लिया है। सूरज, चन्द्र और ग्रह न जाने कहाँ छिप गये हैं। ताप से तपी हुई धरती पर जब पहली बारिश होती है, तब जो भाप निकलती है, उसकी सुगन्ध का आनन्द तो मेरे जीवन का अनोखा आनन्द है। आकाश में उड़ती धूल के कारण वातावरण में जो धुँध छाई रहती थी, अब वह लुप्त हो गयी है। धरती माता की पीड़ा अब कम हो गयी है। उसके गहरे घाव अब धुल गये हैं। हवा में से लू का असर अब खत्म हो गया है। उसकी जगह अब ठंडक ने ले ली है। जब सब कुछ शान्त हो जाता है, तब हृदय उद्दीपक बन जाता है और उसमें दबी हुई कामनाएँ भड़क उठती हैं। कामदेव घोड़े पर सवार होकर उपस्थित हो जाता है।

पक्षियों को जहाँ कहीं आश्रय मिला है, वहीं वे दुबककर, पंखों में अपनी गरदन को दबाकर बैठ गये हैं। जंगल में जहाँ रास्ते थे, वहाँ गड्ढे बन गये हैं, किन्तु नये रास्ते भी बन गये हैं। वृक्षों, पर्वतों और धरती की मैल को धोते हुए यह जल कलकल करते हुए बह रहा है। उधर आकाश में छाई घनघोर घटाओं के बीच गर्जन-तर्जन चालू है।

वर्षा रमणीयता लाती है। मनहर और मनभर (मन को भरने वाली) बनकर महकने लगती है। हरियाली से धरती लहरा उठती है। पक्षियों का उत्साह बढ़ जाता है और कल तक जो चिड़ियाँ धूल में नहा रही थीं, वे आज पानी से भरे डबरी-डबरा में डुबकियाँ लगा रही हैं। इस वर्षारानी ने सब कुछ बदल दिया है।

इन्द्रगोप की मखमली लाली धरती का शृंगार बन गयी है। सारी धरती में नये प्राण, नयी चेतना और नयी ताजगी आ गयी है। जंगल-झाड़ियों ने नयी पोशाक धारण कर ली है। बादल मशक भर-भरकर पानी उँड़ेल रहे हैं। नदी-नालों में पानी तीव्र वेग के साथ बह रहा है। कहीं ऊँचाई से गिरता पानी धोध (झरने) की व्याख्या को सार्थक कर रहा था (गुजराती में 'मूसलधार बारिश' के अर्थ में 'धोधमार वरसाद' का प्रयोग होता है। ऊपर से गिरते पानी की मोटी धार को 'धोध' कहते हैं।) और उसमें से उड़ते छींटे हमें दूर से ही भिगा रहे हैं।

मेढकों की 'मेंक-मॉंक' की आवाज एक अनोखे संगीत का आनन्द दे रही है। ये आज तक कहाँ थे? धरती की छाती को चीरकर अन्दर समाए हुए मेढकों का नाद पूरे वातावरण को एक नया अर्थ दे रहा है। दूसरी ओर दिन के रमणीय वातावरण में मदमत्त बने मोर नाच रहे हैं। मोतिया की मखमली पीठ पर बैठकर सूरज और यह

हरियाली तथा वृक्षों में से निकलती हरीतिमा की सुगन्ध हृदय को शान्ति देती है।

छोटे-बड़े गड्ढों, तालाबों, सरोवरों में जमा पानी का तथा झरनों, सोतों, नदी-नालों में बहते पानी के प्रवाह को देखने का भी एक अनोखा आनन्द है। ये सभी मानो हमारा रास्ता रोककर खड़े हैं। ऐसी उनकी धाक थी कि किसी में हिम्मत नहीं कि इनमें से होकर निकल जाए। बादल बरस रहे हैं; बिजलयाँ चमक रही हैं; आकाश में गर्जन-तर्जन चल रहा है। हवा जोरों से चल रही है; नदी-नाले पानी से छलक रहे हैं और सारा अरण्य एक नयी शोभा ओढ़कर खड़ा है। आकाश और धरती के बीच भी बादल आ गये हैं; ऊपर क्या है, इसका पता नहीं चलता। दिशाएँ अदृश्य हो गयी हैं। पर्वतमालाओं के शिखर पर आराम फरमाते बादल आँख-मिचौली खेलते हुए आगे बढ़ रहे हैं। ऊपर से लगातार आती पानी की धाराएँ टेढ़ी-मेढ़ी गुफाओं को माप लेती हैं; थोड़ी देर खड़ी रहती हैं; फिर चल पड़ती हैं।

वर्षारानी के रिमझिम पदरव से साबरमती, बनास, सिपु, मही, रूपेण और सरस्वती नदियों को नया जीवन मिला है। नदी के कगार, नदी की धारा से टकराकर गिर पड़ते हैं और फिर नदी में डूब जाते हैं।

दसों दिशाओं को सौन्दर्यमयी बनाने वाली वर्षारानी को मैं वन्दन करता हूँ।

इक्कीस

भाद्रपद भरपूर बरसा।

सावन के जैसी फुहारें नहीं पड़ीं; बल्कि जमकर बारिश हुई, सभी अघा गये, इतना बरसा। भादो भारी पैरों से खड़ा है। बादल पानी के मशक बगल में दबाए धीमे या तेजी से चल रहे हैं। पर कोई एक बूँद भी पिलाने को तैयार नहीं दिखता। न जाने वे पानी को कहाँ ले जाएँगे? एक बात पक्की है कि जैसे अघाए हुए ढोर रात को खूँटे से बँधने के बाद बैठे-बैठे शान्ति से जुगाली करते हैं, वही हाल इस भादो का भी है। वह भी लगता है खूब खाने के बाद बैठे-बैठे जुगाली कर रहा है।

भाद्रपद की पूर्णिमा आने में अभी आठ दिन की देर थी। मैं सुबह के लगभग छः बजे कन्धे पर चादर डालकर, लुक्खा के पिछले भाग में किये गये नीम के वनीकरण की तरफ चक्कर लगाने गया। प्रभात सुरखाबी सुवर्ण पुष्प बरसा रहा था। कितना अद्‌भुत होता है यहाँ का प्रभात! इसका रोमांचक अनुभव मैं कर रहा हूँ।

मैं एक दृश्य के सामने खड़ा हूँ। पूर्वाकाश में सूर्यदेव अँगड़ाई लेते हुए शैया छोड़ रहे हैं। उनको देखने का मौका मिला है—एकदम लाल! मानो पालने में पड़ा

कोई बालक खिलखिलाकर हँस रहा हो। प्रभात के सूरज में बालपन खेल रहा है। बीच में आई हुई एकाध बदलियाँ झीने परदे का काम कर रही हैं। उस समय का सौन्दर्य, वह दृश्य सूरज को एक अद्‌भुत सौन्दर्य से सुसज्जित कर रहा है।

ऊँचे-ऊँचे नीम के पेड़ों के बीच खड़े होकर ऐसे सूरज को देखने का आनन्द बार-बार नहीं मिलता। नीम के पेड़ खड़ी-पड़ी पंक्तियों में रोपे गये थे। मैं उनके बीच खड़ा हूँ और सूरज मेरे सामने खड़ा है। उसकी कोमल किरणें नीम की डालियों के बीच से होते हुए टुकड़ों-टुकड़ों में इधर-उधर फैली हैं। ऐसा लगता है जैसे ये किरणें पंक्तिबद्ध होकर नीचे उतरती हैं। जमीन पर उगी घास पर ओस की जो बूँदें पड़ी हैं, उन्हें मानो ये किरणें चर रही हों और उसमें से जो नमी भरी हवा लहराती है, उसकी पगडंडी ठेठ सूरज तक जाती है।

दूसरे दृश्य में मुझसे काफी दूर, सामने की ओर बायीं तरफ नाले के किनारे नीलगायों का एक झुंड दिख रहा है। उनमें दो-चार नीलगायें बैठे-बैठे जुगाली कर रही हैं। उनकी आँखें चकर-पकर कर रही हैं। इसी तरह से उनके कान का एन्टीना भी घूमता है। जो नीलगायें खड़ी हैं, उनमें से कई इधर-उधर घास चर रही हैं। मुँह भरकर चबाते-चबाते इधर-उधर देख लेती हैं। पूँछ हिलाती हैं और फिर से चरने में लग जाती हैं।

मेरे दाहिनी ओर किसी रबारी ने सुबह-सुबह भैंसें छोड़ दी हैं। उनमें से एक पाड़ा झुंड से अलग हो गया है। वह बोल रहा है। भैंसे पूँछ से मच्छर-मक्खी उड़ाते हुए भीगी घास को मस्ती से चर रही हैं। ओस-भरी घास से गोबर पतला होता है, यह उन्हें कहाँ पता है!

तीसरे दृश्य में, इस पूरे इलाके में सुबह के समय में ढोर और बगुलों की सफेदी फहरा रही है। इतने अधिक बगुले एक साथ कहाँ से आये होंगे! घास में चोंच मारते सफेद बगुले, काली काकणसार और कौवे चारों ओर घूम रहे थे। नीलगायों के झुंड और भैंसों के चारों ओर का दृश्य ऐसा लगता था मानो दूध उबल रहा हो; कारण कि ढोरों के हिलने-डुलने से जो कीड़े-मकोड़े उड़ रहे थे, उन्हें खाने में पक्षियों को मजा आता था। भोजन खोजने के बजाय वे तो सामने आ जाते थे।

चौथे दृश्य के नहीं, परन्तु कर्ण-दृश्य के सामने मैं आ गया। किसी कारण उत्तर दिशा में स्थित गूलर के पेड़ पर मौज में आकर बन्दर हू-हा करके उछल-कूद करने लगे। यह सुनकर मोरों के केकारव के साथ सारा-का-सारा जंगल अचानक सोते से जाग उठा—जागते रहना!...सावधान रहना!—ऐसी हाक से सारा जंगल, सारी पर्वत-मालाओं सहित गूँज उठा। काली काकणसारों के बीच तो कोलाहल मच गया। बगुले डक्-डक् करते हुए बिखर गये। नीलगायें खड़े होकर एक साथ देखने लगीं। सारे वातावरण में खलबली मच गयी। मात्र भैंसें ही शान्ति से चरती रहीं।

यहाँ सुबह में सभी का नाश्ता चल रहा था : सूरज की किरणों की थाली में ओस का नाश्ता था। वृक्षों को हवा और सूरज का, नीलगायों और भैंसों को नरम-हरी घास का, बगुलों, काकणसार और कौवों को उड़ते कीड़ों-मकोड़ों का, बन्दरों को नरम-नरम पत्तों का और पक्षियों को छोटे जीव-जन्तुओं का नाश्ता परोसा गया था। सभी अपनी-अपनी मस्ती में मस्त थे। चींटियाँ व्यस्त थीं अपना घर बनाने में। छोटी चिड़ियाँ और अन्य पक्षी अपने-अपने बच्चों की देखभाल में लगे थे और उन्हे उड़ना सिखा रहे थे। सुग्गे चहचहाते हुए पूरब दिशा की ओर उड़ते जा रहे थे। लैलाएँ काँ-काँ करते हुए वातावरण की शान्ति में खलल डाल रही थीं और काबरें अपने-अपने काम में व्यस्त थीं।

भादो महीने के कृष्णपक्ष की सुबह आज व्यस्त थी, क्योंकि धरती को भी शान्ति थी। वह प्रसव से निवृत्त हो चुकी थी। अनगिनत आत्माएँ जन्म ले चुकी थीं उसकी कोख से। माता अपने बच्चों को अपनी गोद में झुलाते हुए, खेलाते हुए आनन्द का अनुभव कर रही थी।

ऐसे अमूल्य, अकल्पनीय, अतिभव्य और दिव्य वातावरण के बीच मैं खड़ा हूँ। यह मेरा सौभाग्य है। मेरे चारों तरफ कितना कुछ बिखरा पड़ा है! बड़े जीव छोटे जीव पर जीते हैं, ऐसा मैंने पढ़ा था; परन्तु आज उस दृश्य के सामने ही खड़ा हूँ।

सूरज अब तीखा हो गया है। उसकी किरणों की कोमलता समाप्त हो गयी है। ओस की बूँदों को कोई चर गया है। ओस भी कैसी? आप घास पर चलिए और थोड़ी दूर जाने के बाद पीछे मुड़कर देखेंगे, तो ओस के बीच घास में एक पगडंडी बन गयी है। उस ओस को कौन चर गया?

एक नीम की परछाईं दूसरी नीम पर—इस तरह सारी वनस्पतियाँ एक-दूसरे की परछाई ओढ़कर खड़ी हैं। मैं धीरे-धीरे चलता हूँ, तो किरणें मेरे साथ खेल कर रही हैं। कभी माथे पर, कभी छाती पर, तो कभी पीठ पर और कभी पैरों के बीच से होकर निकल जाती हैं।

नीलगायों का झुंड मुझे देखकर मेरी ओर बढ़ता है। ऐसा सुना है कि इस प्रकार के प्राणियों की एक खास विशेषता होती है। जब वे झुंड में होते हैं, तो बनावटी हिम्मत इकट्ठी करके सामनेवाले व्यक्ति को डराने का प्रयत्न करते हैं। परन्तु आप डरे बिना अगर आगे बढ़ते रहे, तब वे खुद ही भाग जाते हैं। उन नीलगायों के साथ भी ऐसा ही हुआ। थोड़ी दूर तक वे आगे आयीं; परन्तु फिर भड़ककर भाग गयीं।

दूसरी तरफ भैंसों का मालिक पेड़ की आड़ में बैठकर एकाएक गीत ललकारने लगा। वह जो कुछ गा रहा था, वह इतना बेसुरा था कि कोई सुन न सके। उसने एकाएक मुझे देख लिया और हाथ की लाठी खड़ी घास पर मारने लगा, साथ ही

चीखने-चिल्लाने लगा मानो उस पर माताजी सवार हो गयी हों और वह पचरा गा रहा हो। वह फिर एकाएक शान्त हो गया।

इस रास्ते से आगे जाने पर एक नाला आता है। पहाड़ों की चोटी से कलकल बहता पानी इसमें आता है। उस नाले को पार करके बायीं तरफ जाएँ, तो वहाँ से एक पगडंडी 'मुनि की कुटिया' की ओर जाती है।

इस समय तो मैं जिस दृश्य के सामने खड़ा हूँ, उसका आनन्द छलक रहा है। जिसकी सुबह अच्छी, उसकी शाम भी अच्छी! यहाँ तो मेरी सभी सुबहें अच्छी ही उगती हैं और शाम अच्छी ही डूबती है। रात को आकाश से झरते रातरानी के फूल महकते हैं और दिन का रोमांच अनोखा होता है।

आज मेरे जीवन की सुबह में एक नयी कोंपल फूटी है। मेरा सिर सूरज को स्पर्श कर रहा है और पैर पृथ्वी को! मैं कोई व्यक्ति नहीं, बल्कि इस वृक्ष की डाली पर फड़फड़ाता एक पत्ता हूँ। इस प्रकृतिदेवी का एक नगण्य अंश!...विस्तार पा रहा हूँ इस अरावली के हर एक शिखर पर...।

बाईस

शरद का आगमन हो चुका है।

बरसात के अन्त तथा जाड़े की शुरुआत के बीच के समय में शारीरिक स्वास्थ्य के प्रति अत्यधिक सजग रहना पड़ता है। ऐसा कहा जाता है कि इस ऋतु में जो आदमी बच जाता है, वह सामान्यत: वर्ष भर स्वस्थ रहता है। इसीलिए हम कहते हैं : 'जीवेम शरदः शतम्।'

इसी ऋतु में नये वर्ष का आरम्भ होता है। (गुजरात में नये वर्ष का आरम्भ दीपावली के बाद होता है—अनु.।) वर्षाऋतु का साम्राज्य पूरा होता है। बादल बरसते तो नहीं, परन्तु कभी-कभी छिड़काव कर जाते हैं। नदी-नाला, सरोवर, तालाब सभी भर गये होते हैं; वनस्पतियाँ सोलह कलाओं से अपना सौन्दर्य बिखेरती होती हैं। धरती माता को एक नया जीवन मिल जाता है। नयी-नवेली दुल्हन जैसी शरद के गुलाबी पाँवों को देखने का आनन्द ही निराला है। जो कुछ पुराना है, उसे सुधारकर, उसे नया रंग-रोगन करके सुन्दर और स्वच्छ बनाया जाता है। जीवन को कठिनाइयों और दोषों से रहित बनाये रखने के लिए शरद ऋतु से उसका आरम्भ करना चाहिए।

दूसरे शब्दों में कहें, तो हमारे मन में जो मलिनता है, वैर और ममता है, अहं

का जो अन्धकार है, उन सबको धोकर नये जीवन का आरम्भ करने वाली यह ऋतु है। धरती का अमृत जहाँ से स्थाई हो जाता है, नये रूप-रंग में मुखर हो उठता है, धरती पर का कचरा साफ हो जाता है, धरती स्वच्छ हो जाती है, वहीं से शरद का आरम्भ होता है। हमारे अन्दर का भी अन्धकार जब दूर हो जाता है, तभी निर्मल-स्वच्छ चाँदनी का आरम्भ भी उत्सवों के साथ हमारे जीवन में होता है।

हमारे जीवन के लिए एक सन्देश लेकर शरद ऋतु आती है। नाना प्रकार की विडम्बनाओं, दुखों या संघर्षों में भी प्रसन्न रहना चाहिए; क्योंकि इसी प्रसन्नता से जीवन का सौन्दर्य प्रकट होगा; इसी से जीवन ताजगी और उल्लास से भरेगा और जीवन में हरियाली आएगी।

बनास और सीपू नदियों में पानी बह रहा है। मैदानों में चारों ओर शंखपुष्पी उगकर अपने सफेद फूलों को लहरा रही है। जेठीमध (मुलेठी) की लालिमा आँखों को स्निग्धता प्रदान कर रही है। सेंगतरा, खरसंडिया, घाघुंतरी और समन्दरसोस स्वागत कर रहे हैं। नागफनी की बाड़ पर कलगेर के फूलों का सौन्दर्य आनन्दित कर रहा है। चणोठी (गुजा) की घनी बेलें चारों तरफ दिखाई दे रही हैं। डोडी और कंकोड़ा के लिए छोकरे बाड़ों पर घूमते दिखाई दे रहे हैं। जहाँ तालाब है, वहाँ की शोभा अनोखी लग रही है। कहीं-कहीं गायें और भैंसें माटी के ढूहों में सींग घुसेड़कर जमीन को खोदते दिखाई पड़ रही हैं। पानी में घुसी हुई भैंसों की पीठ पर बैठे बगुले तैरने का और कीड़े मिल जाएँ तो उनको खाने का आनन्द ले रहे हैं।

शरद की रात में आकाश से चन्द्र किरणों की धवलता बरसने लगती है।

आसो (क्वार) मास में प्रथम नौ दिन नवरात्रि के हैं। (हिन्दी क्षेत्रों में महीने का आरम्भ कृष्णपक्ष से होता है। इस तरह पूर्णिमा के दिन महीना पूरा होता है, परन्तु गुजरात में महीने की शुरुआत शुक्लपक्ष से होती है और इस तरह अमावस्या को महीना पूरा होता है, इसीलिए लेखक ने नवरात्रि के नौ दिनों को आसो मास के प्रथम नौ दिन कहा है। गुजरात और हिन्दी क्षेत्र की तुलना में 15 दिन बाद पूरा होता है। तिथियों और त्योहारों में कोई फर्क नहीं पड़ता।—अनुवादक।) अहमदाबाद में तो नवरात्रि कब आएगी, इसकी राह हम देखा करते। मोहल्ले के चौक में माताजी की विधिवत् स्थापना होती। रात भर गरबा (नृत्य-गीत) की धूम मची रहती। गरबा की याद आते ही अहमदाबाद जाने की ऐसी तीव्र इच्छा जगी कि उसे रोकें कैसे!

छोटे थे, तब सभी एक साथ माताजी की पूजा में सुबह-शाम पालथी मारकर बैठ जाते और प्रसाद का इन्तजार करते। नौ के नौओं दिन मन्दिर में माताजी की षोडशोपचार पूजा होती और अष्टमी को हवन होता।

नवरात्रि में रोज रात्रि को गरबा (नृत्य-गीत) होता। मुझे गरबे का भारी शौक था—पागलपन की हद तक! गरबे की प्रतियोगिता में मैं हमेशा प्रथम आता।

हमीर सिंह कहता था कि यहाँ तो लोग झवेरा रोपकर उसकी पूजा करते हैं। उनके लिए जवारा माताजी का प्रतीक है।

भादो की अमावस को माताजी का पूजन करके, सुबह घर के पास एक छोटा-सा चबूतरा बनाकर उस पर जौ-गेहूँ बिछाकर, माटी-खाद में मिलाकर उसकी स्थापना की जाती है। उस दिन लोग एक बार ही भोजन करते हैं और नवरात्रि के पहले दिन से ही उपवास करते हैं। सभी क्रिया-कलापों तथा व्यसन और वाणी पर नियन्त्रण रखा जाता है। उनकी यह दृढ़ मान्यता है कि माताजी का खप्पर नौ दिन तक घूमता रहता है।

इस इलाके के वनवासी भी नोरताँ (नवरात्रि का उत्सव) करते हैं। भादो की अमावस को देवी के स्थान पर सभी एकत्र होकर देवी से नवरात्रि का उत्सव मनाने की अनुमति लेते हैं। अनुमति मिल जाने के बाद वे जंगल में से एक हरा बाँस काटकर लाते हैं और उसका ध्वज बनाते हैं। देवी के समक्ष एक बकरे की बलि देते हैं। उसके बाद देवी-स्थान पर बने माटी के घोड़े को बकरे के खून से टीका करके फिर अनुमति लेते हैं। उसमें स्त्रियाँ नहीं शामिल होतीं।

मुझे उन लोगों का नवरात्रि-उत्सव देखना था; परन्तु मेरे पाँव गरबा नृत्य करने के लिए भी बेचैन हो रहे थे। मैं छुट्टी लेकर दूसरी नवरात्रि को अहमदाबाद पहुँच गया।

अहमदाबाद!

जिसकी तारकोली माटी से मेरा शरीर बना है; जिसका धुएँ भरा रक्त मेरी नस-नस में दौड़ रहा है; जिसकी आवाज का प्रदूषण कान के परदे से टकराता है, वह अहमदाबाद, चाहे जैसा हो, वह मेरा अहमदाबाद है! उसको देखने के लिए मन तड़प रहा है, उसकी गोद में दुबकने की इच्छा हो रही है।

आज मुझे कुछ अलग ही तरह का अनुभव हो रहा है। साबरमती की तरफ से शहर में प्रविष्ट हुआ। असहनीय हवा का धक्का लगा। धीरे-धीरे इस हवा ने मेरे शरीर पर कब्जा जमा लिया। सिर चकराने लगा। क्यों आज ऐसा हो रहा है! क्या अब मैं इस हवा का अपना नहीं रहा?

रात में चारों तरफ लाउडस्पीकरों के संगीत द्वारा माताजी की आरती! ऐसी भीड़ में, ऐसे कठिन समय में भी जो लोग भक्ति-भाव से आरती गा रहे हैं,वे साधुवाद के पात्र हैं।

आदमी भी कैसा प्राणी है! दुख आदमी को ईश्वर के अधिक नजदीक ले जाता है। जैसे-जैसे दुख बढ़ता है, वेदना असह्य होने लगती है, वैसे-वैसे उसकी आस्था दृढ़ बनती जाती है, इसका विश्वास मुझे भादो की पूर्णिमा को हुआ। इतने

अधिक लोगों को एक साथ जमा होते मैंने अपनी जिन्दगी में पहली बार देखा।

बात ऐसी है : भादो के शुक्लपक्ष की एकादशी से पूर्णिमा तक अरावली की रमणीय पर्वतमालाओं के प्रांगण में विराजमान माँ अम्बा भवानी का मेला लगता है। बावन शक्तिपीठों में एक शक्तिपीठ आरासुरी में अम्बाजी का माना जाता है। आरासुर की पर्वतमालाओं में माताजी का हृदय भाग स्थित होने के कारण यह शक्तिपीठ श्रद्धालुओं में विशेष महत्त्व रखता है। यहाँ किसी देवी की पूजा नहीं, बल्कि 'बीसायन्त्र' की पूजा होती है। उसे श्रीयन्त्र भी कहा जाता है।

ऐसा कहा जाता है कि माताजी के इस मन्दिर का निर्माण परमार राजा जसपाल ने सन् 1792 में कराया। इस समय उसका जीर्णोद्धार किया जा रहा है। इतनी भीड़ में माताजी के दर्शन का तो कोई प्रश्न ही न था, परन्तु लोक-दर्शन का अवसर था, जिसे हम हाथ से निकलने नहीं देना चाहते थे; इसलिए दर्शन के लिए चल पड़े।

बालाराम से वीरमपुर होते हुए हम सीधे गब्बर (पहाड़ी) तक पहुँच गये। रास्ते में पारिजात ने केसरी रंग फैला रखा था, जिसे देखकर थकान उतर जाए। बालाराम नदी के तट पर स्थित सिद्धमाता के मन्दिर के पास जो बरगद का पेड़ है, उसकी प्राचीनता का अनुमान करना मुश्किल है, परन्तु वहाँ से आगे बढ़ने पर कोचरी की पर्वतमालाएँ आती हैं, जिनमें सिद्ध साधुओं का वास है, ऐसा जानने को मिला। पहले यहाँ बाँस का बहुत बड़ा वन था। आज भी वहाँ पेड़ों के तने जितने मोटे बाँसों के छिट-पुट अवशेष मिलते हैं। यहाँ कंसारा वीड़ (घास के मैदान) में बाघों का निवास था, परन्तु काल-प्रवाह में सब कुछ खत्म हो गया। थोड़े-थोड़े अन्तर पर मिट्टी से बने मचान देखने को मिले। गब्बर के पश्चिम तरफ भयानक जंगल; चारों ओर के पर्वतों से झरते हुए पानी के छोटे-छोटे सोते बालाराम नदी में मिलने के लिए जा रहे थे।

बालाराम से गब्बर तक के पूरे रास्ते पर लोग उमड़ रहे थे। इतना ही नहीं, गब्बर पर से देखे हुए दृश्यों को मेरी आँखें कभी भूल ही नहीं सकतीं।

गब्बर से उत्तर-ईशान दिशा में जरीवाव की पहाड़ियाँ, दक्षिण-अग्नि कोण में कुम्भारिया का देवालय और शामलाजी की तरफ से आने वाला रास्ता, दाँता की तरफ का रास्ता, गब्बर के दक्षिण तरफ रीसड़ी और धार के पहाड़, सागोवाली नाल, पांछा का पहाड़ और चाँदरा कुंड, बोरियाण का जंगल मानो हाथ उठाकर बुला रहा हो।

चारों दिशाओं से लोगों की भीड़ आरासुर के पहाड़ों में विराजमान अम्बाजी की तरफ चली जा रही है। एक ही धुन है, एक ही नाद है—'बोल मेरी अम्बे!...जय-जय अम्बे!' हम भी उसमें शामिल हो गये।

अम्बा माता का मूल स्थान गब्बर माना जाता है। उसके शिखर पर खड़े होकर चारों ओर नजर दौड़ाने से अपनी दृष्टि की सीमा का बोध हो जाता है।

लोगों की भीड़ यहाँ भी है। कोलाहल का पार नहीं है। आना-जाना लगा हुआ है। लगता है गब्बर के ऊपर मानव रूपी चींटियों का नगर बसा हुआ हो।

तभी एकाएक एक शिला के बगल से गुजरती पगडंडी के पास रावणहत्था (एक तन्तुवाद्य) का परिचित स्वर सुनाई पड़ा : ''पहेला...पहेला जुगमाँ...'' मैंने उस तरफ देखा, तो मुझे यह देखकर आश्चर्य हुआ कि आँखें बन्द करके भोला गला फाड़कर गा रहा है।

मैं धीरे-से उसके पास गया। उसने आँखें खोलकर मेरी ओर देखा और गाना रुक गया।

''साब!...'' बोलते हुए उठ खड़ा हुआ और मेरे पैरों में गिर पड़ा और बोला, ''मैं साच्छात् माँ अम्बा का दर्शन कर रहा होऊँ, अइसा मुझे लग रहा है।''

''अरे पगले!...तू यहाँ?''

''हाँ साब!...इस मेले में पाँच-पचीस कमा लेता हूँ। कई लोग बहुत दयालु होते हैं। चार-आठ आना भी दे देते हैं। आपकी दया से साब!...सब ठीक चल रहा है।'' मानो कोई बुजुर्ग बात कर रहा हो।

''ठीक है...ठीक है...। फिर उधर कब आना है?'' मैंने उससे पूछा।

''माँ अम्बा लाएँ तब!'' कहते हुए रावणहत्थे को व्यवस्थित करने लगा। मैंने उसके हाथ में पाँच रुपये का नोट रखा, तो वह बोला, ''साब!...रहने दीजिए! आप तो...!''

''क्यों?...मुझसे नहीं ले सकते?''

''नहीं,...अइसा नहीं है!...सब आप ही के आसीरवाद का खाता हूँ न!'' कहकर मुझे देखता रहा। बड़े आग्रह से उसे रुपया पकड़ाकर मैं आगे बढ़ा।

वह मुझे जाते हुए देखते रहा; फिर रावणहत्था बजाने लगा।

पूरब की तरफ मन्दिर के ऊपर 36 गज की ध्वजा फहरा रही है और सच्चे अर्थों में मानव-सागर मन्दिर की ओर उमड़ रहा है। इतने लोगों को एक साथ श्रद्धा-स्थल पर देखकर मुझे किसी अज्ञात शक्ति के दर्शन हुए हों, ऐसा आभास होने लगा। इस वन के हर एक वृक्ष के हर एक पत्ते पर मुझे एक-एक आदमी दिखाई पड़ रहा है। मीलों-मील की दूरियाँ पैदल चलकर ये लोग कैसे यहाँ आते होंगे! यह प्रश्न सहज ही मन में उठता है। क्या ये सभी बेकार होंगे! इनके पास कोई काम-धन्धा नहीं होगा! यहाँ पर वे क्या देख गये होंगे! ऐसे तुच्छ प्रश्नों का यहाँ कोई अर्थ नहीं है। हमारी संस्कृति में तो लोग अपनी श्रद्धा के बल पर टिके हुए हैं। उसका प्रमाण मैं

यहाँ देख रहा हूँ। यह एक अकल्पनीय दृश्य है। अरावली की इन पर्वतमालाओं में सारे विश्व की नदियों का जल बहता आ रहा हो, ऐसा मुझे लगता है।

अम्बाजी नाथ और साउथ रेंज की पचीस हजार हेक्टेयर जमीन में मनुष्य नाम के वृक्ष रोप दिये गये हैं। इस दृश्य को किसी उपमा से वर्णित करना अपने आपमें मूर्खता कही जाएगी। इस पर्वतमाला के हरेक शिला और हरेक पत्थर से आदमी ही प्रकट हो रहे हैं।

चारों ओर काले धब्बे तथा काली लहरें छलक रही हैं। यह पता नहीं चलता कि वह किधर और कैसे जा रही है मानो सब कुछ स्थिर हो गया हो।

जहाँ पन्द्रह से सत्रह लाख लोग हों, उसके बारे में क्या कहा जा सकता है! हे माँ अम्बा! तुम्हारी शक्ति अपरम्पार है। माँ! इन लोगों की श्रद्धा को कभी डिगाना नहीं! ऐसी प्रार्थना करते हुए, दरियापुर के एक मोहल्ले में हो रही आरती में मैं भी शामिल हो गया : जय आद्यशक्ति माँ!

तेईस

नवरात्रि के आनन्द के साथ जब अहमदाबाद छोड़ा, तब मन में तरह-तरह के भाव उठ रहे थे। एक तरफ मनुष्य की भीड़ और दूसरी तरफ घोर निर्जनता! थोड़ी हिचकिचाहट हो रही थी। मन भी कैसा है! कहीं गया; दो दिन वहां की हवा खायी और वहीं का हो गया। मनुष्य को 'फर्ज' नाम का धक्का न लगता, तो पानी में रहने वाले मगर की तरह एक ही जगह पड़ा रहता।

दुविधा थी, मगर दुख न था!

लगभग चार दिन बाद मैं वापस जा रहा था। इन चार दिनों में मैंने क्या किया? रात को घूमा, गरबा गाया, मित्रों तथा सगे-सम्बन्धियों से मिला। दिन में प्रकाशकों के यहाँ धक्के खाए : विज्ञान, वनवासियों, वनस्पतियों, भूगर्भशास्त्र, आकाश, पक्षियों, प्राणियों, आयुर्वेद, औषधियों, नदियों, सागर विषयक पुस्तकों की खोज की। बहुत सारी पुस्तकें मिलीं, इतनी पुस्तकें मैंने खरीदीं कि जो मेरे अकेलेपन को भर दें।

हमीर सिंह के आग्रह के कारण एक रेडियो भी लिया, जिससे बाहरी दुनिया के साथ सम्पर्क बना रहे।

तीन घंटे की यात्रा के बाद उत्तरी पर्वतमाला की धुँधली पहाड़ियाँ दिखने लगीं—वही मेरा गन्तव्य था।

ऐसा लगा जैसे इस परिचित वातावरण का भान कराने वाले दृश्यों को मैंने बहुत समय से देखा ही नहीं है। बालक कभी दो-चार दिनों तक अपनी माँ को नहीं देखता; और जब देखता है, तब जिस उल्लास के साथ दौड़कर माँ से लिपट जाता है, ठीक वैसा ही भाव मेरे अन्दर पैदा हुआ। मानो मेरा कुछ खो गया था, जो इस समय मेरे सामने खड़ा है। उसे देखने का जो आनन्द होता है, वैसे ही आनन्द का अनुभव मैं इस समय कर रहा हूँ। इस अरावली का भी आकर्षण अद्‌भुत है!

वैसे तो जासोर अभी दूर था। अमीरगढ़ के रेलवे स्टेशन पर हमीर सिंह मोटर साइकिल से मुझे लेने आया था। पैसेंजर गाड़ी के धीमा पड़ने पर मैं खिड़की के पास आकर उसकी छड़ों को पकड़कर खड़ा रहा। सामने ही खड़ा हमीर सिंह ने आवाज दी, ''साऽब...!'' और वह भी तेजी से गाड़ी के साथ-साथ चलने लगा।

हमीर सिंह को देखकर मुझे हार्दिक प्रसन्नता हुई। हवा में हाथ लहराते हुए मैंने हँसते हुए उसका स्वागत किया।

गाड़ी खड़ी हुई। हमीर सिंह ने अन्दर आकर मेरा सामान नीचे उतारा। रेलवे लाइन के पास से होकर हम चल रहे थे। वहाँ कई मजदूर काम कर रहे थे। उनमें से एक औरत साड़ी का पल्लू अपने मुँह पर लगाकर धीरे-से बोली, ''साहब आये लगता है!''

मुझे कौन यहाँ पहचानता है, यह सवाल मेरे मन में हुआ, परन्तु हमीर सिंह ने बताया, ''ये लोग वेरा के हैं। मजूरी करने के लिए हिआँ आये हैं। अपने इहाँ तालाब का बाँध बन रहा था, तब इन लोगों ने बहुत मिहनत की थी।''

मैं उनकी ओर देखकर मुस्कराते हुए आगे बढ़ गया।

खेतों के पास से गुजरते समय हरियाली का अनुभव होता था। बालाराम नदी में पानी बह रहा था। हवा में ठंड थी। ढोर इधर-उधर चर रहे थे। बालुन्द्रा से होते हुए हम सीधे रेस्ट हाउस पहुँच गये। वहाँ पहुँचकर सन्तोष की साँस ली। यह अनजान प्रदेश, अनजान जगह, अनजाने लोग, परन्तु धीरे-धीरे सब कुछ किस तरह से अपना बन जाता है। कैसे घुल-मिल जाता है खून में!

चार-पाँच घंटे में कहाँ से कहाँ पहुँच गया! कहां अहमदबाद रेलवे स्टेशन का कोलाहल और कहां अमीरगढ़ रेलवे स्टेशन की शान्ति!

यहाँ की शान्ति का एक आनन्द है। इस समय वनस्पतियाँ इस तरह लहरा रही थीं मानो चारों ओर हरियाली का सरोवर लहरा रहा हो। हमीर सिंह ने सारा सामान कमरे में रख दिया। फिर बाहर आकर बोला, ''साब!...इस बार तो आप बहुत-से दोस्त-मित्रों को साथ ले आये हैं!''

उसकी बात मुझे जल्दी समझ में नहीं आयी। मैं उसकी तरफ प्रश्न भरी निगाहों से देखने लगा। तब वह हँसते हुए बोला, ''इस बार तो आप बहुत सारी

किताबें लाये हैं न!''

''अरे! खाली किताबें नहीं लाया हूँ। साथ में रेडियो भी लाया हूँ।''

मैंने अन्दर जाकर बैग में से रेडियो निकाला और हमीर सिंह के हाथ में रख दिया। उस समय जो आनन्द उसके चेहरे पर छलक रहा था, उसे मैं आजीवन भूल नहीं सकता। हम दोनों उस समय बालक बन गये थे।

''साब!...आपने ई बहुत अच्छा काम किया। मुझे तो लगा कि आप मेरे सारे दुश्मन उठा लाये हैं, पर अब मुझे उनकी जरा भी चिन्ता नहीं है।''

''तुम्हारे दुश्मन कौन?'' मैंने पूछा, ''किताबें दुश्मन कैसे होती हैं।''

''अरे साब!...आप तो किताबों में मुँह करके सारे दिन बैठे रहेंगे, तो मैं किसके साथ बात करूँगा? किसके साथ घूमूँगा-फिरूँगा?'' उसने कहा।

''तुम्हारा भाईबंध (दोस्त) रेडियो भी तो साथ में आया है!''

थोड़ी देर तक हम ऐसे ही परिहास करते रहे। ऐसा निर्दोष हास्य दूसरी जगह कहाँ मिलेगा!

चौबीस

आज 'काली चतुर्दशी' (नरक चतुर्दशी) है। आज ही के दिन भगवान श्रीकृष्ण ने दुष्ट नरकासुर को मारकर उसके चंगुल से सोलह हजार कन्याओं को छुड़ाया था। ऐसी एक पौराणिक कथा है, परन्तु इस कथा का सीधा माहात्म्य यह है कि इस दिन अपने ही चित्त में बैठे अहंकार रूपी नरकासुर को हमें मारना चाहिए तथा अपनी सारी वासनाओं को भगवान श्रीकृष्ण के चरणों में रख देना चाहिए।

इसीलिए लोग इस दिन अपने घर के दुख-दारिद्र्य और कलह को बाहर निकालते हैं। तन्त्र-मन्त्र में विश्वास करनेवाले भूत-प्रेत की पूजा करने जाते हैं।

महत्त्व की बात यह है कि इस दिन हम अपने मन के आसुरी भावों को निकालने का संकल्प करते हैं।

वैसे तो सारी मनुष्य जाति को उत्सव-प्रिय कहा गया है : उत्सवप्रिया: खलु मनुष्या:। इस 'काली चतुर्दशी' को 'नरक चतुर्दशी' भी कहा जाता है। इसी दिन मध्यरात्रि में माता ने दक्ष के यज्ञ में अपना अपमान होने से शरीर-त्याग किया था, इसीलिए उनकी याद में इसे कालरात्रि भी कहा जाता है। सात्विक या आसुरी साधना के लिए तथा मन्त्रजाप और सिद्धि प्राप्त करने के लिए यह दिन साधकों के लिए उत्तम माना जाता है।

उस दिन हम अम्बाजी के दक्षिण रेंज हड़ाद इलाके की ओर गये थे। दाँता से सणाली होते हुए जंगल के बीच से सीधे हड़ाद जाया जा सकता है। खास कोई काम न था, परन्तु उस तरफ एक बार भी गया न था। शामलाजी जाकर वापस आना था।

शाम को वापस आते समय देर हो गयी। इसलिए बीच का रास्ता पकड़ा जाए या अम्बाजी वाला रास्ता—यह तय करना था। हमीर सिंह से मैंने कहा, "हम जिस रास्ते से आये हैं, उसी रास्ते से जाएँ तो?"

"इसमें कोई दिक्कत तो नहीं है; परन्तु आज काली चतुर्दशी है। लोग अपनी-अपनी विधि, टोने-टोटके में पड़े होंगे। रात को दारू पीकर रास्ते में मिलेंगे। बेकार में समय बिगड़ेगा। वइसे आपकी जो मरजी!"

मैंने कहा, "हम उसी रास्ते से चलते हैं।"

यहां अधिकांशत: सभी जगह पहाड़ी भील ही रहते हैं। यहाँ की छोटी-बड़ी पहाड़ियों की तलहटियों में या ऊँचाई पर वे झोंपड़ी बनाकर रहते हैं। कभी-कभी ढाल वाली जगह को भी पसन्द करते हैं। एक साथ दो-चार या पाँच खोलरे भी देखने को मिलते हैं।

बरसात समाप्त हो जाने के बाद चारों ओर हरियाली दिख रही है। इस तरफ पलाश अधिक संख्या में हैं, परन्तु गूगल, सेमल, खार, अमलतास, गुन्दा, अणियोर, धव, धावड़, गूलर, नीम, आम, सरू, बिल्व आदि की भी संख्या कम नहीं है, पर यहाँ की विशेषता यह देखने को मिलती है कि यहाँ महुवा और खजूर बहुत अधिक होते हैं। जाते समय हमने देखा था कि कई जगहों पर तो खजूर के पूरे-के-पूरे वन हैं। इसका कारण यह हो सकता है कि यहाँ चारों ओर पर्वतमालाएँ हैं और उनसे निकलने वाले छोटे-बड़े सोते और नदियाँ सदा बहती रहती हैं।

इस इलाके के लोगों का खजूर के साथ मानो अन्योन्याश्रित सम्बन्ध है क्योंकि झोंपड़ियों में पानी से रक्षा के लिए, रस्सी या डोरी बनाने के लिए इसका अधिक उपयोग होता है।

बीच में वजा का खोलरा (घर) पड़ता था। हम उसके घर गये। उसने हमें बिना दूध की चाय पिलायी। वह बहुत खुश था।

महुवों के छिटपुट पेड़ हवा में लहरा रहे थे। पहले इस जंगल में महुवे के पेड़ ज्यादा रहे होंगे। इसका कारण यह लगता है कि बीच-बीच में पड़नेवाले गाँवों के नाम महुवा (महुडो) से जुड़े हुए हैं। हमीर सिंह ने अंगुली के इशारे से बताया कि "इस रास्ते से जाने से 'पाँच महुडा' आएगा और सामने से जाएँ, तो 'आँबा महुडा' आएगा।" इन लोगों के लिए महुवे की दारू रामबाण दवा मानी जाती है। इन वनवासियों का उत्तम पेय दारू ही है।

किसी को चोट लगी हो, अन्दरूनी मार पड़ी हो, हड्डी टूट गयी हो, शरीर में दर्द हो या औरत को प्रसूति हुई हो, महुवे की शुद्ध दारू की लेप से दो-तीन दिनों में कैसा भी दर्द मिट जाता है।

खजूर तथा महुवा इस इलाके में सबसे अधिक उपयोगी वृक्ष हैं।

शाम को देर हो गयी। काली चतुर्दशी की रात थी। अँधेरा घना था। हमीर सिंह के मन में कोई अज्ञात भय है, ऐसा सतत मुझे लग रहा था। उसका कारण शायद यह हो कि हमीर सिंह इस इलाके से परिचित था और भूत-प्रेत, ओझा-सोखा, तीर-तावीज आदि में पूरा विश्वास रखता था।

आकाश में तारे टिमटिमा रहे थे। हरे वृक्षों ने भी कालिमा ओढ़ ली थी। हम आगे बढ़ते जा रहे थे कि इसी बीच नीलगाय जैसा कुछ हमारा रास्ता काट गया। हमीर सिंह के हृदय की धड़कन बढ़ गयी। ऐसा बहादुर आदमी और कैसा डरपोक!

उसने कहा, "साब! इन लोगों के हिआँ तो बाबरिया, जोटंगा, दूतिया, नारसंग जैसे बहादुर देवता और झाँपाझापड़ी, अखत झाँपड़ी जैसी मैलीविद्या (तन्त्र-मन्त्र) वाली माताएँ होती हैं। गौतम, खिलरिया जैसे इनके रखवाले होते हैं। चुड़ैल और डाकिनें भी तरह-तरह की होती हैं।"

आज काली चतुर्दशी होने के कारण हमीर सिंह मैलीविद्या के देवी-देवताओं तथा उनकी गूढ़ शक्तियों की ओर भटक गया था।

हम लौटते समय वजा के यहाँ गये। मेरी तो इच्छा न थी, हमीर सिंह ने आग्रह किया। झाँपली (घास-फूस का फाटक) हिलाई, तो अन्दर से कुत्ता भौंकने लगा। फिर हमीर सिंह ने आवाज दी, "वजाऽ...!" अन्दर से कोई आवाज नहीं आयी।

तभी पीछे से वजा आया : "मैंने उजाला देखा, तो वापस आया।" कहते हुए उसने हमारा स्वागत किया और झाँपा खोलकर अन्दर ले गया।

अगल-बगल उसके दो खोलरे थे। आगे के भाग में दो-तीन छोकरे तथा दो औरतें बैठे-बैठे आग जलाकर ताप रही थीं। हमें देखकर औरतें उठकर अन्दर चली गयीं। छोकरे हमें देखते रहे। हमें दूसरे खोलरे के आँगन में खाट डालकर बैठाया गया।

ढिबरी का दीया जलाया और सामने की ओर ऊँचाई पर रख दिया, जिससे चेहरे दिखने लगे।

रात को हमने वजा के यहाँ भोजन किया, मक्के की रोटी, पुवार की भाजी और उड़द की दाल!

फटाफट चूल्हा सुलगाया गया; फटाफट रोटी तैयार हुई और छम्म की आवाज के साथ बघार देकर उसमें भाजी डाली गयी। यह भाजी मैं अपने जीवन में पहली

बार खा रहा था।

हमीर सिंह ने कहा, ''हिआँ तो साब! ढेंबरा, हाट्टी, कोरी, नडो, डोडी वगेरे की भाजी भी मिलती है।...ई लोग खाते हैं।''

मैंने सोचा, यहाँ कौन-सा अनाज होता होगा!

मैंने वजा से पूछा, तो उसने कहा, ''साब!...बारिश अगर ठीक हुई तो थोड़ी मकई हो जाती है। पहिले तो बरसात में कूरी, जेंथराली, टांगुन, सवाँ, सेई, कोदो, अथरोटी, खाहरफेडु जइसे अनाज होते थे। उनको कूटकर खाते थे; रोटला बनाते थे और घेंश (मट्ठे में नमक डालकर पकाया गया भात) भी बनाते थे।...अब तो सब खतम हो गया। आप जो खा रहे हैं, वही साग! हाटोडी, लॉबरू, कूँबो, ढेंबरो, ताँदलजो (चौराई) वगेरे का साग अब खाते हैं। कंकोड़ा, डाँगर खाते हैं; कन्द-मूल खोद लाते हैं।''

''तुम लोग बाजार कहाँ करते हो और कैसे करते हो?'' मैंने उससे पूछा।

''हिआँ पहाड़ में हसन की दोकान है। बड़ा जबरा आदमी है। हम जंगल से बइर (बेर), करउँदा, जामुन, टींबरा, मूहड़ी, मधु, महुवा बीनकर ले जाते हैं और उसको देते हैं। उसके बदले में वह हमें नमक, मिर्च, मसाला और दूसरी जरूरी चीजें देता है।''

खाते-खाते हमीर सिंह ने कहा, ''साब! आदिवासी इलाकों में आजकल इस प्रकार के बेपारियों का बहुत जोर है। इन लोगों के पास से वे मुफत के भाव से चीजें ले जाते हैं और सोने के भाव बेचते हैं। साले सब साहुकार बन बैठे हैं।''

बातें करते-करते हमने खाना खाया। वजा को और उसके परिवार वालों को बहुत आनन्द आया। मैंने उसके तीन बच्चों को पास बुलाकर हर एक को दस-दस रुपये दिये। वजा ने बहुत मना किया; परन्तु मैं नहीं माना।

उसने रोकने की बहुत कोशिश की। हमीर सिंह की भी इच्छा थी। परन्तु मैं नहीं माना। अभी से ठंडी हवा इन पहाड़ों से आ रही थी। इस आदमी के पास कौन-सी सुविधा होगी! क्या बिछाता होगा और क्या ओढ़ता होगा!

फिर हमारी यात्रा शुरू हुई।

कुवार और कातिक का महीना इन लोगों के ओझाओं तथा डाकिनों का खास समय माना जाता है। इसी समय वे तन्त्र-मन्त्र, वशीकरण तथा भूत-प्रेत की साधना किया करते हैं। इन दिनों ये लोग घरों में ही सोते हैं। वे मानते हैं कि इन दिनों में देवियाँ खप्पर लेकर निकलती हैं।

हमीर सिंह ने इनकार नहीं किया था। मेरे आग्रह के कारण ही हम लोग निकले थे। चारों तरफ काली-काली पर्वतमालाएँ, काला रंग पहनकर खड़े वृक्ष, शरद का आकाश बादलों का भार उतारकर हल्कापन महसूस करता हुआ जान पड़

रहा था। ऐसे समय में आकाश में टिमटिमाते छोटे-छोटे दीये मानो हमारा मार्ग-निर्देश कर रहे थे।

आकाशगंगा का प्रवाह ईशान दिशा से नैऋत्य दिशा तक को तथा बाणगंगा का प्रवाह पश्चिम दिशा को अपने धवल प्रकाश से प्रकाशित कर रहा था।

कहीं-कहीं चीबरी की तीखी आवाज तथा उल्लू की गहरी आवाज सुनाई पड़ती थी। लगता था मानो सारा अरण्य सो रहा हो। हमारी मोटरसाइकिल की आवाज उसकी नींद में खलल पैदा कर रही थी।

हम कीड़ी-मंकोड़ी के संगम के पास आये। इन दो नदियों के नाम भी अद्‌भुत हैं। कीड़ी वास्तव में बहुत छोटी नदी है और मंकोड़ी उससे थोड़ी बड़ी। दोनों जहाँ मिलती हैं, वही यह जगह है। ऊँचा और विशाल गूलर का पेड़; चारों तरफ खजूर के वन; कहीं-कहीं बरगद और पीपल भी थे। चारों तरफ की घनी वनस्पतियों का सौन्दर्य बड़ा ही मनमोहक!

परन्तु आज तो काली चतुर्दशी! आज के दिन इसका सौन्दर्य भी भूत-प्रेत और ओझाओं का आश्रय-स्थल माना जाता है।

कीड़ी-मंकोड़ी के संगम से थोड़ा आगे स्थित श्मशान के पास से एकाध बार ऊँची आवाज आयी। हम खड़े हो गये। हमीर सिंह ने धीरे-से कहा, ''साब! इन लोगों का कोई भरोसा नहीं, हमें जल्दी निकल चलना चाहिए।''

मैं उसकी चिन्ता समझ रहा था। वह गलत है, ऐसा मैं नहीं कहता; वह अनुभवी है; उसकी चिन्ता सही है; परन्तु, काली चतुर्दशी की रात को ये लोग कैसी साधना करते हैं, यह मुझे देखना था।

हमने मोटरसाइकिल एक ओर रखी और जिधर विधि चल रही थी, हम उधर गये। नये ओझा को तैयार करने की विधि चल रही थी, देखने से ऐसा लगा। ओझा ने दीपक जलाया। एक छुरे से एक बड़ा गोल घेरा बनाया। उसके बाद कुछ बोलने लगा, जो मेरी समझ में नहीं आया। फिर सात गड्ढे बनाये; पीपल के पत्ते के दोने में सातों गड्ढों की मिट्टी रखी। किसी चीज के छींटे मारे। मखमली चादर बिछाकर कुछ बड़बड़ाने लगा। तभी ऐसा आभास हुआ मानो कहीं से कोई अज्ञात आवाज आ रही हो मानो श्मशान में से कोई भूत प्रकट हुआ हो।

दीये के मद्धिम प्रकाश में वह सारा दृश्य सचमुच बहुत भयानक लग रहा था। ओझा बोलता जाता था और टोठा (उबाला हुआ गेहूँ), अंकुरित दलहन और शीशी में रखी दारू फेंकता जाता था। साथ ही 'हो-हा' भी करता जाता था। श्मशान जगकर थोड़ी देर में शान्त हो गया।

एक नये ओझा का जन्म हुआ। ओझाओं की परम्परा इसी तरह चलती रहने वाली है। ऐसा विचार करते हुए मैं उठ खड़ा हुआ। हमीर सिंह मेरे पीछे-पीछे

चला।

पूर्वी आकाश में चतुष्कोण बनाकर चार तारे अपना प्रकाश फैला रहे हैं। इसे घोड़ा नाम दिया गया है। घोड़े के चार पैर होते हैं। समुद्र-मन्थन के समय चौदह रत्नों में एक रत्न उच्चैश्रवा अश्व भी निकला था। वह पूरे दिन सूरज का रथ खींचता रहता है। रात को सूर्य आराम करते हैं; इसलिए उच्चैश्रवा को आकाश के आँगन में बाँध देते हैं।

हमारी मोटरसाइकिल सीधे भागते हुए दाँता सीवान तक पहुँच जाती है।

तृतीय चरण

एक

वर्षा के गमन और और शरद के आगमन के बीच के समय में रानी शिखर पर हुए वनीकरण को एक बार देखने की इच्छा हुई।

मीलों तक फैली इन पर्वतमालाओं को गिरते-पड़ते पार करके जब हम रानी शिखर पर पहुँचे, उस समय सूरज भी हमारे साथ ही था। क्वाँर और कार्तिक दोनों अलग-अलग रूपों में वर्षा और शरद का प्रतिनिधित्व कर रहे थे। इसकी प्रतीति हमें हो रही थी।

एक तरफ, सामने की ओर तालाब का पानी सूरज की किरणों से चमक रहा था; तो दूसरी ओर शरद ऐसे लजा रही थी मानो कोई नववधू नूपुर की झंकार के साथ ठुमक-ठुमक करते हुए जा रही हो। कितने ही जंगली फूल हवा में हिलोरें ले रहे थे। हर एक पत्थर पर हरियाली उतर आयी थी।

वहाँ पर हमने जो वृक्षारोपण किया था, वह मुझे नयी ताजगी दे रहा था। तभी बाबू ने आकर कहा, ''साब! कुछ गड्ढों के पौधे दीमक के कारण सूख गये हैं।''

यह दीमक भी अद्‌भुत हैं! जहाँ देखो, ये अपना प्रभुत्व जमाए हुए हैं। मैंने पूछा, ''इसके लिए क्या किया जा सकता है?''

''साब! दीमकों का तो कोई उपाय नहीं है।...पर गड्ढों में पानी भरा रहे, तो इनसे बचा जा सकता है...या फिर इनकी दवा की जाए!''

इसकी दवा कहाँ से लाएँ!...और फिर ऐसा कोई उपाय मेरे पास नहीं है, जिससे इनको बचाया जा सके।...फिर भी बहुत-से पौधे बड़े हो गये थे और हवा में लहरा रहे थे।

इतने वर्षों में किसी ने भी इस इलाके के लिए कुछ किया न था, फिर भी अपने आप जो वृक्ष उगे, मरते-मरते बड़े हुए, टिके रहे, वे जंगल की शोभा बढ़ा रहे थे। परन्तु यह पहला अवसर था, जब इस रानी शिखर के पूरब तरफ, वन-विभाग से लाये गये ग्यारह सौ तथा जंगल से खोजकर निकाले गये पौधों को मिलाकर कुल लगभग पाँच हजार पौधे रोपे गये थे।

हमीर सिंह बहुत खुश था। उसने कहा, ''साब!'' इसका एक-चौथाई भाग भी काम इसके पहले हुआ होता, तो इस जंगल की रौनक ही कुछ और होती।''

हमने जो वन तालाब बनाया था, उसमें पानी अभी भी था; और आगे भी रहेगा, इतना पानी उसमें था। हमने बनाया ही इस ढंग से था।

जंगल के इस हिस्से में वनवासियों की बस्ती नहीं थी, परन्तु मारवाड़ की ओर से आनेवाले लोग अपने ढोरों को इन पर्वतमालाओं पर चढ़ा देते हैं। अगर उन्हें रोकने का उपाय किया जाए, तो इस वृक्षारोपण की सार्थकता को सुरक्षित रखा जा सकता है। नहीं तो ढोर इसका सर्वनाश कर ही डालेंगे।

इसके लिए क्या किया जा सकता है, इस पर विचार करना जरूरी है।

यहाँ की रखवाली कौन कर सकता है? बाबू ने इसका उपाय बताया, "साब!...ये लोग आधी ठंडी बीतने के बाद आते हैं। इस बार बारिश अच्छी हुई है, इसलिए इस बार शायद वे लोग गरमी की शुरुआत में आवें।...जो मिले उस पर धौंस जमाई जाए कि ई नवे साहब बहुत कड़े हैं। सीधे जेल में डाल देंगे। ऊ सब डरपोक बहुत हैं।"

मुझे भी लगा, कुछ ऐसा ही करना जरूरी है।

हम वापस आ रहे थे। बाबू मेरे आगे था और हमीर सिंह पीछे था। हम चलते जा रहे थे, हम मौन थे; परन्तु ये वनस्पतियाँ बोल रही थीं। हवा की सरसराहट में वृक्षों के पत्तों का कम्पन सुनाई पड़ रहा था। बगल से बहते हुए झरने का नाद सुनाई पड़ रहा था। थोड़ा आगे जाकर बाबू ने मुझे रुकने के लिए कहा। फिर उसने सामने की घाटी की ओर अँगुली से इशारा किया। एक झरने का पानी ऊपर से गिर रहा था और उसका एक सफेद मार्ग बन रहा था। मैंने वहाँ जाने की इच्छा व्यक्त की, तो बाबू ने कहा, "हुआँ पहुँचना बहुत मुश्किल है।"

उसके चारों ओर खड़े वृक्षों का एक अकल्पनीय माहौल बन रहा था। कुछ वृक्ष तिरछे खड़े थे, कुछ की जड़ें नीचे की ओर लटक रही थीं, कुछ वृक्ष टेढ़े-मेढ़े थे। उसके ऊँचे किनारे पर शरद बैठे-बैठे हँस रही थी। वह एक रमणीय दृश्य था, जिसे मैं देर तक देखता रहा।

गहरी हरियाली देखकर रोमांच होने लगता है। इस जंगल में मैं इस आशा से आगे बढ़ रहा हूँ, शायद भाग्यवश कोई अद्‌भुत दृश्य देखने को मिल जाए। ऐसा दृश्य था, जो यहाँ बहुत कम लोगों को देखने को मिलता है। मैं कुदरती माहौल में आ गया हूँ।

वृक्षों के शिखर पर बैठकर शान्ति से खाते हुए बन्दरों के झुंड को देखने का मजा ही कुछ और है। ये बन्दर तो मेरे लिए पर्यावरण के संस्कार के प्रतीक बन गये हैं।

हम चलते-चलते एक गहरी घाटी के किनारे आ गये हैं। हमारी दाहिनी तरफ की विशाल शिला के नीचे की जगह में कुछ हलचल-सी प्रतीत हुई। हमीर

सिंह की चपल आँखों ने उसे परख लिया। उसे लगा, कोई रीछ या तेंदुवा अथवा और कुछ है। उसने जोर की आवाज करते हुए एक पत्थर पर कुल्हाड़ी पटकी। यह देखकर हमें आश्चर्य हुआ कि उस शिला के नीचे से कोई आदमी लुढ़कते हुए बाहर आया।

उसके पास कुछ न था। पक्षियों के पंख और जानवरों के पूँछ होती है, परन्तु यह तो नख से शिख तक आदिम संस्कृति के प्रतीक के रूप में बाहर आकर हँसते हुए एक शिला पर बैठ गया। इन शिलाओं, वृक्षों, लताओं, पक्षियों, प्राणियों और बहते पानी जैसा एक मनुष्यावतार! उसकी आँखों में सागर की गहराई, ललाट पर अरावली का तेज और सिर पर शंकर की जटा!

हमीर सिंह और बाबू ने उसके पास जाकर उसे नमन किया। वह सिर्फ हँसा! मैंने बहुत ध्यान से देखा, तो याद आया, 'मैं इस सरोवर का नाम रखना चाहता हूँ।'

यह वही आदमी था, जिसे मैं खोजने के लिए निकला था और वह कहीं लुप्त हो गया था। वह 'मुनि की कुटिया' से वापस आते समय एक वृक्ष को चूम रहा था। यह वही आदमी था।

मैंने भी झुककर प्रणाम किया और पूछा, "आप कब हमारे सरोवर को नाम देने के लिए आनेवाले हैं?"

यह सुनकर वह जोर से हँसा, "जब अरावली की आज्ञा होगी, तब सब कुछ हो जाएगा।"

वह हँसते हुए उठ खड़ा हुआ, फिर टेढ़ा होकर शिला के नीचे चला गया। मानो उस शिला के नीचे सीढ़ियों वाला कोई तहखाना हो, जिसमें वह उतर गया हो। वह अदृश्य हो गया मानो अरावली ने उसे निगल लिया हो। मैंने झुककर जहां तक देख सकता था देखा, परन्तु वहाँ कोई न था। मात्र शिला ही दिखती थी। तो फिर कहाँ गया वह आदमी, वह साधु?

वह साधु मेरे लिए बड़ी पहेली बनता जा रहा था। उससे यह मेरी तीसरी मुलाकात थी। मानव सहज स्वभाव के चलते मैं इस घटना को प्रमाणित करना चाहता था। यह इस खैर, पलाश और गूलर के वृक्षों जैसा ही स्वाभाविक है, परन्तु कितने सारे प्रश्न मेरे सामने छोड़ जाता है।

हम मूढ़ों की तरह यह सब देखकर दंग रह गये।

"चलिये साब! अँधेरा हो जाएगा, तो चलने में परेशानी होगी।" बाबू ने मेरा ध्यान खींचा। हम आगे बढ़ गये, परन्तु उसका हास्य चारों ओर अरावली में गूँज रहा था।

हमें चारों ओर से टीमरू, पलाश, अर्जुन वृक्षों के पत्तों की घनी घटा आकर्षित कर रही थी और मन को भर देनेवाली जंगली सुगन्ध चारों ओर फैली हुई थी।

दो

इस तरफ भीलड़ा, डेरी, वावधारा तो उस तरफ घाँटा, कपासिया, वेरा, सोनवाड़ी और ईसवानी के समाचार आ रहे थे कि सभी इस समय फसल की कटिया में पड़े हैं।

इस बार बाजरी, ज्वार, मूँग, मेथी, उड़द, अरहर आदि की फसल अच्छी हुई थी। एकदम सुबह खेतों की मेड़ों पर धुआँ छाया रहता है। कातिक के ठंडे वातावरण में धीरे-धीरे फैलती धुएँ की रेखा को देखना भी आनन्ददायक है। ज्वार पक रहा होता है, ऐसे समय में काबरा उसकी बालियों में से दाने खा न जाएँ, इसके लिए छोटे-बड़े सभी होकारा मचाए रहते हैं। एक तरफ छोटे बच्चे खेत के कोने में अलाव जलाकर तापते हैं, तो दूसरी तरफ खेत के बीच बने मचान पर खड़े होकर कोई गुलेल से पक्षियों को भगाने में जुटा होता है।

ज्वार-बाजरी की कटाई चल रही है। बाद में उसके बोझे बनाये जाते हैं। कटाई पूरी हो जाने के बाद फसल से दाने निकाले जाते हैं। देवों को जब दानवों ने—उनमें भी विशेषकर तारकासुर ने बहुत पीड़ित किया, तब शंकरपुत्र कार्तिकेय ने उसका सिर काटकर सबको भयमुक्त किया था, तभी से कातिक (कार्तिक) मास का नाम कार्तिकेय के नाम पर पड़ा बताया जाता है। राजा विक्रम ने भी शकों को इसी महीने में मारा था और इसीलिए इस मास को वर्ष के आरम्भ में रखा। कारतक (कार्तिक) यानी कापणी अर्थात् काटना! वह आदमी के सिर को काटना हो या खेत में खड़ी फसल को! वैसे भी ओतरा-चीतरा (उत्तरा फाल्गुनी और चित्रा नक्षत्र) का ताप अनाज को पकाता है। हरियाली पीलापन धारण करती है। दानों से भरी हुई बालियों के कारण पौधे झुक जाते हैं मानो धरती माता को नमन कर रहे हों। ऐसे समय में जब ज्वार-बाजरे की बालियों पर बैठकर काबरें झूला झूलती रहती हैं और सुबह की ठंड को दानों के द्वारा उड़ाती हैं, वह महीना है कार्तिक का।

कपासिया और घाँटा के जंगल के बीच से वृक्षों के काटने की शिकायत आयी थी। ऐसी सूचना मिली थी कि बारिश के कारण रास्तों में गड्ढे पड़ गये थे। वैसे यहाँ पक्के रास्ते का कोई सवाल तो था ही नहीं! इस कारण कपासिया और घाँटा के बीच का आवागमन बन्द हो गया था। इसका फायदा उठाकर, कपासिया तरफ के रास्ते से जहाँ तक आया जा सकता था, वहाँ तक वाहन लाकर किसी ने साग और खैर के बहुत सारे पेड़ों को काट लिया था।

मैं और हमीर सिंह मोटरसाइकिल लेकर निकले। बालुन्द्रा से सोनवड़ी के रास्ते हम घाँटा पहुँचे। वहाँ से पालड़ी खेड़ा जाना था; परन्तु आगे मोटरसाइकिल

नहीं जा सकती थी; इसलिए घाँटा में मोटरसाइकिल रखकर हम पैदल ही रवाना हुए।

बिना बादल के आकाश में सूर्यदेव अपना अधिक कोप दिखाएँगे, यह हम पहले से जानते थे। एक तरफ ऊँची पर्वतमालाएँ, ऊँचे-नीचे रास्ते, एक-दूसरे से गुँथे हुए सघन वृक्ष, कमर तक ऊँची घास। सामा, कासिया, डाभ (दर्भ) आदि को पैदल चलकर पार करना भी मुश्किल था। जिन रास्तों पर वाहन जा सकते थे, उन सभी में गड्ढे बन गये थे। उनमें अभी भी पानी बह रहा था।

इन सब बाधाओं को पार करके जब हम पहुँचे, तो हमारे आश्चर्य का ठिकाना न रहा। बड़ी संख्या में साग तो काटे जा चुके थे। हमने जंगल में अन्दर जाकर जाँच की, तो देखा पचास-साठ साग और तीस-चालीस खैर कटे हुए थे। वहाँ से हमने कपासिया जाने का निश्चय किया, परन्तु वहाँ पर जो वाहन हमें मिला, उसका नम्बर राजस्थान का था।

हमें उसकी शिकायत राज्य के मार्फत राज्य को करनी थी। उसकी सारी विधि करके हम वापस लौटे।

सुबह में जब हम बालुन्द्रा से घाँटा की ओर जा रहे थे, उस समय दक्षिण दिशा से आनेवाली ठंडी हवा के कारण हमारे रोएँ खड़े हो गये थे। ऐसी कड़ाके की ठंड में भी किसान अपने हल-बैल, हँसिया, कुदाली आदि साधन लेकर खेतों में जा रहे थे। कितने तो अपने शरीर पर फटी-पुरानी चादर को लपेटे सिकुड़े हुए जा रहे थे। औरतें भी दिन-भर के खाने की चीजें सिर पर टोकरियों में रखकर तेजी से खेतों की ओर चली जा रही थीं। बहुत-से किसान खेतों में ही कामचलाऊ झोंपड़े बनाकर वहीं रहते थे।

जाड़े में भूख अधिक लगती है, इसलिए लोग बहुत सवेरे भरपेट महेरा (छाछ में पकाया हुआ आटा) खाकर अथवा दूध या छाछ का डूबा बनाकर भरपेट पी लेते और निकल पड़ते खेत की ओर!

इन गाँवों के सभी लोग सूरज की पहली किरण के साथ ही जंगल में बिखरे हुए मिलेंगे। कातिक की भोर हाकोटा (पक्षियों को उड़ाने के लिए शोर मचाना) से गूँज रही थी। जाड़े की यह सुबह ठंड से सराबोर थी। हमारे भीतर भी ऐसा लग रहा था जैसे एक नयी चेतना का संचार हुआ हो। जंगल की घास पर पड़ीं ओस की बूँदों में उगते सूरज की लालिमा को तैरते हुए देखना एक अविस्मरणीय क्षण था।

अरावली की पर्वतमालाएँ ग्रीष्म में गरमी उगल रही थीं और इस समय हड्डी को भी छेद डाले ऐसी ठंडी! गरमी में छत पर नंगे बदन सोना पड़ता था और अब कमरे में भी रजाई ओढ़कर! ये ऋतुएँ भी कैसी हैं! हर एक ऋतु का अपना खास परिवेश है। वर्षाऋतु में लगातार बरसता पानी! जैसे ज्यादा भोजन कर लेने

पर डकार आती है, वैसे ही महीनों की प्यासी धरती अब तृप्त हो गयी है और उसके भंडार में दबी हुई चेतना एक नये रूप में नया परिवेश रचती रही; और अब! कड़ाके की ठंड का यह चमत्कार!

दक्षिण की यात्रा पर गये हुए सूर्यदेव, धीरे-धीरे जब अस्ताचल का रास्ता पकड़ते हैं, तभी उत्तरी हवा गिरिमालाओं का प्रसाद लेकर प्रकट होती है। पश्चिम में जब लालिमा बिखरती है, तब इन गिरिमालाओं के पूरब तरफ कालिमा का उदय होता है। सूर्यदेव उधर डूबे नहीं कि इधर चन्दामामा उगे नहीं!...एक गाजणा के पीछे जा रहा होता है और दूसरा गाजणा के पीछे से आ रहा होता। मानो चन्द्र-सूरज दोनों लुका-छिपी का खेल खेल रहे हों।

कार्तिक का आकाश स्वच्छ होता है। कोने-अँतरे जहाँ भी देखें, वहीं तारे टिमटिमाते दिखाई देते हैं। सारा आकाश रात को तारों से भर जाता है।

इतनी ठंड में भी, मैं सिर पर गरम टोपी, उसके ऊपर मफलर और पूरे शरीर पर कम्बल लपेटकर छत पर चला जाता हूँ, कार्तिक के आकाश को देखने के लिए!

इस जंगल ने मुझे पर्यावरण का अर्थ समझाया है। हेमन्त ने मुझे आकाश की पहचान करायी है, विजय ने कर्तव्य-निष्ठा और सन्तोष का पाठ पढ़ाया है। इसी तरह हमीर सिंह ने जीवन जीने की जड़ी-बूटी दी है। इस सबके मूल में युगों-युगों का एकमात्र साक्षी यह अरावली और इसकी पर्वतमालाएँ हैं, जिन्होंने मुझे मेरी आदिम संस्कृति के नाल (मूल) से जोड़ दिया है। अब मुझे चाहिए भी क्या!

कल मेरी घड़ी बन्द हो गयी थी। मैंने हमीर सिंह से पूछा, ''कितना बजा होगा?''

इतनी ठंडी में भी वह उठकर बाहर गया; आकाश में देखकर वापस आया और बोला, ''गाल्ली (गाड़ी) सिर के ऊपर आयी है; सुबह का चार बजने वाला होगा।''

वाह! आकाश जैसी घड़ी और तारों के काँटे!

मैंने सोचा, सिर्फ किसान ही गाड़ी नहीं रखते हैं, आकाश को भी गाड़ी चाहिए। आकाश मानो खेत हों। मैंने ध्यान से देखा, तो तारों का गुच्छा दिखाई दिया। उसी को तो हेमन्त ने 'कृतिका' नक्षत्र कहा था। मेरी तुलना में इन किसानों को आकाश की अधिक जानकारी है। इसका कारण शायद यह होगा कि इनके लिए ऊपर आकाश है और नीचे धरती! ऊपर ईश्वर का खेत और नीचे इनके अपने खेत!

पूर्व में एक तारा मंडल चमकता हुआ दिखाई दे रहा है। इस तारा मंडल का नाम है रोहणी नक्षत्र! परन्तु हमारा बाबू तो इसे 'धूसरी' कहता है।

मैं आकाश में विलीन होता जाता हूँ। यह वृषभ, यह अग्नि, सामने की ओर मृगशीर्ष है, वह ब्रह्महृदय! कितना कुछ है इस नभ में! आकाशगंगा ने तो समग्र नभ

को घेर लिया है। यह तो एक आकाश सागर है और उमसें तारामंडलों की लहरें उठ रही हैं। कौन पतवार चलाता है? कौन पकड़ता है? कौन फिसल जाता है मेरी आँखों में से? शंकर की जटा जैसी इन पर्वतमालाओं के शिखर पर आकाशगंगा का झरना गिर रहा है और उसकी हल्की सफेदी आँखों को प्रकाशित करती रहती है।

मेरा मस्तक नभ में तथा पैर अरावली की धरती पर स्थिर हैं।

तीन

ठंड का मौसम गुलाबी है। मौसम विभाग की चेतावनी भी है कि अभी अड़तालीस घंटों तक ठंडी और बढ़ेगी। आबू का नखी ताल, तापमान माइनस एक डिग्री होने के कारण जम गया है। यह समाचार रेडियो में आया, तो हमीर सिंह उदास हो गया था।

गाजणा और लुक्खा के बीच का तालाब भी बहुत ठंडा हो गया था। अब तो भैंसें भी अन्दर नहीं जातीं। दूसरे जानवर पानी पीने के लिए आते तो जरूर, परन्तु एकाध घूँट पानी मुँह में लेकर वापस चले जाते थे। वैसे भी जाड़े में पानी कम ही पिया जाता है।

तालाब के किनारे पर खड़े वृक्षों पर नये-नये पक्षी आ गये थे। दोपहर को घुटने मोड़कर बैठा प्रभु इन पक्षियों को देख रहा था। मैं उधर गया, तो वह उठ खड़ा हुआ। मैंने पूछा, ''प्रभु, तुम क्या कर रहे हो?''

उसने कहा, ''साब!...अइसा जनावर तो अपनी जिनगी में कभी देखा न था। भगवान भी कइसी-कइसी चीजें बनाते रहते हैं।''

उसके मन में पक्षियों और जानवरों में कोई भेद नहीं, परन्तु उसकी बात सही थी। सफेद बगुले पेड़ की डाली पर, अपनी लम्बी गरदन को पंखों के बीच दबाकर-छिपाकर बैठे थे। काली काँकणसार की तीखी आवाज को ठंडी ने हर लिया था। सफेद काँकणसार 'क्राऊँ-क्राऊँ' कर रही थी। जलमुर्गियाँ तालाब के बीच स्थित एक ऊँची जगह पर जल से भीगी पाँखें फड़फड़ा रही थीं, टिटहरियाँ तालाब के किनारे-किनारे, अपनी लम्बी टाँग से तबड़क-तबड़क दौड़ लगा रही थीं। जलकाक उड़ते हुए एक वृक्ष पर चक्कर लगा रहा था।

एक बहुत सुन्दर दृश्य था सारसों का। दो सारस अपनी पाँखों को ऊँचा-नीचे करते हुए, एक-दूसरे की गरदन में गरदन डालकर नृत्य कर रहे थे। उनका नृत्य अद्भुत आनन्द दे रहा था। इस सारस जोड़ी के दाम्पत्य जीवन को सर्वोत्तम उदाहरण

माना जाता है।

कैसी-कैसी किंवदन्तियाँ जुड़ी हुई हैं इनके साथ! इनके प्रेम के बारे में ऐसा कहा जाता है कि अगर इनमें से एक मर जाए, तो दूसरा सिर टकरा-टकराकर अपनी जान दे देता है।

तालाब के किनारे से उठती 'क्रूँ ऽऽऽ...' की आवाज वातावरण को भर देती है। सारस का घोष-प्रतिघोष तालाब के पानी पर तरंगित होता हुआ प्रतीत होता है। धीरे-धीरे उसकी आवाज तालाब की हद को पार करके वृक्ष-वनस्पतियों और पर्वतमालाओं के साथ टकराते हुए अनन्त में विलीन हो जाती है।

यहाँ पर सारस के घोष-प्रतिघोष को अवरुद्ध करनेवाला कोई नहीं है। हेमन्त की ढलती दुपहरी उसका स्वागत कर रही है। वातावरण को भेदकर 'क्रूँ ऽऽऽ...' की आवाज सरसराते हुए दूर-दूर तक चली जाती है, इसीलिए तो ये प्रेमी मनुष्यों के प्रिय पक्षी हैं।

तालाब के किनारे तरह-तरह के पक्षियों का आना-जाना चालू रहता है। परन्तु सफेद, आसमानी और लाल रंग के मेल से मादक सौन्दर्य रचने में इन पक्षियों ने मानो वातावरण के साथ सामंजस्य बैठाने में कौशल हासिल कर लिया है। नीलवर्णी जल के साथ हू-ब-हू साम्य इनके देह के रंग ने प्राप्त कर लिया है। इस विशाल तालाब तट को इस सारस-युगल ने मनोहारी बना दिया है।

सारसों को उड़ते हुए देखने का भी अपना एक आनन्द है। इनकी चाल तो गजगति के समान है। दायें-बायें गरदन फेरते हुए पानी पर तैरते जाते हैं और कीड़ों को खाते जाते हैं। किसी दौड़-धूप या हाय-हाय के बिना शान्ति से जीवन जीते हैं। उड़ते हैं, तब भी धीमे-धीमे पंख हिलाते हैं; देह को एकदम सीधा रखकर गरदन को आगे की ओर तानकर तथा पैरों को पीछे पूँछ से मिलाकर एक रफ्तार द्रुतविलम्बित गति से पंख हिलाते हुए लम्बी-से-लम्बी दूरी काट लेते हैं।

उड़ते सारस पक्षियों की पंक्ति को मैंने अपने जीवन में पहली बार यहीं देखा है। उनकी गौरवमयी चाल और उड़ने की कला को देखकर मेरे मन की दौड़ भी क्षण भर के लिए रुक जाती है।...कभी-कभी रात को उठने वाली इनकी 'क्रूँ ऽऽऽ...' की आवाज सारे वातावरण को भर देती है।

प्रभु निःश्वास छोड़कर आनन्द व्यक्त करते हुए बोला, "साब!...आपने ई बाँध नहीं बनवाया होता, तो ई करजेणा कहाँ से आते! देखिए तो कितने करजेणा घूम रहे हैं।"

ये लोग सारस को 'करजेणा' कहते हैं। सारस की 'क्रूँ-क्रूँ' की आवाज से शायद यह नाम रखा होगा! इसी तरह टिटहरी को भी ये लोग वकतीती कहते हैं।

सूरज धीरे-धीरे गाजणा के पीछे जाने लगा। गाजणा की परछाईं लम्बी होने

लगी। तालाब के थोड़े भाग पर उसकी परछाईं फैल गयी; इसलिए पानी का भी रंग बदल गया। ठंडी का असर भी महसूस होने लगा। प्रभु के साथ मैं चल पड़ा। मैंने उससे पूछा, ''प्रभु, तुम्हें ठंडी नहीं लगता?''

''साब!...हमारी ठंड को तो बकरे-बकरियाँ चर जाती हैं। सारे दिन भटकना होता है; रात को खाना खाकर आग जलाकर अलाव के पास बैठते हैं। फिर गोल-मटोल होकर सो जाते हैं। उसके बाद सुबह हो जाती है।'' जमीन पर डंडा पटकते हुए वह बोलते ही जा रहा था।

ठंड गजगति से बढ़ती जा रही थी। वातावरण में नमी आ गयी थी। 'राम-राम' कहते हुए प्रभु ने अपनी राह पकड़ी। मैं रेस्ट हाउस की तरफ चल पड़ा। रेस्ट हाउस तालाब की सतह से काफी ऊँचाई पर है। नीम के पेड़ के नीचे खड़े होकर इधर-उधर देखता हूँ; ठंडी अँधियारे के साथ बढ़ती जा रही है। सामने की पर्वतमालाओं के मात्र आकार ही दिखाई पड़ रहे हैं। कहीं दूर से आती 'दोहे' (एक लोकगीत का प्रकार या तर्ज) की ललकार सुनाई पड़ रही है।

मैं अपने कमरे में जाने के लिए दरवाजा खोलता हूँ, तभी 'क्रूँ ऽऽऽ...' का घोष-प्रतिघोष सुनाई पड़ता है और ठंडे वातावरण को भेदते हुए अनन्त में समा जाता है।

सुबह में, 'जागकर देखता हूँ, तो जगत् दिखाई नहीं पड़ता' जैसी हालत मेरी हुई थी। चारों तरफ गाढ़ा कोहरा छाया हुआ था। रेस्ट हाउस के दरवाजे के बाहर कुछ भी दिखाई नहीं पड़ रहा था। सब कुछ कोहरे में विलीन हो गया था।

न तालाब, न पर्वतमालाएँ, न प्रकाश! मानो सारे अरावली के ऊपर कोहरे की चादर ओढ़ा दी गयी हो। दृष्टि की सीमा बँध गयी थी।

यह कोहरा कहाँ से आया? यह कोहरा था या बादल थे! जमीन की सतह के साथ गहरे रूप से जुड़ा हुआ कोहरा! शायद इस तालाब की वजह से ऐसा हुआ होगा। विज्ञान की भाषा में तो यह जल-वाष्प है। वह हवा में ऊपर जाता है और ऊपर जाकर फैल जाता है, जिसके परिणामस्वरूप ठंड बढ़ती है। ज्यों-ज्यों हवा का तापमान घटता है, त्यों-त्यों उसकी ग्रहण-शक्ति भी घटती है। तापमान घटने से हवा जल-वाष्प को ग्रहण नहीं कर पाती, जिससे जल-वाष्प सूक्ष्म बूँदों के रूप में घनीभूत हो जाता है।

''साब!...मैंने तो ऐसा कभी नहीं देखा था।'' बाहर देखते हुए हमीर सिंह बोला, ''देखिए न!...वो लुक्खा भी दिखाई नहीं देता। ई सब क्या है?''

मैं उसे विज्ञान की प्रक्रिया कैसे समझाऊँ?

''ई तो भगवान का कोप लगता है।'' उसने अपनी समझ से इसकी स्पष्टता की।

"इसमें भगवान का कोई कोप नहीं है।...यह तो...जो पानी भरा है, उसी की वजह से कोहरा घिरा है।"

परन्तु वह मानने को तैयार न था। शायद आसपास के गाँवों के लोग भी ऐसा ही मानते होंगे! उनको तो कुछ भी होता है, उसके लिए तकदीर को ही दोष देते हैं; भगवान की मर्जी मानते हैं अथवा ऊपरवाले का कोप मानते हैं। सबकी अपनी-अपनी समझ है। इसमें दूसरा कोई क्या कर सकता है!

सूरज जैसे-जैसे ऊपर बढ़ता गया, वैसे-वैसे कोहरा बिखरने लगा और दस बजते-बजते तो वातावरण एकदम साफ हो गया।

यह तो तय था कि कोहरे भरे इस वातावरण ने इन लोगों के मन में शंका की एक रेखा खींच दी है।

चार

जिले भर की रेंज ऑफिसरों की एक मीटिंग पालनपुर में रखी गयी थी। सुबह में दस बजे मीटिंग शुरू हुई। ठंडी के कारण थोड़ी देर की गयी थी।

डी.एफ.ओ. ने एक के बाद एक हर एक रेंज का विश्लेषण किया। किस रेंज में कितना खर्च हुआ है, उसके आधार पर काम का मूल्यांकन किया।

"जासोर रेंज में कुछ काम ही नहीं हुआ है। आखिर आप करते क्या हैं?" डी.एफ.ओ. ने मेरी ओर देखकर पूछा।

"सर, काम तो बहुत किया है। रानी शिखर के पूरब तरफ का एक बार आप मुआइना कर लें, तो वहां का काम आप खुद देख लेंगे।" मैंने सहज भाव से उत्तर दिया।

"आपके यहाँ सबसे कम खर्च हुआ है। कम-से-कम भुगतान आपके यहाँ हुआ है।" डी.एफ.ओ. ने मुझसे कहा।

"...इस समय हमने पाँच हजार गड्ढे बनाये थे; परन्तु हमको नर्सरी से सिर्फ ग्यारह सौ पौधे मिले; फिर भी हमने जंगल में यहाँ-वहाँ उगे हुए विविध प्रकार के वृक्षों के पौधों को रोपकर पाँच हजार का लक्ष्य पूरा किया।"

"मुझे आपका भाषण नहीं सुनना है।" कहकर डी.एफ.ओ. ने कुछ कड़वी बातें मुझसे कहीं। मुझे ऑफिस में बुलाकर वे बातें कही गयी होतीं, तो सह्य थीं; परन्तु सबके बीच मुझे फटकारा गया, जिससे मैं बहुत आहत हुआ। उन्होंने मेरे साथ ऐसा व्यवहार दूसरी बार किया था।

उसी समय, जिन्हें सबसे अधिक फॉरेस्ट-ऐडवांस दिया गया था, उन्होंने, शायद साहब के कहने से या मित्रता बढ़ाने के आशय से, मुझे अम्बाजी इस्ट रेंज में आमन्त्रित किया। उन्होंने तो एक फॉर्म पर पार्टी रखी थी।

उस पार्टी में अपने मित्रों को, दूसरे आर.एफ.ओ. को तथा कुछ चमचों को भी आमन्त्रित किया था।

खाना दो प्रकार का था : शाकाहारी तथा मांसाहारी। इसके अलावा वहाँ शराब-बन्दी भी न थी; क्योंकि वहाँ खुद सी.पी.आई. और पी.एस.आई. भी हाजिर थे।

मुझे यह सब पसन्द नहीं आया था; परन्तु वहाँ पहुँचने के बाद क्या किया जा सकता था!

उन्होंने मुझे समझाया, "देखिए, आज तो सारा आकाश फटा हुआ है। इस नक्कारखाने में हम अपनी तूती बजाएँ, तो उसे कोई सुननेवाला नहीं है। आप इतने समय से आये हैं; परन्तु आपने एक बार भी पार्टी नहीं दी। किसी को बुलाया भी नहीं! आपके पहले आपकी जगह पर जो थे, वे हर पन्द्रह दिन के बाद जासोर रेस्ट हाउस में खाने-पीने की पार्टी दिया ही करते थे। कभी-कभी तो हमारे साहब भी वहां आते! परन्तु आप तो...।"

मुझे यह जानकर बहुत दुख हुआ कि ये लोग फॉरेस्ट-एडवांस के रूप में हर एक-दो महीने पर तीन से चार लाख रुपये का चेक लेते थे और कागज पर काम करके जिला ऑफिस में फाइल करते थे।

विजयभाई ने एक बार मुझसे कहा था, "आप यह जो कम खर्च करके अच्छा काम करते हैं, यह आपकी डिस्क्रेडिट है। ये लोग आपको जरूर परेशान करेंगे।"

उनकी बात सही निकली। जिले के फॉरेस्ट डिपार्टमेंट में मैं अछूत था। मेरे साथ किसी का भी व्यवहार अच्छा न था। साहब भी मेरे साथ अभद्र व्यवहार करते थे।

मैं अपनी जगह पर सही था। मुझे किसी की भी परवाह न थी। पर, अन्तत: मैं भी तो आदमी हूँ! सबके बीच मेरा जो अपमान किया गया, वह मुझे घोर अपमानजनक लगा।

मैंने विनम्रतापूर्वक कहा, "आप तो जिले के और हम सबके अधिकारी हैं। आपने जैसे और जिस भाषा का प्रयोग किया, वह आपके लिए शोभादायक नहीं लगता।"

इतना सुनते ही उनका क्रोध सातवें आसमान पर पहुँच गया।

"आप कौन होते हैं मुझे सलाह देनेवाले? क्या आप अकेले ही होशियार और निष्ठावान हैं?...बाकी सभी चोर हैं?"

"साहब! मैंने आपको ऐसा कुछ भी नहीं कहा है। आप मेरी बात का गलत अर्थ मत लगाइए! आप खुद चलकर जाँच कर लीजिए। हमने कितने वन सरोवर बनाये हैं; कितने वृक्षारोपण किये हैं, उससे आपको जो राय बनानी हो, बनाइएगा।"

डी.एफ.ओ. घायल बाघ की तरह गरज उठे थे।

मैंने जासोर के अलावा भी सभी रेंजों के वृक्षारोपण को देखा था। किसने कितने वन सरोवर बनाये हैं, कितने वन-कुटीर बनाये हैं, कहाँ कितने वृक्ष रोपे गये हैं—जिसका कोई अस्तित्व न था, उसके लिए लाखों रुपये उड़ाये गये थे।

विजयभाई की कही हुई एक बात फिर याद आयी, "साहब की मासिक आय कितनी है, इसकी कल्पना कर सकते हो?"

"मुझे उनकी तनखाह के बारे में कोई जानकारी नहीं है।"

"तनखाह तो यहाँ चाय-पानी के लिए होती है।"

"मतलब?"

"साहब की मासिक आमदनी औसतन कम-से-कम चार से पाँच लाख तक होगी।"

यह सुनकर मुझे चक्कर आ गया। मेरी नजरों के सामने, रोटी के एक टुकड़े के लिए बिलखते गरीबों के बच्चे दिखाई देने लगे। घास और वृक्षों के मूल को कूटकर उसकी रोटियाँ बनाते तथा जंगल से कोई शिकार या फल-फूल लाकर पेट भरते वनवासी मुझे नजर आने लगे। सारे दिन भूख से बिलबिलाते किसान मेरी आँखों के सामने तैर गये।

कौन कमाता है और कौन खाता है? यह सब सुनकर मेरा हृदय चीत्कार कर उठा। यह सब कुछ छोड़कर यहाँ से भाग जाने की इच्छा हो आयी; परन्तु यह सब तो सागर में तैरते बरफ के पर्वत के शिखर जैसा है।

यह कैसी है राष्ट्र-सेवा!...कैसे लोगों के हाथों में आ गया है हमारा राष्ट्र!

हे गाँधीजी!

पाँच

जाड़े में ठंडी हवा बहे, पत्ते झड़ें और गेहूँ पैदा हो—ऐसे दिन शुरू हो गये। मानो शरद इधर निवृत्ति ले रही हो और हेमन्त उधर उसका स्थान लेने के लिए सामने ही खड़ा हो।

कुछ लोग खेतों में बने खलिहान में अनाज ओसा रहे होते हैं; कुछ लोग गेहूँ

की बुवाई कर रहे होते हैं, तो कुछ खेतों में बोई हुई राई बढ़कर मेड़ को ढँकी हुई है। किसी-किसी खेत में एरंड चिटक रही होती है; उसके पके गुच्छों को काटकर और उसे टोकरी में भरकर खलिहान में लाया जाता है। मक्का और बाजरी तो काट-पीटकर कब की कोठार में पहुँचा दी गयी हैं।

तीन वर्षों के बाद इस वर्ष अच्छी बारिश हुई थी; इसीलिए खेतों में हरियाली और लोगों के मन में आनन्द छलक रहा था।

वेरा में हवन था। उसके लिए बाबू निमन्त्रण देने आया था। मैंने उससे पूछा, ''हवन क्यों करा रहे हो?''

उसने कहा, ''साब! हमारा रिवाज है कि नया अनाज तैयार होने पर सबसे पहले भगवान को भोग लगाना चाहिए, नहीं तो भगवान रूठ जाते हैं।''

मुझे इन गरीब लोगों की भावना के प्रति मान हुआ। थोड़े में से भी थोड़ा देकर खाना! यह सब कुछ अपना नहीं, बल्कि भगवान का है। इसलिए पहले उन्हें खिलाओ; फिर खुद खाओ। हम जब छोटे थे, तब माँ भोजन करने बैठने से पहले ठाकुरजी के लिए थाल लगती। यह मुझे याद आया। मनुष्य की भावना भी कैसी है!

वेरा में हवन में भाग लेने के लिए आसपास के गाँवों से भी लोग आ गये थे। यहाँ हर साल हवन किया जाता था।

ठंड बहुत थी। मोटरसाइकिल पर यात्रा करना कठिन लग रहा था। जो पर्वतमालाएँ कल तक गरमी उगल रही थीं, आज वे ही ठंड से काँप रही थीं। सूर्य दक्षिण दिशा की ओर बहुत दूर चला गया था। दोपहर की धूप थोड़ी नयी चेतना देती। जो सूरज कल तक फूटी आँख सुहाता न था, वही इस समय बड़ा प्यारा लग रहा था। पशु-पक्षी सभी धूप का आश्रय खोज रहे थे। जैसे किसी नन्हें बालक को लाड़ करने की इच्छा होती है, वैसे ही कोमल-कोमल इन किरणों को बीन लेने की इच्छा होती थी।

सुबह में घास पर जमी ओस को देखना और उन पर पैरों के निशान बनाना, तो जीवन का एक अद्‌भुत आनन्द है। शहर की सड़कों पर तो ओस कहाँ और ओस की बात कहाँ! लाल-लाल उगते सूरज को दूर-दूर तक बिखरी ओस की बूँदों में देखना भी कितना आनन्ददायक होता है—यह मैं अनुभव कर रहा हूँ।

हमीर सिंह कहता है : ''एकदम सुबह तो जोरों से ओस गिरती है।''

एक दिन मेरी शर्ट भूल से बाहर रह गयी थी; सुबह देखा, तो भीगकर पूरी तरह से गीली हो गयी थी। मैंने हमीर सिंह से पूछा, ''बारहों महीने ऐसे ही ओस गिरती है?''

''साब!...परिवर्तन तो कुदरत का नियम है। हम छोटा बच्चा ही बने रहते तो?...पर अइसा होता नहीं है। सब कुछ बदलता रहता है।''

यह सुनकर इस आदमी के प्रति आश्चर्य हुआ। यह तो वेदों की वाणी में बात

करते हुए लग रहा था।

वृक्षों का फूला-फला, हरा-भरा वैभव नष्ट हो गया है। धीरे-धीरे सभी नंगे बन गये थे, परन्तु बोरियाँ फूल और फलों से लद गयी थीं।

मेरे जैसे प्रियाविहीन और स्वामी द्वारा परित्यक्त आदमी के लिए यह शीतऋतु कैसी दुखदायी है!

चार दिन के बाद सोनवाड़ी से समाचार आया कि इस इलाके में रीछ आया है, जिससे वहाँ के लोगों में भय व्याप्त हो गया है। यह जानकर हमीर सिंह ने कहा, "साब! रीछ को बइर (बेर) बहुत पसन्द है, इसीलिए इस सीजन में उस इलाके में रीछ आ जाते हैं।"

वह पूरा इलाका रीछ अभयारण्य के अन्तर्गत आता है; और फिर इस इलाके में बेरों की झाड़ियाँ बहुत हैं, इसलिए उस इलाके का एक चक्कर लगाने का हमने निश्चय किया।

सुबह के ओस की बूँदों का प्रभाव हिमालय के स्पर्श जैसा लगता है। जिस समय हम बदरी-केदारनाथ गये थे और वहाँ ठंडी का जैसा अनुभव हुआ था, वैसा ही अनुभव यहाँ हो रहा है। इस ठंडी से वृक्षों-लताओं के पत्ते कुम्हलाने लगे हैं। शीतलहर और सुबह होती ओस की वर्षा ने पूरे वातावरण को धुँधला बना दिया है। लगता है, जैसे दूर-दूर तक की पहाड़ियों पर आसमानी रंग का झीना कपड़ा ओढ़ा दिया गया हो।

रातें लम्बी और दिन छोटे हो गये हैं। रात को अलाव जलाकर आग के सामने बैठे-बैठे अगहन के आकाश को देखते रहने का भी आनन्द अनोखा है। गीता में भगवान श्रीकृष्ण ने कहा भी है कि मैं महीनों में अगहन हूँ (मासानां मार्गशीर्षोऽहम्)। वैसे तो हर एक महीने का अपना अस्तित्व है। ऐसा लगता है जैसे अन्धकार इस मास के आकाश को अपने हाथों से लीप रहा हो। इसके बीच तो हजारों तारों की विविध आकृतियाँ तैरती जान पड़ती हैं। विश्व का तारणहार थाल सजाकर खड़े-खड़े मानो तेज का छिड़काव कर रहा हो। मानो हम खड़े-खड़े इस अमीवर्षण द्वारा किसी अलौकिक चेतना का पान कर रहे हो! परन्तु आकाश को पढ़ने की फुरसत किसे है! उसकी चुम्बकीय शक्ति को जानने की लालसा किसमें है!

इतनी ठंडी में और ओस की वर्षा करते आकाश के नीचे सौन्दर्य की रसथाल सजाकर खड़ी अगहन की इन रुपहली रातों को कौन सुगन्ध से भर देता है? रात के अन्धकार और तारों के प्रकाश का आन्तरिक सौन्दर्य गमक उठता है।

दिन में तो तेज हवा चलती है; परन्तु रात को इस ठंडी का प्रभाव सबको कँपा देता है। फिर भी अन्धकार के सौन्दर्य में वृद्धि करते तारा-मंडलों में खो जाने के बाद ठंडी या हवा का कोई असर नहीं होता।

हमीर सिंह ने रेस्ट हाउस के जीने के पास एक धूनी जैसा बना दिया है और

उसमें मोटी-मोटी लकड़ियाँ सुलगा रखी हैं, जो लगातार जलती रहती हैं। इस अलाव के पास बैठे-बैठे पूर्व की ओर देखते ही मृगशिरा नक्षत्र दिखाई पड़ा। मृगशिरा तो यहाँ के लोगों की आकाशी घड़ी माना जाता है। आप किसी सामान्य आदमी से पूछें, तो वह भी आकाश में मृगशिरा को पहचान लेगा। ये चार बड़े तारे चौकोर आकार में खड़े-खड़े रूप में स्थित हैं। उनमें हिरन का आभास होता है। उसे देखने से ऐसा लगता है मानो वह चलते हुए हमारे अलाव के पास आग तापने के लिए आ रहा हो।

यह अलाव तो हमारी चेतना-संसार का केन्द्र है। सुबह के समय कम्बल ओढ़े अलाव के पास बैठकर चाय की चुस्की लेने का मजा ही कुछ और है। अलाव से थोड़ी दूर पर चार-पाँच ईंटों को जोड़कर, नहाने का पानी गरम करने के लिए एक चूल्हा बनाया गया है। उसके बगल में बैठकर सुबह में दाँत किटकिटाने का आनन्द ही कुछ और है!

एक दिन बहुत हिम्मत जुटाकर शरीर पर कम्बल लपेटकर, हमीर सिंह के साथ केदारनाथ के दर्शन के लिए गया। वहाँ पर मुझे ठंडी का एक नया ही अनुभव हुआ। सूर्योदय होते ही पक्षियों की, ठंडी से काँपती आवाज सुनाई पड़ी। उनकी आवाज से उठते मधुर गीत को सुनना रोमांचकारी था। उसी के कारण तो पैरों को मोड़कर बैठे हुए जंगल तथा ठंडी से थरथराते ये पर्वत कितने सुन्दर लग रहे हैं।

केदारनाथ के बाउंडरी वॉल पर खड़े होकर नीचे की पर्वतमालाओं को नजरों से माप रहा था, उस समय चारों तरफ कोहरा छाया हुआ था। कोहरे के बीच से उड़ते पक्षियों का कलरव मनभावन लग रहा था। इमली की डालियों पर गुटमुट बैठे बन्दर हमारी ओर टुकुर-टुकुर ताक रहे थे। सुबह में बालुन्द्रा से आकर पुजारीजी ने आरती शुरू की, तब घंटे के गम्भीर नाद और पुजारीजी के आरती के थरथराते शब्दों से वातावरण आह्लादक हो गया।

कोमल सूर्य वृक्षों के बीच से प्रकाशित हो रहा था। वृक्षों के पर्ण-पर्ण से संगीत की सुरावलियाँ सुनाई पड़ रही थीं। ऐसा लग रहा था मानो पवन बालक की तरह सिसकियाँ ले रहा हो। धीरे-धीरे दक्षिणाकाश से सूर्य अपनी विशाल एवं अविरल किरणों से घास पर फैले ओस की बूँदों को चरता हुआ प्रतीत हो रहा था।

मुझे ऐसा अनुभव हो रहा था मानो मुझे चारों ओर से सुख और सिर्फ सुख ही घेरकर खड़ा हो।

सूर्य जब आकाश में बहुत ऊँचाई पर पहुँच गया, तब कोहरा भरे वातावरण में थोड़ा बदलाव दिखाई देने लगा। उसकी पीली-पीली किरणें वृक्षों के पत्तों पर फैलीं, तो वे जगमगा उठे। छोटी-बड़ी, हरी-सूखी घास पर पड़ा हुई ओस और उसकी नमी धीरे-धीरे वाष्प बनकर उड़ने लगी।

थोड़ी देर के बाद तो सुनहली धूप की वर्षा होने लगी।

दूर-दूर के समतल इलाकों से धुएँ की लकीरें दिखाई देने लगीं। लोग ठंड को भगाने के लिए खेतों में, घर के आँगन में आग जलाते हैं। ऐसा माहौल बन जाता है मानो सभी एक साथ ठंडी को भगाने के प्रयत्न में जुटे हों।

केदारनाथ से वापस आते समय देखता हूँ, तो सब कुछ अस्त-व्यस्त, किन्तु सौन्दर्य से भरपूर लग रहा है। कुदरत कैसी वैभवसम्पन्न है—यह साफ दिखाई पड़ता है। ऐसा प्रतीत होता है जैसे चारों तरफ शान्ति और आनन्द उफन रहा हो। लोग कहीं बैठकर अथवा कलाकार जिस सौन्दर्य की कल्पना करते हैं, वह सब कुछ मेरे सामने बिखरा हुआ है। उसको मैं अपनी नजर के बुरुस (ब्रश) से आकार दे रहा हूँ, श्वासों से पी रहा हूँ। मैं सोचता हूँ, यह सब स्वर्ग नहीं तो और क्या है! यह सब कुछ छोड़कर जाने का मेरा विचार धीरे-धीरे मुरझाता जा रहा है। मुझे लगता है इस ठंडी सुबह में मेरे जैसा भाग्यशाली कोई दूसरा हो ही नहीं सकता!

छः

काल के प्रवाह की रगड़ से कोई बच नहीं सकता है।

इस अरावली के साथ भी ऐसा ही है। धारवाड़[1] काल के अनुसार 240 करोड़ वर्ष पूर्व से 180 करोड़ वर्ष पूर्व तक के अन्त भाग में जो पर्वतमालाएँ अस्तित्व में आयी हैं, जिस कालखंड के दौरान उस स्थल में फैले हुए दुनिया के सबसे पुराने भूसन्नतिमय[2] समुद्र-तल में सतत एकत्र हुए विशाल समूह[3] प्रचंड भूसंचलन[4] की घटना द्वारा समय-समय पर हुए ऊर्ध्वगमन की क्रिया के परिणामस्वरूप उभर आये, तब 150 करोड़ वर्ष से लेकर आज तक घर्षण के कारण जो बाकी बचे हुए हैं, ऐसे

---

1. **धारवाड़-काल :** 250 से 300 करोड़ वर्ष के बीच के समय के ऊपर के भाग को धारवाड़-रचना के रूप में जाना जाता है।
2. **भूसन्नतिमय** (GEOSYMCLIME) : बहुत लम्बाई, चौड़ाई और विशाल ऊँचाई वाला समुद्री स्थल; पृथ्वी की परत का वह भाग, जो लाखों वर्षों के दौरान लम्बे भूस्तरीय कालखंड तक अवतलन को मापते जाते हैं; उसमें आसपास के खंडीय इलाकों में से घर्षणजन्य शिलाचूर्ण जम जाते हैं, तथा जमावट के बोझ से अधिकाधिक दबते जाते हैं। जमावट और अवतलन की क्रिया जिसमें क्रमशः चलती रहती है, ऐसे स्थल को भूसन्नतिमय स्थल कहा जाता है।
3. **निक्षेप राशि :** शिलाओं की निक्षेप जमावट के दौरान संयोग के अनुसार तैयार होनेवाला रचना प्रकार; निक्षेप-रचना प्रकार तत्कालीन भूस्तरीय इतिहास की ओर पर्यावरण की झलक दिखाता है।
4. **भूसंचलन :** भूपृष्ठ पर या परत के विविध विभागों में दिखाई पड़नेवाली विरूपता के लिए प्रक्रिया या विविध प्रक्रियाओं का संयोगीकरण।

1200 से 1722 मीटर ऊँचाई वाले शिखरों में से माउंट आबू के गुरुशिखर की सबसे ऊँचाई पर पूस महीने की पूर्णिमा की एक शाम को मैं पूर्व की ओर नजर करके खड़ा हूँ।

पूस की शुरुआत में वहाँ का तापमान माइनस हो गया था, इसलिए नखी सरोवर सबसे पहले जम गया है, ऐसा जाना, पर उस समय उसका आनन्द नहीं ले पाया था। आज वातावरण में ठंडी का जोर है। इसकी प्रतीति पूस कराता है। मुझे ऐसी ठंडी के सान्निध्य में रहकर अरावली की ऊँची चोटी का आनन्द लेना है। पूरब तरफ देखने से कचोली और शेरगाँव दिखते हैं। उससे थोड़ा आगे स्वरूपगंज स्थित है। इस समय पानी तो नहीं है; फिर भी सूखी हुई बनास नदी एक टेढ़ी-मेढ़ी सर्पाकार लकीर के रूप में दूर से आती हुई दिखाई पड़ रही थी और उस पर बनाये गये धानारी बाँध में पानी झिलमिला रहा था।

मुझे यहाँ खड़े होकर इस इलाके को देखना था, परन्तु आप अधिक-से-अधिक कितनी दूर तक देख सकते हैं! वहाँ पर पाँच रुपया भाड़ा लेकर दूरबीन-दर्शन कराने वाले एक अचलगढ़ निवासी को मैंने पटा लिया। उसने गुरुशिखर से पश्चिम में स्थित राजस्थान के उतरेज, सरेगाम, उदवाड़िया बाँध तथा गुलाबगंज के दर्शन कराये; पश्चिम में लूणी नदी, टोकरा गाँव तथा झील को दिखाया।

सामने के शिखर पर अत्रिऋषि और सती अनसूची के मन्दिर दिखाए।

मेरे जीवन की यह अविस्मरणीय रात थी, पूस सुदी पूर्णिमा!

एक साथ दो दृश्य मेरे सामने खड़े हैं। कुहरा छाये वातावरण में डूबता सूरज चन्द्रमा के जैसा लग रहा था और पूर्व में उगता हुआ चन्द्र! पूरब और पश्चिम दिशाओं से दो महारथी मानो एक-दूसरे को देख रहे हों। कितना आह्लादक वातावरण था वह! मन्द-मन्द बहती हवा शरीर को स्पर्श करते हुए चली जा रही थी।

सूरज डूबा और चन्द्र आगे आया। अन्धकार थोड़ा और गहरा हुआ। चन्द्रमा किसी प्रेमी की तरह शान्त सरोवर में नौका विहार के लिए निकला हो, इस तरह अबाध गति से ऊपर चढ़ता रहा। डूबते सूरज की तरह चन्द्र भी, जब उग रहा था, तब उसका चेहरा, अरावली की इन पहाड़ियों पर चढ़ते किसी बालक के चेहरे की तरह लाल, गुलाबी लग रहा था। परन्तु धीरे-धीरे आगे बढ़ते हुए वह अपने असल स्वरूप में आने लगा। चारों ओर नजर घुमाता हूँ, तो ऐसा प्रतीत होता है जैसे हल्के कोहरे का वस्त्र पहनकर खड़ी इन पहाड़ियों पर चन्द्र के धवल प्रकाश रूपी बरफ की रिमझिम बारिश हो रही हो।

आकाश में टिमटिमाते तारे चन्द्रमा का स्वागत कर रहे हैं। रोहिणी का प्रकाश मद्धिम है; कारण कि उसे पता है कि चन्द्र मेरा पति है, इसलिए वह मुझसे मिलने अवश्य आएगा। ऐसी ठसक के साथ वह खड़ी है। कृत्तिका और अश्विनी नक्षत्र

पीठ दिखाते हुए पश्चिमाकाश की ओर ढल गये हैं।

चन्द्र को चारों ओर से भीने-भीने निमन्त्रण आ रहे हैं, इसलिए वह गर्व के साथ अपने प्रकाश को और तेज बनाते हुए आगे बढ़ रहा है। यह अरावली भी उसका स्वागत करने के लिए कैसा अधीर हो रहा है! आकाश और अरावली दोनों एकाकार लग रहे हैं और चन्द्र किसी महाराजा की अदा के साथ आगे बढ़ रहा है। उसके कारण अन्य सभी नक्षत्र तेजहीन हो गये हैं। मैं इस वातावरण के अमृत को पीने में ऐसा लीन था कि विश्वविजेता के गौरव के साथ, रास्ता तय करते-करते चन्द्र कब एकदम पास आ गया, इसका ध्यान ही न रहा।

सबसे ऊँचे इस गुरुशिखर पर लटकते भारी-भरकम घंट को मैं बजाता हूँ। उसकी आवाज वातावरण को भेदते हुए दूर-दूर तक फैल गयी है। उसे सुनने का आनन्द किसी-किसी को ही मिल सकता है, पूस की इस पूर्णिमा के दिन!

उत्तर दिशा में ध्रुव अचल खड़ा है।

चन्द्र के इस सौन्दर्य ने आबू की नीरव शान्ति को मानो अपने आगोश में ले लिया है। यह सब कुछ देखने के बाद मेरी भ्रान्ति का परदा खिसकता जा रहा है। मैं शुद्ध हूँ, निर्मल हूँ, निर्लिप्त हूँ, मुक्त हूँ—यह भ्रम टूट गया है। मैं अपने अन्दर झाँकता हूँ। स्व-दर्शन का प्रयत्न करता हूँ। मेरे अन्दर भरे हुए राग, द्वेष, क्रोध, काम, विकृति, अहं, पलायन-वृत्ति और समस्याओं का भार धीरे-धीरे सिर से उतरता हुआ जान पड़ रहा है। इस क्षण मुझे कोई अलौकिक अनुभूति हो रही है। प्रकृति की सचाई का साक्षी बन गया हूँ। तभी मुझे ऐसा प्रतीत होता है मानो ईशानकोण की ओर जाती हुई आकाशगंगा के तट पर कोई नाव लेकर बैठा है।

चन्द्र की किरणों की धवल-स्वच्छ शीतलता मुझे सराबोर कर रही थी। ऊपर आकाश और नीचे धरती! बीच में ब्रह्मांड के अलौकिक आनन्द को प्राप्त करती ठंड का अनुभव कर रहा हूँ, परन्तु इन पर्वतों के शिखरों पर जिस सौन्दर्य की वर्षा हो रही है, उसका साक्षी बनने का अद्‌भुत आनन्द मेरे मन में छलक रहा है।

यह अनन्त और अकल्प्य सौन्दर्य मेरे अन्तःकरण में पूर्ण समता और सम्यक् भाव भर रहा है। कोई रहस्यमय चैतन्य मुझे सत्य-दर्शन करा रहा है और उसकी अनुभूति मेरे रोम-रोम में प्रकट हो रही है। मैं प्रकृति के निरन्तर बदलते स्वरूप को देख रहा हूँ। पूस मास की पूर्णिमा के तेज को प्राप्त करने के लिए धरती-आकाश की सीमा का भेद मिट गया है और साढ़े तीन कदम का सारा ब्रह्मांड मेरे अन्दर विस्तृत हो रहा है—इस गुरुशिखर की सबसे ऊँचाई पर!

आज अगर यहाँ नहीं आया होता, तो मेरी अरावली-यात्रा अधूरी रह गयी होती।

सुबह में जगा, तब एक नया जगत, मेरे अन्दर अस्तित्व धारण कर रहा था।

सात

पूस मास पूरा होनेवाला था, परन्तु इस बार ठंडी ने अभी विदाई नहीं ली थी। उसका कारण यह है कि यह आयामी ठंडी थी। यहाँ तो सूरज सिर पर आये, तब गरमी का अनुभव होता था। दिन धीरे-धीरे गरम होता जा रहा था। आखिरी दो दिन तो ऐसे लगे कि ठंडी ने अरावली को छोड़ दिया है, परन्तु तीसरे दिन रेडियो में समाचार आया : 'जम्मू-कश्मीर में भयंकर बरफ पड़ी है। जन-जीवन अस्त-व्यस्त हो गया है और रास्ते बन्द हो गये हैं।'

ऐसा ही था हिमाचल और उत्तरांचल में।

इस साल बारिश अच्छी हुई थी। जाते-जाते भी एक बार बारिश हो गयी थी। इससे नुकसान के बजाय फायदा अधिक हुआ था। सोनवाड़ी की तरफ से आनेवाली बनास नदी और अरावली के बीच बसनेवाले लोगों के खेतों में राई की फसल लहरा रही थी। कहीं किसी पहाड़ी पर खड़े होकर अगर नीचे देखें, तो ऐसा नयनाभिराम दृश्य दिखाई पड़ेगा मानो खेतों में बिछी पीली चादर फड़फड़ा रही हो। किसान अपने खेतों में सिर्फ राई नहीं बोते। घुटने तक आये गेहूँ भी खेत में लहरा रहे थे। हवा का झोंका जब गेहूँ के खेत से होकर गुजरता है, तब ऐसा लगता है जैसे गेहूँ लोट-पोट कर रहा हो।

कहीं-कहीं एरंड भी खड़े थे। इस बार एरंड बहुत ऊँचे नहीं हुए थे; परन्तु उनमें बड़े-बड़े गुच्छे लगे थे। यह देखकर किसान खुश दिखाई पड़ रहे थे, 'बरसों बाद ऐसी खेती देखने को मिल रही है।' उनका आनन्द उनके चेहरे पर झलकता था। कुछ किसानों ने सौंफ बो रखी थी। उनके भी हल्के पीले फूल राई की बराबरी तो नहीं कर रहे थे; परन्तु उसके साथ एकाकार हो गये थे। सौंफ के खेत के मेड़ पर खड़े होने से उसकी सुगन्ध नाकों को भर देती थी और उसके फूल को कच्चा ही खा जाने की तीव्र इच्छा होती थी।

ऐसा नहीं है कि मात्र आदमी को ही पसीना होता है और उसमें से दुर्गन्ध आती है। इस राई की गन्ध अलग प्रकार का अनुभव कराती थी और वैसा ही कुछ सौंफ की भी। कहाँ अहमदाबाद की गटरों की दुर्गन्ध! और कहाँ इस हवा में लहराती फसल की हरियाली की सुगन्ध!

मुझे सबसे अधिक आकर्षण हुआ था एक खेत में! कमर से नीचे तक उगे हुए

छोटे पौधों ने मुझे पकड़ लिया। मैंने खेत मालिक से पूछा, ''यह किस चीज का पौधा है?''

उसने मुझे आश्चर्य से देखा मानो मैं कोई गँवार हूँ!

''साब!...आप इतना भी नहीं जानते? ई तो रामदाना है। ई दू जात का होता है। ऊ सामने देखिए, ऊ भी इहै है। ई पीला है, ऊ लाल है।''

मैं रामदाना को देखता रहा।

''इसका उपयोग किसमें होता है?'' मैंने पूछा।

''काऽ साब!...हमारी हँसी काहे उड़ाते हैं?'' उसने जोर से हँसते हुए कहा।

''अरे ऐसा नहीं है!...मैंने पहले कभी देखा नहीं है।'' मैंने सहज भाव से स्पष्ट किया।

उसने कहा, ''साब!...जब हम उपवास करते हैं, तब रामदाना का हलुवा बनाकर खाते हैं।'' इस बार वह हँसा नहीं। वह समझ गया कि मैं जानने के लिए पूछ रहा हूँ।

उसने अपना नाम भीखा बताया।

''तुम्हारा नाम भीखा कैसे पड़ा? तुम्हारा नाम किसने रखा?'' मैंने पूछा।

मैं उसके हृदय के नजदीक जाने की कोशिश कर रहा था। वैसे भी वह उम्र में बड़ा होने के बावजूद बालकों जैसी बातें कर रहा था।

हम मेड़ पर साथ-साथ चल रहे थे।

वह खुश होकर बोला, ''साब!...मेरे माँ-बाप को कोई छोकरा होता ही न था। आपके जइसे ही किसी महराज ने आसीरवाद दिया। फिर मेरा जनम हुआ था। उन्होंने मुझे भिखारी मानने के लिए कहा था, इसलिए मेरा नाम पड़ गया भीखा!''

वह ऐसे बोल रहा था जैसे आठ-दस वर्ष का बालक बोल रहा हो।

''भीखा, यह क्या है?'' छोटी-छोटी क्यारियों में खड़ी हरी-हरी घास के बारे पूछा।

''साब!...ई तो बरसीम है। भइँस के वास्ते बोया है। इसको खाकर भइँस दूध जियादा देती है।'' उसने मुझे समझाते हुए कहा।

काफी समय के बाद जब मैंने बरसीम के बारे में पढ़ा, तो मुझे भीखा की कही हुई बात सही लगी, कारण कि बरसीम में प्रोटीन अधिक होता है।

सूरज पर्वतमालाओं के साथ लुका-छिपी का खेल खेलने लगा। उसकी परछाईं वाला इलाका ऐसा लगने लगा मानो धुँध की चादर फहरा रही हो। पर्वतमालाओं का गाढ़ा नीला रंग, और गाढ़ा लग रहा था।

''ठंडो हिम भर्यो वहे अनिल शो...उत्साहने प्रेरतो' (उत्साह प्रेरक हिम जैसी ठंडी हवा बह रही थी), परन्तु यहाँ तो सूखी घास और झाड़-झंखाड़ में आग

जलाकर उसको उड़ाने का प्रयत्न शुरू हो गया था।

इन लोगों के पास पहनने के लिए स्वेटर या ओढ़ने के लिए कम्बल न था। मजबूत दीवारों का घर भी न था। खेत में लकड़ी और घास-फूस की झोपड़ी बनाकर उसमें रहते थे। आग की कोई चिंगारी न उड़े, इसका पूरा ध्यान रखना पड़ता था, नहीं तो सब कुछ जलकर खाक हो जाए।

घास की झोपड़ी को ये लोग 'घूवो' कहते थे। मुझे घूवो में आने का आग्रह भीखा ने किया था। सूरज पश्चिम की तरफ चला गया था और सन्ध्या अपनी बारी की प्रतीक्षा में थी।

मैं घूवे में गया। वह गरम था। एक तरफ झिलंग खाट पड़ी थी। उसमें लपेटकर गुदरियाँ रखी हुई थीं। सामने की ओर जानवरों को बाँधने का खूँटा था। घूरों में गोबर की गन्ध आ रही थी, इसलिए मैं बाहर निकल गया।

भीखा ने कहा, ''साब! आज रुक जाइए, तो आपके लिए बेवस्था करूँ।''

उसकी भावना की मुझे कदर थी। परन्तु मैं रुक नहीं सकता था, यह मैंने उसे समझाया।

सन्ध्या के रंग में रँगे हुए राई और रामदाना के पीले-लाल फूलों की महक मन को भर रही थी। जहाँ तक नजर जाती थी, वहाँ तक का वातावरण एकदम शान्त नजर आता था। उत्तर की पर्वतमालाओं से छनकर आती हवा ठंडी लग रही थी। हर एक खेत में लोगों ने अलाव जला लिया था और उसके चारों ओर छोकरों ने गोल घेरा बना रखा था। ठंडी के कारण धुएँ की लकीरें वातावरण में धीरे-धीरे फैल रही थीं। यह दृश्य बड़ा अद्‌भुत लग रहा था।

सामने फैली बिना पानी की बनास नदी में भी छोटे-छोटे खेत बन गये थे। उनके चारों ओर काँटों की बाड़ बना दी गयी थी। नदी के नमी वाले हिस्से में साग-सब्जी और आलू की खेती गरीब लोगों ने कर रखी थी। खेत में छोटी-छोटी झोपड़ियाँ बनी हुई थीं। घास-फूस और सूखी लकड़ियों का अलाव जलाकर लोग उसी के बगल में सो जाते और इस तरह रात गुजारते। ओढ़ने-बिछाने के लिए इनके पास कुछ होता नहीं।

मैं दो दिन पहले उस तरफ गया था, तो उनसे पूछा था, ''बड़ों का तो ठीक; पर इन बच्चों का क्या?''

एक आदमी ने बगल में पड़े हुए चने के पुवाल की ओर इशारा करते हुए बताया कि इसी को नीचे बिछा देते हैं और छोकरों को इसी पर सुलाकर टाटपट्टी का बोरा ओढ़ा देते हैं। ठंडी जियादे होने पर ऊपर से भी पुवाल डाल देते हैं। ई बहुत गरम होता है।

यह सुनकर मुझे अहमदाबाद की सड़कों और पुल पर काँपते हुए रात बिताते

गरीब भिखारी याद आ गये। उनके ऊपर तो कोई दयालु कम्बल भी डाल जाता है; परन्तु यहाँ तो... ? बनास नदी के दोनों ओर खड़े कगार, कगार पर खड़े वृक्ष और यह नदी का सूखा पाट! ऊपर आकाश और नीचे नदी की रेत! कैसा है इन लोगों का जीवन! फिर भी इन लोगों की हिम्मत अटूट!

मुझे देखकर मेरे आसपास छोटे-बड़े, स्त्री-पुरुष सभी इकट्ठे हो गये थे।

''तुम लोग खाने की क्या व्यवस्था करते हो?'' मैंने उनसे पूछा।

''साब! ऊपर वाला बैठा है न!'' एक आदमी ने कहा।

यह ऊपरवाला कब आकर इनके मुँह में कौर डाल जाता होगा! पर धन्य हैं ये लोग और इनकी श्रद्धा!

यहाँ नंग-धड़ंग बच्चों की संख्या अधिक थी। इनकी नाक से नेटा बहता था और वे उसे हाथ से पोंछ डालते थे।

मैंने हँसते हुए एक आदमी से पूछा, ''तुम्हारे कितने छोकरे हैं?''

''सात...'' उसने जवाब दिया।

मैं चकित रह गया। ये उनको क्या खिलाते होंगे? मेरे मन में सहज सवाल उठा।

''सरकार तो दो बच्चों की बात कहती है?'' मैंने एक जन से कहा।

''साब! हमारे तो जितने अधिक होंगे, उतने अधिक काम में आवेंगे। एक बइर (बेर) बीनने जाता है, दूसरा पानी लाता है, तीसरा चूल जलाता है, चौथा...'' वह काम गिनाने लगा।

''साब! हमको कहाँ नोकरी-धन्धे में जाना है, जो चिन्ता हो!'' एकदम बेफिकरी से उसने जवाब दिया। सभी हँस पड़े।

वे अपने दुखों पर भी हँस सकते थे।

परन्तु हमारी आजादी!...हमारा सु-राज!...ये शब्द मेरे हृदय पर चोट कर रहे थे।

मेरी एक लम्बी साँस सूखी बनास की रेत पर फैल गयी।

भीखा और उसके जैसे दूसरे लोग इस ठंडी की हरियाली को देखकर खुश हो रहे थे। इस नदी के पाट में हाय-हाय करने के बजाय वे सभी इस बात से आनन्दित थे कि यह 'बरस अच्छा' रहा।

इस बार ठंडी अधिक पड़ी। कितनी ही फसलों पर पाला पड़ने लगा था; परन्तु बाद में ठंडी कम हुई। इन सभी फसलों के लिए ठंडी अनुकूल होती है, इसलिए पैदावार अच्छी होगी। बखारें अनाज से छलक उठेंगी। सभी इस उम्मीद से खुश थे कि इस साल वे तीज-त्यौहार तथा अन्य प्रसंग अच्छी तरह से कर सकेंगे। हरे-भरे खेतों को देखकर उनके हृदयों में आनन्द तथा चेहरों पर मधुर मुस्कान छलक रही थी।

आठ

मैं अरावली का अफीमची (नशेबाज) हो गया हूँ।

बनासकाँठा जिला राजस्थान का पड़ोसी जिला है, इसलिए इस पूरे इलाके के गाँव-गाँव में अफीम का दुर्व्यसन इतना अधिक व्याप्त है कि छोटे-बड़े या अच्छे-बुरे किसी भी प्रसंग में अफीम-कसुंबा की रेल-छेल हो जाती है। शादी हो या गमी का अवसर, कप-प्याले में लोग चाय की तरह अफीम पीते हैं।

उसी का नशा मानो मुझे चढ़ गया हो!

दूर-दूर तक फैली काली, मटमैली या रेतीली दिखने वाली अरावली की ये पहाड़ियाँ मेरे उदय होते और अस्त होते दिन को और रात्रि की शान्त निद्रा को स्वप्नों से भर देती थीं। कभी-कभी तो ऐसा लगता कि कोई जटाधारी अनन्त आकाश में पालथी मारे बैठा है; और उसकी धवल दाढ़ी से होकर मानो श्वेत परियों का आगमन हो रहा है और वे पायल झनकाते हुए निकल पड़ती हैं मेरे स्वप्न प्रदेश में घूमने के लिए।

ये वृक्ष, दिन की धूप और रात की चाँदनी! उनमें से टपकता कोई तरल मौन, अविरत प्रवाहित होता हास्य, उसका सौन्दर्य, उसमें मिला आदमी और पाखियों का कलरव! कितने अद्भुत तरीके से ये सब मुझे आकर्षित कर रहे हैं! यह जासोर हो, अर्बुदाचल हो, गुरुशिखर हो या आरासुर हो—ये सभी मानो हाथ फैलाकर अत्यन्त प्रेम से मुझे आलिंगन के लिए बुला रहे हों! ऐसा भाव जब मेरे चित्त में जगता है, तब ऐसा प्रतीत होता है, जैसे चित्त में शान्ति और आनन्द की रिमझिम बारिश हो रही हो।

अपनी स्मृति को ताजा करके कहूँ, तो पूस मास के आखिरी दिन जा रहे थे। उधर ठंडी भी अपना बोरिया-बिस्तर बाँधने की तैयारी में लगी थी। एक भडली वाक्य है : आधे माघे, कम्मर काँधे। इस कहावत के चरितार्थ होने के दिन आ गये थे।

यह भडली भी अद्भुत छोकरी थी। घाघ नाम का एक सामान्य भरवाड़ (पशु-पालक घुमन्तू जाति) अपने पशुओं को चराने के लिए रात-दिन घूमा करता था। जंगलों-खेतों में पड़ा रहता था। वह हवा, बादल, बिजली, बारिश और आकाश में चमकते तारों के साथ दिन-रात मैत्री साधने में लगा रहता था और विश्व के नियमों को गौर से देखा करता था। ये सारी बातें उसने अपनी बेटी भडली से कहीं और उसने देशी भाषा में यह सब दुनिया के सामने रखा। उन्हें ही भडली वाक्य कहा गया है।

मुझे एक अवसर मिला है, तो कह देना चाहता हूँ कि सिद्धराज जय सिंह ने

जिसकी नींव डाली थी, वह रुद्रमहल आज होता, तो दुनिया की अद्‌भुत वस्तुओं में उसका प्रथम स्थान होता; क्योंकि उसकी अविचल नींव डालने वाला खूँटा, भरवाड़ (एक पशुपालक जाति) जैसे लगने वाले घाघ पंडित ने शेषनाग के फन पर ठोंका था। परन्तु सिद्धराज को घाघ के प्रति शंका उत्पन्न हुई और उन्होंने खूँटा उखड़वा लिया। खूँटा उखाड़ते ही उस जगह से खून की धार फूट पड़ी। इतनी देर में तो शेषनाग ने अपना फन घुमा लिया था और जब दुबारा खूँटा ठोंका गया, तो वहाँ शेषनाग की पूँछ आ गयी थी। इस विषय में ऐसी एक दन्तकथा—रुद्रमहल अविचल न रहा—इसके लिए चलती है।

एकदम सुबह में ऐसा विचार मेरे मन में चल रहा था कि तभी हमीर सिंह ने आकर कहा, ''बाबू के साथ काले पहाड़वाला लखमा और मेघा मिलने के लिए आये हैं।''

काला पहाड़ रानपुर से आगे पड़ता है। वह बहुत बड़े इलाके में फैला हुआ है। उसके अगल-बगल में धोला, अगुआ, एकवाण मोड, धोरी होल और भेंहा नामक पहाड़ पड़ते हैं।

इस इलाके के ओझाओं का साम्राज्य पूरे अरावली में फैला हुआ है। कितने ही लोग इसे 'कामरूप देश' के नाम से पहचानते हैं। तन्त्र-मन्त्र, औघड़ी विद्या, औघड़ी देवी-देवताओं के बड़े आराधक वे माने जाते हैं। भूत-प्रेत, डाकिन, चुड़ैल को झाड़-फूँक के द्वारा भगाने में ये माहिर माने जाते हैं। किसी पर मेलान (मूँठ) चलवाना हो अथवा मेलान को वापस करवाना हो, उनका सहारा लेना ही पड़ता है।

'कामरूप देश' की चुड़ैलों को भी जो चुटकी बजाकर भगा सकता था; तन्त्रविद्या के महारथियों में जिसका नाम चारों तरफ फैला हुआ था, ऐसा नटा गुजरा नाम का एक ओझा गुजर गया था। इस बात की जानकारी देने तथा उसकी अन्तिम-क्रिया में शामिल होने के लिए वे मुझे कहने आये थे। यह बात हमीर सिंह ने मुझे बतायी।

जिसको मैं जानता नहीं, जिसके साथ मेरा कोई सम्बन्ध नहीं, जो मेरा कोई स्वजन नहीं, उसके मरने की सूचना मुझे क्यों दे रहे हैं? नटा गुजरा के बारे में सुना जरूर था कि वह एक पहुँचा हुआ ओझा है। हमीर सिंह ने तथा बाबू ने मुझसे कई बार आग्रह किया था कि नटा गुजरा से एक बार मिलना चाहिए। वह भूत-प्रेतों का बहुत बड़ा जानकार है। तन्त्रविद्या का साधक है। वह जो कुछ कहता है, वह कभी झूठ नहीं होता। इसीलिए तो ठीक गाँधीनगर से तथा कई प्राइवेट कम्पनियों के बड़े-बड़े अधिकारी भी उससे मिलने आते हैं।

मुझे उस नट गुजरा में कोई रुचि नहीं है, जिससे मिलने के लिए लोग घंटों लाइन में खड़े रहते हैं—यह जानकर सभी को अचरज हुआ। एक सेक्रेटरी तो उससे

पूछे बिना पानी भी नहीं पीता। वह हर रविवार को श्मशान में जाकर जोग-टोग करवाता है। जिल्ले के बड़े-बड़े अधिकारी उसे समय-समय पर बुलवाते हैं अथवा खुद मिलने जाते हैं। जबरदस्त नाम है एक वनवासी ओझा का!

वही नटा गुजर गया। गुजरना तो सभी को है, परन्तु कौन गुजरा है, यह महत्त्व का होता है।

यह तो नटा गुजरा! वनवासियों का सबसे बड़ा प्रतिभावान, शक्तिशाली और तन्त्रविद्या का जानकार मणिधर जैसा ओझा! उसकी श्मशान-यात्रा में मुझे शामिल होना चाहिए, क्योंकि कितने ही सरकारी अधिकारी उसमें शामिल होने वाले हैं।

मुझे तो सिर्फ इस बात में रुचि थी कि वनवासियों की एक ऐसी मरण-विधि अपनी आँखों से देखने को मिलेगी, जैसी मैंने पहले कभी नहीं देखी। जब छोटा था, तब मोहल्ले में एक दादा गुजर गये थे; उस समय दूधेश्वर श्मशान में गया था। बस, इतना याद है।

मैंने बाबू के साथ आये लखमा और मेघ से पूछा, "वह कब गुजर गया?"

"कल सुबह में!" उन लोगों ने बताया।

एक रात और एक दिन बीत गया था।

शव-यात्रा कब शुरू होगी, यह पूछने पर पता चला कि आज दोपहर बाद!

वनवासियों में सामान्यत: कोई मर जाता है, तो शव को जमीन पर सुला दिया जाता है और उसके बाद 'वारी ढोल' बजाया जाता है, ताकि सभी इकट्ठे हो जाएँ। स्वजन तथा आसपास के लोग रोते हैं। उसके शव को टिकटी पर बाँधकर श्मशान में ले जाते हैं और उसका दाह-संस्कार करके वापस आते हैं। वहाँ मुँह-हाथ धोकर थोड़ी देर बैठते हैं और उसके बाद सभी अपने-अपने घर चले जाते हैं और फिर बारहवें के दिन सभी आते हैं।

परन्तु यहाँ तो नटा गुजर गया है! अपने गाँव का ही नहीं, काले पहाड़ में ही नहीं, सारे अरावली के भूतों की चोटी जिसके हाथ में थी, ऐसा मुखिया या सरपंच ही नहीं, बल्कि सबसे बड़ा ओझा गुजर गया है!

पिछले दो दिनों से (रात-दिन) से काले पहाड़ के बगल में स्थित भेंहो भोंखरा की चोटी पर स्थित नटा गुजरा की झोपड़ी के चारों ओर एक नहीं, कई 'वारी ढोल' घमाघम बज रहे थे। ढोल पर पहले पाँच गेड़ी (ढोल बजाने का डंडा, जो एक तरफ से थोड़ा मुड़ा होता है) मारी गयी। इसका मतलब यह कि कोई मर गया है। फिर तो जिसने जाना और जिसने सुना 'नटा गुजरा मर गया है', तो वह जहाँ था, जिस हालत में था, हाथ में एक लकड़ी लेकर भेंहा भोंखरा में पहुँच गया।

रात की शान्ति में 'वारी ढोल' पर रुक-रुककर पाँच-पाँच गेड़ी की चोट पड़ती थी। सुबह होते-होते तो काला मगरा (काला पहाड़) का सारा इलाका

वनवासियों की भीड़ से छलक उठा।

हम भी राणपुर से उत्तर की ओर रास्ते-बेरास्ते चलते हुए काला मगरा के भेंहा भोंखरा तक पहुँच गये। उस समय 'वारी ढोल' की ढम-ढम की आवाज, औरतों के रुदन, 'मारो भोपो रे...' (मेरा ओझा रे...) की पुकार से सारा वातावरण कोलाहलमय हो गया था।

नटा गुजरा के बारे में जो बातें हो रही थीं, उनमें बहुत कुछ तथ्य था। बहुत सारे अधिकारी तीन-चार किमी. का रास्ता तय करके ऐसा चेहरा बनाये सुबह से ही चले आ रहे थे, जैसे उनका कोई स्वजन गुजर गया हो। उस भीड़ में हमारे डी.एफ.ओ. का गंजा सिर भी चमक रहा था। उनसे मिलकर मैंने उनका अभिवादन किया।

नटा गुजरा की शव-यात्रा में पधारे हुए लोगों को देखकर मुझे ऐसा लगने लगा, जैसे मैं यहाँ अघोरविद्या के प्रभाव का साक्षी बनकर खड़ा हूँ। मनुष्य की, सुख प्राप्त करने की कोशिश की कोई सीमा नहीं है। परन्तु सुख किसमें है, इससे वह अनजान है। इसीलिए वह साधु-साध्वियों और ओझाओं-सोखाओं के चक्कर में पड़ा रहता है मानो सारे दुखों को दूर करने का सच्चा उपाय सिर्फ इन्हीं के पास है। अगर ऐसा ही होता, तो वह नटा गुजरा इस निर्जन में एक झोंपड़ी में पड़ा न रहता।

जिसे खुद पर विश्वास नहीं, वे ही ऐसे लोगों के जाल में फँसते हैं और फिर उस दलदल से, वे अगर निकलना भी चाहें, तो निकल नहीं पाते। क्या है यह अगड़म-बगड़म!

जो भी हो!

इस समय तो मेरे आकर्षण का विषय है इस नटा गुजरा की अन्त्येष्टि-विधि!

मैं आरम्भ से अन्त तक इस विधि को देखना चाहता हूँ।

नटा गुजरा का अग्नि-संस्कार नहीं होना था, उसे तो समाधि देनी थी! इसके लिए उसे दफन करना था।

नटा गुजरा के शव को नीचे सुलाया गया। फिर पुरुषों द्वारा हरे बाँस की टिकटी तैयार की गयी और उस पर नटा गुजरा को सुलाया गया। उसके अगल-बगल उसकी मनपसन्द वस्तुएँ रखी गयीं। उसकी कलाई में चाँदी का कड़ा था, उसको काटकर निकाल लिया गया।

टिकटी के उठते ही औरतों का हृदय-विदारक रुदन शुरू हुआ। उसकी तीन औरतें थीं। उनकी चूड़ियों और कड़ों को लेकर जाती टिकटी के पीछे वे छाती पीटते हुए चलने लगीं। बहुत-से लोग टिकटी के बगल में चलते हुए "मारो भापे रे..." कहकर चीख रहे थे। कुछ लोग 'वारी ढोल' के बजाय 'शादी ढोल' (शादी या अन्य खुशी के मौकों पर बजने वाला ढोल का ताल) बजाने में तल्लीन थे।

एक साथ दो तरह के भाव उभर रहे थे : एक तरफ अबीर-गुलाल उड़ रहा था, तो दूसरी तरफ हृदय-विदारक रुदन!

शव के आगे-पीछे नौजवान पैरों में घुँघरू बाँधकर तथा हाथ में हरे बाँस के छोटे-छोटे डंडे लेकर नृत्य की मुद्रा में ढोल के ताल पर धीरे-धीरे चल रहे थे। उनमें कोई गा रहा था, तो किसी-किसी के मुख से किलकारी की ध्वनि सुनाई पड़ रही थी। कुछ नौजवान अबीर-गुलाल उड़ा रहे थे।

झोपड़े से नटा गुजरा की टिकटी उठने के पहले ही उसके क्रिया-कर्म के बारे में, उसके साधु महाराज ने स्पष्ट करते हुए कहा, "ई रोने-धोने का अवसर नहीं है।...ई तो आनन्द मनाने का अवसर है। नटा गुजरा तो सिरफ अपना कपड़ा बदलने जा रहा है, इसलिए हमें उसका आनन्द मनाना चाहिए।"

बाजे-गाजे के साथ जो शव-यात्रा शुरू हुई, वह आधे घंटे में भेंहा भोंखरा के बगल में स्थित सोते के पास खड़े गूलर, पीपल और खजूर के बगीचे के पास श्मशान में आकर रुकी। शव का सिर उत्तर तथा पैर दक्षिण की ओर करके उसे नीचे रखा गया। साधु महाराज ने अस्पष्ट मन्त्र बोलकर धरती माता से, शव दफनाने की अनुमति माँगी।

परन्तु धरती माता ने इसके लिए पहले आनाकानी की हो, ऐसा भाव साधु ने प्रदर्शित किया, फिर नटा गुजरा के कलेजे की जाँच की गयी। ऐसा इसलिए किया गया कि कलेजा कोई डाकिन खा तो नहीं गयी है! जाँच पूरी करने के बाद फिर से दफन की अनुमति माँगी गयी। इस बार अनुमति मिल गयी।

आनन्द की किलकारी से वातावरण गूँज उठा।

गड्ढे के चारों ओर शव को चार फेरा कराया गया। पाँचवें फेरे में उसे गड्ढे में उतारा गया। नटा गुजरा के छोकरे ने शव का मुँह पानी से धोया; मुँह में पैसा रखा; उसके हाथ-पाँव की अँगुलियों के नख काटे; अनाज की मटकी को फोड़ डाला और उसकी मनपसन्द वस्तुओं को उसके अगल-बगल रखा गया। उनमें एक हुक्का और एक चाकू भी था। पैसा, एक तसला, कप-रकाबी, रजाई-गुदड़ी आदि सामान रखे गये। फिर सिन्दूर से शव की पूजा की गयी। उसकी छाती पर नारियल रखा गया और उसके चारों ओर नमक डाला गया।

फागुन वदी चतुर्दशी की रात को चित्र-विचित्र के मेला के समय आकल, विकल और साबरमती के संगम में मृतक का फूल प्रवाहित किया जाता है। उसी समय नटा गुजरा का बड़ा बेटा पूर्णिमा के दिन एकदम सुबह मिट्टी के पात्र में रखे गये, फूल रूपी नख को नदी के गहरे जल में प्रवाहित कर आएगा।

नटा गुजरा की शव-यात्रा में शामिल अधिकारी तो कब के अदृश्य हो गये थे। टिकटी जब घर से चली, वे तभी वापस चले गये थे; क्योंकि अब नटा तो था नहीं;

जो था वह नटा का शव था और शव तन्त्र-मन्त्र या जाप तो कर नहीं सकता था। उसका दृश्य हमेशा के लिए पूरा हो चुका था। उस समय धोरी हेल मगरा (पहाड़ी) के पीछे छिपकर सूरज यह सब कुछ देख रहा था।

दफन-विधि के बाद सभी श्मशान यात्री बगल के स्रोते में स्नान करके 'कोगला विधि' करने के लिए मृतक के घर गये। वहाँ पहले से नहा-धोकर बैठी स्त्रियाँ 'मृतक के पाँव देखने की विधि' पूरी करने के लिए पुरुषों के आने की राह देख रही थीं।

घर के अन्दर वृद्धाओं ने जमीन पर आटा फैलाकर उसको थाली से समतल कर रखा था और उसके ऊपर एक टोकरी उलटकर रखी गयी थी। उस वेदी के पास पानी भरा एक लोटा और दातुन रखी गयी थी।

मृतात्मा जिस योनि में जन्म लेता है, उसके पैरों के निशान उस आटे पर पड़ते हैं, इन लोगों की ऐसी मान्यता है।

कोगला (कुल्ला) करके सभी घर के बाहरी हिस्से में बैठे थे। तभी घर के अन्दर से दो वृद्धाएँ आयीं और अलखा और नोपा को घर के अन्दर बुलाकर ले गयीं। उन्होंने अन्दर जाकर टोकरी को उठाया। यह देखकर वे चकित रह गये कि वहाँ बच्चों के पैरों के निशान जैसा मालूम पड़ रहा था।

हमीर सिंह और बाबू के कहने से लखमा और मेघा के साथ मैं भी अन्दर जाकर फटी निगाहों से यह देखता रह गया। कोमल-कोमल दो पाँव खोलरा (छप्पर) के बाहर चले जा रहे हों, ऐसा मुझे लगा। पैरों के निशान से यह लगा कि वह मानव योनि में जन्मेगा, परन्तु इस घर में नहीं, कहीं और!

नटा गुजरा गुजरा नहीं है; वह वापस आएगा, यह जानकर, कोगला (कुल्ला करने की विधि) करने आये कई लोग नाच उठे। उनसे साधु महाराज ने कहा, "मैंने जो कहा था, वह सच हुआ न! नटा गुजरा नहीं है; वह तो हमारे बीच ही है।"

सभी ने 'हाँ' में सिर हिलाया। कई तो खुशी के मारे किलकारी मारने लगे।

लोकाई (एक विधि) और बारहवीं का दिन तय करके सभी चले गये। सूरज ढल गया था और सन्ध्या के रंगों में ढलती पूस मास की ठंड काला मगरा (पहाड़) की ढाल पर उतर रही थी।

नौ

दोपहर में मैं रेस्ट हाउस में बैठा कुछ पढ़ रहा था। तभी बाबू आया। उसके चेहरे पर

खुशी झलक रही थी। मैंने उससे पूछा, ''बाबू, इतना अधिक खुश क्यों हो?''

''साब! आते समय तालाब में पानी देखा, तो मन आनन्द से भर उठा। नहीं तो, इस समय तो हर जगह पानी की तंगी-ही-तंगी। बूँद भर भी पानी नहीं रहता था।''

वह रेस्ट हाउस के पिछवाड़े के तालाब को देखता रहा, फिर बोला, ''साब! अब हमें एक बार भी रानीटूक की ओर नहीं जाना है?''

उसकी बात सच्ची थी। मैंने कहा, ''चलो, कल सुबह ही एक चक्कर लगा आते हैं।''

दूसरे दिन सुबह हमारी त्रिपुटी रानी शिखर की ओर जाने के लिए रवाना हुई। अरावली की ये पर्वतमालाएँ और उनकी हरियाली मेरे अन्दर अनोखा आनन्द उँड़ेल रही थी। मैं प्रायः सोचता रहता हूँ कि इन पर्वतमालाओं में घूमता ही रहूँ। 'मुनि की कुटिया' के इलाके वाले घने वृक्षों और बाँस के वनों में खो जाऊँ, पर निकल कहाँ पाता हूँ! पहले तो इन पर्वत की हरियाली में चीता और किंग कोबराओं का अड्डा रहता था, परन्तु समय के साथ-साथ यह भय हमेशा के लिए खतम हो गया है।

रेस्ट हाउस के दक्षिण में ये पर्वतमालाएँ और वे वनस्पतियाँ सुबह, दोपहर और शाम हाथ उठाकर मुझे बुलाती हैं। शाम की हरियाली के बीच से कभी-कभी आती कोई सूर्य की किरण ऐसी लगती है मानो सीधे स्वर्ग से चली आ रही हो। रात में खिली चाँदनी, मन्द-मन्द चलती हवा, पहाड़ियों की चोटी पर टिमटिमाते तारे और उसी बीच कभी-कभी आती जंगली जानवरों की आवाज, यह सब कुछ बड़ा मनमोहक लगता है।

इस तरह मेरे चारों ओर फैला सौन्दर्य का साम्राज्य मेरे मन में नीरव शान्ति का एहसास कराता है। ईशान कोण में 'मुनि की कुटिया' की तरफ का पर्वत और उत्तर में रानीशिखर के पहले पड़ने वाले केदारनाथ के मन्दिर के प्रति मेरे मन में विशेष आकर्षण है। सुबह या शाम अथवा पूर्णिमा के प्रकाश में मुझे ऐसा लगता है मानो इस अरण्य में सौन्दर्य छलक रहा हो। उस समय मेरे मन और चित्त में वैराग्य का भाव जाग उठता है।

आज तो रानी शिखर जाना ही है। हम निकल पड़ते हैं; चढ़ाई वाली और ऊबड़-खाबड़ पगडंडियों पर हम चलना शुरू कर देते हैं। बाबू आगे है और हमीर सिंह पीछे; मैं बीच में हूँ। अभी कहीं-कहीं, गहरी घाटियों में झरनों की कलकल ध्वनि सुनाई पड़ती है। कितने ही जंगली फूल हवा में झूम रहे हैं, परन्तु अधिक ठंड पड़ने की वजह से कुछ तो मुरझाकर गिर पड़े हैं। कहीं-कहीं तो हरी पत्तियों को पाला मार गया है, फिर भी पत्थरों, वनस्पतियों, लताओं और सूखती जा रही घास की सुगन्ध से नशा-सा छा रहा था।

मुझे लगा कि जब कड़ाके की ठंड पड़ रही थी, ओस की वर्षा हो रही थी, जब रंग-बिरंगे फूलों से दिशाएँ रँग गयी थीं और लताओं से सब कुछ ढँक गया था और सूरज बहुत प्यारा लग रहा था, अगर उस समय मैं यहाँ आया होता, तो अकल्पनीय अनुभव हुआ होता!

ऊपर-नीचे...ऊपर-नीचे होकर आगे बढ़ते रास्ते के दोनों ओर का जंगल अधिकाधिक सघन बनता जा रहा था।...रास्ता भी रास्ता जैसा न था। गोरोधव, बहेड़ा, पलाश, अरेठी, इन्द्रोक, हरड़े, टींवर जैसे ऊँचे-नीचे वृक्ष इधर-उधर खड़े थे। काफी ऊँचाई पर पहुँचने के बाद हमने एक शिला पर बैठकर थोड़ा आराम किया और पानी पिया।

मैं बिना कुछ बोले-चाले सब कुछ देख रहा था। कल कैसा था और कल कैसा होगा? मेरे मन में तरह-तरह के तर्क-वितर्क चल रहे थे। इतनी ऊँचाई पर भी पक्षियों का कलरव मन को भर रहा था। मेरा मन एकदम निर्मल बन गया था। शरीर से पसीना बह रहा था।

कहीं-कहीं पर तो पहाड़ियों की ढलान एकदम सीधी लग रही थी, ऊपर से अगर फिसले या गिरे, तो फिर सीधे नीचे! इस समय उत्तर और ईशान कोण से हवा चल रही थी। मन को शीतलता मिल रही थी। कहीं-कहीं करौंदा या टीमरू दिखाई पड़ते थे। उतरते पूस का आकाश स्वच्छ लग रहा था। छोटे-बड़े शिखर कौतूहल से चारों ओर देख रहे थे। न जाने कब से इन पर्वतों के शिखर यों ही खड़े हैं!

अरावली की यह अतिप्राचीन पर्वतमाला धारवाड़ समय के अन्त भाग में अस्तित्व में आयी। तब से लेकर आज तक इस पर्वतमाला के पर्वत घर्षण, स्थानान्तरण और नव-निर्माण के अपने कार्य में जुटे हैं।

प्रथम जीव-युग के आरम्भ (60 करोड़ वर्ष पूर्व) में भी इस पर्वतमाला के ऊर्ध्वगमन की प्रक्रिया चालू थी। उसके प्राप्त प्रमाणों से यह कहा जा सकता है कि यह गिरिमाला, उस समय बहुत अधिक चौड़ी और विस्तृत थी। सम्भवत: दक्षिण से लेकर उत्तर में हिमालय तक विस्तृत थी, जिसके पर्वत बहुत ऊँचे-ऊँचे थे।

ऊपर आज मैं एक सरकारी अधिकारी की हैसियत से बैठा हूँ।

कहाँ आकाश को छूने वाले शिखर और कहाँ आज की ये पहाड़ियाँ!

सुदूर भूतकाल अर्थात् क्रिटेसियल काल! प्राचीन समय में (135 करोड़ वर्ष पहले) वह घर्षण और बहाव के परिणामस्वरूप मैदान में परिवर्तित हो गया, परन्तु अरावली के मध्यभाग का कायाकल्प होता रहा। पश्चिम राजस्थान की तरफ का भाग बहाव के मैदान के रूप में ही बना रहा। तृतीय और चतुर्थ जीवयुग के दौरान घर्षण का कार्य चालू ही रहा है, जिसके परिणामस्वरूप किसी समय की भव्य पर्वतमालाएँ आज सिर्फ पहाड़ियों के रूप में दिखाई दे रही हैं।

यह सोचकर दुखी मन से मैं उठ खड़ा होता हूँ!

जिसके शिखर कभी बरफ से ढँके रहते थे, ऐसे एक शिखर पर मैं पसीना पोंछते हुए आ पहुँचा हूँ—रानी शिखर के पूर्वी हिस्से में!

यहाँ के वृक्षारोपण का परिणाम देखकर अन्दर से सन्तोष का अनुभव हो रहा है। किसानों को अपने खेतों को हरा-भरा देखकर जो राहत महसूस होती है, उससे कई गुना अधिक आनन्द का अनुभव आज मुझे हो रहा है। कारण कि इस अरावली के लिए मैंने जो कुछ किया है, वह राम की गिलहरी के रूप में किया है।

अनेक वन सरोवरों में अभी भी पानी था।

''साब! अगर हर साल, इस साल का चौथाई भी काम हुआ होता, तो आज ये जंगल इतने उघाड़े नहीं होते!'' हमीर सिंह बोला और बाबू निःश्वास छोड़कर मेरी तरफ देखता रहा।

मैं मौन था!

रानी शिखर मेरे लिए सिर्फ एक जंगल न था, बल्कि एक तीर्थ-स्थान बन गया था।

दस

गुजरात के पर्वत प्राकृतिक सौन्दर्य की दृष्टि से बहुत समृद्ध माने जाते हैं। वे यहाँ के जीवन के साथ धार्मिक और ऐतिहासिक रूप से जुड़े हुए हैं। राज्य की पूर्वी और उत्तरी सीमा पर अरावली, विन्ध्याचल, सतपुड़ा और सह्यद्रि का भाग आता है। सौराष्ट्र में दो समानान्तर पर्वतमालाएँ हैं : एक पूर्व से पश्चिम की तरफ और दूसरी ईशान से नैऋत्य की तरफ फैली हुई है। कच्छ की रेतीली भूमि में भी तीन पर्वतमालाएँ हैं।

अरावली भारत की अतिप्राचीन पर्वतमाला है। युगों पूर्व इसे 'परित्राण' के नाम से जाना जाता था। उत्तर में दिल्ली से शुरू होकर मध्य में राजस्थान से आबू के रास्ते गुजरात में प्रवेश करती है। टेढ़ी-मेढ़ी यह पर्वतमाला पावागढ़ से होते हुए विन्ध्य में जाकर मिल जाती है। अरावली का एक भाग तारंगा-मेहसाना से विसनगर तक फैला हुआ है। अरावली की आरासुर शाखा दाँता, खेडब्रह्मा, ईडर और शामलाजी से होकर विन्ध्य में मिलती है। सतपुड़ा की शाखा नर्मदा तथा ताप्ती के बीच से होते हुए राजपीपला में मिल जाती है। सह्याद्रि की पर्वतमाला ताप्ती के नजदीक घने जंगल के रूप में है।

यह तो गुजरात की पर्वतमालाओं का परिचय हुआ, परन्तु दिल्ली से आरम्भ हुई और ईशान-नैऋत्य दिशा की ओर जाती हुई इस अरावली की पर्वतमालाओं ने तो मुझे पकड़ ही लिया है। इसके मोहपाश में से छिटकना मेरे लिए बहुत कठिन लग रहा है।

अत्यन्त कम समय में मुझे कितना कुछ दे दिया है इसने! उसका कैसा उत्तराधिकार मुझे मिला है! किस दशा में मैं यहाँ आया था! मेरी कैसी दुर्गति हुई थी! गरमी ने मेरी कैसी हालत कर दी थी!

और अब!

प्रकृति की गोद में मेरा सब कुछ समर्पित हो चुका है। प्रकृति के कैसे-कैसे रूप मुझे देखने को मिले हैं! मैं आनन्दमग्न हो गया हूँ। सौन्दर्य को देखने की एक नयी दृष्टि मिली है मानो मेरे जीवन में, इस अरावली ने शान्ति का सरोवर छलका दिया है। मुझे कोई भी अभाव नहीं रहा। अरावली ने तो मेरी अंगुली पकड़कर मानो अमरत्व तक पहुँचा दिया है! स्वर्ग कहाँ है? स्वर्ग क्या है? इन सारे प्रश्नों का एकमात्र जवाब मेरे पास है : अरावली!...अरावली!

फसलों से भरे खेतों को लहराती, आग और सूर्य के ताप की जरूरत महसूस कराती, अत्यन्त ठंडी हवा के झोंकों से शरीर को कँपाती और चित्त को आनन्दित करती, प्रेम के लिए उत्सुक और काम-क्रीड़ा का आनन्द लेने के लिए तरसती कामिनियों को आकर्षित करती तथा प्रियतम के वियोग में बिलखती शिशिर कब चली गयी, इसका पता भी न चला।

वसन्त की मधुरिमा और उसकी शोभा इस अरावली में कैसी होगी, यह देखने के लिए मेरा मन तड़प रहा है। वृक्षों के हर एक पत्ते पर वृद्धत्व सवार हो गया है। पत्ते झड़ रहे हैं। वृक्षों के नीचे झड़े हुए पत्तों की परतें जमा हो रही हैं। कितने ही वृक्ष नंगे बन गये हैं। पलाश के पत्ते धीरे-धीरे झड़ रहे हैं। लाल रंग के टेसू उसकी डालियों पर से झाँकने लगे हैं।

माघ मास का आगमन हो चुका है। माघ शुक्ल पंचमी को वसन्त पंचमी है, किसी भी कार्य के लिए बिना विचारे शुभ-मुहूर्त का दिन! वसन्त के आगमन का दिन!

रानी शिखर से आते समय मैंने हमीर सिंह से कहा, "इस वसन्त पंचमी को हम भोजन समारोह रखें, तो कैसा रहेगा?"

हमीर सिंह ने बाबू की ओर देखा। बाबू बोलता है कम, समझता है ज्यादा! उसने कहा, "साब!...उस दिन कई लोगों के हिआँ शादी-बियाह भी होता है।"

मेरे अन्दर एक नया विचार कोंपल की तरह फूटा।

"हम ऐसा करते हैं कि अपने रेस्ट हाउस के कम्पाउंड में विवाह का मंडप

बनवाते हैं और जिसके यहां शादी हो, वे सभी यहाँ आ जाएँ।''

''साब! सभी अलग-अलग जाति के होते हैं।'' बाबू ने कहा।

''गाँव में किसी के यहाँ शादी होती है, तो क्या सभी उसके यहाँ खाने नहीं जाते हैं?'' मैंने पूछा।

''हाँ, जाते हैं न! हर घर से एक जन को नेवता होता है।''

''तो तुम लोग मोटरसाइकिल लेकर हरेक गाँव में घूम आओ और कुल कितने लोगों के यहाँ उस दिन शादी है, यह पता लगाओ।'' मैंने कहा।

दूसरे दिन दोनों जन घाँटा से लेकर वावधरा तक के गाँवों में दोपहर तक घूम आये। सिर्फ पाँच शादियाँ थीं और यहाँ शादी करने में किसी को आपत्ति भी न थी।

वसन्त पंचमी!

मनुष्य, पशु-पक्षी और वनस्पति से लेकर धरती माता तक को नवोल्लास से स्पन्दित कर देने वाला यह पर्व मेरे लिए तो आध्यात्मिक प्रेरणा का महापर्व बन गया। ऐसा कहा जाता है कि ऐसे दिनों में सिद्ध-साधकों में प्रेरणा का संचार होता रहता है। जगद्गुरु शंकराचार्य ने वसन्त पंचमी के दिन देवी सरस्वती की आराधना करके जीवन में पूर्णता प्राप्त की थी। गोरखनाथ, महर्षि व्यास, वाल्मीकि, विश्वामित्र, भारद्वाज जैसे ऋषियों ने वसन्त पंचमी के दिन ही साधना की थी।

वसन्त पंचमी से ही पुष्टिमार्ग में होली की शुरुआत होती है। इसी दिन गोपियाँ नन्द-यशोदा के यहाँ होली खेलने के बाद कृष्ण को वृंदावन ले गयी थीं। वसन्त पंचमी प्रकृति के प्रफुल्ल होते मन-रूप को प्रसन्न करती है। वसन्त में आम्रादि वृक्ष मंजरियों से लद जाते हैं। भ्रमर, तितलियाँ और पक्षी गुंजारव करते हैं। प्रकृति के ऐसे तारुण्य को देखकर महाकवियों ने 'रूड़ो जुआ आ ऋतुराज' (देखो सुन्दर यह ऋतुराज) कहा है।

शिव की उग्र तपस्या को भंग करने के लिए ब्रह्मा ने वसन्त पंचमी का पर्व आयोजित किया था। ब्रह्मा के नि:श्वास से वसन्तदेव पैदा हुए। ब्रह्मा ने ही कामदेव की सर्जना की। इन दोनों देवों को शिव की तपस्या भंग करने के लिए भेजा। कामदेव को देखकर शिवजी को क्षण भर के लिए रोमांच हुआ; परन्तु तुरन्त तीसरे नेत्र से अग्नि छोड़कर उसका दहन किया। तत्पश्चात् जब रति ने विलाप किया, तब शिव ने उसे आशीर्वाद दिया कि वसन्त ऋतु में सभी चैतन्य सृष्टि में, वनस्पति में, कोयल की कूक में और पवन के सौरभ में कामदेव सजीव होगा तथा भविष्य में श्रीकृष्ण के यहाँ प्रद्युम्न के रूप में वह अवतरित होगा।

ऐसी अत्यन्त शुभ मानी जाने वाली तिथि से, किसी भी कार्य का आरम्भ बिना मुहूर्त देखे किया जाता है।

वसन्त पंचमी के अपने आनन्द को मैं किसी भी तरह से आपको समझा सकने

की स्थिति में नहीं हूँ। बाहरी दुनिया से बेखबर इन लोगों के चेहरों पर भोलापन, कुदरत के साथ इनका नाता, जीवन की अकल्पनीय विडम्बनाओं और संघर्षों के बीच भी इनके धड़कते जीवन का सन्तोष मैं आपसे किस तरह से कहूँ!

आज जनशून्य जगह में ढोल घमक रहे थे; रंग-बिरंगे कपड़ों में सजी हुई स्त्रियाँ गीत गाते हुए नाच रही थीं। सब कुछ भरा-भरा-सा लग रहा था। इस अरण्य-प्रकृति ने तथा जन-प्रकृति ने मुझे पूर्णकाम कर दिया था मानो वृक्षों की हरेक डाली पर कोंपलें फूट आयी हों!

वर-कन्याओं का विवाह सम्पन्न हो गया।

सभी भोजन कर रहे थे। नवयुवक परोस रहे थे। पुरुष सभी खड़े पाँव बैठे थे। उनके बैठने का ढंग मुझे पसन्द नहीं आया, परन्तु हर कोई अपनी जीवन-पद्धति के अनुसार ही जीता है। उसमें हम क्या कर सकते हैं!

औरतों की पंगत अलग थी। वे भी एक पैर को मोड़कर तथा दूसरे पैर को खड़ा रखकर बैठी थीं और खाना खा रही थीं। कुछ महिलाएँ एक कौर अपने बच्चे को खिलाती थीं और दूसरा कौर खुद खाती थीं। सभी का ध्यान खाने पर केन्द्रित था। न जाने कितने दिनों के बाद इनको लड्डू खाने को मिला होगा! ऐसा एक तुच्छ विचार मेरे मन में आया और फिर लुप्त हो गया।

खिलाने वाले हैं, खाने वाले चाहिए! खाने के बाद इनकी जठर को जो शान्ति मिलती है, उसके जैसा आशीर्वाद दूसरा नहीं हो सकता!

ऐसी उधेड़बुन मेरे मन में चल रही थी कि तभी मेरी नजर कम्पाउंड के फाटक पर गयी। कम्पाउंड के बाहर, परन्तु फाटक के पास बैठी मरियल-सी एक बूढ़ी औरत भूखी निगाहों से टुकुर-टुकुर देख रही थी। उसके सामने पत्तल तो था, परन्तु खाली!

मैं तुरन्त उठ खड़ा हुआ और एक नौजवान को सूचना दी, तो उसने कहा, ''सब खा लेंगे तब दूँगा।''

मुझे उसका व्यवहार पसन्द नहीं आया। मैंने उसके हाथ से लड्डू की थाली ले ली और कम्पाउंड के फाटक की ओर बढ़ा। इतने में हमीर सिंह, बाबू और दूसरे दो-तीन लोग दौड़ते हुए मेरे पास आये और मेरे हाथ से थाली लेने का प्रयत्न किया। मैंने साफ इन्कार कर दिया।

फाटक के पास जाकर देखा, तो मुझे दुख के साथ आश्चर्य भी हुआ। यह वही बूढ़ी औरत थी, जिसे मैंने काँटों की झाड़ी में बैठे देखा था और जो केदारनाथ के मेले में नाच रही थी। मैंने अपने हाथ से उसके पत्तल पर दो लड्डू रखे। थोड़ी देर वह मुझे देखती रही, फिर लड्डू पर टूट पड़ी—एक लड्डू सिर्फ दो कौर! मैं उसके सामने बैठा। सभी मुझे देख रहे थे। अब परोसनेवाला बूढ़ी का ध्यान रखने लगा।

मुझे लगने लगा मानो मेरी माँ खा रही हो, और मैं उसके सामने बैठकर उसे खिला रहा होऊँ। मेरा हृदय भर आया।

"बेटा! भगवान तेरा भला करें!" बूढ़ी खाते-खाते बोल रही थी।

भोजन कर लेने के बाद सभी अपनी-अपनी बारात को लेकर गाते-बजाते चले गये।

शाम होते-होते तो सिर्फ छोटे-बड़े बरतनों की आवाजों के सिवाय वहाँ कुछ भी शेष न था। हमीर सिंह और बाबू, जो वस्तुएँ बाहर से ले आये थे, उनको वापस करने की व्यवस्था में जुटे हुए थे। सब कुछ खाली-खाली लग रहा था।

मैं धीरे-धीरे छत पर गया। सूरज गाजणा के पीछे चला गया था। भटके हुए थोड़े बादल इधर आ गये थे। कभी इधर आते थे, तो कभी उधर जाते थे मानो डरते हुए घूम रहे हों! उत्तर दिशा में हवा चली। उसमें थोड़ी ठंड थी। बादल भी दक्षिण दिशा की ओर जाने लगे। हवा का स्वभाव ही भटकते रहना है; वह बादलों को तो ले जा सकती है; परन्तु सूर्य-चन्द्र या तारों को खिसकाने की ताकत उसमें नहीं है। पूर्व दिशा में धुँधले तारों का झुंड दिखाई दिया। हेमन्त के कहे अनुसार वह पुष्य नक्षत्र था।

माघ महीना अर्थात् प्रकृति के लिए नित नूतन रूप-रंग धारण करने का महीना! वृक्ष तो पुराने पत्तों को झाड़कर नयी कोंपलें धारण करते हैं, आम के पेड़ों में बौर लगने की तैयारी होती है। पूरे अरण्य में पलाश नये टेसुओं के साथ मस्तक उन्नत किये खड़े हो जाते हैं। खेतों में खड़ी फसल की बालियाँ लचक जाती हैं, जिन्हें देखकर किसानों के हृदय हर्षित हो उठते हैं मानो उनके हृदय में तारों की फसल की कटाई की तैयारी चल रही हो! मघा की दातरड़ी हो या गिरते तारों की रेखा! कभी-कभी तो ऐसा लगता है, जैसे पृथ्वी को जीतने के लिए, आकाश से तारों की सेना चली हो! उनमें से कुछ तो घिसटते हुए अपनी जान गँवा बैठते हैं और कुछ सेनापति की तरह बिल्कुल धरती तक चले आते हैं।

ऐसा लगता है, इस धरती पर रहने के लिए आदमी ने घर नहीं बनाया होगा; पशुओं की तरह वह भी जंगलों में रहता होगा। दिन में वह घूमता-फिरता होगा और रात को शान्ति से धरती को बिछौना बनाकर जब लेटता होगा, तब आकाश के तारों का निरीक्षण करता होगा। देखते ही तारे उसे याद रह जाएँ, इसके लिए हरेक को नाम दे देता होगा।

यह आकाश भी इस अरावली के जैसा ही है न! ऐसा लगता है कि रानी शिखर जाते समय हम एक पर्वतमाला उतरेंगे, तो रानी शिखर आ जाएगा, परन्तु जब तक हम एक पर्वतमाला को पार करते हैं,तब तक दूसरी सामने दिखाई देती है। दूसरी को पार करते हैं, तो तीसरी आ सामने खड़ी हो जाती है। यह अरावली अपने

प्रति जिज्ञासा-वृत्ति को बनाये रखने के लिए अपनी नित नयी गिरिमालाओं के दर्शन कराता रहता है।

ऐसा ही इस आकाश का भी है। एक तारे के पीछे अनेक तारे खड़े ही रहते हैं। पर मनुष्य जिसे कहा गया है—मनुष्य कभी थकता नहीं, और कभी थकेगा भी नहीं। मनुष्य में तो अनेक अनदेखे प्रदेशों की खोज करने की उमंग है, परन्तु महाबली कर्ण ने मरते-मरते श्रीकृष्ण से कहा था कि मुझे कुँवारी धरती पर अग्निदाह कीजिएगा। तब से उसकी टिकटी लेकर ये तारामंडल घूम रहे हैं। इस धरती पर जहाँ-जहाँ हमारे पाँव पड़ते हैं, वहाँ-वहाँ किसी-न-किसी का शव दबा हुआ है। क्या यह बात हमें मालूम है! कहाँ है कुँवारी धरती?

आज एक साथ अनेक भाव मेरे अन्दर उभर रहे हैं। मैं शान्त भाव से खुद को छलकाते हुए सामने भरे हुए पानी की कालिमा को देख रहा हूँ। उमसें पड़ते तारों के प्रतिबिम्ब हिलडुल रहे हैं, जो सरलता से देखे जा सकते हैं। उत्तर में अरावली की गिरिमालाएँ अन्धकार में किसी गहरी शान्ति का अनुभव कर रही हैं। वसन्त का आकाश टिमटिमाते हुए देख रहा है।

जिस समय इस धरती पर कुछ नहीं रहा होगा, उस भूतकाल का साक्षी यह अरावली मेरे सामने ही खड़ा है। ब्रह्मर्षि वशिष्ठ ने जब अपना आश्रम स्थापित किया होगा, तब भी वह यही अरावली होगा। विश्वामित्र, यमदग्नि या महर्षि वेदव्यास जब रहे होंगे, तब भी यही स्थिति रही होगी। यहीं तैंतीस करोड़ देवताओं ने और अट्ठासी हजार ऋषियों-महर्षियों ने विचरण किया होगा। यहीं भगवान राम, सीता और लक्ष्मण के साथ आये होंगे। यहीं कृष्ण का मुंडन हुआ होगा। यहीं पांडवों ने वनवास भोगा होगा। यहीं पर गौ माता नन्दिनी ने पहलव, द्रविड़, शक, पवन, शबर, पौंड, किरात, सिंघल, बर्बर, चिबुक, पुलिन्द, हूण आदि जातियों को पैदा किया होगा। यहीं विष्णु द्वारा किये गये पार्वती के शरीर के टुकड़े फेंके जाने के बाद माँ जगदम्बा अम्बाजी के शक्तिपीठ की स्थापना हुई होगी। यहीं महाराणा प्रताप भूगर्भ में रहे होंगे। यहीं भगवान बुद्ध और महावीर ने तपस्या की होगी।

आपको यह जानकर आश्चर्य होगा कि विश्व में सबसे ज्यादा स्थानान्तरण अरावली पर्वतमाला में बसने वाले वनवासियों का हुआ है। सबसे पहले उन्होंने उत्तर दिशा में स्थानान्तरण किया; और इसकी प्रेरणा उन्हें साइबेरिया, मध्यएशिया, तिब्बत और हिमालय की ओर से आनेवाले पक्षियों से मिली। लगभग 480 ई. के आसपास नेपाल की तरफ से होनेवाले स्थानान्तरण के प्रमाण मिलते हैं। यह संयोग की ही बात है कि मेवाड़ के महाराजा श्रीजी अरविन्दसिंहजी का शासन नेपाल तक फैला हुआ था।

स्थानान्तरण के मुख्य कारण के रूप पर्यावरण में होनेवाला परिवर्तन, वन्य

प्राणियों का भय, जनसंख्या में वृद्धि, प्राकृतिक संसाधनों में कमी, वाह्य आक्रमण और बारम्बार होनेवाला भू-स्तरीय परिवर्तन था। इसके कारण इस इलाके के लोग एशिया के अन्य भागों में गये।

अरावली के सभ्य लोग ईरान, भूमध्य क्षेत्र, मध्य एशिया, हिन्दुकुश, हिमालय, तिब्बत, मंगोलिया, थाईलैंड, इंडोनेशिया, कम्बोडिया, वियतनाम, श्रीलंका और हिन्द महासागर के दूसरे टापुओं पर जाकर बस गये।

आर्यों का मूल अरावली में था। लगभग पाँच हजार वर्ष पहले वे वहाँ पर फिर वापस आये। उनके एक प्रतिनिधि के रूप में मैं इस जासोर रेंज की सेवा में संलग्न हूँ।

ग्यारह

वसन्त पंचमी का शुभ दिन मेरे लिए पतझड़ पंचमी का अशुभ दिन बन गया।

मनुष्य की यात्रा में अड़चनें आती रहती हैं। उससे निराश होकर पीछे नहीं मुड़ना चाहिए। यहाँ तो हमें खुद कुछ करना नहीं है; जो हो चुका है, उसी का अनुसरण करना है।

महाशिवरात्रि के दिन मुनिजी ने जैसा कहा था, उसी के अनुसार मेरा सब कुछ उन्हें समर्पित है, फिर चिन्ता किस बात की!

कायेन वाचामनसेनिद्रयैर्वा,
बुद्ध्यात्मना वा प्रकृतेः स्वभावात्।
करोमि यद्यत्सकलं परस्मै,
नारायणायेति समर्पयामि॥

(शरीर से, वाणी से, मन से, इन्द्रियों से, बुद्धि से, चित्त से, अहंकार से अथवा स्वभाव से जो कुछ करता हूँ,वह सब, हे परब्रह्म नारायण! आपके चरणों में समर्पित करता हूँ।)

सम्भव है कि मैं जिस अशुभ का विचार कर रहा हूँ, वह मेरे लिए शुभ ही हो! यह तो उन्हें तय करना है, तो फिर हम इसकी चिन्ता में अपनी नींद क्यों हराम करें!

बात यह है कि इस इलाके के एम.एल.ए. के सामने मेरी चुगली की गयी कि 'जासोर रेंज के आर.एफ.ओ. ने रेस्ट हाउस में वसन्त पंचमी के दिन निचले भाग के गाँवों के लिए समूह-विवाह का आयोजन किया और सभी को भोजन भी कराया।''

'खिसियानी बिल्ली खम्भा नोंचे।'' मनुष्य का स्वभाव भी ऐसा ही है। मेरे खिलाफ जितना भी नमक-मिर्च मिलाकर कहा जा सकता था, कहा गया था। इसलिए एम.एल.ए. महोदय ने, मुझ पर गम्भीर आरोप लगाते हुए, वनमन्त्री को पत्र लिखा था; और अतिशीघ्र उचित कार्रवाई करने की माँग की थी।

सरकारी नौकरी में अधिक-से-अधिक तबादले की सजा हो सकती है, परन्तु मेरे साथ ऐसा न था। एम.एल.ए. महोदय ने तो मुझ पर यह आरोप लगाया था कि मैंने सरकारी जंगल का कितना नुकसान किया है, वृक्षारोपण में कितना घोटाला किया है, साग और पलाश के कितने पेड़ों का अवैध धन्धा किया है। इन आरोपों के साथ यह भी आरोप था कि आगामी विधान सभा के चुनाव में इस क्षेत्र से खड़े होने की मैं भूमिका बना रहा हूँ।

ये सभी आरोप कपोल-कल्पित थे; फिर भी इनकी जाँच करके उचित कार्रवाई करने की माँग की गयी थी।

कभी-कभी दया भी आती है, चुने गये ऐसे जन-प्रतिनिधियों पर! जिसका कोई सिर-पैर नहीं है। ऐसी ही बेतुकी बातों की कल्पना करके, दूसरों के हाथ का खिलौना बनकर अपनी अक्षमता एवं कमजोरियों को ढँकने के लिए लोग कैसे-कैसे प्रयत्न करते हैं, उसका एक अच्छा-सा उदाहरण यहाँ प्रस्तुत कर रहा हूँ।

जिला ऑफिस में तो हलचल मच गयी। इस बारे में अतिशीघ्र जाँच करके उसकी रिपोर्ट भेजने का आदेश गाँधीनगर से आया था जिससे उचित कार्रवाई की जा सके।

हर एक को रुचि थी कार्रवाई करने में, करवाने में!

जिला ऑफिस को तो मुँहमाँगी मुराद मिल गयी।

तीसरे दिन तो,मेरे यहाँ आने के बाद पहली बार, खुद डी.एफ.ओ. अपने दल-बल के साथ जासोर रेस्ट हाउस में पहुँच गये।

उस समय मैं खारी की ओर गया हुआ था।

एक दिन पहले वहाँ से एक शिकायत आयी थी कि किसी ने साग और पलाश के पेड़ काट लिये हैं।

वहाँ पहुंचकर मैंने सामाजिक वृक्षारोपण समिति की एक मीटिंग बुलायी। उनके साथ मेरी चर्चा चल रही थी, तभी सन्देश मिला कि डी.एफ.ओ. साहब आये हैं और उन्होंने आपको तुरन्त बुलाया है।

वसन्त वृक्षों की डालियों से झाँक रहा था; परन्तु रास्तों पर, जंगल में, जहाँ देखो, वहाँ पतझड़ का ही साम्राज्य था। पलाश के फूल खिलने के लिए तैयार थे। गिरिमालाओं में होली की शुरुआत हो गयी थी। उसे देखकर मन प्रसन्नता का अनुभव कर रहा था। किसने भरे होंगे ऐसे रंग!

रेस्ट हाउस के उत्तर-पूर्व के कम्पाउंड की दीवार पर जो बोगनबेल है, उसे देखकर मुझे हर रोज विचार आता है। हरी वेल में लाल, पीले, सफेद, गुलाबी रंग के फूल खिले हैं। यह तो मेरे जीवन की स्थायी यादें हैं। प्रकृति के रहस्यों को समझना कितना कठिन काम है, उसका यह पक्का प्रमाण है।

''वृक्ष-लताओं में तरह-तरह के फूल लगानेवाला कौन है?'' यह सवाल एक बार जब मैंने मुनिजी से किया था, तब उन्होंने कहा था, ''यही तो कुदरत का करिश्मा है। जगत् को प्रकृति ने जो दिया है, वह दूसरा कोई नहीं दे सकता। प्रकृति ही परमेश्वर है। उसके साथ नाता जोड़ो। बस! कुछ कहने की जरूरत नहीं है।''

महाशिवरात्रि के दिन मुनिजी ने मिलने के लिए मुझे बुलवाया था।

माघ महीने की कृष्ण चतुर्दशी को मैं हमीर सिंह के साथ 'मुनि की कुटिया' जाने के लिए निकला। वातावरण गरम था। छोटी-बड़ी पर्वतमालाओं पर पतझड़ अपना प्रभाव दिखा रहा था। पगडंडी भी सूखे पत्तों का बिस्तर बनाकर सोयी थी। हवा भी सूखे पत्तों के साथ छेड़छाड़ कर रही थी। हवा के तेज झोंकों के साथ पेड़ों से पीले पत्तों की बारिश होने लगती थी।

केदारनाथ के दर्शन किये; दौलत महाराज ने भगवान शंकर की पूजा करायी; बिल्व-पत्र और दूध से अभिषेक करवाया। निचले गाँवों के तथा दूर-दूर के वनवासी दर्शन के लिए आये थे, इसलिए वहाँ बहुत चहल-पहल थी।

हम वहाँ से 'मुनि की कुटिया' की तरफ आगे गये। गिरिमालाओं का रंग भूरा होने लगा था। अधिकांश वृक्षों पर विधुरता आ गयी थी। जो बाकी थे, वे पीलापन ओढ़े खड़े थे।

मैं प्रकृति के इस बदलते रूप पर विचार करते, पसीना पोंछते हमीर सिंह के पीछे-पीछे चला जा रहा था। इसी रास्ते पर एक दिन भीखा मिला था—यह याद आया।

ब्रह्मस्वरूप सुख की प्राप्ति करानेवाली शिवरात्रि के दिन आज मेरे पाँव ऊँचाई माप रहे थे। आज ही के दिन सैकड़ों सूर्य जैसे तेजस्वी ज्योतिर्लिंग का प्रादुर्भाव हुआ था। आज ही के दिन सृष्टि के प्रारम्भ में ब्रह्मा ने सर्वप्रथम रुद्ररूपी शिव को प्रकट किया था। विगत प्रलय के कारण सर्वत्र शून्यता व्याप्त थी, तभी आज ही के दिन शिव ने तांडव नृत्य किया था और डमरू का निनाद किया था। उसमें से वायुमंडल में ज्ञान-विज्ञान के सूक्ष्मरूप प्रकट हुए, जिन्होंने समग्र विश्व को व्याप्त कर लिया, वह आज ही के दिन!

आज के दिन मुझे 'मुनि की कुटिया' से सन्देश मिला था।

मुनिजी अपने ऊपर के कक्ष में थे। नीचे अनेक दर्शनार्थियों की चहल-पहल थी। कई भगवाधारी भी इधर-उधर घूम रहे थे।

वहाँ पहुँचने के बाद मैंने दक्षिण तरफ नीचे की ओर देखा, तो दूर-दूर तक हरे और सूखे इलाके दिखाई पड़ रहे थे। यहाँ से जासोर की अधिकांश गिरिमालाएँ देखी जा सकती थीं। कुटिया के पूर्व भाग में अभी ऊँची गिरिमाला थी। वहाँ पीछे से ऊपर जाया जा सकता है।

नैऋत्य दिशा में नीचे की तरफ देखने से गाजणा और लुक्खा के बीच भरे तालाब का पानी चमक रहा था। उसे देखकर मुझे हार्दिक आनन्द हुआ। वहाँ से कुटीर के पीछे की ओर गया। थोड़ा आगे जाकर देखा, तो पर्वत के गर्भ से एक छोटा-सा झरना बह रहा था। एक ओर मुनिजी ने एक छोटा-सा कुंड बना रखा था। वह भरकर छलक रहा था और उसका पानी कई मीटर नीचे टकरा रहा था। उसके टकराने की कर्णप्रिय आवाज ऊपर तक सुनाई पड़ रही थी। वहाँ बिल्व, पीपल, बाँस, खजूर, नारियल, पलाश जैसे पर्णपाती वृक्ष खड़े थे। मुझे लगा, इस शिखर का थोड़ा अधिक भाग सपाट होता, तो यह पर्यटन-स्थल के रूप में विकसित हो सकता था।

मैं देर तक बेल के पेड़ का टेका लेकर खड़ा रहा। क्षण भर के लिए मुझे लगा कि यह शिखर शिव की जटा है और स्वर्ग से गंगा सीधे इस झरने के रूप में इस पर अवतरित हो रही हैं।

मुझे कोई अकल्पनीय अनुभूति हो रही थी।

मेरे आने की जानकारी मिलने पर, मुनिजी ने सबसे पहले प्रसाद की व्यवस्था करायी। आज तो उपवास का दिन था। प्रसाद में फलाहार जैसा कुछ था। उसे ग्रहण करने के बाद उन्होंने मुझे ऊपर बुलाया। वही तेज!...वही प्रगल्भता!...वही प्रतिभा!

प्रणाम करके मैं उनके सामने बैठ गया।

मेरे मन में चल रहे संघर्ष को मुनिजी समझ गये थे। मैंने जो कहा, वह तो शब्द मात्र था! उन्होंने जो कहा, उसका सार इस प्रकार था :

इस पृथ्वी पर जिसकी प्रथम उत्पत्ति हुई थी, वह यह अरावली है, जिसके शिखर आकाश को छूते थे। उसके शिखर बारहों महीने वर्षा से आच्छादित रहते थे। उसकी वही गिरिमालाएँ घिसते-घिसते आज पहाड़ियाँ बनकर रह गयी हैं। फिर भी अडिग और अचल हैं। अनेक युगों का सामना करने के बाद भी ये डिगी नहीं हैं; इसीलिए तो यह अरावली है!...और तुम? मन में क्यों परेशान हो गये हो?

जहाँ हम निराकार परमात्मा शिव की गोद में बैठे हों, वहाँ चिन्ता किस बात की! *'शिवपरमात्मने नमः!'* यह तो हमारा सुख-स्थल है—*शेते तिष्ठति जगदस्मिन्नतशिव विकाररहितः।* जिसके लिए जगत् का लय होता है, वे सुख-

स्थान शिव हैं। शिव अर्थात् कल्याण करने वाले : *शेरते प्राणिनो यत्र स शिवः।* अनन्त पाप, ताप और सन्ताप को प्राप्त प्राणी जहाँ विश्राम के लिए शयन करते हैं, उस विश्राम के परम आधार को शिव कहा गया है। इसलिए सब कुछ उन्हीं को अर्पित कर देना चाहिए—*शिवस्य तु वशे कालो न कालस्य वशे शिवः।* शिवमयी भावना ही शिवमय बना देती है। हम कहाँ बैठे हैं? हमारा वास शिव के मस्तक पर है, जहाँ माता गंगा के साथ हमारा सीधा सम्बन्ध बना हुआ है।

मुनिजी अविरत बोल रहे थे। मैं ध्यानमग्न होकर सुन रहा था।...यह पृथ्वी जब तक वृक्षों, पहाड़ों और वनों से भरी रहेगी, तब तक मनुष्य जाति को चिन्ता करने की जरूरत नहीं है।

जो प्रकृति से दूर जाता है, उसके अन्तःकरण में काम, क्रोध, लोभ, मोह, मत्सर, अहं, स्वार्थ जैसे अनिष्ट पैदा होते हैं और उसका सर्वनाश कर डालते हैं। इसलिए प्रकृति के साथ तादात्म्य स्थापित करो; वृक्षों की तरह सहनशील बनो। श्रुति में कहा गया है कि वृक्ष के समान रहना चाहिए; काटने से भी क्रोध नहीं करना चाहिए और भय से काँपना नहीं चाहिए; जीवन की हरेक परिस्थिति में समान रूप से जीना चाहिए। संघर्ष से दूर रहो। ईश्वर एकाकार और सर्वत्र व्याप्त है। जो कुछ करता है, वही करता है। फिर उद्वेग कैसा!

मुनिजी शान्त हो गये।

मेरे ऑफिस में, मेरे बारे में, जो कुछ चल रहा था, उसके बारे में मैंने मुनिजी से बात की, तो वे ठठाकर हँस पड़े; फिर बोले, "बहुत-से लोग काक-योनि वाले होते हैं, जो दूसरों को कुचलने में, हैरान-परेशान करने में आनन्द का अनुभव करते हैं। कुछ ऐसे होते हैं, जो हमारी निष्ठा और सचाई से घबराकर अपनी कमजोरियों को ढाँकने का प्रयत्न करते हैं। कुछ ऐसे भी होते हैं, जो हमें अपना स्पर्धी मानकर आरम्भ में ही दबा देने की कोशिश करते हैं। परन्तु हमें इन सबसे घबराने की जरूरत नहीं होती। यह अरावली घर्षण के कारण कल सम्भवतः बारीक कणों में परिवर्तित हो जाए, फिर भी अविचल ही रहेगा।"

जीवन में एक बात समझ लेना जरूरी है : "सत्य को असत्य धक्का मार सकता है, परन्तु उसका नाश नहीं कर सकता।"

ये सभी लोग अन्धे हो गये हैं। 'वाल्मीकि रामायण' में कहा गया है : *कामान्धो नैव पश्यन्ति।* कामान्ध मनुष्य सत्य-असत्य का विचार नहीं कर सकता। वे लोग इस अर्थ में अन्धे हो गये हैं।

ध्यान से सुनो! जो होना है, वह निश्चित है। किसी का आजकल में बदलने वाला नहीं है। तुमको एक और बात समझाता हूँ : तुम जब पढ़ते थे, तब समय-पत्रक (टाइम-टेबल) था कि नहीं? पहला, दूसरा, तीसरा...ऐसे सभी पीरियड

चलते। हरेक अध्यापक अलग-अलग विषय पढ़ाते। विद्यालय शुरू होने के पहले ही समय-पत्रक तैयार रहता है। पढ़नेवाले पहले से ही उपस्थित रहते हैं। उस समय पढ़ने के सिवाय तुम्हारे पास करने के लिए और कुछ होता है क्या! जो नहीं पढ़ता, वह पीछे रह जाता है—यह सादा हिसाब है।

यह जगत् भी ऐसा ही है। हम इस पृथ्वी पर आये, उसके पहले ही समय-पत्रक तैयार था। तुम्हें कब कक्षा में बैठना है, कौन-सा विषय पढ़ना है, यह तय ही है। फिर तो तुम्हें पढ़ने के सिवाय और कोई चिन्ता करने की जरूरत रहती है क्या! मुक्त पक्षी की तरह जिओ!

हमारे मिलने का स्थल और समय तय था; हम मिले। तुम्हें पहली बार आघात लगा था न! उसका कारण यह है कि हमारे मिलने का निश्चित समय अभी आया न था, इसलिए हम नहीं मिल सके। जो कुछ होना है हो रहा है। हमें तो निर्लेप भाव से प्रेक्षक बनकर सिर्फ देखना है। थोड़ी समझ बढ़ेगी, तो दुख का अनुभव नहीं होगा। तुम तो जानते ही हो कि विषादग्रस्त अर्जुन को विश्वरूप दिखाकर कृष्ण ने कहा : *कालोऽस्मि लोकक्षयकृतप्रवृद्धो लोकान्समाहर्तुमिह प्रवृत्तः।* (मैं लोगों का नाश करनेवाला प्रवृद्ध काल हूँ और लोगों का नाश करने के लिए प्रवृत्त हुआ हूँ, इसलिए ये जो सभी योद्धा खड़े हैं,वे तुम्हारे बिना भी रहेंगे नहीं। तुम अगर लड़ोगे नहीं, तो भी ये बचने वाले नहीं हैं। इनका नाश तो निश्चित है।)

जो कुछ हो रहा है, वह तुम्हारे लिए हो रहा है, यही विचार हमेशा रखना। हमारे चारों ओर विस्तृत प्रकृति है। उसको प्राप्त करने का प्रयत्न करो। एक बार अपना सर्वस्व इस अरावली को अर्पित कर दो। उसके बाद तुम्हारा ध्यान यह रखेगा, जैसे मेरा रखता है!

उस दिन मैं मुनिजी के कहने से 'मुनि की कुटिया' पर रुक गया था।

डूबते सूरज का आकाश लाल बन गया था। अस्ताचल की ओर से गिरिमालाओं के पीछे से थोड़े भूले-भटके बादल धीरे-धीरे आगे बढ़ रहे थे। उनका रंग भी सुनहला लग रहा था। उन उड़ते पक्षियों की पाँखों पर बैठकर सूरज अपने घोंसले की ओर जा रहा था।

धीरे-धीरे अन्धकार उतर आया। गिरिमालाओं में से ठंडी हवा की लहर शुरू हुई। अन्धकार के सहारे आकाश में तारे बिना अवरोध के चमकने लगे। इन तारों का प्रकाश अन्धकार को सुहावना बना रहा था। मेरे अन्धकार को भी ये प्रकाश के दीपक प्रकाशित कर रहे थे। अँधेरी रात का ऐसा आह्लादक सौन्दर्य मैंने आज तक अनुभव ही नहीं किया था।

दूर-दूर के खेतों में रहनेवाले लोगों ने आग जला रखी थी, जो यहाँ से दिखाई पड़ रहा था। इसके सिवाय सब कुछ अन्धकार के गर्भ में सो गया था। मुझे ऐसा लग

रहा था मानो आकाश गंगा से प्रकाश का झरना गिर रहा हो और मैं उसमें नहा रहा होऊँ। ऐसी निर्जन और अन्धकारमय रात्रि और आकाश में चमकते तारों का ऐक्य मुझे नयी प्रेरणा का पीयूष पिला रहा था। सब कुछ एकाकार था। सारे भेद मिट गये थे।

मानो आकाश में से चेतना झर रही हो अथवा सर्जनहार हीरे-मोती का थाल भरकर बिखेर रहा हो। यह अन्धकार मुझे अलग किस्म का लग रहा है। अन्धकार से ढँकी गिरिमालाओं में से सुगन्ध का फव्वारा फूट रहा हो, ऐसा मुझे लगता है। मानो किसी रातरनी ने अपना खजाना खोल दिया हो।

मुझे ऐसा भी लगता है जैसे कोई महान ज्योति सूक्ष्मरूप में मेरे अन्दर प्रवेश करके मेरे प्राणों में चेतना का प्रसार कर रही हो। अन्दर कुछ खिल रहा है। जहाँ से यह प्रकाश आ रहा है, उस नक्षत्र लोक में मैं विहार कर रहा हूँ। निहारिका से सटकर खड़ा हूँ। इस आकाशगंगा में डुबकी लगाकर स्नान कर रहा हूँ।

यह तो माघ मास अर्थात् सृष्टि के विकास का महीना! वृक्षों ने अपने पुराने पर्णरूपी वस्त्रों का त्याग करके नये पर्णरूपी वस्त्र पहन लिए हैं, तो फिर आकाश कहाँ पीछे रहनेवाला है। पुनर्वसु की जोड़ी, पुष्य नक्षत्र, मघा की दातरड़ी, वासुकी का नेतरा और द्रौपदी की चोटी देखने की दृष्टि और इरादा चाहिए। आकाश को पढ़ना अर्थात् ईश्वर के साथ संगोष्ठी करना! वह इस समय मैं कर रहा हूँ। मैं आकाश के इतना अधिक नजदीक कभी न था।

मुनिजी ने कहा कि आज की महाशिवरात्रि की तिथि त्रिस्पृशा थी, इसलिए सूर्योदय, प्रदोष रात्रि तक फैले हुए थे, इसलिए उत्तम थे। आज का शिवपूजन सभी पापों का नाशक, सुख प्राप्ति करानेवाला तथा मोक्षप्रद था। मुनिजी ने सामवेदीय और ऋग्वेदीय पद्धति से स्वस्तिगान करके चारों प्रहरों में शिव-पूजन किया और कराया। फिर प्राण-शक्ति के पुत्र समान वसन्त को मुझे सौंपकर अन्तर्ध्यान हो गये।

मुनिजी ने महाशिवरात्रि के दिन मेरे सिर के सारे बोझों को उतारकर फेंक दिया था। तब से मैं इस प्रकृति और अरावली के सिवाय किसी की परवाह नहीं करता। ऐसी हालत में इस बात की चिन्ता मैं क्यों करूँ कि किसी ने मेरे खिलाफ शिकायत की है, तो मेरा क्या होगा? जिसको जो करना हो, करे! बाकी तो जैसा भगवान श्रीकृष्ण ने कहा है, उसके अनुसार : जो होना होगा, वह होगा।

रेस्ट हाउस में पहुँचकर मैंने सभी का स्वागत किया।

डी.एफ.ओ. बहुत जल्दी में थे। मुझसे जवाब लिखवाया। तथ्यविहीन वाहियात आरोपों से सम्बन्धित वाहियात प्रश्न पूछे। मेरे प्रति उनके मन में जो ईर्ष्या थी, उसके लिए उन्हें अनुकूल अवसर मिल गया था। इसी भाव से वे मुझसे दलीलें दे रहे थे। उस समय मुझे विजयभाई की बात याद आयी : "यह आदमी भयानक ईर्ष्यालु है।

कभी तुमको बहुत बुरी तरह से परेशान करेगा।''

वह समय आ गया था।

मेरे मन में उनके लिए कोई वैमनस्य नहीं है। सोचता हूँ कि वे भी तो आदमी हैं। आदमी ज्यादा-से-ज्यादा क्या कर सकता है! जगत् में जैसे अच्छाई है, वैसे ही बुराई की भी जरूरत तो है ही। सत्य को मापने के लिए असत्य का गज तो होना चाहिए। एक साथ दो लकीरें खिंची हों, तभी तो छोटी और बड़ी का पता चलेगा, परन्तु एक ही लकीर हो तो! 'रामायण' में अगर रावण न होता तो!

मुझे अब कोई चीज स्पर्श नहीं करती! निस्पन्द जल जैसा मेरा चित्त निर्मल बन गया है। उनकी दुर्वृत्तियों से भी मुझे आनन्द मिल रहा है। मनुष्य को समझने का यह भी एक दुर्लभ अवसर है।

रिपोर्ट लेकर डी.ओ.एफ. चले गये।

उनकी बातों या उनकी दलीलों के बारे में ज्यादा कुछ कहकर मैं अपना समय बर्बाद करना नहीं चाहता।

इस अरण्य के वृक्षों के शिखर पर फूटती कोंपलों के आनन्द को मैं क्यों बिगाड़ूँ! एकदम सुबह टपकते महुवा की सुगन्ध को खोना मुझे मंजूर नहीं! पकी बेरों के खट-मीठे स्वाद को मैं क्योंकर गँवाऊँ! क्या यहाँ कुछ भी स्थायी है! इस नीम के नीचे झगड़तीं काबरियों की किसने शिकायत की है? किसने इन्हें सस्पेंड किया है? किसने इन गिरिमालाओं को उठाकर फेंक दिया है? जो कुछ काल के गर्भ में हो चुका है, वह तो होगा ही!

मेरे मन में अनेक प्रकार के विचारों का युद्ध चल रहा था; कि तभी अचानक मेरी नजर केदारनाथ की ओर जानेवाले रास्ते पर गयी। मेरे आश्चर्य के बीच वे साधु आते हुए दिखाई पड़े। वे कम्पाउंड का फाटक खोलकर अन्दर आये।

वही वेश! वही साधु!

'मुनि की कुटिया' से वापस आते समय मैंने पहले पहल इन्हें देखा था। उस समय वे एक वृक्ष को प्यार कर रहे थे। उसके बाद इसी फाटक से बाहर निकलकर वे लुप्त हो गये थे। फिर वे रानी शिखर से आते समय मिले थे और देखते-ही-देखते एक विशाल शिला के नीचे सरक गये थे।

वही साधु महाराज आज पुनः यहाँ पधार रहे हैं।

मेरे अभिवादन करते-करते तो वे बोल पड़े, ''मैंने इस सरोवर का नामकरण कर दिया है; और वही बताने आया हूँ। मैंने उसे 'गंगासागर' नाम दिया है।''

बस!

वे तुरन्त मुड़े और चले गये। मैं उनसे कुछ प्रार्थना करूँ, तब तक तो वे फाटक को पार कर गये और बालुन्द्रा की ओर जानेवाले रास्ते से बाँध पर चढ़ गये।

मैं उनके पीछे-पीछे गया; परन्तु गाजणा मानो उनको निगल गया।

वे तूफान की तरह आये और चले गये!

डी.एफ.ओ. मेरी रिपोर्ट लेकर बालुन्द्रा के रास्ते से पालनपुर की ओर गये और महाराज सरोवर का नामकरण करके गाजणा के रास्ते अरावली की ओर!

मैं बीच में खड़ा हूँ!

बारह

अरावली की तलहटी में बसे गाँवों के आम के पेड़ों पर लगी मंजरी महमहा उठी और कोयलों की कूक सुनाई पड़ने लगी, तब लगा कि वसन्त ऋतु आ गयी है।

ऋतुओं और भाषाओं की कोई सीमा होती नहीं। अभी तो एकदम सुबह हेमन्त और शिशिर का अनुभव होता है और दिन में ग्रीष्म का! परन्तु जब से वृक्ष-लताओं के हरे पत्तों पर पीलेपन की सवारी शुरू हुई, तभी से लगने लगा कि अब वसन्त आने ही वाला है।

लगता था जैसे सारे अरण्य और पर्वत-पहाड़ों पर मटमैले रंग का परिधान लहरा रहा हो। जवानी में जिसके सुन्दर चेहरे पर चमक होती है, वही अब वृद्धावस्था में पहुँचता है, तब झुर्रियों से भरी चमड़ी लटक जाती है; वही हाल वनस्पतियों के पत्तों का है। बरसात आने के बाद इन्हें जो नवजीवन मिला था, उसे क्या कहा जाए? कहाँ से लालिमा प्रकट हुई थी। क्या उनके इस नये अवतार को वसन्त का नाम नहीं दिया जा सकता है! परन्तु ऐसा नहीं है। नौजवान आदमी अधिक बीमार हो जाए तो? उसकी बीमारी दूर हो जाने के बाद उसमें जो तेजी आती है, वैसा ही यह भी था।

ग्रीष्म के ताप से बीमार पड़ी वनस्पति बरसात की संजीवनी मिलने पर हरियाली से छलकने लगी थी। इसे वसन्त कैसे कहें?

वसन्त तो नवजीवन का प्रकटीकरण है : *गायत्री वासन्त।* वसन्त से गायत्री, गायत्री से गायत्रसाम, गायत्रसाम से उपांशु नाम का प्राण उत्पन्न होता है, इसीलिए तो प्राण से उत्पन्न होनेवाली वसन्त ऋतु है।

इन गिरिमालाओं में वसन्त का प्राण-संचार होने लगा है। कल तक जहाँ हरियाली लहरा रही थी, आज वहाँ सूखे पत्ते बिछे हुए हैं। सूखे पत्तों पर काबर,

चकली, होला या कौवे चलते हैं, तो पता चल जाता है। नीलगाय, बन्दर या जंगली सूअर जब सूखे पत्तों पर चलते हैं, तब तो दूर तक उनके चलने की आवाज सुनाई पड़ती है।

मोरों को भी मजा आ गया है। उन पर भी वसन्त का असर हो गया है। बरसात में जब उनके पंख झड़ गये थे, और वे बूचिया (श्रीहीन) बन गये थे, तब वे हमारी आँखों को नहीं भाते थे, तो फिर मोरनियों को कैसे भाते! मोर के पंख लम्बे हों और वह नृत्यरत हों, तभी मोरनी भी उसे पसन्द करती है।

इस समय तो मोरों के भी नये पंख निकल आये थे। यद्यपि पंख अभी छोटे थे; फिर भी अच्छे लगते थे। मोरनियों के झुंड के बीच सर्र्र्र्-सर्र्र्र् की आवाज के साथ नृत्य करते मोर को देखने का आनन्द ही कुछ और है।

दूसरी तरफ अर्जुन, बेल, महुवा, नीम और इमली के सभी पत्ते अभी नहीं झड़े थे। एक अद्‌भुत और आश्चर्य की बात करूँ, तो 'वड़लावाला पानी' के बरगद पर तीन की तीनों ऋतुएँ एक साथ दिखाई पड़ रही थीं। बरगद के सबसे ऊपर वसन्त की बादामी रंग की कोंपलें हवा में लहरा रही थीं। उससे थोड़ा नीचे पतझड़ पीलापन लिये अपना कब्जा जमाये बैठा था और एकदम नीचे के भाग में हरियाली ओढ़कर वर्षाऋतु बैठी थी। इन्हें दूर से देखें, तो बरगद का तिरंगा लहराते हुए दिख रहा था।

कुदरत के क्रम का अतिक्रमण कोई नहीं कर सकता। पतझड़ के बाद वसन्त ही आएगा।

प्रकृति का थाह नहीं मिल सकता, जिसकी रहस्यमयता, गहराई, अगम्यता की कोई सीमा नहीं है, प्रकृति के ऐसे विराट स्वरूप को देखकर कभी-कभी भय भी लगता है और आनन्द भी होता है। इसको समझने के लिए युग भी कम पड़ेंगे।

महुवों के पत्ते झड़ गये थे; परन्तु उनके फूल चू रहे थे। चारों ओर का यह वन और वनस्पतियाँ बहुत खुश थीं, मुस्कुरा रही थीं। बबूल के पीले फूल और पत्तियाँ झड़ गये थे, परन्तु फुनगियाँ हर एक डाल पर निकल आयी थीं। नीम के वृक्षारोपण में कोमल-कोमल कोंपलों की मस्ती देखते ही बनती थी! उनकी कड़वी सुगन्ध की फुहारें एक आह्लादक आनन्द का अनुभव करा रही थीं। इमली की कोमल-कोमल कलियों को खाने की इच्छा को रोकना मुश्किल हो रहा था। होत सुबह टपके हुए महुवा के फूलों को खाना किसी बदकिस्मत की किस्मत में कभी बदा नहीं होता। बेल में नयी चेतना आयी है। बिजौरी फल-भार से झुक गयी है। खैर, धव, धावड़ा, अमलतास, टीमरूँ, पीपल, गूलर, सेवन तथा पलाश तथा दूसरे बहुत सारे वृक्ष नवपल्लव से लद गये हैं।

मैं जिनको जानता नहीं, जिनके नाम भी मुझे ज्ञात नहीं, ऐसे बहुत-से अज्ञात

जंगली फूल अपनी मस्ती में झूम रहे हैं। पहाड़ पर स्थित कितने ही वृक्षों के फल एवं पत्ते झड़ गये हैं। वृक्षों की हर एक डाल लाल-लाल कोंपलें धारण करती ही जा रही हैं। दिनों-दिनों उनकी डालियों की शोभा बढ़ती ही जा रही है—किसी गर्भवती कन्या की तरह!

जासोर, जयराज, चोटीला और सेवानिया की गिरिमालाओं में वसन्त ने उधम मचा रखा है। रानी शिखर के वृक्षारोपण ने मुझे वसन्त की भेंट दी है।

आ गया था वसन्तोत्सव!

वृक्ष आनन्द और मौज से शृंगार करके सज गये हैं। ठंडी हवा के साथ-साथ भौरों की गुंजार ने वातावरण को भर दिया है। पूरे वन में एक वृक्ष की चोटी से दूसरे वृक्ष की चोटी पर उड़ती और आम्र-मंजरियों का नाश्ता करके मस्ती में आयी हुई कोयलें मानो मदनोत्सव का उद्घोष कर रही थीं। उसकी मधुर कूक में कामदेव का स्वर भी मिल गया था, ''आव्यो रे आव्यो वसन्त आव्यो...शिशिर गयो...'' ऐसे गाती कोंपलें फूटकर हँस रही थीं।

झुंड-के-झुंड वृक्ष ऐसे झूम रहे थे मानो अत्यन्त शीतल आसव का पान किया है, ऐसे वृक्षों को देखना और लाल सुर्ख कान्ति वाले आम के वृक्षों के अन्दर से प्रकट होते सुहावने राग को सुनने का भी एक अनुपम आनन्द है। लताओं की कोमलता हवा में झूम रही थी।

अकेले के पेट वाले, आलसी पशु की तरह सिर्फ अपना पेट भरने के लिए जीवन जीते लोग कुदरत की रहस्यमय गति को कैसे जान सकते हैं! जो हर क्षण बदलती है, नये-नये रूप धारण करती है, जो धरती को उपजाऊ बनाकर अपनी खुराक खुद प्राप्त करती है, जो हवा को सुगन्ध से भरकर वातावरण को शुद्ध रखती है, उसके सान्निध्य में रहने से जीवन को एक नयी और महान अनुभूति प्राप्त होती है। यह बात मैं आपको कैसे समझाऊँ! क्योंकि इस समय मेरी हालत उस गूँगे आदमी जैसी है, जिसने कोई सुन्दर स्वप्न देखा हो।

कितनी ही बातें शब्द में नहीं बाँधी जा सकतीं। अनुभव ही अनुभव का साक्षी बन सकता है, इसलिए इस सबका रसपान करते-करते मैं प्रकृति में पागल बन गया हूँ। कभी-कभी तो मीरा की अनुभूति मेरे रोम-रोम से प्रकट हो उठती है : *मेरे तो अरवल्ली (अरावली) आधार दूसरो न कोई।* यह प्रकृति तो मेरे लिए माँ जगदम्बा का अवतार है; शिवजी की जटा है; गंगा की धारा है; ईव और आदम का आधार है; प्रकाश की पूँजी है; अलौकिक सौन्दर्य की देवी है—ऐसे इस कामदेव के देश में वसन्त का आगमन है!

वसन्त तो विरहियों का विलाप है, जिसमें विरही अपने प्रियतम के गुणों का स्मरण कर बिलखता है। वृक्षों-पुष्पों की सुगन्ध से जिसने इस अरावली को, गिरि-

गुफाओं को, पृथ्वीमंडल को और आकाश को भर दिया है, कोयल की कूक, मोरों के नृत्य, सारस युगल की पुकार, पक्षियों के कलरव और पलाश का रंग मन को भर देता है। यह विश्व-विधाता सरल है या क्रूर, यह समझ में नहीं आता। हम हताश-निराश और दुखी हो गये हैं या वसन्त! मेरे लिए यह सब कुछ एकाकार हो गया है : अन्दर और बाहर!

वातावरण सुन्दर और मनमोहक है। जगत् के जीवन मात्र को तुष्ट करनेवाले इस वसन्त ने आज कितना सारा वैभव भर दिया है! मन्द-मन्द चलती हवा इन गिरिमालाओं को झंकृत करते हुए मानो कामदेव को जागृत कर रही हो! मानो अतिशय स्निग्ध, रसिक और भोगियों के संसर्ग से प्रसिद्ध हुई कोई गणिका सबके हृदय-मन को शान्त करने के लिए ललचा रही हो।

फागण आयो रे आयो...वसन्त आयो रे आयो...। वसन्त ने तो वन-उपवन, खोहों, घाटियों और वगड़ा के सौन्दर्य का पाक तैयार कर दिया है। आमों में मंजरी आयी, महुवे के कोंचों में फूल आया, कोयल बहन कूहूऽ-कूहूऽ...बोलने लगी, मयूर टहूकने लगा, केसूड़ा अंग-अंग को केसर वर्ण से सुशोभित कर रहा है।

गाँव-गाँव की युवक-युवतियाँ और वनवासी भी उन्मत्त होकर वसन्त के स्वागत के लिए कमर कस रहे हैं। प्रेम में मस्त बनकर अपने आप सौन्दर्य से दीप्त हो उठते हैं। जब कुदरत खुद सौन्दर्य का साज सजती हो, तो हम तो मानुस हैं।

वसन्त का दिन तो सुहावना और सौन्दर्य से परिपूर्ण है। रात भी ऐसी ही है। छत पर जाकर रात के अन्धकार के साम्राज्य को प्राप्त करने का यह मौका दूसरे किसको मिला है! जैसे-जैसे रात बढ़ती जाती है, वैसे-वैसे अन्धकार खरल में घुँटता जाता है और आकाश की अटारी से तारों का प्रकाश फूल की तरह बरसता जाता है।

रेस्ट हाउस के उत्तर में जासोर के शिखर पर ध्रुवतारा मानो आह्लादपूर्वक आमन्त्रण दे रहा हो। विमाता के कड़वे वचन सुनकर तप करने के लिए चल पड़नेवाले ध्रुव ने भगवान को प्रसन्न करके युगों-युगों तक के लिए सुखी साम्राज्य प्राप्त कर लिया। वही आकाश के ध्रुव-बिन्दु के समान! सारे आकाश के समस्त नक्षत्र और तारामंडल उसके चारों तरफ चक्कर लगाते हैं, और वह तो अचल और अडिग बैठा ही है।

ध्रुव के अगल-बगल घूमते सप्तर्षि; उनमें क्रतु, पुलह, पुलस्त्य, अत्रि, अंगिरा, वशिष्ठ और मारीचि आते हैं। पास में अरुंधती का तारा है मानो आकाश में भी वसन्त आया है।

इस वसन्त ऋतु ने मुझे नया प्राण, नयी दिशा और व्यापकता का अनुभव कराया है। उसके बारे में लिखने बैठूँ, तो कभी पार नहीं पा सकूँगा; क्योंकि वह

'ऋतुराज' है।

इस समय तो मैं महाराजा अरावली के सौन्दर्य से परिपूर्ण दरबार में बैठा हूँ। मुझे कोई अदृश्य और अव्यक्त शक्ति आमन्त्रित कर रही है, ऐसी अनुभूति मुझे सतत होती रहती है। इससे बेचैनी बढ़ती जाती है।

तेरह

प्रकृति की गोद में लोक-जीवन क्रीड़ा करता रहता है; विकसित होता रहता है; और आनन्दमग्न बना रहता है। परिवर्तन तो सतत चलता रहता है। दिन-रात, मास-वर्ष; और इस तरह ऋतु का चक्र रहट की भाँति चलता रहता है। उसे प्राणी, पशु-पक्षी, वृक्ष-लता अपने-अपने ढंग से व्यक्त करते रहते हैं। मनुष्य भी अपने सामाजिक-धार्मिक उत्सवों के रूप में इसका आनन्द लेता रहता है। उसके उत्सवों में उसकी संस्कृति और उसके संस्कार प्रतिध्वनित होते रहते हैं।

कालचक्र के आरे में उत्सव भी बदलते दिखाई देते हैं। एक समय में माताजी में आस्था रखनेवालों तक ही 'नवरात्रि' का महत्त्व था, परन्तु अब तो नौ दिन भी कम पड़ने लगे हैं। गणेशोत्सव महाराष्ट्र तक ही सीमित था; परन्तु अब तो देश भर में फैल गया है। इसी तरह वनवासियों में भी परिवर्तन का वेग बढ़ा है, परन्तु उनकी मौलिकता अभी टिकी हुई है, इसका हमें आनन्द है।

हम बालक से किशोर या युवा कैसे होते हैं, इसकी प्रक्रिया हम नहीं जानते; उसी तरह, जो चीज मुझे नहीं पसन्द थी, उसमें मेरी रुचि कैसे और कब बढ़ गयी, मुझे पता भी न चला। धुएँ से भरा नगर जिन रगों में दौड़ रहा था, अब उनमें इस जंगल के मटमैले रंग ने भी अपनी जगह बना ली थी। जो निर्जनता चुभती थी, वह आज अच्छी लग रही है। जो अकेलापन रूलाता था, आज उसमें आनन्द आता है। जो जंगल पागल कुत्ते की तरह हाँफता हुआ लगता था; जिससे मुझे भारी नफरत थी, आज उसका अन्त:करण से स्वागत करता हूँ। जिन लोगों के पसीने से गन्ध आती थी; जिन्हें मैं देखना तक पसन्द नहीं करता था, भोले-भाले उन लोगों में अब घुल-मिल जाने की इच्छा होती है। अब तो ऐसा भी लगता है कि मैं भी उन्हीं लोगों में से एक हूँ!

लेम्बा कभी-कभी मिलने के लिए आता है। उसने मुझमें न जाने क्या देख लिया है कि छोटे-बड़े किसी भी प्रसंग या उत्सव में मुझे आमन्त्रित जरूर करता है। उसने होली के अवसर पर आने के लिए विशेष रूप से कहा है।

हम तो मुहल्ले के बाहर लकड़ी इकट्ठी करके शाम को होली जलाया करते थे। फिर मुहल्ले की औरतें पानी का लोटा लेकर आने लगीं। वे होली के चारों ओर पानी की धार गिरातीं तथा बच्चों को नमन करातीं। बस! यही हमारा उत्सव! होलिका-दहन की प्रथा पर विचार करें, तो कफजन्य रोगों से बचने के लिए लावा, चना, लाई तथा खजूर जैसे रुक्ष और हल्के आहार का सेवन करना और तापमान को गरम रखकर शीतजन्य रोगों से बचना इसके मूल में है, परन्तु इन वनवासियों के लिए तो यह त्योहार तन-मन से झूम उठने का सबसे बड़ा उत्सव माना जाता है। पन्द्रह दिनों तक यह उत्सव चलता है। यह जानने के बाद तो मेरे आश्चर्य का पार न रहा।

हम शाम को जब धोरी पहुँचे, तब ढोल बजाते हुए लोग सामने की पहाड़ी पर स्थित एक झोपड़ी से वापस आ रहे थे। हमें आया हुआ देखकर लेम्बा तो हमारा स्वागत करने के लिए सब कुछ छोड़कर दौड़ते हुए आया। हाथ जोड़कर बोला, ''मजे में तो हैं न!''

हमीर सिंह ने उसी के लहजे में जवाब दिया।

आज फाल्गुन सुदी पंचमी का दिन है।

रबी की फसल अच्छी हुई हो, अनाज घर में आया हो, कोई नकदी फसल हुई हो, उसका पैसा मिला हो, तब ये सारे आनन्द एक साथ देखने को मिलते हैं।

हम लेम्बा के घर न जाकर इन लोगों के साथ हो लिये। लेम्बा ने दूसरे प्रतिष्ठित लोगों के साथ हमारी पहचान करायी।

हमीर सिंह तो उनकी बातों में और उत्सव में भागीदार हो सकता था; परन्तु मुझे कितना समझ में आता! मुझे कुछ खास समझ में नहीं आता था, परन्तु उनके आनन्द में मुझे आनन्द आ रहा था।

ढम ढमाढम...ढम ढमाढम ढोल बजाते हुए होलिका-दहन के मूल स्थान पर सभी आ गये; वहां आग जलायी गयी, नारियल फोड़ा गया; फिर नारियल की गरी का धूप किया गया। पास में ही गड्ढा खोदकर उसमें से पैसा निकाला। मैंने हमीर सिंह से पूछा, उसने बताया, ''पिछले साल जो पैसा यहाँ गाड़ा था, वही निकाला है।''

वह पैसा ले जाकर नजदीक के एक पेड़ के पास रख आये। फिर होलिका के मूल स्थान से धूल लेकर खुले मैदान में आ गये, जहाँ हर साल नाचते-गाते हैं। वहाँ पर धूल बिखेरकर जोर-जोर से ढोल बजाने लगे।

और इस तरह से उनका होलिकोत्सव शुरू हुआ। तब तक अँधेरा लगभग घिर आया था, परन्तु पश्चिमाकाश में प्रकाश की लाल-लाल रेखाएँ दूर-दूर तक दिखाई पड़ रही थीं।

लेम्बा ने बताया कि पूरनमासी की रात को होली जलायी जाएगी। पनरह दिन तो अउरत, मरद, छोकरे सभी नाचते-गाते हैं और खुशियाँ मनाते हैं। इन दिनों में छोकरे गोबर के उपले बनाते हैं और होली के दिन उसे होली में डालते हैं। होली के बीच में शीमला (सेमर) की डाल गाड़ी जाती है। जब होली जलने लगती है, तब कोई कुँवारा नौजवान तलवार लेकर एक झटके से सेमर की डाल को काट डालता है और होली के बीच से खाने का कुछ लेकर भागता है। दूसरे कुछ नौजवान उसका पीछा करते हैं। वह दूर या किसी अनजान जगह में जाकर चूरमा खाकर वापस आता है।

फागुन सुदि पंचमी तो इनके आनन्द का आखिरी दिन होता है। प्रेमी-प्रेमिकाओं को तो यह दिन बबूल के काँटे की तरह चुभता है, परन्तु उस समय वे दारू पीकर नाचते हैं, आनन्द करते हैं। उसके पहले वे होली के मूल स्थान पर बकरे की बलि देते हैं। शाम को समूह-भोजन होता है।

सभी का आग्रह था कि हम रात को रुकें; परन्तु हमें तो वापस आना था। देर रात को हम वहाँ से चले। उस समय पंचमी का सूरज डूब गया था। वातावरण में ठंड थी। आकाश में तारों का प्रकाश झिलमिला रहा था। सियारों की हुआँ-हुआँ सुनाई पड़ रही थी। उतरती जाड़े की ठंडी होती धरती हरियाली की सुगन्ध फैला रही थी। जंगल में कभी-कभी चौबरियों की चहचहाट सुनाई पड़ रही थी। ऐसे अनजान जंगल के बीच से पगडंडी जैसे रास्ते पर जाते हुए मन में भय पैदा हो रहा था।

हमारे पास मोटरसाइकिल थी। उसकी भारी आवाज वहाँ के शान्त वातावरण को भेदकर पहाड़ी के उस पार तक जा रही थी।

हमीर सिंह कुशल ड्राइवर भी है, इसका विश्वास मुझे उस रात हो गया। अपने मुँह पर कपड़ा बाँधकर उसने धारिया मेरे हाथ में पकड़ा दिया। हम लोग इस शान्ति को भंग कर रहे थे; उसकी प्रतिध्वनि मुझे सुनाई पड़ रही थी। मोटरसाइकिल के उजाले में हमीर सिंह जंगल के जिस ऊबड़-खाबड़ रास्ते पर चल रहा था, उसके लिए वह धन्यवाद का पात्र था। तभी लाइट में किसी की दो आँखें चमक उठीं। मुझे तो कँपकँपी छूट गयी। हमीर सिंह ने हॉर्न बजाया, तो वह भाग गया।

"क्या था?" मैंने पूछा।

"सियार था।" हमीर सिंह ने जवाब दिया।

परन्तु दूसरे दिन हमीर सिंह ने बताया, "साब! ऊ तो तेन्दुवा था।"

तेंदुवे का नाम सुनते ही मैं काँप उठा। सुनहले रंग के शरीर पर काले रंग के गोल-गोल धब्बे आँखों के सामने तैर गये। मैंने जंगल में कभी तेंदुवे को देखा न था, परन्तु सुनता था कि अरावली में तेंदुवे हैं। उसको शिकार न मिला हो, तो जान की

बाजी लगाकर झपटता है। शिकार को लेकर पेड़ पर चढ़ जाता है। अँधेरे में हमारे ऊपर हमला करता, तो हम क्या कर सकते थे! ऐसे कई विचार और दुष्कल्पनाएँ मेरे मन में जाग उठीं।

अब तो सही-सलामत देर रात को वापस आ गये थे।

चौदह

जब किसी ज्वालामुखी का विस्फोट होता है, दावानल भड़क उठता है, जोरदार तूफान आता है, भयंकर भूकम्प होता है या फिर सूनामी का कहर बरसता है, तब जीव मात्र को अपना जीव बचाना मुश्किल हो जाता है।

जब जलता है, तब चारों ओर से जलता है। जब आग लगती है, तब आप कहाँ जाएँगे? आपकी इच्छा हो या न हो, आपको तो जल ही जाना है; क्योंकि कुदरत की ताकत का कोई सामना नहीं कर सकता और कर भी नहीं सकेगा! वर्षों की मेहनत के बाद तैयार गगन-चुम्बी इमारतें भूकम्प के एक क्षण के झटके के साथ धराशायी हो जाती हैं।

कुदरत जब देती है, तब दिल खोलकर देती है, पीछे मुड़कर देखे बिना देती है; और जब वापस लेती है, तब हाथ खुला रह जाता है। पिछले तीन वर्षों के सूखे के बाद पहली बार अच्छी बारिश हुई, झरने बह चले, नदियाँ छलक उठीं, तालाब भर गये और चारों ओर हरियाली लहरा उठी।

गाजणा और लुक्खा को जोड़ने वाले बाँध ने तो निचले भाग के गाँवों को हरियाली से भर दिया। कुओं में पानी आ गया, पुरवट से पानी खींचा जाने लगा और नालियों से होकर पानी हर एक खेत तक पहुँच गया। ग्रीष्म की गरमी में मिले कष्ट का अच्छा बदला मिल रहा था। इस कारण निचले भाग के गाँवों के लोग बहुत आनन्द में थे। अधिक खुशी तो इस बात की थी कि शीतऋतु बीतने पर भी कुओं में पानी था और खेतों में हरियाली थी। खेती पर जीनेवाले लोगों को दूसरा और चाहिए भी क्या!

परन्तु मेरे मन की गहराई में कोई खटका लगा रहता था। मुनिजी ने एक बार कहा था : "अगला बरस बहुत भारी पड़ेगा।"

श्रावण महीना : केदारनाथ के पुजारी दौलत महाराज चबूतरे पर पंचांग खोले बैठे थे और किसी का मुहूर्त निकाल रहे थे।

उन लोगों के चले जाने के बाद मैं वहाँ पहुँचा। उन्होंने मुझसे कहा,

''आनेवाला बरस बहुत कठिन है। नये बरस की शुरुआत सोने के सिंहासन पर बैठी बड़ी विपत्ति से हो रही है, इसलिए सब कुछ तहस-नहस हो जाएगा। लोगों को कुछ बातें सुखद लगेंगी, परन्तु तुरन्त उसमें से दुख पैदा होगा।''

वे बोलते जाते थे और अंगुलियों के पोरों पर कुछ गिनते जाते थे तथा साथ ही पंचांग के पन्ने पलटते जाते थे।

''अपने अब तक के जीवन में जो देखा या सुना न होगा, वह इस नये वर्ष में आपको देखने को मिलेगा।'' महाराज ने कहा।

''महाराज!...इस वर्ष बारिश बहुत अच्छी हुई है; खेती अच्छी है, लोग खुश हैं।'' मैंने कहा।

''यह सब है; परन्तु ओस की बूँद जैसा!...यह मैं नहीं कह रहा हूँ; बल्कि ग्रह बता रहे हैं।'' उन्होंने जोर देकर कहा।

बात को आगे बढ़ाते हुए उन्होंने कहा, ''अगर मेरी बात असत्य पड़े, तो आपका जूता और मेरा मुँह!...बस!''

''कोटि उपाय करो, परन्तु होता वही है, जो मालिक चाहता है।'' महाराज अपनी बात पर अडिग रहे।

महाराज की इस बात को पाँच महीने बीत गये।

एक दिन करजा, खारी सेवानिया और वावधरा के चार-पाँच महतो लोगों को लेकर बाबू मेरे पास आया। वे लोग किसी काम से नहीं आये थे। वे लोग एक सामाजिक झगड़ा निपटाने के लिए वेरा आये थे। वहीं से बाबू इन लोगों को मुझसे मिलाने के लिए ले आया था।

[illegible] लोगों ने इधर-उधर की बातें कीं। वनवासी अपने कोबरिया और देवरा के ठा[illegible]यिाँ लाकर स्थापित कर रहे हैं तथा उनके विविध भोग रखकर आनन्द क[illegible] रहे हैं। उनकी बधाई का भी यही समय है। ऐसी चर्चाएँ हो रही थीं [illegible] याद आ गया। वह एकाएक बोला, ''साब! ई बरस तो आपके परताप [illegible]गया।''

''मेरे परता[illegible] मतलब?'' मैंने पूछा।

''देखिए साब!...हिआँ आपने बाँध नहीं बनवाया होता, तो आज हिआँ धूल उड़ती होती। आज जो हरा-हरा दिख रहा है, ऊ आपके ही परताप से।'' उसने जोर देकर कहा।

सभी महतो ''सही बात है...सही बात!'' कहते हुए सिर हिलाने लगे।

मुझे इन लोगों के दिल की सरलता और सचाई छू गयी। कितने निश्छल हैं ये लोग! जो मन में है, वह कह ही देते हैं। किसी को खुश करने के लिए नहीं, बल्कि सहज भाव से!

और फिर, ये लोग ईश्वर को अनेक रूपों में भजने वाले हैं। सब कुछ उसी को अर्पित! अपना उसमें कुछ भी नहीं। घर में या खेत में जो कुछ भला-बुरा हो, किसी को जर-बुखार आये या खेत में एकाध ढोर बीमार हो जाएँ, तो दवा-दारू करने के बजाय ये तुरन्त किसी पंडित-पुजारी को खोजते हैं; कुंडली दिखाते हैं अथवा ओझैती-सोखैती कराकर कोई मन्नत मानते हैं या ताबीज बाँधते हैं।

गाँव की उत्तर दिशा में स्थापित किये गये किसी देव-देवी अथवा खेत के मेड़ पर चार ईंटें रखकर स्थापित किये गये 'खेतरपाल' (खेतों की रखवाली करनेवाला देव) के आगे सिर से पगड़ी उतारकर रखते हैं या झोली फैलाकर अपने दुख का रोना रोते हैं। और करें भी क्या!...और जाएँ भी कहाँ!

हम जानते हैं कि सुख-दुख का चक्र चलता ही रहता है। आदमी का भौतिक आनन्द लम्बे समय तक टिकता नहीं! दुख के साथ भी ऐसा ही है। अभी जो हरा-भरा लहराता सुख हमें दिखाई पड़ रहा है, उसका नाश कब, किसके हाथ से तथा किस ढंग से हो जाएगा, यह कहा नहीं जा सकता।

राई के फूल झड़ गये थे। रामदाना पक गया था। तीन वर्ष के बाद यहाँ हरियाली दिखाई पड़ी थी। कइयों ने तो उसे काटकर खलिहान में पहुँचा दिया था। एरंड की सूखी फलियाँ तोड़ी जा रही थीं। गेहूँ की बालियों में दाने बनने लगे थे। ठंडी ने धीरे-धीरे अपनी माया समेट ली थी, परन्तु सुबह में थोड़ी शीत पड़ती और ठंड मालूम पड़ती थी। ऐसे समय में बनास और सीपू नदियों के बीच का भाग आँखों को राहत दे रहा था। उत्तर में वावधरा और कपासिया से लेकर दक्षिण में ईसवानिया,सोनवाड़ी, वेरा तक तथा पूरब में दाभेला से लेकर पश्चिम में भीलड़ा और अकोली तक के सारे इलाके पर कुदरत की बड़ी मेहरबानी थी। आदमी और पशु दोनों के तन-मन पर ताजगी चमकती थी। उनको देखने से ही उनके सन्तोष और तृप्ति का एहसास होता था।

अभी एक उड़ती खबर मिली, "बाड़मेर की ओर से टिड्डियों का दल आ रहा है।"

यह खबर प्रकाशवर्ष की गति से चारों ओर फैल गयी—जैसे पानी पर तेल की बूँद फैल जाती है।

लोगों का आनन्द क्षण भर में लाचारी में बदल गया। इस आफत से बचने के लिए क्या किया जाए, इस चिन्ता में सभी लग गये। जो बुजुर्ग थे, उन्हें पूरा-पूरा अनुभव था कि टिड्डियों के आने पर क्या होता है!

इस एक्रीडिकी कुल के कीड़े के बारे में मैंने विज्ञान में पढ़ा था, परन्तु टिड्डियों के आने की खबर सुनते ही इन गाँववालों के प्राण सूख गये, यह मैं नहीं

जान सका।

मैंने पढ़ा था कि टिड्डी का रंग मटमैला या हरा होता है। उनकी पाँखों के दो हिस्से होते हैं। बाहर का हिस्सा कड़ा होता है, जो रक्षण के काम आता है, जबकि अन्दर का हिस्सा पतला और कलात्मक होता है और वह उड़ने में मदद करता है।

ये तो रेगिस्तानी टिड्डियाँ आ रही हैं। अरावली से सटे पश्चिम तरफ थार का रेगिस्तान है। यह पश्चिमोत्तर भारत तथा पाकिस्तान में सतलुज और सिन्ध की घाटियों के बीच स्थित है। थार रेगिस्तान के पश्चिम में सिन्धु की घाटी, पूर्व में अरावली की पर्वतमालाएँ, दक्षिण-पश्चिम में कच्छ तथा उत्तर-पूर्व की ओर पंजाब का मैदान आता है। वैसे देखें, तो इसका क्षेत्रफल 192 हजार किमी. है। इसमें रेत का विशाल इलाका आता है।

राजस्थान का जोधपुर थार के रेगिस्तान का प्रवेश-द्वार माना जाता है। इस इलाके में बहुत रमणीय नगर बीकानेर है। भाटी राजपूतों द्वारा बसाया गया नगर जैसलमेर भी इसी इलाके में है। पोखरण में भारत सरकार ने अणु-विस्फोट करके इसके सामरिक महत्त्व को बहुत बढ़ा दिया है। इस खबर ने कि उस तरफ से टिड्डियों का दल तेज हवा के साथ चला आ रहा है, लोगों की आँखों में आँसू ला दिया है।

शाम के चार बजे होंगे; मैं कपासिया की तरफ गया था। वापस आने के बाद हाथ-पाँव धोकर पिछले भाग से बाहर निकला, तो पश्चिमाकाश में काले-काले बादल जैसे उमड़ते हुए दिखाई पड़े।

"साब! मर गये!" बाहर से दौड़ते हुए आकर हमीर सिंह बोला।

"क्यों?...क्या हुआ?" मैंने पूछा।

"देखिए साब!...सामने से बादर चले आ रहे हैं न! पर ऊ बादर नहीं हैं। ऊ तो टिड्डियों का झुंड है।" वह एकदम घबरा गया था।

"साब! अब का होगा? इन लोगों का क्या होगा?...बिचारों के लिए कई बरसों के बाद अच्छे दिन आये थे, वह भी भगवान से देखा नहीं गया!" हमीर सिंह रुवाँसा हो गया था मानो उसका सब कुछ लुट गया हो! वह मुझे पागलों जैसा लगने लगा।

यह अकेले हमीर सिंह की वेदना नहीं थी; बल्कि उस सारे जन-समूह की वेदना थी। टिड्डियों की खबर सुनकर सभी दहशत में आ गये थे; क्योंकि टिड्डियों का मुकाबला करने का कोई उपाय न था।

टिड्डियाँ रात को नहीं उड़तीं। जहाँ उनकी शाम होती है, वे वहीं वृक्षों पर, खेतों में, फसलों पर बैठ जाती हैं। उनके उड़ने की क्षमता 12 से 20 किमी. प्रति घंटा होती है और वे 800 मीटर की ऊँचाई तक उड़ सकती हैं।

थार के रेगिस्तान में अपना प्रजनन पूरा करने के बाद वे करोड़ों की संख्या में खुराक की खोज में कोई एक दिशा पकड़ लेती हैं। इस बार ऐसा लगता था जैसे उन्होंने पूरब दिशा और अरावली को अपना लक्ष्य बनाया हो!

अगर वे सुबह में आती हैं, तो उड़ते हुए आगे निकल जाती हैं। इससे किसी नुकसान का भय नहीं रहता, परन्तु अगर सन्ध्या के समय आती हैं, तब वे विश्राम के लिए नीचे उतर आती हैं और सुबह होने पर खाली खेत ही दिखाई पड़ता है, बाकी कुछ नहीं।

देखते-देखते सूरज ढँक गया मानो वह घने बादलों में छिप गया हो; अथवा पूर्ण सूर्य-ग्रहण के समय जैसा अँधेरा धरती पर छा जाता है, वैसा ही अँधेरा इस समय छा गया। गाँव-गाँव के स्त्री-पुरुष, बच्चे सभी खेतों में पहुँच गये। 'टिड्डी आयी...टिड्डी आयी' का शोर चारों तरफ सुनाई पड़ने लगा। लोग खेतों के मेड़ों पर दौड़ते जाते और हाथ में सफेद अँगोछा लेकर गोल-गोल घुमाते जाते। जोर-जोर से शोर मचाने के साथ-साथ खेतों में धुआँ करने लगे।

शाम होते-होते तो आकाश में उड़ते टिड्डियों के काले बादलों ने अरावली के इस जासोर इलाके को और निचले हिस्से में बसने वाले गाँवों को घेर लिया है। लाल रंग के ऊपर छोटे-छोटे काले धब्बों से युक्त टिड्डी-दल को मैं अपनी जिन्दगी में पहली बार देख रहा हूँ। श्रावण मास में दौलत महाराज ने जो कुछ कहा था, वह मैं अपनी आँखों के सामने देख रहा हूँ।

विज्ञान में जो कुछ पढ़ा था और इस समय जो अनुभव कर रहा हूँ, उसमें जमीन-आसमान का अन्तर लग रहा है। अँधेरा होते-होते तो वे विश्राम के लिए वृक्षों और खेतों पर उतरने लगीं। ये यायावर टिड्डी-दल अन्तर्राष्ट्रीय लुटेरा माने जाते हैं। टिड्डियों का शिकार तो दुनिया के अनेक देश बने हैं; परन्तु गुजरात में तो सन् 1962 तथा 1993 में टिड्डियों का जो आक्रमण हुआ, उससे लाखों का नुकसान सहना पड़ा। इस बार भी ऐसा ही लग रहा है। कई विकसित देशों में पड़ाव डालकर बैठे टिड्डी-दल को कीट-नाशक दवाओं से मार दिया जाता है अथवा विमान द्वारा जहरीले रसायनों के छिड़काव द्वारा जला दिया जाता है, परन्तु हमारे यहाँ तो जलना या मरना तो गरीब लोगों के ही भाग्य में आता है।

कभी-कभी हमें अनिष्टकर प्रतीत होती घटना कितनी शुभ साबित होती है, इसकी प्रतीति मुझे आज हुई।

कल रात के लगभग दस बजे मैं और हमीर सिंह छत पर जाकर जासोर की छोटी-बड़ी पहाड़ियों का और आकाश में टिमटिमाते तारों का निरीक्षण कर रहे थे। तभी 'मुनि की कुटिया' की तरफ रुक-रुककर जलती हुई आग दिखाई पड़ी।

मैंने हमीर सिंह से पूछा, ''मुनि की कुटिया की ओर प्रकाश दिखाई पड़ रहा है। क्या इस समय वहाँ कोई होगा?''

''साब! ऐसा लगता है कोई शहद निकालने के लिए घूम रहा होगा।'' उसने कहा।

यहाँ के आसपास के लोग दिन में जंगल में जाकर देख आते हैं कि कहाँ-कहां मधुमक्खियों ने छत्ते बना रखे हैं। फिर अँधेरा होने पर ये लोग वहाँ पहुँच जाते हैं और मधु के छत्ते के नीचे आग जलाकर रख देते हैं। इससे मधुमक्खियाँ पटपटाकर नीचे गिर जाती हैं, उन्हें वे बोरे में भर लेते हैं। फिर मधु के छत्ते को ले लेते हैं। उनमें कुछ ऐसे क्रूर होते हैं, जो मधुमक्खियों को आग में जलाकर मार डालते हैं और कुछ तो उन्हें नीचे फेंक देते हैं।

पतझड़ अभी ही पूरा हुआ है। जंगल में जगह-जगह सूखे पत्तों का ढेर दिखाई देता था। थोड़ी और रात बीतने पर उस तरफ आग कुछ ज्यादा मालूम पड़ने लगी। किसी ने कहा दव लगा है, तो दूसरे ने कहा कि किसी ने आग लगायी है, परन्तु जंगल से धुएँ के गोले उठने लगे थे।

सुबह जागते ही जलते जंगल के धुएँ के दर्शन हुए। उसके लिए क्या किया जा सकता था, इसकी चिन्ता होने लगी। हमीर सिंह से जब मैंने कहा कि हमें तत्काल वहाँ पहुँचना चाहिए, तो उसने जवाब दिया, ''साब! हुआँ हम अकेले करेंगे भी क्या!''

उसकी बात भी उतनी ही सच थी।

अपनी असमर्थता पर मुझे अपने प्रति क्षोभ उत्पन्न हुआ। यह कैसी लाचारी है! इसी बात में अभी मन उलझा हुआ था, तभी खबर मिली कि टिड्डियाँ आ रही हैं।

सारी रात लोगों के शोर तथा उनके द्वारा बजाए जाते डब्बों की आवाजें आती रहीं। टिड्डियों के आने की खबर से कुछ लोग इस चिन्ता में पड़े थे कि खलिहान में जो फसल आ गयी है, उसकी रखवाली करें या जो फसल खेत में खड़ी है, उसकी रक्षा करें।

टिड्डियों का दल एक ही दिन में तीस हजार टन अनाज तो पलक झपकाते खा जाता है। इसी से अन्दाज लगाया जा सकता है कि कितना नुकसान करने की उनमें ताकत होती है!

रात में उड़ न सकने के कारण वे टिड्डियाँ जहाँ उतरती हैं, वहाँ का सब कुछ सफाचट्ट कर डालती हैं।

एक दिन पहले खेतों में लहराती फसल और पेड़ों पर झूमता वसन्त दूसरे दिन सुबह न जाने कहाँ गायब हो गया था। लोगों के चेहरे का रंग उड़ गया था।

परन्तु नदी के पाट में बसनेवाले वाल्मीकि समाज ने काफी कुछ बचा लिया था; और वे इसका श्रेय अपने बच्चों को दे रहे थे।

मैं सोचने लगा कि जब भी कुछ मिले, तो बहुत ज्यादा खुश नहीं होना चाहिए, जिससे ईश्वर को भी ईर्ष्या होने लगे और उसने जो दिया है, उसे वापस ले ले; सारी खुशी छीन ले। कुछ न हो, तो इतना अधिक दुखी भी नहीं होना चाहिए कि उसे हमारे ऊपर तरस आने लगे।

तीन वर्ष के बाद अच्छी बारिश हुई; अच्छी खेती देखने को मिली। अरण्य की हरियाली वापस आ गयी। सभी आनन्द से झूम उठे। कल की योजनाएँ बनाने लगे। कइयों ने सुहाने स्वप्न देखने शुरू कर दिये। सयाने लड़की-लड़कियों की शादी के मनसूबे बाँधने लगे।

परन्तु एक ही रात में सब कुछ खत्म हो गया। सभी निराश हो गये!

मुझे चिन्ता थी अपने वनीकरण की, सभी चिन्तित थे अपने-अपने ढंग से!

मैं भी उन सबके जैसा ही एक आदमी हूँ। मुझे भी धक्का लगा था, परन्तु उसके बारे में मैं अपने ढंग से सोच रहा था। आदमी मनसूबे तो बना सकता है; परन्तु होता है ईश्वर के निश्चय के मुताबिक ही! कभी ऐसा भी होता है कि अपना निश्चय किया हुआ, वह आपके द्वारा साकार करता है और हम यह सन्तोष करने लगते हैं कि हमने जैसा सोचा था वैसा ही हुआ है।

मैंने निराशा को झटक दिया और उठ खड़ा हुआ। तभी मेरी दृष्टि 'मुनि की कुटिया' की तरफ की पहाड़ियों की ओर गयी। मुझे आश्चर्य हुआ—चारों तरफ का जंगल नंगा बन गया था, उसकी हरियाली टिड्डियों के पेट में चली गयी थी; खेत खाली हो गये थे; परन्तु 'मुनि की कुटिया' की तरफ की पहाड़ियों पर अभी भी हरियाली लहरा रही थी।

उसका स्पष्ट कारण तो यह था कि कल रात उस तरफ शहद लेने के लिए गये लोगों ने जो आग लगायी थी, उसके असर से टिड्डियाँ उधर पहुँच नहीं पायी थीं; इसलिए उधर की हरियाली सुरक्षित रह गयी थी।

आग तो आगे नहीं बढ़ पायी थी; परन्तु क्यों? इसका कारण अभी पता नहीं चल सका है।

कुदरत की लीला भी धन्य है! लोगों ने इस बात को मुनिजी के तप के प्रभाव का प्रमाण मान लिया; और उनमें उनकी आस्था दोगुनी हो गयी।

अर्धचरण

एक

चैत्र आते-आते तो सृष्टि ने नया श्रृंगार कर लिया। टिड्डियों का तूफान आकर सब कुछ वीरान बना गया था। परन्तु अकेले, असंग खड़े इन वृक्षों की डालियों के अन्तर् को विगलित करके चैत्र ने उनमें फूल खिलाया। रेस्ट हाउस के कम्पाउंड में ही गुलाब, मोगरा, गुलमोहर, पारिजात और जूही खिल उठे हैं। अरण्य में पलाश ने नये सिरे से अपना रंग दिखाया था।

चैत्र मास के देव तो भगवान दिवाकर हैं। उनकी आँख अब अधिक प्रखर बनती जा रही है। उनके किरणों का ताप बढ़ता जा रहा है। इस समय तो ये जलन नहीं पैदा कर रहे हैं; बल्कि किसी नयी चेतना का संचार कर रहे हैं। ये गिरिमालाएँ, वनस्पतियाँ और सारा अरण्य मानो उनका स्वागत कर रहा हो! ऐसा लगता है, जैसे इस धूप ने वृक्षों की डालियों पर नये पर्णों और फूलों को जन्म दिया हो।

शाम होते ही गरमी उगलती हवा में ठंडक घुलने लगती है। अरावली की अतिशय गरमी हृदय को ठंडक पहुँचाते-पहुँचाते प्राणी मात्र को भी ठंडक पहुँचाती है। इसका अनुभव करते हुए शाम को रेस्ट हाउस के पिछवाड़े बैठकर गंगासागर को देख रहा था, तभी किसी जीप की आवाज सुनाई पड़ी।

मुझे यह देखकर आश्चर्य हुआ कि पालनपुर ऑफिस से विजय आया था। साथ में दो क्लर्क भी थे। विजय को देखकर मुझे बहुत खुशी हुई।

हमीर सिंह आकर नीम के पेड़ के नीचे और कुर्सियाँ रख गया।

विजय के चेहरे पर खुशी का भाव न था। कोई अज्ञात वेदना उसके चेहरे पर छायी हुई थी, लगता था किसी की श्मशान-यात्रा से आ रहा हो।

''ये अचानक कैसे आना हुआ?'' मैंने विजय से पूछा।

उसने एक लम्बी साँस छोड़ी और जासोर के शिखर की ओर देखने लगा। फिर बोला, ''साहब ने मुझे विशेष रूप से भेजा है। मैं तो आने को तैयार न था; परन्तु साहब का दुराग्रह था कि मैं ही आऊँ।''

''वाह! तुम्हारे आने से मुझे बहुत खुशी हुई है। तुम्हें तो और पहले आना चाहिए था। तुम तो बहुत देर से आये हो। देखो इस सन्ध्या के रंग को! इस अरावली की शिलाओं की सौम्यता और इस वसन्त की सुगन्ध का मजा लेना हो, तो यहाँ आने

में आनाकानी क्योंकर की?'' मैंने कहा।

''ऐसा नहीं है।'' यह कहकर उसने धीरे-से जेब से एक लिफाफा निकाला और थोड़ी देर तक उसे देखता रहा। उसकी आँखों के कोर नम हो गये। काँपते हाथ से लिफाफा मेरे हाथ में देकर नीचे देखने लगा।

मैंने लिफाफा खोला। उसमें मेरे लिए एक नोटिस थी। मैं जैसे-जैसे उसे पढ़ता गया, वैसे-वैसे मेरे अन्तर् में आनन्द का स्रोत फूटता गया। उसका सार सिर्फ इतना था कि आपको सस्पेंड क्यों न कर दिया जाए!

मुझे तीन दिनों में अपनी सफाई पेश करनी थी। अगर मैं समय से अपनी सफाई पेश नहीं करता, तो मुझ पर वैधानिक कार्रवाई की जाएगी।

पत्र पढ़कर मुझे हँसी आ गयी। मैं अब मुक्त हूँ। मानो किसी पक्षी को पिंजरे से बाहर कर दिया गया हो, ऐसी अनुभूति मुझे हो रही थी। जिस दिन डी.एफ.ओ. मेरा जवाब लेकर यहाँ से गये, उसी दिन से यह परिणाम निश्चित था। मैं तो यह जानता ही था और जो बात पहले से मालूम थी, उसका दुख कैसा!

''यह पाप मेरे ही हाथों हो, यही साहब की इच्छा थी, क्योंकि मैंने कई बार तुम्हारे पक्ष में दलील दी थी। यह नोटिस भी बहुत सोच-समझकर दी है। आज शुक्रवार है। शनिवार, रविवार और सोमवार को छुट्टी है। इमसें तीन दिन निकल जाएँगे। मंगलवार को यह बहाना मिल जाएगा कि जवाब समय से नहीं मिला और इस तरह आखिरी निर्णय ले लिया जाएगा।'' विजय ने कहा।

''मित्र! तुमने तो पुण्य का काम किया है। मैं काफी दिनों से घुटन का अनुभव कर रहा था। तुम तो मुझे मुक्त करने आये हो। यह अरावली जिसका सहारा हो, उसे चिन्ता करने की जरूरत है क्या!'' मैंने कहा।

हमारी बात चल रही थी। वातावरण विषादपूर्ण बन गया था। हमीर सिंह पीछे आकर खड़ा था। मैंने उसकी ओर देखा। उसकी आँखों में आँसू थे।

''क्या हुआ हमीर सिंह?'' मैंने उससे पूछा।

वह हिचकियाँ लेकर रोने लगा।

मैंने खड़े होकर उसको शान्त करने का प्रयत्न किया, तो वह मेरे कन्धे पर सिर रखकर हिचकने लगा।

हमीर सिंह रोते हुए बोले जा रहा था, ''साब! मैं कहता था न कि आप जैसों के लिए ई नोकरी नहीं है!''

बहुत मुश्किल से मैंने उसे शान्त किया।

वहाँ जो भी उपस्थित थे, सब पर गम्भीरता छा गयी थी, परन्तु मेरे भीतर कोई अज्ञात आनन्द छलक रहा था।

एकाएक मेरी नजर कम्पाउंड के फाटक पर गयी। मुझे लगा, वह लँगोटीधारी

साधु फाटक पर खड़े मुझे बुला रहे हैं; फाटक पर खड़े वे मेरी प्रतीक्षा कर रहे हैं।

मैं कोई स्वप्न तो नहीं देख रहा हूँ!...यह मेरा भ्रम तो नहीं!...मैं क्या देख रहा हूँ।

विजय अकेले रुका। दूसरे लोग चले गये। रात को भोजन के बाद छत पर बिस्तर लगाया गया। चेतना का संचार करनेवाला चैत्र मास का आकाश, उसमें सबसे अधिक चमकनेवाला स्वाति नक्षत्र, दक्षिण दिशा की ओर देखें, तो चित्रा तथा पूर्व की ओर नजर करें, तो आकाश मंडल में लटकता तोरण आज एक अलग ही संवेदना जगा रहा था। जमे हुए घी की तरह गंगासागर और अरावली की अँधेरी गिरिमालाएँ आह्लादक प्रतीत हो रही थीं।

हम रात के ग्यारह बजे तक ऑफिस, अरण्य, अरावली, उसकी पर्वतमालाओं, आकाश और उसके तारों की बातें करते रहे। वातावरण में शीतलता और शान्ति थी।

सवा ग्यारह बजे तो एकाएक सारा अरावली जाग उठा। चारों ओर मोरों का केकारव, बन्दरों का हूपाहूप, चीबरियों की चहचहाट, उल्लुओं की घुरघुराहट, चिड़ियों की चीं-चीं, काबरों और कौवों की काँव-काँव, सारस की चीखें, बगुलों की डक्-डक्, नीलगायों की भागदौड़, सियारों की हुआँ-हुआँ, बहुत दूर से आती कुत्तों के भौंकने की आवाज!...

चारों तरफ पशु-पक्षी सभी जाग गये थे। यह क्या हो रहा था!

ठीक बारह बजे तो धरती काँप उठी। हम एक झटके में खड़े हो गये। हमीर सिंह ने नीचे से चिल्ल-पों मचा डाली। जासोर की गिरिमालाओं से पत्थर की शिलाएँ लुढ़क रही हों—ऐसी आवाजें आने लगीं।

जासोर का रेस्ट हाउस डोलने लगा।

अचानक यह सब क्या हो गया? माघ महीने में बेमौसमी बारिश, फागुन में टिड्डियों का आक्रमण, चैत्र में भूकम्प!

"यह वर्ष बहुत कठिन होगा।" दौलत महाराज के ग्रह बोल रहे थे!

कृष्ण का पुत्र साँब स्वयंवर से दुर्योधन की पुत्री लक्ष्मणा का हरण करके भाग रहा था। उस समय कौरवों ने उसे पकड़कर हस्तिनापुर में कैद किया था। उस समय बलराम ने उन्हें समझाने का बहुत प्रयत्न किया था कि तुम सबने मिलकर एक बालक को कैद कर रखा है, यह बड़े शरम की बात है। उसे छोड़ दो। परन्तु कौरव नहीं माने। फिर तो बलराम ने यमुना के किनारे जाकर हस्तिनापुर के गढ़ में अपना हल फँसाकर हल्का-सा झटका दिया, तो पूरा नगर हिल उठा और टेढ़ा हो गया। उसके बाद कौरव बलराम की शरण में आये और तब उन्होंने हल बाहर खींचा।

ऐसे ही किसी बलराम ने इस धरती में हल फँसाकर हिलाया तो नहीं है!

यह तो पाँच-सात सेकेंड का खेल था। सारी धरती हिल रही थी। वह बड़ा अनोखा अनुभव था! अभी भी जासोर की गिरिमालाओं से रह-रहकर पत्थरों के गिरने की आवाज आ रही है।

दो

कभी-कभी आदमी एक ही जगह रहते-रहते ऊब जाता है। मुझे भी कभी-कभी ऐसा हुआ है। कहीं दूर-दूर तक उड़कर जाने की छटपटाहट मन में होती है। ऐसे समय में आकाश में उड़ते पक्षियों को बैठे-बैठे देखा करता हूँ। जिसे उड़ना आता नहीं, उसे उड़ने के आनन्द का क्या पता! पक्षी आकाश में अपनी पाँखों के सहारे उड़ सकते हैं और मैं मन के सहारे!

इस जनहीन जंगल में मैंने इतना लम्बा समय कैसे बिताया, यह किसी नगर जन को कैसे समझ में आएगा! कभी-कभी नगण्य मालूम पड़ने वाली बात कितनी महत्त्वपूर्ण बन जाती है, वह तो यहाँ रहनेवाले लोग ही जानते हैं। जो सारी जिन्दगी इस बनास नदी को पार करके आगे गया ही नहीं, उसके लिए तो यह जंगल-झाड़ी, ढोर-ढाँखर, खेत-खलिहान और उनके झोपड़े ही सब कुछ हैं। उनकी आशाएँ-अपेक्षाएँ, उनके अरमान, उनके आनन्द, उनकी आशा-निराशा आदि सब कुछ उनकी दो जून की रोटी में समाया हुआ है। परन्तु उनके पाँव बँधे हुए हैं, इस धरती के मूल के साथ, यह उनके लिए सन्तोष की बात है। जो तादात्म्य मछली का पानी के साथ है, वही तादात्म्य इनका अपनी मिट्टी के साथ है।

यहाँ वैसी ही स्थिति मेरी भी हो गयी है। शुरू में यहाँ से भाग जाने की जो बेचैनी थी, वह अब हमेशा के लिए ठंडी पड़ गयी है। कभी-कभी मन में सवाल उठता है कि इन गिरिमालाओं, उनकी शिलाओं और वृक्षों के मन में स्थान-परिवर्तन की इच्छा नहीं जगती होगी? परन्तु उनका महत्त्व या उनकी महानता उनकी स्थिरता में ही है। उनका सम्बन्ध जुड़ा है धरती माता की नाल के साथ!

ऐसी ही स्थिति मुनिजी की भी है। उनका भी नाता अरावली के साथ बँध गया है। लोगों का ऐसा कहना है कि यहाँ आने के बाद मुनिजी कहीं गये ही नहीं। अरे! इस तलहटी में भी एक-दो बार ही आये हैं। परन्तु कभी-कभी सुशिक्षित लोग उनसे मिलने के लिए उनके पास आते हैं। उनके बारे में अनेक किंवदन्तियाँ चलती हैं। परन्तु वे कहाँ से आये हैं या पूर्वाश्रम में वे क्या थे, इसके

बारे में कोई कुछ भी नहीं जानता।

एक बार मैंने पूछ ही दिया। वे थोड़ी देर तक तो मुस्कुराते ही रहे। फिर बोले, ''वर्तमान क्षणों का आनन्द लो। यही हमारा जीवन है। जीवन का कोई भूत या भविष्य होता ही नहीं। जीवन जीवन है। पक्षी की तरह उड़ते जा रहा था। रात्रिवास के लिए एक वृक्ष मिल गया। बस! यहीं रह गया। इससे अधिक क्या हो सकता है अपने पास! समय आने पर यहाँ से भी उड़ जाऊँगा।...''

मुनिजी का बात करने का और बात को समझाने का ढंग निराला है, दृष्टान्तों और तर्कों के साथ बात को गले से नीचे उतारने की अद्‌भुत क्षमता है उनमें! लगता है बहुत गहराई से बोल रहे हों! वे सभी में होते हैं; परन्तु उन्हें कुछ भी स्पर्श नहीं होता; वे शुद्ध मधु की बूँद जैसे हैं, कहीं कोई दाग नहीं।

एक बार हम कुटिया के ऊपरवाले रास्ते पर चल रहे थे। वहाँ से सामने देखें, तो गिरिमालाओं के उस पार राजस्थान और पीछे की तरफ गुजरात! उस समय उन्होंने कहा, ''इन राज्यों या राष्ट्रों की सीमाएँ आदमी ने बनायी हैं। समय की तरह धरती तो एक ही है। उसे हमने बाँटा है; उसे चीरा है और उसमें से संघर्ष खड़ा किया है।''

मैंने सार्वजनिक जीवन की बात छेड़ी, तो उनकी वाणी का अस्खलित प्रवाह बह चला, ''सार्वजनिक जीवन भी एक योग है। महात्मा गाँधी, महर्षि अरविन्द, कविवर टैगोर जैसे लोग सार्वजनिक जीवन में सक्रिय रहे, परन्तु अनासक्त भाव से। आज का सार्वजनिक जीवन भोग का जीवन है; ईर्ष्या का जीवन है। यह जीवन जोड़नेवाला नहीं, तोड़नेवाला है। इन्सान को हैवान बनाने का कारखाना है। धर्म, जाति-पाँत, प्रादेशिकता आदि के नाम पर राजनीति की जा रही है, जो राष्ट्र को घोर पतन की तरफ ले जाने वाला है। यह तो अच्छा है कि हमारे राष्ट्र के पास अपनी मजबूत संस्कृति है। इसकी जड़ें अतल तक फैली हुई हैं। इसे अध्यात्म का उत्तराधिकार मिला हुआ है, इसलिए यह खुद टिका हुआ है और विश्व को टिकाये हुए है। हमारी संस्कृति के मूल में यह अरावली है।''

इतना कहकर वे दूर-दूर तक देखते रहे मानो युगों के उस पार देख रहे हों!

शुरुआत से अकेलापन मुझे काटने दौड़ता था। मन दुविधाग्रस्त रहता था। नगर की झिलमिलाती रोशनी, वाहनों की आवाजें, लोगों की भीड़, आदमियों का सतत आवागमन, विद्यालय, बगीचे, कोलतार की सड़कें, ऊँची-ऊँची इमारतें, मन्दिरों में बजते घंट और आरती, यूनिवर्सिटी का चक्कर, लाइब्रेरी ग्रन्थ, विद्यार्थियों का उधम और धुआँ उगलता नगर—यह सब कुछ पीछे छूट गया था। यह सब कुछ छूटने की याद मन को इतना सताती थी कि यही होता था कि यहाँ से वापस चला जाऊँ। फिर

विचार आता कि यह मेरी नौकरी है, राष्ट्र के प्रति मेरे फर्ज का एक हिस्सा है।

मुग्धावस्था में देखे गये स्वप्न कैसे भूतकाल बन जाते हैं! उनमें से कैसे-कैसे दुख उपजते हैं! उनके कारण मन व्याकुल हो उठता है। अगर खुद को न सँभाल सकें, तो हम पागल हो जाएँगे।

यह सब कुछ सहन करके अब मैं इस अरावली का आदी बन गया हूँ। उत्तर में नजर डालें, तो एक के बाद एक पहाड़ों की लम्बी पंक्ति, दूर से सुहावनी लगतीं ये पहाड़ियाँ, उनमें निवास करनेवाले भाँति-भाँति के प्राणी और साढ़े चार सौ से भी अधिक प्रकार के पक्षी, ऊँचे-नीचे वृक्ष, झूलतीं विशाल शिलाएँ, उनकी गुफाओं में उगी हुई टेढ़ी-मेढ़ी घासें, बरसात में फैलती हरियाली, कहीं न देखा हो, ऐसे निर्गन्ध फूलों की फरफराहट...।

अरण्यों द्वारा मनाया जाता शरदोत्सव, कौमुदी महोत्सव, फाल्गुनी महोत्सव और वसन्तोत्सव! ये सभी भले ही लोकोत्सव रहें; परन्तु सच्चे अर्थों में तो ये अरण्योत्सव हैं। भयानक ताप बरसाती ग्रीष्म, हेमन्त की शीतल हवा, रस की वर्षा करती और कामनाओं को उद्दीप्त करती वसन्त ऋतु और अग्नि के ताप से तपती होलिका, रस से पक्व बनी शरद्, नवजीवन लेकर आती वर्षा, कुमुदनी की आह्लादकता और पतझड़ में झड़ते पत्तों की वेदना—ये सब कुछ अरण्य के अलावा अन्यत्र कहाँ मिलने वाला था! यह जगह भले ही जनशून्य है, परन्तु जीवनशून्य नहीं है, इसकी प्रतीति होती रहती है।

मेरे जीवन का यह एक अद्‌भुत काल है। अपना भूतकाल भी समृद्ध होना चाहिए, जिससे अगर उसका चर्वण किया जाए, तो उसमें से खूब मिठास मिले। यहाँ वाणी नहीं है, शब्दों का शोर नहीं है, मौन से मौन को प्राप्त करने की गति है। जब हृदय के साथ हृदय का तार जुड़ता है, तब भाषा की सीमा समाप्त हो जाती है। इन वृक्षों की डालियों को सुशोभित करते हवा में झूलते पत्ते, स्थिर और अडिग खड़े वृक्ष, ध्यानमग्न बैठे ये पहाड़, आकाश में उड़ते ये पक्षी—कितना मनोहर, आकर्षक और अद्‌भुत है यह सब कुछ! इनके साथ मेरा अन्त:सम्बन्ध जुड़ गया है। इनके श्वास में मेरा श्वास मिल गया है। इनके प्राण में मेरा प्राण विलीन हो गया है—सब कुछ एकाकार! तभी एक प्रश्न उठ खड़ा होता है—तो फिर जुदाई किस बात की? दूरी कैसी? आकर्षण किस बात का? किसका लालच? स्वाद किसका? कैसी उठा-पटक?

अरावली मेरे हृदय रूपी कुल्हड़ में भरता जा रहा है।

जीने के लिए आखिर क्या चाहिए? भोजन, पानी और हवा! इनमें पहले दो दृश्यमान हैं, हवा अदृश्य है! दिखाई नहीं पड़ती! उसका सिर्फ अनुभव किया जा सकता है। ऐसा ही हाल सरोवर का नाम देनेवाले साधु का है। कौन है वह? क्या

रुचि होगी उसकी इस तालाब में? आप कहेंगे कि जब वे मिले थे, तो क्या उनसे पूछना नहीं चाहिए था? उनका परिचय नहीं लेना चाहिए था? तो क्या हमने ऐसा प्रयत्न नहीं किया होगा! हम कामयाब नहीं हुए। यह आपसे डंके की चोट पर कह रहे हैं। वे तो जो हों।

सुबह उठकर गंगासागर के दर्शन से मेरे दिन की शुरुआत होती है। मेरा सारा दिन आनन्द से भरा होता है। उसके तट पर खड़े वृक्षों की नस-नस में, उसके पर्ण-पर्ण में उसकी धड़कन पहुँचती है। उड़ते पक्षियों का प्रतिबिम्ब उसके हृदय में झलकता है। धीमी गति से उड़ते सारस-जोड़ी की परछाईं उसके जल में साफ-साफ दिखाई पड़ती है।

होत सुबह कितने ही लोग धोती, अँगोछा या चादर लेकर मछली पकड़ने के लिए उसके जल में उतर पड़ते हैं। एक शाम की बात है : सूरज गाजणा के पीछे चला गया है। इस कारण उसका सामने का भाग थोड़ा धुँधला दिखाई पड़ता है। पीछे किरणों की आभा प्रकट हो रही थी। ऐसे समय में दो स्त्रियाँ, जिनके कपड़े फटे हुए हैं, उटंग घाघरे का कछोटा मारकर फटी चोली को सँभालते हुए, साड़ी के आमने-सामने के सिरों को पकड़कर कन्धे तक हाथ को डुबा रही थीं। थोड़ी देर में उन्होंने एक साथ साड़ी को पानी के ऊपर उठाया। साड़ी में दो मछलियाँ तड़फड़ा रही थीं। यह देखकर दोनों स्त्रियों के चेहरे आनन्द से खिल उठे।

आप ही कहिए, एक तरफ जीने के लिए तड़फड़ाती ये दो मछलियाँ और दूसरी तरफ उन स्त्रियों के चेहरे के आनन्द को कोई नाम दिया जा सकता है!

दोनों ने मुझे देख लिया, इसलिए सब कुछ समेटकर झटपट वहाँ से रवाना हो गयीं। पूरे गाजणा तालाब का जल हिचकोलें खा रहा था। किनारे-किनारे सफेद बगुले डक्-डक् करते चारा खोज रहे थे। पंचायत में कुछ गड़बड़ होने के कारण कौवों का समूह जोरदार झगड़े में जुटा था। उसी समय सामने के किनारे पर टोकारा देते हुए कोई भैसों को पानी पिला रहा था। उसके दूसरे किनारे पर नीलगायों का झुंड पानी पीने के लिए आ रहा था। कितना भरापूरा लग रहा था गंगासागर का किनारा!

साधु के मुख से जब मैंने गंगासागर नाम सुना, तब मैं कलकत्ता से 85 किमी. दूर, कुशीनगर, रुद्रनगर और कचुवेडिया से होकर गंगासागर पहुँच गया। वहाँ जाने के बाद लगा कि वह कोई नदी न थी; बल्कि 25 किमी. की लम्बाई तथा 8 किमी. की चौड़ाई में सोई हुई गंगा, सही अर्थों में सागर थी।

मैंने, गंगोत्री से चलकर ऋषिकेश में रामझूला और लक्ष्मणझूला के नीचे से गुजरती, हरिद्वार में उछलती-कूदती स्वच्छ गंगा को देखा था। परन्तु यहाँ तो स्वच्छता से अधिक गन्दगी थी। सच भी है, पूरे देश का कचरा साफ करते हुए यहाँ तक आती है, तो स्वच्छ कहाँ से रहेगी!

यहाँ पर सागर के साथ गंगा का मिलन था। अपने व्यक्तिगत नाम को विशाल सागर में मिलाकर एकाकार होने का आनन्द हिलोरें ले रहा था। उसके साथ किसी अगम्य सम्बन्ध की खोज करते हुए मैं खड़ा हूँ इस गंगासागर के तट पर!

सूरज उगता है और डूबता है।

दो सौ चालीस करोड़ वर्ष पूर्व अस्तित्व में आया यह अरावली न जाने कितने परिवर्तनों का साक्षी बना होगा! कितने वसन्त इसने देखे होंगे! कितने फागुन यहाँ फूले होंगे? कितने-कितने सौन्दर्यों का साज सजा होगा यह!

मेरा एक कदम ब्रह्मांड से होकर फैल रहा है।

अरावली के भीतर भी एक विश्व छिपा हुआ है, जो इतना सूक्ष्म है कि नंगी आँखों से दिखाई नहीं पड़ता, परन्तु समग्र सृष्टि के मूल में वही स्थित है।

इन जड़ पत्थरों में तथा शिलाओं में भी प्रकाश की कोई प्रक्रिया अहर्निश चलती रहती है। प्रेम और सौन्दर्य में एकाकार इस महाज्योति का एकाध-अंश अत्यन्त सूक्ष्म तरीके से मेरे अन्दर कलकल बह रहा है।

सूर्य के उदय के साथ जैसे कमल खिलता है, वैसे ही किसी महाचेतना की पंखुड़ियाँ खुल रही हों और उसमें से सुगन्ध फैल रहा हो—ऐसे सहज भाव का अनुभव करते हुए मैं आगे बढ़ रहा हूँ, तो सामने से हमीर सिंह और खेंगार आते हुए मालूम पड़ रहे हैं...।

तीन

जो ऐहिक जीवन की यात्रा करता है,
उसके सामने अच्छी या बुरी अड़चनें आती रहती हैं।
मुझे तो इस यात्रा ने
अपने आपको
जगत् को
प्रकृति को
प्रणय को और
परमात्मा को प्राप्त करने की प्रेरणा दी है।
उस प्रेरणा की उँगली पकड़कर
आज दुनिया की अतिप्राचीन पर्वतमालाओं में से एक
इस अरावली की गिरिमालाओं के शिखर पर खड़ा हूँ...।

मेरी नजर डेढ़ अरब वर्ष से भी पूर्व के समय को देख रही है। जिस काल में हिमालय का अस्तित्व इस विश्व में न था, उस काल की यह गिरिमाला मेरे रक्त में स्पन्दित हो रही है।

जिसके शिखर बर्फ से ढँके हुए थे, उसमें से बड़ी-बड़ी नदियाँ बहा करती थीं, एक समय की ऐसी अतिभव्य गिरिमालाओं की छाती पर पद्चिह्न धीरे-धीरे उग रहे हैं।

मेरी नजर आकाश की ओर लगी हुई है और मन रट रहा है : ॐ शान्ति... शान्ति...शान्ति!!!

□□□

णाणं पयासयं

वीर नि.सं. 2470

ई.सन् 1944

भारतीय ज्ञानपीठ